MARIA NIKOLAI liebt historische Stoffe und zarte Liebesgeschichten. Mit »Die Schokoladenvilla« schrieb sie sich in die Herzen der Leserinnen: Die opulente Saga rund um eine Stuttgarter Schokoladenfabrikantenfamilie stand monatelang auf der Bestsellerliste und verkaufte sich mehr als eine halbe Million Mal. Mit ihrer neuen historischen Trilogie entführt Maria Nikolai ihre Fans an den schönen Bodensee zu Ende des Ersten Weltkriegs. »Töchter eines neuen Morgens« bildet den emotionalen Abschluss der Saga, der von ihren Leserinnen schon sehnsüchtig erwartet wird.

Maria Nikolai in der Presse:

»Maria Nikolai hat ein feines Händchen für allerfeinsten Herzschmerz, für Geschichten zum Dahinschmelzen.«
Reutlinger General-Anzeiger

»Spannend, vielschichtig, einladend – eine Saga, die viel verspricht und noch mehr hält!«
Denglers-Buchkritik.de über die Bodenseesaga

»Ein richtig schöner Sofaschmöker.«
SWR über »Die Schokoladenvilla«

Außerdem von Maria Nikolai lieferbar:
Die Schokoladenvilla.
Die Schokoladenvilla. Goldene Jahre
Die Schokoladenvilla. Zeit des Schicksals
Töchter der Hoffnung. Die Bodensee-Saga
Töchter des Glücks. Die Bodensee-Saga

MARIA NIKOLAI

TÖCHTER EINES NEUEN MORGENS

DIE BODENSEE-SAGA

ROMAN

PENGUIN VERLAG

MIX
Papier | Fördert gute Waldnutzung
FSC® C014496

Penguin Random House Verlagsgruppe FSC® N001967

3. Auflage

Neumarkter Straße 28, 81673 München
produktsicherheit@penguinrandomhouse.de
(Vorstehende Angaben sind zugleich Pflichtinformationen nach GPSR.)

Redaktion: Sarvin Zakikhani
Umschlaggestaltung: Favoritbuero
Umschlagabbildungen: Ildiko Neer, Magdalena Russocka / Trevillion Images; UrmasHaljaste, Albert Pego, Patryk Kosmider,Vanilllla / shutterstock.com
Satz: Buch-Werkstatt GmbH, Bad Aibling
Druck und Bindung: GGP Media GmbH, Pößneck
Printed in Germany
ISBN 978-3-328-10761-3
www.penguin-verlag.de

Und dann ist alles wieder still …
Und weißt du, was mein Leben will,
Hast du es schon verstanden?
Wie eine Welle im Morgenmeer
Will es, rauschend und muschelschwer,
An deiner Seele landen.

Rainer Maria Rilke

PROLOG

Meersburg, ein Sonntagmorgen Ende April 1911

Majestätisch zog die weiß gefiederte Schwanenmutter auf den azurblauen See hinaus. In der Wasserschleppe, welche sie hinterließ, folgten die flauschigen Küken. Der Vater hatte sich aufgeplustert und bildete eine wachsame Nachhut. Man erkannte ihn unschwer an dem markanten schwarzen Höcker auf dem orangefarbenen Schnabel.

Katharina sah der Schwanenfamilie hinterher und zählte die Küken. Das tat sie beinahe jeden Tag, seit die Schwanenmutter ihre Eier ausgebrütet hatte. Doch heute stimmte etwas nicht. Sie kam nur auf sechs Schwanenkinder. Wo war das siebte?

Besorgt watete Katharina ein paar Schritte ins Wasser hinein und beschirmte ihre Augen mit der Hand gegen die goldene Morgensonne. Der See nässte den Saum ihres blauen Kleides, und die Kälte, mit der er ihre nackten Füße umspülte, jagte ihr einen Schauer über den Rücken. Dennoch blieb sie stehen und beobachtete, wie die hellgrauen Fellbällchen auf den Rücken der Mutter kletterten – denn dort, zwischen ihren Schwingen, waren sie sicher vor den Hechten, die weiter draußen lauerten. Zugleich zählte Katharina noch einmal mit. Dann war sie sich gewiss. Eines der Küken fehlte.

Hastig verließ sie das Wasser und balancierte über die kleinen Kieselsteine des Ufers hin zu zwei Trauerweiden, deren Zweige sich weit in den See hinabbeugten. Wie jedes Jahr hatte das Schwanenpaar dort aus Reisig, Schilf und kleinen Ästen ein großes Nest gebaut – gut geschützt und zugleich nah genug am Wasser, um bei Gefahr schnell fliehen zu können. So hatte es jedenfalls Papa erzählt, als er Katharina den Nistplatz zum ersten Mal gezeigt hatte. Damals war sie fünf Jahre alt gewesen. Inzwischen war sie neun, und noch immer kam sie hierher, wenn das Schwanenpaar im zeitigen Frühjahr sein angestammtes Quartier bezog, um dort zu brüten und seine Jungen aufzuziehen.

Schritt für Schritt näherte Katharina sich dem Nest und spähte hinein. Doch außer den weißen Daunenfedern, mit denen die Mutter die Mulde weich ausgepolstert hatte, war nichts zu sehen. Hatte ein Fuchs das Junge geholt? Oder eine Krähe?

Katharina begann, die Umgebung des Nistplatzes abzusuchen, ging ein Stück die Bucht entlang in Richtung Hagnau, sah ins Gebüsch und schaute zwischen den Bäumen, welche die Uferzone säumten. Schließlich kehrte sie zum Nest zurück, ohne eine Spur des vermissten Schwanenkindes gefunden zu haben. Mit einem tiefen Seufzer beschloss sie, die Suche aufzugeben. In den ersten Lebenstagen gab es so viele Gefahren für die frisch geschlüpften Schwänchen, dass manchmal alle Wachsamkeit der Eltern nicht ausreichte, um sie zu beschützen.

Katharina wollte sich gerade auf den Nachhauseweg machen, als ein schwaches Fiepen sie aufhorchen ließ. Sie spitzte die Ohren, lauschte in den ruhigen Sonntagmorgen hinaus.

Da war es wieder!

Es kam vom See!

Ganz langsam bewegte sich Katharina zu der Stelle hin, an welcher die Zweige der Trauerweiden in das Wasser eintauchten und einen natürlichen Vorhang bildeten.

Wieder erklang der erbärmliche Ruf.

Katharinas Augen wanderten über die gekräuselten, leise heranrauschenden Wellen der Seeoberfläche.

Dann sah sie den kleinen Schwan. Nur mit Mühe hielt er sein Köpfchen über Wasser. Katharina wusste, dass Küken ertrinken konnten, weil sich ihr Daunenkleid im Wasser rasch vollsog, aber an einer solch seichten Stelle wie hier? Sie kniete nieder, hob das Kleine mit beiden Händen aus dem Wasser und legte es in die Schürze ihres Kleides. Während sie es sanft abtrocknete, fiel ihr auf, dass ein Bein eigenartig verdreht war. An einem der Flügelchen haftete Blut. Also war doch ein Räuber am Nest gewesen und vermutlich gestört worden, sodass er das Küken verletzt zurückgelassen hatte.

Katharina stand auf. Zum Glück gab sie so gut auf die

Schwäne acht. Ein Schwanenkind hatte sie zwar noch nie gesund gepflegt, aber sie war bereit, alles dafür zu tun, um dem Kleinen das Leben zu retten.

Nach Katharinas Empfinden dauerte es eine Ewigkeit, bis sie mit dem jämmerlich piepsenden und zitternden Schwanenkind endlich die Lindenallee erreichte. Diese breite, mit riesigen alten Bäumen gesäumte Zufahrt zweigte vom Uferweg ab und führte direkt zum Gasthaus ihrer Eltern. Der Kies bohrte sich in ihre nackten Fußsohlen, aber sie achtete nicht darauf. Was, wenn es schon zu spät war für den kleinen Schwan?

Kurz bevor Katharina das zweiflügelige, verwitterte Gebäude erreichte, in dem sie mit ihrer Familie lebte, kamen ihre beiden Schwestern angelaufen.

»Was hast du denn da in der Schürze?«, fragte Lilly neugierig.

Sie war ein gutes Jahr älter als Katharina, aber Katharina fand, dass man diesen Altersunterschied nicht bemerkte. Selbst an Größe stand sie ihrer Schwester nicht nach. »Ein Küken«, erwiderte Katharina, hielt den Stoff aber schützend über dem Flaumbündel zusammen.

»Ein kleines Entchen?« Auch Helena, mit fünfzehn Jahren die Älteste von ihnen, spähte über Katharinas Schulter. In der Hand hielt sie zwei Schläger und einen Federball.

»Es ist ein Schwan.« Katharina machte ein paar Schritte Richtung Haus.

»Zeig doch!« Lilly griff nach dem Stoff und zog daran.

»Nein!« Katharina wich zur Seite. »Es ist verletzt! Lasst mich jetzt weiter, ich muss es zu Papa bringen! Der hat schon so viele Tiere gesund gemacht!«

»Wir sehen uns das Kleine nachher an, Lilly«, sagte Helena ruhig. »Katharina muss es erst einmal versorgen. Und wir wollten doch eine Partie Federball spielen!«

»Na gut.« Nur widerwillig ließ Lilly sich einen der Schläger in die Hand drücken.

Katharina eilte erleichtert weiter, hetzte die steinernen Treppen zum Portal des Lindenhofs hinauf und lief durch die dunkle Eingangshalle mit der langen Theke. Kurz bevor sie die Treppe erreichte, die zum Arbeitszimmer ihres Vaters führte, traf sie auf ihre Mutter.

»Wo sind denn deine Schuhe?«, fragte Elisabeth Lindner streng.

»Ich … ähm, die sind noch … vorne, am Wasser.«

»Du holst sie sofort!«

»Bitte, Mutter, ich habe hier einen kleinen Schwan. Den muss ich Papa zeigen …«

»Du weißt doch, dass du keine wilden Tiere herbringen sollst, Katharina!«

»Es ist doch kein wildes Tier! Es ist ein Küken! Ganz klein und …«

»Wenn es nach dir ginge, hätten wir hier bereits einen Zoologischen Garten. Du gehst jetzt auf der Stelle zurück zum See, setzt das Viech ab und holst deine Schuhe!«

»Nein!«, erwiderte Katharina trotzig. »Papa wird ihm bestimmt helfen, und ich hole die Schuhe dann spä…«

Katharina hörte das Klatschen und zuckte zusammen. Dann setzte das Brennen auf ihrer Wange ein.

»Du widersprichst nicht! Hast du verstanden!« In die Augen ihrer Mutter war der stechende Blick getreten, den Katharina so hasste. »Und jetzt bringst du es …«

»Elisabeth!« Vater stand auf der Treppe. »Was gibt es denn Schlimmes?«

Die Mutter versteifte sich. »Sie ist ungehorsam!«

»Ich habe«, Katharina hielt sich aufrecht, während sie mit aller Macht die Tränen zurückhielt, »ein Schwanenküken gerettet. Es blutet. Und es ist verletzt.«

»Und was daran rechtfertigt eine Ohrfeige, Elisabeth?«, fragte der Vater.

Durch die hagere Gestalt ihrer Mutter ging ein Ruck. »Stelle meine Entscheidungen nicht immer infrage, Gustav«, sagte sie eisig. »Ohne mich würden dir alle drei Kinder auf der Nase herumtanzen.«

»Das sehe ich anders«, gab der Vater zurück und kam die Treppe herunter. »Jetzt zeig mir mal das Schwänchen.«

Das Gesicht der Mutter versteinerte sich. »Vergiss niemals, dass du dein marodes Gasthaus ohne mich schon längst ruiniert hättest, Gustav Lindner«, presste sie aus schmalen Lippen hervor. »Ohne mich wärst du ein Niemand!« Sie wandte sich ab und ging zur Rezeption zurück.

Katharina atmete auf. Die Kälte, die zwischen den Eltern herrschte, war beinahe noch schlimmer als die unerbittliche Strenge, welche die Mutter ihr und ihren Schwestern gegenüber an den Tag legte. Jeden Abend betete Katharina dafür, dass sie sich endlich vertrugen – auch wenn der liebe Gott sie bisher nicht erhört hatte.

»Lass uns in die Küche gehen«, sagte der Vater und legte den Arm um sie. »Ich werde sehen, was ich für dein Findelkind tun kann!«

Käthe, die Köchin, murrte zwar, als Katharina ihre Schürze mitsamt Küken auf dem Küchentisch ausbreitete, holte dann aber ungefragt Leukoplast, ein Kästchen mit Verbandsmull und eine Schere.

Der Vater hob vorsichtig einen der kleinen Flügel an. »Das Blut am Flügel stammt von einer Bisswunde. Hier können wir nicht viel tun, außer zu hoffen, dass sich nichts entzündet. Das Bein dagegen«, er drehte das Kleine zur Seite, »scheint mir angebrochen zu sein. Spürst du diese unebene Stelle hier?«

Katharina tastete mit ihrer Fingerkuppe über das kurze Beinchen und nickte.

»Auch wenn es nur angebrochen ist«, fuhr der Vater fort und hielt das Küken sanft davon ab, davonzulaufen, »müssen wir es geraderücken und mit einem Verband fixieren.«

Katharina griff sofort nach dem Verbandsmull. »Wie groß soll ich ihn abschneiden?«

»Zwei Fingerbreit.«

Katharina betrachtete nachdenklich ihre Hand. »Deine Finger, Papa? Oder meine?«

Der Vater lachte. »Gute Frage. Nimm drei von deinen.«

Konzentriert legte Katharina die drei mittleren Finger

ihrer rechten Hand aneinander und begutachtete sie. Dann nahm sie die Schere und schnitt sorgfältig durch das luftige, helle Gewebe. »Wenn ich groß bin«, sagte sie, ohne die Augen von ihrer Arbeit zu nehmen, »werde ich eine Heilerin.«

»Das kann ich mir gut vorstellen.« Der Vater lächelte. »Du wirst sicherlich eine hervorragende Krankenschwester.«

Katharina stutzte, legte die Schere zur Seite und sah auf. »Nein, Papa. Ich werde nicht Krankenschwester.«

»Nein?«

Sie hob das Kinn. »Ich werde Doktor.«

Der Vater hielt inne. Dann zwinkerte er ihr zu.

»Ein Doktor für Menschen natürlich«, fügte sie schnell an. »Nicht für Schwäne.«

»Das hätte ich mir eigentlich denken können.« Er übergab ihr vorsichtig das Küken. »Dann passen Sie jetzt gut auf, wie man ein Bein schient, Fräulein Doktor.«

Katharina hielt das zappelnde Schwänchen fest, während der Vater die Verletzung behandelte und anschließend verband. Trotz aller Vorsicht schrie es vor Schmerzen. Kaum war der Vater fertig, fiel es in eine Art Starre.

»Das kommt manchmal vor«, sagte der Vater beruhigend, als Katharina besorgt zu ihm aufsah. »Jetzt kommt es darauf an, ihm viel Wärme und Geborgenheit zu geben.«

»Ich nehme es mit in mein Bett«, sagte Katharina sofort, wickelte das Schwanenkind behutsam in die Schürze ein und hob es hoch.

»Es ist gut, wenn du es in den nächsten Tagen viel bei dir

hast, aber ins Bett gehört es nicht. Wir gehen jetzt in meine Werkstatt und basteln eine kleine Kiste. Käthe soll dir eine Bettflasche geben und Handtücher. So kannst du ihm ein schönes Nest bauen.«

»Ich setze gleich Wasser auf«, verkündete Käthe, die am anderen Ende der Küche stand und Kartoffeln schälte.

»Er muss auch was essen«, stellte Katharina fest.

»Ganz genau.« Der Vater nickte und packte die Reste der Mullbinden zurück in das Kästchen. »Käthe – würden Sie einen Maisbrei machen? Ohne Salz?«

»Das braucht eine halbe Stunde«, erwiderte die Köchin.

»Kann es denn so lange warten, Papa?«, fragte Katharina beunruhigt.

»Gib ihm derweil etwas Wasser. Später kannst du ihm auch klein geschnittenes Gras anbieten.«

»Ich werde alles genauso machen, wie du es sagst«, versprach Katharina, die das Küken behütend an sich drückte. »Hoffentlich lässt Mutter es mich behalten.«

»Wir hatten in diesem Jahr bereits eine Kröte, eine Amsel, zwei Igel und mehrere Regenwürmer in Obhut«, erwiderte ihr Vater schmunzelnd. »Da kommt es auf ein Schwanenkind auch nicht mehr an. Ich rede mit ihr.«

Es wurde Katharinas Schwanenjahr. Sobald er laufen konnte, folgte der kleine Schwan ihr überallhin. Er watschelte mit ihr durch den Park, zum Schwimmen und Gründeln an den See, und er ließ sich auch nicht davon abhalten, sie zum Einkaufen ins Städtchen zu begleiten. Weil es bis in die Meersburger

Oberstadt zu weit für ihn war, trug Katharina ihn den steilen Berg hinauf, zumindest, solange er noch nicht zu groß und zu schwer für sie war. Mehrmals versuchte sie gemeinsam mit ihrem Vater, ihn zu seiner Familie zurückzubringen, was jedes Mal misslang, weil der Kleine Katharina als seine Mutter angenommen hatte und sich jedem Trennungsversuch hartnäckig verweigerte. So wurde Katharina die Zeugin seiner ersten Flugversuche im Juli, sah im Januar die ersten weißen Federn im graubraunen Gefieder und musste sich im beginnenden Frühjahr schließlich schweren Herzens von ihrem Schwanenkind trennen. Der Vater hatte ihre bitteren Tränen einfühlsam getrocknet. Das Beste für ihren Schützling war nun einmal ein echtes Schwanenleben draußen in der Natur.

Und so machten sie sich an einem sonnigen Märztag auf, ruderten hinüber nach Konstanz und weiter bis zum Gnadensee, wo sie bei Allensbach eine Gruppe anderer Jungschwäne entdeckten, die in diesen Tagen von ihren Eltern aus den Nestern vertrieben worden waren. In dieser Gemeinschaft, so versicherte der Vater, würde ihr Schwanensohn sicher sein und in Ruhe ganz erwachsen werden können.

Schließlich war es so weit.

Katharina streichelte ihn ein letztes Mal, dann ließen sie ihn langsam ins Wasser gleiten. Mit ruhigen Ruderschlägen schufen sie Abstand, damit er seine Umgebung wahrnehmen und sich orientieren konnte. Zunächst schwamm er irritiert umher, kehrte noch einmal zum Boot zurück, so, als wolle er wieder mit ihnen nach Hause fahren. Doch dann lockte die Freiheit.

Mit kräftigen, lauten Flügelschlägen erhob er sich aus dem Wasser und glitt erhaben über die gleißend glitzernde Oberfläche des Gnadensees hinaus in sein eigenes Leben.

TEIL 1
HOHE ERWARTUNGEN

Oktober bis Dezember 1927

1. KAPITEL

Meersburg am Bodensee, sechzehn Jahre später, Ende Oktober 1927

Katharina hielt die Lider geschlossen, während der nasse Birkenquast in gleichmäßigem Rhythmus auf ihren nackten Rücken klatschte. Der angenehme Geruch des Reisigs mischte sich unter die feuchte, heiße Luft, die sie einhüllte und schläfrig machen wollte, die sanften Schläge aber wirkten auf entspannende Art erfrischend.

Sie blinzelte und sah zu Helena, die gerade einen Schöpfer in den Holzbottich neben dem Ofen tauchte und Birkensud auf die heißen Steine über dem Feuer goss. Zischender Dampf stieg auf, die Temperatur in der holzgetäfelten Badestube stieg noch einmal merklich an, das Birkenaroma verstärkte sich.

»Ist es euch angenehm?«, fragte Helena mit gedämpfter Stimme.

»Es ist genau richtig«, erwiderte Lilly und fuhr fort, Katharinas Rücken mit federleichten Streichen zu bearbeiten.

»Du musst es mir beibringen, Lilly«, murmelte Katharina träge. Sie lag bäuchlings auf einer der oberen Bänke der Banja. Das traditionelle russische Dampfbad stand im Garten von Lillys Wohlfühl-Refugium neben dem Grandhotel Lindenhof und funktionierte ähnlich wie eine finnische Sauna.

»Das Quästen?«, fragte Lilly, die sich auf der darunterliegenden Holzbank so platziert hatte, dass sie Katharina mit den zu einem Bündel geschnürten Birkenzweigen behandeln konnte.

»M-hm«, seufzte Katharina wohlig. »Auch wenn es ein eigenartiges Wort ist. Quäs-ten.«

»Ein eigenartiges Wort für ein gesundes Ritual.« Lilly lachte leise. »Du darfst jederzeit an mir üben, kleine Schwester.«

Helena legte den Schöpfer ab und setzte sich auf die unterste der drei Bankreihen. »Beim Quästen muss man ein paar Dinge beachten.« Sie schmunzelte. »Sonst sieht Lilly am Ende aus, als wäre sie ausgepeitscht worden.«

»Allzu kompliziert wird es wohl nicht sein.« Katharina hob den Kopf und sah zu Helena, deren langes, dunkles Haar sich feucht über Schultern und Rücken ringelte.

»Für dich als angehende Medizinerin sicherlich nicht.« Helena lehnte sich zurück an die Holzwand und begann, ihre Strähnen zu flechten.

»Am wichtigsten ist, dass die Ruten noch Blätter tragen«, erklärte Lilly. »Und dass sie entweder frisch geschnitten oder gut eingeweicht wurden. Denn nur dann sind sie geschmeidig genug, damit die Behandlung nicht wehtut. Man beginnt an den Fußsohlen …«

»Das erklärst du mir am besten noch einmal ausführlich, wenn ich an Weihnachten wieder nach Hause komme, Lilly«, unterbrach Katharina sie sanft. »Mein Gehirn meldet mir gerade, dass es ihm zu heiß ist, um irgendetwas Fachliches zu verarbeiten.«

»Weihnachten«, murmelte Helena nachdenklich. »Weihnachten ist in knapp zwei Monaten.«

»Zwei Monate vergehen schnell«, stellte Lilly fest. »Hans arbeitet schon an seinem Wunschzettel!«

Helena lachte. »Ich ahne, dass auch die anderen Kinder bald damit anfangen. Jedenfalls die, die schon schreiben können.«

»Ich glaube, ich sollte auch einen Wunschzettel verfassen.« Katharina verschränkte ihre Arme vor dem Oberkörper, legte ihren Kopf darauf und schloss die Augen. »Ich würde mir ein Flugzeug wünschen, mit dem ich euch jederzeit kurz entschlossen besuchen könnte.«

»Ich werde beim Christkind ein gutes Wort für dich einlegen«, versicherte Lilly.

Eine Weile genossen sie schweigend die Hitze der Banja. Katharina lauschte dem Knistern des Feuers und dem säuselnden Geräusch des Birkenquasts, spürte die vertraute Nähe ihrer Schwestern und die unerschütterliche Verbundenheit mit diesem Stückchen Erde – ihrer gemeinsamen Heimat am Bodensee. Zugleich verstärkte sich die Wehmut, die sich auch nach all den Jahren zuverlässig einstellte, wenn die vorlesungsfreie Zeit zu Ende ging. Dieses unbehagliche Gefühl scherte es einen feuchten Kehricht, dass Katharina sich im Grunde ihres Herzens darauf freute, nach München zurückzukehren. Störrisch machte es sich in ihrer Magengrube breit.

In diesem Augenblick hielt Lilly mit ihren Schlägen inne. »So! Genug gequästet! Höchste Zeit für eine Abkühlung!«

Katharina drehte sich um und setzte sich gemächlich auf. »Ginge es nach mir, könntest du noch ein bisschen weitermachen.«

»Ich weiß.« Lilly grinste, legte die Birkenzweige zur Seite und stieg von der Bank. »Wer zuerst am See ist!«

Helena strich eine feuchte, dunkle Locke zur Seite, die sich nicht in ihren Zopf hatte zwingen lassen. »Wenn ich Vorsprung bekomme!«

»Rennt nur voraus!« Katharina schob die Füße über die Holzkante der oberen Bank. »Ich hole euch sowieso ein.«

Nacheinander verließen die drei die Banja, liefen nackt, wie sie waren, durch die abendkühle, gepflegte Gartenanlage des Lindenhof-Refugiums und über die Uferstraße zum See. Lachend wateten sie hinein. Das Gestade war recht flach, erst nach einigen Metern wurde das Wasser so tief, dass sie schwimmen konnten.

Katharinas Haut prickelte, als die kalten Wellen ihren erhitzten Körper umflossen. Sie ließ sich von ihnen hinaustragen, spürte, wie sie mit dem Element verschmolz, in dem sie sich, seit sie denken konnte, sicher und geborgen fühlte.

Einige Kraulzüge später drehte sie sich um. Helena und Lilly waren zurückgeblieben und spritzten sich kichernd gegenseitig nass. Einige Augenblicke lang sah Katharina ihnen zu, dann holte sie tief Luft und tauchte mit kräftigen Schwimmzügen bis zum Seegrund. Die Welt blieb zurück, und in der Stille unter Wasser löste sich allmählich der abschiedsschwere Knoten in ihrem Bauch. Ihr Geist wurde klar.

Als ihre Lungen nach Sauerstoff verlangten, kehrte sie an die Wasseroberfläche zurück, drehte sich auf den Rücken und sah in den Abendhimmel, an dem bereits die ersten Sterne heraufgezogen waren.

Eine tiefe Dankbarkeit hatte die Wehmut verdrängt. Sie war privilegiert, nicht nur in materieller Hinsicht. Schon seit sie als junges Mädchen als Hilfsschwester im Meersburger Spital gearbeitet hatte und anschließend von zu Hause fortgegangen war, um am Mädchengymnasium in Karlsruhe das Abitur zu machen, durfte sie ihr Leben frei und eigenverantwortlich gestalten. Ihre Familie trug jede ihrer Entscheidungen nicht nur mit, sondern unterstützte sie vorbehaltlos. In einem Jahr würde sie die Ärztliche Staatsprüfung abgelegt haben und nach dem sich anschließenden Praktischen Jahr endlich Ärztin sein. Eine Berufung, die sie von klein auf in sich gefühlt hatte. Ihr Leitstern, dem sie unbeirrt folgte.

Eine Schwanenfamilie gründelte an ihr vorbei. Katharina bewegte sich kaum, wartete, bis die eleganten Wasservögel weitergezogen waren, dann machte sie sich auf den Weg zurück ans Ufer. Als sie näher kam sah sie, wie ihre Schwestern ihr auffordernd zuwinkten.

»Menschenskinder, Katharina«, tadelte Helena lachend,

als Katharina sich schließlich im knietiefen Wasser aufrichtete. »Das Abkühlen soll nicht zur Expedition ausarten, sondern nur ein kurzer Reiz sein.«

Katharina fuhr sich lächelnd durch ihr schulterlanges, hellblondes Haar und drückte die Nässe aus. »Bei mir braucht es halt länger, bis es mich reizt.«

»Es ist wie bei allem.« Helena stupste sie schmunzelnd in die Seite. »Du bist die Jüngste und zugleich die Härteste von uns.«

Katharina grinste.

Lilly lief bereits über die kleinen Steine am Strand. »Auf zur zweiten Runde!« Ihr goldblondes Haar hatte sie zu einem entspannten Knoten zusammengesteckt.

»Wir kommen!« Helena verließ ebenfalls das Wasser. »Schließlich wollen wir nachher noch Katharinas Abschied feiern!«

»Immer diese Feste!« Als Letzte huschte Katharina über die spitzen Kiesel des Ufers, vergewisserte sich, dass keine Passanten in der Nähe waren, querte die Uferstraße und folgte ihren Schwestern durch einen schmalen Durchlass zurück in den Garten. »Ihr wisst, dass ich so ein Bohei gar nicht brauche.«

»Aber wir«, gab Helena launig zurück. »Damit du uns im Trubel deines Studentenlebens nicht vergisst.«

»Wie könnte ich!«

Helena legte Katharina eine Hand auf die Schulter. »Jetzt dauert es nicht mehr lange, bis du mit dem Studium fertig bist. Dann kommst du zurück an den See. Wir ergänzen uns perfekt. Das Grandhotel mit seiner Weltläufigkeit und seiner Kulinarik, Lillys Lindenhof-Refugium rund ums Wohlfühlen und als Krönung: deine Arztpraxis in einem eigenen Anbau!«

»Bis dahin ist es noch ein weiter Weg«, wandte Katharina ein. »Erst einmal muss ich in Kliniken meine Erfahrungen sammeln.«

»Der Tag kommt, an dem wir wieder zusammen sein werden«, prophezeite Helena zuversichtlich.

Gemeinsam mit ihrem Ehemann Maxim und der Hilfe ihres Vaters Gustav hatte sie aus dem früheren Gasthaus der Familie in Meersburg ein Haus allerersten Ranges gemacht: Das Grandhotel Lindenhof, dessen exzellenter Ruf mittlerweile bis weit über die Grenzen der Deutschen Republik hinausreichte. Mit dazu beigetragen hatte sicherlich das Lindenhof-Refugium, das auf einem ehemaligen Nachbargrundstück entstanden war und neben einer Schwimmhalle und einem Wasserbecken nach Sebastian Kneipp einen Schönheitssalon und mehrere Massage- und Erholungsräume bot. Im Garten gab es lauschige Ruhebereiche – und ebenjene russische Banja, in der sie heute Katharinas Abschiedsabend einläuteten.

»Wo bleibt ihr denn?«, rief Lilly, die stehen geblieben war und mit einer Hand wedelte. »Wenn ihr noch feiern wollt, dann sollten wir uns ein bisschen beeilen. Außerdem ist mir kalt!«

»Die Nacht ist doch noch lang«, gab Helena kichernd zurück, während sie Katharina mit sich zog.

Im letzten Abendlicht zeichneten sich die Konturen von Hecken und Bäumen ab, ein einzelner Vogel ließ sein Lied erklingen, ab und an raschelte es im Gebüsch.

Plötzlich machte Helena eine warnende Handbewegung und hielt inne. Katharina erfasste sofort den Grund: einen kräftigen Schatten, der sich aus Richtung des Hotels auf die Banja zubewegte.

»Ich dachte, heute dürfen keine Gäste in die Banja«, wisperte Lilly. »Unsere Kleider sind im Ruheraum. Wir können doch nicht splitternackt …«

»Es ist überall angekündigt, dass die Banja und der Garten heute Abend geschlossen sind«, antwortete Helena. »Daher würde es mich wundern, wenn jemand einfach so versucht, hineinzukommen.«

»Vielleicht hat sich dieser Jemand einfach nur verirrt?«, mutmaßte Lilly.

Katharina kniff die Augen zusammen. Die füllige Silhouette konnte eigentlich nur einem gehören. »Das sieht sehr nach Pater Fidelis aus!«

»Der Pater? Aber er weiß doch auch, dass wir …«, sagte Helena leise.

Die drei starrten auf die Gestalt, die irgendetwas zu suchen schien.

»Was machen wir jetzt?«, flüsterte Lilly.

»Wir gehen vorsichtig weiter, er wird schon nicht tot umfallen.« Katharina war sich sicher, dass es sich um den Ordenspriester mit Münchner Wurzeln handelte, der vor Jahren längere Zeit im Lindenhof gelebt hatte und seither Teil der Familie war. Mittlerweile pendelte er zwischen seinem Bregenzer Heimatkloster Mehrerau und dem zur Wallfahrtskirche Birnau gehörenden Priorat seines Zisterzienserordens hin und her. Dabei fand er genügend Gelegenheiten, um immer wieder ein paar Nächte im Lindenhof zu verbringen.

»Also ich geh nicht«, stellte Lilly klar. »Selbst wenn es Pater Fidelis ist.«

»Wartet!« Katharina ging zu einer der riesigen Fächerpalmen, die in ihren Kübeln über die Gartenfläche verteilt standen und noch nicht ins Winterquartier gebracht worden waren. Sie brach einen der Wedel ab und hielt ihn schützend vor ihren Körper, während sie sich dem Ordenspriester näherte. Als sie nur noch wenige Schritte von ihm entfernt war, drehte er sich um.

»Fräulein Katharina!«, entfuhr es ihm, während er sich die Hände vor die Augen schlug. »Ich denk, ihr drei Madeln seid in der Schwitzküche!« So nannte der Pater die Banja.

»Wir haben uns kurz im See abgekühlt«, erwiderte Katharina. »Gerade wollten wir einen zweiten Durchgang beginnen.«

»Und ausgerechnet da lauf ich euch über den Weg!«

»Oder wir Euch. *In puris naturalibus,* sozusagen«, zitierte Katharina einen der Lieblingssprüche des Paters. Ihr fiel es schwer, sich das Lachen zu verkneifen.

»Ich schein die Nackerten anzuziehen wie das Licht die Fliegen«, seufzte dieser und drehte seinen Kopf so weit zur Seite, dass er anstelle von Katharina den Stamm einer Birke betrachten konnte. »Ich wär auch ganz g'wiss net einfach so hergekommen, aber ich such den Hendrik.«

Der zweieinhalbjährige Sohn von Lilly und Felix war genauso unerschrocken wie flink. Nicht auszudenken, wenn er in den See fiele.

»Wir ziehen uns an und helfen suchen!«

»Machts des!« Den Blick noch immer fest auf die Birke gerichtet rückte der Pater seine schwarz-weiße Ordenstracht zurecht. »Ich schau zurück zum Lindenhof. Vielleicht hat ihn ja schon jemand eingefangen. Und entschuldigen's noch mal, Fräulein Katharina! Für die Unannehmlichkeit.« Er räusperte sich, bevor er sich etwas ungelenk zurück in Richtung Hotel bewegte, peinlich bemüht, Katharina den Rücken zuzuwenden.

Helena und Lilly schlossen zu ihr auf. »Sie suchen Hendrik«, sagte Katharina gleich.

»Nicht schon wieder!« Lilly hastete in den Ruheraum, um sich anzuziehen.

Katharina und Helena folgten. »Ich bin mir sicher, dass Felix ihn bereits gefunden hat«, beruhigte Katharina ihre Schwester, schlüpfte aber ebenfalls rasch in ihr Kleid. »Er kennt die Verstecke eures Sohnes am besten.«

»Mag sein«, Lilly war schon auf dem Weg zur Tür. »Aber auch er ist nicht unfehlbar!«

Während Lilly zum Ufer zurückging, um dort zu suchen, durchkämmten Katharina und Helena systematisch das Lindenhof-Refugium und die Umgebung der Banja. Von Hendrik keine Spur.

»Lass uns zum Hotel zurückgehen«, schlug Katharina schließlich vor. »Wir sollten uns mit den anderen abstimmen.«

Sie spähten angestrengt in die Dunkelheit, während sie den verschlungenen Kiesweg entlanggingen, der das Hotel mit dem Refugium verband. Doch von dem Kind war weit und breit nichts zu sehen.

Wenige Minuten später erreichten Helena und Katharina das Grandhotel Lindenhof, dessen beide mehrstöckigen Flügel durch eine weitläufige Halle miteinander verbunden waren. Die großzügige Architektur des Gebäudes inmitten einer üppigen Parklandschaft erinnerte an ein Herrenhaus und bot nächtlichen Ausreißern genügend Verstecke.

Stimmengewirr schlug ihnen entgegen, als sie die mit Travertinsäulen, Kübelpalmen und Korbmöbeln ausgestattete Empfangshalle betraten.

»Machts die Tür zu!« Noch bevor sie sich umsehen konnten, stand Pater Fidelis vor ihnen. »Wir haben ihn erwischt!«

»Gott sei Dank!«, entfuhr es Helena.

Katharina schloss sofort die Flügeltür des Eingangsportals.

In diesem Moment flitzte der Gesuchte an ihnen vorbei. Instinktiv griff Katharina nach dem Kind, während Felix sich von der anderen Seite näherte und seinem Sohn den Weg abschnitt. Eine Minute später fand sich der kleine Ausreißer sicher auf dem Arm seines Vaters wieder.

»Wo ist denn Lilly?«, fragte Felix und sah sich um. »Sie war doch mit euch in der Banja!«

»Sie sucht noch nach Hendrik«, erwiderte Helena. »Unten am See.«

Felix drückte Katharina das Kind in den Arm. »Dann werde ich nach ihr sehen und ihr vom glücklichen Ausgang des Abenteuers berichten.«

»Wo hatte er sich denn diesmal versteckt?«, erkundigte sich Katharina.

»In unserem Automobil«, erwiderte Felix. »Kaum hatte ich ihn entdeckt, ist er gleich noch einmal ausgebüxt.«

»Papa!«, krähte Hendrik, und seine hellblonden Locken wippten. »Ich will Schokolade!«

»Die hast du dir aber nicht verdient«, erwiderte Felix tadelnd und drückte seinem Sohn einen Kuss auf die Backe. »Außerdem gehörst du längst ins Bett!«

»Da ist er ja, der Racker!« Helenas Ehemann Maxim trat zu ihnen. An der Hand hielt er Lidia, die kleinere seiner beiden Töchter. »Lidia hat sich geweigert, zu schlafen, solange Hendriks Verbleib ungeklärt ist.« Er grinste. »Außerdem verlangte sie nach dem Gutenachtkuss ihrer Mama.«

»Kinder …«, stöhnte Helena lachend und nahm ihr Töchterchen auf den Arm.

»Ich wollte auch nicht schlafen!« Magdalena, Helenas Ältere, drückte sich an Katharina. »Aber ich bin ja auch schon fast acht. Da darf ich viel länger aufbleiben als Lidia und mit den Erwachsenen mitfeiern!«

»Darf ich mit dir mitkommen, um Mama zu suchen?«

Hans, Lillys fast neunjähriger Sohn aus erster Ehe, gesellte sich zu ihnen und sah Felix fragend an.

»Selbstredend«, erwiderte Felix und legte dem dunkelblonden Jungen einen Arm um die Schulter.

Die Geste war beschützend und wertschätzend zugleich, und Katharina wurde einmal mehr bewusst, welche Innigkeit zwischen Hans und Felix bestand, auch wenn sie nicht blutsverwandt waren. Doch was sagte Blutsverwandtschaft schon aus? Auch Helena war nicht die leibliche Schwester von ihr und Lilly, und doch könnten sie einander näher nicht stehen.

»Wir machen uns auf den Weg und fangen Lilly ein, damit wir endlich mit dem Abschiedsfest beginnen können«, erklärte Felix.

Katharina schob ihren Neffen auf die Hüfte und öffnete noch einmal die Tür, um Felix und Hans hinauszulassen.

»Lass uns die beiden Kleinen zu Edith bringen«, sagte Helena, als das Schloss leise klackte. »Wenn sie in der Obhut ihres Kindermädchens sind, können wir uns um die letzten Vorbereitungen für das Festessen nachher kümmern.«

»Ich habe doch schon seit heute Morgen einen wunderbaren Abschiedstag«, erwiderte Katharina und strich über Hendriks Rücken. »Käthes großes Frühstück, die Ausfahrt in Maxims Automobil nach Überlingen, der Kaffeetisch mit der Meersburger Schlosstorte, der Nussschaumtorte und etwa zwanzig weiteren Kuchen …«

»Jetzt übertreibst du aber«, unterbrach Helena sie lachend. »Es waren höchstens neunzehn.«

Mit den Kindern auf dem Arm schlängelten Katharina und Helena sich durch einige in Grüppchen stehende Hotelgäste zur breiten Marmortreppe, die in die oberen Stockwerke führte. Hendrik kuschelte sich eng an Katharina. Seine heutigen Eskapaden hatten ihn sichtlich müde gemacht.

Bevor sie die Stufen zu den beiden großen Suiten hinaufstiegen, in welchen Helena und Lilly mit ihren Familien wohnten, hielt Katharina einen Moment inne und sah zurück auf den Trubel des Vestibüls.

Morgen früh würde sie wieder einmal auf dem Hof vor dem Grandhotel stehen und einen letzten Blick auf die in warmem Gelb gehaltene Fassade des Lindenhofs mit ihren weißen Sprossenfenstern werfen. Pater Fidelis würde auf der Empore vor dem Eingangsportal Position bezogen haben und über die prächtige steinerne Balustrade hinweg seinen Rosenkranz schwingen, die Angestellten sich zum Abschied auf der doppelläufigen Steintreppe verteilen und winken, bis die Wagen mit Katharina und ihrer Familie die Lindenallee hinuntergefahren und auf die Uferstraße eingebogen waren. Am Hafen würden der Fischer Eddi und zwei seiner Freunde warten, um sie alle mit Booten nach Friedrichshafen zu bringen. Maxim und Felix würden sich wie immer darum streiten, wer ihr Gepäck zum Zug tragen dürfte, der Vater sich derweil den größten Koffer schnappen und ins Abteil tragen. Die Köchin Käthe würde ihr einen prall gefüllten Picknickkorb reichen, Lilly und Helena damit beschäftigt sein, ihre Kinder zu bändigen, die am liebsten die Lokomotive erklimmen würden.

Schließlich würde sie am Fenster ihres Abteils stehen und auf die Köpfe ihrer Lieben auf dem Bahnsteig schauen, die sich davor drängten. Man würde scherzen, um den Abschiedsschmerz zu überspielen, und mit dem Winken beginnen, sobald der Zug anfuhr und alle in die unvermeidliche Rußwolke hüllte. Sie würde zurückschauen, bis die letzte Hand mit Taschentuch aus ihrem Blickfeld verschwunden sein würde.

Anschließend würde sie bedrückt das Fenster schließen, sich an ihrem Platz einrichten, die Landschaft vorbeifliegen sehen und ihre Gedanken schließlich auf das richten, was auf sie wartete: ihr Leben in München.

»Träumst du?«, hörte sie Helena fragen.

»Ja«, antwortete Katharina lächelnd.

2. KAPITEL

München, in der Mansarde eines Mietshauses in der Jahnstraße, Mitte November 1927

Zischend leckte die Flamme des gusseisernen Spirituskochers über den Boden des Stieltopfes und brachte die frische Milch darin zum Kochen. Katharina gab einen halben Löffel Kakaopulver dazu, ließ kristallweißen Zucker hineinrieseln und verquirlte alles mit einem Schneebesen zu einer schokoladefarbenen Köstlichkeit, auf der feine Schaumbläschen tanzten. Der süße Duft verstärkte sich, als sie das heiße Getränk in einen Becher aus Steingut füllte, dessen hellblaue Glasur bereits zahlreiche Macken und Risse aufwies – er begleitete sie seit ihrer Kindheit.

Sie drehte den Kocher aus und stellte den Topf beiseite, dann nahm sie den Becher in die Hand und ging durch den großzügigen Mansardenraum zu einer der beiden kleinen Gauben. Durch das Sprossenfenster sah sie über die weiß gepuderten Dächer Münchens. Hin und wieder blieb ihr Blick an einem schmuckreichen Giebel oder einem der zahlreichen Türme hängen, die in unregelmäßigen Abständen aus dem Häusermeer aufragten. Den Rauch, der aus den Schornsteinen der benachbarten Mietshäuser aufstieg, nahmen die tief hängenden Wolken auf, die sich über die Stadt gebreitet und heute noch keinen Sonnenstrahl durchgelassen hatten. Zunehmend dichter rieselten Schneeflocken vom Himmel.

Katharina wölbte die Hände um ihren Becher und nippte am heißen Kakao. Dabei beobachtete sie eine Amsel, die ein wenig verloren in der Regenrinne des Mietshauses gegenüber hockte und mit ruckartigen Kopfbewegungen ihre Umgebung im Auge behielt. Als sich der schwarz gefiederte Vogel mit dem orangeroten Schnabel erhob und in Richtung des nahe gelegenen Alten Südfriedhofs davonflog, schlugen die Glocken der umgebenden Kirchen drei Uhr.

Dass sie schon bald nach Aufnahme ihres Studiums diese Wohnung und mit Lola zugleich eine wunderbare Mitbewohnerin und Freundin gefunden hatte, empfand sie noch immer als ein großes Glück. Denn für weibliche Studenten war es schwierig unterzukommen. Wie oft hatte Katharina bei ihrer Suche nach einer Bleibe den Satz gehört: »An Damen vermieten wir nicht!« Manche ihrer Kommilitoninnen – derer es ohnehin nicht allzu viele gab – klagten bis heute über Schikanen ihrer Vermieterinnen oder, noch schlimmer, Belästigungen durch deren Männer und Söhne.

Den köstlichen, feinherben Geschmack des Schokoladengetränks auf der Zunge, drehte sich Katharina um und trat an den großen, ovalen Tisch, der unweit der Kochnische stand und dessen hölzerne Arbeitsplatte nicht nur von den unzähligen Jahren zeugte, die er wechselnden Besitzern stumm gedient hatte, sondern auch von den gegensätzlichen Charakteren der beiden Mansardenbewohnerinnen. Die eine Hälfte bot ein ausstellungswürdiges Sammelsurium an Zetteln und Skizzen, rasch dahingeworfen mit Bleistift, Kohle oder Farbstift, dazwischen fanden sich Notizen in schwungvoller Handschrift, aufgeschlagene Bücher, die braun verfärbten Überreste eines Apfels und eine elfenbeinfarbene Porzellantasse mit Goldrand, an deren Wand und Boden sich die abstrakten Reste schwarzen Tees verewigt hatten. Eine unsichtbare Trennlinie hielt das kreative Durcheinander von Katharinas Tischseite fern, auf der, sinnvoll angeordnet, Stoeckels *Lehrbuch der Gynäkologie*, Aschoffs zweibändige *Pathologische Anatomie*, ein Bleistift, ein Radiergummi, das Vorlesungsverzeichnis und ein aufgeschlagenes Heft lagen, in welches sie ihren Studienplan für die kommenden Monate eingetragen hatte. So behielt sie die Übersicht über Vorlesungen, Seminare und Kolloquien, praktische Übungen, Kurse und klinische Visiten des gerade angebrochenen Wintersemesters.

Sie stellte den Becher ab und vergewisserte sich, dass sie die Abendvorlesung des heutigen Tages richtig im Kopf hatte: Arzneimittelverordnungslehre um fünf Uhr. Bis zum Pharmakologischen Institut bräuchte sie eine knappe Stunde zu Fuß, da sie bei diesem Wetter nicht das Fahrrad nehmen wollte. Also blieb noch eine gute Stunde Zeit, um das geburtshilflich-gynäkologische Seminar nachzuarbeiten, das sie am Morgen besucht hatte. Oder sie sah in der Buchhandlung vorbei, ob das bestellte Buch …

Die Tür flog auf. »Fünf Stockwerke, sag ich nur. Fünf!« Lola bugsierte umständlich ein riesiges, in eine Decke gehülltes Paket ins Zimmer.

»Du hast ein Bild mitgebracht«, kommentierte Katharina das Offensichtliche.

»Das hätte ich nicht gemacht, wenn ich vorher gewusst hätte, dass es schneit.«

»Wir haben November …«

»Heute Morgen war es noch trocken.« Lola sah kurz zu Katharina, dann flogen ihre Augen suchend umher.

»Wir haben keine freie Wand mehr«, gab Katharina amüsiert zu bedenken und setzte sich an den Tisch.

»Es ist nur für ein paar Tage.« Lola war noch immer außer Atem. »Ich habe es schon verkauft. Es wird am Wochenende abgeholt.« Sie ruckelte das Ungetüm quer durchs Zimmer. Dann lehnte sie es neben das einzige Bild, das Katharina aufgehängt hatte: ein Blick von den Meersburger Weinbergen auf den Bodensee, von Helenas Ehemann Maxim in kräftigen Sommerfarben auf Leinwand gebannt – ihre innere Verbindung nach Hause. Sobald sie es betrachtete, verlor sie sich im Blaugrün des Sees, sah das Wechselspiel der Farben am Himmel, meinte, die Wellen im Uferkies auslaufen zu hören und die Rufe der Wasservögel zu vernehmen. Boote mit weißen Segeln zogen vorbei, die Sonne kitzelte sie in der Nase …

Katharina unterdrückte vergeblich ein Niesen. »Also gut. Wenn es nur bis zum Wochenende ist …«

»Helfgott, sagt man bei euch hier in Süddeutschland!«, kommentierte Lola gut gelaunt. »Hast du dich erkältet?«

Katharina schüttelte den Kopf und griff nach einem Taschentuch, während Lola mit zwei fließenden Bewegungen die fixierenden Schnüre löste und den Keilrahmen von der schützenden Decke befreite. Anschließend trat sie einen Schritt zurück, nahm ihren hellbraunen Glockenhut ab und strahlte Katharina erwartungsvoll an. Ihr zu einem schicken Bubikopf geschnittenes, dunkelrot gefärbtes Haar stand feucht und wirr nach allen Seiten ab.

Katharina warf einen Blick auf Lolas neuestes Werk. »Unglaublich!«, entfuhr es ihr. »Das bist wirklich du!«

In der Tat gab das Bild Lolas ausdrucksstarke Individualität wieder, das Kinn forsch emporgereckt, die dunkelbraunen, mit dunklem Khol umrandeten Augen unter schmalen Brauen auf den Betrachter gerichtet, die mit erdbeerfarbenem Rot betonten Lippen im hell gepuderten Gesicht zu einem selbstbewussten Lächeln geöffnet.

»Ich habe es in der Technik des Impressionismus nach einer Fotografie gemalt«, erklärte Lola, warf ihren Hut in Richtung Tisch und nickte zufrieden, als dieser sich, wie beabsichtigt, über die Unordnung auf ihrer Tischhälfte legte. Zwei Zettel rutschten dabei zu Boden. »Und jetzt zahlt mir der Direktor der Münchner Industrie-Bank einen stolzen Preis dafür«, fuhr sie fort. »Fünfhundert Mark, stell dir das einmal vor!«

»Er wird es hoffentlich nicht in seinem Bankinstitut ausstellen«, erwiderte Katharina trocken. »Man sieht recht viel von dir.«

»Ich hatte ja auch nichts an.« Lola grinste. »Jedenfalls fast nichts.«

»Lass mich raten: Ein Laken über der Hüfte.« Katharina schmunzelte. Lolas Lebenslust war wie ein erfrischender Wind, der hin und wieder durch die Seiten ihrer Lehrbücher fuhr und sie daran erinnerte, dass es noch mehr gab als nur ihre Studien. Manchmal zog er sie sogar mit hinaus in die bunte Welt der durchtanzten Nächte. Selbst wenn Katharina am nächsten Tag deshalb besonders früh wieder über ihren Büchern saß, geplagt von schlechtem Gewissen und der Sorge, mit ihrem Stoff hoffnungslos in den Rückstand geraten zu sein.

»Auf dem Laken bin ich gesessen«, gab Lola zurück. »Im Ernst, Katharina. Warum sollten wir Frauen nicht unsere Körper zeigen?«

»Dagegen habe ich grundsätzlich gar nichts.« Katharina legte den Kopf schief und sah weiter auf das Bild. »Aber für diesen Zweck?«

Lola hielt kurz inne. Dann zeigte sie auf ihr Selbstporträt. »Es hat eine Botschaft, gerade für die Männer. Wir Frauen sind frei zu tun, was wir wollen. Und zu zeigen, was wir wollen.«

»Hm.« Katharina kräuselte die Stirn. »Im Raucherzimmer eines Bankdirektors würde ich dieses Bild … anders betrachten.«

»Genau dort gehört es hin«, beharrte Lola. Als Tochter einer angesehenen Berliner Pastorenfamilie, die sich den althergebrachten, bürgerlichen Erwartungen der Eltern widersetzt und auf eigene Faust nach München gezogen war, um dort an der Akademie der Bildenden Künste zu studieren, scherte sie sich weder um Konventionen noch um die Meinung anderer Leute. »Außerdem brauche ich das Geld«, fügte sie etwas leiser an.

Katharina drang nicht weiter in sie. »Lass uns mit einer Tasse heißer Schokolade anstoßen, Lola. Darauf, dass wir studieren können! Von allen Freiheiten ist das die wichtigste!«

»Ein Glas Champagner wäre mir zwar lieber, aber da wir keinen dahaben …«

Katharina stand auf und füllte einen zweiten Becher.

»Du denkst an unseren Theaterbesuch heute Abend?« Lola nahm die heiße Schokolade entgegen.

»Theater?«

»Wir haben doch Karten für Karl Valentin und Liesl Karlstadt!«

»Ach!« Katharina fasste sich an die Stirn. »Das habe ich glatt vergessen!«

Lola rollte mit den Augen. »Wenn du mich nicht hättest, würdest du glatt vergessen, zu essen und zu trinken«, seufzte sie. »Und zu *leben* sowieso.«

3. KAPITEL

Das Apollo-Theater im Hotel Münchner Hof unweit des Hauptbahnhofs, am selben Abend

Der Abend war schon fortgeschritten, und das Publikum bog sich vor Lachen. Die letzten Minuten der *Orchesterprobe* trieben selbst Katharina die Tränen in die Augen. Der Mann neben ihr hielt sich den Bauch, und Lola kicherte hemmungslos in ihr Taschentuch, als Karl Valentin das Orchester auf der Bühne ins Chaos und den Kapellmeister in den Wahnsinn trieb. Liesl Karlstadt mit Dirigentenstab, Spitzbart und zerzauster Kapellmeisterfrisur war ein Bild für Götter. Die in feinstem Münchnerisch vorgetragene Wortakrobatik der beiden wurde von schön-schräger Blasmusik untermalt, beides steigerte sich im selben Takt wie die Ungeschicklichkeiten, Missverständnisse und Pannen und fand schließlich zu einem fulminanten Finale, das nicht nur mit dem konfettiartigen Regen der Notenblätter, sondern auch mit dem Verlust einiger der eingesetzten Instrumente endete.

Der Saal tobte, Beifall und Pfeifen nahmen kein Ende. Bis die letzte Zugabe zu Ende gegangen war, zeigte Katharinas Armbanduhr zehn Uhr.

»Der Valentin ist einfach einmalig. Ich habe ihn schon in Berlin gesehen!«, erklärte Lola, als sie den Apollo-Saal verließen. »Und jetzt gönnen wir uns einen Cocktail!«

»Ich sollte eigentlich noch etwas tun …«, wehrte Katharina halbherzig ab. Die Pflicht ließ sich nicht ganz abstreifen – aber auch sie hatte Lust, den Abend noch ein bisschen ausklingen zu lassen. »Wir müssen es ja nicht übertreiben«, lenkte sie ein.

»Wir übertreiben nie, wenn du dabei bist.« Lola grinste.

»Wir können ja hierbleiben«, schlug Katharina vor. »Der Münchner Hof hat doch ein Restaurant.«

»Das bestimmt schon geschlossen ist.« Lola schüttelte energisch den Kopf und hakte Katharina unter. »Lass uns in die Maximbar gehen. Der Karlsplatz ist nicht weit.«

Durch den Schnee, der reichlich fiel, zogen sie los und erreichten einige Minuten später die Maximbar im Rondell am Karlsplatz. Lola drängte sofort an den Tresen und gab, noch während sie auf den hohen Stühlen Platz nahmen, die Bestellung für zwei Mimosa auf.

»Du weißt, dass du beide trinken wirst«, merkte Katharina an und bestellte ein Glas Orangensaft.

»Und du weißt, dass du wenigstens anstoßen musst!« Lola zwinkerte ihr zu.

Es war immer das gleiche Spielchen, und es endete wie immer damit, dass Katharina und Lola sich zuprosteten, Katharina an der Champagner-Orangensaft-Mischung nippte und das Glas zu Lola hinüberschob.

»Das war wieder einmal zum Totlachen heute.« Lola trank zügig. »Schon wie er aussieht, der Valentin, so lang und so dünn, mit der riesigen Nase – und dann bewegt er sich derartig komisch …« Sie kicherte.

»Irgendwie halten sie einem den Spiegel vor, die beiden. Viele der Situationen kennt doch jeder von irgendwoher.« Katharina nahm einen Schluck von ihrem Orangensaft. »Es mit so viel Komik zu karikieren, ist genial.«

»Und die Karlstadt als Kapellmeister! Ich habe sie am Anfang gar nicht erkannt!« Lola hob kichernd das zweite Glas Mimosa. »Der Spitzbart … und wie sie dirigiert hat!« Sie fuhr mit einem imaginären Taktstock durch die Luft und wackelte mit dem Kopf, wie Liesl Karlstadt zuvor auf der Bühne.

Katharina lachte. »Du hast bereits Publikum, Lola!«

Ein Mann im eleganten Anzug, der ein paar Hocker weiter saß, sah interessiert herüber. Lola ließ den Arm sinken und setzte ein feines Lächeln auf. Der Herr nahm sein Glas und schlenderte zu ihnen herüber.

»Darf ich die Damen zum nächsten Getränk einladen?«, fragte er und deutete eine formvollendete Verneigung an. Er sprach mit einem starken englischen Akzent.

»Aber selbstverständlich!«, flötete Lola, woraufhin Katharina ihr leicht den Ellenbogen in die Seite drückte.

»Ach, komm Katharina. Nur noch eines!«

Der Herr nahm bereits neben Lola Platz.

»Für mich bitte noch einen Orangensaft«, gab Katharina sich seufzend geschlagen.

»Den wären wir fast nicht mehr losgeworden«, stellte Katharina fest, als sie eine halbe Stunde später in die Autodroschke stiegen.

»Er war aber amüsant«, erwiderte Lola mit einem glücklichen Lächeln auf den Lippen. »Ein Amerikaner in München. Und ich habe die Adresse seines Hotels!«

»Willst du ihm wirklich die Stadt zeigen?«

»Es würde mir schon Spaß machen, aber dann denkt er bestimmt, dass ich noch ganz andere Dienstleistungen anbiete.« Lola zuckte grinsend mit den Schultern. »Schade, dass Eva und Zara nicht mitgekommen sind.«

»Eva macht sich in letzter Zeit ohnehin ein wenig rar, findest du nicht?« Katharina beobachtete die Lichtkegel der Droschke und hoffte, dass das Auto auf der schneebedeckten Straße nicht ins Rutschen geriet.

»Ja. Sie hatte …« Lola machte eine abwehrende Handbewegung.

»Was?« Katharina konnte ein Gähnen nicht unterdrücken.

»Ach, egal.« Lola strich über ihren Pelzkragen. »Zara jedenfalls hat sich zu spät entschieden. Es gab keine Karten mehr.«

»Der Saal war wirklich proppenvoll.«

»So ist es jeden Abend«, erwiderte Lola. »Jeder will die *Orchesterprobe* sehen.«

»Apropos Abendunterhaltung: Ich würde gerne mal wieder ins Lichtspielhaus gehen.« Katharina sah Lola von der Seite an. »Das haben wir dieses Semester noch gar nicht gemacht.«

»Eine gute Idee.« Lola durchsuchte gerade ihre Handtasche. »Wo ist denn mein Lippenrot …«

Katharina schmunzelte. »Willst du dir jetzt noch die Lippen nachziehen?«

»Nein, aber ich möchte sichergehen, dass ich es nicht verloren habe … ah! Da ist es.« Sie klappte ihre Handtasche wieder zu. »Die Lichtspiele am Sendlinger Tor haben *Metropolis* im Programm.«

»Das ist doch der Film von der großen Stadt, in der die Arbeiter eng zusammengepfercht unter der Erde leben, und die Reichen oben«, vergewisserte sich Katharina. »Sie sind streng getrennt.«

»Genau. Das soll ein ziemliches Spektakel sein.«

»Also etwas für uns.«

»Inzwischen wurde der Film angeblich mehrfach gekürzt. Es wäre tatsächlich interessant, sich selbst ein Bild darüber zu machen, ob er gut ist oder nicht.« Lola legte eine Hand auf Katharinas Unterarm. »Wenn du schon einmal von dir aus ein Amüsement vorschlägst, sage ich ganz bestimmt nicht Nein.« Sie lächelte. »Lass uns morgen Eva und Zara fragen, ob sie Zeit und Lust haben. Wir waren schon lange nicht mehr zu viert unterwegs.«

Wenige Minuten später in der Jahnstraße

Es schneite noch immer, als sie kurz nach halb elf die Jahnstraße erreichten und gut gelaunt aus der Kraftdroschke stiegen. Katharina bezahlte den Fahrer, während Lola schon zur Haustüre ging.

»Lola! Katharina!«

Der schrille Ruf ließ Katharina innehalten. »Warten Sie einen Moment«, bat sie den Fahrer.

Als sie sich umdrehte, stand Zara bei Lola.

»Was ist denn passiert?«, rief Katharina.

»Ich … wir brauchen Hilfe!« Zara war völlig außer Atem.

»Es ist wohl etwas mit Eva.« Lola steckte den Hausschlüssel wieder ein. »Wir müssen nach Bogenhausen!«

»Können Sie uns in die Maria-Theresia-Straße bringen?«, fragte Katharina den Fahrer, der noch immer wartete.

»Kann i scho«, erwiderte er in breitestem Münchnerisch. »Des kost' dann zwei Mark zwanzig. Nachttarif, Sie wissen's ja.«

»Kommt!« Katharina winkte die Freundinnen zum Wagen. »Er fährt uns nach Bogenhausen.«

Lola schob Zara auf die Rückbank. Die vierte der Freundinnen besaß großväterlicherseits afrikanische Wurzeln und kannte Eva und Lola von der Akademie der Bildenden Künste. Neben ihrer Arbeit in einem Kinderasyl verdiente sie sich dort als Aktmodell ein paar Mark dazu.

Die Türen schlugen, der Fahrer fuhr schlingernd an. »Herrschaftszeit'n, des is a Sauwetter!«

»Was hat Eva?«, fragte Katharina noch einmal.

»Sie blutet so schrecklich, aber sie sagt nicht, was passiert ist.« Zara war völlig durchnässt. »Ich habe Angst, dass sie verblutet!«

»Hatte sie einen Unfall?«

»Nein. Es ist … zwischen ihren Beinen und wirklich so schrecklich viel Blut!«

4. KAPITEL

Bogenhausen, Pfarrkirche St. Georg, etwa um dieselbe Zeit

Thomas von Bogen hielt die Augen geschlossen, ließ die Luft in sein Saxofon strömen, hörte, wie das Instrument den Impuls zum Schwingen brachte und die innige Melodie von Johann Sebastian Bachs *Air* in samtenem Klang wiedergab. Satt und warm erhoben sich die Töne des zweiten Satzes der Suite über das Kirchenschiff, verschmolzen mit dem Klangteppich, den Frieder an der Orgel ausbreitete, zogen an Wand- und Deckengemälden vorbei, schwangen sich auf zum reich verzierten, viersäuligen Hochaltar, umflossen vergoldeten Stuck und kehrten zurück zu den beiden Musikern auf der mit Fresken bemalten Empore.

Ein Gebet aus Musik.

Es war Toms Weise, mit dem Schmerz umzugehen, der in seinem Herzen wohnte, die Erinnerungen einzuhegen, die ihn noch immer heimsuchten. An dem Tag, da er seine frühgeborene Tochter im Arm gehalten, ihre ersten und zugleich letzten Atemzüge begleitet und weinend Abschied genommen hatte. An den zerstörerischen Betrug seiner Ehefrau, die zermürbende Scheidung, das Ende seines Traumes von einer eigenen Familie. An die Flutwelle traumatischer Erlebnisse, die anschließend über ihn hinweggerollt war, in den Jahren des großen Krieges.

Vor allem aber half ihm die Musik, sich weniger schuldig zu fühlen. Warum hatte er als angehender Arzt sein eigenes Kind nicht retten können? Hätte er sich nicht gegen diesen Krieg stellen müssen, statt ihn zu rechtfertigen? Hätte er die Propaganda nicht entlarven müssen, die den Kampf zu einer existenziellen Notwendigkeit aufgebläht hatte, wo die Triebfeder in Wirklichkeit doch der gierige Imperialismus der Mächtigen gewesen war? Hatte er erste Zweifel nicht beiseitegewischt, anstatt sich ehrlich mit ihnen auseinanderzusetzen?

Erst eine schwere Lungenkrankheit hatte ihn zum Umdenken gebracht. Und selbst da war er nicht heldenhaft für seine Überzeugung eingetreten, sondern hatte sich auf sein Landgut am Chiemsee zurückgezogen, um ganz gesund zu werden.

In den Feldlazaretten, im Kampf um das Leben der Soldaten, die versehrt und verwundet von der Front zu ihm gebracht worden waren, hatte er mit Gott gehadert, und, nachdem er endlich heimgekehrt war, seinen Glauben verloren gehabt. Und doch zog es ihn immer wieder hierher, fand er Trost beim Musizieren in der von kaltem Weihrauch geschwängerten Luft seiner Bogenhausener Taufkirche. Hier hatte er beschlossen, seine Fähigkeiten als Chirurg nicht nur den vermögenden Patienten seiner Privatpraxis anzubieten, sondern auch jenen zu helfen, die am Rande der Gesellschaft lebten.

Der letzte Ton verklang.

Er setzte sein Instrument ab und schöpfte Atem, hörte, wie Frieder die Registerzüge zurückschob, und öffnete die Augen.

Frieder räusperte sich und schloss das Notenheft. »Wir sollten hin und wieder in der Heiligen Messe spielen. Ich werde mit dem Pfarrer sprechen.« Er war Organist der Kirchengemeinde und Toms engster Freund.

»Abgesehen davon, dass kein Pfarrer in ganz Bayern in der Messe ein solch profanes Instrument wie ein Saxofon dulden würde«, Tom öffnete seinen Instrumentenkoffer, »möchte ich das gar nicht, Frieder. Wenn wir Nachtschwärmer mit Tanzmusik unterhalten, ist das etwas anderes. Da haben wir unseren Spaß. Aber das hier, das geht mir unter die Haut. Das kann ich nicht teilen, verstehst du?«

Frieder rutschte von der Orgelbank und nahm ein Buch mit Kirchenliedern von einem Stapel Orgelnoten, die auf einem kleinen Hocker lagen. »Für mich persönlich wäre es eine Freude, andere teilhaben zu lassen. Und in aller Öffentlichkeit für Gott zu spielen. Aber ich weiß, dass du es anders siehst.« Er grinste Tom an. »Morgen lassen wir jedenfalls die Wände im *Simpl* wackeln.«

»Darauf freue ich mich schon!« Tom war gern im *Simplicissimus*, dem Künstlerlokal in der Münchner Türkenstraße, um hin und wieder die dort auftretenden Dichter und Rezitatoren musikalisch zu begleiten. Auf eine Gage verzichtete er konsequent – seine Praxis warf genügend ab. Ihm ging es um die Freude an der Musik und die Unterstützung der Münchner Künstlerszene, die es in der bayerischen Metropole oftmals nicht leicht hatte. Sie agierte in einer Nische und weitgehend abseits des bürgerlichen und zahlungskräftigen Publikums.

»Es wird der Tag kommen, da lauschen alle gebannt einem Konzert mit Orgel und Saxofon«, prophezeite Frieder und setzte sich zurück an die Orgel.

»Spielst du weiter?«, fragte Tom, der sein Mundstück abgenommen hatte und es mit einem weichen Tuch trocken wischte.

»Noch eine gute Stunde, denke ich. Wenn mich der Pfarrer nicht rauswirft. Und du? Lässt den Tag in Ruhe ausklingen?«

Tom sah auf seine Armbanduhr. »Ich werde noch bei einem Patienten vorbeigehen, den ich vorgestern operiert habe.« Behutsam legte er sein Saxofon in den mit kobaltblauem Samt ausgeschlagenen Koffer und ließ die beiden Schlösser einrasten.

»Um diese Uhrzeit?« Frieder schüttelte den Kopf. »Du solltest dir eine Pause gönnen und nicht immer bis in die Nacht hinein arbeiten.«

»Die beiden Stunden mit dir hier waren für mich mehr Muße und Erholung als alles andere«, erwiderte Tom und nahm seinen Koffer. Als er Frieders zweifelndem Blick begegnete, lächelte er. »Ich weiß es zu schätzen, dass du dir

Gedanken um mich machst, mein Freund. Sei beruhigt. Ich weiß mit meinen Kräften umzugehen. Außerdem ist es erst kurz nach elf.«

»Da bin ich mir nicht so sicher.« Frieder schlug das Notenbuch auf. Dann sah er noch einmal zu Tom. »Deine ersten Patienten kommen vor halb sieben am Morgen, die letzten oft noch um Mitternacht. Das wird dein Körper auf Dauer nicht goutieren.«

»Hab einen schönen Abend, Frieder.« Tom zog Mantel und Handschuhe an und nickte ihm freundschaftlich zu. »Wir sehen uns morgen.«

Die Orgel intonierte eine Motette, die Toms Weg von der Empore hinunter in den Eingangsbereich und weiter durch eine Seitentür hinaus in die kalte Novemberluft begleitete. Was sollte er mit Frieders Rat anfangen? Die Arbeit erfüllte seine Tage, die Musik seinen Geist. Mehr erwartete er nicht vom Leben. Nicht mehr.

Es schneite, als er durch die schmalen Kieswege des Friedhofs zum Grab seiner Eltern ging. Wann immer er in der Pfarrkirche musizierte, sah er bei ihnen vorbei. Sie waren noch vor dem großen Krieg bei einem Kutschenunglück umgekommen. Ein weiteres Stück seines Lebens, das ihm vor der Zeit genommen worden war.

Eine Weile blieb er vor der mit Efeu bewachsenen hellen Marmorstele stehen, auf denen ihre Namen und Lebensdaten eingraviert waren. Seine Mutter hatte ihn erst in ihren Vierzigern geboren, ein unerwartetes, spätes Elternglück, nachdem seine beiden Geschwister noch im Kindesalter an den Masern gestorben waren. Unvermittelt legte er eine Hand auf den vereisten kalten Stein, strich langsam über die glatte Oberfläche und versuchte, sich die Gesichter seiner Eltern vorzustellen. Es gelang ihm kaum. Manchmal standen sie ihm so lebhaft vor Augen, als habe er sich erst vor wenigen Tagen von ihnen verabschiedet. Heute aber blieb ihm die Erinnerung versagt.

Er hob den Blick zum Himmel, ließ ein paar der herabtanzenden, kalten Flocken auf seinem Gesicht schmelzen und machte sich auf den Weg nach Hause.

Elektrische Bogenlampen erhellten das Schneetreiben, als er an der *Drachenburg* vorbei in die Maria-Theresia-Straße einbog. Tom sah kurz hinauf, nahm beiläufig die vereinzelten Lichter in den symmetrischen Fensterreihen wahr und das Wiehern eines Pferdes. Nicht im Entferntesten erinnerte die noble Herberge für alleinstehende Beamtentöchter an eine mittelalterliche Burg. Warum der Volksmund sie wohl so getauft hatte?

Er schlug den Kragen seines Mantels hoch und packte den Saxofonkoffer fester. Zu seiner Rechten breiteten sich die winterlichen Maximiliansanlagen aus und flankierten seinen Weg über die weiß schimmernde Straße in Richtung Friedensengel. Der Schnee knirschte unter seinen Sohlen.

Nur wenige Meter weiter drang ein tuckerndes Geräusch durch den Abend. Von fern nahm Tom den Lichtkegel einer Autodroschke wahr, der über Gartengitter, Büsche und Gehsteige huschte. Der Fahrer ließ drei Personen aussteigen, wendete und fuhr vorsichtig in Richtung Prinzregentenstraße davon.

Er war fast daheim, als helle weibliche Stimmen seine Aufmerksamkeit auf sich zogen. Unwillkürlich hielt er inne und sah hinüber. Die jungen Damen unterhielten sich aufgeregt, zugleich drängten sie durch die Pforte des übernächsten Hauses. Die Witwe Gruber, deren vor langer Zeit verstorbener Gatte ein erfolgreicher Bankier gewesen war, hatte zwei ihrer zahlreichen Zimmer untervermietet. Vielleicht stand eine kleine Feier an.

Tom trat durch das fein geschwungene, weiß lackierte Gartentor in seinen großzügigen Vorgarten und ging ums Haus. Noch bevor er den Hausschlüssel aus seinem Mantel ziehen konnte, öffnete sich bereits die Tür.

»Herr Doktor!«, rief Elfi Eder, die gute Seele seines Hauses. »Gut, dass Sie endlich heimkommen! Ich habs Essen auf dem Tisch, und im Kamin brennt ein Feuer. Sie werden ja heut nimmer wegwollen.« Die Mittfünfzigerin verwechselte hin und wieder ihre Aufgabe als Haushälterin mit der einer Mutter.

»Doch, Fräulein Eder, ich muss noch einmal los.« Tom stieg die wenigen Stufen zum Eingang hinauf. »Aber zuerst werde ich Ihre Kochkunst genießen.«

Als er an ihr vorbei in die große Empfangshalle trat, erntete er einen besorgten Blick. »Sie schauen net gut aus, Herr Doktor, wenn ich mir erlauben darf, so frei zu sprechen. Sie sollt'n besser auf sich achtgeben.«

Tom hatte sich angewöhnt, die zuweilen anstrengende

Fürsorge zu ignorieren. So verzichtete er auch heute auf eine Antwort, stellte den Koffer mit dem Saxofon ab und zog seinen Mantel aus. Als wollte ihm die Vorsehung etwas weismachen, überfiel ihn in der wohligen Wärme tatsächlich eine ungewohnte Bettschwere. Bevor er noch einmal aufbrach, würde er einen starken Kaffee brauchen.

Vielleicht sollte er sich tatsächlich eine Pause gönnen, wenn auch nur für ein paar Tage. Skifahren in den Alpen? Frische, klare Bergluft, Sonne und im pulvrigen Schnee durch die verschneite Landschaft wedeln – die anstehenden Weihnachtstage waren für ihn ohnehin mit sehr viel Einsamkeit verbunden. Selbst Elfi Eder verbrachte diese Zeit bei ihrer Schwester in Landshut.

Er wandte sich einer breiten, verglasten Doppeltür zu, der Verbindung zu seinen Praxisräumen im Hochparterre.

»Denkens net einmal daran, in die Praxis zu gehen«, mahnte Elfi Eder, die ihn genau im Auge behielt. »Erst müssens was essen, Herr Doktor.«

Tom seufzte ergeben.

Dann würde er die Patientenakten für den Hausbesuch eben zum Nachtisch studieren.

5. KAPITEL

Die Villa von Rosina Gruber in Bogenhausen,
wenige Minuten später

Fahl und abgekämpft lag Eva auf der goldgelb gemusterten Ottomane im Wohnzimmer der Witwe Gruber, ihr Kopf war zur Seite gesunken. Zunächst schien es, als ob sie schliefe, aber dann stöhnte sie leise. Als Katharina zu ihr trat, begannen ihre Lider zu flattern.

»Hörst du mich, Eva?« Katharina griff unter die Wolldecke, mit der die Freundin zugedeckt war, und suchte ihre Hand. Sie war feucht und eiskalt.

Katharina massierte Evas Finger. »Seit wann ist sie in diesem Zustand, Frau Gruber?«

»Mei, also sie ist vor drei Stunden heimgekommen«, erwiderte Rosina Gruber. Sie war eine kleine, agile Dame, in deren Haus Eva seit zwei Jahren ein Zimmer gemietet hatte. »Ich hab gerade das Abendessen vorbereitet und bin in die Halle gegangen, um sie zu fragen, ob sie mitessen möchte. Da hat sie mich ganz eigenartig angeschaut und gleich gesagt, dass ihr schwindelig ist. Und dass sie ganz schreckliches Bauchweh hat. Ja, und da hab ich sie hier aufs Kanapee gelegt, ihr die Schuhe ausgezogen und sie zugedeckt. Ich dacht, wenn sie ein bisserl schläft, geht's ihr bald wieder besser. Dann ist aber das Fräulein Zara heimgekommen, und da wollt sich das Fräulein Eva aufsetzen …«

»Ihr war die Decke vom Sofa gerutscht, und sie hat versucht, danach zu greifen. Da habe ich gesehen, dass sie blutet«, unterbrach Zara die Gruberin.

Katharina nickte und fühlte Evas Puls, der zwar beschleunigt war, aber nicht bedrohlich flach schlug. »Ich schaue es mir an.« Vorsichtig zog sie die Decke zurück. Auf den ersten Blick konnte sie kein Blut in der Nähe von Evas Unterleib und den Oberschenkeln entdecken, wohl aber einige weiße Betttücher, die unter ihr Becken geschoben waren.

»Kam die Blutung schwallweise?« Katharina ordnete die Decke um Evas Waden und Füße.

»Ich kenne mich da nicht richtig aus«, erwiderte Zara hilflos. »Aber ich würde sagen, ja.«

»Hmm.« Katharina kniete sich ans Sofa und drehte Eva vorsichtig zur Seite. Sofort legte Eva eine Hand auf ihren Unterleib, zog die Beine an und gab Schmerzenslaute von sich. Katharina betrachtete das Blut auf den Laken. Es hatte Evas grauen Rock durchdrungen, war frisch und kräftig rot.

»Sieht so aus, als ob es noch nicht aufgehört hat«, stellte Lola fest, die neben Katharina getreten war.

»Frau Gruber, wären Sie so gut, mir heißes Wasser zu bereiten und noch mehr Tücher zu bringen?«, wandte Katharina sich an die Zimmerwirtin.

»Ja, freilich.« Rosina Gruber strich Eva fürsorglich eine braune Haarsträhne aus der feuchten Stirn, dann verließ sie den Raum.

»Was ist geschehen?« Katharina lagerte Eva wieder auf den Rücken. »Hast du deine monatliche Blutung?«

Eva schüttelte unmerklich den Kopf.

»Darf ich dich untersuchen?«

»Nein …« Eva krümmte sich unter einem weiteren Unterleibskrampf.

»Dir geht es nicht gut, und ich kann dir nur helfen, wenn ich weiß, was passiert ist,« sagte Katharina mit Nachdruck. Der sichtbare Blutverlust erschien zwar nicht lebensbedrohlich, die Schmerzen und Evas schlechter Allgemeinzustand aber gaben Anlass zur Sorge.

»Das Kind…«, sagte Eva schließlich schwach.

Katharina merkte auf. »Bist du schwanger?«

Eva schluchzte verhalten.

Katharina wartete, bis sie sich wieder beruhigt hatte. »Hast du es verloren?«

»Nein«, flüsterte Eva. »Nein.«

»Eva, es ist wichtig, dass ich weiß, was mit dir los ist«, wiederholte Katharina ruhig, aber bestimmt. »Entweder ich untersuche dich, oder wir müssen einen anderen Arzt hinzuziehen.« Sie suchte in Evas Gesicht nach einem Zeichen der Zustimmung.

Schließlich schloss Eva die Augen und deutete ein Nicken an.

»Gut.« Katharina war erleichtert. »Ich schicke die anderen hinaus.«

In diesem Moment kehrte Frau Gruber mit einem Topf heißen Wassers ins Wohnzimmer zurück. »Wo soll ich es hinstellen?«

»Hier neben mich«, antwortete Katharina. »Vielleicht sollten wir etwas untersetzen …«

»Der Teppich ist ein robuster Perser. Ein bisserl Wasser schadet dem net. Aber Sie, Fräulein Katharina, Sie müssen aufpassen, dass Sie sich net verbrühen.« Die Gruberin stellte den Topf neben Katharina. »Ich bringe Ihnen gleich noch ein paar frische Laken und Waschlappen.« Ohne eine Antwort abzuwarten, eilte sie wieder davon.

Zara, die sich im Hintergrund gehalten hatte, kam näher. »Eva war in den letzten Tagen nicht in der Akademie«, sagte sie. »Angeblich eine Darminfektion. Aber auch davor hatten Lola und ich schon den Eindruck gehabt, dass es ihr nicht gut ging. Obwohl sie es immer überspielt hat.«

Rosina Gruber wirbelte noch einmal herein. »So. Jetzt haben wir alles beisammen.« Die angekündigte Wäsche wurde neben dem Wassertopf auf dem Boden platziert. Dann richtete sich die Gruberin auf. »Ich habe heute Morgen schon eine Fleischbrühe aufgesetzt. Die mache ich gleich fertig, dann kommt das Fräulein Eva schnell wieder auf die Beine.«

»Die wird ihr sicher guttun«, antwortete Katharina. »Haben Sie eventuell noch ein paar Frauenkräuter im Haus? Himbeerblätter, Frauenmantel, Schafgarbe?«

»Bestimmt«, erwiderte die Gruberin. »Ich schau gleich nach.«

»Danke.«

»Wir kommen mit Ihnen in die Küche, Frau Gruber«, sagte Zara. Dann wandte sie sich an Eva. »Erzähle Katharina, was mit dir ist. Bitte.«

»Ja«, pflichtete Lola ihr leise bei. »Du kannst ihr vertrauen. Uns allen kannst du vertrauen.«

Eva antwortete nicht. Aus ihren Augenwinkeln rannen Tränen.

Katharina wartete, bis alle das Zimmer verlassen hatten.

Dann schob sie behutsam Evas Rock über die Hüfte.

Eine halbe Stunde später öffnete Katharina die beiden Flügel der Wohnzimmertür und ging durch das angrenzende Speisezimmer in die Küche. Rosina Gruber, eine weiße Rüschenschürze über ihrem schwarzen Witwengewand, stand vor dem gusseisernen Herd und schöpfte Suppengemüse und Markknochen aus einem großen Topf, Lola stand am Küchentisch und schnitt Siedfleisch in kleine Stücke, Zara neben ihr drapierte gerade ein Tuch auf einer Schüssel aus Emaille. Über dem ganzen Raum lag das Aroma einer kräftigen Rinderbouillon. »Es duftet wirklich köstlich hier bei euch.«

»Katharina!« Lola legte das Messer hin und drehte sich ihr zu. »Wie geht es ihr?«

Auch Zara sah auf. »Konntest du helfen?«

Katharina ging in den Raum hinein und stellte sich zu den Freundinnen. »Ich habe ihr etwas Krampflösendes gegeben. Aber mir wäre es lieber, sie ginge in die Universitätsfrauenklinik. Hier haben wir keine chirurgischen Möglichkeiten.« Sie seufzte. »Aber davon möchte sie ohnehin nichts wissen.«

Lola hob besorgt die Brauen. »Muss sie denn operiert werden?«

»Das ist im Augenblick schwer abzuschätzen. Wenn das Kind nicht von allein abgeht, dann ja.«

»Also doch. Sie ist schwanger.« Lola nahm das Messer wieder auf und fuhr fort, das Fleischstück auf dem Holzbrett zu bearbeiten. »Ich habe ihr gesagt, dass sie sich nicht mit ihm einlassen soll! Er vögelt praktisch alles, was ihm über den Weg läuft und einigermaßen ansehnlich ist.«

Der bittere Unterton ließ Katharina aufmerken. »Hat er dich etwa auch …?«

»Versucht hat er es.« Lola fuhr mit dem Messer durch die Luft, als wolle sie jemandem die Kehle durchschneiden.

»Pass mit dem Messer auf, Lola. Eine Patientin heute Abend reicht«, mahnte Katharina. »Um wen handelt es sich?«

»Professor Vogt.« Lola warf das Messer auf den Tisch. »Aber ihm ist nicht beizukommen. Diese alten Säcke mit ihren weißen Rauschebärten an der Akademie halten doch zusammen.«

»Er hatte ihr versprochen, sie in die nächste Ausstellung im Glaspalast aufzunehmen.« Zara lehnte sich an die Tischkante. »Das war eine große Verlockung für sie. Obwohl keiner weiß, ob er wirklich Einfluss auf die Auswahl der Künstler nehmen kann.«

»Ich nenne es … prostituive Erpressung.« Lola atmete tief aus. »Und es ist immer dasselbe. Förderung gegen Gefälligkeiten.«

»Er macht es systematisch?«, fragte Katharina.

Lola nickte. »Und regelmäßig.«

»Ich weiß, dass es Männer gibt, die die Grenzen nicht einhalten«, meinte Katharina. »Mit den Folgen bin ich immer wieder konfrontiert. Aber dass euch so etwas passiert … das ist einigermaßen schockierend. Warum hast du nie davon erzählt?«

»Es ist nichts, worauf ich stolz bin.« Zum ersten Mal, seit sie Lola kannte, nahm Katharina einen verletzlichen Zug an ihr wahr. »Ich hatte das Gefühl, es herausgefordert zu haben.«

»Das gibt er allen«, stellte Zara nüchtern fest, und Katharina wunderte sich über die Abgeklärtheit in ihrer Stimme. »Das ist seine Taktik.«

»Dich verschlingt er jedes Mal mit den Augen, wenn du uns nackt Modell sitzt, Zara.« Lola kniff die Augen zusammen.

»Das ist der Reiz des Exotischen. Ich bin es gewöhnt.« Zara seufzte. Dann sah sie sich um. »Wo ist eigentlich die Frau Gruber?«

»Keine Ahnung«, erwiderte Lola und wischte ihre Hände an einem Tuch ab.

Katharina warf einen Blick zum Herd, auf dem noch die

Suppe köchelte. Knochen und Gemüse lagen in einer Schüssel auf dem Beistelltisch daneben. Von Rosina Gruber keine Spur.

»Wir hätten nicht so unbefangen reden sollen«, meinte Katharina. »Bestimmt hat sie aus Diskretion den Raum verlassen.«

»Es wäre besser, wenn alle davon wüssten«, sagte Lola. »Wegsehen macht es nur schlimmer. Es ist einfach so … so perfide.« Sie schüttelte den Kopf. »Ein Kompliment zu deiner Arbeit hier, eines zu deinem schönen Schal da. Eine zufällige Berührung, die man als Versehen einordnet. Eine kunstvoll gestaltete Nähe, die einem das Gefühl gibt, etwas ganz Besonderes zu sein. Ein Lob zur Farbwahl, zum Motiv, zum Pinselstrich. Ein paar neue Farbtuben, weil man ja ach so begabt ist.« Sie sah Katharina an. »Die ersten Male, die seine Hand an ungebührliche Stellen gerutscht ist, habe ich als Versehen abgetan. Aber das war es nicht. Als mir das klar wurde, habe ich ihn auf Abstand gehalten.«

»Hat er das akzeptiert?«, fragte Katharina.

»Ihm blieb nichts anderes übrig.« Sie krauste verächtlich die Nase. »Seither ignoriert er mich. Deshalb versuche ich, in den Malereikurs von Professor Caspar zu wechseln. Er fördert alle, egal ob Mann oder Frau. Damit ist er eine Ausnahme in diesem Club der schwarzen Anzüge.«

»Eva aber hat sich mit Vogt eingelassen?«, vergewisserte sich Katharina.

»Nachdem er sie pausenlos umgarnt hat.« Lola strich ihr Haar hinters Ohr. »Ich dachte, sie durchschaut ihn, nachdem ich ihr von seinen Avancen mir gegenüber erzählt hatte. Doch wie uns dieser Abend lehrt, war dem nicht so.«

»Kommt kein anderer als Kindsvater infrage?«, hakte Katharina nach.

»Ich denke, dass Lola mit ihrer Vermutung richtigliegt«, antwortete Zara. »Wir wissen, wie verzweifelt Eva ihren Eltern beweisen möchte, dass es richtig war, sie nach München gehen zu lassen, anstatt diesen Baron zu heiraten, den ihr Vater für sie ausgesucht hatte. Sie steht unter großem Druck, Erfolge vorzuweisen. Sonst wird ihr monatlicher Wechsel eines Tages wegfallen.«

»Mir ist schon aufgefallen, dass sie häufig über die Ausstellung gesprochen hat.« Katharina sah von Zara zu Lola. »Aber dass sie dafür so weit geht …«

Unvermittelt hob Zara die Hand. »Die Frau Gruber!« Katharina und Lola hielten inne.

Tatsächlich waren Schritte und Stimmen zu vernehmen.

»Mit wem redet sie denn?«, fragte Lola ratlos. »Ist Eva am Ende aufgestanden?«

»Das kann fast nicht sein«, erwiderte Katharina. »Ich habe ihr ein starkes Schmerzmittel gegeben. Sie sollte noch eine Weile schlafen.«

In diesem Moment öffnete sich die Küchentür.

»Ich hab Hilfe geholt.« Mit gerötetem Gesicht und Schneeflocken auf Hut und Mantel stand Rosina Gruber in der Küche. »Fräulein Katharina, möchten Sie den Herrn Doktor bitte gleich zum Fräulein Eva begleiten? Ich hab einfach solche Angst um sie.«

»Ähm.« Katharina war überrascht. »Wenn es Ihnen lieber ist … dann selbstverständlich.«

»Gut!« Rosina Gruber wirkte erleichtert. »Der Herr Doktor ist wirklich ein guter Arzt, das ist bekannt. Er wird das Richtige tun.« Sie nahm ihren Hut ab. »Ich bin gleich wieder da!«

Lola tippte missbilligend mit dem Zeigefinger auf ihre Lippen. Zara spielte an ihren kinnlangen, kräftig gelockten dunklen Haaren.

»Herr Doktor, das Fräulein Katharina kommt gleich«, hörten sie die Gruberin sagen.

Katharina nickte ihren Freundinnen zu. Dann folgte sie Rosina Gruber in die Diele.

6. KAPITEL

Der Mann, der Katharina erwartete, war dunkelhaarig, groß und kräftig gebaut. In seinem lavagrauen Anzug und mit der Arzttasche in der Hand wirkte er Respekt einflößend, doch die dunkelgrünen Augen, die sich auf Katharina richteten, blickten offen und aufmerksam. Einen Wimpernschlag lang hatte sie das Gefühl, ihm schon einmal begegnet zu sein, doch die Ahnung verflog sofort. Zurück blieb eine ungewohnt nervöse Unruhe in der Magengegend, die sie irritiert beiseiteschob.

Rosina Gruber, die ihr Haus ohne Personal führte, hatte ihm gerade Hut, Schal und Mantel abgenommen. »Gehen Sie nur gleich mit dem Fräulein Katharina ins Wohnzimmer, Herr Doktor«, sagte sie. »Ich versorg Ihre Sachen und kümmere mich dann ums Abendessen.« Sie sah kurz zu Katharina, dann wandte sie sich einem Rundbogen zu, der in die angrenzende Garderobe führte. »Sie sind natürlich eingeladen, Herr Doktor«, fügte sie über die Schulter an.

»Ich habe bereits gegessen, Frau Gruber«, erwiderte der Arzt. »Aber haben Sie herzlichen Dank für das Angebot.«

»Ach«, erwiderte Frau Gruber. »Bestimmt haben Sie nachher wieder Hunger.«

Seine Lippen verzogen sich zu einem amüsierten Lächeln, bevor er sich Katharina zuwandte und ihr die Hand reichte. »Mein Name ist Thomas von Bogen. Es wird ärztliche Hilfe gebraucht?« Sein Händedruck war fest und achtsam zugleich.

»Katharina Lindner«, erwiderte Katharina. »Es ist sehr freundlich, dass Sie hergekommen sind, Doktor von Bogen.« Ihre Hand glitt aus der seinen.

Er strich sich über das Revers. »Frau Gruber hat ihre Sorge deutlich zum Ausdruck gebracht.«

»Es geht um eine Freundin. Hat Frau Gruber bereits gesagt, um welche … Beschwerden es sich handelt?«

»Sie hat ein gynäkologisches Problem angedeutet. Als Chirurg sind mir manche dieser Unpässlichkeiten vertraut.«

»Dann ist es wohl am besten, wenn Sie sich ein persönliches Bild verschaffen.« Katharina zeigte mit einer Hand den Flur entlang.

»Frau Gruber deutete an, dass Sie Medizinerin sind, Fräulein Lindner«, meinte er, während sie über die gemusterten Fliesen gingen.

»Ich studiere noch. Im neunten Semester.«

»Dann verfügen Sie bereits über recht weitgehende Kenntnisse.« Er klang respektvoll.

»Ich denke, ja. Aber in diesem Fall könnte professionelle Unterstützung nötig werden.«

»Haben Sie ihr denn schon etwas verabreicht?«

»Novalgin.«

»Fünfhundert?«

»Tausend.«

»Gut.«

Sie hatten das Wohnzimmer erreicht. Als sie eintraten, lag Eva gekrümmt auf dem Sofa, die Laken unter ihren Hüften waren verrutscht und zerknüllt, die Wolldecke war zu Boden gefallen. Eine Hand krallte sich in die Polsterung, ihr gesamter Körper schien unter Anspannung zu stehen. Sie jammerte leise.

Mit zwei schnellen Schritten war Katharina bei ihr: »Ist es schlimmer geworden, Eva?«

Eva nickte mit geschlossenen Augen.

»Frau Gruber hat den Arzt geholt«, sagte Katharina. »Er wird dich untersuchen und entscheiden, ob wir dich in die Frauenklinik bringen.«

Eva presste die Lippen zusammen, erneut schien eine Schmerzwelle durch ihren Körper zu ziehen. Der Arzt trat neben Katharina und stellte seine Tasche ab. »Mein Name ist Thomas von Bogen. Seien Sie unbesorgt. Ich sichere Ihnen in jeder Hinsicht Diskretion zu.«

Zu Katharinas Erleichterung drehte Eva sich dem Arzt zu. »Helfen Sie mir«, wisperte sie. »Bitte.«

Zwei Stunden später nahm Katharina erschöpft auf einem Stuhl im Speisezimmer Platz. Rosina Gruber hatte den ovalen Tisch mit blumengemustertem Porzellangeschirr eingedeckt. Eine Terrine mit dampfend heißer Suppe darin stand in der Mitte, im Kamin knisterte ein Feuer. Durch die bodenlangen Sprossenfenster erahnte man den winterdunklen Garten, während eine mehrarmige Hängelampe ihr warmes Licht verbreitete.

»Sie haben ausgezeichnete Arbeit geleistet, Fräulein Lindner«, sagte Thomas von Bogen, der hinter ihr den Raum betreten hatte. Er schloss die Schiebetür zum Wohnzimmer bis auf einen kleinen Spalt.

»Es war offensichtlich, dass die Schwangerschaft nicht mehr intakt war. So etwas gehört zu meinem Alltag im Klinikum.« Sie fuhr sich erschöpft über die Stirn. »Frauen verlieren ihre Kinder. Es kommt immer wieder vor.«

»Was zu bedauern ist.« Er sah sie nachdenklich an. »Hoffen wir, dass die Medizin Schwangerschaft und Geburt bald sicherer machen kann.« Ein Schatten glitt über sein Gesicht. »Damit kein Kind mehr sterben muss.«

»Und auch keine Mutter«, ergänzte Katharina.

Er legte die Hand auf einen der kunstvoll verzierten hohen Lehnstühle, welche den Esstisch umstanden. »Noch ein Wort.« Mit dem Daumen fuhr er über die feine Schnitzerei. »Ich verurteile Ihre Freundin nicht, Fräulein Lindner. Dennoch sehe ich das Mittel, zu dem sie gegriffen hat, eigentlich als Ultima Ratio. Und zwar dann, wenn eine Gefahr für das Leben der Mutter besteht.«

Katharina hielt alarmiert inne. Er schien genau zu wissen, warum diese Schwangerschaft zu Ende gegangen war. »Sie werden Eva doch nicht … anzeigen?«, fragte sie sorgenvoll. »Wegen illegaler Abtreibung?«

»Um Himmels willen, nein!« Er schüttelte den Kopf. »Das

entspräche in keiner Weise meinem beruflichen Ethos. Aber es wäre gut, wenn sie eine Möglichkeit hätte, das Erlebte aufzuarbeiten. Am besten unter Freundinnen.«

Katharina sagte nichts. Ihre Augen folgten den Bewegungen seines Fingers auf dem glänzenden Holz. Sie schätzte ihn auf Ende dreißig. Das erklärte auch seine eher konservative Haltung. »Nicht einmal ich«, erwiderte sie, und es klang schroffer als beabsichtigt, »möchte die Verzweiflung ermessen, die Eva dazu getrieben hat, sich in fragwürdige Hände zu begeben, um ihr Kind loszuwerden. Ich denke, dass sie vor allem Verständnis braucht und keine Belehrungen.« Sie hob den Blick. Er fing ihn ein, betrachtete sie aufmerksam. »Das, Fräulein Lindner, steht …«

Aus der angelehnten Küchentür drangen Stimmen, dann ging sie auf. Lola trat ins Zimmer, eine Karaffe mit Weißwein in der Hand. Als sie Katharina und den Arzt wahrnahm, hielt sie inne. »Habt ihr … ich meine, wird Eva …«

»Es geht ihr den Umständen entsprechend gut«, antwortete Thomas von Bogen, nahm die Hand von der Stuhllehne und richtete sich auf. »Allerdings sollte sie diese Nacht nicht allein sein.«

Geschirr klapperte, die Tür ging ein weiteres Mal. Rosina Gruber umarmte einen Korb mit Brotscheiben. »Wir müssen auf jeden Fall etwas Suppe für mein Fräulein Stein aufheben. Sobald sie wach ist, hat sie sicher …« Sie unterbrach sich. »Ah, Herr Doktor …«

»Oh mein Gott, Katharina«, rief Zara, die der Gruberin auf dem Fuß folgte. »Wie geht es Eva?«

»Geben Sie auf Ihre Freundin acht.« Thomas von Bogen ließ den Blick über alle Anwesenden wandern. »Sollte die Blutung deutlich schwerer werden oder Fieber dazukommen, muss sie ins Klinikum. Zögern Sie in diesem Fall nicht, mich zu benachrichtigen! Mit meinem Automobil kann ich sie sicher in die Maistraße bringen.«

»Ich sag ja immer, Sie sind ein Segen für ganz Bogenhausen, Herr Doktor!« Die Gruberin stellte den Brotkorb ab. »Und jetzt gibt es eine heiße Suppe für alle!«

»Wie schon erwähnt, liebe Frau Gruber – es wartet noch ein weiterer Patient auf mich. Sehen Sie mir bitte nach, dass ich nicht bleiben kann.«

»Wann machen Sie denn endlich einmal Feierabend, Herr Doktor?« Stirnrunzelnd griff sich die Gruberin an ihr streng zurückgestecktes, weißes Haar. »Wartet bitte noch kurz«, bat sie dann die drei jungen Frauen, die um den Esstisch standen. »Ich bring den Herrn Doktor an die Tür.«

Katharina tauchte den silbernen Esslöffel in die Suppe, fing zwei Fleischstücke und ein Grießnockerl ein und probierte. Kaum nahm sie den köstlichen, kräftigen Geschmack wahr, merkte sie, wie groß ihr Hunger war.

»Das ist keine leichte Sache, das mit der Eva«, sagte die Gruberin in diesem Augenblick und sah in die Runde. Ihre klugen grauen Augen zeigten wachsame Besorgnis. »Wir müssen wirklich gut auf sie aufpassen.«

Katharina mochte die Frau, die die siebzig bereits deutlich überschritten hatte. Ihre Art war pragmatisch und unprätentiös, ihr Lebensstil kultiviert, aber nicht protzig, obwohl sie zweifellos sehr vermögend war.

»Ich bleibe heute Nacht auf jeden Fall hier«, sagte Katharina. »Das hatte ich mit Doktor von Bogen bereits besprochen.«

Die Gruberin wirkte erleichtert. »Ich richte Ihnen ein Bett her, Fräulein Katharina.«

»Ein paar Kissen reichen. Wir werden Eva nicht nach oben in ihr Zimmer bringen können, deshalb bleibe ich bei ihr im Wohnzimmer. So kann ich sie im Auge behalten.«

»Ich werde auch hierbleiben.« Lola schenkte allen Wein ein und hob ihr Glas. »Es ist vielleicht nicht passend, einen Toast auszubringen, aber ich denke, heute Abend würde ich gerne auf Sie anstoßen, Frau Gruber. Sie sind immer für uns da.«

»Nicht doch.« Rosina Gruber lächelte verlegen. »Das ist für mich selbstverständlich. Ihr seid doch *meine Mädchen.*«

Rosina Gruber hatte keine eigenen Kinder. Vielleicht sorgte sie deshalb wie eine Mutter für *ihre Mädchen.* Sie bot ledigen jungen Frauen Kost und Logis, zu Konditionen, die auf die finanziellen Verhältnisse ihrer Mieterinnen abgestimmt waren. Eva lebte seit Jahren, Zara erst seit wenigen Monaten bei ihr.

»Ich brauche einen klaren Kopf.« Katharina griff zum Wasserglas. »Aber ich stoße auch ohne Wein gerne mit euch an!«

»Du trinkst ja auch sonst nichts«, frotzelte Lola. »Auf unsere Frau Gruber!«

»Und darauf, dass Eva bald wieder gesund ist«, fügte Zara an.

Die Gläser klirrten leise.

Kühl rann das Wasser durch Katharinas Kehle. Auch wenn sie Alkohol nicht grundsätzlich ablehnte, machte sie sich nicht viel daraus. Hin und wieder nippte sie an einem Perlwein oder einem Likör, aber die stimmungshebende Wirkung, die Champagner, Wein oder Cocktails bei Lola, Eva oder Zara entfalteten, war ihr unwichtig.

»Und mit dem zweiten Schluck«, setzte Zara hinzu, »trinke ich darauf, dass wir Frauen uns bald keine Gedanken mehr machen müssen, ob das, was wir entscheiden, der Gesellschaft gefällt oder nicht.«

Lola warf ihr einen warnenden Blick zu, der auch Rosina Gruber nicht entging. »Ja, was glaubt ihr denn«, sagte sie sofort. »Dass ich nicht weiß, was der Eva passiert ist? Ich wünschte nur, sie hätte mir was gesagt, bevor sie zur Engelmacherin gegangen ist. Man hätt doch reden können, und das Kindlein wäre vielleicht sogar gerettet worden.«

»Eva hat es nun einmal nicht haben wollen«, warf Lola ein. Sie hatte ihr Weinglas bereits geleert. »Basta.«

»Das mag schon sein.« Die Gruberin stand auf und schöpfte allen von der Suppe nach. »Aber vielleicht hätte der Kindsvater sich doch noch zu dem Kloana bekannt …«

»Der Vogt? Nie und nimmer.« Lola schnaubte verächtlich. »Er hätte Eva bloßgestellt. Vor dem Lehrkörper, vor uns allen, vor ihren Eltern. Er hätte erklärt, wie raffiniert sie seine männlichen Triebe gereizt hat, womöglich um ihn mit dem Kind unter Druck zu setzen. Nein, Frau Gruber.« Sie schenkte sich noch einmal ein. »Er hätte Evas Leben zerstört.«

»Das hätte er«, bekräftigte Zara. »Und eine ganze Reihe von Leuten hätte ihm Beifall geklatscht.«

»Aber … des kann doch net sein!« Rosina Gruber schüttelte den Kopf und legte die Schöpfkelle beiseite. »Er kann mit den Maderln doch net so umspringen!«

»In diesem Fall ist es ausnahmsweise von Vorteil, dass in meinen Adern afrikanisches Blut fließt. Mich würde der nicht einmal mit Lederhandschuhen anfassen.« Zara verzog das Gesicht.

»Aber die Aktkurse sind voll belegt, wenn du Modell stehst«, erwiderte Lola. »Das ist doch zynisch!«

»Ich weiß nicht, ob sich daran jemals etwas ändern wird«, seufzte Zara. »Irgendwie ist dort alles so erstarrt.«

»Man könnte an die Kunstgewerbeschule gehen«, resümierte Lola. »Dort geht es sehr viel menschlicher zu. Aber die Akademie ist nun einmal …«

»Also ich würde wechseln«, unterbrach die Gruberin.

»Auf keinen Fall! Eva und Lola haben sich die Studienplätze so hart erkämpft«, widersprach Zara. »Wenn man denen nachgibt, wird es niemals besser.«

»So sehe ich es auch.« Lola nickte Zara zu.

»Ich kenne mich da net so aus.« Rosina Gruber griff seufzend nach ihrem Weinglas.

»Die Akademie hat Frauen vor ein paar Jahren nur deshalb

zugelassen, weil die Politik Druck gemacht hat«, schnaubte Lola. »Allein schon deshalb müssen wir bleiben. Das ändert allerdings nichts an der Tatsache, dass es dort nach wie vor keine einzige weibliche Lehrperson gibt!«

»Bei uns an der medizinischen Fakultät gibt es auch so einige, die das Frauenstudium lieber heute als morgen wieder abschaffen würden«, fügte Katharina hinzu. »Wir dürfen uns nicht verunsichern lassen.«

»Aber wenn es so endet wie mit dem Fräulein Eva?«, gab die Gruberin zu bedenken. Ihre Wangen glänzten rötlich vom Wein.

»Selbst dann«, sagte Zara leise. »Vielleicht können eines Tages dann auch Frauen wie ich studieren, die anders aussehen, aber nicht anders sind.«

»Man muss die Verkrustungen aufbrechen«, bestätigte Lola. »Alle.«

»Also«, die Gruberin räusperte sich. »Da habts ihr schon recht. Ich helf euch, wenn ich kann.«

Im Stillen bewunderte Katharina, wie aufgeschlossen Rosina Gruber der Diskussion folgte. Frauen ihrer Generation waren mit einem weitaus engeren Weltbild erzogen worden.

In die entstandene Gesprächspause flocht sich ein schwaches Wimmern.

Katharina stand sofort auf. »Ich gehe zu ihr.« Sie legte die weiße Damast-Serviette neben ihren Teller. »Die Suppe war eine Wohltat. Danke, Frau Gruber.«

Eine Stunde später saßen Lola und Katharina in zwei behaglichen Ohrensesseln vor dem Kamin im Wohnzimmer. Über ihre Beine waren warme Decken gebreitet. Eva lag noch immer auf dem Sofa und schlief. Rosina Gruber und Zara waren schließlich vor einer Viertelstunde zu Bett gegangen, jederzeit bereit, Lola oder Katharina bei der Nachtwache abzulösen.

Nächtliche Stille hatte sich über das Haus gelegt, untermalt vom Ticken einer Pendeluhr und dem Knistern der brennenden Holzscheite.

»Was habt ihr eigentlich gemacht, der Doktor und du? Habt ihr ihr etwas gegeben, damit sie das Kind verliert?«, fragte Lola leise.

»Nein«, erwiderte Katharina, ebenfalls im Flüsterton. »Ich gehe davon aus, dass der Versuch der Kurpfuscherin Früchte getragen hat. Die starken Krämpfe haben den Fötus ausgetrieben. Danach waren die Schmerzen schlagartig weg. Die Schwangerschaft war noch nicht über den dritten Monat hinaus, das war gut.«

»Dann hat sie Glück gehabt?«

»Wenn es zu keiner Entzündung kommt, ja.« Katharina sah in die tanzenden Flammen des Feuers. »Der Arzt und ich waren uns einig, dass eine vorbeugende Abrasio sinnvoll wäre, aber davon wollte Eva nichts wissen.«

»Eine Abrasio?«

»Eine Ausschabung, um die Reste von Plazenta und Schleimhaut in der Gebärmutter abzutragen. Dadurch verringert sich das Entzündungsrisiko enorm.«

»Könnte man das morgen nachholen?«

Katharina nickte. »Auch noch in den nächsten Tagen. Deshalb haben Doktor von Bogen und ich überhaupt zugestimmt, erst einmal zuzuwarten. Wenn nichts im Uterus zurückgeblieben ist, dann heilt der Körper das durchaus selbst.«

»Ah.« Lola spielte mit dem Bündchen ihrer Strickjacke. »Gut, dass du dich mit so etwas auskennst.«

»Dieser Abend hat mir wieder einmal gezeigt, dass wir mehr weibliche Frauenärzte brauchen.« Katharina fröstelte. Sie zog ihre Decke ein wenig höher. »Ich glaube, dass sich viele Frauen lieber Frauen anvertrauen würden, ganz gleich, ob es sich um Frauenkrankheiten, Fragen zur Sexualität oder eine unerwünschte Schwangerschaft handelt.«

»Das ist wahr.«

»All diese Dinge sind so furchtbar schambehaftet, Lola. Und das ist eines der großen Probleme. Noch immer wird uns anerzogen, keusch und tugendhaft zu sein. Wer vertraut da einem Mann wirklich seine Sorgen und Beschwerden an?«

Lola kuschelte sich tiefer in den Sessel. »Du wirst eine gute Frauenärztin sein.«

Katharina betrachtete ihre Hände. »Das hoffe ich.«

Eine Weile hingen beide ihren Gedanken nach.

»Weißt du eigentlich, bei wem Eva das hat machen lassen?«, fragte Lola schließlich.

»Nein«, erwiderte Katharina. »Ich habe aber auch nicht gefragt. Dafür ist noch Zeit, wenn es ihr besser geht.«

Lola krauste nachdenklich die Stirn. »Wie kommt man überhaupt an eine solche Engelmacherin heran? Ich meine, da gibt es doch sicherlich kein Verzeichnis.«

»Hm. Soweit ich weiß, werden diese Adressen unter der Hand weitergegeben.«

»Aber Eva verkehrt doch gar nicht in solchen Kreisen. Wer sollte ihr denn eine solche Person vermitteln?«

Katharina zog ihre Beine an. Auf einmal fühlte sie sich müde. »Wenn du mich fragst, hat ihr Liebhaber das arrangiert.«

Lola griff sich an die Stirn. »Natürlich! Der Vogt! Der hat bestimmt ein ganzes Adressbuch der Münchner Kurpfusch…«

»Sie bekommt noch Geld«, kam es rau von der Ottomane.

Katharina und Lola fuhren herum.

»Wie bitte?«, fragte Lola ungläubig.

Katharina legte ihr eine Hand auf den Arm. »Lass mich, Lola«, sagte sie leise, stand auf und trat ans Sofa. »Ich bringe ihr die Summe.«

Eva sah zu ihr auf. »Und … du verrätst sie nicht?«

Einen Wimpernschlag lang zögerte Katharina. »Nein«, sagte sie dann. »Ich werde kein Sterbenswort darüber verlieren.«

»Sie heißt Walli.«

»Und wie weiter?«

»Das weiß ich nicht.« Eva schluckte. »Man hat mir nur gesagt, geh zur Walli.«

»Wer hat das gesagt? Der Vogt?«, fuhr Lola auf. »Geh zur

Walli? Und dann hat er nicht einmal den Anstand, die Kräuterhexe zu bezahlen?«

»Lola, bitte«, warnte Katharina, die bemerkte, wie Eva sich sofort in sich zurückzog. »Wo soll ich das Geld hinbringen, Eva?«

»Lasst nur«, Eva zog die Decke höher. »Das hat noch Zeit.«

7. KAPITEL

*München-Au, am frühen Morgen des übernächsten Tages,
Mitte November 1927*

Die unregelmäßig ausgewaschenen Kiesel massierten sich in ihre nackten Fußsohlen. Eiskaltes Nass umspülte die Zehen, den Rist, die Knöchel. Das ersehnte Kribbeln setzte ein. Mit jedem weiteren Schritt auf dem schlüpfrigen Untergrund stieg das Wasser höher, erreichte ihre Knie, die Oberschenkel. Sie widerstand dem Impuls, umzukehren, trieb sich weiter und übergab ihren Körper dem Locken der winterlichen Isarfluten. Tausende Nadelstiche quälten Arme und Beine, prickelten auf Bauch und Rücken, bis die Kälte die Haut durchdrungen und gefühllos gemacht hatte. Sie mied die starke Strömung und achtete auf einen sicheren Stand. Kopf und Hände hielt sie über Wasser, atmete gleichmäßig und tief. Während ihr Körper die Herausforderung des Eisbades annahm, ließen Kaskaden puren Glücks ihre Seele jubeln. Für einige wenige Augenblicke fühlte sie sich, als ginge sie über Wolken. Keine Schmerzen. Kein schleppendes Hinken. Leichtigkeit.

Ihre innere Uhr zeigte zuverlässig an, wann es Zeit war, den betäubenden Kokon des Wassers zu verlassen. Am schneebedeckten, baumbestandenen Ufer strich sie sich das Wasser von der Haut und rubbelte sich mit einem Tuch trocken. Nachdem sie Hemd und Schlüpfer, Kleid und Mantel übergezogen und ihr wollenes Tuch umgelegt hatte, schulterte sie ihren Rucksack und stieg die wenigen Meter durch schemenhaftes Gebüsch und laublosen Baumbestand zur Frühlingsstraße hinauf. Vereinzelt rieselte Schnee von den kahlen Zweigen, die Luft ging schwanger mit dem Rauch von Holz und Kohle. Dick vermummte Gestalten huschten durch die morgendliche Dunkelheit zur Arbeit.

Walli Stenzl zog ihr Tuch enger und schlug den Weg zur nahe gelegenen Reichenbachbrücke ein. Wie immer nach dem Baden hatte sie das Gefühl, ihre Füße trügen sie schneller, das lahme Bein gehorche besser, ihre Kraft sei größer und ihr Geist klarer. Wohlige Schauer überzogen Nacken und Rücken, während die von der Eiseskälte in ihren Köperkern gezwungene Wärme allmählich überallhin zurückströmte.

Sie betrat die schneebedeckte Bogenbrücke, die die Auer Uferseite mit der Stadt verband. Das gelborange Licht der Straßenlaternen konturierte schwach die steinerne Brüstung und die gräuliche Silhouette der sitzenden Frau aus Stein auf der linken Seite. Walli mochte die Figur, die ein angeblich sehr bekannter Künstler geschaffen hatte. Wie sie so dasaß, eine Hand am geneigten Kopf, als wolle sie sich schützen, die andere am Knöchel, als schmerze er … was auch immer die fließende Gestik bedeuten sollte, sie weckte in Walli ein Gefühl der Verbundenheit.

In das Rauschen des Flusses und das Rumpeln der Tram, welche an ihr vorbei Richtung Sendlinger Tor fuhr, mischte sich das Glockenläuten der umgebenden Kirchen.

Schon fünf Uhr. Sie musste sich beeilen.

Wenige Minuten später hatte sie den Kiosk am anderen Ende der Reichenbachbrücke erreicht. Ihre Augen überflogen die Umgebung, erfassten die beiden spitzen, mächtigen Türme der Maximiliankirche, wanderten durch die Schatten der davor in akkurater Linie gepflanzten Bäume und hefteten sich schließlich auf das eingeschossige Häuschen mit Walmdach, Türmchen und großen weißen Sprossenfenstern, das Postkarten und Zeitschriften offerierte. Sie suchte nach einem Hinweis auf ihre Verabredung, doch das Standl schien völlig verwaist.

Zunehmend unruhig umrundete sie das Gebäude, spazierte zum Portal der Kirche und wieder zurück, beobachtete eine Weile die Fraunhoferstraße und den Übergang zur Reichenbachbrücke. Hatten sie sich verpasst? Oder war es das falsche Standl?

Als die Glocken halb sieben schlugen, gab sie frustriert auf. Sie hatte auf ein paar zusätzliche Mark gehofft, jetzt, wo man so viel heizen musste. Und von den hohen Herrschaften konnte sie immer ein bisschen mehr nehmen als von denen, die eh kaum über die Runden kamen.

Kurze Zeit später erreichte Walli die Krämerstraße. Die Au war inzwischen aus dem Schlaf erwacht. Schneeberge wurden beiseitegeräumt, Feuer geschürt, die Hühner gefüttert. Die Nachbarin von oben grüßte vom windschiefen Balkon, wo sie mit klammen Fingern einige Wäschestücke aufhängte. Walli winkte zurück, stieg die beiden Stufen ins Souterrain hinunter und drückte gegen die hölzerne Eingangstür, deren Blatt sich schon lange nicht mehr sauber in die Zarge fügte. Als Folge kroch nicht nur die Kälte in die Zimmer, sondern auch die Feuchtigkeit. Der halbe Meter, den die Wohnung unter dem Niveau der Straße lag, sorgte zudem dafür, dass bei starkem Regen Wasser eindrang. Dann dauerte es Tage, bis alles wieder trocken war.

»Bist zurück, Weib?«

Walli legte Tuch und Mantel ab. »Bin ich, Fred.« Durch die halb offene Tür sah sie ihren Mann in der angrenzenden Schlafkammer liegen.

Er richtete sich auf. »Bringst mir ein Bier.«

»Es is noch net Tag, und du willst schon ein Bier.« Walli schüttelte den Kopf. »Nein. Ein Bier kriegst net vor dem Mittag.«

»Himmisakra! Weib!« Sie hörte das Bett im Nebenzimmer knarzen. »Jetzt gehst her und bringst mir ein Bier!«

»Mutter!«

Walli ignorierte den Schwall Flüche, der auf sie herabprasselte, und wandte sich ihrer zehnjährigen Tochter zu, die an ihrer Schürze zupfte und auf ihren kleinen Bruder deutete, den sie an der Hand hatte. »Was gibt's, Resi?«

»Der Rudi hat Halsweh.«

Auch das noch. Walli fühlte seine Stirn, sah ihm in die Augen. »Pack ihn warm ein. Und dann schaust zu, dass ihr in die Schule kommt. Alle drei!«

»Ja, Mutter.« Resi zerrte den heulenden Rudi mit sich zu den Haken neben dem Ofen, an denen Jacken, Mützen und Handschuhe hingen. Irmi, die Mittlere der drei Geschwister, zog bereits ihre Halbstiefel an.

Zehn Minuten später waren die drei aus dem Haus.

Im oberen Stockwerk greinte ein Kind. Ein zweites stimmte ein, die Mutter mahnte energisch zur Ruhe. Die Decke über ihrem Kopf bewegte sich knarzend, so wie immer, wenn dort jemand umherging. Wirklich still war es nie in ihrem Herbergshaus, aber Walli störte sich nicht daran. Die kleine Wohnung gehörte ihr, niemand konnte sie von hier vertreiben. Andere mussten sich mit weit weniger begnügen.

Sie band sich ein Tuch ins straff zusammengesteckte Haar, ging in die winzig kleine Küche und setzte einen großen Topf mit Wasser auf. Am Mittag würde sie wieder zum Pumpbrunnen müssen, um die Eimer aufzufüllen. Wie bequem musste es sein, das Wasser von der Münchner Brunnenleitung geliefert zu bekommen und es durch einen Hahn in die Schüssel laufen lassen zu können. Aber das, was in vielen Münchner Haushalten bereits selbstverständlich war, hatte noch keinen Weg in die Herbergshäuser der weniger Begüterten in der Au gefunden.

»Gibt's hier nix zum Essen?«, hob Fred wieder an.

Seine Stimme verursachte Walli einen Knoten im Bauch.

Wortlos schöpfte sie eine Kelle Krautsuppe vom Vortag in einen Teller. Gewiss, er litt selbst am meisten darunter, dass die Kinderlähmung ihn vor sieben Jahren aufs Krankenbett gezwungen und seither nicht mehr daraus hatte aufstehen lassen. Natürlich haderte er damit, dass aus ihm, dem kräftigen Brauknecht, ein dicker Mann geworden war, der nicht mehr laufen und selbst die Arme nur noch eingeschränkt bewegen konnte. Doch all das rechtfertigte nicht, dass er sie und die Kinder ständig schikanierte. Wenn er wenigstens den Mund halten, sein Schicksal annehmen und sie in Ruhe für ihn und die Kinder sorgen lassen würde. Dann würde sie sich nicht so gewissenbelastend wünschen, dass ihn der Sensenmann möglichst bald auf den nächsten Gottesacker schaffte.

Sie stellte ihm die Suppe auf den Nachttisch, ignorierte eine weitere Beleidigung und schloss die schmale Verbindungstür zwischen den beiden Zimmern ihrer Herberge hinter sich.

»Pfui Deifi, die ist ja ganz kalt!« Die geschlossene Tür dämpfte die Lautstärke seines Kommentars.

Walli aß selbst ein paar Löffel Suppe, dann kochte das Wasser. Sie legte zwei saubere Leinentücher auf den großen, abgenutzten Holztisch, an dem sich nahezu ihr gesamtes Leben abspielte. Anschließend entnahm sie ihrem Rucksack eine Stoffhülle, in der sich ihr wertvollster Besitz befand: Eine Klistierspritze und drei dazugehörende gebogene Kanülen in unterschiedlicher Länge, vorgereinigt und daher ohne sichtbare Spuren des Eingriffs der vergangenen Nacht.

Vorsichtig gab sie alles in das kochende Wasser, wartete gute zehn Minuten und legte es zum Abtropfen auf die vorbereiteten Tücher. Diese Gerätschaften, die sie vor Jahren aus einer Arztpraxis entwendet hatte, waren zur Grundlage ihrer Geschäftstätigkeit geworden. Auch wenn es keine ungefährliche Methode gab, Frauen aus misslichen Lagen zu befreien, war Walli davon überzeugt, dass ihre die sanfteste war. Nur dann, wenn das erwünschte Ergebnis ausblieb, half sie mit anderem Werkzeug nach. Doch die Gefahr ernster Verletzungen stieg, sobald man mit Stricknadeln oder gebogenen Kleiderbügeln hantierte.

Anfangs waren auch ihr einige Frauen weggestorben, inzwischen passierte das seltener. Sie hatte ihr Wissen erweitert und ihre Vorgehensweise verfeinert. Ganz verhindern aber ließen sich Entzündungen, starke Blutungen oder Verletzungen im Gewebe nicht. Während die Instrumente trockneten, nahm sie das abgekochte Wasser und begann, darin Geschirr abzuwaschen.

Hinter der Schlafkammertür war es ruhig geworden. Gott sei Dank schlief er so viel, der Fred. Einen Augenblick lang gab sie sich der Vorstellung hin, wie es wäre, wenn er einfach nicht mehr aufwachen würde …

Ein Klopfen ließ sie innehalten.

Ihre Sinne schärften sich, denn sie erwartete niemanden.

Es klopfte noch einmal.

Walli trocknete ihre Hände ab und ging zur Tür.

8. Kapitel

Katharina zog die Mütze tiefer ins Gesicht und rieb sich die klammen Hände. Es musste jemand da sein, sie hatte Geschirrklappern gehört. Im Nachbarhaus gab es wohl Streit. Man hörte es bis auf die Straße.

Sie wollte gerade ein drittes Mal klopfen, als die Tür einen Spaltbreit geöffnet wurde. Eine kleine, hagere Frau mittleren Alters musterte sie misstrauisch. »Was wollen Sie?«

»Frau Stenzl? Walli Stenzl?«, fragte Katharina.

»Ja, die bin ich. Was brauchen Sie?«

»Ich selbst nichts. Aber eine Freundin.«

»Das geht nur, wenn sie im Voraus bezahlt.«

»Eine Ihrer letzten Patientinnen ist Ihnen noch etwas schuldig, Frau Stenzl.« Katharina zog einen Umschlag aus ihrer Manteltasche. »Eva Stein.«

Walli Stenzl zog die Brauen zusammen. »Stein?«

Katharina nickte. »Kann ich hereinkommen? Ich möchte nicht, dass mich jemand hier sieht.«

Einen Moment wirkte Walli Stenzl unschlüssig, dann schien die Aussicht auf ihren ausstehenden Lohn das Misstrauen zu verdrängen.

Die Wohnung hatte keinen Flur. Katharina stand sofort in einer nicht allzu großen, sehr niedrigen Kammer. Es waren höchstens zwei Zentimeter, die ihren Kopf von der Decke trennten. Ein Küchenbuffet, zwei Truhen und ein abgenutztes Sofa bildeten zusammen mit einem großen Tisch die Einrichtung. Vor einem gemauerten Ofen war Wäsche zum Trocknen aufgehängt. Durch einen offenen Durchgang sah man einen Herd und einen Spülstein, eine geschlossene Tür schien in einen weiteren Raum zu führen. Alles war ärmlich, wirkte aber verhältnismäßig sauber und geordnet.

Während Katharina sich umsah, ging Walli Stenzl leicht hinkend zum Tisch und begann, hektisch ein paar darauf liegende Gegenstände in ein Tuch einzuschlagen. Als Katharina zu ihr trat, fiel etwas mit leisem Scheppern auf den Boden. Bevor Walli Stenzl sich danach bücken konnte, hatte Katharina es bereits aufgehoben.

»Eine Klistierspritze?« Katharina wunderte sich, dass die Frau derartige medizinische Gerätschaften besaß. Sie betrachtete das Instrument. »Machen Sie es damit?«

»Wenn es möglich ist. Es ist die beste Art.« Walli Stenzl sah sie aus grauen Augen an. Ihr Blick war aufmerksam, aber abweisend. »Jetzt geben Sie mir das Geld. Ich hab zu tun.«

Katharina bemerkte eine verkorkte Glasflasche auf dem Küchenbuffet, die eine helle Flüssigkeit enthielt. »Ist das Seifenlauge?«

Walli Stenzl nickte.

»Sie wissen, was passieren kann, wenn Sie die einspritzen?«

»Nach ein paar Tagen kommt die Frucht raus.«

»Wenn alles gut geht.« Katharina deutete auf das Knäuel an Tüchern unter Walli Stenzls Händen. »Das sind die dazugehörigen Kanülen, nicht wahr?«

Walli Stenzl reckte gereizt ihr Kinn nach vorne. »Sie haben genug gesehen.«

»Hören Sie.« Katharina machte einen kleinen Schritt auf Walli Stenzl zu. »Ich bin selbst Medizinerin. Eva Stein geht es nicht gut. Wenn Ihre Behandlung Schaden angerichtet hat, könnte es auch für Sie schwierig werden, Frau Stenzl. Fräulein Stein kommt aus bestem Hause.«

Angesichts der versteckten Drohung versteinerte sich das Gesicht der Engelmacherin. Mit erkennbarem Widerwillen breitete sie das Tuch vor Katharina aus.

»Ich schau mir die Frauen vorher an. Dann suche ich die passende Kanüle raus.« Sie sprach stockend. »Sie finden in ganz München keine, die so sauber arbeitet wie ich.«

»Trotzdem bringen Sie die Frauen in Lebensgefahr.«

Walli Stenzl richtete ihre Augen auf Katharina. Vorwurfsvoll. Empört. »Was wissen Sie denn schon, Sie feines Fräulein. Keine Ahnung habens davon, wie die Maderln hier ankommen. Glauben Sie, dass die ihr Kind gern hergeben?« Sie lachte bitter. »Die meisten wissen net, wie sie noch einen Esser durchbringen sollen. Viele haben die Schwindsucht oder sind bei der vorigen Schwangerschaft schon schier gestorben. Die haben Angst um ihr Leben! Und, Fräulein, wenn Sie Medizin studieren, dann wissen Sie, dass die meisten Ärzte nicht helfen. Und warum? Weil man dafür ins Gefängnis kommen kann.« Sie schöpfte Atem. »Und sterben – das kann man auch bei der Geburt oder im Kindbett. Es ist so eine große Not. Da ist meine Arbeit ein Segen!«

Katharina besah sich die drei Kanülen auf dem hellen Stoff.

Walli Stenzl folgte ihrem Blick. »Ich koch alles aus. Jedes Mal. Davor und danach. Und zwischendurch auch, wenn ich es mitgenommen und net benutzt hab.«

Katharina legte die Klistierspitze dazu, die sie noch immer in den Händen hielt. »Immerhin.«

»Was is da für ein Krach, Kruzefix!«

Katharina erschrak, als die ungehaltene Männerstimme durch die Kammertür drang.

»Ich hab Kundschaft!«, schrie Walli Stenzl zurück.

»Und ich hab Hunger!«

»Jetzt kann ich net. Musst warten!«

»Du Brunzkachl, du elende!«

»Ohne mich würdest verrecken. Also sei still.«

Es folgte ein lautes Knarren, so als ob jemand sich im Bett umdrehte, begleitet von weiteren ungehobelten Flüchen.

Katharina wusste nicht, wo sie hinsehen sollte. Die Situation war ihr peinlich.

»Er ist krank«, erklärte Walli Stenzl, und es klang beiläufig. Doch die ruppige Bewegung, mit der sie ihr Instrumentarium einpackte, zeigte eine große innere Anspannung.

Katharina hatte sich die Lebensumstände der Menschen hier bisher nie wirklich vergegenwärtigt. Anders als das offensichtliche Elend in den großen Mietskasernen war ihr die Au bisher eher als einfaches, aber durchaus idyllisches Viertel erschienen mit den Herbergshäusern aus Stein und Holz, von denen keines dem andern glich. Altanen, Balkone, Geländer und Außentreppen und eine Vielzahl an Anbauten machten jedes dieser Häuschen zu einem Unikat. Die Satteldächer waren mit Ziegeln, häufiger noch mit Metall gedeckt, und nur die zahlreichen Kamine wiesen darauf hin, dass sich mehrere Parteien eine Herberge teilten.

»Wenn ich nicht meine Arbeit hätt«, sagte Walli Stenzl unvermittelt, »ich wüsste net, wie ich meine Kinder durchbringen sollte. Von ihm …«, sie machte eine abfällige Kopfbewegung in Richtung der Schlafkammer, »… ganz zu schweigen.«

Das war der ungeschönte Alltag der Menschen hier. Katharina fühlte sich auf einmal schlecht. Es war nicht an ihr, diejenigen zu kritisieren, die versuchten, unter widrigen Umständen durchs Leben zu kommen. »Aber gibt es denn nicht andere Wege als diesen?«

»Da müsste sich im Großen was ändern«, antwortete die Engelmacherin leise. »Am Anfang hab ich schon … ich meine, man weiß ja, dass der Herrgott des net gutheißt, was man macht.« Sie knetete ihre rauen Hände. »Jetzt bet ich halt einen Rosenkranz mehr. Die Heilige Mutter Maria versteht bestimmt besser, was wir Frauen durchmachen.«

Was wohl Pater Fidelis zu Walli Stenzls Erkenntnis sagen würde?

»Aber auch da, wo das Geld hockt«, fuhr Walli Stenzl nachdenklich fort, »braucht's Leute wie mich. Die Töchter von denen da oben«, sie machte eine unbestimmte Handbewegung in der Luft, »werden dumm gehalten, was des zwischen Mann und Frau angeht. Wegen der *Sittlichkeit*, verstehen Sie? Und dann verliert das Maderl die Ehre, weil es auf einen feschen Burschen reingefallen is. Und ahnt net, dass des Folgen haben könnt, weil es nix weiß. Die kommen dann oft erst spät zu mir.« Sie schüttelte den Kopf. »Da ist es mir auch net wohl, wenn ich schauen muss, dass man des aus der Welt schafft. Aber was kann man denn sonst machen? Keiner nimmt eine mit einem Bankert. Die Eltern schmeißen sie aus dem Haus, dazu kommt das Gerede. So ein Leben ist ruiniert. Und bevor sie ins Wasser geht, vor lauter Verzweiflung – helf ich halt. So wie bei der Stein.«

Katharina nickte nachdenklich. »Sie haben der Eva von der Seifenlauge injiziert?«

»Ja. Eine Woche lang. Jeden Tag. Aber es is net rausgekommen. Da hab ich bissel mehr Druck draufgegeben.«

»Es ist schließlich abgegangen.« Katharina nickte. »Aber sie blutet stark nach.«

»Das kann sein.« Walli Stenzl nestelte an dem Tuch, das sie um ihren graubraunen Haardutt gewickelt hatte. »Oft braucht es ein oder zwei Wochen. Dann muss es weniger werden. Das Fräulein Stein war am Ende vom dritten Monat. Ungefähr.«

»Ja, so habe ich es auch eingeschätzt.« Katharina räusperte sich. »Darf ich Sie etwas fragen, Frau Stenzl?«

»Jetzt hab ich eh schon so viel geredet.« Walli Stenzl versuchte sich an einem schiefen Lächeln. »Wo ich doch sonst davon leb, den Mund zu halten.«

Katharina lächelte zurück. Sie spürte eine große Verletzlichkeit hinter der harten Fassade der Frau, der man ansah, dass das Leben an ihr zehrte.

»Wer gibt den Mädchen Ihre Adresse?«

»Meine Anschrift kennen die Dienstboten der Stadt. Und vor allem viele der hohen Herren.« Walli Stenzl lachte laut auf. »Manche brauchen meinen Dienst regelmäßig. Sie glauben net … Fräulein … wie heißen Sie eigentlich?«

»Katharina Lindner.«

»Fräulein Lindner, Sie glauben net, was in den hiesigen Betten so alles geschieht. Außen hui, innen pfui, sag ich dazu. Am Ende ist es halt immer die Frau, die die Folgen der Geschichte im Bauch hat.«

Katharina nickte langsam. »Kennen Sie Professor Vogt?«

»Den Vogt?« Walli Stenzl verdrehte die Augen. »Persönlich net. Der schickt nur seinen Laufburschen. Aber ich sag ihnen eines: Wenn der alle die Kinder, die der schon gemacht hat, selbst hätt austragen müssen, wär der längst unter der Erde.«

»Schickt er alle seine … Opfer zu Ihnen?«

»Was weiß ich.« Walli Stenzl zuckte mit den Schultern. »Aber wenn ich mir des so anschau – bestimmt viele.« Auf einmal überzog ein schalkhaftes Grinsen ihr Gesicht. »Aber ehrlich gesagt. Wenn ich noch mal jung wär und so schlau, dass ich studieren könnt: Ich würd mir einen ansehnlichen

Studenten suchen – und kein altes, steifes Mannsbild von der Akademie.«

Eine Unmenge an Gedanken zog durch Katharinas Kopf, als sie sich eine halbe Stunde später auf den Heimweg machte. Inzwischen war ein leichter Wind aufgekommen, und in der eiskalten Luft, die ihr ins Gesicht blies, wurde ihr die Tabuisierung klar, mit der ungewollte Schwangerschaften belegt waren. Kein Lehrbuch und keine Vorlesung beschäftigten sich mit Abbrüchen, geschweige denn mit den Hintergründen. Hin und wieder kam eine Betroffene aufgrund von Folgekomplikationen in die Frauenklinik, aber selbst dann stand lediglich die Frage nach der fehlenden Moral der Betroffenen im Raum. Und wenn Katharina ehrlich war, hatte sie diese Meinung oftmals geteilt. Warum ließen die Frauen sich auch auf ein Techtelmechtel ein? Warum zeigten sie den Ehemännern nicht ihre Grenzen auf, wenn sie kein Kind mehr wollten? Drehte sich denn alles nur um Lust und Leidenschaft?

Katharina, die gerade über die Reichenbachbrücke ging, blieb abrupt stehen. In der Straßenmitte bimmelte die blauweiß lackierte Tram der Linie sieben vorbei, dazu gesellten sich das Rattern der Fuhrwerke und das Klappern eisenbeschlagener Pferdehufe auf der danebenliegenden Fahrbahn. Katharina wandte sich zur Seite, stützte sich mit den Unterarmen auf der Brüstung ab und sah in die Tiefe. Unter ihr schäumten die Wasser der Isar auf ihrem Weg zur Donau, dunkelgrau, verschlingend, Verwirbelungen bildend, wenn sie der Untergrund oder steinerne Hindernisse zu Umwegen zwangen.

Katharina wurde bewusst, dass sie dieses verzehrende Gefühl gar nicht kannte: Leidenschaft, die kopflos machte, die die Menschen mitriss wie der Fluss Schotter und Geröll. Ihr Leben war geordnet und diszipliniert, alle Aufmerksamkeit auf das Studium gerichtet. Eine Liaison, wie Eva sie geführt hatte, wäre ihr niemals in den Sinn gekommen. Und wenn sie ehrlich war, brachte sie nur wenig Verständnis für das Verhalten ihrer Freundin auf.

Katharina atmete tief ein.

Wenigstens hatte Eva doch noch preisgegeben, wo sie den Eingriff hatte vornehmen lassen. Katharina wusste nun, wie Walli Stenzl vorgegangen war. Das half ihr, Evas Zustand und den Heilungsprozess besser zu beurteilen. Hart war dagegen die Erkenntnis, welch festen Platz Abtreibungen in der Geburtenregelung einnahmen. Und dass gegen die Verzweiflung der Frauen kein Strafgesetzbuch ankam.

Sie ließ ihren Blick flussaufwärts wandern, wo sich der Dunst des anbrechenden Morgens wie ein feiner Schleier über die schneebedeckte Landschaft gelegt hatte. Die bezaubernde Stimmung erinnerte sie an ähnliche Wintertage am Bodensee. Schließlich stieß sie sich von der Brüstung ab und sah auf ihre Armbanduhr. Noch hatte sie zwei Stunden Zeit bis zum geburtshilflich-gynäkologischen Seminar bei Doktor Polano in der Poliklinik. Davor aber würde sie sich zu Hause einen kräftigen heißen Kaffee aufbrühen und nach zwei durchwachten Nächten an Evas Bett einen Moment der Ruhe genießen.

Mittlerweile war die Reichenbachbrücke belebt. Passanten eilten über die Gehsteige, der Fahrer eines Automobils hupte ärgerlich einen Fahrradfahrer an, der auf der eisigen Fahrbahn ins Schlingern geraten war, bevor das Auto selbst ins Rutschen kam und beinahe in ein vorausfahrendes Fuhrwerk krachte.

Katharina setzte ihren Weg fort. Sie merkte, wie die Kälte durch ihre Kleidung kroch, und steckte die behandschuhten Hände in ihre Manteltaschen. Dabei ertastete sie ein Briefchen, das ihr die Gruberin heute Morgen gegeben hatte. Katharina war so in Eile gewesen, dass sie es achtlos weggesteckt und über ihrem Gespräch mit Walli Stenzl völlig vergessen hatte.

Neugierig zog sie die Nachricht heraus. *Fräulein Katharina Lindner* stand da in kraftvoller, nach rechts gerichteter Handschrift. Sie wendete den Umschlag und las den vorgedruckten Absender: *Thomas von Bogen. Chirurg. Maria-Theresia-Straße. München-Bogenhausen.*

9. KAPITEL

Das Delikatessengeschäft Dallmayr in der Dienerstraße,
ein paar Tage später

»Schade, dass Eva noch zu schwach ist, um mit uns in die Stadt zu gehen.« Lola drehte sich im Verkaufsraum des säulenbestanden Delikatessengeschäfts Dallmayr einmal um die eigene Achse. »Dieses Angebot macht einen sofort gesund!«

»Und wie das duftet!« Zara reckte das Kinn.

»Macht die Augen zu«, befahl Lola. »Wer am wenigsten von den Delikatessen hier erkennt, gibt heute Abend nach dem Lichtspielhaus einen Cocktail aus.«

Katharina schloss gehorsam die Augen. »Schokolade.«

»Geräuchtes. Schinken, Speck und solche Sachen«, hörte sie Lola sagen. »Kaffee und Tee. Und Fisch!«

»Du schummelst, Lola«, mahnte Zara scherzhaft. »Du hast gezwinkert.«

»Dann schummelst du auch«, konterte Lola. »Sonst hättest du es nicht gesehen.«

Sie lachten alle drei.

»Ich bin offenbar mal wieder die Einzige, die sich an die Regeln hält«, schmunzelte Katharina und öffnete die Augen. »Aber es duftet nicht nur gut hier. Es ist auch alles so schön anzusehen.«

Die Regale und Vitrinen aus dunklem Holz und Glas versammelten Gaumenfreuden aus aller Welt. Von Weinen, Spirituosen und Champagner über Wurst, Fleisch und Fisch bis hin zu Gemüse, exotischen Früchten, Kaffee, Tee und Schokolade, Brot und Gebäck gab es kaum eine Köstlichkeit, die es bei Alois Dallmayr nicht gab.

»Dann lasst uns das Werde-gesund-Päckchen für Eva zusammenstellen.« Lola ging zielstrebig zu den ausgestellten Kakaospezialitäten. »Ich würde hiermit beginnen.«

Gemeinsam begutachteten sie das verlockende Angebot hinter dem Glasschutz und stellten schließlich eine feine Mischung an Pralinés, gefüllt mit Orangenmarzipan, Zimtcreme und gerösteten Pistazien, zusammen. Während die Verkäuferin alles hübsch verpackte, deutete Katharina auf das einladend arrangierte Obst. »Was haltet ihr davon?«

»Die Ananas sieht sehr gut aus!« Zara trat zu ihr.

»Also eine Ananas, eine Mango und ein paar Orangen«, schlug Katharina vor. Gleichzeitig fiel ihr auf, dass Lola sich entfernte, und sah ihr nach. »Wo möchte sie denn hin?«

»Sie holt noch etwas Flüssiges. Wir planen eine kleine Party bei Eva und mir«, erwiderte Zara und deutete zugleich auf ein Bananenbündel. »Ich würde die noch dazunehmen.«

»Einverstanden«, erwiderte Katharina.

»Du kommst doch auch?«, vergewisserte sich Zara.

»Zu eurer Party?« Katharina zwinkerte ihr zu. »Die lasse ich mir auf keinen Fall entgehen! Wann steigt sie denn?«

»Heute am Spätnachmittag. Bevor wir ins *Metropolis* gehen. Frau Gruber bitten wir auch dazu.«

»Ein klein wenig Sünde muss natürlich sein!« Lola schwebte mit einer Flasche Champagner herbei. »Das wird Eva aufmuntern!«

»Nicht nur Eva«, grinste Zara.

»Vielleicht sollten wir lieber zwei Flaschen davon kaufen.« Katharina tippte auf das grüne Glas. »Wir wissen doch, wie sehr du Champagner liebst, Lola.«

Beladen mit ihren Geschenken standen sie schließlich auf der Straße vor den Arkadenbögen des Feinkostgeschäfts. Der Schnee der letzten Tage war bereits weggetaut, die Luft fühlte sich kalt, aber nicht mehr eisig an.

»Lasst uns einen Kaffee trinken gehen«, schlug Lola vor.

»Ich habe noch etwas vor«, erklärte Katharina. »Aber geht ihr nur.«

»Wo willst du denn hin?« Taktgefühl war nicht gerade Lolas Stärke.

»Ich wollte«, Katharina räusperte sich, »bei der Sexualberatungsstelle vorbeischauen.«

»Wo?« Zara sah sie überrascht an.

»Gibt es denn so etwas überhaupt in München?«, fragte Lola.

Katharina nickte. »Zum Glück. Bis das mit Eva geschehen ist, habe ich das Thema Frau und Sexualität lediglich aus medizinischer Sicht betrachtet. Nun aber ist mir klar, dass dahinter eine große, gesellschaftliche Problematik steckt.«

»Durch das Gespräch mit der Engelmacherin?«, erkundigte sich Zara.

Katharina nickte. »Es war bestürzend. Und aufrüttelnd.«

»Vielleicht sollten wir mitkommen«, überlegte Lola. »Interessant finde ich das nämlich auch.«

»Lasst mich heute erst einmal allein hingehen.« Katharina rückte ihren Rucksack zurecht. »Ich erzähle euch dann.«

»Na gut. Wir erwarten deinen ausführlichen Bericht«, warnte Lola augenzwinkernd. »Und sei nachher pünktlich, Katharina! Nicht, dass wir ohne dich anfangen!«

Eine knappe halbe Stunde später erreichte Katharina ein mehrstöckiges Haus in der Landwehrstraße. Bunte Werbetafeln aus Emaille wiesen auf einen kleinen Lebensmittelladen linker Hand hin, zur Rechten lag ein billiges Hotel.

Katharina stellte sich vor die dazwischen eingezwängte, dunkelgrün gestrichene Bogentür und ließ ihre Fingerspitzen über die Klingelschilder gleiten. *Frauenberatungsstelle.* Die Anschrift hatte sie im Münchner Adressbuch gefunden. Sie drückte die Tür auf. Ihren Weg in den zweiten Stock begleitete das ausgiebige Knarzen der hölzernen Treppenstufen.

An einer der Wohnungstüren fand sich das gleiche dezente Schild. Katharina läutete.

Eine Frau um die vierzig öffnete die Tür. »Guten Morgen! Schön, dass Sie den Weg zu uns gefunden haben.« Sie hatte ein offenes Lächeln. »Kommen Sie herein!«

Die Beratungsstelle bestand aus zwei verbundenen Räumen, die jeweils mit einem Schreibtisch, Schränken und Regalen ausgestattet waren. Der Geruch nach Bohnerwachs, Papier, Tinte und dem Holz der Möbel erinnerte Katharina an ein Bureau. Sie setzte sich auf den angebotenen Stuhl vor einem der beiden Schreibtische.

»Nennen Sie mich Selma. Was kann ich für Sie tun?« Die Frau, deren dunkle Haare modisch frisiert waren, nahm auf der gegenüberliegenden Seite des Tisches Platz und hörte aufmerksam zu, während Katharina sich vorstellte und ihr Anliegen erklärte.

»Wir bräuchten mehr engagierte Studentinnen wie Sie, Fräulein Lindner«, stellte Selma schließlich fest und faltete eine Informationsbroschüre auseinander. »Wie Sie eben sagten: Die Frauen werden dumm gehalten. Deshalb fangen wir bei vielen unserer Besucherinnen sprichwörtlich bei Adam und Eva an. Die meisten wissen nicht einmal über ihren Körper Bescheid, geschweige denn über den eines Mannes.«

»Diesen Eindruck habe ich auch.« Katharina betrachtete die mit einer Vielzahl an Bildern illustrierte Aufklärungsschrift, die sich auch an Analphabetinnen richtete. »Es ist gut erklärt«, stellte sie fest. »Und vor allem deutlich genug.«

»Das ist wichtig. Viel zu viele Frauen können weder lesen noch schreiben.«

»Ich bin jetzt da, Selma! Lass uns …« Eine zweite Frau

rauschte herein, in Hosen, das Haar unter der Schiebermütze burschikos kurz und verstrubbelt. Als sie Katharina sah, stutzte sie.

»Fräulein Lindner studiert Medizin und steht kurz vor der Staatsprüfung«, erklärte Selma.

»Ah! Interessant! Ich bin Hedda Strauß.« Sie nahm die Schiebermütze ab und legte sie auf den Tisch. »Werden Sie uns unterstützen?«

»Wir können fachkundige Mithilfe immer gut gebrauchen«, ergänzte Selma. »Wobei ich vorausschicken muss, dass wir hier harte Kämpfe ausfechten. Aber ich bin mir sicher, dass Ihnen das bewusst ist.«

Katharina nickte kurz. »Ich denke gerne darüber nach, ob und wie ich mich eventuell einbringen könnte.«

»Dann legen wir gleich das *Sie* ad acta.« Hedda grinste.

Katharina schmunzelte ebenfalls. »Sehr gerne. Ich bin Katharina.«

Selma spielte mit dem weißen Spitzenkragen, der ihr elegantes dunkelblaues Wollkleid zierte. »Das, was wir hier machen, ist nicht ungefährlich. Da wir nicht nur beratend arbeiten, befinden wir uns schnell auf rechtlich kritischem Gebiet.«

»Ihr führt auch Behandlungen durch?«, fragte Katharina.

Hedda nickte und setzte sich mit einer Pobacke auf den Schreibtisch. »In dieser zutiefst patriarchalisch gesinnten Gesellschaft können wir uns nicht mit Aufklärung begnügen. Viele der Frauen, die uns aufsuchen, sind bereits schwanger und durchweg in schwierigsten Lagen. Sie müssen die Möglichkeit einer fachkundigen Betreuung bekommen. Dazu zählt auch der Schwangerschaftsabbruch.«

»Vermittelt ihr denn entsprechende Adressen?«, fragte Katharina.

Hedda nickte. »Aller Gefahren zum Trotz.«

»Wohin schickt ihr die Frauen?«

»Wir arbeiten mit zwei Ärztinnen zusammen. Unter hohen Risiken, das ist klar.«

Katharina nickte, sagte aber nichts mehr dazu. Sie hatte sich vorgenommen, Eva und Walli Stenzl nicht zu erwähnen. »Stellt ihr denn auch Verhütungsmittel zur Verfügung?«, fragte sie stattdessen.

»Selbstverständlich.« Selma holte eine große Schachtel und stellte sie vor Katharina auf den Tisch.

Katharina warf einen Blick hinein. »Präservative?«

»*Fromms.* Das ist im Augenblick die sicherste Methode, um eine Schwangerschaft zu verhindern. Wir bieten auch Pessare an. Die müssen aber von einem Arzt angepasst werden, und das kann sich nicht jede Frau leisten.«

»Dies wäre ein Bereich, in den du dich gut einbringen könntest«, warf Hedda ein.

»Da du noch studierst, zunächst einmal beratend und organisatorisch«, fügte Selma an.

Katharina nickte langsam.

»Außerdem informieren wir hinsichtlich einer Sterilisation«, ergänzte Hedda. »Vor allem für Arbeiterfrauen ist das eine gute Lösung, wenn sie schon einige Kinder haben. Viele Ärzte lehnen diese jedoch ab.«

»Geht es nur um die Sterilisation von Frauen?«, fragte Katharina nach. »Oder auch um die von Männern?«

»Beides.« Über Heddas Gesicht zog ein Anflug von Bitterkeit. »Aber Männer haben horrende Angst, ihre Manneskraft zu verlieren. Deshalb sind nur wenige bereit, darüber nachzudenken.«

»Ich verstehe.« Katharina räusperte sich. Es gab etwas, das ihr auf dem Herzen lag. »Spielt bei euch denn so etwas wie … Rassenhygiene eine Rolle?«

»Nein!« Selma und Hedda antworteten nahezu gleichzeitig. »Für uns zählt nur die Not der betroffenen Frau«, fügte Selma an.

»Außerdem ist ein Volk doch kein Züchtungsbetrieb!« Heddas Wangen röteten sich. »Man soll sich vermehren, aber bitte nur nach willkürlich festgelegten Merkmalen? Erbgesundheit – dass ich nicht lache!«

Selma nickte. »Es ist unsäglich, was in unserem Land an Denken kursiert und nicht hinterfragt wird. Auch unter Frauen, das muss deutlich gesagt werden. Eine Abtreibung aus rassenhygienischen Gründen ist erwünscht. Wenn eine Mutter aber nicht weiß, wie sie ein weiteres Kind satt bekommen soll, ist es eine Straftat.«

»Und so könnten wir ewig weiter diskutieren«, seufzte Hedda. »Du siehst also, Katharina, dass wir jede Mitstreiterin gebrauchen können. Denn es gibt noch einen zweiten großen Bereich, den wir sehr ernst nehmen. Wir engagieren uns für eine Änderung der Verhältnisse. Mit Aufrufen, Versammlungen, politischen Anträgen und anderem mehr. Der

Paragraf 218 ist eine himmelschreiende Ungerechtigkeit und gehört ersatzlos abgeschafft.«

Katharina räusperte sich. »Eigentlich sehe ich meine Fähigkeiten eher auf dem Gebiet der Medizin.«

»Das wird sich noch ändern«, prophezeite Hedda. »Wenn du erst einmal das ganze Ausmaß der Ungerechtigkeit erfasst hast, fängst auch du an zu kämpfen. Es geht gar nicht anders.«

»Auch wenn es ein ungleicher Kampf ist«, sagte Selma, »der zudem an mehreren Fronten geführt werden muss.« Sie lächelte Katharina an. »Deshalb heißen wir dich herzlich willkommen!«

Auf dem Nachhauseweg fühlte Katharina eine unangenehme Zerrissenheit in sich. Sie bewunderte das Engagement der Frauen der Beratungsstelle, fühlte sich von ihrem Angebot angesprochen und wollte helfen. Andererseits erkannte sie das Ausmaß an Arbeit, das dort auf sie zukäme. Im Augenblick würde sie das nicht leisten können, ohne ihren Abschluss zu gefährden, zumal im nächsten Jahr die Ärztliche Staatsprüfung anstand.

Noch bevor sie in die Jahnstraße einbog, hatte sie beschlossen, Selma und Hedda zu vertrösten. Ehe sie eine derart gewaltige Aufgabe annahm, musste sie ihr Studium erfolgreich zu Ende gebracht haben.

Aber es war gut zu wissen, dass es eine solche Stelle gab. Und wann immer sie einer Frau in Not begegnete, würde sie sie dorthin schicken.

Als sie ihren Schlüssel aus der Tasche zog, fiel ihr ein, dass sie noch nicht auf das kurze Billet geantwortet hatte, welches Thomas von Bogen ihr hatte zukommen lassen. Er bot ihr seinen fachkundigen Rat bei der Vorbereitung ihrer medizinischen Staatsprüfung an – falls sie einen solchen wünschte.

Es war höchste Zeit, eine höfliche Absage zu formulieren.

10. KAPITEL

Hörsaal der Universitätsfrauenklinik in der Maistraße,
Anfang Dezember 1927

»Eine Schwangerschaft, die außerhalb der Gebärmutter angesiedelt ist, kann tödlich enden. Deshalb muss ein Arzt diese Möglichkeit bei Komplikationen in der Frühschwangerschaft stets in Erwägung ziehen. Lassen Sie mich dazu ein wenig ausholen.«

Durch silbergeränderte Brillengläser schweifte Professor Albert Döderleins Blick über die Köpfe der Anwesenden. »Bekanntermaßen wandert eine befruchtete Eizelle durch den Eileiter in die Gebärmutter der Frau und nistet sich dort ein. Kommt es hierbei zu Störungen, kann es sich um folgende Szenarien handeln.« Er wandte sich zur Tafel um und deutete auf die dort in weißer Schrift notierte Auflistung. »Die selteneren Varianten sind die Einnistung des Embryos im Eierstock selbst, im Gebärmutterhals oder der Bauchhöhle. Häufiger kommt dagegen eine *Tubargravidität* vor, hier unter Punkt vier angeführt, also eine Schwangerschaft im

Eileiter. Sie wird meistens durch Verwachsungen oder Verschluss desselben verursacht.«

Döderlein ging einige Schritte zu einer weiteren Tafel, welche die Anatomie des weiblichen Unterleibs zeigte. »Hier sehen Sie, wo diese Schwangerschaften potenziell lokalisiert werden. Daraus lassen sich die möglichen Folgen deutlich ablesen.«

Im Hörsaal unter der Glaskuppel war es mucksmäuschenstill, obwohl fast jeder der etwa fünfhundert Plätze besetzt war. Der Direktor der Universitätsfrauenklinik mit dem weißgrauen Haar galt als Koryphäe auf dem Gebiet der Gynäkologie und Geburtshilfe. Alle hingen an seinen Lippen. Dabei machten seine kräftige Statur im weißen Arztkittel und sein kompetenter Habitus vergessen, dass er die sechzig schon lange überschritten hatte.

»Das Vorliegen einer *extrauterinen Schwangerschaft* bedeutet nicht per se, dass medizinisches Eingreifen vonnöten ist. Vielmehr beendet der Körper eine solche Schwangerschaft oftmals selbst. Der Embryo wird nicht ausreichend versorgt, es kommt entweder zu einer spontanen Abstoßung oder zur Resorption des abgestorbenen Embryonalgewebes. Zweiteres bedeutet, dass sich das Gewebe auflöst und ohne weitere Komplikationen vom Körper abtransportiert wird. Erfolgt allerdings weder das eine noch das andere, besteht Lebensgefahr für die Mutter. Dies gilt insbesondere in Fällen, in denen sich die Schwangerschaft im engen Teil des Eileiters entwickelt, wo die Frucht nicht auf natürliche Weise abgestoßen werden kann.« Er trat zurück ans Pult und stützte beide Hände darauf ab. »Da der Fötus ohnehin nicht zu einem lebensfähigen Kind heranwachsen wird, muss die ganze Aufmerksamkeit dem Überleben der Frau gelten.«

Katharina saß mit einem ihrer Kommilitonen heute nicht in den arenaartig angeordneten, steil aufsteigenden Sitzreihen, sondern an einem separat aufgestellten Tisch neben der Tafel – wie in jeder seiner Vorlesungen ließ der Professor einige spontan ausgewählte Studenten beim praktischen Teil der Vorlesung an einem echten Fall üben. Diesmal war Katharina unter ihnen.

»Besonderes Augenmerk«, fuhr der Professor fort, »legt der Mediziner daher auf die Diagnostik. Um das zu verdeutlichen, stelle ich Ihnen eine Patientin vor, die wir heute im Klinikum aufgenommen haben.« Mit einem kurzen Nicken bat er den Vorlesungsassistenten, die Tür zu öffnen.

Eine Ordensfrau in schwarz-weißem Gewand und mit weißer Flügelhaube schob ein Krankenbett in den Hörsaal. Sie war den Studenten gut bekannt. Als eine der Barmherzigen Schwestern, welche den Betrieb des Frauenklinikums in der Maistraße organisierten, assistierte sie dem Klinikbegründer seit Jahren. Wie immer platzierte sie das Bett so, dass alle die darin liegende Patientin gut sehen konnten. Sie selbst setzte sich zu ihr ans Kopfende.

»Danke, Schwester Leodegar«, sagte Döderlein und nahm eine dünne Krankenakte vom Pult. »Wenn Sie, Fräulein Linder, und Ihr Kommilitone näher treten möchten?«

Als Katharina und ihr Mitstudent an das Krankenbett traten, schlug die dunkelhaarige Frau ihre Augen auf. Katharina erkannte die große Furcht darin. Spontan griff sie nach ihrer Hand und drückte sie mitfühlend.

»Eine zweiunddreißigjährige Patientin«, begann Döderlein und wandte sich an die überwiegend männlichen Zuhörer auf den Rängen. »Frühes Stadium der Schwangerschaft, mit typischen Anzeichen wie Brustspannen, Übelkeit, Harndrang. Letzte Menstruation Anfang Oktober. Seit einigen Tagen Bauchschmerzen und Schmierblutungen. Körpertemperatur leicht erhöht. Wir werden die Diagnose einer Eileiterschwangerschaft nun sichern.« Er richtete den Blick auf Katharina. »Ihr Vorgehen, Fräulein Lindner?«

»Ich würde die Patientin zunächst nach ihrer Krankengeschichte befragen. Ob es in früheren Schwangerschaften Komplikationen gegeben hat, ob eine Situation nach Kaiserschnitt vorliegt oder ob es bereits eine oder mehrere Fehlgeburten gegeben hat.«

»Sehr gut. Und weiter?« Döderlein betrachtete die Akte der Patientin.

»Beim äußeren Tasten wird eine deutliche Schmerzempfindlichkeit festzustellen sein. Beim bimanuellen Abtasten, also dem Abtasten mit einer Hand innen und einer außen auf der Bauchdecke, dürfte die Gebärmutter aufgelockert wirken, der angeschwollene Eileiter dagegen als länglicher Widerstand spürbar sein. Hebt man den Gebärmutterhals an, reagiert er ebenfalls schmerzempfindlich. Eine anschließende Sichtuntersuchung zeigt mögliche Veränderungen am Muttermund.«

»Ausgezeichnet!« Döderlein ließ die Krankenakte sinken.

»Dann beginnen Sie nun bitte mit der Untersuchung, Fräulein Lindner.«

Schwester Leodegar erhob sich und deckte die Patientin auf.

Diese reagierte mit einem Schluchzen. »Seien Sie unbesorgt«, sagte Katharina leise. »Wir stehen das gemeinsam durch.«

»Und bedenken Sie die Hygienemaßnahmen!«, warf Döderlein ein. »Sie sind für die Patientinnen genauso überlebenswichtig wie die ärztliche Behandlung selbst!«

Katharina zog sich die Gummihandschuhe über, die Schwester Leodegar ihr reichte, und führte die Untersuchung so aus, wie sie es zuvor beschrieben hatte. Zugleich empfand sie das Schamgefühl der Patientin nach, die sich vor aller Augen entblößt dieser Prozedur unterziehen musste. Doch nur so machte die Wissenschaft Fortschritte. Zu Lehrzwecken wurden sogar Geburten und Operationen in dem über zehn Meter hohen Hörsaal mit der roten und grauen Marmorverkleidung durchgeführt, der deshalb über einen gefliesten Boden mit Abfluss und mehrere Waschbecken verfügte.

»Die Schwangerschaft befindet sich im rechten Eileiter«, stellte sie schließlich fest. »Es besteht die unmittelbare Gefahr, dass er platzt.«

»Was wären die Anzeichen für einen solchen Eileiterriss?«

»Schwindel, Atemnot, Blässe. Niedriger Blutdruck und rasender Puls«, erwiderte Katharina. »Dazu kommen starke Schmerzen im Unterbauch.«

Döderlein nickte zufrieden. Dann wandte er sich an Katharinas Mitstudenten. »Welche Behandlung empfehlen Sie nach dieser Diagnose, Herr Mosny?«

»Ähm …« Edmund Mosny, ein schmaler, blässlicher junger Mann mit kupferfarbenem Haar, wirkte verunsichert. »Also, ich habe gehört, dass man den Embryo in die Gebärmutter umpflanzt.«

Katharina sah, wie sich Döderleins Brauen zusammenzogen. »Wo haben Sie denn diesen Unsinn her?«

»Aus einem … Lehrbuch.« Edmund Mosny reckte sein spärlich behaartes Kinn. Auf der linken Wange trug er eine wulstige Narbe.

»Welches vorsintflutliche Lehrbuch soll das denn gewesen sein?«, erwiderte Döderlein kopfschüttelnd und wandte sich wieder an Katharina. »Wie würden Sie vorgehen, Fräulein Lindner?«

Edmund Mosny machte einen abfälligen Laut, als Katharina ihre Antwort formulierte: »Unter intensiver Beobachtung könnte man unter Umständen abwarten, ob ein natürlicher Abort erfolgt. Wächst die Schwangerschaft weiter oder kommt es zu einem Tubenriss, ist eine operative Entfernung des Embryos angezeigt.« Sie sah mitfühlend auf die Patientin, der die Tränen über das Gesicht liefen. »In diesem Fall rate ich allerdings zur Operation.«

Döderlein nickte anerkennend. »Sehen Sie, Herr Mosny. So sieht eine qualifizierte Antwort aus.«

Döderlein beendete die Vorlesung kurz darauf mit dem Hinweis, dass er die betroffene Patientin unter Beisein ausgewählter Studenten unverzüglich operieren würde.

Als Schwester Leodegar das Krankenbett aus dem Hörsaal schob, schloss sich neben Katharina auch Edmund Mosny an.

»Sie nicht, Mosny«, befahl Döderlein barsch, als er ihn bemerkte. »Ihr Wissensstand hinkt der Anzahl Ihrer Semester deutlich hinterher. Setzen Sie sich an Ihren Schreibtisch und holen Sie auf, was Ihnen fehlt. Erst dann werden Sie Patientinnen meines Hauses behandeln.«

Flammende Röte zog über das Gesicht des Studenten. »Wie Sie meinen, Herr Professor«, erwiderte er. Die Art, wie er den Titel des Mediziners betonte, war unverschämt. »Ich werde mich ohnehin nicht auf dieses *weibische* Fachgebiet konzentrieren. Mein Interesse gilt der Augenheilkunde.« Damit packte er seine Ledermappe. Bevor er den Hörsaal verließ, warf er Katharina einen Blick zu, der sie einen Moment lang irritierte – wütend, herabsetzend. Und irgendwie anzüglich.

»Nun denn.« An Döderlein schien der Ausbruch abzuprallen. Sein Gesicht zeigte keinerlei Regung. »Wechseln wir in den Operationssaal. Bevor uns die Patientin unter den Händen wegstirbt.«

11. KAPITEL

Des Nachts im Verbindungshaus des Corps Regenia München in der Münzstraße, unweit des Hofbräuhauses am Platzl

Edmunds goldene Taschenuhr zeigte halb eins in der Nacht, und er fühlte sich bereits, als wäre die Tram zweimal über ihn hinweggefahren. Die Reden waren gehalten, die allgemeinen Lieder gesungen, zwei *Füchse* zu *Burschen* geworden. Edmund hatte dem Vortrag zweier humoristischer Gedichte gelauscht, an den passenden Stellen gelacht und sich am *Rundgesang* beteiligt. Sie hatten *übers Kreuz getrunken*, *getempelt*, *Biergalopp* und *Bieruhr* gespielt.

Nun war die *Bierorgel* verstummt, das Klavier verwaist, und Edmund fühlte sich reif fürs Bett. Doch daran war noch lange nicht zu denken. Die *Kneipe*, wie solche rituellen Studentenfeiern genannt wurden, ging gerade erst in ihren informellen Teil über. Die Gesellschaft, gestriegelt und im Anzug, mit weißer Mütze und dem grün-weiß-gelben Band des Corps Regenia über der Brust, gab sich gerade ganz dem Paragrafen 11 des *Bier-Comments* hin: *Es wird weitergesoffen.*

Hinrich, der an Edmunds linker Seite saß, hielt ihm sein geöffnetes Zigarettenetui unter die Nase. Alfons, zu seiner Rechten, stopfte sich eine Pfeife.

Edmund nahm eine Zigarette und ließ sich Feuer geben.

»Was machen deine Schmetterlinge, Edmondo?«, fragte Hinrich und steckte sein Etui wieder ein.

»Im Moment kann ich nicht sammeln«, erwiderte Edmund. »Es ist ja Winter.«

»Hast du denn schon alle auf ein Brett genagelt, die du im Frühjahr und Sommer gefangen hast?«, fragte Alfons.

Edmund nickte. »Es sind viele Prachtexemplare dabei. Ihr solltet sie euch wirklich einmal ansehen.«

»Ich schau sie mir lieber in der Natur an«, bekannte Hinrich.

»Hinter Glas sehen sie noch viel schöner aus«, beteuerte Edmund. Schon mehrfach hatte er versucht, den Verbindungsfreunden die Faszination seiner Leidenschaft zu erklären. Vergeblich.

»Ich stelle mir gerade vor, wie du mit dem Schmetterlingsnetz über die Wiesen streifst«, fing Alfons auf einmal an, »und den Viechern hinterherrennst …«

Edmund ärgerte sich über sein überhebliches Grinsen.

»Man kann sich bildlich vorstellen, wie unser Edmondo im Zickzack umherhüpft. Schließlich ist er ja nicht allzu groß, da muss er sich schon strecken, damit die Beute nicht fröhlich davonflattert«, stimmte Hinrich ein und drückte seine halb gerauchte Zigarette aus. »Aber wenn er dann eine gefangen hat, so eine holde Schmetterlingsjungfrau …«

Alfons sah Hinrich an. »Dann«, der dünne schwarze Schnurrbart über seinen schmalen Lippen verzog sich, »dann zieht er ihr die Flügel lang …«

»… und spießt sie auf!« Der strohblonde Hinrich schlug sich auf den Schenkel. Beide lachten, bis ihnen die Tränen in den Augen standen.

Auch wenn alle schon erheblich dem Bier zugesprochen hatten, fühlte Edmund sich beleidigt. Abgesehen von der Obszönität ihrer Anspielung hatten die doch keine Ahnung, wie erhebend es war, diese zarten, kostbaren Lebewesen sein Eigen zu nennen. Ihre Schönheit zu bewahren, auch wenn sie dafür ihr Leben lassen mussten. Ihr Tod diente einem höheren Zweck.

Sein Zimmer war tapeziert mit Schaukästen, akkurat nebeneinander platziert und nach Farben sortiert. Einige Exemplare schillerten exotisch und geheimnisvoll, andere hatten virtuos geschwungene Flügel, manche waren unheimlich oder düster wie der Totenkopfschwärmer. Es verging kein Tag, an dem Edmund sich nicht seiner Sammlung widmete.

Er nestelte an seinem Zipfelbund, während seine Kumpane sich allmählich beruhigten.

»Wisst ihr eigentlich, dass sich der Döderlein eine runde Holzscheibe auf seinem Parkplatz hat installieren lassen?«, fragte er dann, um ein anderes Thema anzuschneiden.

»Dein Professor für die Weibersachen?«, vergewisserte sich Hinrich, der angehende Jurist, und griff nach seinem Bierkrug.

»Ebender.« Edmund bemerkte zufrieden, dass sein Ablenkungsmanöver geglückt zu sein schien.

»Nicht so despektierlich, Hinny.« Auch Alfons nahm einen großen Schluck. »Wenn das der Präses hört, bekommst du einen *Bier-Verschiss*. Der Döderlein ist ein *Alter Herr* der *Germania Erlangen*.« Er wandte sich an Edmund. »Wozu braucht er denn die Scheibe? Um sich die Weiber richtig hinzudrehen?«

Hinrich gluckste.

»Zum Ausparken«, antwortete Edmund ernst.

Die beiden Burschen verschluckten sich beinahe an ihrem Bier.

»Nimm uns nicht auf den Arm, Edmondo. Der Döderlein fährt schon so lange Auto, wie es Automobile gibt«, meinte Alfons. »Der kann doch sicherlich ausparken.«

»Anscheinend nicht«, entgegnete Edmund und rückte seine weiße Mütze zurecht. »Deshalb parkt er auf der Scheibe. Wenn er wegfahren will, dann dreht ein Mechanismus das Auto in die gewünschte Richtung, und er kann vorwärts hinaus.« Edmund erlaubte sich ein breites Grinsen.

»Edmondo!«, rief prompt einer der Burschen, die schräg gegenüber zechten. »Du scheinst heute deinen lustigen Tag zu haben. Hat dich einer deiner Schmetterlinge angelächelt?« Der ganze Tisch lachte.

Edmund rieb mit der Hand über den dunklen Stoff seiner Anzugshose. »*Bierjunge*!«, rief er in Richtung des Spötters, obwohl ihm ganz und gar nicht danach war, noch mehr zu trinken.

Sein Gegenüber verzog das Gesicht zu einem breiten Grinsen. »*Hängt*!«

Aller Augen richteten sich auf Edmund. In Erwartung des Bierkampfes begann allgemeines Stühlerücken. Jeder wollte zusehen.

Edmunds Anspannung stieg. Er schob seinen Unterkiefer vor, mahlte mit den Zähnen. Beim Einatmen straffte er seine Brust, von der er wusste, dass sie nur halb so breit war wie die der meisten anderen Burschenschaftler. Da halfen auch die regelmäßigen Fechtübungen nichts. Ein Jammer war, dass er zu allem Unglück auch noch deutlich weniger vertrug als die anderen Burschen. Doch das spielte jetzt keine Rolle. Hier ging es um die Ehre.

Pflichtgemäß wandte er sich an die zwei Burschen, die heute als *Präses* und *Kneipwart* der *Kneiptafel* vorsaßen, um die Herausforderung nach einem festen Ritual genehmigen zu lassen. Anschließend wurde ein Unparteiischer ernannt, die Gläser wurden gefüllt und Aufstellung genommen. Der Geräuschpegel im Kneipzimmer war merklich gesunken. Alle Aufmerksamkeit richtete sich auf die Kontrahenten, die einander mit vollem Bierglas gegenüberstanden. Der Unparteiische nahm seinen Platz ein und gab das Kommando: »Der Aufgebrummte zählt eins!«

»Eins!«, rief Edmunds Gegner.

»Zwei!« Edmund fixierte ihn. Sie hatten fünf Bierminuten, um ihre Gläser zu leeren, das entsprach drei Zeitminuten.

»Drei!«

Edmund hob sofort das Glas an den Mund und soff, so schnell er konnte. »*Bierjunge*!«, brüllte er aus voller Kehle, kaum dass er den halben Liter ausgetrunken hatte. Während ihm der letzte Schluck noch aus den Mundwinkeln rann, verklang das Grölen seines Gegners im Raum: »B i e r j u n g e .«

Streng nach den vorgegebenen Regeln besah der Unparteiische die ausgetrunkenen Gläser nach Resten, den Boden und die Kleidung der Kontrahenten nach verschüttetem Bier. Schließlich erklärte er Edmunds Gegner zum Sieger.

Die übrige Kneipe johlte.

Edmund presste die Lippen zusammen und nahm frustriert seine Niederlage hin. Die beiden Gläser Bier, die er nun zu zahlen hatte, waren ihm gleichgültig. Schrecklich aber war die Demütigung, als Verlierer dazustehen – wieder einmal.

Laut rülpsend setzte er sich zurück an seinen Platz.

»Sollen wir den *Papst* holen?«, fragte Alfons. Es klang süffisant fürsorglich.

Edmund schüttelte den Kopf. Er würde sich nicht in das Speibecken mit den beiden Henkeln übergeben, selbst wenn er morgen die Vorlesungen wegen des unvermeidlichen Katers ausfallen lassen musste.

»Noch ein Bier für unseren Freund!«, rief Hinrich ausgelassen. »Das geht auf mich.«

Edmund rülpste noch einmal. Alfons schlug ihm kameradschaftlich auf die Schulter, und Edmund wurde ruhiger.

»Weißt du was, Fonsi?« Er legte versöhnlich den Arm um Alfons. Ab einem bestimmten Alkoholpegel wurde er schwermütig und milde. »Wir sind doch Freunde fürs Leben.«

»Aber ja«, erwiderte Alfons und zwinkerte Hinrich zu.

»Wir müssen zusammenhalten …«

»Immer doch.« Alfons fing wieder an zu kichern.

»Wie ist es eigentlich, Edmondo«, unterbrach Hinrich grinsend, »wenn man die Frauen da so vor sich liegen sieht? In der Vorlesung?«

Edmund löste sich von Alfons und starrte in die Blume des frisch eingeschenkten Bieres, das unbemerkt den Weg vor seine Nase gefunden hatte. »Es ist gewiss spannend. Ja. Und traurig. Weil man doch nur zusehen kann. Man möchte ja schon gerne einmal hinlangen, so als Mann.«

»Na, ich weiß nicht recht«, widersprach Alfons. »Die sind doch alle krank, die Weiber, die da vor dir liegen. Aber sag mal, gibt es nicht eine hübsche Studentin, die dich erhören könnte? Oder einen von uns?«

Edmund versteifte sich. In den alkoholgeschwängerten Windungen seines Kopfes formte sich ein Bild. Sofort fühlte er sich stocknüchtern. »Verbieten sollte man den Weibern das Studieren!«, stieß er hervor. »Ein gemeingefährlicher Unfug ist es, das Frauenstudium. Die Weiber haben ein viel zu kleines Gehirn dafür. Das ist bekannt!«

»Wo er recht hat, hat er recht«, stimmte Hinrich zu. »Jeder weiß, dass es den Frauen an Nerven und an Körperkraft mangelt.«

»Es wurde heute wieder einmal bewiesen«, knurrte Edmund.

»Hat sich der weibliche Schwachsinn in der Vorlesung gezeigt?« Alfons hob den Krug.

»Allerdings. Und das Schlimme ist, dass derer immer mehr werden.«

»Sie verstopfen die Universitäten.« Hinrichs gerötetes Gesicht verzog sich angewidert. »Jeder weiß, dass die studierten Weiber nicht mehr fürs Wochenbett taugen. Geschweige denn als Gattin oder Hausfrau.«

»Wenn das so weitergeht, bedeutet das den Untergang unseres Volkes«, stieß Alfons ins selbe Horn. »Und sie fehlen nicht nur als Mütter unserer Kinder. Heute nehmen sie uns die Studienplätze weg. Morgen die Arbeit.«

»Dem muss Einhalt geboten werden!« Edmund redete sich in Rage. »Ich bin dafür, ein Exempel zu statuieren!«

»Keine schlechte Idee.« Hinrich lächelte breit. Sein Blick war glasig. »Hast du jemand Bestimmtes im Sinn, Edmondo?«

Edmund strich sich über sein kurz geschorenes Haar. »Wenn du so fragst – ja.«

»Wir helfen dir dabei«, erklärte Alfons sofort.

In Edmund erwuchs ein allmächtiges Gefühl.

»Ich bin dafür, dass er sie kompromittiert.« Hinrich strich sich mit dem Handrücken über den Mund. »Damit sie ein für alle Mal weiß, wo ihr Platz ist.«

»Wie meinst du das?« Edmund war es plötzlich schwindelig.

»Entweder du sorgst dafür, dass sie vom Studium ausgeschlossen wird«, erläuterte Hinrich. »Oder du verführst sie.«

»Wie man sie verführt, zeigen wir dir.« Alfons winkte dem Wirt.

»Ich soll sie … verführen?« Edmund wurde schlecht.

»Mit uns an deiner Seite schaffst du es!«, versicherte Hinrich. »Darauf noch eine Runde!«

»Bringt mir den *Papst*«, würgte Edmund.

12. KAPITEL

Bei Rosina Gruber in der Maria-Theresia-Straße,
am Nachmittag des nächsten Tages

Das Licht zweier silberner, mehrarmiger Kerzenständer und der geschmückte Christbaum, der rot und golden durch die offene Schiebetür zum Wohnzimmer herüberfunkelte, weckten weihnachtliche Gefühle in Katharina, als sie hinter Rosina Gruber das Speisezimmer der Gruber'schen Villa betrat. Lola, die schon vor Katharina eingetroffen war, stand neben Eva, die bereits auf einem Stuhl Platz genommen hatte – ein wenig blass noch, aber deutlich erholt. Zara lehnte an der Tür zur Küche und freute sich sichtlich über den zunehmenden Trubel.

»Jetzt sind wir vollständig!« Die Gruberin stemmte zufrieden die Fäuste in die Seiten.

»Katharina!« Lola kam auf sie zu und drückte ihren Arm. »Meine Güte, das hat aber lang gedauert heute! Wir dachten schon, dass du den Krankenhaus-Ausgang nicht mehr gefunden hast.«

Zara stieß sich vom Türrahmen ab. »Wie schön, dass du da bist, Katharina!«

Eva sah lächelnd auf.

»Entschuldigt«, erwiderte Katharina. »Ich hatte heute Morgen *Chirurgische Klinik* bei Professor Sauerbruch, und es dauerte deutlich länger als angesetzt.«

»Ich hole den Kaffee!« Rosina Gruber eilte gut gelaunt in die Küche.

Die drei jungen Frauen setzten sich zu Eva an den adventlich gedeckten Tisch.

»Es tut mir so leid, dass ich in den letzten Tagen nicht vorbeikommen konnte, Eva!« Katharina strich sich eine Haarsträhne aus der Stirn. »Zum Glück hat Lola mich auf dem Laufenden gehalten.«

»Mir hat es an nichts gefehlt«, antwortete Eva schmunzelnd. »Frau Gruber hat mich aufgepäppelt, und Lola und Zara haben für die Unterhaltung gesorgt.«

»Ich wusste, dass du in besten Händen bist.« Katharina zwinkerte Eva zu, die ausgeruht und ausgeglichen wirkte. Sie spielte mit der Perlenkette, die auf ihrem weinroten Seidenkleid schimmerte. Ihr braunes Haar lag in leichten Wellen, ebenso wie Lolas. Zaras dagegen hatte ihre schwarze Lockenpracht unter einem Turban verborgen, dessen gelb-braunes Muster dem ihres Kleides entsprach und auf interessante Weise exotisch wirkte. Katharina versuchte sich erst gar nicht an einer Wasserwelle, weil es ihr als Zeitverschwendung erschien, sich stundenlang mit dem Sitz ihrer Haare zu beschäftigen. Wie immer hingen sie glatt auf ihre Schultern herab.

»So!« Mit der Gruberin kam ein feines Kaffeearoma ins Speisezimmer und mischte sich unter den Duft der Kerzen und des Tannengrüns. »Christstollen und Weihnachtsplatzerl stehen schon da, wie ihr seht. Greifts einfach zu!«

»Vielen Dank für die Einladung, Frau Gruber.« Katharina nahm sich ein Stück des saftigen Lebkuchens.

»Ach, des mach ich doch gern! Ein bisserl Münchner Weihnacht muss einfach sein, bevor ihr alle in die Ferien fahrt!«

Der süße Geschmack von Zimt, Kardamom, Nelken und Nüssen versetzte Katharina für einen Augenblick in den Lindenhof ihrer Kinderzeit, wo sich in Käthes Küche mit dem Duft der Weihnachtsbäckerei immer die erste, geheimniserfüllte Vorfreude auf das Fest verbreitet hatte.

»Was lächelst du denn so versonnen, Katharina?« Lola grinste. »Gibt es etwa ein Weihnachtsgeheimnis, von dem du uns noch nichts erzählt hast?«

»Ich habe gerade an zu Hause gedacht«, erwiderte Katharina. »Und daran, dass meine Schwester Helena unserer Köchin immer beim Backen geholfen hat, während ich nur vom Plätzchenteig genascht habe und dann gleich wieder nach draußen in den Schnee gegangen bin.«

»Um irgendeinem steif gefrorenen Regenwurm deine medizinischen Kenntnisse angedeihen zu lassen«, stellte Lola trocken fest, und alle lachten.

»Als tierisches Studienobjekt sozusagen«, ergänzte Eva.

Ein träumerischer Ausdruck zog über die Miene der Gruberin und ließ für einen kurzen Augenblick erahnen, wie sie als junges Mädchen ausgesehen haben musste. »Wäre ich noch einmal in eurem Alter, dann würde ich auch studieren.«

»Tatsächlich?« Lola hob überrascht die Brauen. »Und welches Fach?«

»Die Medizin, wie das Fräulein Katharina. Aber für die Tiere halt.« Sie gab Zucker in ihre Kaffeetasse. »Damals war daran leider net zu denken. Und mein Kampfgeist war net so groß, dass ich mich da hätte durchboxen wollen.«

»Das ist verständlich«, erwiderte Lola. »Frauen, die studieren, werden heute noch schief angesehen. Damals sprengten sie jede Vorstellung. Und auch für uns ist es fraglich, ob wir einmal in unserem Beruf werden arbeiten können. Oder als studierte Mutter und Hausfrau enden.«

»Du nicht, Lola«, versicherte Zara.

»Wenn man bedenkt, dass ich mich bis vor ein paar Jahren noch gar nicht als Ärztin hätte niederlassen dürfen, sondern nur als *Heilkünstlerin.*« Katharina nahm ein Stück vom Stollen. »Das ist doch lächerlich. Wir Frauen wurden und werden zu wenig ernst genommen.«

»Die Männer haben Angst vor uns«, stellte Lola fest. »Vor allem, seit wir ihnen im Krieg bewiesen haben, dass es auch ohne sie geht. Deshalb wollen sie uns klein- und unmündig halten.«

»Da bin ich ganz deiner Meinung«, pflichtete Zara bei.

»Diese ganze Thematik ist vielschichtig«, sagte Katharina. »Das ist mir in den letzten Wochen klar geworden. Es geht um Pfründe, es geht um Macht, es geht um den Erhalt einer überkommenen Ordnung. In der Verfassung sind wir den

Männern seit neunzehnneunzehn gleichgestellt, aber sonst? Man muss nur einmal das Familienrecht anschauen. Meine Schwester Lilly hat am eigenen Leib erlebt, was es heißt, dass der Mann vollkommene Verfügungsgewalt besitzt.«

»Da liegt zweifellos noch ein weiter Weg vor uns.« Lola schenkte sich Kaffee nach und süßte ihn mit reichlich Zucker. »Aber wir vier sind immerhin losgegangen! Viele Frauen trauen sich das nicht.« Sie nippte an ihrer Tasse. »Dabei fällt mir ein, dass du noch gar nichts von deinem Besuch bei der Sexualberatungsstelle erzählt hast, Katharina.«

»Wir mussten Evas Party feiern.« Katharina zuckte entschuldigend mit den Schultern. »Und anschließend einen Film anschauen …«

»Was? Wo?« Auf Rosina Grubers Gesicht spiegelte sich neugieriger Unglaube. »Ja, gibt's denn so was überhaupt?«

Katharina nickte. »Darüber können wir sehr froh sein.«

»Und?«, fragte Eva. »Wirst du dort mitarbeiten?«

»Die beiden Gründerinnen sind sehr engagiert. Ich möchte den Kontakt gerne halten, kann mich im Moment aber nicht weiter einbringen.«

»Worum geht es denen denn? Verhütung? Oder Abtreibung?«, fragte Lola.

»Um beides.«

Katharina bemerkte, wie Eva kurz die Augen schloss. Ein schmerzlicher Ausdruck zog über ihr Gesicht. Zara hatte bereits angedeutet, dass die Freundin, obwohl es ihr körperlich wieder recht gut ging, immer wieder Phasen großer Trauer durchlitt, ohne einen konkreten Grund benennen zu können. Katharina fiel es schwer, das zu verstehen. Vermutlich hing es mit der Umstellung der Hormone zusammen, denn eigentlich konnte Eva glücklich sein, dass sie alles gut überstanden hatte und ihr Leben unbelastet weiterging. Aber so einfach war es wohl doch nicht.

Sie sah, wie Zara mitfühlend eine Hand auf Evas Arm legte.

»Abstinenz im Bett zu predigen, ist sinnlos«, sagte Lola. »All diese künstlichen Tabus! Die Sexualität muss endlich vom Staub des Teppichs befreit werden, unter den sie jahrhundertlang gekehrt wurde.« Sie schob sich ein Mandelplätzchen in den Mund. »Schließlich möchten wir Frauen unseren Körper auch genießen dürfen! Und deshalb müssen wir verhüten können.«

»Bravo!« Die Gruberin nickte heftig. »Man darf ja net laut drüber reden, aber wenn ein Mann es geschickt anstellt, dann wird aus der ehelichen Pflicht schnell ein ehelicher Genuss.« Sie stand auf. »Darauf trinken wir gleich einmal ein Schnapserl. Ich hab einen feinen Obstler!«

»Für mich nur einen ganz kleinen Schluck«, bat Katharina.

Rosina Gruber legte ihren Wunsch großzügig aus.

»Nach den Ferien kommst du wieder an die Akademie«, sagte Lola zu Eva, nachdem sie angestoßen hatten. »Du kannst dem Vogt nicht ewig aus dem Weg gehen.«

»Ich überlege, die Stadt zu verlassen«, bekannte Eva. »Ich kann ihm doch nicht mehr unter die Augen treten!«

»Das wäre ja noch schöner!«, brauste Lola auf. »Er hat

den Fehler gemacht, nicht du! Er hat dich geschwängert, dir eine Adresse in die Hand gedrückt und dich alleingelassen! Du darfst dein Studium nicht wegen dieses … Unholds aufgeben!«

Eva begann zu weinen.

»Oh, Eva, ich wollte dir nicht zu nahetreten.« Lola stand betroffen auf und legte den Arm um Eva. »Ich finde es nur so ungerecht!«

»Ich … ich muss erst einmal … über ihn hinwegkommen und zu mir selbst finden.« Eva nahm das Taschentuch, das Zara ihr reichte.

»Sag bloß … du empfindest etwas für den Mistkerl?« Lola war fassungslos.

Die Gruberin schenkte noch einmal nach. »Da kann sie ja nix dafür, wenn er sie verliebt gemacht hat. Das braucht halt seine Zeit mit der Entlieberei.«

Lola sah Eva an, die mit dem Taschentuch ihre Augen trocknete. »Ich denke«, sagte sie dann, »dass wir ihm einen Denkzettel verpassen müssen. Wer hat eine Idee?«

»Wie wäre eine … geplante Verführung?« Katharina nippte an ihrem Stamperl. »Und im Augenblick der Hingabe lassen wir seine Frau ins Zimmer.«

»Katharina!« Lolas Augen begannen, verschlagen zu leuchten. Sie stürzte ihren Schnaps hinunter. »Einen solchen Vorschlag aus deinem Munde hätte ich nicht erwartet! Der gefällt mir!«

»Den hat mir der Alkohol eingeflüstert«, erklärte Katharina trocken.

»Zara?«, fragte Lola. »Du weißt, dass der Vogt dir schöne Augen macht.«

Zara schüttelte energisch den Kopf. »Ich spiele ganz sicher nicht den Köder!«

Alle Augen richteten sich auf Lola.

Eine Weile war es still im Raum.

Schließlich hob Lola seufzend ihr Glas. »Geben Sie mir noch einen Schnaps, Frau Gruber?«

13. KAPITEL

Das Bogenhauser Bergerl, 19. Dezember 1927

Mit neuer Macht war der Winter zurückgekehrt. Nach tagelangem Schneefall ließ nun strenger Frost die Münchner bibbern, in den Nächten fiel das Thermometer auf unter minus fünfzehn Grad. Die heftige Kälte trotzte den Strahlen der Sonne, welche den grauen Wolkenhimmel vertrieben hatten und die weiße, kristallene Welt zum Glitzern brachten. Ein Märchen aus Schnee und Eis.

Der leuchtend blaue Himmel lockte ins Freie, und entsprechend wuselig ging es auf dem Schlittenhang am Bogenhauser Bergerl zu. Kichern und Johlen, Lachen und Rufe lagen in der Luft, als Katharina und Zara mit ihrer Gruppe aus dem Kinderasyl dort ankamen. Nur mit Mühe konnten sie ihre Schützlinge so lange zurückhalten, bis Zara ihre Anweisungen zu Ende gebracht hatte: »Gebt vor allem gut acht! Auf euch, aber auch auf die anderen. Wenn ich das Glöckchen läute, kommen wir wieder hier zusammen. Haben das alle verstanden?«

Die Kinder bejahten im Chor. Ihre erwartungsvoll glänzenden Augen richteten sich bereits auf das winterliche Toben ringsumher.

Zara machte ein aufforderndes Zeichen. »Los geht's!«

Mit fröhlichem Gebrüll zogen die Kinder ihre Holzschlitten auf die obere Kante des Isarhangs und stürzten sich in das Getümmel. Bald waren sie in der lebhaften Menge verschwunden.

»Wie lange dürfen sie jetzt rodeln?«, fragte Katharina.

»Eine Stunde«, erwiderte Zara. »Sonst kommen wir zu spät zum Abendbrot.«

»Bis dahin sind wir zu Eisklötzen gefroren.« Katharina zog ihren Schal bis über ihren Mund, damit die Atemluft ein bisschen angewärmt wurde.

»Wir müssen uns bewegen.« Zara tat es ihr nach. »Lass uns ein Stück in Richtung der Bogenhauser Kirche gehen. So können wir den Hang im Auge behalten.«

Katharina wusste, dass Frau Gruber Zara vor etwa einem Jahr die Stelle im Kinderasyl an der Hochstraße verschafft hatte. Als eine Art Mädchen für alles half sie seither, wo immer sie gebraucht wurde – ob in der Küche, in Haus und Garten oder bei der Betreuung der Kinder. Derzeit waren einige Erzieher krank, deshalb hatte Zara den Auftrag erhalten, mit einer Gruppe Zehn- und Elfjähriger zum Schlittenfahren zu gehen. Das Kinderasyl pflegte eine fortschrittliche Pädagogik. Mädchen und Buben unternahmen vieles gemeinsam, neben Handwerk und Hauswirtschaft gab es Kunst- und Musikunterricht. Zudem wurde viel Wert daraufgelegt, dass die Kinder an die frische Luft kamen.

Eigentlich hatte Lola Zara begleiten wollen, um die lebhafte Kindergesellschaft zu beaufsichtigen. Das tat sie öfters, denn hin und wieder eine gute Tat, so ihr augenzwinkerndes Argument, fülle das Glückskonto auf. Doch ausgerechnet heute hatte sich auch Lola eine der gerade kursierenden Erkältungen eingefangen und musste das Bett hüten. Also war erstmals Katharina eingesprungen – und fand sich zwischen der Vorlesung in Allgemeiner Pathologie am Morgen und der Hygienevorlesung um fünf Uhr nachmittags nun unerwartet auf der Schlittenbahn wieder.

»Es ist immer eine Freude, die Kinder so glücklich zu sehen«, meinte Zara, kaum dass sie sich auf den Weg gemacht hatten. »Sie haben ja kein leichtes Leben gehabt, bis sie bei uns aufgenommen wurden.«

»Sind denn alle Waisen?« Katharina wusste um die oftmals schlimme Situation der Jungen und Mädchen, die ohne Eltern aufwachsen mussten.

»Die meisten sind Halb- oder Vollwaisen«, antwortete Zara, während sie durch den Schnee stapften. »Aber es gibt auch eine Reihe an Kindern, die einfach verlassen wurden. Oder deren Eltern nicht fähig sind, ihre Kinder zu erziehen und sie verwahrlosen lassen.«

»Du bist gerne im Asyl, nicht wahr?«

»Oh ja.«

»Könntest du dir denn vorstellen, im Kinderasyl als richtige Erzieherin zu arbeiten?«, fragte Katharina.

»Es ist eine schöne Tätigkeit«, antwortete Zara. »Aber ich könnte mir nicht vorstellen, dem mein Leben zu widmen. Und das müsste ich tun. Man ersetzt den Kindern die Mutter und lebt mit ihnen.« Sie schüttelte den Kopf. »Nein. Eher gehe ich als Kellnerin in eines der Brauhäuser.«

»Eigentlich schade.« Katharina rieb sich die ausgekühlte Nase. »Ich dachte, dass du es in Erwägung gezogen hättest. Aber wenn es sich nicht richtig anfühlt …«

»Nein, tut es nicht«, unterbrach Zara sie unerwartet grob.

»Entschuldige.« Die heftige Reaktion überraschte Katharina. »Ich wollte dich nicht verletzen.«

»Ach, Katharina.« Zara seufzte. »Es ist einfach ungerecht. Nur weil ich nicht hellhäutig bin, bleiben mir die Türen verschlossen, durch die ich so gerne gehen möchte.«

»Sag das nicht.« Katharina hakte sich bei ihr ein. »Du machst deinen Weg.«

»Dank Lola, Eva und der Frau Gruber. Aber irgendwann möchte ich die Akademie nicht mehr als Aktmodell betreten.«

»Sondern als Studentin?«

Zara nickte. »Ich bin eine Frau, das allein macht es schon schwierig. Aber dann hat meine Großmutter ja auch noch ihren Ehemann nach Deutsch-Südwestafrika begleitet und sich – Gott weiß, warum – dort in einen Herero verguckt.« Ihr entfuhr ein spöttisches Lachen. »Zu guter Letzt versuchte sie das aus dieser Liaison hervorgegangene Kind ihrem Gatten unterzujubeln.« Sie schüttelte den Kopf. »Findest du das nicht auch unfassbar dumm?«

»Ich könnte mir vorstellen, dass deine Großmama gar nicht wusste, wer der Vater ist, bevor deine Mutter auf der Welt war«, erwiderte Katharina. »Damals waren die Frauen ja noch viel unwissender als heute. Und als Frau eines deutschen Siedlers konnte sie gar nicht anders als zu hoffen, dass das Kind von ihrem Mann war.«

»Wie auch immer.« Zara drehte sich zum Schlittenhang um und ließ die Augen über die wimmelnde Schar gleiten. »Meine Herkunft wird mir stets im Weg stehen.«

»Das Problem ist nicht deine Herkunft.« Katharina sah sie von der Seite her an. Zara war bildhübsch mit ihrem schwarzen, fein geringelten Haar unter der gelben Mütze, den großen maronenbraunen Augen und den vollen Lippen, die ihre wunderschönen, geraden Zähne zeigten, wenn sie lachte. Ihre Haut war ein paar Nuancen dunkler als Katharinas, ihr Teint beneidenswert schön. Vor allem aber war sie herzlich und klug.

»Das Problem«, fuhr Katharina fort, »ist die unverschämte Überheblichkeit unserer deutschen Gesellschaft.«

»Und diese Überheblichkeit steckt überall. Sie hat System«, konstatierte Zara schonungslos. »Und spricht Leuten wie mir jede Würde ab.«

Katharina fühlte Zaras Schmerz. Ihre Ohnmacht. Ihre Wut.

»Zara …« Sie nahm die Hand ihrer Freundin und drückte sie vorsichtig.

»Weißt du«, Zara blieb stehen. »Ich spreche nicht gerne darüber, es ist mir so unangenehm … aber meine Großmutter musste ihren Körper verkaufen, nachdem sie mittellos nach München zurückgekehrt und von ihrer Familie wegen ihres Mischlingskindes verstoßen worden war.« Sie entzog Katharina ihre Hand und rückte ihre Mütze zurecht. »Meiner Mutter blieb offenbar keine andere Wahl, als diesen Fußstapfen zu folgen. Dieselbe Hoffnungslosigkeit zu erleben. Und vor der Zeit zu sterben, weil sie sich mit Syphilis angesteckt hatte.« Sie schöpfte Atem. »Und was bedeutet das für mich? Ich trage meinen afrikanischen Erbteil wie ein Brandmal. Wer mein Vater ist, weiß ich dagegen nicht. Irgendein Freier, eine hochgestellte Persönlichkeit, wenn ich den Erzählungen meiner verstorbenen Mutter Glauben schenken kann. Ich werde nie erfahren, welches Erbe *er* mir mitgegeben hat, außer dass er meine Haut noch etwas aufgehellt hat. Ach, Katharina.« Sie hielt inne. »Nicht zu wissen, wer man ist, und zugleich auf sein unpassendes Aussehen reduziert zu werden – das ist nicht nur demütigend. Das ist eine entsetzliche Last.«

Katharina schwieg betroffen. Eine Weile hörte man nur das Knirschen des Schnees unter ihren Schuhen und das Kindergeschrei, das vom Schlittenhang herüberwehte.

»Wir sollten zurückgehen«, sagte Zara schließlich. »Bis ich alle eingesammelt habe, wird es eine Weile dauern.«

»Danke, dass du mir so viel Persönliches anvertraut hast«, sagte Katharina, während sie die Richtung wechselten. »Es ist in guten Händen. Das versichere ich dir.«

»Danke, Katharina.«

»Nur zur Sicherheit: Wissen Lola und Eva über alles Bescheid?«

Zara nickte. »Und auch die Frau Gruber.« Sie senkte den Blick. »Weißt du, bei dir, da … du wirkst oft ein bisschen kühl. Versteh mich nicht falsch, Katharina, ich weiß, dass du ein guter Mensch bist. Aber es kommt einem manchmal so vor, als würdest du dich außer für dein Studium nur für wenige Dinge interessieren.« Sie räusperte sich. »Erst, als du dich so um Eva gekümmert hast, habe ich eine andere Seite an dir wahrgenommen.« Sie stutzte und hob beschattend eine Hand an die Augen. »Was ist denn da los?«

Katharina folgte ihrem Blick und sah eine Gruppe Kinder, die sich um irgendetwas scharte. Einige machten alarmierende Gesten zu Zara und Katharina hin, andere liefen ihnen bereits aufgeregt entgegen.

»Ach du liebe Zeit! Da scheint etwas passiert zu sein!« Zara begann so schnell zu laufen, wie es der rutschige Untergrund zuließ.

»Zara!«, hörte man die Kinder rufen. »Schnell! Der Seppei ist hingefallen!«

Katharina hielt mit Zara Schritt. Nur wenige Minuten später hatten sie den Verunglückten erreicht. Zara kniete sich sofort neben das Kind, das im Schnee lag. Der Schlitten war in Richtung Isar weitergefahren und von ein paar beherzten Kameraden eingefangen worden.

Der Junge heulte. Sein Gesicht war blass, eine schwach blutende Schramme lief quer über die linke Wange. Als Zara versuchte, ihn aufzurichten, schrie er vor Schmerz.

»Wo tut es dir weh, Seppei?«, fragte Zara.

»Der … der Arm!«, schluchzte er. »Ganz oben!«

Katharina ging in die Hocke und tastete vorsichtig den linken Arm ab. Erst als sie die Schulter berührte, schrie der Junge wieder auf.

»Mir ist … schleeee-heeecht.« Seppei versuchte sich zu bewegen, doch der Schmerz ließ es nicht zu.

»Möglicherweise ist das Schlüsselbein gebrochen«, konstatierte Katharina. »Es wäre besser, ihn zu einem Arzt zu bringen.« Sie wickelte ihren Schal ab. »Das wird jetzt kurz wehtun, Seppei«, sagte sie sanft. »Am besten denkst du ganz fest daran, was du dir vom Christkind zu Weihnachten wünschst.« Sie wandte sich an Zara. »Würdest du ihm dabei helfen, sich aufzusetzen? Damit ich seinen Arm fixieren kann?«

Zara nickte.

Seppei brüllte, als Zara ihn aufrichtete, und hörte auch dann nicht auf, als Katharina ihn schon längst mit ruhiggestelltem Arm auf einen Schlitten gesetzt hatte. Seine Schmerzensschreie ließen einige Passanten aufmerksam werden, die neugierig beobachteten, wie sie sich schräg zum Hang in Richtung Maria-Theresia-Straße bewegten.

»Habt ihr einen Arzt im Kinderasyl?«, fragte Katharina.

»Nein«, erwiderte Zara nervös und deutete auf die unwillkommenen Zuschauer. »Lass ihn uns zu Doktor von Bogen bringen. Der ist doch gleich hier in der Nähe! Je schneller wir von den Leuten wegkommen, desto besser.«

14. KAPITEL

Katharina hatte angeboten, sich um Seppei zu kümmern, damit Zara den Rest der Kindergruppe zum Asyl zurückbringen konnte. Nun stand sie fassungslos vor dem glänzend polierten Tresen aus Nussbaumholz im Anmeldebereich von Thomas von Bogens chirurgischer Praxis, einen Arm um den weinenden Seppei gelegt.

»Das kann doch nicht Ihr Ernst sein«, fuhr sie die Schwester an, die ihr soeben freundlich lächelnd erklärt hatte, dass Doktor von Bogen keine Kassenarztpraxis führe, sondern ausschließlich Privatpatienten behandele. »Dies ist ein Notfall!«

»Es tut mir leid«, erwiderte die Angestellte, die ungefähr in Katharinas Alter war. »Sie können sich an das Krankenhaus rechts der Isar wenden. Die Ismaninger Straße ist nicht allzu weit von hier.«

»Genau. Das Krankenhaus«, hörte Katharina eine Frau hinter sich sagen. »Da gehört sie hin mit dem greinenden Burschen, wenn sie sich den von Bogen nicht leisten kann.«

»Mir soll es egal sein, wenn sie wartet, bis sie dran ist«, raunte ihr Begleiter zurück.

Die herablassende Noblesse dieser Praxis und ihrer Klientel machten Katharina wütend. Sie widerstand dem Impuls, sich umzudrehen und das Ehepaar im teuren Pelz für ihr menschenverachtendes Verhalten zu rügen.

Stattdessen deutete sie auf Seppei. »Es ist mir gleich, ob hier sonst nur Reiche behandelt werden. Sie werden dieses Kind …«

»Worum geht es?« Die gelassen sonore Stimme Thomas von Bogens legte sich über die entstandene Unruhe.

»Herr Doktor«, erwiderte die Schwester, »diese Dame möchte nicht akzeptieren, dass wir eine Privatpraxis sind.«

Thomas von Bogens Blick wanderte über die Anwesenden. Als er Katharina erkannte, blitzten seine Augen kurz auf.

»Sie verstehen sicher, gnädige Frau von Werth, sehr verehrter Herr von Werth«, wandte er sich dann an das wartende Ehepaar, »dass ich einem verletzten Kind den Vorzug geben muss. Dürfen wir Ihnen als Entschädigung für die längere Wartezeit einen Kaffee anbieten?«

»Aber selbstverständlich, Herr Doktor.« Frau von Werth setzte ein falsches Lächeln auf. Ihr Mann hüstelte zustimmend, setzte zugleich aber eine strenge Miene auf.

Katharina fand beide unerträglich.

»Nehmen Sie bitte Platz«, bot Thomas von Bogen an, nachdem er Katharina und den kleinen Patienten in das Behandlungszimmer gelotst und die Tür geschlossen hatte.

Katharina hob Seppei vorsichtig auf die Untersuchungsliege und setzte sich neben ihn.

»Ein Unfall am Schlittenhang?«, fragte der Arzt.

»Ja. Ich vermute eine *Claviculafraktur.*« Katharina fühlte sich unwohl – vor wenigen Tagen erst hatte sie Thomas von Bogen in einem kühlen Schreiben wissen lassen, dass sie seine Offerte nicht annehmen könne. Nun war sie auf andere Art doch auf seine Hilfsbereitschaft angewiesen.

Thomas von Bogen ließ sich nichts anmerken. »Dann schauen wir uns deine Schulter einmal an, junger Mann«, sagte er zu Seppei. Noch hielt er Abstand zu seinem kleinen Patienten, schien zunächst Vertrauen aufbauen zu wollen.

Seppei drückte sich enger an Katharina. »Wir ziehen erst einmal deinen Pullover aus, Seppei«, schlug sie vor. »Kannst du uns dabei helfen?«

Seppei verzog das Gesicht.

»Ich habe mir auf dem Schlittenhang auch einmal den Arm gebrochen«, erzählte Thomas von Bogen, und es klang warm. »Damals war ich noch jünger als du.«

»Und … und«, stotterte Seppei, »hat das auch so wehgetan?«

Thomas von Bogen nickte. »Es hat sehr wehgetan. Dann hat man ihn eingegipst, und ein paar Wochen später konnte ich mit meinen Freunden wieder auf die Bäume klettern.«

»Der Doktor macht dich wieder gesund«, nahm Katharina den Ball auf. »Komm, wir zeigen ihm einmal deine Schulter.«

Schließlich ließ Seppei zu, dass Katharina vorsichtig den Schal löste und seinen Oberkörper entkleidete. Über die linke Schulter und das Schlüsselbein des Kindes zog sich ein dunkelroter Bluterguss.

»Ich war schneller als der Robert!«, begann Seppei auf einmal zu erzählen. »Aber der Robert wollte nicht, dass ich ihn überhole. Also ist er in meine Bahn gefahren.«

»Und dann bist du gestürzt und auf die linke Schulter gefallen?«, fragte der Arzt.

»Ich glaube.«

»Das ging einfach alles viel zu schnell, nicht wahr?« Thomas von Bogen trat einen Schritt näher. »Du hast es gar nicht richtig mitbekommen. Jetzt tun dein Arm und deine Schulter weh, wenn du sie bewegst?«

Seppei nickte.

»Ich werde die Stelle abtasten, Seppei. Das ist ein bisschen unangenehm, dauert aber nicht lange.«

Seppei zog sich wieder in Katharinas Arme zurück, ließ aber zu, dass der Arzt ihn untersuchte. Hin und wieder unterdrückte er einen Schmerzenslaut. Offenbar wollte er zeigen, wie tapfer er sein konnte.

»Ihre Diagnose ist korrekt, Fräulein Lindner«, meinte Thomas von Bogen schließlich. »Es liegen alle Symptome eines Schlüsselbeinbruchs vor. Die linke Schulter ist sichtbar abgesenkt, am Schlüsselbein ist eine Stufe zu tasten. Dazu die Schwellung und der Bluterguss … wir werden einen stabilen Verband anlegen. Dann kann die Fraktur in Ruhe heilen.«

»Tut das weh?«, fragte Seppei und verzog das Gesicht.

»Wir werden vorsichtig sein«, versprach Thomas von Bogen. »Möchten Sie mir helfen, Fräulein Lindner? Seppei scheint Ihnen zu vertrauen. Dadurch wird es einfacher.«

»Ja … ja natürlich.« Katharina wunderte sich über die Selbstverständlichkeit, mit der von Bogen sie einbezog.

Sie strich Seppei über das verwuschelte braune Haar, bevor sie ihm gemeinsam mit dem Arzt den *Schlingenverband* anlegte.

Die Leichtigkeit, mit der sie dabei Hand in Hand arbeiteten, spann ungewollt ein Band aus Sachkenntnis und Einvernehmen, Aufmerksamkeit und Respekt zwischen ihnen. Thomas von Bogen anerkannte ihr Wissen, gab nur dann Anweisungen, wenn er merkte, dass sie unsicher war. Es war eine Form blinden Verstehens, die Katharina bisher nur bei ihren Schwestern oder ihrem Vater erlebt hatte.

Als sie die Enden des Verbandes mit Sicherheitsnadeln fixierten, berührten sich zufällig ihre Finger.

Er stutzte, dann sah er sie an. Nachdenklich, fragend. Unter seinem Blick zog ein merkwürdig beklommenes Glücksgefühl ihre Brust zusammen.

Als habe er sich selbst bei etwas ertappt, schüttelte er einen Wimpernschlag später unmerklich den Kopf und reichte ihr die Verbandsschere, damit sie die Aussparung für Seppeis Finger einschneiden konnte.

»Also, Seppei.« Er räusperte sich. »Den Verband musst du jetzt eine Zeit lang tragen. In etwa drei, höchstens vier Wochen sollte alles verheilt sein. Aber bis es so weit ist, musst du dich schonen. Kein Raufen, kein Purzelbaum, kein Wettrennen.«

»Heißt das, dass ich nichts machen darf?«, fragte Seppei ungläubig. »Muss ich nur still sitzen? So wie im Unterricht?«

Thomas von Bogen schmunzelte. »Ich fürchte, dass es dem recht nahekommt. Das hört sich sehr anstrengend an, ich weiß. Aber dafür kannst du hinterher wieder Schlittenfahren und Schneeballschlachten anzetteln. Der Winter ist noch lang.«

Seppei senkte den Kopf. Aber er nickte.

Thomas von Bogen holte ein kleines hölzernes Pferd aus einer Schublade und reichte es ihm. »Hier. Ein kleiner Trost für dich, Seppei.«

»Danke!« Ein Strahlen zog über das Gesicht des Jungen.

Der Arzt zwinkerte ihm zu und wandte sich dann an Katharina. »Würden Sie im Asyl ausrichten, dass man beim Wannenbad gut aufpassen muss, Fräulein Lindner? Der Verband sollte nicht nass werden.«

»Selbstverständlich, Doktor von Bogen.« Katharina sah ihn an. »Haben Sie Dank für Ihre Hilfe. Ich weiß, dass Sie in Ihrer Praxis eigentlich vermögendere Patienten versorgen.«

Das Lächeln, das nun über sein Gesicht zog, war verschmitzt und einnehmend.

»Die Gewinne dieser Praxis sind unverzichtbar, um meine Armenpraxis im *Kloster zum Guten Hirten* zu betreiben. Dort behandele ich kostenfrei.« Er senkte seine Stimme. »Auf die Gefahr hin, aufdringlich zu erscheinen, da Sie mein letztes Angebot ja abschlägig beschieden haben, Fräulein Lindner. Aber ich brauche dort dringend Unterstützung. Wenn Sie sich vorstellen könnten, eine anstrengende, aber abwechslungsreiche Tätigkeit neben dem Studium aufzunehmen, sind Sie jederzeit willkommen. Selbstverständlich wird Ihre Arbeit vergütet.«

Katharina schluckte.

»Man sollte Seppei in drei Wochen dort vorstellen«, fuhr er in normaler Lautstärke fort und hob das Kind vorsichtig von der Untersuchungsliege. »Vielleicht können wir ihn dann schon von seiner Bandage befreien. Lassen Sie sich von Fräulein Winter vorne eine Karte mit den Sprechzeiten geben.« Er blickte auf Seppei hinunter. »Und du, junger Mann, gibst auf dich acht. Dann hast du es bald überstanden.«

15. KAPITEL

Das Grandhotel Lindenhof, Festsaal, am Silvesterabend 1927

Über die mit weißen Tischdecken, Tafelsilber und elfenbeinfarbenem Porzellan eingedeckten Tische spielte das Kerzenlicht. Sein warmer Schimmer umrahmte die fröhliche und lebendige Stimmung, welche den Raum erfüllte. Helena und Maxim, Lilly und Felix, die ganze Kinderschar, Edith, Vater Gustav, Pater Fidelis und Katharina saßen gemeinsam mit denjenigen Gästen zu Tisch, die das Jahreswechselarrangement des Lindenhofs gebucht hatten – inklusive einer Reihe von Spezialangeboten in Lillys Refugium. Diese Offerten waren sehr begehrt und meistens schon im Spätsommer ausgebucht.

Katharina war bereits am Tag vor Heiligabend eingetroffen, hatte die Feiertage zum Ausruhen genutzt und die Zeit zwischen den Jahren zum Lernen. Dennoch hatten sich Möglichkeiten gefunden, um von Lilly das Quästen zu lernen, mit Helena am See entlangzuspazieren und mit Käthe ihre geliebten Vanillekipferl zu backen.

Nun saß sie zwischen ihren Schwestern an der Tafel, genoss den Trubel ringsumher und spürte dem wohligen Gefühl nach, daheim zu sein.

Käthe war über sich hinausgewachsen. Die Küchenchefin des Grandhotel Lindenhof hatte sich in tagelange Vorbereitungen gestürzt, um das Silvestermenü des Jahres neunzehnhundertsiebenundzwanzig zu einem Feuerwerk des erlesenen Geschmacks werden zu lassen.

Die herrlich buttrige Kalbfleisch-Pastete, mit der sie den Abend eröffnet hatte, war ein raffiniert gewürztes Gedicht mit Nuancen von Muskat, Lorbeer und Zitrone gewesen. Eine völlig andere Geschmackswelt hatte die darauffolgende Krebssuppe erschlossen, der Fischgang mit zarter Seeforelle – angerichtet auf geschmolzenen Tomaten und Kräutern – den Bodensee repräsentiert. Mit dem letzten Bissen des zartrosa Forellenfleisches wäre Katharina eigentlich satt gewesen, doch von dem knusprig gebratenen Hähnchen, welches mit kleinen Kartoffeln und Brokkoliröschen serviert worden war, hatte sie dann doch eine Kleinigkeit probiert.

Dabei stand der Höhepunkt noch bevor: Käthe hatte einen Nachtisch der Extraklasse angekündigt, und als der Hauptgang abgetragen war, trat erwartungsvolle Stille ein. Selbst die Kinder gaben sich große Mühe, brav sitzen zu bleiben und abzuwarten, bis die Serviermädchen endlich noch einmal die Flügeltüre des Festsaals öffneten.

Das Erste, was Katharina sah, war eine aufwendig mit Ganache und Sahne verzierte riesige Kugel, in der ein kleines Lindenhof-Papierfähnchen steckte.

»Was ist das, Käthe?«, rief die kleine Lidia aufgeregt.

Hendrik hielt es nicht mehr auf seinem Stuhl. »Ball, Ball!«, rief er mit heller Stimme und flitzte los, ehe Felix oder Lilly ihn festhalten konnten. Käthe schaffte es gerade noch, ihr süßes Kunstwerk auf den vorbereiteten Tisch zu stellen, bevor er sich stürmisch gegen ihre Beine warf. »Du Racker!«, schimpfte sie mild.

Felix stand auf und trug seinen zappelnden Sohn zurück an den Tisch.

Käthe nahm ein bereitliegendes großes Messer und wandte sich an die Festgesellschaft. »Dieses gute Stück hat mich mit Sicherheit ein paar Monate meines Lebens gekostet.« Sie deutete mit der Klinge auf die geheimnisvolle Kugel. »Also dann. Wer ein Stück von der Eisbombe möchte, der nimmt sich einen der bereitstehenden Dessertteller und kommt …«

Der Rest ihres Satzes ging in lautem Gejohle unter.

Die Kinder stürmten nach vorn, die Erwachsenen rückten ihre Stühle.

»Darf ich noch etwas dazu sagen?« Käthe hob die Stimme.

Der Geräuschpegel sank, ganz leise aber wurde es nicht. Lidia und Hendrik stritten sich um einen Teller.

»Das Orangeneis ist mit weichem Mandel-Haselnuss-Krokant gefüllt«, erläuterte Käthe. »Für die Erwachsenen gibt es dazu ein Gläschen Orangenlikör.« Dann setzte sie feierlich das Messer an. Butterweich glitt es durch die Eismasse. Als das erste Stück auf den Teller gehoben wurde, sah man den kunstvollen Schnitt der Eisbombe.

Der Geschmack war umwerfend. Fruchtig und nicht zu süß das Eis, knackig und mit voller Karamellnote der Krokant. Ein perfekter Abschluss für ein vollkommenes Silvesterdiner.

Am Ende lag ein letzter Rest der Eisbombe auf dem Boden. Lidia saß daneben, wischte die Reste mit ihrer Hand auf und schleckte hingebungsvoll ihre Finger ab. Hendrik hatte die Luftschlangen entdeckt und begonnen, den Christbaum damit zu dekorieren, der groß und festlich am Kopfende des Saals stand. In Anbetracht der darauf brennenden Kerzen schritt Edith sofort ein. Während sie ihn vom Baum wegzog, löschte Gustav Lindner vorsichtshalber die Kerzen. Magdalena war schlecht geworden. Helena führte ihre große Tochter fürsorglich aus dem Saal, während Maxim neben Lidia in die Hocke ging und sie vergeblich davon zu überzeugen versuchte, dass matschige Eisbomben auf dem Boden nicht gut für den Bauch waren.

Eine Stunde später war alles aufgeräumt und einige der Tische zu einem Viereck zusammengeschoben worden. Die kleineren Kinder hatte man unter Ediths Obhut zu Bett geschickt, Magdalena, die sich noch immer nicht wohlfühlte, war freiwillig gegangen. Hans dagegen durfte bei den Erwachsenen bleiben. Die Hausgäste hatte man in die Lobby geladen, wo eine Kapelle zum Tanz aufspielte, sodass die Familie für den Rest des Abends unter sich sein konnte.

Lilly klatschte in die Hände. »Es sind noch zwei Stunden

bis Mitternacht, meine Lieben! Zeit, um ein bisschen zu orakeln.«

»Und was eignet sich dazu besser als ein bisschen Blei«, übernahm Felix. Er deutete auf den Tisch, auf dem Maxim gemeinsam mit Gustav gerade mehrere Schüsseln mit kaltem Wasser, dicke rote Kerzen, Löffel und Bleistücke verteilte.

»Dann schaumer mal, was die Zukunft bringt.« Pater Fidelis erhob sich und gesellte sich mit den anderen Anwesenden um das nun einsatzbereite Blei-Orakel.

»Darf ich auch mitmachen?«, fragte Hans mit leuchtenden Augen.

»Aber natürlich!« Lilly zwinkerte ihrem Sohn liebevoll zu. »Du hast bestimmt ein paar wichtige Fragen.«

Hans stellte sich neben seinen Großvater Gustav.

»Wer möchte anfangen?« Lilly ließ ihren Blick umherwandern. »Du, Katharina!«

Katharina hatte es bereits geahnt.

»Du hast das interessanteste Leben«, erläuterte Lilly augenzwinkernd, »aber wir bekommen gar nichts davon mit. Lass uns wenigstens einen Blick in deine Zukunft werfen.«

»Bei mir gibt es nichts Besonderes zu sehen«, wehrte Katharina lachend ab. »Außer meiner Ärztlichen Staatsprüfung im Oktober vielleicht.«

»Wer weiß, was das Orakel sonst noch zutage fördert!« Lilly zog Katharina an ihre Seite und reichte ihr einen Löffel mit silbergrauen Metallbröckchen.

Katharina schmolz das Blei über der Kerzenflamme, goss es in eine der Wasserschüsseln und wartete, bis es erstarrt zu Boden gesunken war. »Ich sehe überhaupt keine Form«, stellte sie dann schmunzelnd fest.

»Aber ich!« Maxim fischte das Bleistück heraus und legte es auf ein bereitgelegtes Handtuch. »Das ist eindeutig ein Drache!«

»Auf gar keinen Fall!« Lilly beäugte das Ergebnis. »Das ist eine Meerjungfrau!«

Katharina erkannte weder das eine noch das andere. »Ich kann aus dem Ei nichts herauslesen.«

»Das ist es!«, rief Helena sofort. »Ein Ei! Das deutet auf eine Schwangerschaft hin. Oder sogar Geburt!«

»Donnerwetter, Katharina!«, ließ Gustav sich vernehmen. »Damit würdest du uns alle überraschen.«

Katharina strich sich kopfschüttelnd eine Haarsträhne hinters Ohr. »Zum Glück glaube ich nicht an einen solchen Humbug.«

»Jetzt du, Maxim!« Helena spielte mit der schwarzen Boa, die sie zu ihrem bordeauxroten Kleid trug.

»Aber selbstverständlich, Liebes.« Der Schwung, mit dem er das Blei in die Schüssel entlud, ergab eine Schlange und ließ bevorstehende Missgunst befürchten.

Helena dagegen sagte ein Adler Erfolg voraus. Ein Ball prophezeite Glück für Lilly. Felix goss einen Haufen, der an die Hinterlassenschaft eines Hundes erinnerte. Man einigte sich schließlich darauf, ihn pauschal den Vierbeinern zuzuschreiben, was bedeutete, dass Freundschaften gepflegt werden wollten. »Das passt wunderbar«, nahm Felix sein Schicksal gelassen an. »Ich werde nächstes Jahr eine größere Aufgabe mit meiner Kollegin Florence in Helsinki vor mir haben. Und diese Freundschaft pflege ich gerne.« Nach wie vor erhielt Felix als mit vielen Wassern gewaschener Agent Aufträge für den Nachrichtendienst. Manchmal war er wochenlang verschwunden, und nicht einmal Lilly wusste dann genau, wo er sich aufhielt.

»Pater Fidelis! Jetzt seid Ihr dran!« Lilly reichte ihm einen Löffel.

»Na, dann wollmer mal.« Umständlich schob der Pater die weiten Ärmel seiner Ordenstracht zurück und präparierte sein Blei.

»Ein Fisch!«, befand Katharina, als das Ergebnis vorlag.

»Des passt«, stellte Pater Fidelis zufrieden fest.

»Nein!«, rief Lilly sofort. »Hier bedeutet ein Fisch Geldsegen!«

»Ja, bravo! Des kann jeder brauchen.« Pater Fidelis grinste breit. »Möge es also sprudeln, das Geld! Zum Lobe des Herrn und zur Freude seines bescheidenen Dieners.«

Darauf erhoben alle ihre Gläser.

So verging die Zeit.

Als Käthe eine Bowle und Käsegebäck servierte, wurde sie genötigt, die Schürze auszuziehen und sich der fröhlichen Silvesterrunde anzuschließen. Unterdessen lagen um jeden Hals bunte Luftschlangen, die Herren hatten längst die Ärmel ihrer weißen Hemden aufgekrempelt und der Wein die eine oder andere Wange gerötet. Im Anschluss an die kulinarische Unterbrechung gesellten sie sich noch einmal um das Orakel.

Als Katharina einen Ring goss, war das Gejohle groß. »Es ist gar nicht so einfach, einen Ring zu gießen«, erklärte Maxim bedeutungsvoll. »Du bekommst bald einen Heiratsantrag.«

Katharinas Lachanfall trieb ihr Tränen in die Augen. »Und du reitest auf einem Elefanten über die Alpen, Maxim.« Sie schüttelte den Kopf. »Aber freut euch nur über mein Orakel und wartet auf den Heiratsantrag. Wir können ja eine Wette abschließen.«

»Das ist eine gute Idee!« Lilly strich über ihr knielanges, paillettenverziertes helles Kleid, dessen Taille modisch auf der Hüfte saß. Ein passendes schmales Band schmückte ihre Stirn. »Wenn wir gewinnen, dann darf ich dich einen Tag lang in meinem Refugium nach allen Regeln der Kunst verschönern, Katharina! Inklusive einer Wasserwelle.«

»Meinetwegen«, erwiderte Katharina. »Lass uns wetten. Und ich bekomme eine Spende für das Münchner Kinderasyl – wenn ich gewinne!«

»Das ist ein sehr vernünftiger Wetteinsatz.« Felix grinste. »Und damit du Lilly nicht falsch verstehst, liebe Schwägerin. Du siehst bezaubernd aus heute Abend. Hellgrün steht dir!«

Katharina lächelte ihrer Schwester zu. »Dieses Jahr wollte ich meinen Schwestern in Sachen Mode ausnahmsweise einmal nicht nachstehen.«

»Dein Kleid ist wirklich wunderschön. Und die Perlenkette macht es sehr elegant.« Lilly lächelte sie an. »Ich weiß, dass dir diese Eitelkeiten wenig bedeuten, aber es ist eine Freude, dich anzusehen.«

Nun wurde Katharina doch verlegen. »Papa!«, sagte sie schnell. »Du hast das Orakel noch gar nicht befragt!«

»Für mich ist viel interessanter, was euch erwartet.« Gustav Lindner strich über Hans' Kopf, der noch seine frisch gegossene Fackel bewunderte, die ihm ein langes Leben bescheren sollte. Gustav selbst zog schließlich eine bizarre Blüte aus dem Wasser.

»Das ist eine Rose, Papa!«, sagte Helena sofort und wechselte einen bedeutungsvollen Blick mit Maxim.

»Allerdings«, bestätigte dieser.

»Ach, Kinder.« Gustav Lindner seufzte. »Was soll mich in meinem Alter noch die Liebe einfangen? Außerdem gebt ihr mir so viel Freude und Zuneigung …«

»Gustav.« Maxim räusperte sich. »Es gibt etwas, das wir dir mitteilen möchten. Wie du weißt, sind Felix und ich seit Jahren dabei, Olgas Spur zu finden.«

Katharina sah, wie ihr Vater schluckte. »Was … ausgerechnet heute?« Sein Blick suchte den Helenas.

Olga war Helenas leibliche Mutter und zugleich die verlorene große Liebe von Gustav Lindner. Um ihr Schicksal rankte sich ein Geheimnis, dessen Aufklärung mit jedem Jahr, das verging, unwahrscheinlicher wurde.

»Wie du hatten auch wir die Hoffnung so gut wie aufgegeben. Doch vor ein paar Tagen bekam Felix einen Hinweis, dass Olga in Finnland leben könnte.«

»In Finnland?«, fragte Gustav Lindner tonlos.

»Wir haben es dir nicht sofort gesagt, weil Felix zunächst einem Kontaktmann dort telegrafiert hat, um sicherzugehen, dass es sich tatsächlich um Olga handelt.«

Katharina sah, wie ihr Vater schwankte, und zog ihm rasch einen Stuhl heran. Mit einem erstickten Schluchzen ließ er sich darauf sinken. Helena kam dazu und schlang die Arme um ihn. Auch sie hatte Tränen in den Augen. »Wir werden sehen, ob sie es ist, Papa. Ich wünsche es mir auch so sehr!«

»Ich werde ohnehin im Frühjahr nach Finnland reisen«, kündigte Felix an. »Ich denke, dann wird sich einiges klären.«

»Ich komme mit«, sagte Gustav sofort.

»Lass erst einmal Felix fahren, Papa«, sagte Helena leise. »Dann ist die Enttäuschung nicht so groß, falls sie es … nicht ist.«

Katharina wurde bewusst, wie sehr die Frage nach Olga Gustav, aber auch Helena bewegte. Im Laufe der Jahre, mit der Geburt der Kinder und dem Erfolg des Grandhotels war sie zwar in den Hintergrund getreten – diesen Eindruck hatte zumindest Katharina gehabt. Und doch schien die Lücke schmerzhafter zu sein, als sie geahnt hatte. Plötzlich fiel Katharina Zara ein, der ebenfalls ein Teil ihrer Herkunft fehlte.

»Lassen wir alles auf uns zukommen«, schloss Maxim. »Felix und ich werden unser Bestes geben.«

Helena gab ihrem Vater einen Kuss auf die Wange, Hans nahm seine Hand. Gustav Lindner lächelte dankbar.

»So, meine Lieben! Es ist bald so weit!« Lilly deutete auf

die große Standuhr, die in einer der Ecken stand. Sie zeigte fünfzehn Minuten vor Mitternacht.

»Oh! Der Schaumwein!« Käthe eilte in die Küche.

Maxim und Felix folgten ihr. Kurz darauf kehrten alle drei mit mehreren Flaschen Champagner sowie Sektschalen in den Festsaal zurück und schenkten jedem ein. Selbst Hans bekam ein Glas.

Der Zeiger rückte weiter vor.

»Möchtet Ihr nicht Eure Gedanken zum Jahresende aussprechen, Pater?«, wandte Helena sich an Pater Fidelis. »Das ist inzwischen ja schon Tradition.«

»Aber freilich!« Der Ordenspriester nahm sein Glas entgegen. Dann räusperte er sich. »Was ich mir schon oft überlegt hab ist, wie des ist, mit der *Zeit.* Dass wir ja nur den Augenblick haben, in dem wir jetzt gerade leben. Das, was gewesen ist, ist für immer vorbei. Und des, was noch kommt, ja mei, des ist noch völlig ungewiss.« Er sah zur Uhr. »So wollen wir alles das, was gewesen ist, als Erinnerung stehen lassen. Des Schöne, des Schlechte. Und das, was kommt, mit Freude erwarten.« Einen Moment hielt er inne. »Is schon gleich Mitternacht?«

Als habe sie ihn gehört, begann die Standuhr zu schlagen. Das alte Jahr war zu Ende. Das neue begann.

Lilly, Felix und Hans lagen sich in den Armen, Helena und Maxim küssten sich lange und ausgiebig. Käthe stieß mit Pater Fidelis an. Und Katharinas Gedanken wanderten zu Thomas von Bogen, wie so oft seit ihrer letzten Begegnung. Noch immer spürte sie seinen Blick auf sich ruhen, das kribbelnde Gefühl, als sich ihre Finger berührt hatten, die völlig unerwartete Verbundenheit. Noch hatte sie nicht entschieden, ob sie in der Armenpraxis mitarbeiten wollte. Vieles sprach dafür, einiges dagegen. Vor allem aber war da tief in ihr der Wunsch, ihn möglichst bald wiederzusehen.

»Ein gutes neues Jahr, mein Kind.« Ihr Vater legte den Arm um sie.

»Das wünsche ich dir auch, Papa«, erwiderte Katharina und schmiegte sich an ihn. »Es ist so schön, dich zum Vater zu haben.«

TEIL 2
VERHÄNGNISVOLLER MUT

Januar bis Februar 1928

16. KAPITEL

Das Fotoatelier Elvira in der Von-der-Tann-Straße in Schwabing, Mitte Januar 1928

Das Fotoatelier *Elvira* stach ins Auge. Nicht nur, weil es deutlich niedriger war als die es umgebenden Bürgerhäuser, sondern vor allem wegen seiner grasgrünen Außenwand, über die sich ein voluminöses Stuckornament in Lila und Gelb zog. Ein Juwel der neuen Kunst oder ein Ärgernis? Darüber schieden sich in München die Geister. Zweifellos aber machte das Gebäude den Anschein, als wolle es sich um jeden Preis einer Kategorisierung entziehen.

Untergehakt standen Katharina, Lola, Eva und Zara auf dem Gehsteig davor und betrachteten das auffällige Relief.

»Ich stelle mir jedes Mal aufs Neue die Frage, was es darstellen soll«, meinte Katharina und kniff die Augen zusammen. »Und ich bin schon oft hier vorbeigelaufen.«

»Es soll nichts darstellen«, erwiderte Lola. »Auch wenn es wie ein Drache aussieht.«

»Ein Drache, der aus dem Englischen Urgarten gegen die

Hauswand geflogen und dort kleben geblieben ist«, ergänzte Zara schmunzelnd und deutete über die Straße, wo die weitläufige Parkanlage Münchens begann.

Eva kicherte. »Also mich erinnert es an die Venus von Botticelli.«

»Man kann alles Mögliche hineininterpretieren. Ich meine aber gelesen zu haben, dass der Künstler damit tatsächlich nichts Gegenständliches darstellen wollte«, dozierte Lola. »Es soll … Bewegung zeigen. Möglicherweise auch Gefühle.«

»Aha.« Katharina hätte es als Schwertfisch definiert. Eventuell auch als ein etwas zu breit geratenes Seepferdchen.

»Vermutlich hat der Architekt genau das beabsichtigt.« Zara legte den Kopf schief. »Man kommt an seinem Kunstwerk nicht vorbei, ohne sich Gedanken zu machen.«

»Jedenfalls hatte er eine Abneigung gegen Eckiges.« Katharina deutete auf die wenigen, individuell gestalteten Fenster, deren Sprossen ein eigenwilliges Wellenmuster zeigten.

»Ich würde sagen, wir gehen einfach hinein«, schlug Eva vor.

Lola löste sich aus der Vierergruppe, trat vor und drückte die Klinke der Doppeltür, die ein schmiedeeisernes Gitter in Form eines Stachelgewächses zierte. »Schade, dass die beiden Gründerinnen nicht mehr hier leben und arbeiten. Sie sind echte Lichtgestalten der Frauenbewegung. Schon um die Jahrhundertwende haben sie als Liebespaar zusammengelebt und sich nicht versteckt. Damals war das eigentlich undenkbar.« Sie ließ die Freundinnen in die Eingangshalle treten und schloss die Tür.

»Hat eine von euch eigentlich schon einmal ein Foto hier machen lassen?« Katharina sah sich neugierig um.

»Ich habe hier die Vorlage für mein Bild aufnehmen lassen.« Lola grinste. »Du weißt schon.«

»Das, auf dem du nichts anhattest.« Katharina zwinkerte ihr zu.

Zara lachte.

»Sie wünschen?« Eine junge Frau rückte einige Fotografien zurecht, die auf einem mit violettem Samt bedeckten Tisch ausgestellt waren.

Lola trat an den Tresen. »Wir haben einen Termin vereinbart.«

»Ich gebe Frau Uibeleisen Bescheid. Einen Moment bitte.« Die Dame verließ ihren Platz und verschwand hinter einer reich verzierten Holztür.

Während sie warteten, musterten die Freundinnen den großzügigen Eingangsbereich.

»Mich würde nicht wundern, wenn gleich die kleine Meerjungfrau aus Andersens Märchen die Treppe heruntergeschwommen käme«, meinte Zara.

»Oder ein paar Feen vorbeischweben«, ergänzte Eva.

Lola hob den Kopf. »Ich erwarte nichts weniger als die Nautilus von Kapitän Nemo!«

Katharina nickte. In der Tat setzte sich die eigenwillige Gebäudegestaltung im Inneren fort. Ein verzweigtes, pflanzenartiges Gebilde beherrschte die Decke. Durch einen

Rundbogen hindurch glitt der Blick zu einer temperamentvoll aufsteigenden Treppe mit geschwungenem Geländer. Sämtliche Wände waren mit verspielt gewellten Stuckmustern überzogen, alles wirkte floral filigran, unterseeisch. Verwunschen.

»Willkommen, im Elvira!« Eine schmale Endvierzigerin trat in die Empfangshalle und holte sie aus ihren Betrachtungen. »Ich freue mich, dass Sie da sind. Wenn Sie zunächst ablegen möchten?«

Die Empfangsdame, welche ihr gefolgt war, nahm den Freundinnen die Mäntel ab. Dann bat Emma Uibeleisen ihre Kundschaft in die Atelierräume im Obergeschoss. Durch ein schräges Glasdach fiel Sonnenlicht auf die Stufen und Verschnörkelungen der Treppe. Eine Standleuchte auf halber Höhe kokettierte ebenfalls mit blumigen Formen. Katharina kam zu dem Schluss, dass sie sich in einer weniger üppigen Umgebung wohlerfühlte. Ein solcher Gestaltungsüberfluss wie hier ließ die Augen nicht zur Ruhe kommen.

Kichern und Lachen begleiteten die Fotoaufnahmen. Emma Uibeleisen bewies Geduld mit ihrer lebhaften Studentinnengruppe, die eine Idee nach der anderen vorbrachte, wieder verwarf, erneut posierte. Am Ende war eine Reihe völlig unterschiedlicher Bilder entstanden. Die Freundinnen an einer künstlichen Balustrade stehend, auf hochlehnigen Stühlen sitzend, die seidenbestrumpften Beine in den eleganten Schnallenschuhen übereinandergeschlagen. Um einen gemütlichen, blaugrünen Ohrensessel aus Samt gruppiert, ernst in eine Diskussion vertieft. Mit Büchern in der Hand, einer Staffelei als Requisite, mit ihren Glockenhüten und ohne. Selbst Katharina fand Gefallen daran, sich auszuprobieren. Lola bedauerte laut, dass die schönen Farben ihrer gerade fallenden, hüftbetonten Kleider auf den schwarz-weißen Fotografien auf Grautöne reduziert sein würden – Lolas und Evas helles Rot, Katharinas dunkelblaues Plissee, Zaras maisgelbe Seide mit zarten Stickereien am Saum.

Zara und Lola spielten mit ihren Reizen, ermutigten sich gegenseitig, mehr Haut zu zeigen, und wagten sich schließlich an Nacktaufnahmen auf einem hellen Fell. Zara war es gewohnt, sich hüllenlos zu zeigen, Lola experimentierfreudig. Die beiden nahmen verführerische Posen ein, sahen sich tief in die Augen, küssten sich. Katharina war zunächst peinlich berührt, aber der verspielte Spaß, den die beiden hatten, und die ruhigen Anweisungen der Fotografin ließen alles völlig natürlich wirken. Schließlich wagte sich auch Eva entkleidet vor die Kamera, bedeckte Brust und Scham allerdings mit einem durchsichtigen Chiffontuch.

Als alle Aufnahmen im Kasten waren, wurde Katharina bestürmt, es den anderen nachzutun. »Ich wüsste nicht, wer mich auf diese Art betrachten wollte«, wehrte Katharina sich lachend, gab schließlich aber nach.

Das weiche Fell streichelte ihre nackte Haut, als sie sich daraufsetzte und die Beine seitlich anzog, ein Buch schützend in ihren Schoß legte, ihre Brust aber nackt in die Kamera hielt. Für Katharina war ihr Körper nichts, dessen sie sich schämte, im Gegenteil. Er harmonierte mit ihrem Geist, war voll gesunder, sportlicher Kraft. Von den drei Schwestern war sie die größte. Manche fanden, sie sei zu dünn, doch das kümmerte Katharina nicht. Einzig ihre Brüste wünschte sie sich manchmal etwas üppiger, doch ihre feste Apfelform sorgte dafür, dass sie ihr nie im Weg waren. Etwas aber geschah an diesem Nachmittag in der offenen, prickelnden Atmosphäre des Ateliers Elvira. Katharina nahm sich auf ganz neue Weise wahr. Fraulicher. Sinnlicher. Als sie sich bei der Frage ertappte, was wohl Thomas von Bogen zu diesen Bildern sagen würde, lächelte sie in sich hinein – auch wenn sie weit davon entfernt war, verliebt zu sein. Die Gedanken waren frei.

»Ich werde mir eine eigene Kamera zulegen«, verkündete Lola, als sie wieder auf die Straße traten. »Fotografie ist Kunst, und ich habe große Lust, damit zu experimentieren. Die neuen Modelle sind sogar handlich genug, um sie mitzunehmen, wenn man unterwegs ist.«

»Darüber denke ich auch nach«, erwiderte Katharina. »Es wäre interessant, unterschiedliche Stadien einer Erkrankung und auch Genesungsprozesse auf diese Weise zu dokumentieren.«

»Ein Apparat zum Wohle der Patienten sozusagen«, verdeutlichte Lola.

»Ich weiß nicht, wie du das aushältst, Katharina.« Eva schüttelte den Kopf. »All diese schrecklichen Dinge, die du da immer sehen musst.«

»Ich sehe nicht das Schreckliche daran.« Katharina rückte

ihren Hut zurecht. »Ich sehe Menschen, denen ich helfen kann.«

»Habt ihr Lust auf einen Kaffee im Luitpold?«, unterbrach Zara. »Es ist kurz vor vier, und ich habe noch keine Lust, nach Hause zu gehen.«

»Oh ja. Ich komme mit.« Eva zog ihre Handschuhe an.

Lola legte Zara eine Hand auf die Schulter. »Ich schlage aber das Wiener Café in der Brienner Straße vor.«

»Auch wenn ich jetzt große Lust auf ein Stück Sahnetorte hätte, müsst ihr mich entschuldigen. Ich habe noch einen Termin.« Katharina blinzelte. Etwas war ihr ins Auge geraten, möglicherweise Reste des Puders, mit dem die Fotografin sie alle eingestäubt hatte.

»So ist es, wenn man sich der Medizin verschrieben hat«, kommentierte Lola. »Man hat einfach keine Zeit.« Sie drückte Katharina einen raschen Kuss auf die Wange. »Lass dich nicht immer so vereinnahmen.«

Katharina sah zu Zara. »Ich begleite Seppei heute zu seinem Kontrolltermin.«

»Bei von Bogen?«, wollte Zara wissen.

Katharina nickte.

»Der schöne Chirurg«, flötete Lola.

»Das habe ich gar nicht mitbekommen. Aber dann bist du natürlich entschuldigt, Katharina.« Zara lächelte. »Ich habe erst morgen wieder Dienst im Kinderasyl.«

Die Armenpraxis von Thomas von Bogen im Kloster zum Guten Hirten, Haidhausen, eine Stunde später

»Achten Sie darauf, die Wunde einmal täglich neu zu verbinden.« Thomas von Bogen richtete sich auf und sah den Kriegsversehrten streng an, der auf einer der schmalen Liegen der Armenpraxis saß. Er war unglücklich gestürzt und hatte sich eine Schnittwunde am Bein zugezogen. »Das größte Risiko ist, dass sich die Wunde entzündet. Wenn Sie brennende Schmerzen oder Fieber bemerken, müssen Sie sofort ein Krankenhaus aufsuchen. Auch in der Nacht.«

»Is scho recht, Herr Doktor.« Der dürre Dreißigjährige nieste und setzte sich umständlich auf. »Unkraut vergeht net. So sagt man doch?«

»Verlassen Sie sich nicht darauf.« Tom füllte etwas *Rivanol* in ein kleines Fläschchen ab. »Bereiten Sie aus diesem Pulver eine Lösung zu und machen Sie damit zwei Mal täglich einen Umschlag. Einen halben Teelöffel Pulver auf einen Liter abgekochtes, warmes Wasser.«

Der Mann nahm das Glasgefäß entgegen. »Ich werd's meinem Weib sagen.«

»Sagen Sie ihr auch, dass Pulver und Lösung gelb färben. Wenn man Kleidung und Stoff nach einem Kontakt nicht sofort reinigt, geht die Farbe nicht mehr weg. Die Umschlagtücher muss sie separat auskochen.«

»Mei.« Der Patient wischte sich über die triefende Nase. »Is des alles kompliziert. Aber ich sag's ihr.«

»Kommen Sie vorbei, wenn es nicht besser wird.«

Nachdem der Mann schwer hinkend die Armenpraxis verlassen hatte, notierte Tom Diagnose und Medikation in der Krankenakte und säuberte die Liege. Ein Jammer, wie vielen jungen Männern der Krieg die Zukunft gestohlen hatte. Eine ganze Generation war ausgedünnt. Diejenigen, die überlebt hatten, schleppten Wunden und Traumata mit sich und fanden nicht mehr zurück ins Leben.

Schließlich stand er auf, um den nächsten Patienten hereinzubitten.

Als er die junge Frau erkannte, die sich gerade mit dem Jungen vom Schlittenhang von einem der Stühle im Wartebereich auf dem langen Klosterflur erhob, spürte er kurzzeitig das Pochen seines Herzens. »Fräulein Lindner?« Er sah auf das Kind. »Grüß dich, Seppei.«

»Grüß Sie Gott, Herr Doktor.« Seppei reichte ihm die nicht verbundene Hand.

»Guten Tag, Doktor von Bogen«, sagte Katharina Lindner. »Wir sollten noch einmal vorstellig werden.«

»Wie geht es denn, junger Mann? Noch Schmerzen?«

»Nein. Darf ich jetzt wieder raus?«

Tom lächelte ihm zu. »Das werden wir nach der Untersuchung entscheiden.« Er wandte sich an Katharina Lindner. »Kommen Sie doch bitte herein.«

Als sie mit dem Kind an der Hand an ihm vorbei in das Behandlungszimmer ging, nahm er ihren Duft wahr. Er erinnerte ihn an einen Sommertag, frisch und natürlich, ohne die störenden Nuancen eines süßen Parfums. Als sie sich zu ihm umdrehte und dabei ihr Haar nach hinten strich, stockte er kurz. Dieser Geruch, diese Bewegung – nein, das konnte nicht sein. Bestimmt handelte es sich um einen dieser eigenartigen Momente, die man meinte, schon einmal erlebt zu haben. Wo sollten sie sich begegnet sein? Er hob Seppei auf die Untersuchungsliege. »Na, dann schauen wir uns deine Verletzung einmal an.«

Das Kind ließ sich anstandslos den Verband abnehmen und blieb auch während der Untersuchung ruhig sitzen.

Tom tastete über den geheilten Knochen. »Das sieht sehr gut aus.«

»Jetzt darf ich wieder nach draußen, oder?« Seppei sah ihn erwartungsvoll an.

»Ein bisschen musst du dich noch schonen«, erwiderte Tom.

Enttäuschung zog über Seppeis Gesicht. »Aber …«

»Eine Woche!«, sagte Tom streng. »Versprichst du mir das?«

»Hm … ja.«

»Männerehrenwort?«

Seppei reckte seine schmale Brust. »Männerehrenwort!«

Katharina Lindner begann, den Jungen anzuziehen. »Muss er noch einmal wiederkommen?«

»Nur wenn er noch einmal Schmerzen bekommen sollte. Ansonsten wird er im Asyl gut versorgt.« Er half Seppei von der Liege.

Katharina reichte dem Jungen die Hand, und Tom musste

unwillkürlich lächeln. Sie ging gut mit dem Kind um. Souverän und doch gefühlvoll.

Die beiden standen bereits an der Tür, als sie noch einmal innehielt. »Da wäre noch etwas.«

»Ja?« Er lehnte sich an die Kante seines Schreibtischs.

»Sie hatten mir gesagt, dass Sie Unterstützung suchen. Für diese Praxis hier.«

»In der Tat.« Tom fing ihren Blick ein. Er war offen, ohne Koketterie.

»Wenn Ihr Angebot noch gilt, dann würde ich gerne für Sie arbeiten, Doktor von Bogen.«

17. KAPITEL

Die Villa von Rosina Gruber, zwei Tage später

»Wirklich? Sie hat telegrafiert?« Katharina fasste den Telefonhörer fester.

»Ich kann es selbst kaum glauben«, erwiderte Helena am andere Ende der Leitung. Ihre Aufregung war förmlich durchzuhören.

»Was hat sie denn geschrieben?«

»Dass sie gehört hat, dass ich meine Mutter suche. Und dass sie mich kennenlernen will.«

»Das hört sich eher sachlich an.«

»Was soll sie in einem Telegramm denn mehr schreiben, Katharina? Zudem kann sie kein Deutsch. Unser Kontaktmann hat ihre Worte übersetzt.«

»Hat sie Papa erwähnt?«

»Mit keiner Silbe. Er aber möchte jetzt so schnell wie möglich nach Finnland.«

»Lasst sie doch an den Bodensee kommen.« Für ein paar Augenblicke hörte Katharina nur das übliche Knacken in der

Leitung. »Ich weiß nicht«, sagte Helena schließlich. »Noch können wir keineswegs sicher sein, dass es sich tatsächlich um Olga Pawlowa handelt.«

»Ich verstehe.« Katharina setzte sich auf den gepolsterten Hocker, den Rosina Gruber neben ihrem Telefonapparat platziert hatte. »Es wäre einfach praktisch, wenn man ein Telefon hätte, bei dem man die Person am anderen Ende der Leitung sehen könnte.«

Helena lachte. »Eine gute Idee. Leider hat noch niemand so etwas erfunden.«

»Du hast doch an Silvester gesagt, dass Felix im Frühjahr eh nach Finnland wollte.«

»Und Papa hat jetzt klipp und klar erklärt, dass er mitfahren wird.«

»Dann plant ihn doch mit ein«, schlug Katharina vor. »Dass Papa nicht zu Hause sitzen und warten möchte, bis ihm berichtet wird, das verstehe ich sehr gut.«

»Am liebsten würde ich selbst mitfahren, das kannst du mir glauben, Katharina. Aber ich kann so schlecht weg hier.« Helena seufzte. »Das Hotel. Die Kinder …«

»Umso besser, wenn Papa dabei ist«, stellte Katharina fest. »Maxim kann Russisch, Felix ist in Schnüffeldingen erfahren, und Papa würde sie vermutlich sofort wiedererkennen. Wenn sie es wirklich ist.«

»Vielleicht hast du recht.« Eine helle Kinderstimme mischte sich in Helenas Satz. »Nein, Lidia«, hörte Katharina ihre Schwester sagen. »Ich habe jetzt keine Zeit, deine Puppe zu suchen. Frag Edith, Liebes.«

Nach einigem Gequengel schien Lidia die Anweisung ihrer Mutter zu akzeptieren. »Sie möchte einfach immer Aufmerksamkeit«, erklärte Helena entschuldigend.

»Sie ist ja noch so klein.« Katharina schmunzelte in die Sprechmuschel.

»Ich werde deinen Vorschlag weiterleiten, Schwesterherz. Es wäre unglaublich! Nach all den Jahren …«

»Ich würde es dir wünschen«, erwiderte Katharina.

»Maxim lässt nicht locker. Er weiß, wie wichtig es mir ist. Sonst hätte er nicht … Fürst Pronsky so lange erpresst, bis der verraten hat, was er mit Olga gemacht hat.« Helenas Stimme zitterte. Von dem Fürsten, der ihr leiblicher Vater war, sprach sie nicht gern. Der Mann aus altem russischem Adel war inzwischen verstorben, sein Schatten aber lag noch immer über Helenas Leben. »Wir wussten ja schon von dem Kloster in Moskau«, fuhr sie fort, »in dem er sie abgeliefert hatte und aus dem ihr die Flucht gelang. Dann kam der Hinweis auf einen Sozialdemokraten in Berlin, mit dem sie offenbar eine Liebesbeziehung verbunden hat, die aber daran zerbrochen sein soll, dass Olga sich den Kommunisten in Moskau angeschlossen hat. Sie bekam ein«, Helena stockte kurz, »zweites Kind, einen Sohn. Mit einem Parteigenossen. Und irgendwann hat sie Moskau verlassen. Weshalb sie jetzt in Finnland aufgetaucht sein soll, das ist mir ehrlich gesagt ein Rätsel.«

»Sollte es sich bei der Frau in Finnland wirklich um Olga handeln, werdet ihr es bald erfahren.«

»Das stimmt.« Wieder gab es Tumult, der durch das Telefon vom Lindenhof am Bodensee bis in Rosina Grubers Villa im Münchner Bogenhausen drang. Lidia schien zu weinen. »Oh, Katharina, meine Kleine ist die Treppe hinuntergefallen. Ich muss nach ihr sehen.«

»Tu das«, antwortete Katharina. »Gibst du mir Bescheid, sobald du zu Olga mehr weißt?«

»Jaja, natürlich! Ich umarme dich, Katharina!«

Ein lautes Klacken – die Verbindung war unterbrochen.

Katharina legte den Hörer auf.

Das Gespräch hinterließ sie nachdenklich. Sie würde es ihrem Vater und ihrer Schwester von Herzen wünschen, wenn sich die gefundene Person als Olga Pawlowa entpuppte. Doch was, wenn nicht? Wie groß wäre die Enttäuschung?

»Geht alles gut dahoam?« Rosina Gruber buk gerade Kalbfleischpflanzern aus, als Katharina die Küche betrat.

»Ja. So weit ist alles in Ordnung«, antwortete Katharina. »Vielen Dank, dass Sie mir immer Ihren Telefonapparat zur Verfügung stellen, Frau Gruber. Das ist wirklich sehr freundlich.«

»Ach, net der Rede wert.« Rosina Gruber lächelte breit. »Sind Sie heute Abend auch beim Essen dabei? Es gibt Kartoffelpüree zu den Pflanzerln und in Butter geschwenktes Karottengemüse.«

Allein die Ankündigung ließ Katharina das Wasser im Mund zusammenlaufen. »Ich wäre gerne. Aber für heute Abend habe ich noch ein großes Lernpensum vor mir – und davor wartet noch eine andere Aufgabe.«

»Dann gebe ich Fräulein Lola etwas für Sie mit.«

Frau Gruber ist ein Schatz, dachte Katharina, als sie die Tür hinter sich zuzog und zu ihrem Fahrrad ging, das an einem Laternenpfahl lehnte.

Rosina Gruber passte auf sie alle auf.

Mit dem Fahrrad war es nicht weit zu Thomas von Bogens Armenpraxis in der Nähe des Ostbahnhofs. Der Januar war bisher recht mild, sodass Katharina nicht die Tram nehmen oder zu Fuß gehen musste. Mit dem Rad war sie unabhängig, schnell und hatte zudem etwas Bewegung neben den vielen Stunden, die sie am Schreibtisch oder an der Universität verbrachte.

Katharina war ein bisschen nervös, als sie ihr Fahrrad abstellte und die schwere Eingangstür aufdrückte, die zum Wirtschaftstrakt des Klosters *Zum Guten Hirten* führte. Im Flur roch es nach kaltem Essen und Seife, auf den Stühlen in der Wartezone des abgelegenen Praxisraums hatten bereits die ersten Patienten Platz genommen. Katharina war etwas zu früh dran und stellte sich bereits auf ein paar Minuten Wartezeit ein, als hinter ihr schnelle Schritte erklangen.

»Sie sind sehr pünktlich, Fräulein Lindner.« Thomas von Bogen hatte sie rasch eingeholt.

»Eine meiner Schwächen«, bekannte Katharina scherzhaft. »Ich bin meistens zu früh da. Das mag nicht jeder.«

»Ich schon.« Er zog im Gehen einen Schlüssel aus seiner Jackentasche. »Dann können wir gleich anfangen.«

Er grüßte die Wartenden mit einem freundlichen Nicken

und schloss den Behandlungsraum auf. Beim Hineingehen legte er ihr kurz seine Hand auf den Rücken. Katharina war die Berührung nicht unangenehm, sie wirkte kollegial … und eigenartig vertraut. Kaum hatte er die Tür geschlossen, nahm er ihr den Mantel ab und hängte ihn zusammen mit seinem eigenen in einen schmalen hohen Schrank.

»Hier ist Platz für Ihre persönlichen Dinge«, sagte er dazu. »Bitte achten Sie darauf, alles einzuschließen. Ohne die Klientel, die uns hier aufsucht, vorverurteilen zu wollen, aber es kommt immer wieder vor, dass Dinge entwendet werden.«

»Wirklich?«, wunderte sich Katharina. »Eigentlich sollte man Respekt und Dankbarkeit erwarten.«

»Bei manchen ist die Not zu groß. Andere haben dieses Verhalten bereits so tief in sich verankert, dass sie der Versuchung nicht widerstehen können. Und schließlich gibt es Personen, die gezielt ein medizinisches Problem vortäuschen, um etwas zu stehlen.«

Katharina schüttelte betroffen den Kopf. »Das hätte ich nicht erwartet.«

»Es ist schon richtig, das Gute in den Menschen zu sehen. Genauso wichtig ist es aber, realistisch zu bleiben. Und aufmerksam.«

Er reichte Katharina einen weißen Arztkittel. »Der dürfte Ihnen etwas zu groß sein. Wenn Sie dauerhaft bei mir bleiben, bekommen Sie selbstverständlich einen in Ihrer Größe gestellt.«

Während er seinen eigenen anzog, versank Katharina geradezu in dem schützenden Kleidungsstück. Als sie begann, die Ärmel umzuschlagen, begegnete sie seinem schmunzelnden Blick. »Es ist eine Freude zu sehen, wie Sie buchstäblich die Ärmel hochkrempeln, Fräulein Lindner.«

Katharina lachte. »Mir bleibt ja nichts anderes übrig.«

»Sie werden hier einiges bewegen können.« Sein Lächeln war aufmunternd und warm. »Und vielen Menschen helfen.«

»Deshalb bin ich da.« Katharina strich über den Baumwollstoff. »Und bereit.«

»Hören Sie das Atemgeräusch?«, fragte Thomas von Bogen und übergab Katharina das Stethoskop. Aus den Augen des Kindes, das vor ihnen auf der Untersuchungsliege saß, sprach große Angst. Die Mutter stand daneben und wirkte seltsam unbeteiligt, womöglich war sie mit der Situation einfach völlig überfordert.

»Ich höre jetzt einmal, was deine Lunge zu mir sagt«, sagte Katharina beruhigend. »Dann kann ich dir helfen, gesund zu werden. Einverstanden?«

Das zehnjährige Mädchen nickte und folgte Katharinas Anweisungen, atmete ein und aus. Das verdächtige feuchte Rasseln war deutlich zu erkennen.

Sie sah Thomas von Bogen an. »Der Allgemeinzustand mit Schwäche, Gewichtsverlust, Drüsenschwellungen und Fieber spricht für Tuberkulose. Auch die Hautausschläge würde ich der Erkrankung zuordnen.«

»Das sehe ich genauso.« Der Arzt öffnete einen Medikamentenschrank mit Glastüren und entnahm ihm eine Tube.

»Tuberkulinsalbe zur Diagnostik?«, fragte Katharina.

»Ja. Haben Sie den Test schon einmal durchgeführt?«

»In der Theorie ja. Praktisch nein.«

»Dann zeige ich es Ihnen.«

Katharina beobachtete, wie er die Salbe auf das Brustbein des Kindes auftrug und ein Pflaster darüberklebte. »Das Ergebnis, wenn es positiv ist, sollte in drei Tagen in Form einer spezifischen Hautreaktion vorliegen.«

»Rote Pünktchen?«, vergewisserte sich Katharina.

Thomas von Bogen nickte.

»Wäre für die Sicherung der Diagnose eine Röntgenuntersuchung angeraten? Selbst wenn der Test negativ ausfällt?« Katharina strich der kleinen Patientin über das Haar. Wie viele der Kinder aus prekären Verhältnissen war sie zu klein und unterentwickelt.

»Absolut«, erwiderte Thomas von Bogen.

»Und selbst dann wissen wir nicht, ob es sich um eine offene oder eine nicht ansteckende Form der Tuberkulose handelt«, stellte Katharina abschließend fest. »Eigentlich müssen die Erkrankten isoliert werden.«

Thomas von Bogen nickte und winkte die Mutter heran, die wie ihre Tochter ständig vor sich hin hüstelte. Widerwillig setzte sich diese neben ihr Kind. »Ich würde Ihnen empfehlen«, sagte er eindringlich, »sich ebenfalls untersuchen zu lassen, Frau Sattler.«

»Aber ich zieh mich net aus«, erwiderte Frau Sattler sofort.

»Ich kann Sie abhören«, bot Katharina an.

Frau Sattler sah von Thomas von Bogen zu Katharina. Dann nickte sie langsam.

Thomas von Bogen rückte den stoffbezogenen Paravent zurecht, der die beiden Behandlungsliegen im Raum trennte, und schuf so einen Sichtschutz.

Katharina war erstaunt über seine selbstverständliche Diskretion.

Nachdem Frau Sattler den Oberkörper frei gemacht hatte, setzte Katharina das Stethoskop auf. Auch bei der Mutter waren die krankhaften Atemgeräusche deutlich zu vernehmen.

»Ich fürchte, dass Sie selbst erkrankt sind, Frau Sattler.« Katharina richtete sich auf. »Es wäre wichtig, dass sich alle Mitglieder Ihrer Familie zur Untersuchung vorstellen. Doktor von Bogen wird das weitere Vorgehen mit Ihnen besprechen.«

Nachdem sie die Testsalbe aufgetragen und die Frau sich wieder bedeckt hatte, trat Thomas von Bogen zu ihnen. In der Hand hielt er die Patientenkarten von Mutter und Tochter. »Wie viele Kinder haben Sie, Frau Sattler?«

»Sechs.«

»Sind Sie derzeit schwanger?«

Die Frau schüttelte den Kopf. »Mein Mann ist abgehauen.«

Thomas von Bogen nickte. »Kommen Sie in drei Tagen wieder und stellen Sie alle Mitglieder Ihres Haushalts vor. Anschließend erhalten Sie von uns eine Adresse für die Röntgenuntersuchung.«

»Und was mach ich, wenn wir alle die Schwindsucht haben?«, fragte Frau Sattler düster.

»Sobald der Befund gesichert ist, werden Sie in einer der Fürsorgestellen wegen eines Heilstättenaufenthaltes beraten.«

Die Frau begann verzweifelt zu lachen. »Sie haben gut reden! Wer soll denn auf meine anderen Kinder aufpassen? Wer das Geld verdienen? Mei, mei, mei. Sie haben keine Ahnung von unserem Leben. Seien Sie froh, dass Sie einen Haufen Geld haben.« Sie zog ihr Kind von der Liege. »Ich wünsch Ihnen einen schönen Tag. Pfüa Gott miteinand.«

Nachdem sie den Raum verlassen hatte, stieß Katharina hörbar die Luft aus.

»Machen Sie sich nicht daraus«, sagte Thomas von Bogen ruhig. »Das kommt sehr häufig vor. Ich kann niemanden zur Behandlung zwingen. Die Familie wohnt in einem der neuen Wohnblöcke. Sagt Ihnen der Begriff *Trockenwohnen* etwas?«

»Ich habe schon davon gehört. Im Zusammenhang mit den Mietskasernen, die sie überall bauen.«

»Man bietet gerade kinderreichen Familien günstigen Wohnraum in Neubauten an. Die Räume sind durchfeuchtet, die Verhältnisse eng. Der ideale Nährboden für Krankheitserreger. Oftmals sind die Toiletten im Stiegenhaus und werden von mehreren Parteien gemeinsam benutzt.«

Katharina hörte beklommen zu. Das Bild von Walli Stenzls Behausung tauchte vor ihrem inneren Auge auf. Es gab eine Perspektivlosigkeit, die in die Wiege gelegt war. Ein

Elend, das zu überwinden so gut wie aussichtslos war – aller Fürsorgeeinrichtungen zum Trotz.

»Können wir denn … wirklich nicht mehr tun?« Katharina betrachtete die Liege, auf der gerade noch Mutter und Kind gesessen hatten.

»Wir leisten unseren Beitrag hier.« Thomas von Bogen holte eine Flasche mit einer Flüssigkeit und ein Tuch. »Jetzt müssen wir alles gründlich desinfizieren. Einschließlich unserer Hände. Sonst tragen wir den Erreger weiter.«

»Was geschieht mit der Mutter? Und ihren Kindern?« Katharina begann, die gepolsterte Fläche abzuwischen.

»Wenn sie klug ist, kommt sie wieder und lässt uns das Testergebnis sehen. Oder sie sucht gleich die angegebene Stelle auf. Ein Problem ist ihre eigene Erkrankung. Sie nimmt ihr die Kraft, den Kampf aufzunehmen.«

Katharina fiel das Kinderasyl ein. »Man könnte die Kinder doch vorübergehend in einem Heim unterbringen.«

»Solange der Verdacht einer offenen Tuberkulose besteht, werden die Kinder nirgendwo aufgenommen.«

Katharina richtete sich auf. »Diese Krankheit ist so tückisch.« »Allerdings. Ich hoffe, dass sich die Impfung bald auch in unserem Land durchsetzt.« Thomas von Bogen säuberte seine Hände.

»Wäre es denn möglich, einfach damit zu beginnen?«, fragte Katharina. »Ich meine, wenn es doch schon ein Serum gibt?«

»Noch ist der Impfstoff schwer einzusetzen, da er besonders aufbereitet werden muss. Das kann ich hier nicht leisten. Aber sobald es machbar ist, werde ich die Immunisierung anbieten. Die Erfahrungen im Ausland sind vielversprechend.« Ein Tumult vor der Tür ließ sie aufhorchen.

»Die soll hier wegleiben!«, kreischte eine Stimme.

»Jetzt mach net so ein Radau«, brummte jemand.

»Ich mag net mit so einem …g'schlamperten Weibstück hier sitzen!«

Kurz darauf stand eine junge Frau vor ihnen. Sie war stark geschminkt, ihre Augen lagen dunkel in den Höhlen. Der kurze Blickwechsel mit Thomas von Bogen bestätigte Katharinas Vermutung, dass es sich um eine Prostituierte handelte.

Der Arzt ließ Katharina mit der Patientin hinter dem Paravent allein. Diese klagte über starke Schmerzen im Unterleib und gelblichen Ausfluss, manchmal mit Blut vermengt. Die Befragung und die Untersuchung legten einen Tripper nahe. Katharina verwies sie an die Frauenklinik.

Kurz darauf renkte Thomas von Bogen auf der anderen Liege eine ausgekugelte Schulter ein. Noch während Katharina die Karteikarten der letzten Patienten ausfüllte, wurde ein offener Bruch hereingetragen. Wieder war es ein Kind. Katharina stand sofort auf und ging dem Arzt bei der Erstversorgung zur Hand, dann wurden Vater und Sohn ins Krankenhaus weitergeschickt.

Im Laufe des Nachmittags sah sie viele Krankheiten, die Elend und Armut geschuldet waren. Starker Läusebefall mit hochentzündlichen Stellen auf der Kopfhaut, mehrere Fälle von Krätze, eiternde Wunden und Abszesse, die zu lange unbehandelt geblieben waren, Mangelernährung und Rachitis, verschleppte Erkältungen, die sich zur Bronchitis oder einer Lungenentzündung ausgewachsen hatten. Die Patienten gaben sich die Klinke in die Hand. Katharina wurde klar, welch enorme und wichtige Arbeit Thomas von Bogen hier leistete. Allein.

Nachdem der letzte Patient die Armenpraxis verlassen hatte, ging Katharina erschöpft zum Spind, um ihre Sachen zu holen.

Thomas von Bogen war schneller und hielt ihr den Mantel hin. »Wie haben Sie die Arbeit hier empfunden?«

»Es war nichts dabei, was mich abschrecken würde.« Katharina schlüpfte in die Ärmel. »Danke.«

»Dann besteht berechtigte Hoffnung, dass Sie wiederkommen?« Als er ihr den Mantel über die Schultern schob, blieben seine Hände einen Augenblick länger als nötig auf ihnen liegen. Dass sie sich plötzlich wünschte, diese fürsorgliche Geste noch ein wenig länger zu spüren, ließ sie innerlich den Kopf schütteln. Der Tag war wohl einfach zu anstrengend gewesen. Und vor ihr lagen noch einige Stunden Schreibtischarbeit.

Sie drehte sich um, ließ sich ihren Rucksack reichen und hielt ihm die Hand hin. »Ich komme sehr gerne wieder, Doktor von Bogen. Noch habe ich mein Studium allerdings nicht abgeschlossen.«

Er drückte ihre Hand. »Ich will ehrlich sein. Eine approbierte Ärztin könnte ich mir derzeit noch nicht leisten. Ich bin dabei, eine Stiftung ins Leben zu rufen, aber noch trage ich sämtliche Kosten hier privat.« Er räusperte sich. »Sie werden niemals allein sein. Ich bin zu jeder Zeit erreichbar. Aber wir brauchen weibliche Ärzte, vor allem in Praxen wie dieser hier, die ein niedrigschwelliges Angebot für Menschen sein sollen, die keiner Krankenkasse angehören oder Scheu haben, die offiziellen Stellen aufzusuchen. Viele Patientinnen bevorzugen die Untersuchung durch eine Frau, das haben Sie ja gesehen. Sie wären eine große Hilfe. Das Risiko trage ich.«

Katharina sah zu ihm auf. Das Grün seiner Augen schimmerte samtig. »Ich werde mir überlegen, an welchen Tagen ich kommen könnte. Da ich mich auf die Staatsprüfung vorbereite, brauche ich Zeit zum Lernen. Danach beginnt mein Praktisches Jahr, damit würde meine Arbeit hier wohl enden. Aber bis dahin …«

»Jeder Tag hilft mir.« Er lächelte. »Darf ich das also als Zusage betrachten?«

»Das dürfen Sie.«

»Ich habe bereits die Bezahlung angesprochen, Fräulein Lindner.«

Katharina schüttelte energisch den Kopf. »Ich möchte kein Geld. Ich weiß jetzt, wie wichtig diese Arbeit ist. Außerdem werde ich sicherlich viel lernen.«

»Hoch wäre der Betrag ohnehin nicht. Aber eine Anerkennung.«

»Nein, lassen Sie nur.« Ihr kam eine Idee. »Mir geht es finanziell gut. Aber ich hätte eine Person, die eine bezahlte Arbeit vermutlich gut gebrauchen könnte. Dürfte sie sich vorstellen? Das heißt, wenn sie es will?«

18. KAPITEL

Die Mansardenwohnung von Katharina und Lola,
an einem Donnerstagabend Ende Januar 1928

»Katharina! Du musst mir helfen!« Kaum hatte Lola die Tür aufgeschlossen, rauschte sie auch schon quer durch die Mansardenwohnung bis zum großen Arbeitstisch und blieb neben Katharina stehen.

Katharina sah auf. »Wobei denn?« Sie hatte sich gerade in den *Döderlein* vertieft, einen *Leitfaden für den geburtshilflichen Operationskurs*, geschrieben von ihrem Professor und seit Jahrzehnten Basisliteratur in der Frauenheilkunde.

»Es geht um den Vogt.«

Katharina schlug den *Döderlein* zu. »Erzähl!«

Mit einem breiten Lächeln stellte Lola einen Fotoapparat in die Tischmitte. »Eine *Kodak Nummer zwei*«, sagte sie dazu, »ich habe sie gebraucht gekauft. Ein unbelichteter Rollfilm ist schon eingelegt.«

»Willst du den Vogt auf frischer Tat ablichten?« Katharina konnte sich ein Schmunzeln nicht verkneifen. »Es ist schon dunkel. Da wird auf dem Foto nicht viel zu erkennen sein.«

»Aber wenn wir in einem intimen Theater sind, sehr wohl.«

»Ist heute schon der große Tag der Verführung?«, wunderte sich Katharina. »Ich habe von euren Vorbereitungen gar nichts mitbekommen!«

»Du bist entweder in der Vorlesung, am Schreibtisch oder in der Armenpraxis. Wie zur Hölle solltest du da etwas von unseren Vorbereitungen mitbekommen?« Lola begab sich zum Küchenregal. »Kaffee?«

»Gern.«

Während Lola Kaffee aufbrühte, besah sich Katharina die Kamera. Ein schlichter Kasten aus schwarzer, dicker Pappe, mit einigen runden Öffnungen. Maxim und Felix benutzten einen solchen Fotoapparat, um die Entwicklung ihrer Kinder festzuhalten und Bilder für die Hotelprospekte aufzunehmen. Man brachte das ganze Gerät zum Fotografen und bekam es, bestückt mit einem neuen Film, den Negativen und den entwickelten Bildern zurück.

Lola stellte eine Tasse mit herrlich duftendem Kaffee vor sie hin und setzte sich zu ihr. »Ich denke, du willst wissen, was ich damit vorhabe.«

»Durchaus!« Katharina wackelte mit der Kamera hin und her und gab scherzhaft vor, Lola zu fotografieren.

Die zog ein paar Grimassen. »Wir haben ihn beobachtet, weißt du? Eva, Zara und ich. Meistens abwechselnd, je nachdem, wer gerade Zeit hatte. Er wohnt recht nobel in der Widenmayerstraße mit seiner Familie. Direkt an der Isar.«

»Dass er Familie hat, wusstet ihr ja bereits.« Katharina stellte die Kamera zurück auf den Tisch. »Aber dass er sich die Widenmayerstraße leisten kann? Wie viel verdient er denn als Akademieprofessor?«

»Du hast recht. Das ist keine günstige Wohngegend. Vielleicht hat er etwas geerbt.« Lola zog ein Bein an und umfing es mit einem Arm. In der anderen behielt sie ihre Tasse. »Einen Hund kann er sich auch leisten.« Sie musste kichern. »Die Frau wirkt ganz normal, ein bisschen brav vielleicht. Die Kinder sind hübsch, sauber, ordentlich gekleidet. Und gehorsam. Jedenfalls in der Öffentlichkeit. Außer zum Sonntagsspaziergang geht er allerdings lieber allein los. Und das hat seinen Grund.«

»Abwege.«

»Tagsüber ist er viel in der Akademie. Aber er unterhält eine zweite Wohnung in Schwabing.«

»Ernsthaft?« Katharina hob beide Brauen. »Ein verstecktes Liebesnest für seine Eroberungen?«

»So sieht es aus.«

»Dann hat er auch Eva dorthin gebracht?«

»Nein. Die Sache mit ihr muss sich in den Akademieräumen abgespielt haben. Aber in diesem Appartement«, Lola machte eine bedeutungsvolle Pause, »genießt er hin und wieder gern eine Schauspielerin. Oder eine Tänzerin. Oder alles zusammen.«

»Ach du liebe Zeit! Der Mann ist ja ein Getriebener. Er

wäre ein interessanter Fall für Sigmund Freud.« Katharina nippte an ihrem Kaffee. Allein der bittersüße Geschmack weckte ihre Lebensgeister. Ohne das koffeinhaltige Getränk würde sie die langen Lernnächte nicht überstehen.

»Er ist ein Widerling.« Auch Lola trank von ihrem Kaffee. »Wir haben bereits eine Akte angelegt. Dort sammeln wir alles. Aufzeichnungen zu seinen Wegen. Wann er wo ist. Und jetzt kommen die Fotografien dazu.«

»Dann sparst du dir die persönliche Verführung«, stellte Katharina fest.

»Wir sind übereingekommen, dass es für uns vermutlich gefährlicher ist, ihn in eine kompromittierende Situation zu bringen, als für ihn, dahin gebracht zu werden. Den Männern wird so etwas einfach zu oft nachgesehen. Ein Kavaliersdelikt! Wenn er Glück hat, rühmt man sogar seine Potenz …«

»Lola!«

»Ist doch wahr!« Lola knabberte geistesabwesend am Rand ihrer Tasse. »Auf jeden Fall wird er behaupten, dass ich eine ganz schreckliche Person bin, die einen liebevollen Familienvater zu unzüchtigen Handlungen provoziert hat, und dass es besser ist, mich von der Akademie zu entfernen, bevor ich noch mehr Unheil anrichte.«

Katharina stand auf. »Ich fürchte, ihr habt recht.«

»Deshalb werden wir versuchen, seine Umtriebe im nächtlichen München zu dokumentieren. Irgendwann ist genügend belastendes Material zusammengekommen. Und dann«, sie schnippte mit den Fingern, »haben wir ihn in der Hand.«

»Alle Achtung! Das hört sich nach einem durchdachten Plan an. Aber passt auf euch auf!«

Auf einmal sah Lola sie durchdringend an. »Bist du dabei, Katharina?«

Katharina zögerte. »Ich habe eigentlich keine Zeit für Detektiveinsätze«, sagte sie dann und stellte ihren Becher in die Spülwanne. »So gerne ich euch helfen würde.«

»Du bist die Einzige von uns, die er nicht kennt.« Lola ließ nicht locker. »Eva und ich sind seine Studentinnen. Zara sitzt Modell bei uns. Sobald er eine von uns erkennt, ist unser Plan dahin.«

»Ich komme heute Abend mit, Lola. Aber ich werde mir nicht dauerhaft die Nächte um die Ohren schlagen können.«

Lola verzog das Gesicht. »Ist schon gut.« Sie sah auf ihre Armbanduhr. »Oh, gleich sieben! Wir müssen los.«

»Bist du sicher, dass er heute Abend überhaupt unterwegs ist?« Katharina zog Hut und Mantel an.

»Nein. Aber in der *Bonbonnière* gastiert eine Sängerin aus Berlin. Das könnte ihn interessieren.« Lola öffnete bereits die Tür. Die Kamera hatte sie unter ihren Arm geklemmt.

Katharina drehte das Licht im Treppenhaus an und stieg die ersten Stufen hinunter. »Es kann also sein, dass wir völlig umsonst losziehen?«

»Na ja …«

Katharina drehte sich seufzend zu Lola um. »Wenn ihr eure Beschattung aufrechterhalten wollt, Lola, dann braucht ihr auf jeden Fall eine andere Gehilfin.«

»Ich habe dich schon verstanden.« Lola folgte ihr. »Aber auf den Fasching kommst du mit. Den Ball im Deutschen Theater lassen wir doch nie ausfallen! Und wer weiß, wer so alles da ist …«

»Ihr werdet mir ohnehin keine Wahl lassen«, scherzte Katharina. Der Faschingsball am Rosenmontag war eine feste Größe im Jahreskalender der vier Freundinnen und erinnerte Katharina an die Fastnacht am Bodensee – auch wenn der Münchner Fasching mit dem Treiben der Hästräger kaum vergleichbar war.

»Das wird wieder ein unglaublicher Abend werden. Eine *Venezianische Nacht.* Ich habe schon eine Idee, was wir anziehen, mit Halbmasken…«

Ein rumpelndes Geräusch, gefolgt von einem unterdrückten Fluch, ließ die Freundinnen innehalten.

»Ist da jemand?«, fragte Katharina und beugte sich über die Brüstung. Durch das Auge der Treppe sah sie eine dunkel gekleidete Gestalt, die sich aufrappelte. »Brauchen Sie Hilfe?«, rief sie etwas lauter.

Anstelle einer Antwort klapperten Absätze hektisch über die restlichen Stufen. Die Haustür schlug.

»Wer war das?« Lola sah Katharina an.

Katharina zuckte mit den Achseln. »Keine Ahnung. Ein Mann auf jeden Fall. Vielleicht ein Bettler, die kommen hin und wieder in die Häuser, wenn das Wetter schlecht ist. Lass uns weitergehen.«

19. KAPITEL

Der große Hörsaal in der Universitätsfrauenklinik, am nächsten Tag

Der Filmapparat, den Schwester Leodegar bediente, surrte leise und projizierte eine Zangengeburt auf die weiße Wand hinter dem Rednerpult. Professor Döderlein selbst stand am Aufgang zu den Rängen im Hörsaal und erläuterte sowohl die Umstände, die den Griff zur Zange notwendig machten, als auch die richtige Anwendung des Instruments.

Katharina unterdrückte ein Gähnen. Es war weit nach Mitternacht gewesen, als Lola und sie die Observation Vogts erfolglos aufgegeben hatten und in ihre Betten gefallen waren. Ausgerechnet heute war der *Geburtshilfliche Operationskurs* bei Professor Döderlein von fünf Uhr nachmittags auf acht Uhr in der Früh verlegt worden, weil im Anschluss ein Zusatztermin in der Abteilung für Strahlenbehandlung angesetzt war. Der abgedunkelte Hörsaal tat sein Übriges. Katharina kämpfte mühsam gegen den Schlaf. Sie war heilfroh, als das Licht wieder anging und Döderlein an seinen Platz am Pult zurückkehrte.

Sie setzte sich aufrechter hin und richtete den Blick zur Tafel, auf der die unterschiedlichen Kindslagen notiert waren.

»Die Einschätzung der Lage des Kindes durch den Arzt oder die Hebamme ist entscheidend für die Sicherheit einer Geburt«, schwang Döderleins Stimme durch den Raum. »Davon hängen alle zu ergreifenden Maßnahmen ab.« Er rückte seine Brille zurecht und musterte seine Zuhörer. »Wie gehen Sie jeweils vor? Wir beginnen mit den Schädellagen.«

Die Vorschläge reichten von Abwarten über verschiedene Hilfsgriffe bis hin zur Gabe von Narkotika.

Döderlein nahm alles zur Kenntnis, lobte, hinterfragte, erläuterte, leitete dann zu den Beckenendlagen über. Seine Vorlesungen waren nicht nur von seiner starken Präsenz getragen, sondern auch von der Lebendigkeit seines Vortrags. Kein Student konnte sich den plastischen, teilweise dramatischen Schilderungen der zitierten Beispiele entziehen. Auch heute blieb die Atmosphäre im Hörsaal hoch konzentriert.

»Sie sehen«, resümierte der Professor. »Von der exakten Beobachtung und den richtigen Schlussfolgerungen hängen unter Umständen die Leben von Mutter und Kind ab. Und merken Sie sich: Mehr als fünfundneunzig Prozent der Kinder nehmen vor der Geburt von selbst die Schädellage und damit eine optimale Lage für die natürliche Entbindung ein.« Er machte eine bedeutungsvolle Pause. »Kommen wir zur letzten und absolut ungünstigsten Indikation: Die Querlage der Frucht. Ihre Einschätzung, bitte.«

Der Student neben Katharina meldete sich. »In der Regel kann das Kind ohne künstliche Hilfe nicht geboren werden.«

»So ist es. Was steht Ihnen an Möglichkeiten zur Verfügung?«

Katharina hob die Hand.

»Fräulein Lindner?«

»Ich würde eine innere oder kombinierte Wendung versuchen. Je nach Voraussetzung dreht man die Frucht in Schädellage oder in Fußlage. Dabei müssen die natürlichen Gegebenheiten beachtet werden, etwa die Größe des Kopfes des Kindes und sein Verhältnis zum Becken der Mutter. Besonderes Augenmerk muss auf die Herztöne des Ungeborenen gelegt werden, um Notlagen rechtzeitig festzustellen. Gelingt die Drehung nicht oder entsteht anderweitig eine bedrohliche Situation, muss im Zweifel eine operative Entbindung vorgenommen werden.«

»Allgemein gehalten, aber richtig.« Döderlein stieß sich vom Pult ab. »Lassen Sie uns zur Verdeutlichung die geburtshilflichen Notsituationen am Phantom simulieren und lösen.« Er wandte sich dem Untersuchungstisch zu, auf der ein *Beckenphantom* lag – eine künstliche Nachbildung der Geburtswege.

»Lassen Sie uns eine konkrete Situation nachstellen.« Er legte eine Säuglingspuppe in Querlage in das Beckenphantom ein. »Herr Mosny!«

Ein Kopf fuhr auf.

»Vorkommen!«

Es war nicht unüblich, dass Döderlein Studenten, die

eine schlechte Leistung geboten hatten, eine zweite Möglichkeit gab, sich zu beweisen. Mosny schien das nicht zu goutieren. Mit mürrischer Miene erhob er sich und schlich gebeugt nach vorn. Katharina merkte, wie ihr seine unansehnliche Gestalt einen Knoten im Magen verursachte. Seit dem Ende der Weihnachtsferien drängte er sich ihr zunehmend auf. In den Vorlesungen versuchte er, in ihrer unmittelbaren Umgebung zu sitzen, streifte im Gedränge vor und nach den Veranstaltungen gerne wie zufällig ihren Körper, lächelte sie an, wenn er ihr auf den Korridoren begegnete. Im Kurs für Strahlenbehandlung letzte Woche war er kaum von ihrer Seite gewichen. Katharina hatte sich schließlich an einige Kommilitoninnen angeschlossen und das Universitätsgelände direkt im Anschluss an die Demonstrationen zur *Hartfilterbestrahlung* klimakterischer Zwischenblutungen und Myome der Gebärmutter verlassen.

»Nun, Herr Mosny!« Döderleins Stimme donnerte über die Anwesenden hinweg. »Zeigen Sie uns, dass Sie die letzten Wochen genutzt haben, um Wissen aufzuholen.«

Katharina lehnte sich zurück.

Mit hochrotem Kopf stand Edmund Mosny vor Döderlein und wartete auf seine Aufgabe. Der schlecht verheilte Schmiss auf seiner Wange schien zu pulsieren.

Der Professor deutete auf das Beckenphantom. »Die Geburt ist fortgeschritten, das Kind in Gefahr. Wie gehen Sie vor?«

»Mit einer Wendung hin zur Schädellage.«

»Richtig. Und dann?«

»Mit der Zange herausziehen.«

»Gut.« Döderlein machte eine auffordernde Geste. »Dann wenden Sie bitte das Kind und führen die Extraktion durch.«

Unter den wachsamen Augen seines Professors und der Aufmerksamkeit des Auditoriums gab sich Edmund Mosny alle Mühe, das Kind mittels Zange auf die Welt zu bringen. Als er es endlich auf den Tisch legte und zurücktrat, schüttelte Döderlein fassungslos den Kopf. »Herr Mosny, Herr Mosny.« Er legte die Hände auf das Phantombecken. »Das Kind ist tot. Die Mutter ist tot. Nun schlagen Sie mit dem Zangenlöffel auch noch den Vater tot, dann haben Sie eine ganze Familie ausgerottet.«

Edmund Mosny kniff die Augen zusammen und verschränkte die Arme vor der Brust. Döderlein versuchte, alle begangenen Fehler umfassend zu erklären und zu erläutern, welches die richtige Vorgehensweise gewesen wäre. Edmund Mosny ließ es regungslos über sich ergehen. Bevor er an seinen Platz zurückkehrte, heftete sich sein Blick auf Katharina. Schaudernd sah sie weg und tat, als wäre sie in ihr Heft vertieft.

Eine halbe Stunde später

Es blieb gerade einmal Zeit für einen Kaffee und eine kurze Plauderei mit Lola, dann radelte Katharina von ihrem Zuhause in der Jahnstraße durch einen sonnig-milden Winternachmittag in die Au. Vor dem Herbergshaus, in dem Walli Stenzl lebte, spielten zwei Kinder mit einem Stoffball.

»Wer bist du?«, fragte eines der Mädchen, als Katharina ihr Fahrrad an die Hauswand lehnte.

»Ich würde gern die Frau Stenzl besuchen.«

»Die Mama ist net da …«

»Sei still, Irmi«, fuhr die Ältere dazwischen. »Wir sollen doch net mit Fremden sprechen.« Sie ließ Katharina nicht aus den Augen, während sie den Ball einsammelte, die Jüngere an die Hand nahm und zur Haustür ging.

Kaum waren die Kinder in der Wohnung verschwunden, sah Katharina Walli Stenzl die Straße herunterkommen, einen Wassereimer in jeder Hand.

Als diese Katharina erkannte, stockte ihr Schritt. Doch die schwere Last, die sie trug, zwang sie zum Weitergehen.

»Was wollen Sie, Fräulein Lindner?«, fragte sie unfreundlich, als sie vor Katharina stand.

Katharina schüttelte den Kopf. »Ich möchte Ihnen ein Angebot machen, Frau Stenzl.«

Walli Stenzl stellte die Eimer ab. Dabei schwappte etwas Wasser auf die Straße. »Was für ein Angebot?«

»Ist Ihnen die Armenpraxis von Thomas von Bogen ein Begriff?«

Walli Stenzl neigte den Kopf. »Die kennen alle hier.«

»Doktor von Bogen sucht eine Mitarbeiterin. Und da dachte ich an Sie.«

»Wieso sollte der mich nehmen?« Walli Stenzl lachte ungläubig. »Ich bin doch kein Arzt.« Sie nahm ihre Wassereimer wieder auf. »Na, des wird nix mit mir. Ich bleib bei dem, was ich kann.«

»Warten Sie noch.« Katharina trat ihr in den Weg. »Bitte! Ich denke, dass Sie für diese Arbeit gut geeignet sind. Sie haben Erfahrung mit Frauen in Notsituationen. Sie können Ihr Wissen dort noch viel besser einbringen als mit dem, was Sie hier tun.«

»Aber wenn mir das, was ich hier tu, gefällt? Irgendjemand muss den Maderln ja helfen. Und da mach es lieber ich als irgendein Quacksalber …«

»Sie werden ein regelmäßiges Einkommen haben, Frau Stenzl«, insistierte Katharina. »Versuchen Sie es doch einfach. Sehen Sie sich die Praxis an und die Menschen, die dort Hilfe suchen.«

»Ein Einkommen hab ich auch so.«

»Vor allem, Frau Stenzl, haben Sie nicht mehr das Risiko, verhaftet zu werden. Schon im Interesse Ihrer Kinder«, sie deutete auf die Haustür, »würde ich nicht vorschnell ablehnen.«

Walli Stenzl sah Katharina an. Der Ausdruck in ihrem Gesicht wechselte von misstrauisch zu nachdenklich und wirkte mit einem Mal deutlich freundlicher und offener.

»Bitte«, wiederholte Katharina.

»Ich … ich werd's mir überlegen.« Walli Stenzl ging ein paar Schritte, drehte sich dann aber noch mal zu Katharina um. »Trotzdem … danke.«

20. KAPITEL

Die Mansardenwohnung von Lola und Katharina,
Rosenmontag, 20. Februar 1928

»Du siehst aus wie … wie die Stadtgöttin von Venedig!« Lola starrte Katharina an, als habe sie eine Erscheinung gesehen.

Katharina strich über ihr Kleid aus heller Kunstseide und weißer Spitze. »Die gibt's?«

»Keine Ahnung.« Lola setzte sich einen Hut auf, der zu ihrem scharlachroten Kleid mit goldenen Applikationen passte. »Aber wenn, sieht sie bestimmt aus wie du heute Abend.«

Katharina drehte sich hin und her, ließ ihren weit geschnittenen Rock schwingen. Er war der Mode des Rokoko nachempfunden. »Ganz ehrlich, Lola. Dieses Kleid ist so umständlich und üppig, dass ich mich auf den Moment freue, an dem ich es wieder ausziehen kann.«

»Jetzt genießt du erst einmal den Abend. Und deine Ausstrahlung.«

Katharina musste lachen. »Ach, Lola…«

»Ich meine das völlig ernst, Katharina. Du bist eine echte Schönheit! Vor allem, wenn ich dich in Schale werfen darf, so wie heute.«

Katharina schüttelte den Kopf. »Ich möchte ja nicht sagen, dass ich unzufrieden mit deinem Werk bin, Lola. Es ist nur ungewohnt, so herausgeputzt zu sein. Die enge Taille, das angemalte Gesicht, der viele Schmuck …«

»Fasching ist nur einmal im Jahr!« Lola blies eine Papierluftschlange in die Luft. »Und da muss selbst die Frau Doktor in spe einmal in die fröhlichen Niederungen allgemeiner Geselligkeit herabsteigen. Und die Schminke macht dich richtig verführerisch.« Sie gab Katharina einen Kuss auf die Wange. »Ach, ich freue mich auf unseren Bal Paré!«

Katharina goss sich ein Glas Wasser ein. »Da ich nun schon einmal in diesem Kleid stecke und Lippenrot aufgetupft bekommen habe, werde ich versuchen, den Abend zu genießen.« Sie schmunzelte.

Lola vollführte eine halbe Pirouette. Dann warf sie noch einmal einen Blick in den Spiegel, der an der Wand neben ihrem Bett hing. »Es ist doch ein Glück, dass die Gruberin eine Freundin am Theater hat und wir dort Kostüme leihen konnten. Ich finde, wir sehen fantastisch aus.«

Katharina stellte das Glas zur Seite und griff gerade nach ihrer schwarzen Halbmaske, als es klingelte.

Lola nahm ihr Cape. »Das ist die Droschke mit Eva und Zara! Aufi geht's, würde der Münchner sagen!«

Kurz darauf am Deutschen Theater in der Schwanthalerstraße

Die Autodroschke entließ sie vor den Rundbogenfenstern des Deutschen Theaters in die Ballnacht. Sofort zog sie der Strom der Vergnügungssuchenden mit, lotste sie durch den markanten Rundbogen des pompösen Gebäudes, über marmorne Treppenaufgänge, an Dienern in purpurnen und mit Tressen besetzten Gewändern vorbei, durch dunkelrot und golden verzierte Türen, und entließ sie schließlich in den Ballsaal.

»Wie im Märchen!«, hauchte Zara ehrfürchtig.

»Ich hab es ja gesagt«, jubelte Lola und stupste Eva an, die zum ersten Mal seit ihrer Abtreibung wieder glücklich und unbekümmert wirkte. Ihr grünblaues Kleid, das perfekt zu ihren Augen passte, unterstrich mit seinem schlichten Schnitt ihre vornehme Zartgliedrigkeit.

»Das also ist Venedig in München!« Zara legte Katharina eine Hand auf die Schulter. Sie hatte eine fliederfarbene Kostümierung gewählt und mit einer barocken, weißen Perücke vervollständigt. Ihre Maske – an einem dünnen Stab befestigt – schillerte golden, weiß und violett.

Katharina ließ ihre Augen über den Raum schweifen. Die Stimmung unter der mit Stuck und Gemälden verzierten Decke hatte etwas Flirrendes, das Licht Hunderter elektrischer Lichter aus kristallenen Kronleuchtern brachte die festliche Dekoration zum Strahlen, und die Kostümierungen spiegelten das Motto des Abends – alles lockte in eine venezianische Nacht.

Lola hatte einen runden Tisch im Arkadengang reserviert. Ein Kübel Champagner fand den Weg zu ihnen, und selbst Katharina stieß mit dem golden perlenden Getränk auf diesen Abend an. Während sie das fruchtig-säuerliche Prickeln auf ihrer Zunge spürte, streifte ihr Blick die nackten Oberkörper der Skulpturen, welche die Säulen schmückten und zugleich den darüberliegenden Balkon zu halten schienen. Der Schwung der vergoldeten Tücher, deren kunstvoller Faltenwurf die delikaten Stellen bedeckte, nahm schimmernd den Glanz des Saales auf.

»Dann wollen wir doch mal schauen, wer alles da ist.« Lola beugte sich über die halbhohe Brüstung, ihre Sektschale in der einen, eine Zigarettenspitze in der anderen Hand.

»Wir kennen hier doch eh niemanden«, erwiderte Zara und stellte sich neben sie.

»Eben«, erwiderte Lola. »Es wäre doch interessant, jemanden kennenzulernen. Oder wir sehen den Vogt. Nachdem wir ihn in den letzten Wochen leider bei nichts erwischen konnten.«

Eva blieb sitzen, schenkte sich Champagner nach und prostete Katharina zu. »Ohne dich wäre ich heute nicht hier.«

Katharina stieß mit ihr an. »Dein Körper hätte es auch ohne Hilfe geschafft. Aber so war es sicherer.«

Eva beugte sich zu Katharina hin. »Ich werde in die Kunstgewerbeschule wechseln. Aber sag Lola noch nichts davon. Sie findet, dass ich zeigen muss, wie stark ich bin. Ich aber möchte lieber noch einmal neu anfangen.«

»Auch das ist ein Zeichen von Stärke, Eva. So wenig wie

der Vogt oder irgendjemand anderer dürfen wir Freundinnen dir dein Leben vorschreiben. Lola ist besorgt, und sie hat sehr viel – wie soll ich sagen – Schwung. Aber sie darf dir ihre Ansichten nicht überstülpen. Geh deinen eigenen Weg.«

Eva nickte und lehnte sich zurück.

Katharina lächelte ihr aufmunternd zu. Ein unbelasteter Neubeginn würde ihr guttun.

»Die Münchner Française!«, rief Lola, als die Kapelle den traditionsreichen Tanz intonierte. »Auf die Tanzfläche, ihr Lieben! Wie jedes Jahr!« Sie machte eine ausladende Handbewegung und verschüttete dabei ein wenig Champagner. Er blieb als dunkelrote Verzierung auf dem Samt ihres Mieders zurück.

Stühlerücken erfüllte den Saal, Stimmen und Lachen schwollen kurzzeitig an. Gemeinsam mit einer Vielzahl weiterer Paare nahmen sie einander gegenüber Aufstellung. Zara und Lola schlüpften dabei in den Part des Herrn.

Mit jedem *Dreher*, jedem *Platzwechsel*, jeder *Handtour* und jeder *Damenkette* des Schreittanzes glitt Katharina tiefer in die Leichtigkeit des Abends. Ihr Kleid, das ihr zunächst so beengt erschienen war, unterstrich mit seinem Schwingen die Seitwärtsschritte beim *Karussell* und den Pendelschritt beim *Balancé*. Mit der abschließenden *Kolonne* und dem Klatschen in die eigenen und gegenüberliegenden Hände wurde die Stimmung ausgelassener, und als die Française mit einer letzten Drehung zu Ende ging, hatte auch Katharina der Rausch dieses Abends erfasst.

Zurück an ihren Plätzen bestellte Lola eine weitere Flasche Champagner. Selbst Katharina ließ sich ein zweites Glas einschenken, bestellte aber gleich eine Limonade dazu. Sie genoss die Heiterkeit, die der Alkohol verursachte, die Nacht betrunken beschließen wollte sie nicht.

Eineinhalb Stunden später drehten Lola und Zara sich mit zwei ansehnlichen Kavalieren auf der Tanzfläche. Katharina hatte eine Aufforderung zum Tanz angenommen, zwei darauffolgende abgelehnt, eine Weile die Gäste beobachtet und schließlich beschlossen, sich ein wenig die Beine zu vertreten. Da Eva gerade die Waschräume aufgesucht hatte, saß sie ohnehin allein am Tisch.

Vorbei an einem rauchgeschwängerten Salon schlenderte sie in Richtung Silbersaal, ließ Flitter und Glimmer auf sich wirken, flanierte durch den Palmengarten, nahm die unterschwellige Erotik wahr, die überall knisterte. Frauen lagen in den Armen befrackter Galane, Paare küssten sich leidenschaftlich vor aller Augen. Finger und Hände fanden ihren Weg in weit ausgeschnittene Dekolletés, und für nicht wenige würde dieser Abend in einem fremden Bett enden.

Katharina war schon fast an ihren Platz zurückgekehrt, als sie eine Hand auf ihrem Oberarm spürte. »Der nächste Tanz gehört mir.«

Sie erkannte die näselnde Stimme sofort und fuhr herum. »Nehmen Sie Ihre Hand weg, Herr Mosny!«

»Aber, aber.« Edmund Mosny verzog das Gesicht. »Sie werden mir doch diesen Wunsch nicht abschlagen.«

»Ich habe kein Interesse daran, mit Ihnen zu tanzen!« Katharina versuchte, in der Enge zwischen den voll besetzten Tischen Abstand zu schaffen.

»Edmund kann ausgezeichnet tanzen, Fräulein.« Ein zweiter Bursche trat hinzu. Er trug einen akkurat geschnittenen schwarzen Schnurrbart über einem spöttischen Lächeln.

»Das kann ich bestätigen.« Der dritte Kerl, der sich in die Runde schob, war hellblond und untersetzt.

Katharina wurde unruhig, suchte die Umgebung nach ihren Freundinnen ab, aber von den dreien war nichts zu sehen.

»Also?« Mosny kam ihr so nah, dass sie seinen Schweißgeruch wahrnahm. »Darf ich bitten?« Er ergriff ihre Hand, zugleich zogen seine Kumpane den Kreis um sie enger, sodass sie kaum mehr Bewegungsspielraum besaß, und drängten sie in Richtung Tanzfläche. Vergeblich stemmte Katharina sich dagegen.

Mit einer Kraft, die Katharina ihm nicht zugetraut hatte, riss Edmund sie in seine Arme und begann, sich mit ihr im Kreis zu drehen. Katharina wurde schwindelig. Die lachenden Gesichter im Saal verzogen sich zu Fratzen, die Musik klang blechern in ihren Ohren, das Gelächter wurde überlaut.

Dann kam die Wut. Kalt und kompromisslos. Mit einem Ruck stieß sie Edmund Mosny von sich, hob die Hand und versetzte ihm eine Ohrfeige, die auf seiner verunstalteten Wange einen satten Abdruck hinterließ. Er stolperte, fing sich, zugleich wechselte sein Gesichtsausdruck von selbstzufrieden zu fassungslos. »Ah, wir sind uns zu fein für mich?«, geiferte er, während einige Paare mit dem Tanzen innehielten, um ihre Auseinandersetzung zu verfolgen.

»Ich weiß nicht, was Sie treibt, Herr Mosny.« Katharina zwang ihre Stimme zur Ruhe. »Aber merken Sie sich eins: Sie fassen mich nie wieder an! Nie wieder! Habe ich mich deutlich genug ausgedrückt? Ich scheue nicht davor zurück, Sie anzuzeigen.«

Katharina ließ ihn stehen, drängte sich durch die Feiernden zurück zu ihrem Platz. Dort saß Eva. »Was ist denn mit dir passiert?« Die Freundin stellte ihr Champagnerglas ab.

»Das erzähle ich dir später. Ich muss hier raus.«

»Und wo willst du hin?«

»Das ist mir gleich. Hauptsache raus.« Hektisch trank Katharina ihre Limonade aus.

»Ist dir jemand zu nahegekommen?«

»Ja.«

»Warte, Katharina. Ich suche Lola und Zara. Es ist besser, wenn wir zusammenbleiben.«

Eine Viertelstunde später saßen sie erneut in einer Autodroschke. »Zur Schwabinger Brauerei!«, beschied Lola dem Fahrer auf seine Frage, wo sie den Abend fortsetzen wollten.

»Nein!«, widersprach Katharina. »Ich möchte nach Hause.«

»Wir lassen uns von einem übergeschnappten Faschingsnarren doch nicht diese Nacht verderben«, konterte Lola. »Fahren Sie nach Schwabing!«

Katharina warf Lola einen ärgerlichen Blick zu. Es gab Augenblicke, in denen sie ihr am liebsten den Hals umdrehen würde.

Während der Droschkenfahrt sah sie aus dem Fenster, ließ die Lichter der Stadt an sich vorbeiziehen und beobachtete ein paar vereinzelte Regentropfen, die an der Scheibe herabrollten. Es war schon nach Mitternacht, aber auf den Straßen herrschte Betrieb wie sonst nicht einmal am Tag. Die Münchner feierten den Fasching, als gäbe es kein Morgen.

Als sie die Schwabinger Brauerei am Feilitzschplatz betraten, hatte sie sich zwar wieder gefangen, doch die stickige Luft und die dicht gedrängten Menschen, die sich karnevalsselig in den Armen lagen, widerten sie an.

»Ich nehme eine Droschke nach Hause«, raunte sie Lola zu, die bereits ihr Cape ausgezogen hatte. »Bleibt ihr nur hier.«

»Bitte, Katharina.« Lola hakte sich unter. »Auch wenn ich dich verstehen kann – lass nicht zu, dass ein schmieriger Kommilitone dein Leben einschränkt. Schade, dass wir ihn nicht zu Gesicht bekommen haben, dem hätte ich Beine gemacht.« Sie drückte Katharinas Arm. »Das war sicherlich unangenehm. Aber es ist wichtig, dir selbst zu beweisen, dass er dir nichts anhaben kann. Und dich schon gar nicht dazu bringt, dich unter der Bettdecke zu verkriechen.«

»Ob und wo ich mich verkrieche, ist meine Entscheidung«, hielt Katharina dagegen.

»Dies ist unser Abend.« Lola sah sie ernst an. Fast schien sie ein wenig verletzt. »Wir haben ihn zu viert begonnen, und wir beenden ihn zu viert.«

Katharina schloss für einen Augenblick die Augen. Dann nickte sie.

Eine Kellnerin presste sie an einen eigentlich schon voll besetzten Tisch, aber da sich die Sitzordnung bereits auflöste, fanden sie mitsamt ihren Getränken einigermaßen gut Platz.

Lola sah eine Weile zu, dann bohrte sie Zara einen Finger in die Schulter. »Mir fällt es schwer, einfach nur hier herumzusitzen!«

Zara erhob sich kichernd.

Die Kapelle spielte moderne Stücke und schaffte einen unbefangenen Rahmen, sodass Katharinas Anspannung sich allmählich löste. Sie unterhielt sich leise mit Eva und beobachtete dabei, wie Lola und Zara von zwei römischen Legionären umgarnt wurden. Als sich über die Klänge von Klavier, Gitarre und Kontrabass die warmen Töne eines Saxofons legten, wurde auch Eva auf die Tanzfläche geholt. Katharina blieb am Tisch, schloss die Augen, hörte zu, träumte sich so weit, bis Mosny aus ihren Gedanken verdrängt war.

Schließlich wechselte die Musik von rhythmisch zu ruhig. Das melancholische Timbre des Saxofons brachte etwas in ihrem Herzen zum Klingen, nahm sie mit auf eine innere Reise, ließ sie schweben, aber nicht los. Magisch. Bezwingend.

Als die Musik wieder Tempo aufnahm, öffnete Katharina die Augen, trank von ihrer Zitronenlimonade und sah zu ihren Freundinnen. Eva, Zara und Lola hatten sich von ihren Partnern gelöst und schwangen in grotesk anmutenden Bewegungen ihre Beine in die Luft. Die Stimmung im Saal kochte.

Katharina erhob sich von ihrem Platz. Als zöge ein unsichtbares Band an ihr, schob sie sich durch die Feiernden in Richtung Musik, ohne zu wissen, was genau sie suchte. Es war, als gehorche sie einem unsichtbaren Kompass.

Dann sah sie ihn.

Er hatte die Augen geschlossen und gab sich völlig seinem Spiel hin, war zugleich eins mit den anderen Musikern. Sie warfen sich die Töne zu, reagierten, improvisierten, nahmen die Erregung des Publikums auf und spielten sie zurück.

Es war unglaublich. Unfassbar. Berührend.

Niemals hätte sie eine so vibrierende Musikalität in ihm vermutet. Sie schloss die Augen und öffnete sie wieder.

Er war noch immer da.

Der Mann am Saxofon war Thomas von Bogen.

21. KAPITEL

Es war tief in der Nacht, als Tom sein Saxofon zurück in den Ständer stellte. Das Engagement fürs Schwabinger Brauhaus war er kurzfristig eingegangen – er und Frieder hatten die Kapelle ergänzt, weil zwei der Stammmusiker erkrankt waren. Nun freute er sich auf die Schweinshaxe, die der Wirt ihnen in Aussicht gestellt hatte. Frieder wechselte noch ein paar Worte mit dem Schlagzeuger und dem Kontrabassisten, deshalb machte sich Tom allein auf den Weg zur Bar. Ohnehin war es ihm lieber, zunächst ein paar Minuten Zeit für sich zu haben. Wenn er gespielt hatte, wollte er den Nachklang der Musik spüren, bevor er in die Wirklichkeit zurückkehrte.

Er suchte seinen Weg durch die Feiernden, die die Musik durch grölenden Gesang ersetzt hatten oder nach weiteren Zugaben riefen, ignorierte die auffordernden Blicke der einen oder anderen Faschingsprinzessin, bedankte sich, wenn ein Lob an sein Ohr drang, lehnte das Glas Champagner ab, das ihm hingehalten wurde. Um ungestörter voranzukommen, wich er an den Rand des Saals aus, wo weniger Betrieb zu sein schien.

Er musste einige Tische umrunden, auf denen die ersten Kostümierten mit dem Kopf auf dem Unterarm ihren Rausch ausschliefen. In Tom regte sich Ekel. Erreichten Feste dieses Stadium, war es für ihn eigentlich immer Zeit zu gehen.

Während er noch überlegte, sich gleich seinen Mantel geben zu lassen und zu Hause zu essen, fiel ihm eine junge Frau in Weiß auf. Sie trug eine schwarze Halbmaske und ließ ihre Finger um den Rand ihres Limonadenglases gleiten.

Als er sie erkannte, änderte er ohne nachzudenken seine Richtung.

»Fräulein Lindner?«

Sie sah überrascht auf. Im Kontrast mit dem schwarzen Satin der Maske strahlten ihre Augen, so, als habe ein Edelsteinschleifer sie zum Funkeln gebracht.

»Ich wollte Sie nicht erschrecken«, schob Tom sofort nach, als er einen ablehnenden Ausdruck darin wahrnahm.

»Nein, nein …«, sagte sie nervös. »Sie … es ist nur …«

Sie wirkte verloren.

»Sind Sie allein hier?« Tom konnte kaum die Augen von ihr nehmen. Sie war geschminkt, von ihrem am Hinterkopf kunstvoll aufgesteckten hellen Haar legte sich ein hauchdünner Schal bis über den weiten Ausschnitt ihres Kleides.

»Nein.« Sie deutete zur Tanzfläche. »Irgendwo dort sind meine Freundinnen.«

»Gut.« Er wusste, dass er weitergehen sollte, konnte sich aber nicht dazu entschließen.

»War heute noch Betrieb in der Armenpraxis?«, erkundigte sie sich, bevor die Stille unangenehm wurde.

Ihre Frage nahm ihm die Entscheidung ab. »Ja, sogar recht viel. Die Frau mit dem Tuberkulosekind wird sich einer Heilbehandlung unterziehen.«

»Das ist eine gute Nachricht!«

»Allerdings.« Tom lächelte. »Darf ich mich zu Ihnen setzen?«

Sie nickte und deutete auf den Platz ihr gegenüber.

»Später haben die Nonnen mich gerufen, weil eines der Schulmädchen im Unterricht das Bewusstsein verloren hatte.«

»Die Schwestern *Zum Guten Hirten*?«

Tom nickte. »Sie betreiben im Kloster eine Mädchenschule.«

»Das wusste ich gar nicht.«

»Sie halten den Praxisbereich streng getrennt, und ich kann das gut verstehen. Es gibt einige Patienten, denen die jungen Damen lieber nicht begegnen sollten. Im Normalfall gibt es ja auch keine Berührungspunkte. Sie stellen lediglich den Raum.«

Katharina nickte. »Was war die Ursache für die Kreislaufschwäche?«

»Das Mädchen hatte eine Strafe bekommen. Der Essensentzug war für ihren Körper zu viel gewesen.«

Katharina merkte auf. »Das ist ja grausam.«

»In der Tat.«

»Können Sie denn nichts dagegen unternehmen?«

»Schwerli…« Eine Kellnerin beugte sich weit zu ihm hinunter und unterbrach das Gespräch. »Darf ich dem attraktivsten Musiker des Abends die Haxe bringen? Der Wirt lässt fragen.«

»Stört es Sie, wenn ich etwas esse?«, vergewisserte sich Tom.

»Nein. Natürlich nicht«, erwiderte Katharina und nahm die Halbmaske ab.

Ein zaghaftes Lächeln glitt über ihr Gesicht, dessen Ausdruck ihn an diesem Abend auf eigenartige Weise verängstigt anmutete. Tom wagte nicht zu fragen, ob sie etwas bedrückte.

»Ich kann die Methoden der Klosterfrauen nicht einfach anprangern«, knüpfte er stattdessen an ihr Gespräch an. »Aber ich werde wachsam sein.«

»Man sollte meinen, dass Kinder in einem Kloster gut aufgehoben sind.«

»Ein Trugschluss. Wo niemand hinsieht, gedeiht oftmals die Willkür.«

Die Kellnerin kehrte mit der Haxe und einem frisch gezapften Bier zurück. Tom ließ sich das Essen servieren, machte aber eine ablehnende Handbewegung, als die Kellnerin den Bierkrug danebenstellen wollte. »Nehmen Sie das Bier bitte wieder mit und bringen Sie mir ein Glas Limonade.«

»Kein Bier?« Die Kellnerin war fassungslos, nahm den Krug aber wieder auf. »Sie sind mir ja ein Faschingsnarr …« Kopfschüttelnd nahm sie die Maß und stellte sie vor einen Herrn am Nebentisch. Der prostete Tom überrascht zu.

»Trinken Sie nichts?«, fragte Katharina erstaunt.

»Nein.«

»Nie?«

»Ich habe nach dem Krieg zu viel getrunken. Das hätte einen meiner Patienten beinahe das Leben und mich meine Approbation gekostet. Seither rühre ich keinen Tropfen mehr an.«

Ihr Blick wurde weicher. »Ich mag Alkohol eigentlich auch nicht. Nur manchmal nehme ich ein Glas zum Anstoßen.«

Die Kellnerin kam mit der Limonade. »Aber net, dass Sie zu viel trinken davon, gell?«, spöttelte sie und rückte ihre ansehnliche Oberweite zurecht.

Tom hob das Glas, und Katharina folgte seiner Aufforderung mit einem breiten Lächeln. »Aber net, dass wir aus Versehen zu viel davon trinken …«, ahmte sie leise die Kellnerin nach.

Tom musste so lachen, dass er die Limonade verschüttete. Er grinste noch immer, als sie mit mattem Klirren anstießen und ihre Limonade genossen.

»Im Grunde«, stellte Katharina mit Blick auf ihr Glas fest, »schmeckt sie gar nicht so anders als Champagner. Prickelnd säuerlich und ein bisschen süß.«

»Und die Laune hebt sie auch«, ergänzte Tom schmunzelnd und betrachtete seine Haxe. »Möchten Sie etwas davon versuchen?«

»Gerne!« Ihr Blick war wieder gewohnt selbstbewusst, sogar etwas verschmitzt.

Tom ließ ein zweites Besteck bringen. Dann teilten sie sich das knusprig gebratene Fleisch.

Als sie die Servietten beiseitelegten, intonierte Frieder gerade ein ruhiges Jazzstück auf dem Klavier. Der Schlagzeuger streichelte mit den Besen das Becken, der Kontrabassist legte einen ruhigen Rhythmus darunter.

Tom fing Katharinas Blick. »Hast du Lust zu tanzen?«

Nach einem kurzen Augenblick des Zögerns nickte sie.

Seine Frage und der unerwartete Übergang zum *Du* hatten ihren Puls kurzzeitig aus dem Takt gebracht, Vernunft und Verlockung miteinander gerungen. Doch seine Ausstrahlung durchdrang ihr Gefühlsgewirr, seine gefühlvolle Kraft zerstreute ihre Bedenken.

Und als er sie auf der Tanzfläche in die Arme nahm, empfand sie es nicht als unangebracht, sondern vielmehr als einen behutsam eröffneten Raum, der nur ihnen beiden gehörte.

Sie wechselten noch einige scherzhafte Worte, lachten über die unbeholfenen Stolperer derjenigen Tänzer, denen die Alkoholseligkeit die Orientierung erschwerte, und ließen sich schließlich von der Musik davontragen. Dass sie irgendwann die Augen nicht mehr voneinander nehmen konnten, war genauso unausweichlich wie der Moment, an dem seine Lippen ihre Stirn berührten. Als er danach kurz innehielt und sie fragend ansah, lächelte sie, ließ zu, dass er sie näher an sich zog und mit dem Mund der Linie ihres Haaransatzes folgte.

Seine Zärtlichkeit war behutsam und leicht wie der Flügelschlag eines Schmetterlings. Vor allem aber lag in ihr eine nie gekannte Geborgenheit.

Ein Gefühl so fremd, so mächtig.

So unglaublich schön.

22. KAPITEL

Die Mansardenwohnung von Katharina und Lola am nächsten Morgen, Faschingsdienstag, 21. Februar 1928

»Dein Doktor ist wirklich ein sehr gut aussehender Mann«, begann Lola das Gespräch, von dem Katharina wusste, dass es unausweichlich war. »Auch wenn ich ihn etwas älter schätze, so Ende dreißig.«

»Ich weiß nicht, wie alt er ist.« Katharina hatte heiße Schokolade zubereitet, füllte die Becher und stellte sie auf den Tisch. Dann schlug sie demonstrativ ein Buch auf.

»Nein, nein, nein.« Lola wedelte mit der linken Hand. »So leicht kommst du mir nicht davon! Mit keiner Silbe hast du erwähnt, dass er dir gut gefällt.«

»Ich wusste es ja selbst nicht.«

»Wir haben euch ganz bewusst in Ruhe gelassen«, meinte Lola, und es klang ein wenig gönnerhaft. »Es ist ja noch nie vorgekommen, dass du dich … also, dass dir jemand so nahekommen durfte. Jedenfalls soweit wir das wissen.«

»Ihr wisst alles.« Katharina seufzte. »Ich möchte aber

wirklich nicht darüber reden. Ich weiß ja nicht einmal, ob und wie das weitergeht.«

Lola schnitt eine Grimasse. »Merke dir eins. Faschingsliebeleien gehen nicht weiter. Nie. Deshalb wurde ich auserkoren, dich zu warnen.«

»Von wem?«

»Von uns. Ich, Zara und Eva.«

»Was willst du damit sagen?«

»Er ist wirklich fesch, dieser von Bogen. Aber dass er in seinem Alter nicht verheiratet ist, finde ich irgendwie verdächtig.«

»Ihr kennt ihn doch gar nicht.«

»So wenig wie du.«

»Glaube mir, Lola. Ich lasse mich nicht einfach so auf ein unverbindliches Techtelmechtel ein. Es war schön, gestern Abend. Mehr nicht.«

Lola beugte sich vor. »Wir möchten nun mal nicht, dass du enttäuscht wirst. Oder Schlimmeres.«

»Danke.« Katharina hörte selbst, wie abweisend sie klang.

»Ich muss mich jetzt fertig machen.« Lola stand auf. Sie trug nur ihre Unterwäsche. »Willst du wirklich nicht mit auf den Umzug?«

Katharina schüttelte den Kopf. »Erstens bin ich noch müde. Zweitens muss ich lernen.«

Eva schlüpfte in eine weiße Dirndlbluse. »Da verpasst du aber etwas!«, sagte sie. »Die Wagen! Die Stimmung!« Der Rock, den sie nun überzog, war bunt. »Und denk an die leckeren Faschingskrapfen. Bei uns in Berlin heißen die ja Pfannkuchen.«

Katharina hörte nur mit einem Ohr zu. Vorgeblich war sie in ihre Lektüre vertieft, in Wirklichkeit aber dachte sie an Tom. Sie konnte gar nicht anders, als sich in seine Arme zurückzuträumen.

»So!« Lola zog die Schleife der Schürze fest, drehte sich einmal vor dem Spiegel und griff dann nach ihrem fellbesetzten Mantel.

»Du hättest etwas Warmes wählen sollen, nicht so ein luftiges Dirndl.« Katharina merkte, dass sie sich anhörte wie eine überbesorgte Mutter. »Unter dem Mantel sieht man es doch eh nicht.«

»Nach dem Umzug gehen wir ins Café Stefanie. Da wird man das Dirndl sehr wohl sehen. Eva zieht ihres auch an.«

Lola kam noch einmal zu Katharina an den Tisch und umarmte sie von hinten. »Also, ich geh dann los.«

»Viel Vergnügen!«

»Und du siehst zu, dass du auf den Boden der Tatsachen zurückkommst, Katharina. Ich glaube nicht, dass dieser Mann etwas für dich ist.« Damit war sie zur Tür hinaus.

Lolas Warnung ließ Katharina verärgert zurück. Auch wenn sie in Liebesdingen wenig Erfahrung hatte, so war sie doch nicht naiv. Aber … etwas tief in ihrem Inneren hoffte, dass er heute vielleicht bei ihr vorbeischauen würde. Wo sie wohnte, wusste er. Sofort schalt sie sich eine dumme Gans.

Lola hatte vermutlich recht.
Fasching war Fasching.

Zur selben Zeit in der Münchner Innenstadt

Die Luft war erfüllt von Lachen und Gegröle, Pferdeschnauben und Hufgetrappel, dem Brummen von Motoren, den Rhythmen der Blasmusik. Der erste Münchner Faschingsumzug nach vierzehnjähriger Unterbrechung war in vollem Gange. Die Stadt hatte sich aufgemacht und erwartete neugierig jeden neuen der mit kunstvollen Aufbauten geschmückten Wagen.

Edmund ärgerte sich über zwei Männer, die ihm mit ihren Hüten die Sicht einschränkten. Als er sich weiter vordrängeln wollte, bekam er den Ellenbogen einer älteren Frau in die Rippen.

»Edmondo, Edmondo«, hörte er Alfons hinter sich frotzeln. »Das mit dir und den Weibern müssen wir dringend noch üben.«

Edmund schloss für einen Moment die Augen. Die Demütigung der vergangenen Nacht zog als Schauer über seine Schultern. Seine Niederlage war vollkommen gewesen – vor den Augen der Besucher des Deutschen Theaters, vor den Augen seiner Freunde, die er überredet hatte, ihn zum Bal paré zu begleiten, nachdem er herausbekommen hatte, dass die Lindner auch dort sein würde. Stolz hatte er vor ihnen damit geprahlt, wie schlau er seine Beschatterei in ihrem Treppenhaus angestellt und dabei die arglos plappernden Freundinnen belauscht hatte – zugleich aber tunlichst verschwiegen, dass er sich bei der Flucht über die Stiegen den Fuß verstaucht hatte. Wie stark hatte er sich im Ballsaal gefühlt! Eine unglaubliche Allmacht hatte ihn Katharina auf die Tanzfläche ziehen lassen, obwohl sie einen halben Kopf größer war als er. Und dann …

Seine Scham hatte er in Bier ertränkt, und, nachdem er wieder einigermaßen nüchtern gewesen war, davon geträumt, Katharina Lindner zu durchbohren wie einen seiner Schmetterlinge, sie an die Wand zu hängen und ihr anschließend jeden Tag zu zeigen, dass man ihn nicht beleidigte.

»Jetzt kommt das Bierglas!«, jubelte Hinrich in diesem Moment und schwenkte seinen Hut dem Faschingswagen entgegen, auf dem ein überdimensionaler Bierkrug mit Fenstern montiert war.

»Was soll denn das sein?«, fragte Alfons.

»Das sieht man doch!«, gab Hinrich zurück. »Ein Hochhaus! Na, da würde ich gerne einziehen! Seid ihr dabei?«

»Nur wenn statt Wasser Bier aus dem Hahn läuft!« Alfons grinste.

»Und unser Edmondo ist natürlich auch dabei!« Hinrich schlug Edmund auf die Schulter. »Sollen wir ein Zimmer für die kleine Medizinerin gleich mitreservieren? Falls sie bei deinem nächsten Verführungsversuch dahinschmilzt?«

Alfons prustete los.

»Spottet ihr nur«, schleuderte Edmund ihnen entgegen und stellte sich auf die Zehenspitzen. »Ihr werdet erleben, dass ich sie zertrete wie …« Ihm fehlte das passende Wort.

»Wie einen Schmetterling?«, half Hinrich aus.

»Wie … wie eine Raupe.«

23. KAPITEL

Die Armenpraxis, Aschermittwoch 1928

Katharina beherrschte Toms Gedanken, seit er sie gestern an der Seite ihrer Freundinnen in die Schwabinger Morgendämmerung verabschiedet hatte. Und wenn er sich selbst gegenüber ehrlich war, tat sie das schon sehr viel länger. Mit jeder Begegnung konnte er sich der ihr eigenen Mischung aus ehrgeiziger, unnahbarer Vernunft auf der einen und einer sprühenden Leidenschaft für die Medizin und die Menschen auf der anderen Seite weniger entziehen, zumal sie mit einer hohen Empfindsamkeit einherging. Auch wenn sie äußerlich stets besonnen wirkte, ließen sich die Regungen in ihrem Inneren am Farbenspiel ihrer Augen ablesen. Binnen eines Wimpernschlages konnte es von ruhigem Hellgrün zu einem aufgewühlten Blauoliv, von einem schimmernden Jadeton hin zu tiefdunklem Smaragdgrün wechseln. Niemals zuvor hatte er solche Augen gesehen. Sie machten ihr ebenmäßiges, ovales Gesicht lebendig, genauso wie das Lächeln ihrer fein geschwungenen Lippen.

Tom zog seinen Arztkittel an. Nach zwei Hausbesuchen am frühen Morgen bereitete er nun die Sprechstunde in der Armenpraxis vor, bevor er am Nachmittag für seine Bogenhauser Privatpatienten da sein musste. Der gestrige Praxistag war erwartungsgemäß herausfordernd gewesen, und da seine Reinigungsfrau längerfristig erkrankt war, hing alle Arbeit an ihm.

Geschlafen hatte er nur wenige Stunden.

Er kontrollierte den Medikamentenschrank, wischte die Stühle im Wartebereich ab, legte frisches Verbandmaterial und Tücher zurecht. Als er nach der Schimmelbuschtrommel sehen wollte, in der er alle Instrumente sterilisierte und bis zum nächsten Gebrauch lagerte, betrat Katharina den Raum. »Guten Morgen … Tom.« Sie lächelte, aber die vielen Fragen, die sie umtrieben, standen ihr ins Gesicht geschrieben.

»Guten Morgen, Katharina.« Er ging auf sie zu, wartete, ob sie zurückwich. Als sie das nicht tat, nahm er sie vorsichtig in die Arme. »Ich wäre gestern eigentlich gern bei dir vorbeigekommen.«

Sie nickte.

»Ich hatte den ganzen Tag Patienten hier. Das ist an den Faschingstagen leider meistens so.« Er ließ sie sanft los.

»Hast du noch einmal … irgendwo Musik gemacht?« Sie schlüpfte aus ihrem Mantel.

Er nahm ihn ihr ab und hängte ihn auf. »Nein.«

»Ah.« Sie zog einige Broschüren aus ihrem Rucksack und stellte ihn anschließend in den Spind.

»Hast du den Faschingsumzug angeschaut? Es hat wohl

einige fantastisch gestaltete Wagen gegeben.« Er musste sich davon abhalten, ihr ständig auf die Lippen zu starren.

»Ich nicht«, entgegnete Katharina. »Aber meine Freundinnen. Und sie haben ebenfalls geschwärmt.« Sie reichte ihm ein Faltblatt

»Was ist das?«, fragte er überrascht und schaute hinein. »Eine Aufklärungsbroschüre?«

Katharina nickte. »Ich habe seit einigen Monaten Kontakt zur Frauenberatungsstelle hier in München.«

»Die Stelle für Ehehygiene?«

»Nein«, erwiderte Katharina. »Es ist eine Beratungsstelle, die ohne ideologischen Hintergrund arbeitet. Und vor allem ohne moralischen Zeigefinger.«

»An sich eine gute Sache.« Seine Stirn runzelte sich. »Was mir daran weniger gefällt, ist, dass geradezu dafür geworben wird, ungewollte Kinder abzutreiben.«

»Das Problem wird schlicht direkt angesprochen. Und das ist wichtig.«

»Ich sehe das etwas differenzierter. Es braucht natürlich Unterstützung für werdende Mütter, die sich überfordert fühlen. Beratung, Anleitung. Gespräche, damit sie ihr Kind annehmen können. Und wenn alles nichts hilft – ist die nächste Option in meinen Augen eine Adoption.« Er faltete die Broschüre zusammen und reichte sie ihr. »Von diesen Möglichkeiten steht hier leider gar nichts.«

»Soziale Hilfe wird natürlich auch angeboten, wenn eine Frau ihr Kind bekommen möchte. Dieses Informationsblatt soll ein erster Leitfaden sein.« Sie nahm das Papier entgegen.

»Die meisten Schwangeren stecken aber bis zum Hals, entschuldige den ungeschönten Ausdruck, im Dreck. Das Kind auszutragen, wäre für sie die schlimmere Alternative.«

»Wie dem auch sei.« Er schluckte eine deutlichere Erwiderung hinunter. »Lass uns an die Arbeit gehen.«

»Tom …« Katharina straffte den Rücken. »Ich würde diese Broschüren gerne hier auslegen und Aufklärungskurse halten. Und … Präservative ausgeben.« Es kostete sie sichtlich Überwindung, diese Dinge direkt anzusprechen.

»Hier in der Praxis?« Er fasste sich in den Nacken. »Also, ich denke nicht, dass die Nonnen hier im Haus die Vorstellung gutheißen, dass du eine Art Sexualberatung etablierst. Und das mit den Präservativen …«

Eine leichte Röte zog über die helle Haut ihrer Wangen. Sie presste die Broschüren an sich. »Entschuldige bitte. Es ist deine Praxis. Ich habe nicht das Recht, dich zu irgendetwas zu nötigen.«

»Das tust du nicht.« Tom wusste nicht recht, was er sagen sollte. Ihre Idee war durchaus überlegenswert, der Bedarf zweifellos da. Bis er sich mit Katharina allerdings auf eine konkrete Umsetzung geeinigt hätte, würden sie vermutlich einige Diskussionen führen müssen. »Lass uns noch einmal in Ruhe darüber reden. Es gibt mit Sicherheit Möglichkeiten.«

»Du erlaubst also, die Broschüren auszulegen?« Sie blieb hartnäckig.

Er räusperte sich. »Mir wäre lieber, wenn wir sie von Fall zu Fall direkt aushändigen.«

»Gut.« Sie hielt ihm den Packen hin.

Er nahm ihn und legte die Heftchen in ein Regal. »Katharina … darf ich dich zum Essen einladen? In ein Restaurant?«

Sie sah ihn irritiert an.

»Wie wäre es am Samstagabend?«, fuhr er fort, als sie nicht gleich antwortete. »Ich würde einen Tisch im Bayerischen Hof reservieren.«

»Ähm, das kommt ein bisschen plötzlich.« Das Rot ihrer Wangen vertiefte sich. »Ich begleite dich sehr gern.« Ihr Lächeln wirkte verlegen, aber freudig.

Er zog sie noch einmal an sich, wagte aber nicht, sie zu küssen aus Sorge, zu aufdringlich zu wirken. »Man müsste einige Instrumente sterilisieren«, sagte er stattdessen. »Kannst du das?«

»Ich habe schon vor vielen Jahren mit der Schimmelbuschtrommel Instrumente und Operationsbesteck sterilisiert.«

»Tatsächlich?«

»Ja. Während des Krieges habe ich in Meersburg im Spital gearbeitet. Wir hatten viele Lazarettsoldaten dort.« Sie stutzte. »Ich habe dir noch gar nicht erzählt, dass ich vom Bodensee komme, nicht wahr? Meine Schwestern betreiben dort ein großes Hotel …«

Auf einmal schien ihre Stimme wie durch Watte zu ihm durchzudringen. Gleichzeitig fügten sich Tausende Mosaiksteinchen zu einem Ganzen. Die Erschütterung ließ ihn innerlich erbeben.

Meersburg. Das Spital.

Unsägliche Schmerzen. Fieberwahn.

Eine blutjunge Hilfsschwester … das Lazarett in einem Gasthaus.

Er fuhr sich mit der Hand über die Augen.

Katharina merkte, wie ein Ruck durch Thomas von Bogen ging. Plötzlich wirkte er wie ein Fremder. Hatte sie etwas Falsches gesagt?

Bevor sie dazu kam, ihn zu fragen, schlug die Tür auf.

Sie fuhr herum.

»Frau Stenzl!« Mit wenigen Schritten war Katharina bei Walli Stenzl, die ein junges Mädchen im Arm hielt, aschfahl im Gesicht und sichtlich geschwächt.

»Fräulein, wir brauchen Ihre Hilfe.« Walli Stenzl klang flehentlich. »Dringend!«

Die Strümpfe unter dem braunen Wollrock des Mädchens waren von getrocknetem Blut gefärbt. »Legen Sie sie auf die Liege. Ich sehe sie mir gleich an!«

Sie wechselte einen schnellen Blick mit Tom, der die Paravents zurechtrückte, um Privatsphäre für die Untersuchung zu schaffen. Katharina wusch sich gründlich die Hände.

Als sie an die Untersuchungsliege trat, zog er sich an den Schreibtisch zurück. Die reguläre Sprechstunde begann erst in zehn Minuten.

»Was ist mit ihr passiert?«, fragte Katharina.

Walli Stenzl rang die Hände. »Sie stand vorhin vor meiner Tür. Zuerst hab ich gedacht, das ist eine, die eine Schwangerschaft wegmachen lassen will. Aber dann hat sie gejammert, dass sie ihr Kind behalten möchte und sie nicht weiß, wohin. Und da war das Blut, sie sehens ja selbst …«

Katharina hatte das Mädchen vorsichtig entblößt. »Wie heißt du?«

»Nann… Nannerl.«

»Hast du auch einen Nachnamen?«

Das Mädchen drehte den Kopf weg.

»Hast du Schmerzen?«

Nannerl nickte.

»Kommen und gehen diese Schmerzen?«

Das Mädchen zuckte mit den Schultern.

»Wenn ich dir helfen soll, musst du mit mir reden.« Katharina sprach sanft, aber bestimmt.

Stockend begann Nannerl zu erzählen. Währenddessen tastete Katharina vorsichtig den leicht gewölbten Bauch ab, erweiterte dann auf die bimanuelle Untersuchung. Schließlich überprüfte sie mit dem Stethoskop den Herzschlag des Kindes. Wenn die Angaben des Mädchens stimmten, dann war sie Anfang des fünften Monats schwanger.

»Das Kind ist zeitgerecht entwickelt.« Katharina zog den Handschuh aus, den sie sich übergestreift hatte. »Der Muttermund aber ist weich. Das könnte auf eine drohende Frühgeburt hinweisen.«

Nannerl begann zu weinen.

»Du freust dich auf das Kind?«, fragte Katharina.

»Ja, schon. Aber der Vater, mein Vater … hat mir in den Bauch getreten …«

Katharina sah zu Walli Stenzl. Die schüttelte den Kopf. »Ich weiß gar nix. Sie sagt, sie kommt aus Giesing.«

»Dein Vater möchte nicht, dass du das Kind bekommst?« Katharina suchte Nannerls Blick.

»Na, der wollt des net haben. Aber ich … schon.«

»Und der Vater des Kindes?«

Nannerl heulte noch mehr. »Der möcht es auch net. Aber wenn des Kind erst mal da ist, da wird er es bestimmt mögen.«

»Wie alt bist du denn?«, fragte Katharina.

»Sechzehn Jahre. Glaub ich.«

Das war sehr jung. »Würdest du das Kind denn allein großziehen können?« Katharina half Nannerl, sich anzukleiden.

»Ich würde gern. Aber ich hab kein Geld.«

»Ich könnte dich in ein Krankenhaus bringen. Dort leben auch andere Schwangere, die ledig sind.«

Das Mädchen blickte skeptisch. »Na, lieber net.«

»Schau es dir doch erst einmal an.«

»Ich war noch nie in so einem Krankenhaus. Des macht mir Angst.«

Katharina kam eine Idee. »Tom?«, fragte sie leise.

»Ja?« Tom zog den Paravent ein Stück zur Seite.

»Meinst du, wir können sie zu Frau Gruber bringen? Dort wäre sie erst einmal versorgt. Wenn die Schwangerschaft bestehen bleibt, bleibt noch etwas Zeit, um in Ruhe zu überlegen, was das Beste für Mutter und Kind ist.«

»Du hast deinen Wunsch, hier eine Beratungsstelle einzurichten, ja sofort in die Tat umgesetzt.«

Katharina war erleichtert, als sie sein Schmunzeln sah. »Ich weiß, das ist jetzt alles ein bisschen plötzlich«, sagte sie entschuldigend, »aber ich konnte ja nicht ahnen …«

»Schon gut. Als Arzt leistet man einen Eid, und der gilt für jede und jeden. Die Idee mit Frau Gruber finde ich überlegenswert. Geh am besten rüber und frag sie. Wenn sie einverstanden ist, fahre ich das Mädchen mit dem Auto hin.«

Katharina wandte sich an Walli Stenzl. »Ich bin in einer guten halben Stunde wieder hier. Bleiben Sie bei Nannerl?«

»Natürlich.« Walli Stenzl nickte. »Und ich wollte auch noch sagen, dass ich die Stelle hier nehmen würd.« Sie senkte den Blick.

»Welche Stelle?«, fragte Tom irritiert.

»Ach … das war meine Idee, Tom.« Katharina legte Walli Stenzl eine Hand auf die Schulter. »Wir brauchen hier doch unbedingt Unterstützung, und Frau Stenzl hat medizinische Erfahrung. Da habe ich sie gefragt, ob sie hier anfangen möchte.«

»Aha.« Tom musterte Walli Stenzl.

»Natürlich nur, wenn du einverstanden bist.« Katharina ließ Walli Stenzl los und ging zum Spind. »Ihr könnt euch ja unterhalten, solange ich weg bin«, fügte sie an, während sie in ihren Mantel schlüpfte.

»Du wirst dir irgendetwas dabei gedacht haben«, stellte Tom fest.

Katharina mied seinen Blick und begab sich rasch zur Tür. »Bis nachher.«

24. KAPITEL

Das Haus von Rosina Gruber, eine Stunde später

»Ja, mei! Bringt des Maderl gleich rein!« Rosina Gruber hatte die Tür weit geöffnet, um Tom den Weg frei zu machen, der Nannerl auf den Armen trug.

»Nach oben?«, fragte er.

»Ja. Sie kann heute Nacht auf der Chaiselongue bei dem Fräulein Zara schlafen, die wird nach ihr sehen. Morgen richte ich ihr dann ein eigenes Zimmer her.« Rosina Gruber deutete auf die Treppe nach oben. »In das kann sie umziehen, wenn es ihr besser geht.«

Katharina hatte Nannerls Ankunft vom Treppenabsatz aus beobachtet und ging Tom nun voraus zu Zaras Zimmer.

»Das Fräulein Eva und das Fräulein Zara sind zum Fräulein Lola gegangen, vor zwei Stunden«, erzählte die Gruberin, die ihnen folgte. »Die wollten etwas Wichtiges besprechen.«

»Sie treffen sich bei uns?« Katharina wunderte sich.

»So haben die zwei gesagt.«

»Vermutlichen lassen sie den Fasching bei einem Frühstück ausklingen. Ich habe Lola gestern Abend gar nicht mehr gesehen. Als sie heimgekommen ist, war ich schon im Bett, und sie hat noch geschlafen, als ich heute Morgen aus dem Haus gegangen bin.«

»Als mein Mann noch war, haben wir den Fasching auch so gern gefeiert.« Wehmut schwang in der Stimme von Rosina Gruber mit. »Früher ging es ja noch wilder zu als heutzutage.«

Sie hatten Zaras Zimmer erreicht. Tom legte Nannerl vorsichtig auf dem Sofa ab, das Katharina und Frau Gruber auf die Schnelle mit Kissen und Decken ausgestattet hatten.

»Ich werde mich gleich wieder verabschieden«, sagte Tom. »In der Praxis warten die ersten Patienten.« Er wandte sich an Katharina. »Kommst du noch einmal vorbei?«

»Sobald ich sicher bin, dass es dem Mädchen gut geht«, antwortete Katharina. Die Distanz, die er vor Walli Stenzls Erscheinen in der Armenpraxis auf einmal aufgebaut hatte, war noch immer zu spüren.

»Gut. Im Anschluss an die Sprechstunde würde ich gerne noch kurz mit dir reden.«

Sein Ton war so nüchtern, dass es Katharina fröstelte.

Nachdem er mit Rosina Gruber das Zimmer verlassen hatte, versuchte sie, sich auf Nannerl zu konzentrieren, untersuchte sie noch einmal und vergewisserte sich, dass akut weder die Gefahr einer Frühgeburt noch die einer lebensbedrohlichen Blutung bestand. Durch die Gewalt, der das Mädchen ausgesetzt gewesen war, konnte es zu einer

Plazentaablösung kommen. Auch eine Schädigung der Fruchtblase war nicht ausgeschlossen.

Doch all das reichte nicht aus, um das ungute, schmerzende Gefühl zu vertreiben, das Toms Verhalten in ihr hinterlassen hatte. Während sie die Treppe hinunterging, um Rosina Gruber um eine stärkende Brühe für Nannerl zu bitten, hallten Lolas mahnende Worte in ihrem Kopf wider.

Walli war etwas verloren in der Armenpraxis zurückgeblieben, nachdem sie dem Doktor geholfen hatte, das unglückliche Kind in sein Automobil zu laden. Er hatte ihr aufgetragen, die Patienten darüber zu informieren, dass er gleich zurückkomme.

Walli merkte, dass sie ein bisschen zitterte, während sie ihrer Aufgabe nachkam. Der Doktor war zwar nicht unfreundlich gewesen, aber er hatte etwas Einschüchterndes. Als das feine Fräulein gegangen war, hatte er kein Wort über eine mögliche freie Stelle verloren. Was hatte das feine Fräulein ihm überhaupt erzählt? Wusste er gar nicht, dass sie, Walli, bei ihm arbeiten sollte? Oder wollte er sie nicht? Walli schien Letzteres wahrscheinlicher. Wer stellte schon eine ungebildete Engelmacherin ein?

Die Stühle im Wartebereich waren voll besetzt, als sie den Doktor schließlich mit großen Schritten den Gang entlangkommen sah. Ihre Aufregung wuchs, zugleich war sie erleichtert, nicht mehr allein vor einer Schar ungehaltener Patienten zu stehen, die lauthals nach dem Arzt verlangten.

Als Doktor von Bogen sie mit einer schnellen Handbewegung zurück in den Praxisraum scheuchte, war sie kurz davor, sich zu verabschieden. Hier hatte sie nichts zu suchen. Der Herrgott, wenn es ihn überhaupt gab, hatte ihr schon am Tag ihrer Geburt einen anderen Platz zugewiesen.

Doch ehe sie dazu kam, den Mund zu öffnen, begann der Doktor zu sprechen.

»Sie heißen Stenzl?«

»Stenzl, Walburga. Aus der Au.«

»Und Fräulein Lindner hat Ihnen eine Stelle hier in Aussicht gestellt?«

Walli wich seinem Blick aus. »So hab ich sie verstanden, weiß aber auch net genau, was sie damit meint. Aber als ich vorhin das Nannerl gebracht hab, hab ich gedacht, dass ich schon gern hier helfen würd.«

»Was haben Sie bisher gemacht, Frau Stenzl?« Der Doktor wechselte seinen Kittel. Walli starrte eigentlich an ihm vorbei, konnte aber nicht umhin zu bemerken, dass er ein schöner Mann war, breit gebaut, mit vielen Muskeln und einem – sie zwang ihre Augen in eine andere Richtung – festen Hintern. Und dunklen Haaren, die an den Schläfen schon ein bisschen grau wurden.

»Ich«, Walli räusperte sich. »Ich habe Maderln geholfen wie dem Nannerl. Aber eigentlich mach ich das, damit sie das Kind loswerden. Net, damit sie es behalten.«

Der Doktor hielt inne. »Sie führen Schwangerschaftsabbrüche durch?«

Walli nickte. Sie konnte ihm nicht in die Augen sehen. Deshalb betrachtete sie seine Hände, die den Kittel zuknöpften.

»Da Sie nun einmal da sind, Frau Stenzl, meine Putzhilfe krank und meine Assistentin mit dem Nannerl beschäftigt ist, können Sie mir heute helfen. Ob sich daraus eine Anstellung für Sie ergibt, kann ich Ihnen nicht versprechen.«

»Ich glaub, ich geh nach Hause.« Walli zog das Wolltuch enger, das sie um ihre Schultern geschlungen hatte.

»Ich möchte Sie keinesfalls zwingen. Aber angesichts des Betriebes hier, wäre es mir recht, wenn Sie heute mit anpacken würden.« Er wies auf ein Waschbecken. »Bitte waschen Sie sich gründlich die Hände und ziehen Sie eine der Schürzen an, die an dem Haken hängen.«

»Wo?«, fragte Walli verwirrt.

»Zwischen Waschbecken und Medikamentenvitrine.«

Als wäre sie eine Figur im Puppentheater auf der Dult bewegte Walli sich auf das Waschbecken zu und tat, wie ihr geheißen. Als sie sich, angetan mit einer weißen Schürze, umdrehte, hatten bereits zwei Patienten auf den Liegen Platz genommen, die eine mit hellem Stoff bezogene, bewegliche Wand voneinander trennte.

Der Doktor deutete auf das Auge eines älteren Mannes. »Hier sehen wir eine Tränenfistel. Deutlich zu erkennen an der einseitigen Schwellung des Oberlids mit Abszessbildung.«

»Eine Entzündung?«

»So ist es. Durch Viren oder Bakterien. Infektionen, kleine Verletzungen.« Er holte ein Fläschchen mit wässrig-bräunlicher Lösung und eine Pipette. »Kennen Sie die *Pregl'sche* Jodlösung?«

Walli schüttelte den Kopf.

»Es handelt sich um ein sehr gut wirksames antiseptisches Mittel, dessen Anwendungsspektrum sich in den letzten Jahren stetig erweitert hat. Insbesondere in der Augenheilkunde erzielt man gute Ergebnisse, wie Studien ergeben haben.«

Der Doktor hätte chinesisch sprechen können, Walli hätte genauso viel verstanden. Sie schlussfolgerte, dass das Mittel gegen die Entzündung helfen sollte, und beobachtete genau, wie er die Lösung in das Auge gab. Anschließend reichte er Walli einen jodgetränkten Wattetupfer, um Wimpern, Lider und die umgebende Haut abzustreichen. Walli gab sich große Mühe, alles richtig zu machen, konnte aber aus seinem undurchdringlichen Gesichtsausdruck nicht ablesen, ob er mit ihrer Arbeit zufrieden war oder nicht.

Nachdem der Patient Watte und Jodlösung ausgehändigt und genaue Anweisungen zur Selbstbehandlung mit auf den Weg bekommen hatte, war eine tiefe Schnittwunde an der Reihe. Für einen so erfahrenen Chirurgen wie den Doktor keine große Sache – das Fleisch war rasch zusammengenäht. Auf eine Frau mit Kreislaufschwäche folgte ein Kind mit heftigem Erbrechen und Durchfall. Walli war den Umgang mit Blut und anderen Körperausscheidungen gewohnt, deshalb machte es ihr nichts aus, den Spucknapf zu halten und das vom Boden aufzuwischen, was aus Versehen dort gelandet war. Sie kam mit der unappetitlichen Geruchsmischung genauso gut zurecht wie mit dem Anblick schlimmer Verletzungen.

Irgendwann verloren sich Scheu und Selbstzweifel, und sie folgte den Anweisungen des Arztes, als hätte sie schon immer hier gearbeitet.

Sie wusste nicht, wie viele Stunden vergangen waren, als plötzlich das feine Fräulein wieder im Zimmer stand.

»Ich sehe«, sagte sie, »dass Frau Stenzl sich schon gut eingefunden hat.«

Der Doktor sagte nichts, schrieb nur weiter in seinen Karteikarten.

Walli ging zum Waschbecken, löste die Bänder der Schürze und hängte sie zurück. »Ich werd dann nach Hause gehen.«

»Ist recht, Frau Stenzl«, erwiderte der Doktor. Er stand auf, drückte ihr einen Geldschein in die Hand und begleitete sie zur Tür. »Vielen Dank für Ihre Mithilfe heute, Frau Stenzl.«

Mehr sagte er nicht.

25. KAPITEL

In unmittelbarer Nähe des Klosters Zum Guten Hirten, am Nachmittag

Die Spitze der Zigarette glühte orangefarben, als er daran zog. Mit halb geöffneten Lippen inhalierte er den Rauch und stieß ihn durch die Nase aus, sah ihm mit zusammengekniffenen Augen nach, bis er sich aufgelöst hatte. Dann nahm er den nächsten Zug. Die Zigaretten waren ihm fast so wichtig wie seine Schmetterlinge. Ohne eigenen Willen. Verfügbar. Befriedigend.

Der Aschermittwoch zeigte sich frisch. Ein paar Grad mehr hätten nicht geschadet, wenn man sich so wie er im Freien herumtrieb. Um sich warm zu halten, lief er die Straße vor dem Kloster *Zum Guten Hirten* auf und ab. Wenigstens regnete es nicht.

Edmund hatte nahezu alles ausgekundschaftet, was es über Katharina auszukundschaften gab. Er wusste nicht nur, wo sie wohnte und welche Vorlesungen sie besuchte, er kannte ihren gesamten Tagesablauf. Wobei ihm entgegenkam, dass sie ein pünktlicher Mensch und dadurch berechenbar war. Im Gegensatz zu ihrer Freundin, dieser Lola mit den karottenfarbigen Haaren. Bei ihr konnte man nie sicher sein, wann sie kam oder ging.

Nun hatte Edmund noch eine weitere wichtige Entdeckung gemacht. Katharina Lindner arbeitete in einer Praxis, und das, obwohl sie nicht approbiert war, ja noch nicht einmal das Praktische Jahr hinter sich gebracht hatte. Allmählich taten sich Risse in ihrer sonst so glatten Fassade auf, und Edmund würde diese verbreitern, bis das Gebäude ihrer Arroganz in sich zusammenfiel.

Ihre häufigen Besuche in der Gesindel-Praxis, die dieser Doktor von Bogen betrieb, waren ihm sofort suspekt gewesen und hatten ihm die brillante Idee beschert, dort – selbstverständlich in Katharinas Abwesenheit – als Patient vorstellig zu werden, um herauszufinden, was genau sie bei dem Arzt zu schaffen hatte. Genau genommen war es die Idee von Alfons gewesen, aber Edmund hatte sie weiter ausgefeilt und vor allem in die Tat umgesetzt, nachdem seine beiden Verbindungsfreunde den Schwanz eingezogen hatten und nicht mitgekommen waren. Prompt hatte er bestätigt bekommen, dass Katharina Lindner dort Patienten behandelte.

Edmund warf den abgerauchten Zigarettenstummel auf den Boden und fingerte in seiner Manteltasche nach seinem ledernen Zigarettenetui. Dabei berührte er das zusammengefaltete Papier, das er vor einigen Tagen dort hineingesteckt hatte.

Sofort stand ihm die steile, akkurate Schrift seines Vaters vor Augen. Und die unzähligen Mahnungen, die dieser damit schon zu Papier gebracht hatte. *Summa cum laude*, das erwartete Dr. med. Theodor Mosny von seinem Sohn Edmund, und zwar innerhalb des nächsten Jahres. Die ewig gleiche Leier. Anschließend sollte er nach Dresden zurückkehren, um sein Praktisches Jahr unter den väterlichen Fittichen in dessen Klinik abzuleisten – eine grauenvolle Vorstellung. Der tägliche Tadel, lautstark und vor aller Ohren erteilt, stand ihm schon jetzt bildlich vor Augen. Dabei wusste Edmund selbst nicht, warum sein Kopf verweigerte, was anderen Studenten so leichtfiel. Und noch schlimmer machten es Personen wie Katharina Lindner, die sich ständig mit ihrem Wissen hervortaten. Wären die Frauen nicht, dessen war Edmund sich sicher, würde das Studium für ihn wesentlich leichter zu bewältigen sein.

Aus den Augenwinkeln sah er, wie eine Person aus der hinteren Pforte des Klosters ein Fahrrad schob und aufstieg. Der tabakfarbene Mantel, der helle Glockenhut und der schwarze Rucksack machten es auch aus der Ferne leicht, sie zu erkennen. Edmund trat die Zigarette aus und zog seinen Hut tiefer ins Gesicht. Er war bereit.

Katharina erschrak, als ein schmaler Mann in Mantel und Hut direkt vor ihr auf die Straße lief und sie zum Absteigen zwang.

»Ach herrje!«, rief sie. »Ich hätte Sie beinahe …«

In diesem Augenblick erkannte sie ihn. Der Schreck wandelte sich in Ärger. »Was wollen Sie?«

Edmund Mosny verzog das Gesicht zu einem arglistigen Grinsen. »Guten Tag, Katharina.« Er griff nach ihrem Lenker, um sie an der Weiterfahrt zu hindern. »Auf ein Wort.«

»Ich wüsste nicht, was wir miteinander zu reden hätten.« Angesichts des niederträchtigen Flackerns in seinem Blick wurde Katharina mulmig. Sie sah sich um.

»Haben Sie Angst vor mir?«, reagierte Mosny prompt. »Das stünde Ihnen gut an.«

»Was wollen Sie?«, wiederholte Katharina.

»Verlassen Sie die Universität, Katharina Lindner«, zischte Mosny. »Studieren ist nichts für Weiber. Gehen Sie weg aus München. Hier ist kein Platz für Sie.«

»Was erlauben Sie sich?« Katharina rüttelte an ihrem Lenker. »Ich lasse mir doch von einem drittklassigen Studiosus nicht vorschreiben, was ich zu tun und zu lassen habe.« Sie funkelte ihn wütend an.

»Ich rate Ihnen, sich meinen Vorschlag zu Herzen zu nehmen.« Mosnys Augen wanderten über Katharinas Schulter, fixierten sie aber sofort wieder. »Wenn Sie nicht verschwinden, wird das Folgen haben.« Mosny gab ihrem Fahrrad einen harten Stoß.

»Was …« Katharina schwankte.

Sie sah Mosnys Grinsen, spürte einen weiteren Hieb, verlor das Gleichgewicht, doch bevor sie mit dem Kopf auf der Straße aufschlug, fingen sie starke Arme auf.

Aus den Augenwinkeln sah sie, dass Mosny sich umgedreht hatte und raschen Schrittes davonging.

»Gibt es ein Problem, Katharina?« Toms Stimme drang an ihr Ohr.

Warm und sicher.

»N-Nein.« Sie sah in sein besorgtes Gesicht. »Es war … nur ein kleiner Unfall.«

26. KAPITEL

Das Café Hag in der Residenzstraße, Donnerstag, 23. Februar 1928

»Der Kaffee schmeckt genauso gut, als ob er Koffein enthalten würde.« Eva setzte ihre Tasse ab. »Das hätte ich nicht gedacht.«

Lola rührte einen weiteren Löffel Zucker in ihren Kaffee. »Ich brauche Koffein wegen der Wirkung.«

»Mit schmeckt er etwas voller, finde ich.« Katharina ließ den Blick zu der mit feinen Stuckmustern ausgestalteten weißen Decke schweifen, zwei Reihen mit Tiffany-Leuchten tauchten den Gastraum des Café Hag in ein gelbwarmes Licht. Das modern-schnörkelige Muster wiederholte sich an den Wänden, unterbrochen von Tapisserien mit Blumenranken und dem Schriftzug CAFE HAG, zugleich setzten sich die runden und verspielten Formen in der dunklen, geschwungenen Holzmöblierung fort. Eine Vitrine zeigte die Köstlichkeit des Hauses, das leise Gemurmel der anderen Gäste zog über ihre Köpfe hinweg.

»Ich schlag mich auf Lolas und Katharinas Seite. Mit

Koffein mag ich ihn lieber.« Zara nahm das Milchkännchen. »Aber die Atmosphäre hier ist sehr angenehm, finde ich.«

»Übrigens!« Lola begann, mit ihrem Kaffeelöffel bedeutungsvolle Kreise in die Luft über ihrer Agnes-Bernauer-Torte mit Mokka-Buttercreme und Nussbaiser zu zeichnen. »Es gibt eine sensationelle Nachricht! Ich werde dieses Jahr vielleicht im Glaspalast ausstellen.«

»Im Glaspalast?«, Katharinas Silbergäbelchen blieb über ihrer Schokoladentorte schweben. »Das wäre ja sensationell!«

»Noch habe ich keine endgültige Zusage«, schränkte Lola ein. »Aber ich denke, ich werde eine bekommen.«

»Wann soll die Ausstellung denn stattfinden?«, erkundigte sich Katharina und stach in die knackige, dunkle Hülle. »Wieder im Sommer?«

»Von Juni bis September«, sagte Eva, bevor Lola antworten konnte. Vor ihr stand ein Stück Apfelkuchen mit Mandel-Honig-Kruste.

»Ich möchte deinen Enthusiasmus nicht bremsen, Lola.« Zara pflückte eine Weintraube von ihrem mit Sahne eingestrichenen und mit Früchten belegten Biskuitboden. »Aber ich denke, dass es nicht leicht wird.«

»Ich habe mich mit *Maria Luiko* unterhalten«, entgegnete Lola zuversichtlich. »Die war schon anno vierundzwanzig im Glaspalast dabei.«

»Ich mag Marias Kunst, sie ist so vielseitig«, bemerkte Eva. »Sie zeichnet ganz fantastisch. Und dann ihre Arbeiten in Öl und Aquarell … eine andere Dimension.«

»Auch ihre Drucke haben mir bei der letzten Ausstellung sehr gut gefallen«, fügte Katharina an. »Hat sie denn Kontakte zu den Künstlergruppen, die dieses Jahr im Glaspalast sein werden, Lola?«

»Gewiss.« Lola schob sich einen Bissen Torte in den Mund. »Und sie wird ein gutes Wort für mich einlegen.«

»Hoffen wir, dass sie es auch wirklich tut.« Zara wirkte skeptisch.

»Ich wünsche dir, dass es wahr wird, Lola!« Katharina mochte Lolas experimentelle, farbenfrohe Kunst. »Deine Bilder sind so ungewöhnlich, dass sie ein breiteres Publikum verdient haben. Dann kannst du eines Tages auch noch besser davon leben.« Ihr Blick wanderte zu Eva, die in ihrer zurückhaltenden Art immer Gefahr lief, neben Lola zu verblassen. »Dasselbe gilt für deine neu entwickelten Skulpturen, Eva! Du prägst einen eigenen Stil, und darauf kommt es an. Ich bin gespannt, wann du den Durchbruch schaffst. Denn, dass er kommt, das steht für mich außer Frage.«

»Danke, Katharina!« Evas Augen leuchteten auf. »Ich gebe mein Bestes! Und wer Neues wagen will, ist in München genau richtig. Die Stadt hat schon so viele wegweisende Künstler hervorgebracht, denkt doch nur an den Blauen Reiter! Wir werden hier unsere Chance bekommen, Lola.« Sie nickte, als wollte sie sich selbst Mut machen.

»Na, ich weiß ja nicht. Die Stadt sollte zusehen, dass sie nicht nur Männer, sondern auch uns Künstler*innen* stärker fördert.« Lola legte die Gabel auf den Teller. »Sonst machen wir uns irgendwann auf und suchen uns eine andere Stadt. Eine, in der wir wachsen können. So wie Brecht und Feuchtwanger, die nach Berlin gegangen sind. Paul Klee ist auch schon lange weg.«

»Ich bin zuversichtlich«, betonte Eva. »Wir produzieren ja keine politische Kunst. Da wäre es schwieriger.«

»Kunst ist immer politisch«, widersprach Lola. »Schon allein, dass wir als Frauen in die Kunstwelt drängen, ist ein Politikum.«

»Dazu kommt, dass besagtes Neues in München inzwischen deutlich kritischer beäugt wird.« Zara schnippte einen Biskuitkrümel von ihrem hellroten Kleid. »Und nicht mehr so enthusiastisch begrüßt wie noch um die Jahrhundertwende.«

»Da hat Zara recht.« Lola wirkte auf einmal verhaltener. »Inzwischen habe ich sogar das Gefühl, dass nirgendwo so viel zensiert wird wie hier in München. Das eine ist sittengefährdend, das andere zu sozialkritisch.«

»Das liegt an den Stadtoberen«, vermutete Eva.

»Aber auch an der Behäbigkeit der Menschen.« Lola versenkte die Zinken ihrer Gabel noch einmal in der Mokkacreme. »Die gehen doch lieber auf den Fasching, die Maidult oder das Oktoberfest, als dass sie sich Neuem öffnen.« Elegant führte sie die Gabel zu ihrem dunkelrot geschminkten Mund. »In Berlin, da feiern sie! Mit Charleston und Jazz. Einem Nachtleben, davon kann man hier nur träumen. Dort kann man sein, wie man möchte. Hier in München ist es eher wie in einem großen Dorf.« Lola seufzte. »München, das war einmal Avantgarde. Jetzt versinkt es in provinzieller Nabelbeschau.«

»Und in völkischen Tönen«, fügte Zara an. »Das sollte man nicht vergessen.«

»Ich denke, du übertreibst, Zara. Das sind nur Einzelne«, widersprach Eva.

Katharina nippte an ihrem Kaffee. »Mir macht München alles möglich, was ich mir erträumt habe.«

»Ich mag es auch.« Eva lächelte Katharina zu. »Schon immer habe ich davon geträumt, hier zu leben. Es gibt so viel Wunderschönes. Allein das Rathaus!« In ihre Augen trat ein schwärmerischer Ausdruck. »Die Stille in der Frauenkirche. Der Blick auf die Alpen bei Föhn. Im Deutschen Museum sind mir schon einige Ideen für Skulpturen gekommen. Oder denkt nur an die Delikatessen bei Dallmayr … Berlin dagegen würde mir Angst machen. Es ist viel zu groß. Und zu wild.«

»Ich muss dir irgendwann einmal *mein* Berlin zeigen«, stellte Lola fest. »Du wirst es lieben.«

»Aber du studierst doch auch in München und nicht in Berlin«, gab Eva zu bedenken.

»Das hat andere Gründe«, antwortete Lola. »Ich musste den Dunstkreis meiner Eltern verlassen. Aber irgendwann kehre ich dorthin zurück.« Sie winkte der Kellnerin und bestellte noch einen Kaffee.

»Was die Ausstellung betrifft«, kam Zara auf das ursprüngliche Thema zurück, »hoffe ich doch nicht, dass du dem Vogt dafür einen Gefallen schuldest, Lola.«

»Dem Vogt? Um Himmels willen, nein!« Lola lachte. »Übrigens …« In ihre Augen trat ein verschlagener Ausdruck. Sie begann, in ihrer Tasche zu kramen.

»Hast du eine Duellpistole gekauft?«, wollte Zara wissen. »Um ihn zu erschießen?«

»Noch nicht.« Lola zog einen großen braunen Umschlag heraus und schwenkte ihn bedeutungsvoll. »Ich war vorhin im Atelier Elvira.«

Evas Augen weiteten sich. »Sind unsere Bilder fertig?« Sie lehnte sich ein Stück vor.

Lola nickte und ließ die Fotografien reihum gehen.

»Sie sind wunderschön.« Katharina war erstaunt über die subtile Sinnlichkeit, die sie auf den Bildern ausstrahlte. Diese Seite an sich hatte sie noch nie richtig wahrgenommen.

»Mir gefallen sie auch.« Lola öffnete einen zweiten Umschlag. »Und jetzt passt auf!«

Sie legte ein weiteres Bild auf den Tisch.

Eva schlug die Hand vor den Mund.

»Der Vogt!« Zara verzog das Gesicht zu einem zufriedenen Grinsen. »Da haben wir ihn doch gut getroffen!«

»Mir scheint etwas entgangen zu sein«, stellte Katharina fest.

»Wir haben ihn am Faschingsdienstag vor seiner Zweitwohnung erwischt.« Lola legte ein zweites, ein drittes, ein viertes Foto dazu. »Mit einer Sängerin, die bestimmte Zusatzdienste anbietet.«

Katharina betrachtete die Fotografien. Vogt in Anzug, Hut und Spazierstock, überlegen in seinen langen grauen

Bart lächelnd. Seine Begleiterin war jung, hübsch und zurechtgemacht und sah verführerisch-bewundernd zu ihm auf, während seine Hand auf ihrem Hintern ruhte. »Diese Bilder haben möglicherweise Skandalwert. Aber sie zeigen ihn nicht in flagranti«, gab sie zu bedenken.

»Stimmt.« Eva schob die Fotos aus ihrem Blickfeld.

Lola sammelte sie ein. »Es kommt auf die Einstellung seiner Frau an. Wer weiß, vielleicht erlaubt sie ihm ja gewisse Freiheiten. Sie wäre nicht die Erste, die das tut, weil ihr Reichtum und Prestige wichtiger sind. Da kommt es nur darauf an, dass nichts nach außen dringt.«

»Dann kümmern Lola und ich uns als Nächstes um die Verhältnisse im Hause Vogt«, verkündete Zara unternehmungslustig. »Auf Fotojagd können wir ja weiterhin gehen. Mit unseren neuen Perücken erkennt er uns niemals.«

Beim Gedanken daran, wie Lola und Zara verkleidet auf der Lauer lagen, musste Katharina unwillkürlich schmunzeln.

Lola zwinkerte ihr zu. »Was wir nicht alles auf uns nehmen …«

»Vielleicht sollten wir das Ganze mit dem Vogt doch auf sich beruhen lassen.« Eva wirkte nicht erheitert, sondern unangenehm berührt. »Wenn es wegen mir ist – ich gehe ohnehin an die Kunstgewerbeschule.«

»Was machst du?« Lola starrte Eva ungläubig an. Auch Zara schien wie vor den Kopf gestoßen.

Eva senkte den Blick. »Ich verlasse die Akademie.«

»Damit hat Vogt gewonnen«, stellte Zara fest.

»Ich finde diese Entscheidung durchaus verständlich«, warf Katharina ein, bevor Lola und Zara weiter auf Eva einreden konnten. »Dem Vogt immer wieder begegnen zu müssen nach allem, was passiert ist, ist belastend. An der Kunstgewerbeschule ist sie besser aufgehoben.«

Lola wirkte konsterniert. »Wir haben so lange gemeinsam gekämpft.«

»Ich kann einfach nicht mehr.« In Evas Augen standen Tränen. »Ich habe nicht so viel Kraft wie du, Lola.«

»Entschuldige, das war nicht sehr feinfühlig von uns.« Zara nahm Eva in den Arm. »Vielleicht folgen wir dir sogar bald, nicht wahr Lola? In der Kunstgewerbeschule brauchen sie sicherlich auch ehrgeizige Studentinnen wie Lola. Und Aktmodelle wie mich.«

»Mhm.« Lola gab nicht gerne auf, das wusste Katharina. »Aber wir kümmern uns trotzdem weiter um den Vogt, Zara?«

Zara grinste. »Selbstredend.«

Katharina sah die Freundinnen an. »Ich muss los.« Sie stand auf und legte das Geld für Kaffee und Torte auf den Tisch. »Bezahlt ihr für mich?«

Lola nickte. »Gehst du in die Armenpraxis?«

»Heute nicht.« Der Gedanke an Tom versetzte Katharina einen bitteren Stich. »Ich muss die Vorlesung morgen vorbereiten.«

»Ich komme heute später nach Hause«, ließ Lola sie wissen.

»Es würde mich wundern, wenn es anders wäre. Genieße

deinen Abend«, erwiderte Katharina lächelnd und verabschiedete sich.

Als sie das Café Hag verließ, schlich sich Tom von Bogen noch einmal in ihre Gedanken. So kurz die Augenblicke der Innigkeit an Fasching gewesen waren, so sehr belastete sie sein betont sachlicher Umgang, zu dem er gefunden hatte. Recht nüchtern hatte er ihr zudem deutlich gemacht, dass er keine Sexualberatungsstelle in der Armenpraxis unterhalten wolle und auch, dass er die Sache mit Walli Stenzl erst gründlich überdenken müsse. Und dass er ihr dankbar wäre, wenn sie Neuerungen in aller Ruhe mit ihm besprechen würde, anstatt ihn vor nahezu vollendete Tatsachen zu stellen.

Sie zog ihren Schal enger.

Nach der Sache mit Edmund auf der Straße hatte er sie einen Moment länger in den Armen gehalten, als notwendig gewesen wäre. Doch nachdem er ihr aufgeholfen hatte, war der Abstand zwischen ihnen sofort wieder da gewesen. Obwohl sie am liebsten seine Nähe gespürt hätte und bei ihm geblieben wäre, hatte sie sich bedankt, seine Frage, ob sie es allein nach Hause schaffen würde, bejaht, und war auf ihr Fahrrad gestiegen.

So konnte es nicht weitergehen. Sie mussten miteinander reden.

Übermorgen. Wenn seine Einladung noch galt.

27. KAPITEL

Die Universitätsfrauenklinik, Freitag, 24. Februar 1928

»Auf ein Wort, Fräulein Lindner!«

Katharina, die gerade den großen Hörsaal verlassen wollte, hielt inne. »Professor Döderlein?«

»Warten Sie bitte hier auf mich.«

Katharina wunderte sich, setzte sich jedoch zurück in die erste Reihe. Während Döderlein noch einige Worte mit Schwester Leodegar wechselte und anschließend einigen Studenten Rede und Antwort stand, hatte sie das Gefühl, beobachtet zu werden. Doch als sie sich umsah, fand sie nichts Auffälliges. Edmund Mosny war bereits gegangen.

Sie schüttelte den Kopf. Wenn es so weiterginge, würde sie noch einen Verfolgungswahn entwickeln.

Nachdem alle Studenten den Hörsaal verlassen hatten, winkte Döderlein Katharina zu sich ans Pult, stützte sich mit dem Ellenbogen darauf ab und musterte sie kurz. »Fräulein Lindner«, sagte er dann, und in dem Ton, den er anschlug, mischte sich Nachsichtigkeit mit Unverständnis. »Eigentlich halte ich Sie für eine vernünftige junge Frau. Umso erstaunter war ich, als mir zugetragen wurde, dass Sie in einer Praxis Kranke behandeln.« Er schüttelte den Kopf. »Noch haben Sie Ihr Studium nicht beendet.«

Katharina hatte das Gefühl, als durchlaufe sie ein Stromschlag.

»Hat Ihnen das Herr Mosny zugetragen?«

»Ich halte viel von Ihnen.« Döderlein ging auf ihre Frage nicht ein. »Gerade weil Sie in der Frauenheilkunde tätig werden möchten, ist mir daran gelegen, dass Sie Ihren vielversprechenden Weg fortsetzen. Bitte tun Sie nichts, was diesen gefährden könnte. Wir haben zu wenig weibliche Frauenärzte.«

»Ich arbeite in dieser Praxis lediglich zu«, versuchte Katharina sich an einer Verteidigung.

Döderlein hob die Hand. »Ich sehe keinen Straftatbestand, auch wenn Sie noch nicht fertig und approbiert sind. Deshalb lassen wir diese Sache auf sich beruhen, Fräulein Lindner. Aber Sie müssen mir Ihr Wort geben, dass Sie diese Arbeit, wie auch immer sie aussieht, nicht fortsetzen. Ich möchte auf keinen Fall, dass meine Klinik in Verruf gerät – auf welche Art auch immer.« Er machte eine mahnende Handbewegung.

Katharina schluckte.

Die Armenpraxis war ihr ans Herz gewachsen. Auch die Zusammenarbeit mit Tom wollte sie nicht mehr missen – trotz der unerklärlichen Distanz, die im Augenblick zwischen ihnen bestand.

»Ich kann verstehen, dass es Ihnen unter Umständen schwerfällt«, ergänzte Döderlein. »Aber Sie werden im Herbst die Staatsprüfung hinter sich bringen und Ihre Kenntnisse im Praktischen Jahr umsetzen können. Mit den Vorbereitungen darauf sollten Ihre Tage ohnehin ausgelastet sein.«

»Ich gebe Ihnen mein Wort, Herr Professor«, sagte Katharina tonlos.

Döderlein sah sie aufmerksam an. »Ich verlasse mich darauf.«

»Das können Sie.«

»Denken Sie daran«, fügte er warnend an, »dass es Ihre Approbation gefährden kann, wenn Sie in irgendeiner Praxis Patienten behandeln. Sollte Ihnen ein Fehler unterlaufen, würde das weitreichende Folgen haben.«

Zehn Minuten später saß Katharina auf ihrem Fahrrad und schlug den Weg zu Toms Privatpraxis in Bogenhausen ein. Eigentlich musste sie zur Vorlesung im Pharmakologischen Institut, aber es drängte sie, ihm gleich Bescheid zu geben, dass sie fortan nicht mehr kommen könnte. Und dass er sich in Acht nehmen sollte, da es unter Umständen jemanden gab, der seinem Ruf Schaden zufügen wollte. Ein kalter, aber sonnenerfüllter Wind blies ihr ins Gesicht, als sie durch die Maximiliansanlagen radelte und unweit des Friedensengels auf die Maria-Theresia-Straße einbog.

Sie hatte Edmund Mosny nicht ernst genommen. Nicht, als er sie auf dem Faschingsball belästigt, und auch nicht, als er sie vorgestern unmittelbar bedroht hatte. Er war für sie einfach nur ein Student, der frustriert war, weil er die geforderte Leistung nicht erbrachte und dafür andere verantwortlich machte – am liebsten die Frauen, denen er die Studienplätze nicht gönnte. Nun war sie besorgt, dass er nicht nur mit ihr abrechnen wollte, sondern auch mit Tom, der sie in der Armenpraxis beschäftigt hatte.

In Toms Bogenhausen-Praxis herrschte Hochbetrieb. Da Fräulein Winter sie inzwischen kannte, schob sie sie zwischen zwei Patienten in eines der Sprechzimmer.

Katharinas Augen wanderten nervös über die helle Einrichtung, aus der ein großer Schreibtisch aus Nussbaumholz hervorstach, hinter dem sich auf mehreren Regalen medizinische Bücher und einige Anschauungsmodelle für die Wundversorgung reihten. Silberne Schreibutensilien und eine Lampe mit grünem Glasschirm gaben dem Arbeitsplatz eine persönliche Note. Als sie die Tür gehen hörte, drehte sie sich langsam um.

»Katharina!« War da ein Leuchten in seinen Augen? »Was führt dich her?« Er trat ans Waschbecken und wusch sich die Hände. »Wieder ein Fall von Tuberkulose«, fuhr er fort, ohne dass Katharina hatte antworten können. »Selbst in den besten Kreisen ist man nicht davor gefeit.«

»Tom.« Katharina fiel es schwer, auszusprechen, was sie zu sagen hatte.

Er trocknete die Hände ab. Sein fragender Blick ruhte mit einem Mal weich auf ihr.

Katharina senkte den Kopf. »Man hat mich angeschwärzt.

Weil ich ohne Approbation bei dir in der Armenpraxis arbeite.«

Tom hatte sofort gemerkt, dass etwas mit ihr nicht stimmte. Sie wirkte gehetzt und unruhig, etwas, das er von ihr nicht kannte.

»Angeschwärzt?«

Sie nickte.

Er ging zu ihr.

Sie wirkte auf einmal so zart, so verletzlich.

Seine Hände fanden den Weg auf ihre Schultern. Als er die Tränen in ihren Augen sah, zog er sie an sich.

»Es tut mir leid«, wiederholte sie wieder und wieder.

Er merkte, wie sehr sie versuchte, sich zu beherrschen.

»Es ist gut«, antwortete er beruhigend. Zugleich fühlte er die Mauer einstürzen, die er um sich errichtet hatte, nachdem ihm klar geworden war, woher er Katharina kannte. »Es ist gut«, wiederholte er. Ihre Nähe ließ auch ihn zur Ruhe kommen.

Er hatte ihr brutales Leid angetan, damals, im Dezember neunzehnhundertsiebzehn. Und auch, wenn er in dieser Nacht im Meersburger Spital krank und nicht Herr seiner Sinne gewesen war, hatte sich sein Schuldgefühl diesbezüglich nie ganz verloren. So war er in den letzten beiden Tagen hin- und hergerissen gewesen, ob er der Anziehung, die zwischen ihnen herrschte, weiter nachgeben sollte.

Er spürte, wie sie sich an ihn lehnte, und nahm sie fester in die Arme. Vielleicht sollte es so sein, dass er ihr heute Halt geben konnte.

Im Gegensatz zu ihm schien sie ihn bislang nicht wiedererkannt zu haben. Damals hatte er allerdings einen ungepflegten Vollbart getragen, war ausgemergelt und von Krieg und Krankheit gezeichnet gewesen. Hatte er ihrer Schwester nicht seine Karte hinterlassen, als sie ihn in ihrem Lazarett am See gesund gepflegt hatte? In der Hoffnung, es eines Tages wiedergutmachen zu können?

Sie hob den Kopf. Ihre Augen waren dunkel und aufgewühlt. Wie der Starnberger See bei Sturm.

»Steckt der Mistkerl dahinter, der dich vorgestern vom Fahrrad gestoßen hat?«, hakte er vorsichtig nach.

Katharina nickte. »Edmund Mosny heißt er. Er muss meinem Professor erzählt haben, dass ich bei dir arbeite. Jedenfalls hat Döderlein mich heute ausdrücklich gewarnt.«

»Weshalb hat dieser Mosny ein derart starkes Interesse daran, dir zu schaden?«

»Ich weiß es nicht.« Katharina seufzte. »Vermutlich habe ich ihn zu sehr in seiner Ehre gekränkt.« Sie erzählte ihm von einigen peinlichen Situationen, in die sich Mosny vor allen Studenten manövriert hatte, und auch davon, dass er ihr einige Male zu nah gekommen war. »Ich kenne ihn eigentlich gar nicht. Aber er muss in einer schlagenden Verbindung sein«, schloss sie. »Er trägt einen wulstig vernarbten Schmiss auf der Wange.«

»Augenblick …« Tom kam ein Gedanke. »Er ist schmächtig, das ist mir auf der Straße aufgefallen. Allerdings habe ich sein Gesicht nicht richtig sehen können, weil er sofort davongerannt ist, als er mich hat kommen sehen. Ist er blässlich, mit dünnem rötlichem Bart und rotblonden Haaren?«

»Du kennst ihn?«

»So einer war letztens in meiner Praxis und gab vor, unter Durchfall zu leiden. Anhand des Schmisses war mir klar, dass es sich nicht um jemand wirklich Bedürftigen handelt, habe ihm aber dennoch ein Mittel mitgegeben. Zwischendurch hat er mich nach dir gefragt.« Tom fuhr sich mit einer Hand durch die Haare. »Ich war überrascht, habe ihm aber dennoch gesagt, wann du das nächste Mal Dienst hast. Das war idiotisch von mir.«

»Du konntest ja nicht wissen, wer er ist und was er vorhat.«

»Eigentlich bin ich vorsichtiger.« Er suchte ihren Blick. »Katharina …« Er streichelte ihren Haaransatz, ihre Wangen, ihren Hals. Das zaghafte Lächeln, das sich auf ihrem gequälten Gesicht ausbreitete, ließ tiefe Zärtlichkeit in ihm aufsteigen. Er senkte den Kopf, atmete ihre Haut, hob ihr Kinn an.

Ein hektisches Klopfen an der Tür ließ ihn innehalten. »Herr Doktor?«

Mit Bedauern ließ Tom Katharina los. »Was gibt es denn, Fräulein Winter?«

»Der Herr Moser ist vom Baum gefallen. Es sieht schlimm aus.«

»Geh nur.« Katharina nickte ihm zu.

An der Tür blieb er noch einmal stehen. »Mach dir keine Gedanken wegen dieses Mosnys.« Tom wollte nicht, dass sie sich weiter quälte. »Sollte mich jemand auf deine Tätigkeit hier ansprechen, werde ich klarstellen, dass du ausschließlich unter meiner Aufsicht gearbeitet hast. Zudem gilt im Deutschen Reich die Kurierfreiheit. So schnell kann man dich rechtlich nicht belangen.« Er schloss einen Moment die Augen. »Noch ein Wort, Katharina: Frau Stenzl werde ich zumindest vorerst nicht einstellen können. Zum einen wegen ihres Hintergrundes, vor allem aber, weil die Armenpraxis geschlossen wird.«

»Geschlossen?« Katharina wirkte schockiert. »Aber warum denn?«

»Den Nonnen erscheint die Sittlichkeit der von ihnen betreuten Mädchen durch die Besucher gefährdet.« Ihm entfuhr ein spöttischer Laut. »Der wahre Grund aber ist ein anderer. Als ich letztens einen ihrer erbarmungswürdigen Schützlinge behandeln musste, habe ich die Umstände gesehen, unter denen die Mädchen dort leben müssen.«

»Essensentzug als Strafe? Davon hattest du mir erzählt …«

»Das ist leider nicht alles. Die Toiletten dürfen nur vor den Essenszeiten genutzt werden, im Arbeitssaal müssen die Kinder stundenlang Hohlsäume für Priestergewänder anfertigen. Ich habe mir erlaubt anzusprechen, dass ich das Arbeitspensum für zu groß erachte und dass die Strafen die Gesundheit der Mädchen ernsthaft bedrohen. Was kann ein Kind denn anstellen, dass es den Karzer rechtfertigt?« Er drückte die Klinke. »Wir sehen uns morgen Abend, Katharina. Ich hole dich um halb acht ab.«

28. KAPITEL

Die Villa von Rosina Gruber, am selben Abend gegen elf Uhr

»Wann haben diese starken Schmerzen angefangen?«, fragte Katharina. Vorsichtig tastete sie Nannerls Leib ab. Das Kind lag weit unten im Becken. Die Kontraktionen des Bauches waren deutlich zu spüren.

»Vor zwei Stunden«, antwortete die Gruberin, die neben Katharina stand.

»Am Anfang war es net so schlimm«, sagte Nannerl leise. »Dann bin ich zum Austreten gegangen. Da war dann schon wieder so viel Blut. Und dann tut es wieder so weh …« Sie brach ab, ihr Gesicht verzerrte sich unter der Wucht einer neuen Welle des Schmerzes.

»Können wir Doktor von Bogen hinzuziehen?«, fragte Katharina die Gruberin.

»Ich geh gleich rüber«, erwiderte die Gruberin.

»Nein, ich mach das!«, hörte Katharina Zara sagen, die unbemerkt ins Zimmer gekommen war. »Bleiben Sie nur hier, Frau Gruber.«

Katharina drehte sich zu Zara um und nickte ihr zu. »Danke!« Ein Glück, dass wenigstens sie anwesend war. Eva und Lola hatten das Haus schon am frühen Abend verlassen, um sich mit der Malerin Maria Luiko wegen der Ausstellung im Glaspalast zu treffen – bisher waren sie noch nicht zurückgekehrt.

»Ich bin gleich wieder da!« Zara hob die Hand, dann verließ sie das Zimmer.

Katharina strich noch einmal sanft über Nannerls leicht gewölbten Bauch.

»Kann man denn gar nichts tun?«, fragte die Gruberin ratlos.

»Hier nicht«, erwiderte Katharina. »Um die Ursache herauszufinden, müssen wir sie ins Klinikum bringen.«

»Nein …«, wimmerte Nannerl.

»Es könnte sein, dass die Fruchtblase einen Riss hat und der Muttermund sich öffnet, Nannerl.« Katharina drückte die Hand des Mädchens. »Oder sonst etwas nicht stimmt. In der Klinik kann dir und dem Kind besser geholfen werden.«

»Wäre das gefährlich, so ein Riss?« In Rosina Grubers Gesicht stand große Sorge.

»Definitiv. Es kann zu Infektionen kommen. Unter Umständen auch zu einer Frühgeburt. Deshalb gehört sie in fachkundige Hände.« Katharina zog einen Untersuchungshandschuh an. »Ich schaue jetzt nach deinem Muttermund, Nannerl. Das haben wir schon einmal gemacht. Du brauchst keine Angst zu haben.«

Die Gruberin hielt die Decke auf, während Katharina die

bimanuelle Untersuchung durchführte. Kaum war sie fertig, ging wieder eine größere Menge Blut ab.

»Ich hole noch mehr Tücher!« Rosina Gruber deckte Nannerl wieder zu und machte sich auf den Weg in die Wäschekammer am Ende des Flurs.

Katharina zog den Handschuh ab und legte ihn in einen bereitgestellten Eimer.

»Wie geht es meinem Kind?«, flüsterte Nannerl.

»Es geht ihm den Umständen entsprechend.« Katharina wollte das Mädchen nicht noch mehr beunruhigen. Tatsächlich aber war sie sehr besorgt. Der Gebärmutterhals hatte sich im Vergleich zur letzten Untersuchung deutlich verkürzt, der Muttermund war etwa einen halben Zentimeter weit geöffnet.

Die Gruberin kehrte ins Zimmer zurück. Gemeinsam hoben sie Nannerls Becken ein wenig an, indem sie ein Kissen darunterstopften und die Unterlage verstärkten. Katharina hoffte, durch diese Lagerung den Muttermund zu entlasten.

»Doktor von Bogen ist nicht da!« Außer Atem kehrte Zara zurück. »Er macht noch Hausbesuche. Seine Haushälterin meint, dass es spät werden wird.«

Katharinas Sorge verstärkte sich. Auch wenn Tom kein Gynäkologe war, besaß er doch ein umfangreiches Allgemeinwissen. Zudem hätte er ein Automobil gehabt, um Nannerl zu transportieren.

Katharina ließ die Gruberin bei Nannerl zurück und zog Zara auf den Flur. »Ich würde sie lieber im Krankenhaus wissen.«

»Aber wie bringen wir sie dorthin?«

»Wir lassen einen Krankenwagen kommen. Mir ist die Situation zu unsicher. Nicht nur wegen des Kindes, sondern auch wegen der Mutter.«

Eine knappe Stunde später rollte der Krankentransportwagen in den Hof der Universitätsfrauenklinik und wurde von einer Nachtschwester empfangen. Gemeinsam lagerten sie Nannerl von der Trage auf eine Liege mit Rollen um, die Sanitäter erhielten zeitgleich den nächsten Notruf und machten sich sofort wieder auf den Weg. Als nur wenige Minuten später ein zweites Einsatzfahrzeug vorfuhr, ließ Katharina die Nachtschwester wissen, dass sie sich als Studentin im Klinikum gut auskenne und Nannerl selbst auf die richtige Station bringen könne. Die Nachtschwester nahm ihr Angebot dankbar an. Gemeinsam mit Zara schob Katharina Nannerls Liege zum Aufzug und weiter in eines der Untersuchungszimmer in der Ambulanz. Besorgt sah sie, dass das Mädchen weiterhin frisches Blut verlor und unkontrolliert zitterte.

»Bleib du bei ihr«, bat Katharina die Freundin. »Ich suche Professor Döderlein. Er ist meistens bis spät in die Nacht irgendwo im Klinikum zu finden.«

Sie machte sich auf den Weg, lief über die mit Glühlampen hell beleuchteten Flure und Treppen, fragte vor dem OP-Bereich nach, ob er sich in einer Operation befände, sah in die Gebärsäle und auf die Wöchnerinnenstationen, wo die Mütter gemeinsam mit ihren Kindern in den Zimmern schlummerten. Sie schaute sogar zur Strahlenabteilung, die um diese Uhrzeit aber wie erwartet in tiefem Dunkel lag. Döderlein war nirgends zu finden, zugleich herrschte im Klinikum ungewöhnlich viel Betrieb. Nannerl war offenbar nicht der einzige Notfall in dieser Nacht.

Schließlich klingelte sie beim Direktor. Die Haushälterin öffnete die Tür einen Spaltbreit und teilte ihr mit, dass das Ehepaar Döderlein für das Wochenende nach Grainau gefahren war, wo der Professor ein Haus besaß.

Katharina hastete zurück zu Nannerl, um Zara Bescheid zu geben, dass sie nach einem diensthabenden Arzt suchen würde. Doch als sie zurückkehrte, stand Zara mit entsetztem Gesichtsausdruck auf dem Flur vor dem Untersuchungsraum. »Gott sei Dank bist du zurück, Katharina! Wo ist der Professor?«

»Er ist nicht im Haus«, erwiderte Katharina. »Geht es ihr schlechter?«

»Ich habe Angst um sie.«

Zara schloss die Tür, während Katharina an Nannerls Liege eilte. Bleich lag das Mädchen auf dem dünnen Kissen, zugleich krümmte sie sich in Sekundenabständen. Zara hob das dünne weiße Laken, das sie über Nannerls gebreitet hatten. Darunter war alles blutgetränkt.

Katharina griff nach einem Stethoskop. »Gib mir ein Paar Untersuchungshandschuhe, Zara. Sie liegen auf dem Rollwagen.«

Katharina zog Nannerls Nachthemd über den Bauch, setzte das Stethoskop an und suchte den Herzschlag des Babys. Vergeblich.

Sie zog einen Hocker heran und nahm die Handschuhe entgegen. »Handtücher und Laken sind hinten im Schrank!«, warf sie Zara zu, während sie zugleich nach dem Muttermund tastete. »Das Kind scheint nicht mehr am Leben zu sein. Der Muttermund ist vollständig geöffnet.«

Nannerl ließ ein lang gezogenes Weinen hören, aber darauf konnte Katharina keine Rücksicht mehr nehmen. »Ich muss ihr helfen«, keuchte Katharina und zog einen weißen Kittel über, »sonst verlieren wir beide!«

Mit letzter Kraft begann Nannerl, um sich zu schlagen. »Halte ihre Arme fest, Zara!«

Nannerls leblosem Kind auf die Welt zu helfen, war die dunkelste Stunde in Katharinas Leben. Völlig erschöpft übergab sie das winzige Baby schließlich an Zara, die es in weiße Tücher wickelte.

»Ich will es haben!« Nannerl begann zu schluchzen. »Gebt es mir!«

Katharina sah Zara an, dann nickte sie. Zara legte das Kind an Nannerls Brust.

Katharina horchte Nannerls Herz ab und begutachtete die Nachgeburt. »So wie es aussieht, hat sie Glück gehabt«, sagte sie leise zu Zara. »Die Plazenta scheint ganz ausgestoßen worden zu sein. Die Blutung ist weniger geworden.«

»Was machen wir denn jetzt?«, fragte Zara. »Wir brauchen doch noch einen Arzt, oder?«

In diesem Augenblick wurde Katharina die ganze Tragweite der Situation bewusst.

Panik ergriff sie. »Ich denke, wir sollten das Klinikum verlassen. Lass uns alles sauber machen. Dann rufen wir ein Taxi.« Hektisch begann sie, das Untersuchungszimmer aufzuräumen.

»Ja, aber, wenn sie doch so viel Blut verloren hat?«, fragte Zara, griff aber nach Putztüchern, füllte Wasser in das Waschbecken und gab Seife dazu.

»Ich werde sie während der nächsten Tage überwachen«, entgegnete Katharina. »Dann haben wir ja noch Doktor von Bogen. Sie ist also in guten Händen.«

Sie sah auf Nannerl, die mit traurigem Lächeln ihr totes Kind streichelte. »Ich halte sie für stark genug. Der Grund ihres Leides ist ja nun – beseitigt.« Sie merkte, dass sie sich herzlos anhörte. Aber für den Fötus konnte sie ohnehin nichts mehr tun. Ihre eigene Zukunft jedoch, die konnte sie noch retten.

»Mach du weiter sauber«, sagte sie zu Zara. »Ich besorge einen Rollstuhl.« An der Tür hielt sie kurz inne. »Ich weiß zudem nicht, ob es gut für uns ist, zusammen gesehen zu werden.«

Zara nickte ernst. »Daran habe ich auch schon gedacht. Eine Person mit unheller Haut in diesen heiligen Hallen …«

»Das meine ich nicht. Aber man erkennt dich einfach schnell wieder.«

Als Katharina auf den Flur trat, meinte sie, einen Schatten wahrzunehmen, der gerade um die nächste Ecke verschwand. Sie ging hin, um nachzusehen, aber der Gang war leer. Vermutlich hatte ihr übermüdeter Geist ihr einen Streich gespielt.

Die elektrische Uhr im Untersuchungszimmer zeigte elf Minuten nach zwei Uhr in der Nacht, als sie einen letzten Blick auf den gereinigten Raum warfen, das Licht löschten und die Tür zuzogen. Mit einem Wäschesack unter dem Arm, dem in Tücher gepackten Kind und Nannerl im Rollstuhl verließen sie das Klinikum. Der Pförtner, der sich in die *Münchner Neueste Nachrichten* vertieft hatte, winkte lediglich und öffnete ihnen ohne Nachfragen das Tor hinaus in die Nacht. Vom nächsten öffentlichen Münzfernsprecher aus bestellten sie eine Autodroschke.

Mit tiefer Befriedigung legte Edmund Mosny den weißen Kittel und den Mundschutz ab, mit dem er sich maskiert hatte, und huschte über die Flure der Universitätsfrauenklinik in Richtung Ausgang. Seine wochenlange Überwachung hatte endlich Früchte getragen. Er hatte den Schmetterling gefangen. Katharina Lindners Schicksal lag in seiner Hand. Er musste nur noch entscheiden, auf welche Art er sie präparieren würde.

TEIL 3
GEBROCHENE FLÜGEL

Februar bis Mai 1928

29. KAPITEL

Die Villa von Rosina Gruber, Samstagnachmittag, 25. Februar 1928

»Es ist gesunken.« Konzentriert betrachtete Katharina die silbrige Anzeige des Thermometers. »Auf knapp achtunddreißig Grad.«

Rosina Gruber, die frische Wäsche gebracht und in eine Kommode geräumt hatte, trat neben sie. »Gott sei Dank.«

Katharina schüttelte die Quecksilbersäule zurück und legte das Thermometer auf den Nachttisch neben Nannerls Bett. Dem Mädchen ging es nicht gut, seit Katharina sie am späten Vormittag dazu überredet hatte, ihr das tote Kind zu überlassen. Regungslos starrte sie an die Wand.

»Traurig ist sie. Deshalb hat sie Fieber. Und nicht wegen einer Kindbettkrankheit.« In Rosina Grubers Gesicht stand Mitgefühl. Sie war es, die den unreifen Fötus dem Pfarrer zur Bestattung übergeben hatte mit dem Hinweis, ihn tot in den Maximiliansanlagen aufgefunden zu haben. Der Geistliche hatte wohl barmherzig reagiert und versprochen, sich diskret zu kümmern.

»Das kann sein, Frau Gruber.« Katharina rieb sich den Nacken. Ein starker Kopfschmerz zog sich von dort bis in die Schläfe. »Manche Dinge sind nur schwer zu ertragen.«

»Hoffen wir vor allem, dass sie bald wieder ganz gesund ist.« Rosina Gruber strich über Nannerls feuchte Stirn und sah dabei Katharina an. »Da haben Sie wirklich eine schlimme Nacht gehabt, Fräulein Katharina. Das Fräulein Zara hat mir alles erzählt. Ich mag mich net einmischen, aber vielleicht wäre es besser gewesen, in der Klinik zu bleiben und auf den Arzt zu warten, anstatt einfach mit dem Nannerl nach Hause zu gehen.«

»Das stimmt.« Katharina senkte den Kopf. »Hinterher ist man immer klüger.«

Mit einem leisen Klacken öffnete sich die Tür.

Die Gruberin drehte den Kopf. »Ah, jetzt bekommen Sie endlich Unterstützung, Fräulein Katharina! Grüß Gott, Doktor von Bogen.«

»Grüß Gott, Frau Gruber!«

Die Gruberin setzte ihr breitestes Lächeln auf und nahm ihm die Klinke aus der Hand. »Ich bin dann unten und mache das Essen fertig.«

Kaum war sie zur Tür hinaus, fand Katharina sich in einer warmen Umarmung wieder. »Es tut mir leid, dass ich nicht sofort kommen konnte, Katharina.«

»Wie geht es deinem Herzpatienten?«

»Er hat mich die ganze Nacht auf Trab gehalten. Jetzt ist er endlich stabil.«

»Wenigstens ist bei dir nicht alles aus dem Ruder gelaufen.«

»Das ist es schon. Aber ich konnte das Schiff wieder auf Kurs bringen. Jetzt befindet er sich im Krankenhaus für weitere Untersuchungen.«

Tom ließ Katharina los und ging zu Nannerl, die auf sein Kommen nicht reagiert hatte. Noch immer lag sie mit dem Gesicht zur Wand im Bett.

»Die Temperatur ist kurzzeitig bei knapp neununddreißig Grad gewesen, jetzt aber wieder gesunken.« Katharina trat neben ihn. »Was denkst du? Wird sie noch ein Kindbettfieber entwickeln?«

»Noch ist es nicht ganz auszuschließen. Aber wenn es ihr jetzt besser geht, dann reicht es, sie hier zu überwachen.«

»Ich möchte sie in der kommenden Nacht nicht allein lassen.« Katharina legte eine Hand auf seinen Oberarm. »Das bedeutet, dass ich unserer Verabredung heute Abend nicht nachkommen kann. Es tut mir leid.«

»Ich kann es auch nicht.« Er lächelte ihr aufmunternd zu. »Denn ich bleibe hier bei dir. Sollte sie wider Erwarten noch einmal in die Klinik müssen, ist es besser, wir sind zu zweit.«

»Danke.« Katharina merkte, wie ihr leichter wurde.

»Ich hoffe, dass es irgendwann einmal ein Medikament gibt, das diesen Bakterien den Garaus macht«, sagte Tom. »Dann wäre nicht nur das Kindbettfieber Geschichte, sondern viele Krankheiten, die heutzutage tödlich enden können.«

Etwas raschelte. »Herr Doktor …« Nannerl hatte ihren Kopf gewandt.

»Wie kann ich dir helfen?« Tom beugte sich über sie.

Nannerl hob eine Hand und zeigte auf Katharina. »Die hat mir mein Kind weggenommen!«

Katharina versteifte sich.

Tom nickte Katharina zu. Dann setzte er sich auf den Hocker, der neben Nannerls Bett stand, und sah das Mädchen ernst an. »Es ist sehr traurig, dass du dein Kind verloren hast. Aber gleichzeitig hast du Glück gehabt. Weil Fräulein Lindner dich behandelt hat, wirst du wieder ganz gesund.«

»Aber ohne mein Kind«, klagte Nannerl, »hat das Leben doch keinen Sinn.«

»Irgendwann wirst du wieder guter Hoffnung sein. Und dann hast du hoffentlich einen tüchtigen Mann an deiner Seite, der für euch sorgt.«

»Meinens des wirklich, Herr Doktor?«

»Allerdings. Du bist jung. Das Leben erwartet dich.«

Nannerl warf ihm einen langen Blick zu. Dann rieb sie sich über ihre Augen. »Ich bin so müde.«

»Hat sie etwas gegessen?«, wandte sich Tom an Katharina.

»Bisher nicht.«

»Dann besorgen wir ihr etwas. Und dir gleich mit, Katharina.«

Auf dem Esstisch stand ein herzhaftes Hirschgulasch, eine Schüssel mit Spätzle und eine Schale mit Preiselbeermarmelade. Die Gläser waren mit Wein oder Wasser gefüllt. Katharina, die zunächst keinen großen Appetit verspürt hatte, schmeckte es von Bissen zu Bissen besser, zumal Rosina Gruber sich große Mühe mit den schwäbischen Spätzle gegeben hatte, weil Katharina diese so gerne mochte. Zugleich breitete sich eine große Müdigkeit in ihr aus. Ihre Augen wurden schwer.

»Das Fräulein Katharina fällt gleich vom Stuhl.« Rosina Gruber schien sie beobachtet zu haben. »Ich würde sagen, Sie schlafen heute Nacht am besten beim Fräulein Zara.«

»Ich würde lieber bei Nannerl bleiben«, widersprach Katharina.

»Ich passe auf das Nannerl auf«, versicherte die Gruberin. »Und wenn was ist, geb ich Bescheid!«

»Ich würde das Angebot annehmen«, flüsterte Eva Katharina zu. »Erstens ist Gegenwehr zwecklos. Und zweitens brauchst du wirklich ein bisschen Ruhe.«

»Wenn ihr meint?«, antwortete Katharina. Die Aussicht auf ein paar Stunden Schlaf war verlockend.

Tom, der ihr gegenübersaß, hob sein Wasserglas und nickte bestätigend.

»Lasst mich zu Lola in die Jahnstraße gehen heute Nacht. Ich wollte mich mit ihr eh noch über die Ausstellung im Glaspalast unterhalten«, schlug Eva vor. »Dann kann Katharina mein Bett haben.«

»Sag bloß, dass das Treffen mit der Malerin gestern etwas vorangebracht hat!« Zara warf Eva einen interessierten Blick zu.

»Die Hoffnung hat es vorangebracht.« Eva verzog das Gesicht. »Versprochen hat sie uns nichts. Aber wir dürfen ihr eine Mappe zusammenstellen, die sie den Ausstellungsverantwortlichen einer Künstlergruppe vorlegt.«

»Wir?« Katharina stutzte. »Planst du denn, selbst im Glaspalast auszustellen?«

»Ich denke, dass die Aussichten eher schlecht sind«, wehrte Eva bescheiden ab. »Aber versuchen möchte ich es und werde zwei Fotografien meiner Skulpturen beilegen. Wenn es in diesem Jahr nicht klappt, dann vielleicht im nächsten. Und wenn es nicht im Glaspalast sein kann, dann anderswo. Gelegenheiten bieten sich immer wieder.«

»Ich sehe deine Plastiken schon dort stehen.« Katharina leckte einen Rest Preiselbeermarmelade von der Gabel. Als sie aufsah, bemerkte sie, dass Tom sie dabei beobachtete. Sein Blick sandte ein Prickeln über ihren Nacken.

»Es gibt noch etwas«, fuhr Eva fort. »Lola und ich werden beide an die Kunstgewerbeschule wechseln.«

Katharina löste ihren Blick aus der stummen Liebkosung und sah die Freundin überrascht an. »Lola verlässt die Akademie auch?«

»Es war nicht gerade leicht, sie zu überreden.« Eva wirkte beflügelt. »Jetzt fehlt nur noch Zara.«

»Wechselt ihr nur.« Zara legte ihr Besteck auf dem Teller ab. »Für mich wird es in München nicht weitergehen. Hier kann aus mir nichts werden, die Widerstände sind zu groß. Und immer ein Aktmodell zu bleiben, das im Kinderasyl arbeitet, ist nicht mein Lebensziel.«

Am Tisch herrschte betroffene Stille.

»Du willst München verlassen?«, vergewisserte sich Katharina.

»Nicht nur München, sondern Deutschland. Aber noch habe ich nichts konkret geplant.« Um Zaras Mund legte sich ein bitterer Zug. »Aber dieses Gerede über die schlechten und die guten Erbanlagen wird immer schlimmer, die Blicke der Leute auf der Straße immer abfälliger. Werde ich irgendwann zwangssterilisiert?«

»So weit wird es hoffentlich nicht kommen, aber diese Tendenzen gibt es leider tatsächlich«, entgegnete Tom. »Schon vor Jahren verankerte der Reichsgesundheitsrat Entsprechendes in seinen Leitsätzen. Damit soll – ich sage das jetzt bewusst despektierlich – die Wiederauffüllung des deutschen Volkes mit möglichst erbgesundem Nachwuchs garantiert werden. Und damit ist man sogar hinter den Forderungen der Rassehygieniker zurückgeblieben. Diese ganze Diskussion ist unsinnig und gefährlich.«

»Da haben Sie recht, Herr Doktor!«, sagte Rosina Gruber. »Mei, ich komm ja rum in der Stadt, und da hört man des auch überall.«

»Die Diskussion wird unter dem Schirm der Wissenschaft geführt«, warnte Tom. »Deshalb kann ich Zaras Sorgen gut nachvollziehen.«

Katharina dachte an Döderlein. Selbst ein so intelligenter und angesehener Mann wie er betonte immer wieder die Wichtigkeit eines erbgesunden Volkes.

»Unser Fräulein Zara darf net weggehen.« Die Gruberin wirkte entschlossen. »Sie bleibt bei mir.«

»So schnell werde ich auch nicht gehen, liebe Frau Gruber.« Zara lächelte ihre Zimmerwirtin an. »Dazu fühle ich mich bei Ihnen viel zu wohl.«

»Man darf sich diesen Unsinn nicht gefallen lassen.« Katharina trank einen Schluck Wasser. »Wozu haben wir denn eine Demokratie?« Sie schüttelte den Kopf. »Haben wir Frauen nicht gerade erst unsere Kraft entdeckt und unseren Willen, etwas zu bewegen? Wir sollten beides dafür einsetzen, um dieses eugenische Geschwätz zu been…«

Das Schellen der Türglocke unterbrach ihr Gespräch.

Die Gruberin legte ihre Serviette neben ihren Teller und stand auf. »Des wird des Fräulein Lola sein.«

»Ich habe mich schon gewundert, wo sie bleibt«, sagte Eva. »Eigentlich wollte sie vor einer Stunde kommen.«

Der Ausdruck auf Lolas Gesicht, als sie, gefolgt von der Gruberin, ins Speisezimmer trat, war ungewöhnlich ernst. Die Unterhaltung erstarb.

»Gerade war jemand bei uns in der Jahnstraße.« Lola blieb am Tisch stehen und sah Katharina an.

Ein ungutes Gefühl machte sich in Katharina breit. »Wer denn?«

»Er hat sich mit Mosny vorgestellt.« Lola wirkte angeekelt. »Ein unangenehmer Mensch. Er sagte, er müsse dich warnen.«

»Edmund Mosny … bei uns zu Hause …«, flüsterte Katharina.

»Ist das …?« Lola schien zu begreifen.

»Ja. Das ist er.«

30. KAPITEL

München, Donnerstag, 1. März 1928

»Habens sonst noch einen Wunsch, gnädiges Fräulein?« Die betagte Verkäuferin des *Geschäfts für Bürobedarf und Schreibwaren ANDREAS KAUT* in der Kaufingerstraße lächelte Katharina freundlich an.

Katharina schüttelte den Kopf. »Nein, danke. Das wäre alles.«

Ein leises Tippen, ein Rattern. »Das macht dann zwei Mark und zehn Pfennig.« Mit markantem Klingeln sprang die Schublade der reich verzierten silbernen Registrierkasse auf.

Katharina reichte der Angestellten die abgezählten Münzen. Während diese metallisch klirrend ihren Weg in die Kassenfächer fanden, verstaute Katharina Stifte, Hefte und Papier in ihrem Rucksack.

»Danke für Ihren Besuch, Fräulein! Beehrens uns doch bald wieder!« Das breite Lächeln der Verkäuferin begleitete Katharina bis zur Tür.

Sie schulterte ihren Rucksack und stieg auf ihr Fahrrad – nur um nach wenigen Metern wieder abzusteigen. Ein lautstarker Zug aus Menschen und Hunden kreuzte ihren Weg, skandierende Rufe mischten sich mit Jaulen, Fiepen und Bellen. Gleich einer ungeordneten Legion bewegte sich die Menge die Straße entlang. *Ich möchte auch manchmal mit der Trambahn fahren* las Katharina auf einem Plakat, welches eine Frau in weißem Mantel und schwarzem Hut in die Höhe hielt. Zugleich versuchte sie ihren an der Leine zerrenden Dackel unter Kontrolle zu halten, der sich mehr für seine Hundekollegen interessierte als dafür, künftig mit der Tram fahren zu dürfen.

Schmunzelnd wartete Katharina, bis die protestierenden Hundebesitzer vorbeigezogen waren; dann radelte sie weiter, durch das Tal und am Isartor vorbei in Richtung *Müller'sches Volksbad.* Schon auf der Ludwigsbrücke lockte der auf der anderen Seite des Flusses liegende Badetempel mit seinem unverkennbaren Uhrenturm. In der Luft lag eine Ahnung des kommenden Frühlings.

Das Wasser der Isar rauschte zu ihrer Linken, als Katharina ihr Fahrrad abstellte und durch den mittleren von drei säulenbestandenen Rundbögen das Vestibül des Bades betrat, wo heute überraschend wenig Betrieb herrschte. Weil die Menschen ihren Feierabend gerne zum Schwimmen oder Dampfbaden nutzten, war die Schlange vor der Kasse um diese Uhrzeit am späten Nachmittag normalerweise beträchtlich länger. Sie löste eine Eintrittskarte und ging durch den mit Marmor und Stuckelementen elegant ausgestatteten

Frauenwarteraum zu den Umkleiden am Beckenrand. Dort tauschte sie ihr dunkel und hellgrün gestreiftes Wollkleid mit dem Badetrikot und trat aus der Holzkabine in die Frauenbadehalle.

Das Muster der blauen Kacheln am Boden des Schwimmbeckens erinnerte an ein römisches Bad. Über eine eiserne Badeleiter stieg Katharina ins Wasser, spürte, wie es Beine, Hüfte, Schultern umfing, und tat die ersten kräftigen Schwimmzüge in dem drängenden Bedürfnis, sich freizuschwimmen von der Last der Tage und der Unsicherheit, die Edmund Mosnys Besuch in ihrer Wohnung hinterlassen hatte.

Sie tauchte unter, versuchte, alle Gedanken loszulassen und sich nach Hause zu träumen. Die Illusion währte nur kurz, aber das wusste Katharina. Das Volksbad war nicht der Bodensee. Sie musste nicht gegen Naturgewalten anschwimmen und konnte sich auch nicht dem Gefühl der Unendlichkeit hingeben. Mit nur wenigen Schwimmzügen gelangte sie von einer Beckenwand zur anderen. Und doch gab ihr das Spiel des Wassers um ihren Körper das Gefühl, ganz bei sich selbst zu sein.

Sie zog ihre Bahnen und fragte sich dabei zum wohl hundertsten Mal, warum das Frauenbecken nur halb so lang war wie das der Männer in der Schwimmhalle nebenan. Überhaupt empfand sie die Geschlechtertrennung als völlig überholt und eine freie Wahl des Beckens als längst überfällig. Wer aktiv schwimmen wollte, könnte das große, wer gemütlich baden wollte das kleinere nutzen. Eigentlich ganz einfach.

Katharina drehte sich auf den Rücken. Das Wasser gurgelte leise, und die Sanftheit, mit der es ihren Körper umfloss, ließ ihre Gedanken unwillkürlich zu Tom wandern. Während der vergangenen Tage hatten sie sich zwar in der Armenpraxis gesehen, ihre Verabredung zum Essen aber noch nicht nachgeholt. Wie es wohl wäre, mit ihm hier zu schwimmen?

Eine Dreiviertelstunde später ließ sie den letzten Schwimmzug ausgleiten, wischte sich das Wasser aus Augen und Gesicht und pausierte am Beckenrand. Ihr Blick schweifte über das Türkisblau der Wasseroberfläche hin zu einem gegenüberliegenden Wasserspeier in Form eines steinernen Löwenkopfes, streifte die Reihen der um das Becken angeordneten Umkleidekabinen und wanderte entlang der tragenden Säulen empor zu einer mit verzierten Eisengittern abgesicherten Galerie, von der aus man einen hübschen Blick auf das Becken hatte. Lampen in Form übergroßer Glühbirnen in verschnörkelten Halterungen ergänzten mit ihrem orangegelben Schein das nachlassende, durch die gerundeten Fenster einströmende Tageslicht.

Es war ein schöner Ort, Münchens ältestes öffentliches Hallenbad, das sein Stifter Karl Müller ausdrücklich der einfachen Bevölkerung zugedacht hatte. Dementsprechend beherbergte das Untergeschoss Brause- und Wannenbäder für diejenigen Bürger, welche sonst keine geeigneten Möglichkeiten zur Körperreinigung hatten. *Tröpferlbad* nannten es die Münchner. Derer gab es über die Stadtteile verteilt zwar mehrere, aber keines war so feudal wie das um die

Jahrhundertwende eröffnete Müllersche Badeetablissement – eine Mischung aus römischer Tempelanlage und barocker Kirche, gespickt mit den Stilelementen der Jahrhundertwende.

Katharina warf einen Blick auf die reich verzierte Uhr, die über der Schwimmhalle schwebte. Ihre Stunde Badezeit war nahezu um. Sie stieß sich vom Beckenrand ab und glitt für ein paar letzte Bahnen durch das angenehm temperierte Wasser.

Es dunkelte bereits, als Katharina sich auf den Heimweg machte. Sie wählte den Weg über die Corneliusbrücke und den Gärtnerplatz und erreichte knapp zehn Minuten später ihr Zuhause in der Jahnstraße. Die Straßenlampen warfen gelbliches Licht über die Fassaden der umliegenden Stadthäuser. Eine Katze huschte über die Straße.

Katharina schob ihr Fahrrad in den Schopf im Hof, hängte ihren Rucksack über eine Schulter, drückte die Hauseingangstür auf und sah in den Postkasten. Der Brief einer Freundin aus Karlsruher Gymnasialzeiten lag darin. Sie steckte ihn in ihre Manteltasche.

Über zwei Steinstufen und entlang eines kurzen Flurs führte ihr Weg in eine Eingangshalle, von der aus eine breite, gewundene Stiege in die oberen Stockwerke führte. Sie hatte den Treppenabsatz noch nicht erreicht, als ihr jemand unerwartet in den Weg trat.

»Guten Abend, Fräulein Lindner.«

Katharina zuckte zusammen, als sie Edmund Mosny erkannte. Vier Tage waren vergangen, seit er bei Lola nach ihr gefragt hatte.

»Was wollen Sie?«, fragte sie barsch und versuchte, sich an ihm vorbeizudrängeln.

Mit einem Arm hielt er sie auf. »Hat Ihre rothaarige Freundin Ihnen ausgerichtet, dass ich da gewesen bin?«

»Ich habe Ihnen schon einmal gesagt, dass Sie sich von mir fernhalten sollen.« Angewidert machte Katharina ein paar Schritte zur Seite.

Er lachte hämisch und rückte seine weiße Burschenschaftsmütze zurecht. »Es hat keinen Zweck, Fräulein Musterstudentin. Die Zeiten, in denen Sie sich über mich lustig gemacht haben, sind vorbei. Ab jetzt tanzen Sie nach meiner Pfeife.«

»Ehrlich gesagt, Herr Mosny«, Katharina sah ihn feindselig an, »verschwende ich keinen Gedanken an Sie. Nicht einmal einen spöttischen.«

»Immer noch so arrogant. Ts-ts-ts.« Er spuckte beim Sprechen. »Nach all den Warnungen, die ich Ihnen habe zukommen lassen?«

»Verschwinden Sie.«

»Ich weiß, dass Sie ein Kind abgetrieben haben.«

Katharina stutzte, dann lachte sie. »Was erzählen Sie da für einen Unfug!?« Es sollte spöttisch klingen.

»Wer hat in der Nacht auf den fünfundzwanzigsten Februar in der Universitätsfrauenklinik einem ungeborenen

Leben heimlich ein Ende gesetzt? Und dabei beinahe die arme, unschuldige Mutter umgebracht?«

Katharina wurde es kalt.

Nannerl.

Die Nacht vor sechs Tagen.

War er der Schatten gewesen, den sie auf dem Krankenhausflur bemerkt zu haben glaubte? Ihre Gedanken begannen zu rasen. Gleichzeitig versuchte sie, ruhig zu bleiben. Auf keinen Fall durfte sie sich betroffen zeigen. »Selbst wenn Sie sich einbilden, irgendetwas dieser Tragweite beobachtet zu haben«, sagte sie nachdrücklich, »können Sie sicher sein, dass nichts dergleichen vorgefallen ist. In dieser Nacht musste ich eine Frühgeburt behandeln. Als Notfall. Ohne ärztliche Hilfe wäre die Patientin verblutet.«

»So nennt man das also? Einen medizinischen Notfall«, höhnte er mit schmierigem Grinsen. Seine Zähne waren weiß, standen aber weit auseinander. »Ich und meine Zeugen haben etwas völlig anderes gesehen.«

Katharina versuchte sich an einem überlegenen Lachen. »Ihre medizinischen Kenntnisse lassen wie gewohnt zu wünschen übrig. Sonst würden Sie es nicht wagen, eine solch lächerliche Behauptung aufzustellen.«

Edmund rückte näher. »Dafür kann ich dich ins Gefängnis bringen, Katharina.«

»Warum tun Sie das, Herr Mosny?« Katharina richtete sich auf. »Was wollen Sie von mir?«

»Das habe ich dir schon einmal gesagt«, zischte er. »Hau

ab aus München. Damit ein Weib weniger die Universität und die Medizin verdirbt.«

»Glauben Sie ernsthaft, dass Sie mich dazu bringen, das zu tun?« Katharina ballte die Fäuste. Zugleich rutschte ihr Rucksack von der Schulter und schlug mit einem klatschenden Geräusch auf dem Boden auf. »Sie sind noch dümmer, als ich dachte.«

»Reize mich nur noch mehr.« Er machte einen weiteren Schritt auf sie zu. »Du wirst es bitter bereuen …«

»Verlassen Sie sofort dieses Haus!« Katharina hoffte, dass ihre Stimme fest klang. »Sonst werde ich morgen Anzeige gegen Sie erstatten!«

»Du willst nicht verstehen.« Mosnys Brauen zogen sich zusammen, ein Ruck ging durch seinen Körper. Dann legte sich seine rechte Hand wie ein Schraubstock an ihre Kehle. Brutal drängte er sie mit dem Rücken gegen die Wand, versuchte, mit der anderen in ihren Schritt zu greifen. Ihr Mantel war ihm im Weg.

Katharina stieß einen heiseren Schrei aus und versuchte ihn wegzustoßen. Er schwankte, aber es gelang ihr nicht, sich zu befreien.

»Du hältst dich für unabhängig.« Er riss ihr den Hut vom Kopf. »Dabei liegst du längst unter meiner Schuhsohle.«

Der Schmerz, der sie durchlief, als er seine Hand auf ihre rechte Brust legte und zudrückte, war unerträglich. »Nein«, keuchte Katharina. »Lassen Sie mich los, bitte!«

In seinen Augen lag ein unheilvolles Glimmen. »Nun? Wo ist deine Unabhängigkeit, Katharina?«, raunzte er. »Vielleicht gefällt es dir sogar, wenn dir jemand endlich zeigt, wo dein Platz ist?« Noch einmal krallten sich seine Finger in ihre weiche Brust.

Katharina entfuhr ein gellender Schmerzenslaut.

Er schob seine Hüften vor, als wolle er sie mit dieser Bewegung an die Wand nageln.

»Nein!«, keuchte Katharina. »Bitte, nicht!«

Das Licht im Flur flackerte.

31. KAPITEL

Jeder Atemzug war ein kleiner Sieg. Eingepresst zwischen der Wand und seinem Körper, wehrte sie sich gegen die Ohnmacht. Lichtpunkte tanzten hinter ihren geschlossenen Lidern, ihr Körper begann zu zittern, in ihren Ohren rauschte es.

Plötzlich ließ der Druck nach, Edmund Mosny brüllte.

Ein dumpfer Schlag, schweres Atmen.

»Lass deine dreckigen Finger von ihr!«

Tom.

Die Erleichterung ließ Katharinas Knie nachgeben. Langsam glitt sie entlang der Wand zu Boden und sank schließlich in sich zusammen.

Ein Rumpeln.

Mühsam hob sie die Lider.

Im trüben Flurlicht, das noch immer flackerte, sah sie, wie Tom Edmund Mosny am Kragen vom Boden zurück in die Senkrechte zog. »Wenn du es noch einmal wagst, sie zu belästigen, dann gnade dir Gott!«

Mosny erwiderte etwas, das Katharina nicht verstand. Zugleich versuchte er, sich aus dem festen Griff des Arztes zu winden.

Er hatte keine Chance.

»Nie! Wieder!« Tom schüttelte Mosny. »Verstanden?« Er zerrte den sich noch immer wehrenden Studenten in Richtung Haustür.

»Verflucht!«, wütete Mosny. »Das wird Ihnen noch leidtun!«

»Das denke ich nicht!« Gewaltig hallte Toms sonore Stimme von den Wänden wider. Mit nur einer Hand hielt er Mosny in Schach, um mit der anderen die Haustür zu öffnen. »Du wirst dieses Haus nicht mehr betreten. Sonst schlage ich dir deinen verdorbenen Schädel ein!« Er stieß Edmund Mosny nach draußen. »Sieh zu, dass du fortkommst!«

»Ich werde«, keuchte Mosny, »ich werde die verdammte Lindner vernichten. Davon hält mich niemand ab!«

Die Drohung blieb im Raum stehen, als Tom hinter ihm die Tür ins Schloss drückte.

Katharina überlief ein Schauer.

Sobald er sich sicher sein konnte, dass Mosny auch wirklich das Weite gesucht hatte, drehte Tom sich zu Katharina um. Wie erstarrt kauerte sie auf dem Boden, die Kleidung war verrutscht, ihre Hände hatte sie in ihrem hellen blonden Haar vergraben. Ihr Anblick war erbarmenswert.

Mit wenigen Schritten war er bei ihr, ging in die Hocke und legte vorsichtig einen Arm um sie. Zunächst reagierte sie nicht. Um sie nicht zu bedrängen, beließ er es dabei, zog sie nicht näher an sich, sondern gab ihr Halt und Zeit, den Schock zu verarbeiten.

Schließlich lief ein Zittern durch ihren Körper. Er barg sie in seiner Armbeuge, strich beruhigend über ihr Haar. »Er wird dir nichts mehr tun«, versprach er. »Das sollte ihm Warnung genug gewesen sein.«

Katharina sah in an. »Er will mich vernichten. Das hat er gerade gesagt.«

»Es wird ihm nicht gelingen.«

»Er … er hat sich in etwas hineingesteigert.« In ihren Augen lag eine bedrückende Mutlosigkeit. »Ich habe ihn zu lange nicht ernst genommen. Er war mir lästig. Aber dass er wahnsinnig ist …« Sie schüttelte den Kopf. »Ich habe Angst.«

»Ich werde nicht zulassen, dass er dir etwas antut, Katharina. Darauf kannst du vertrauen«, sagte er sanft.

Das bange Seufzen, das über ihre Lippen schlüpfte, tat Tom in der Seele weh. Zugleich ahnte er, dass Katharinas Sorge nicht unbegründet war. Mosny schien eigene Defizite auf sie zu projizieren. Das machte ihn in gewisser Hinsicht unberechenbar.

Als sie erneut zu zittern begann, nahm er sie fester in den Arm. »Darf ich dich nach oben bringen, Katharina? Der Boden ist kalt, und es ist nur eine Frage der Zeit, bis einer der anderen Hausbewohner hier vorbeikommt.«

Sie ließ sich von ihm aufhelfen.

Als Tom sich umsah, entdeckte er einen braunen Rucksack, der am Treppenabsatz lag. »Deiner?«

Sie nickte stumm.

Mit wackeligen Beinen hatte sich Katharina an Toms Hand in ihre Wohnung hinaufgeschleppt. Oben angekommen breitete sich die Erschöpfung schlagartig in ihrem ganzen Körper aus. Ihre Brüste taten weh, ebenso wie ihr Rücken.

Tom schien es zu bemerken: »Am besten legst du dich erst einmal hin.«

»Nein, es geht schon …«

»Das tut es nicht, Katharina.« Er klang konsequent. »Ich sehe dir doch an, dass du einen Moment Ruhe brauchst.«

Katharina spürte, dass ihre Beine nachgeben wollten, und setzte sich fügsam in einen mit dunkelgrünem Samt bezogenen Sessel, der unweit der Küchenecke stand.

Tom sah sich um. »Wo gibt es eine Decke?«

»Auf meinem Bett.« Katharina deutete auf ihre Hälfte des Raumes, die mit einem Schrank und einem Regal von Lolas getrennt war.

Er holte die hellbraune Wolldecke, die darauf lag, und hüllte sie damit ein. Dann berührte er ihre Finger. »Die sind ja eiskalt. Du brauchst etwas Warmes zu trinken. Habt ihr Tee im Haus?«

»Ja.« Sie hob die Hand und zeigte auf das Regal in der Küchenecke. »Der Topf steht neben dem Spirituskocher. Wasser ist in dem großen Eimer auf dem Boden.«

Tom ging in die Küchenecke, setzte Wasser auf, nahm die Porzellandose, öffnete den Metallbügel und schnupperte. »Kamille und Melisse. Und Lavendel.«

»Die Kräutermischung macht Pater Fidelis immer selbst«,

sagte Katharina, die merkte, wie die angstvolle Unruhe in ihrem Inneren allmählich weniger wurde.

»Wer ist Pater Fidelis?«

»Pater Fidelis ist ein Ordensmann, der sozusagen zu meiner Familie im Lindenhof gehört.«

»Der Lindenhof ist deine Heimat?«

»Mein Zuhause, ja. Ein großes Hotel am Bodensee.« Sie wandte ihren Kopf dem Gemälde mit der Seelandschaft zu. »Meine Schwestern und mein Vater führen es.«

Er folgte ihrer Bewegung mit den Augen. »Du kommst aus einer wunderschönen Gegend.«

»Ja.« Katharina kuschelte sich tiefer in die Decke. »Der Pater ist uns väterlicher Freund, vor allem aber ein ungewöhnlich guter Ratgeber. Sein Wissen über Kräuterheilkunde ist unerschöpflich.«

»Diese Mischung riecht auf jeden Fall vielversprechend.«

Sie nickte. »Die Kanne steht auch auf dem Regal.«

Tom nahm sie vom mittleren Bord. »Wo ist eigentlich Lola?«

»Sie ist mit Eva und Zara ins Kino verabredet. Vielleicht sind sie davor noch zum Essen gegangen.«

»Dann wärst du alleine gewesen«, stellte er fest.

»Eigentlich ja.« Katharina schluckte. »Wie kam es, dass du … zu mir gekommen bist?«

»Ich hatte eine Konzertkarte für heute Abend, aber keine Lust, allein hinzugehen. Und da ihr in eurer Wohnung keinen Telefonapparat habt, musste ich wohl oder übel vorbeikommen, um dich zu fragen, ob du mich begleiten möchtest.«

»Du warst noch nie hier …«, stellte Katharina fest.

»Vermutlich war es Fügung.«

»Eher Glück.«

»Glaubst du, dass er dich gezielt abgepasst hat?«

»Vermutlich.« Katharinas Hand grub sich in die Decke. »Er war ja bereits im Haus. Vielleicht hatte er sich am Kellerabgang versteckt.«

»Er muss deine Gewohnheiten genau ausgekundschaftet haben«, mutmaßte Tom. »Die Begegnung vor der Armenpraxis war sicherlich auch kein Zufall.«

»Davon muss ich wohl ausgehen.« Die Härchen in ihrem Nacken richteten sich auf.

»Die Frage ist, was ihn dazu treibt.« Tom goss den Tee auf.

»Die stelle ich mir auch.« Der Gedanke, dass Mosny sie regelrecht verfolgte, war entsetzlich. »Er hat sich mir schon am Faschingsball im Deutschen Theater aufdringlich genähert.«

Tom merkte auf. »An Fasching? Bevor ihr in die Schwabinger Brauerei gekommen seid?«

»Ja.«

Tom lehnte sich gegen das Küchenregal und verschränkte die Arme. »Woher kennt er dich? Studiert er mit dir?«

Sie nickte. »Manchmal ist seine Dummheit nicht auszuhalten.«

»Hast du ihm das zu verstehen gegeben?«

Katharina zuckte mit den Schultern. »Er macht sich selbst zum Narren – vor uns und vor den Professoren. Es ist kein

Geheimnis, dass sein Studium nicht sonderlich erfolgreich verläuft.«

Tom legte den Deckel auf die Teekanne, doch bevor er sie aufnahm, stutzte er plötzlich. »Ich glaube, dass er etwas verloren hat.«

»Edmund Mosny? Was sollte er verloren haben?«

»Mir ist etwas Weißes aufgefallen. Unten an der Treppe.« Er stieß sich vom Regal ab. »Lass mich nachsehen.«

Während er noch einmal nach unten ging, stand Katharina auf, trug die Teekanne zum Tisch und stellte zwei Becher dazu. Ein dumpfes Angstgefühl wühlte in ihrem Bauch. War das, was vorhin geschehen war, erst der Anfang? Und wenn ja, wie weit würde Edmund Mosny gehen?

Sie hatte gerade Tee eingeschenkt, als Tom zurückkehrte.

»Und?«, fragte sie und drehte sich zu ihm um. »War da etwas?«

Tom legte eine weiße Schildmütze auf den Tisch.

»Seine?« Katharina betrachtete die Mütze mit dem mehrfarbigen Band.

Tom nickte. »Damit haben wir einen Hinweis auf die Studentenverbindung, der er angehört. Wir behalten sie.«

»Willst du ihn damit erpressen?« Katharina schob ihm einen Becher hin.

»Wer weiß, wozu sie noch nützlich ist.« Tom nahm den Becher.

»Nimm du die Mütze mit«, bat Katharina. »Ich möchte nichts von ihm hier in meinem Zuhause haben.«

»Einverstanden.« Tom ließ seinen Blick über den Tisch

wandern. »Lass mich raten, welche Seite deine ist. Ich würde sagen, die rechte!«

»Das ist vermutlich kein allzu schweres Rätsel.« Katharina blies über ihren Tee, damit er ein wenig abkühlte. »Lola und ich sind wie Feuer und Wasser.«

»Ein Wunder, dass ihr es miteinander aushaltet. So unterschiedlich, wie ihr seid.«

»Wir sind tolerant«, antwortete Katharina. »Und wir ergänzen uns auf andere Weise sehr gut.«

»Lolas Temperament bringt Schwung in deine geordnete Unermüdlichkeit.« Er zwinkerte ihr zu. »Ich möchte dir gerne eine Frage stellen. Du musst sie nicht beantworten, aber vielleicht kann ich ihn dadurch besser einschätzen.«

»Frag.«

»Was wollte er von dir?«

Katharina schluckte. »Er behauptet, mich bei einer Abtreibung beobachtet zu haben. Im Klinikum, als ich mit Zara und dem Nannerl dort gewesen bin.«

»Hat er denn gesehen, wie du sie behandelt hast?«

»Ich weiß es nicht.« Sie nippte an ihrem Becher. »Zwischendurch hatte ich gemeint, jemanden auf dem Flur zu bemerken, aber im Klinikum war viel Betrieb. An ihn habe ich als Letztes gedacht.«

»Und jetzt setzt er dich damit unter Druck?«

»Ja.« Sie holte tief Luft. »Ich soll München und die Universität verlassen.« Ärger mischte sich in ihre Angst.

»Vermutlich kann er nicht ertragen, dass eine Frau besser ist als er.« Tom rieb sich die Stirn. »Aber da schwingt noch mehr mit. Er hatte sich an dich gepresst, als wollte er sich an dir vergehen.«

Ein ungekanntes Grauen überzog Katharinas Rücken. Sie senkte den Kopf. »Es hat sich auch so angefühlt. Und wer weiß, wozu es gekommen wäre, wenn du nicht … dazwischengegangen wärst.« Ihre Stimme versagte. Sie fühlte sich … besudelt.

Tom reagierte sofort, trat zu ihr und legte seine Hände auf ihre Schultern. Katharina wischte sich ein paar Tränen von den Wangen, die sie nicht hatte zurückhalten können.

So standen sie eine ganze Weile. Er streichelte sacht über ihren Rücken, sie lehnte sich an ihn. Seine vertraute Nähe gab ihr Sicherheit.

»Ich würde dir gerne etwas vorschlagen, Katharina. Ich hoffe, du verstehst es nicht als aufdringlich.«

»Worum geht es?«, murmelte Katharina, ohne aufzusehen.

»Ich werde am Samstag für eine Nacht zum Skifahren nach Garmisch fahren. Gleichzeitig möchte ich dich hier aber nicht allein lassen.« Er räusperte sich. »Vielleicht täte es dir gut, ein bisschen Abstand zu gewinnen. Könntest du dir vorstellen, mich zu begleiten?«

32. KAPITEL

Garmisch, Samstag, 3. März 1928

Mit einem merklichen Ruck verließ die holzverkleidete Kabine der Kreuzeckbahn die schützende, weiß gestrichene Talstation, schwankte ein paarmal vor und zurück und gehorchte schließlich dem Zug der beiden Seile, an denen sie hing. Die surrenden Geräusche des antreibenden Motors verloren sich rasch, und mit jedem Meter, den sie weiter den Berg hinaufstiegen, wurden Wege und Häuser im Tal kleiner und das Panorama spektakulärer.

Die Kabine war voll besetzt. Katharina und Tom hatten eine gute halbe Stunde gewartet, bis sie an der Reihe gewesen waren, da der Fahrer pro Tour höchstens vierundzwanzig Personen mitfahren ließ. Nun stand Katharina zum ersten Mal in ihrem Leben in einer Gondel und meinte, zu fliegen.

»Habe ich zu viel versprochen?«, fragte Tom ganz nah an ihrem Ohr.

»Oh nein!« Katharina lehnte sich an ihn. »Das hast du nicht.«

Er lachte leise.

Bereits am frühen Morgen hatte er sie mit seinem Auto abgeholt, stolz, dass er kurzfristig ein Paar Ski für sie hatte organisieren können. Noch im Dunkeln waren sie aufgebrochen und in einen märchenhaft schönen Sonnenaufgang hineingefahren, vorbei am Starnberger See, durch Weilheim, Murnau und malerische Dörfer, stets die weißen Höhen der Alpen vor Augen.

Gegen neun Uhr hatten sie Garmisch erreicht und in einem hübschen Gasthof mit dunkelbraunen Schindeln und roten Blumen an den Balkonen zwei Zimmer gemietet. Nach einem belebenden Frühstück hatten sie sich umgezogen und auf den Weg zur Talstation der Kreuzeckbahn gemacht. Katharina trug eine locker sitzende, dunkelgrüne Norwegerhose, die Lola ihr ausgeliehen hatte, dazu einen grün und rot gemusterten Jumper, Schal und Mütze. Tom sah beeindruckend sportlich aus in Knickerbockern, hellem Hemd und beigem Strickpullover.

Nun fieberte Katharina ihrem ersten Skierlebnis entgegen, Lolas Mahnungen im Ohr, ja auf sich aufzupassen. Ringsumher klickten Fotoapparate, alles drängelte sich am Fenster, um den Ausblick festzuhalten.

»Lola und ihre Kamera hätten ihre wahre Freude gehabt«, konstatierte Katharina.

»Da bin ich mir sicher«, erwiderte Tom. »Ich habe meine leider vergessen.«

»Zum Glück.« Katharina ließ ihren Blick über die sich ständig weitende Landschaft gleiten. »Sonst würdest du dich vielleicht nur mit dem Apparat beschäftigen.«

»Das halte ich für unwahrscheinlich.« Tom schlang einen Arm um ihre Taille, im anderen hielt er ihrer beider Ski. »So leicht lasse ich mich nicht von dir ablenken.«

Sie schmunzelte. »Wie lange dauert es eigentlich, bis wir oben sind?«

»Knappe zehn Minuten.«

In diesem Augenblick tat es einige Ruckler. Wieder schwankte die Kabine.

»Wir haben einen der drei Stützpfeiler passiert«, sagte Tom. »Immerhin sind es mehr als zwei Kilometer bis nach oben. Wir überwinden dabei fast neunhundert Höhenmeter.«

»Das kann man sich gar nicht richtig vorstellen.« Katharinas Begeisterung wuchs mit jeder Minute. »Ein Wunderwerk.«

»In der Tat. Die erste Seilschwebebahn Bayerns und praktisch nagelneu. Sie wurde erst vor zwei Jahren eröffnet.«

Katharina nickte und musterte die anderen Gäste. Manchen stand neben Faszination auch Angst ins Gesicht geschrieben. In der Tat war es ein eigenartiges Gefühl, sich über die Wipfel der Bäume zu bewegen, ohne festen Boden unter den Füßen zu haben. Katharina aber hatte keine Angst. Im Gegenteil. Sie genoss jede Sekunde.

Mit einem neuerlichen Rumms glitt die Kabine über die zweite Stütze aus Eisenbeton. »Das Schwanken spürt man im Bauch«, stellte sie fest.

»Es ist ein bisschen wie beim Karussellfahren«, bestätigte Tom. »Oder beim Fliegen.«

»Bist du denn schon einmal in einem Flugzeug gesessen, Tom?«

»Ja, aber das war noch zu Kriegszeiten.«

»War es schwer für dich? Ich meine, im Krieg?«

»Es war für jeden schwer«, erwiderte er knapp und richtete seinen Blick in die Ferne.

Katharina drang nicht weiter in ihn, sondern überließ sich dem schwebenden Gefühl, bis die Kabine in die Bergstation einfuhr.

Nach dem Aussteigen empfing Katharina eine andere Welt.

Vom azurblauen Himmel schien die Sonne auf eine dicke, flauschige Schneedecke, dunkle Tannen reckten sich aus ihrem kalten, glitzernden Bett ihren Strahlen entgegen. Nur wenige Schritte entfernt lag ein großes Gasthaus mit Terrasse, auf dessen Dach sich der Schnee türmte.

Tom war ihrem Blick gefolgt. »Essen gehen wir nachher«, meinte er grinsend. »Erst kommt der Sport.«

»Natürlich kommt zuerst der Sport«, gab sie frech zurück. »Ich bin schließlich sehr gespannt, wie du dich als Skilehrer anstellst!«

»In ein paar Stunden wirst du dich fragen, wie du jemals ohne diesen Sport hattest leben können«, versprach er optimistisch. »Skifahren macht süchtig wie Opium.« Er schulterte die Ski. »Komm!«

Tom suchte eine Stelle, die nicht allzu abschüssig war, und platzierte die beiden Skipaare im Schnee. Katharina hatte die Stöcke getragen und steckte sie dazu. Doch bevor sie sich auf die langen schmalen Bretter stellte, ließ sie ihren Blick über die sie umgebenden Gipfel schweifen. »Was für eine klare Luft!« Sie atmete tief ein.

»Hier oben bekommt man den Kopf frei«, bestätigte Tom. »Und noch freier wird er, wenn du den Hang hinunterfährst. Du wirst sehen!«

Während der folgenden fünfzehn Minuten erklärte er ihr grob die Technik des Skilaufens, anschließend schnallten sie die Ski an und nahmen ihre Stöcke. »Auf in den Hexenkessel!« Er grinste Katharina an. »So heißt diese Stelle wirklich.«

»Und wir sind eine der Zutaten«, scherzte Katharina und deutete auf die vielen anderen Sportbegeisterten, die in teils waghalsigen Manövern den Berg hinunterfuhren.

»So ist es! Bleib bitte dicht hinter mir und vollziehe meine Spur nach. Wie du dein Gewicht verlagerst, habe ich dir erklärt.«

»Ich bin bereit.«

»Dann los!«

Katharina glitt hinter Tom durch den Schnee, der von den unzähligen Skifahrern vor ihnen bereits festgefahren war. Zunächst erschien alles einfach und mühelos, doch schon in der ersten Kurve verkanteten sich ihre Ski. Ehe sie reagieren konnte, lag sie im Schnee. Tom kam mit einem Schwung zum Stehen und stieg zu ihr auf. »Hast du dir wehgetan?«

Katharina sortierte ihre Ski und ließ sich von ihm auf die Beine ziehen. »Nein.« Sie klopfte sich den Schnee aus der Kleidung. »Aber zum Glück habe ich Hosen an. Ich mag mir gar nicht vorstellen, wie die Frauen früher in Röcken gefahren sind.«

»Mir ist generell ein Rätsel, wie man sich in Röcken bewegen kann.« Grinsend deutete Tom mit dem Stock nach unten. »Weiter?«

Sie blieb in seiner Spur und beobachtete seine Bewegungen, belastete abwechselnd Berg- und Talski, fiel noch einige Male hin, fand aber schließlich ihren Rhythmus. Bald bereiteten ihr die Kurven keine Mühe mehr. Sie wurde zunehmend sicherer, fuhr schneller und suchte ihre eigenen Wege den Hang hinab. Kaum war der Boden der Senke erreicht, stiegen sie wieder auf, jedes Mal ein Stückchen höher.

Es fühlte sich großartig an.

Tom hatte recht gehabt. Hier oben wurden die Sorgen kleiner. Das latente Bedrohungsgefühl der vergangenen Tage trat in den Hintergrund.

Hin und wieder machten sie Pause. Tom beschrieb ihr dann die umgebenden Berge, Waxenstein, Zugspitze, Höllentalspitze und die markante, sich majestätisch aufschwingende Alpspitze, deren schneebedeckte Abhänge von schroffen dunkelgrauen Felsen aufgebrochen wurden.

Schließlich fing Tom Katharina mitten auf dem Hang ab. »Hast du Hunger?«

»Und wie!« Katharina strahlte ihn an.

»Weißt du, wie schön es ist, dich so glücklich zu sehen?«

»Zum Glück hast du mich mitgenommen.« Außerstande,

ihre Augen von ihm zu lösen, berührte sie ihn mit ihrer behandschuhten Hand leicht am Unterarm.

Langsam, ganz langsam beugte er sich über sie und küsste sie auf die Stirn, die Brauen, den Mund. Warm und liebevoll.

Dann stiegen sie gemeinsam zur Kreuzeckhütte auf.

33. KAPITEL

Eine gusseiserne Pfanne stand zwischen ihnen auf dem dunklen Holztisch mit der rot-weiß karierten Tischdecke. Darin duftete ein buttrig-zartes Gedicht aus Mehl, Eiern, Zucker, Rosinen und Milch, goldgelb gebraten und in mundgerechte Stücke zerrupft.

»Ich habe schon lange keinen Kaiserschmarrn mehr gegessen«, bekannte Katharina.

»Ich bekomme ihn zwar regelmäßig serviert, aber so gut wie hier oben nach dem Skifahren schmeckt er sonst nie.« Tom hatte Farbe bekommen, die kleinen Lachfältchen um seine Augen wirkten tiefer. »Darf ich dir auftun?«

»Das werde ich gar nicht alles essen können«, meinte sie launig, als sie ihre Portion betrachtete.

»Oh doch, glaube mir.« Er nahm sich selbst. »Nach einem Skitag legt der Magen um eine Größe zu. Mindestens.«

Katharina lachte und gab auf jeden der beiden Teller einen Klecks Apfelmus. Dann hob sie die Gabel. »Also?«

»Guten Appetit!«

Jeder Bissen des flockig-rahmigen Schmarrns war eine

Köstlichkeit mit feiner Karamellnote, welche sich mit der fruchtigen Säure des Apfelkompotts bestens vertrug.

»Ich hatte eigentlich erwartet, dass du schon einmal Ski gefahren bist«, stellte Tom zwischen zwei Bissen fest, »vom Bodensee aus ist es nicht weit in die Schweiz oder nach Österreich.«

»Es fehlten immer Zeit und Geld«, erwiderte Katharina. »Unser Gasthaus hat früher zwar viel Arbeit gemacht, aber nie viel abgeworfen.«

»Das hat sich inzwischen geändert?«

Katharina nickte. »Helena führt mit ihrem Mann Maxim das Hotel. Lilly betreibt dort einen Bereich für Entspannung, Gesundheit und Schönheit.« Sie steckte sich ein weiteres Stück Kaiserschmarrn in den Mund. »Der Lindenhof hat einen ausgezeichneten Ruf. Auch international.«

»Sind deine Eltern denn in den Hotelbetrieb involviert?« Tom nippte an seiner Kaffeetasse.

»Mein Vater kümmert sich um die Finanzen und hilft überall mit, wo Not am Mann ist«, erwiderte Katharina. »Er ist das Herz des Hotels. Und er spielt leidenschaftlich gern mit seinen Enkelkindern.«

»Ich glaube, dass mir dein Vater sehr sympathisch wäre.« Tom deutete auf den restlichen Kaiserschmarrn in der Pfanne. »Möchtest du noch etwas?«

»Ein bisschen.«

»Deine Mutter arbeitet nicht mit?« Tom verteilte den Schmarrn.

»Nein.« Der Gedanke an ihre Mutter verursachte einen

leichten, aber heimtückischen Schmerz. »Meine Eltern sind geschieden. Und sie …« Katharina senkte den Blick.

»Du musst nichts erzählen.« Er griff über die Tischplatte hinweg nach ihrer Hand. »Wenn es hier einen wunden Punkt gibt, dann vergiss meine Frage.«

»Den gibt es, aber ich kann darüber reden.« Sie räusperte sich. »Meine Mutter ist uns nie eine liebende Mutter gewesen. Immer schon hat sie nur getan, was ihr für sich selbst gut erschien, und ist dabei weit gegangen. Sie hat meinen Vater regelrecht terrorisiert und schließlich versucht, ihn um den Lindenhof zu bringen.« Sie stockte. »Für Geld hat sie alles verkauft. Ihren Mann, ihre Familie. Sich selbst.«

Er hörte aufmerksam zu. »So schlimm?«

Sie nickte. »Helena, meine älteste Schwester, ist nicht ihr leibliches Kind, und sie war ihr eine schlimme Stiefmutter. Manches, was sie getan hat, würde man einer Frau und Mutter nicht zutrauen. An Helena hat sie einen Verrat begangen, der grausam war. Aber selbst Lilly und deren Sohn, ihr Enkelkind, hat sie ans Messer geliefert, weil klingende Münze lockte.« Mit einem leisen Klirren legte sie die Gabel auf den Teller. »Als Kind glaubt man und hofft. Man sucht so lange das Gute, vor allem wenn es um die eigene Mutter geht. Aber sosehr ich auch gesucht habe, ich habe nichts gefunden.«

»Hatte sie denn selbst eine schwierige Kindheit?«

»Darüber hat sie nie gesprochen. Denkbar wäre es.« Katharina sah ihn an. »Aber mit unserem Vater hatte sie eigentlich ein gutes Leben. Er ist zupackend, gerecht und kann sehr viel Liebe geben. Warum sie ihre Familie wie einen Feind behandelt hat, ist mir ein Rätsel. Und es macht mich traurig, auch wenn ich schon sehr früh meinen eigenen Weg gegangen bin und nur wenig Berührungspunkte mit ihr hatte.«

»Das hört sich an, als ob sie einen narzisstischen Charakter hätte.«

»Daran habe ich auch schon gedacht.«

»Kannst du dir vorstellen, dich eines Tages mit ihr auszusöhnen?«

»Es ist zu viel geschehen. Ich habe die Beziehung zu ihr innerlich weitgehend beendet.« Katharina rieb sich nachdenklich das Kinn. »Im Übrigen sitzt sie derzeit im Gefängnis.«

»Tatsächlich?« Um seinen Mund zuckte es überrascht.

»Sie hat Drogen aus der Schweiz nach Deutschland geschmuggelt. Ich glaube, es war Kokain. Wieder ging es um das große Geld.«

Er hielt erstaunt inne. »Das ist zugegebenermaßen befremdlich«, sagte er dann. »Wann wird sie freikommen?«

»Wir rechnen in absehbarer Zeit damit. Aber da keiner von uns noch etwas mit ihr zu tun hat, wissen wir es nicht genau.«

Die Wirtin trat an ihren Tisch, um die Teller abzuräumen. Tom bestellte eine Kanne Tee.

»Wie dem auch sei«, resümierte Katharina. »Wir Kinder leben besser ohne sie. Und ehrlich gesagt glaube ich, dass mein Vater ohnehin nie so richtig über seine Liebe zu Helenas russischer Mutter hinweggekommen ist. Olga Pawlowa.«

»Dann hast du eine Stiefmutter?«

»Nein. Nicht einmal Helena kennt sie. Vater und Olga haben sich nach vielen schlimmen Ereignissen völlig aus den Augen verloren.« Sie lächelte ihn an. »Aber vielleicht steht bald ein Wiedersehen bevor. Das würden wir uns alle wünschen.«

»Wie meinst du das?«

»Helenas Mann hat schon vor Jahren damit begonnen, nach Olga zu suchen. Nicht zuletzt weil Helena keine Ruhe findet. Sie möchte die Frau unbedingt kennenlernen, die sie geboren hat. Felix – Lillys Mann – arbeitet im nachrichtendienstlichen Bereich und hat viele Kontakte. Seit er in der Familie ist, unterstützt er Maxims Nachforschungen. Nun hat er eine Frau in Finnland ausfindig gemacht, die Olga sein könnte.«

Toms Augen weiteten sich interessiert. »Das wächst sich ja zu einem kriminalistischen Spezialfall aus.«

Katharina strich mit der Hand ein paar Krümel vom Tisch. »Es ist spannend, zugleich aber auch ziemlich belastend, vor allem für Papa und Helena. Helena hat mir erst vor ein paar Tagen geschrieben, dass Maxim und unser Vater mit Felix Anfang April nach Finnland fliegen werden. Es wäre eine große Erleichterung, wenn es sich bei besagter Frau tatsächlich um Olga handeln würde.«

Der Tee wurde serviert.

»Nun habe ich aber viel von mir erzählt«, fuhr Katharina fort. »Jetzt darf ich *dich* ein wenig ausfragen.«

Tom strich über den Henkel seines Bechers, ein Schatten

zog über sein Gesicht. »Mein Leben ist keine allzu schöne Geschichte.«

»Auch du musst nicht darüber sprechen, wenn du nicht möchtest.«

»Ich möchte.« Tom gab Zucker in den Tee und rührte um.

»Kommen deine Eltern aus München?«, begann sie vorsichtig.

»Ursprünglich nicht. Mein Vater stammt aus altem, aber verarmtem ostbayerischem Adel. Er hat sich schon früh der Medizin verschrieben und in München studiert.«

»Dann bist du in seine Fußstapfen getreten.«

»So ist es.« Er nippte an seinem Tee. »Meine Mutter war die einzige Tochter eines vermögenden Münchner Kaufmanns und brachte Geld in die Ehe. Zusammen haben sie sich ein gutes Leben aufgebaut und zwei Kinder bekommen.« Er fasste sich in den Nacken. »Aber meine beiden Geschwister starben noch im Kindesalter. Das waren bittere Jahre für Mutter und Vater. Als ich schließlich auf die Welt kam, hatten sie schon gar nicht mehr daran geglaubt, noch einmal Eltern zu werden. Wir hatten ein schönes Familienleben. Aber dann …« Er stockte. »Vor fünfzehn Jahren sind sie tödlich verunglückt.«

»Tom …«

Er machte eine uneindeutige Handbewegung. »Auf die Gefahr hin, unserem wunderbaren Tag eine bedrückende Episode hinzuzufügen – das war nicht die letzte Prüfung. Ich war noch Student, als ich eine Frau kennenlernte und mich Hals über Kopf in sie verliebte. Wir heirateten schnell, weil ein Kind unterwegs war. Eigentlich eine schöne Geschichte, nicht wahr?« Er lachte bitter. »Meine Tochter kam zu früh zur Welt und starb noch am Tag ihrer Geburt.« Einen Moment hielt er inne. »Die Ehe scheiterte«, fuhr er schließlich fort. »Und dann kam der Krieg mit seinen unvorstellbaren Grausamkeiten. Seit er zu Ende ist, versuche ich, zurück in mein Leben zu finden.«

Katharina brauchte einen Augenblick, um seine Worte zu verarbeiten. Dann legte sie ihre Hand auf seine. »Danke für dein Vertrauen.«

Er drehte seine Handfläche nach oben und umschloss ihre Finger. »Nur meine engsten Freunde wissen darüber Bescheid.«

Am liebsten wäre sie aufgestanden und hätte sich neben ihn gesetzt, ihn tröstend berührt, vielleicht die Haarsträhne zurückgestrichen, die ihm ins Gesicht gefallen war. Stattdessen erwiderte sie seinen Blick, der zu ergründen schien, was sein Geständnis in ihr auslöste. »Manchmal ist kaum zu ertragen, was das Leben einem zumutet«, sagte sie behutsam. »Ich bewundere deine Kraft.«

Er ließ ihre Worte einen Moment im Raum stehen. »Auf jede Nacht folgt ein neuer Tag«, sagte er dann. »Meine Arbeit hilft mir. Und die Musik.« Er gab der Kellnerin ein Zeichen. »Wir sollten bezahlen, wenn wir die letzte Gondel ins Tal erwischen wollen.«

34. KAPITEL

Die Universitätsfrauenklinik, Dienstag, 6. März 1928, um die Mittagszeit

Katharina hatte die Mittagspause mit zwei Kommilitoninnen auf einer der Gartenbänke im Innenhof des Klinikums verbracht – einer ruhigen Oase inmitten der Fiebrigkeit des Krankenhausalltags. In der milden Luft draußen hatten sie sich über den am Samstag anstehenden Kurs zur Röntgendiagnostik unterhalten und die eingeschränkten Möglichkeiten für Ärztinnen, als Professorinnen berufen zu werden. Katharina schätzte die jungen Frauen, die sich mit ihr durch die Widerstände des Studiums kämpften, pflegte aber keine engen Kontakte. Beide waren stark in der weiblichen Studentenverbindung engagiert, deren ritualisierte Bräuche Katharina zu sehr mit ideologischen Inhalten aufgeladen waren.

Nun waren ihre Studienkolleginnen weitergezogen, eine in die Poliklinik, die andere zur Anatomie, sodass Katharina ein paar letzte Minuten für sich hatte, bevor auch ihre nächste Vorlesung begann.

Ihr Blick schweifte über den barock anmutenden Garten mit seinen blumenumsäumten Rasenflächen, den akkurat geschnittenen Hecken, der großen, mit Marmorreliefs verzierten Brunnenschale und den Schatten spendenden Bäumen. Hin und wieder fand die Sonne einen Weg, sich zwischen durchziehenden Wolkenfeldern zu präsentieren, beleuchtete das Glasmosaik an der Außenwand der Klinikkirche und ließ die eine oder andere weiße Flügelhaube aufblitzen, die sich über die Kieswege bewegte. In den mit roten Geranien geschmückten Arkadenbögen der Liegehallen, welche den Garten einhegten, standen Liegestühle, auf denen sich die Patientinnen an der frischen Luft von ihren Eingriffen erholten.

Ein paar Vögel zwitscherten.

Nicht zu Unrecht, dachte Katharina, sprach man von der Universitätsfrauenklinik als einem der schönsten Krankenhäuser, die es gab.

Sie hob ihr Gesicht in die Sonne und schloss die Augen.

Sofort wurde sie von den Erinnerungen des vergangenen Wochenendes umfangen – sah noch einmal die schneebedeckten Berge vor sich, hörte das schabende Knirschen der Ski auf dem Schnee, spürte noch einmal dem berauschenden Gleiten nach, als hätte man sich aus der Erdenschwere gelöst.

Und immer wieder Tom.

Sie konnte nicht aufhören, an ihn zu denken. Tom, souverän am Steuer seines Autos. Tom, den Hang hinunterwedelnd. Tom, der sie vor ihrer Zimmertür mit einem verwirrenden Kuss in die Nacht verabschiedete. Tom, lächelnd am Frühstückstisch.

Er hatte ihre Nähe gesucht, aber die Grenzen eingehalten. Und Katharina musste sich eingestehen, dass sie tief in ihrem Innern gehofft hatte, er möge sie übertreten.

War das die Liebe?

Hatte sie sie endlich kennengelernt, nachdem sie eigentlich davon überzeugt gewesen war, nur für ihren Beruf geboren worden zu sein? Gestern hatte sie ihn nicht gesehen, aber für heute Abend hatte er sie zu sich nach Hause eingeladen. Sie konnte es kaum erwarten.

Ein mulmiges Gefühl machte sich in Katharina breit, als sie auf dem Weg zum kleinen Hörsaal der Hebammenschule im Südflügel des Klinikums von Schwester Caritas abgefangen wurde, die Döderleins Sekretariat leitete.

»Ich muss Sie bitten, mir zu folgen, Fräulein Lindner.« Ihr strenges Gesicht zeigte keine Regung.

»Ist es dringend?«

Schwester Caritas nickte mit dem Kopf, sodass die Flügel ihrer Haube wippten. »Der Herr Professor bittet Sie in sein Büro.«

Katharina folgte der Nonne durch die großzügig angelegten Treppenhäuser und Gänge, deren weiß getünchte Gewölbe von polierten grauen Granitsäulen getragen wurden, bis zu den Diensträumen des Direktors.

Schwester Caritas öffnete die Tür zum Sekretariat. »Wenn Sie einen Augenblick warten möchten.« Sie bot Katharina keinen Stuhl an. Stattdessen klopfte sie an die schwere Holztür, die zu Döderleins Arbeitszimmer führte.

Katharina unterdrückte einen Fluchtimpuls. Sie ahnte bereits, worum es ging – zugleich war sie sich ihrer Unschuld bewusst. Bestimmt ließ sich alles rasch aufklären. Den zweiten Tadel würde sie hinnehmen. Doch der Blick, mit dem Döderlein sie bedachte, als sie vor ihn trat und Schwester Caritas hinter ihnen die Tür schloss, war streng und distanziert. Katharina wurde es angst.

»Fräulein Lindner.« Döderlein schob seine Brille zurecht. »Wir hatten uns vor nicht allzu langer Zeit unterhalten.«

»Dessen bin ich mir bewusst, Herr Professor.«

»Sie gaben mir Ihr Wort, sich auf Ihr Studium zu konzentrieren und von jeder zweifelhaften Handlung abzulassen. Und nun muss ich entsetzt feststellen, dass Sie, in *meinem* Klinikum, unter Ausnutzung des Vertrauens der angestellten Schwestern, eine *Abtreibung* vorgenommen haben.«

Es war geschehen. Edmund Mosny hatte seine Drohung wahr gemacht.

»Haben Sie etwas dazu zu sagen?« Mit unbewegter Miene lehnte Döderlein sich zurück. Das schwere Leder seines Schreibtischsessels knarzte.

Katharina suchte nach den richtigen Worten. »Ich bestreite nicht, eine befreundete Person hier im Klinikum behandelt zu haben, Herr Professor. Dabei handelte es sich nachweislich um eine Totgeburt, die eine Notfallbehandlung zur Rettung der Mutter erforderte. Ich habe wirklich versucht, einen diensthabenden Arzt zu finden, aber als ich beim Kind keine Herztöne mehr feststellen konnte, war ich gezwungen zu handeln.«

»Wie soll ich das Wort *nachweislich* verstehen? War jemand dabei?«

»I-Ich. Ähm.« Katharina kam ins Stottern. Sie wollte keinesfalls Zara in diese Sache hineinziehen, auch wenn diese mit im Klinikum gewesen war. »Dort, wo die Mutter untergekommen ist, wird man meine Aussage bezeugen«, antwortete sie daher ausweichend und hoffte, dass Rosina Gruber ihr im Fall des Falles zur Seite sprang. Als ehrbare Witwe lief diese am wenigsten Gefahr, für irgendetwas belangt zu werden.

Döderlein stützte sich mit einem Arm auf der Stuhllehne ab und richtete sich auf. »Warum, in drei Teufels Namen, haben Sie nicht anschließend eine Schwester informiert, sondern die Klinik einfach verlassen? Und sich offensichtlich auch noch darum bemüht, alle Spuren zu verwischen?«

»Ich hatte Sorge, mein Studium abbrechen zu müssen.« Nervös strich Katharina über ihr wadenlanges dunkelblaues Kleid, das ein helles geometrisches Muster überzog. »Nachdem Sie mich, wie erwähnt, kürzlich erst ermahnt hatten.«

Döderlein schüttelte den Kopf. »Ich weiß wirklich nicht, was ich in diesem Fall glauben soll. Es steht ein konkreter Vorwurf im Raum, abgesichert durch Zeugen. Sie dagegen sagen, es war keine Abtreibung.«

»Es war, wie gesagt, ein Notfall.«

»Sie wissen, wie schmal der Grat bei solchen Vorfällen ist. Hätte beispielsweise der Muttermund zugenäht und dadurch das Kind gerettet werden können? Und dann war die Patientin Berichten nach noch nicht einmal volljährig. Scheint eine Abtreibung da nicht naheliegender zu sein?«

»Nein.« Katharina versuchte mit aller Macht, das Zittern in ihrer Stimme zu unterdrücken. »Das Kind war tot.«

»Nachdem Sie mich bereits einmal enttäuscht haben, Fräulein Lindner, bin ich mir Ihrer Einschätzung nicht sicher.« Er zog die Brauen zusammen. »Meine Haltung zum Thema Abtreibung dürfte Ihnen hinreichend bekannt sein. Nur dringende medizinische Gründe rechtfertigen einen solchen Eingriff. Soziale Fragen, der Wunsch der Frau und ähnliche persönliche Gründe sind für mich irrelevant.«

»Ich habe keinen Abbruch vorgenommen, Herr Professor.«

»Ich würde Ihnen gerne glauben.« Er lehnte sich mit beiden Unterarmen auf seinen Schreibtisch. »Aber bei allem, was in dieser Sache klärungsbedürftig ist, gilt mein Interesse ausschließlich einem: dem guten Ruf meines Hauses. Deshalb muss ich Ihnen den Zutritt zur Universitätsfrauenklinik bis auf Weiteres untersagen. Zudem werde ich mich noch heute mit meinen Fakultätskollegen in Verbindung setzen, um über Ihre Zukunft an dieser Universität zu beratschlagen.«

Ein stechendes Pulsieren zog durch Katharinas Kopf. »Bitte, Herr Professor.« Mühsam rang sie um Antwort. »Wäre es nicht sinnvoll … vielleicht können wir erst einmal in aller Ruhe die Fakten …«

»Nein.« Der Stuhl knarzte erneut, als er sich erhob. »Und nun warten Sie bitte einen Moment.«

Döderlein verließ den Raum, um wenige Minuten später mit einem schlanken Herrn im dunklen Anzug zurückzukehren, der sie abgeklärt musterte. »Katharina Lindner?«

Katharina nickte und fasste sich unwillkürlich an den Hals.

Er präsentierte eine blecherne Erkennungsmarke. »Ich bin von der Kriminalpolizei, Fräulein Lindner. Gegen Sie liegt eine Anzeige wegen unerlaubter Abtreibung vor. Ich muss Sie bitten, mich aufs Polizeipräsidium zu begleiten.«

35. KAPITEL

Polizeipräsidium München, eine halbe Stunde später

Katharina versuchte bei Verstand zu bleiben, während sie dem Kriminalbeamten über die klinisch sauberen Flure des Polizeipräsidiums folgte. Vor einer der unzähligen hellgrau lackierten Türen blieb er stehen und drückte, ohne anzuklopfen, die Klinke aus glänzendem Messing. Mit harschen Bewegungen zog er Hut und Mantel aus, wies sie an, an einem raumbeherrschenden Schreibtisch Platz zu nehmen, und öffnete die Verbindungstür zu einem Nebenzimmer. Durch den Türrahmen sah Katharina dort zwei weitere Beamte an ihren Schreibtischen sitzen. Einer davon sprang beflissentlich auf und übergab ihm eine Unterlage.

Mit der Aktenmappe unter dem Arm kehrte der Kommissar zurück, setzte sich Katharina gegenüber an seinen Schreibtisch und entnahm der Mappe einige eng mit dunklen Drucklettern beschriebene Papierbögen.

Die Anzeige? Ein Protokoll?

Das beklemmende Gefühl, welches Katharina seit der

Autofahrt vom Universitätsklinikum zum Polizeipräsidium begleitete, verstärkte sich. Die abgestandene Geruchsmischung aus herber Rasierseife und kaltem Rauch im Zimmer erschwerte ihr das Atmen.

Sie richtete den Blick auf den Mann und die Aufzeichnungen in seinen kurzfingerigen Händen. Gleichzeitig zwang sie sich dazu, ihre schwirrenden Gedanken einzufangen und zu ordnen. Wenn sie dieses Gebäude heute noch als freier Mensch verlassen wollte, musste sie ihre Aufmerksamkeit bündeln.

Schließlich legte er die Blätter auf die Schreibtischplatte und faltete die Hände darüber. »Eine Abtreibung ist kein Kavaliersdelikt, Fräulein Lindner.«

»Ich habe keine Abtreibung vorgenommen«, erwiderte Katharina entschieden.

»Hier ist festgehalten, dass Sie in der Nacht auf den fünfundzwanzigsten Februar eine solche ausgeführt haben«, gab er in aktenneutralem Tonfall zurück. »Es wurden mehrere glaubwürdige Zeugen angegeben.«

»Es handelte sich um eine Totgeburt.« Katharina verschränkte die Hände in ihrem Schoß.

»Eine billige Ausrede.« Er seufzte übertrieben und zündete sich eine Zigarette an. »Was hat Sie denn angetrieben? Geldgier? Selbstüberschätzung? Oder die sogenannte Solidarität unter Frauen?« Er hob seine buschigen, zusammengewachsenen Augenbrauen, sodass sich die Stirn unter seinem kahlen Kopf runzelte. »Seit die Weiber zum Studieren gehen, verlieren sie allmählich die Bodenhaftung.«

Katharina biss sich auf die Lippen. Die Anzeige gegen sie schien ihm nicht ungelegen zu kommen, um die Gefährlichkeit von Frauen zu untermauern, die sich nicht in die vorgesehenen Bahnen pressen ließen. Die gestalten und teilhaben wollten.

»Allzu viel scheinen Sie dazu nicht zu sagen zu haben«, stellte der Kriminalkommissar fest und lehnte sich selbstgefällig zurück. Nebenbei verstreute er etwas Zigarettenasche auf seinem Jackett. »Aber vielleicht können Sie mir die Vorgänge dieser Nacht einmal genauer beschreiben. Aus Ihrer Sicht.«

Katharina ahnte, dass sie auf gefährliches Terrain geführt werden sollte. »Ich möchte mich gerne mit einem Anwalt besprechen.«

»Sie scheinen von Ihrer Unschuld nicht gerade überzeugt zu sein«, antwortete der Mann, und es klang höhnisch. »Aber gut.« Er griff zum Hörer des Telefons auf seinem Schreibtisch und wählte zwei Ziffern, während er die Zigarette zwischen seine Lippen schob. »Nummer neun soll kommen«, nuschelte er und griff nach einem Stift, um etwas auf den Blättern zu notieren, die noch immer vor ihm lagen. Dann legte er auf, drückte die Zigarette im Aschenbecher aus und schob die Papiere zurück in die Mappe.

»Ich muss Sie vorläufig festnehmen, Fräulein Lindner.« Katharinas Herz setzte einen Schlag aus. »Aber … wieso denn?«

»Ich gehe von einer erheblichen Fluchtgefahr aus.«

»Bei mir?« Katharinas Hände wurden feucht. »Wohin sollte ich denn fliehen?«

»Das wissen Sie ja wohl besser als ich.«

Es klopfte.

»Herein!«

Ein Polizist betrat den Raum. »Sie haben nach mir rufen lassen, Herr Kommissar?«

»Wir haben einen Neuzugang«, erwiderte der Kommissar und machte eine Kinnbewegung zu Katharina hin. »Sie kommt nach Neudeck in Untersuchungshaft. Bitte veranlassen Sie alles.«

»Bestimmt lässt sich dieser Irrtum aufklären, ohne dass Sie mich festnehmen, Herr Kommissar«, wandte Katharina in zunehmender Panik ein. »Bitte!«

Ihr Gegenüber machte eine winkende Geste in Richtung der Tür. »Nehmen Sie sie mit«, brummte er verärgert.

»Jawohl, Herr Kommissar.«

Die Glocken der nahe gelegenen Frauenkirche schlugen drei Uhr, als der Polizist Katharina über Treppen und Korridore ins Unbekannte führte. Die Menschen, denen sie begegneten, wirkten geschäftig, hin und wieder fiel ein knappes Grußwort.

Sie passierten die große Eingangstür im Erdgeschoss. Dahinter lag die Freiheit, dachte Katharina. So nah und auf einmal so fern.

Nach ein paar Schritten wandte sich ihr Begleiter einer Steintreppe zu, die ins Untergeschoss führte. Stufe um Stufe nahmen nicht nur Dunkelheit und Kälte zu, sondern auch der Druck auf Katharinas Brust. Unheilvoll hallten ihrer beider Schritte von den kahlen Seitenwänden wider.

Sie betraten einen breiten, elektrisch ausgeleuchteten Gang. Dort wurde sie einem Wärter mit blauer Wolljacke übergeben, der sie durch eine Flucht schwerer Eisentüren hetzte. Scheinbar wahllos blieb er vor einer der Zellen stehen, schloss auf und schob sie wortlos hinein. Katharina zuckte zusammen, als die Tür hinter ihr krachend zufiel. Das Rasseln des Schlüsselbundes von außen hatte etwas Endgültiges.

Sie trat an die klinkenlose Tür, legte beide Hände auf das Metall, ließ ihre Finger über die kühle Oberfläche wandern, als könnte sie einen Durchschlupf finden. Aber da war nichts außer unüberwindlicher Glätte.

Sie musste telefonieren. Ihrem Vater Bescheid geben. Und Lola. Und … Tom. Er würde heute Abend vergeblich auf sie warten.

Auf einmal stieg Wut in ihr auf. Was ermächtigte eine Behörde dazu, so mit unbescholtenen Bürgern umzugehen? Reichte eine willkürliche Anzeige tatsächlich aus, um eingesperrt zu werden?

Mit der flachen Hand schlug sie ein paarmal gegen die eiserne Barriere. Schließlich lehnte sie sich mit der Stirn gegen das kalte Bollwerk, das ihr die Freiheit genommen hatte, spürte Nässe auf ihren Wangen, sah die Tropfen, die nach und nach den grauen Steinboden sprenkelten.

»Das nützt alles nix«, sagte eine weibliche Stimme. »Die haben kein Mitleid.«

Mit einem Ruck drehte sich Katharina um.

36. KAPITEL

Toms Villa in der Maria-Theresia-Straße, gegen sechs Uhr abends

Mit ruhiger Hand hielt Tom das Streichholz an den Docht, wartete, bis der orangegelbe Schein aufflammte, und wechselte zur nächsten Kerze.

»Des kann doch ich machen«, schimpfte Elfi Eder, als sie sah, dass er sich am Tisch zu schaffen machte.

»Diesmal nicht«, erwiderte Tom lächelnd und setzte sein Werk fort, bis alle sechs Kerzen in den beiden silbernen Kandelabern brannten. Draußen ging langsam die Sonne unter.

»Dann schau ich nach dem Essen.« Elfi Eder zuppelte noch einmal an der Tischdecke, obwohl diese akkurat und ohne jede Falte auf dem Tisch lag.

»Tun Sie das, Frau Eder.« Tom nickte ihr freundlich zu. »Und dann genießen Sie Ihren freien Abend.«

»Den kann ich net genießen«, gab die Haushälterin zurück. »Wenn ich weiß, dass Sie einen Gast haben und alles selbst machen müssen.«

»Ich muss es nicht selbst machen, liebe Frau Eder. Ich *möchte* es selbst machen.«

»Jaja. Aber ein Mannsbild versteht halt nix von solchen Sachen.«

»Ich schon.«

Sie machte einen unwirschen Laut. »Wann kommt denn des Fräulein? Es ist schon kurz nach sechs.«

Tom warf einen Blick hin zur zierlichen goldenen Uhr auf dem Kaminsims. »Sie wird gleich da sein.«

Er trat einen Schritt zurück und betrachtete zufrieden den gedeckten Tisch. Von übertriebener Opulenz hielt er nicht viel. Deshalb war das weiße Porzellan ohne Verzierungen und das Silberbesteck schlicht. Die Gläser aus Saint-Louis Kristall dagegen setzten einen lebensfrohen Akzent. Tom hatte sie nach dem Krieg gekauft, als Zeichen des Neubeginns. Schlicht in ihrer Form fingen die Kelche aus hellgrünem Glas mit feinen Gravuren und zierlichem Dekor aus Feingold auf spannende Weise das Licht ein. Ergänzt durch zwei Sträuße frischer Blumen, die er auf dem Viktualienmarkt besorgt hatte, erstrahlte die Tafel natürlich und frühlingsfrisch.

Er rückte noch einmal die Kandelaber zurecht.

Das unruhige Flackern der Kerzen spiegelte die freudige Unruhe wider, die sein Inneres durchstreifte. Wie viele Jahre waren vergangen, seit er zuletzt eine Frau zu sich nach Hause eingeladen hatte? Wie lange war sein Herz jeder Nähe aus dem Weg gegangen, aus Angst vor der Verletzlichkeit, die die Liebe mit sich brachte?

Aber Katharina war anders. Sie sprach seinen Intellekt

genauso an wie seinen Humor, seine Fürsorge genauso wie seine Sinne. Es war schwer gewesen, sie in Garmisch vor ihrem Zimmer zu verabschieden und sich die Verführung zu versagen, die in der Luft gelegen hatte.

Aber er wollte es richtig machen. Behutsam. Respektvoll. Sie sollte wissen, dass er es ernst meinte.

Die Glocke schellte.

Er rückte die grau karierte Weste über seinem weißen Hemd zurecht und machte sich auf den Weg zur Tür ins Erdgeschoss.

Schon auf der breiten, hellen Marmortreppe kam ihm Frau Eder entgegen. Hinter ihr ging allerdings nicht Katharina, sondern Lola.

»Also ich weiß net, Herr Doktor, des Fräulein will unbedingt mit Ihnen reden.« Frau Eder war sichtlich irritiert. »Obwohl sie sagt, dass sie net eingeladen worden is.«

»Ich muss Sie dringend sprechen!« Nervös fuhr Lola sich durchs Haar. Sie wirkte durcheinander.

»Liebe Frau Eder.« Tom musste sich zusammenreißen, um seine gute Perle nicht zu rügen. »Sie haben nun Feierabend. Bitte lassen Sie mir für heute Abend ein wenig Privatsphäre.«

»Na. Also, wenn Sie es so wollen …« Mit einem letzten Blick auf Lola drehte Frau Eder um und ging die Treppe wieder hinunter. Sie bewohnte ein kleines Dienstbotenappartement im Souterrain der Villa.

Tom atmete auf und bat Lola in sein Zimmer in der Beletage.

»Nannerl geht es sehr schlecht«, wisperte Lola.

»Fieber?«

Lola nickte. »Es ist hoch, über vierzig Grad. Sie übergibt sich ständig und klagt über Bauchschmerzen.«

»Ist Katharina denn schon bei ihr?«

»Nein. Das ist ja das nächste Problem. Katharina ist heute Morgen aus dem Haus gegangen und nicht mehr wiedergekommen, obwohl sie gegen vier Uhr daheim sein wollte.«

Tom stutzte. Unzuverlässigkeit kam bei Katharina selten vor. »Gehen Sie zurück zu Nannerl, Lola«, entschied er nach kurzem Überlegen. »Ich komme mit dem Auto zu Frau Gruber, dann können wir gleich weiterfahren.«

»Muss sie in die Klinik?«

»Davon gehe ich aus.«

Während er nach seiner Arzttasche griff und sich auf den Weg zum Auto machte, wuchs seine Sorge. Wegen Nannerl, aber auch wegen Katharina. Irgendetwas stimmte nicht.

Tom brauchte Nannerl nicht groß zu untersuchen, um seinen Anfangsverdacht bestätigt zu bekommen. Das Mädchen hatte Kindbettfieber entwickelt. Die Gruberin brachte eine Decke, dann trug er Nannerl vorsichtig zu seinem Wagen. Eva und Zara wären am liebsten mitgekommen, er aber entschied, dass lediglich Lola ihn begleiten sollte.

Bis zur Frauenklinik fuhren sie nur wenige Minuten. Noch bevor Nannerl aufgenommen wurde, schickte er Lola los, um im Klinikum nach Katharina zu suchen. Die einzig plausible Erklärung für ihre Verspätung schien ihm ein Notfall zu sein, zu deren Versorgung hin und wieder Studenten hinzugezogen wurden. Er selbst begleitete Nannerl in die Ambulanz.

»Es ist ernst, Herr Kollege«, stellte der diensthabende Arzt im Anschluss an die Untersuchung fest. »Wir operieren sofort. Hoffentlich lässt sich eine Sepsis verhindern.«

»Danke«, erwiderte Tom. Und legen Sie sie bitte auf die Privatstation. Für die Kosten komme ich persönlich auf.«

Der Arzt merkte auf. »Kennen Sie die junge Frau denn?«

»Nicht näher. Sie befindet sich derzeit in der Obhut einer Nachbarin, die sich in den letzten Wochen um sie gekümmert hat.«

Bevor sie aus dem Raum geschoben wurde, hob Nannerl noch einmal die Lider. Der Blick, den sie ihm zuwarf, war zum Erbarmen.

»Du wirst es schaffen, Nannerl«, sagte er leise. »Das habe ich dir versprochen.«

Kurz darauf kehrte Lola zurück. »Mit Katharina muss etwas passiert sein.«

»Haben Sie sie nicht gefunden?« Tom fasste sich in den Nacken.

»Nein. Aber ihr Fahrrad ist noch hier.«

Tom sah auf seine Taschenuhr. »Wir sollten Professor Döderlein fragen.«

»Können wir ihn denn jetzt noch stören?« Lola zog ihren orange-grün gestreiften Schal enger.

»Döderlein war ein Jagdfreund meines Vaters«, antwortete Tom. »Er wird uns zumindest das Notwendigste mitteilen.«

Eine Viertelstunde später wussten sie Bescheid. Und zum ersten Mal, seit der Krieg zu Ende gegangen war, spürte Tom so etwas wie Angst durch seine Adern kriechen.

»Ich fahre gleich aufs Präsidium«, sagte er zu Lola, während sie zum Auto zurückgingen. »Anschließend telefoniere ich mit einem befreundeten Anwalt. Aber davor bringe ich Sie nach Hause.«

»Bringen Sie mich bitte zu Frau Gruber, Herr Doktor«, bat Lola. »Ich möchte mit Eva und Zara reden. Irgendetwas müssen wir tun.«

»Ich fahre dich hin, wenn du den Herrn Doktor weglässt.« Tom öffnete ihr die Beifahrertür. »Sag bitte einfach Tom zu mir.«

Lolas Grinsen geriet schief.

»Wir müssen schnellstmöglich wissen, was genau Katharina zum Vorwurf gemacht wird und vor allem, wer die Anzeige gestellt hat. Da wird wohl dieser Edmund Mosny dahinterstecken«, meinte Tom, als er ein paar Minuten später vor dem Haus von Rosina Gruber anhielt.

»Das denke ich auch. Wir haben ihn alle unterschätzt.« Lola stieg aus.

»Denkt darüber nach, ob Katharina in letzter Zeit irgendetwas Außergewöhnliches erwähnt hat«, gab Tom ihr mit auf den Weg. »Neue Kontakte zum Beispiel.«

Lola nickte. »Ich werde zudem bei ihr zu Hause am Bodensee anrufen. Ihre Familie sollte informiert sein, und ich weiß nicht, ob die Polizei ihr Telefonate gestattet.«

»Tu das.« Tom machte eine verabschiedende Handbewegung. »Bis später, Lola. Ich melde mich über das Telefon.«

Er gab Gas.

Es war gegen zehn Uhr abends, als Tom sein Auto auf den Parkplatz seines Hauses lenkte. Auf dem Polizeipräsidium hatte man ihm jede Auskunft verweigert, der zuständige Kommissar das Haus bereits verlassen. Tom wusste nicht einmal, wo Katharina für die Nacht untergebracht war.

Er hastete die Treppe in seine Wohnung hinauf, zwei Stufen auf einmal nehmend. Im Esszimmer erwartete ihn der gedeckte Tisch. Nur die Kerzen waren gelöscht worden. Die gute Frau Eder.

Tom zog Jackett und Weste aus und betrat seine Bibliothek. Dort stand ein kleiner Schreibtisch für private Korrespondenz, zudem ein zweiter Telefonapparat, neben dem in der Praxis im Erdgeschoss.

Als er nach dem Hörer greifen wollte, um seinen Anwalt anzurufen, fiel ihm etwas ein. Er ging noch einmal in die Garderobe, holte die weiße Studentenmütze, die Mosny bei Katharina verloren hatte, und betrachtete die Farben des schmalen Bandes, welches dort aufgenäht war: Grün, Weiß und Gelb. Er selbst war zwar in keiner Burschenschaft gewesen, mithilfe der Farben aber würde man die Kopfbedeckung einer Studentenverbindung zuordnen und Mosnys Umfeld untersuchen können.

Die Telefonnummer seines Freundes und Anwalts Doktor Adam Burgert wusste er auswendig.

37. KAPITEL

Die Frauen- und Jugendhaftanstalt Neudeck in München-Au, am nächsten Vormittag, 7. März 1928

Das Anwaltszimmer war ein schlichter, nicht allzu großer, aber lichtdurchfluteter Raum im Erdgeschoss des Frauengefängnisses. Doch auch diese vordergründig freundliche Umgebung löste die Beklemmung nicht, die Tom seit vergangener Nacht und auf seiner Odyssee durch das Polizeipräsidium an diesem Morgen begleitete.

»Zehn Minuten«, erklärte der Polizeibeamte, der Tom am Eingangstor in Empfang genommen und hergeführt hatte.

Tom nickte.

Der Raum wurde von einem rechteckigen Tisch dominiert, an dessen Kopfenden jeweils ein Stuhl stand. Der Beamte wies ihm einen davon zu und begab sich anschließend zu einer zweiten Tür auf der anderen Seite des Zimmers. Tom richtete seinen Blick auf die Türöffnung und vernahm einen kurzen Wortwechsel im Befehlston. Dann wurde Katharina hereingeführt.

Blass und schmal, aber aufrecht betrat sie den Raum und nahm an der gegenüberliegenden Seite des Tisches Platz. Sie trug ihre private Kleidung und hatte ihr Haar mit einem Tuch aus dem Gesicht gebunden.

Tom setzte sich. Der Beamte bezog seinen Posten zwischen ihnen, um das Gespräch mitzuhören. In der nachfolgenden Stille hätte man eine Stecknadel fallen hören.

Es dauerte eine ganze Weile, bis Katharina den Blick hob. Doch als sie es tat, war Tom, als spüre er ihren Schock, ihre Fassungslosigkeit und ihre Angst am eigenen Leib. Am liebsten wäre er aufgesprungen und hätte sie weit weggebracht, an einen Ort, an dem sie sicher und geborgen wäre.

Er räusperte sich. »Wie bist du untergebracht? Allein?«

Sie saß regungslos. »Wir sind zu zweit.«

»Kommt ihr miteinander aus?«

Katharina nickte. »Es handelt sich um ein Auer Urgestein sozusagen.« Als der Ausdruck in ihrem Gesicht wechselte, wusste Tom sofort, dass sie ihm eine verdeckte Information gegeben hatte. Sein Gehirn arbeitete fieberhaft an der Entschlüsselung.

»Sie sagt, dass sie kürzlich in der Armenpraxis war«, fügte Katharina an. »Wegen eines Frauenleidens.«

Ihm kam eine Ahnung. Zugleich wusste er, dass Katharinas Problem dadurch an Dimension gewonnen hatte. Denn die Frau in ihrer Zelle konnte nur Walli Stenzl sein. Hingen die beiden Verhaftungen womöglich zusammen? Mit einem leichten Nicken deutete er an, dass er ihren Hinweis aufgenommen hatte.

»Konntest du telefonieren?«, fragte er und sah zu dem Beamten, der seine Augen über die kurze Seite des Tisches hinweg auf ein hohes Fenster gerichtet hatte – vordergründig unbeteiligt, in Wirklichkeit aber jedem Wort aufmerksam lauschend.

»Ich habe mit meinem Vater gesprochen«, antwortete Katharina. »Er wird in den nächsten Tagen nach München kommen.«

»Gut. Wohin wird er sich wenden?«

»An Lola.«

»Ist es dir recht, wenn ich Kontakt mit ihm aufnehme?«

Sie nickte.

Er neigte sich ein wenig vor. »Wir tun alles, damit du bald freikommst.«

»Ich weiß.« Sie lächelte matt.

»Du wirst demnächst Besuch von Doktor Adam Burgert erhalten. Er ist ein ausgezeichneter Anwalt. Einer der besten.«

»Du kennst jemanden, der in einem solchen Fall bewandert ist?« Ein Ausdruck schwacher Hoffnung trat in ihre müden Augen. »Auch meine Familie ist bereits auf der Suche …«

»Verlasse dich da bitte auf mich. Adam Burgert ist bestens vernetzt und wird dir ein hochprofessioneller Beistand sein. Bitte tätige keine Aussage, bevor er nicht mit dir gesprochen hat. Er bemüht sich bereits um einen Termin.«

»Wann?« Sie verschluckte das Wort beinahe.

»Sprechen Sie lauter!«, näselte der Polizist.

Katharina spielte verunsichert an ihrem Haarband.

»Möglicherweise schon morgen.« Tom hob seine Stimme. »Ich kann mir vorstellen, dass jeder weitere Tag hier eine Zumutung für dich ist. Aber verzweifle nicht, hörst du? Adam arbeitet gründlich und ist hartnäckig. Und da in deinem Fall der Sachverhalt klar ist, wird er recht schnell eine Argumentation aufgebaut haben.« Tom faltete die Hände vor sich auf dem Tisch. »Was wir jetzt brauchen, sind Geduld und ein kühler Kopf.«

Sie wandte das Gesicht zum Fenster und nickte.

»Noch zwei Minuten!« Die Ansage vom Platz in der Mitte kam routiniert.

»Du bist nicht allein, Katharina.«

Sie sah ihn wieder an. Dann schien ein Ruck durch sie zu gehen. »Sind eigentlich alle wohlauf? *Alle* meine Freundinnen?«

Tom hatte das Gefühl, dass sie auf das Nannerl anspielte. Deren Aussage war sicherlich entscheidend, wenn es darum ging, den Vorwurf einer Abtreibung aus dem Weg zu räumen.

»Der jüngsten geht es nicht so gut«, nahm er ihre Verklausulierung auf. »Ein Fieber.«

Sie sah ihn ungläubig an. »Woher denn das?«, flüsterte sie.

Der Polizist räusperte sich.

»Wo solch ein Fieber hin und wieder herkommt«, erwiderte er etwas unbeholfen und hoffte, dass sie seine Worte richtig deutete. »Sie ist in professionellen Händen.«

Er sah, wie sie schluckte.

»Ihre Zeit ist vorbei.« Der Polizeibeamte stand auf.

Ohne den Blick von Katharina zu nehmen, schob Tom seinen Stuhl zurück. Sie fuhr sich mit beiden Händen über das Gesicht und schüttelte kaum merklich den Kopf, als könne sie noch immer nicht glauben, was geschehen war.

Tom hätte sie so gerne fest in die Arme genommen.

Gegen Mitternacht in der Nähe des Verbindungshauses des Corps Regenia am Platzl

Es hatte zu regnen begonnen. Tom spannte seinen Schirm auf und ging ein kleines Stück die Orlandostraße entlang, um eine geschützte Stelle zu suchen, die ihm zugleich eine gute Sicht auf das Verbindungshaus des Corps Regenia in der Münzstraße bot. Im nächtlichen Betrieb rund um das Platzl fiel Tom nicht weiter auf, auch wenn es jetzt, kurz vor Mitternacht, allmählich ruhiger wurde. Einige Nachtschwärmer stolperten aus dem Hofbräuhaus und zogen singend und feixend von dannen.

In Mantel und Schal, den Hut tief ins Gesicht gezogen, behielt Tom das Corpshaus im Auge, in dessen Erdgeschoss die Regensburger Ochsenbraterei untergebracht war. Die vergitterten Fenster der Gaststube waren hell erleuchtet,

Licht brannte auch hinter den farbigen Fenstermosaiken der beiden Erker im dritten Stock.

Tom wischte einige Regentropfen von seiner Hutkrempe.

Nachdem er das Frauengefängnis verlassen hatte, war er heimgekehrt, um noch einmal mit Adam zu telefonieren und anschließend eine verkürzte Sprechstunde in seiner Privatpraxis abzuhalten. Kaum hatte er den letzten Patienten verabschiedet, war er wieder aufgebrochen – mit Mosnys weißer Mütze in der Innentasche seines Mantels. Seither trieb er sich in der Umgebung des Platzl herum.

Mit erstem Erfolg.

Am frühen Abend war Mosny in Begleitung zweier Kumpane aufgetaucht und hinter dem hohen dunklen Eingangsportal des Verbindungshauses verschwunden. Seither wartete Tom darauf, dass er wieder herauskam. Wie gut, dass Adam sich besser mit den Münchner Burschenschaften auskannte als er selbst. Er hatte die Farben an Mosnys Studentenmütze einem aktiven Mitglied der Regenia zugeordnet und Tom die Adresse des Verbindungshauses gegeben. Zugleich hatte er ihn vor zu viel Eigeninitiative gewarnt.

Würde er rauchen, hätte Tom sich jetzt eine Zigarette angezündet. Stattdessen hob er den Kopf.

Im dritten Stock des Corpshauses schien es hoch herzugehen. Immer wieder drangen grölender Gesang, Gelächter und laute Rufe nach draußen. Die Zeit dehnte sich. Immerhin wurde der Regen weniger. Tom klappte den Schirm ein.

Es ging wohl auf halb zwei Uhr nachts zu, als das Gebäude die ersten Burschen ausspuckte. Tom trat näher, um im Zwielicht der Straßenlaternen überhaupt etwas erkennen zu können. Die jungen Herren hatten sich beieinander untergehakt und große Mühe, geradeaus zu gehen. Schlingernd näherten sie sich dem Hofbräuhaus und zogen an Tom vorbei, ohne ihn zu beachten. Er wechselte noch einmal den Standort.

Das Portal schlug ein weiteres Mal. Zwei Männer machten sich in Richtung Sparkassenstraße davon, drei weitere blieben unter einer Straßenlaterne stehen, scheinbar in ein Streitgespräch vertieft. Tom schob sich näher heran, blieb aber im Schutz eines nahe gelegenen Bogenganges und lauschte. Worum es den dreien ging, verstand er nicht, nur spöttische Untertöne und einige Kraftausdrücke ließen sich heraushören.

Als sich Mosnys schmächtige Gestalt aus dem Verbund löste, machte Tom sich bereit, ihm durch die Nacht zu folgen. Ein plötzliches Kitzeln in seiner Nase zwang ihn dazu, sich wegzudrehen und zum Schnupftuch zu greifen. Erfolgreich unterdrückte er einige Nieser. Nachdem er das Taschentuch wieder weggesteckt hatte, waren die Burschen nur noch zu zweit. Edmund Mosny war verschwunden.

Verärgert über sich selbst, war Tom bereits drauf und dran, nach Hause zu gehen, als sein Blick noch einmal die beiden übrig gebliebenen Verbindungskameraden streifte, zugleich fand eine weitere Studententraube den Weg ins Freie. Ein paar Worte wurden gewechselt und verhallten in der Nacht, dann waren die beiden wieder allein. Mit dem Heimkommen schienen sie es nicht eilig zu haben.

Mehr einem Impuls folgend als aus gründlicher Überlegung heraus, verließ Tom seine Deckung und trat zu ihnen. »Ihr gehört doch auch zum Corps Regenia.«

Die beiden, einer davon groß und schlank mit schwarzem Schnurrbart, der andere untersetzt, sahen ihn misstrauisch an. »Was geht Sie das an?«

Tom zeigte ihnen Edmunds Mütze. »Die habe ich gefunden. Das sind doch eure Farben?«

Die beiden besahen sich die Kopfbedeckung. Der Bierdunst, der die Luft um sie schwängerte, war unerträglich.

»Unser Edmondo hat seine doch verloren«, meinte der mit dem Schnauzer schließlich und rülpste. »Wir haben ihm kürzlich geholfen, schnell eine neue zu besorgen.«

Der andere nickte. »Ha-hat er uns nicht von einer Prügelei erzählt, Fonsi?« Er sprach schleppend.

Der mit Fonsi Angesprochene lachte. »Den Kampf hat er zwar gewonnen, die Mütze aber verloren. Behauptet er zumindest, nicht wahr, Hinny?«

Tom lag eine spöttische Erwiderung auf der Zunge. Er verkniff sie sich.

»Der Besitzer der Mütze i-ist schon gegangen«, erklärte der Untersetzte. »Wenn Sie möchten, geben wir sie ihm.«

Tom tat unschlüssig. »Ich würde sie ihm gerne selbst bringen. Sagt mir lieber, wo ich ihn finden kann.«

Fonsi zuckte mit den Achseln. »Edmondo und seine Schmetterlinge leben in der Adalbertstraße.«

»Seine Schmetterlinge?«

Die beiden kicherten.

»S-Selbst erlegt und hinter Glas aufgesp-spießt.« Hinny torkelte ein paar Schritte.

»Euer Edmondo scheint ein bisschen seltsam zu sein.«

»Das könnte man so sagen«, erwiderte Fonsi. »Liegt wahrscheinlich an seinem Alten. Der hält ihn kurz.«

»Und an Edmondos fehlendem Gr-Grips.« Hinny klopfte mit dem Zeigefinger an seine Schläfe. »Deshalb bekommt er auch sein Studium n-nicht fertig.«

»Ist er denn schon lange am Studieren?«, hakte Tom nach.

Fonsi machte eine wegwerfende Handbewegung. »Ewig.«

»Welches Fach?«

»Medizin.« Fonsi lachte hämisch. »Von dem würde ich mich nicht für tausend Mark behandeln lassen!«

»N-nicht für hunderttausend«, fügte Hinny an.

Tom wurde klar, dass Edmund Mosny bei seinen Freunden einen schweren Stand hatte. »Sagt mal. Ist es richtig, dass der Mosny den Mädchen nachstellt?«

Wieder kicherten die beiden.

»Für den macht doch ohne Geld keine die Beine breit.« Fonsi drückte seine breite Brust heraus.

»W-wir versuchen ihm zu helfen, aber er stellt es immer falsch an.« Hinny kicherte. »Statt ins B-Bett hat er seine Angebetete ins Gefängnis verfrachtet.«

»Ich weiß nicht, Hinny, ob wir das alles dem Herrn hier erzählen sollten«, gab Fonsi in einem plötzlichen Anflug von Misstrauen zu bedenken. »Wer weiß, vielleicht ist er von der Polizei.«

»Da hast du recht, Fonsi.« Hinny legte einen Arm um seinen Freund. »Lass u-uns heimgehen.«

Fonsi schob seine weiße Mütze nach hinten. »Einen schönen Abend noch!«

Arm in Arm torkelten sie davon.

38. KAPITEL

Die Frauen- und Jugendhaftanstalt Neudeck in der Au, am Nachmittag des folgenden Tages, 8. März 1928

Vier Eisenstäbe teilten die Freiheit in drei aufrecht stehende rechteckige Blöcke. Hellgraue Blöcke – denn der Tag, welchen das Zwitschern der Vögel am frühen Morgen angekündigt hatte, war trüb. Inzwischen war die Mittagszeit vorüber, und noch immer kämpfte sich das Tageslicht nur mühsam vom Fenster bis ins Innere ihrer Zelle.

Das Sprechgitter der Eisentür dagegen war geöffnet. So konnten die Aufseherinnen verfolgen, was sich im Zelleninneren tat.

»Sie werdens sicher bald entlassen, feines Fräulein«, sagte Walli Stenzl wohl zum hundertsten Mal. »Aber um jemand wie mich, da kümmert sich doch keiner.«

Katharina, die am Fenster stand, drehte sich um. »Wir werden sehen.«

»Aber ich sollt doch auch heim.« Walli Stenzl seufzte. »Wegen der Resi, der Irmi und dem Rudi.«

Katharina sah wieder durch das Fenster. Es tat ihr leid für Walli Stenzl, erst recht für die Kinder, aber sie konnte nicht helfen. Hier drin war jeder auf sich gestellt. Ohnehin wurde sie den Verdacht nicht los, dass man die Engelmacherin und sie nicht ohne Grund zusammengesperrt hatte – es erschien ihr als ein zu großer Zufall, dass sie beide am selben Tag verhaftet worden waren und nun eine Zelle teilten. Walli hatte berichtet, dass ein junger Mann sie hereingelegt habe und sie deshalb hier sei. Noch im Polizeipräsidium, bei ihrem ersten, überraschenden Zusammentreffen, hatte Katharina ihr deshalb eingeschärft, dass sie sich weder über die Gründe ihrer Inhaftierung noch darüber unterhalten durften, dass sie sich bereits kannten. Katharina ging davon aus, dass sie in ihrer Zelle belauscht wurden und eine mögliche Verbindung zu Walli Stenzl ihre Situation verschlechtern würde.

Inzwischen war Walli Stenzl schon dreimal zum Verhör geholt worden. Hoffentlich hielt sie dem Druck stand.

Katharina dagegen hatte man nur einmal zurück ins Präsidium gebracht. Gestern, nach ihrem Gespräch mit Tom. Drei Stunden lang war sie befragt worden, ohne Pause. Katharina hatte sich an Toms Anweisungen gehalten und nur ausweichende Antworten gegeben. Schließlich hatte man sie mit der Androhung nach Neudeck zurückgebracht, dass es Wege gäbe, ihr ein Geständnis abzuringen.

Welcher Mittel würden sie sich bedienen?

Dunkelhaft? Schlafentzug? Medikamente?

Nicht nur die ständige Angst zerrte an ihrer Seele. Die

Enge der Zelle war erdrückend, die Vergitterungen erinnerten an einen Käfig, der stechende Gestank des Toiletteneimers verursachte ihr ständige Übelkeit. Dazu kam das Nichtstun: Es machte sie wahnsinnig. Außer den Mahlzeiten und dem Hofgang im Innenhof gab es für die Untersuchungshäftlinge keine Möglichkeiten, sich zu beschäftigen.

»Mei, mei, mei«, jammerte Walli Stenzl leise vor sich hin. Sie saß auf einer schmalen Bank an der Wand, da die Schlafpritschen tagsüber hochgeklappt und abgeschlossen wurden. »Was wird nur werden?«

»Lassen Sie sich nicht verrückt machen«, riet Katharina eindringlich. »Denn darauf spekuliert man hier.«

»Ja, mei, aber ich bin halt net so schlau wie Sie …«

»Sie sind schlau, Frau Stenzl. Sonst hätten Sie Ihre Familie nicht so viele Jahre durchgebracht.« Katharina begann, in der Zelle umherzugehen, versuchte, ihre Unruhe in Bewegung umzusetzen.

Toms Besuch gestern hatte sie erschüttert. Ihm gegenüberzusitzen, ohne ihn berühren zu dürfen, war entsetzlich gewesen, der Drang, ihm in die Freiheit zu folgen, überwältigend. Die Aussicht auf einen kompetenten Anwalt hatte sie Hoffnung schöpfen lassen, doch die Nachricht von Nannerls schlechtem Zustand sie durch eine weitere schlaflose Nacht begleitet.

Wann würde dieser Irrsinn vorüber sein?

Katharina hörte das Telefon auf dem Korridor. Schrill hallte es über den Gefängnisflur.

»Des ist bestimmt für Sie«, sagte Walli Stenzl. »Des hab ich im Urin.«

Kurz darauf wurde die Eisentür aufgeschlossen.

Der Mann, der sie im selben Zimmer erwartete, in welchem sie gestern mit Tom gesprochen hatte, war groß und schlank. Auf seinem länglichen Kopf saß ein Hut, den er abnahm, als sie in den Raum geführt wurde. Nachdem sie Platz genommen hatten, verließ der aufsichtshabende Beamte den Raum.

»Darf ich mich vorstellen?« Der Anwalt öffnete seine Ledertasche und entnahm ihr eine Mappe. »Adam Burgert. Ich habe das Mandat für Sie übernommen.«

»Danke, Herr Burgert. Ich bin Katharina Lindner.«

Er nickte und blätterte in seinen Unterlagen. »Bevor wir beginnen, wollte ich Sie darüber informieren, dass ich heute mit Ihrem Vater sprechen konnte.«

Katharina merkte auf. »Ist er denn schon hier?«

»Nein, wir haben heute Morgen lediglich telefoniert. Er lässt Sie grüßen und Ihnen mitteilen, dass er am frühen Abend in München ankommen wird. Anschließend ist ein gemeinsamer Termin mit Doktor von Bogen angesetzt.«

Katharina schöpfte Hoffnung. Ihr Vater hatte schon vielen Widrigkeiten getrotzt. Es war gut, ihn in der Nähe zu wissen. Zugleich schämte sie sich, ihm diesen Kummer bereiten zu müssen.

»Nun.« Der Anwalt räusperte sich. »Ich habe mir die Anzeige und die Punkte, die zu einer Anklage führen sollen, genau angesehen. Ich schlage vor, dass wir jeden einzeln durchgehen und Sie mir genau schildern, wie sich alles zugetragen hat.«

Katharina legte ihre Hände flach auf den Tisch. »Ich bin bereit.«

Adam Burgert nahm sich viel Zeit. Fast zwei Stunden lang rekapitulierte er mit ihr die Vorgänge in der fraglichen Nacht sowie alles, was davor und danach geschehen war – einschließlich der zeitgleichen Inhaftierung von Walli Stenzl. In akkurater, steiler Schrift schrieb er mit, hakte nach, folgerte und ordnete ein. Schließlich legte er den Stift zur Seite und runzelte konzentriert die Stirn. »Fassen wir zusammen, Fräulein Lindner: Die Anzeige wurde von Herrn Edmund Mosny erstattet. Er benennt drei Zeugen, darunter einen gewissen Doktor Theodor Mosny aus Dresden. Meinen Nachforschungen zufolge handelt es sich um seinen Vater.«

»Aber dieser Mann kennt mich doch gar nicht!«

»Deshalb werde ich mich umgehend mit ihm in Verbindung setzen und ihn fragen, ob er von seiner Zeugenschaft überhaupt weiß.«

Katharina nickte zustimmend.

»Was Frau Walburga Stenzl betrifft: Gegen sie wurde am selben Tag und von derselben Person Anzeige erstattet wie gegen Sie, Fräulein Lindner. Ein Zusammenhang liegt nahe.«

Katharina hatte es geahnt. Edmund Mosny hatte nicht nur ihr, sondern auch Walli Stenzl hinterherspioniert. Hatte er sie womöglich zusammen in der Armenpraxis gesehen?

»Es wird darum gehen, eine Konstellation zu schaffen, die es erlaubt, Ihnen gewerbsmäßige Abtreibung zu unterstellen«, fuhr der Anwalt fort. »Unter Umständen wird die Behauptung in den Raum gestellt, dass Sie Frau Stenzl regelmäßig bei Komplikationen geholfen oder selbst Eingriffe vorgenommen haben.«

»Darf denn ein Staat solche Unwahrheiten konstruieren?« Katharina war schockiert.

»Ein Staat ist nur so gut oder so gerecht wie diejenigen, die ihn vertreten.« Burgert rückte seine Brille zurecht. »Deshalb gibt es meinen Berufsstand. Unser Ziel wird sein zu verhindern, dass Sie aufgrund des Paragrafen 218 angeklagt werden können. Ich schlage eine Doppelstrategie vor. Zum einen werden wir Beweise erbringen müssen, die Ihre Unschuld untermauern. Zum anderen werden wir Herrn Mosny der Falschaussage überführen.«

»Könnte er dafür sogar bestraft werden?«

»Selbstverständlich. In einem eigenen Verfahren.«

Katharina spürte ihr Herz klopfen. »Und wie … beurteilen Sie meine Erfolgsaussichten?«

»Insgesamt als gut.« Er klang beruhigend. »Erst recht, wenn bald die Aussage der jungen Frau vorliegt, die Sie in besagter Nacht behandelt haben.«

Katharina nickte. Von Nannerl hing vieles ab.

»Das wäre im Augenblick dann alles.« Er begann, die Sachen in seine Tasche zu packen.

Katharina nestelte an ihrem Kleid. »Wird mein Vater mich bald besuchen können?«

»Dafür werde ich sorgen.« Der Anwalt griff nach seinem Hut, dann stand er auf und betätigte eine Klingel. »Danke für Ihr Vertrauen, Fräulein Lindner. Versuchen Sie, Ihre Kräfte zu mobilisieren. Essen Sie, trinken Sie, schlafen Sie.«

Die Aufseherin betrat das Anwaltszimmer.

»Bis bald, Fräulein Lindner.«

Als Katharina in ihre Zelle zurückgebracht wurde, war Walli Stenzl nicht mehr da.

Am selben Abend holte Tom Katharinas Vater vom Hotel ab und fuhr mit ihm zu Rosina Gruber, die zum Abendessen eingeladen hatte. Ihre Runde wurde durch Adam, Lola, Eva und Zara vervollständigt. Über Kohlrouladen mit Kartoffeln besprachen sie die Ereignisse der letzten Tage.

Tom bemerkte, dass Gustav Lindner ihm und Adam gegenüber eine deutliche Zurückhaltung an den Tag legte. Er konnte es ihm nicht verdenken. Aus der Sicht eines Vaters war unter diesen Umständen insbesondere *seine* Motivation zunächst kaum nachvollziehbar.

Lola wiederum war dabei, alle möglichen Hebel in Bewegung zu setzen, um Katharina zu helfen, sprach von Protestbannern und Beschwerdebriefen. Gemeinsam mit Zara versuchte Tom, ihren Enthusiasmus zu bremsen, indem er ihr erklärte, dass es im Augenblick am besten war, den Anwalt seine Arbeit tun zu lassen – und dass Katharina jede zusätzliche Aktion in der jetzigen Situation mehr schaden als nützen würde – sei sie auch noch so gut gemeint.

Lola reagierte spitz, versprach aber, sich zurückzuhalten,

was auch Gustav Lindner zu erleichtern schien. Vieles an ihm erinnerte Tom an Katharina. Die grünen Augen, das Mienenspiel, die ruhige, unprätentiöse Art. Vielleicht lag es an dieser Ähnlichkeit, dass Tom sich ihm sofort verbunden fühlte. Obwohl sein Haar schneeweiß war, wirkte Gustav Lindner jünger als die gut sechzig Jahre, die er Katharinas Erzählung nach zählte. Wiedererkannt hätte Tom ihn allerdings nicht. Zu diffus waren die Erinnerungen an seine Zeit im Meersburger Lazarett – wo er sich nach seinem denkwürdigen Aufenthalt im Meersburger Spital vor zehn Jahren erholt hatte –, und auch Gustav Lindner schien nicht bewusst zu sein, dass sich ihre Wege schon einmal gekreuzt hatten.

Als die Gruberin warmen Apfelstrudel mit Vanillesoße und dick geschlagenem Rahm auftrug, entspannte sich die Stimmung. Der süße Nachtisch spendete in der Schwere dieser Tage wenigstens ein bisschen Trost.

Nachdem Katharinas Freundinnen sich verabschiedet hatten, war Tom mit Gustav Lindner zurück zu dessen Hotel gefahren. Die kurze Strecke hatte er dazu genutzt, um Gustav Lindner zu erklären, wie er zu Katharina stand und weshalb er sich verantwortlich fühlte. Gustav Lindner hatte aufmerksam zugehört, ein paar Fragen gestellt, ihn eindringlich gemustert und ihm zum Abschied auf die Schulter geklopft. »Wenn Katharina Ihnen vertraut«, hatte er gesagt, »dann tue ich das auch.«

Gegen elf Uhr fand Tom sich schließlich zusammen mit

Adam in seiner Bibliothek wieder. Er übergab ihm einen prall gefüllten Umschlag. »Wann hast du den Termin?«

Adam verstaute das Kuvert in seiner Aktentasche. »Morgen früh um acht.«

»Dann lass uns durchgehen, was du bisher ermittelt hast.«

Trotz der späten Stunde arbeiteten sie sich Zug um Zug durch Adams Unterlagen. Als sie zu den Namen der Personen kamen, die Mosny als angebliche Zeugen benannt hatte, stutzte Tom. »Theodor Mosny aus Dresden. Doktor der Medizin. Ist das ein Verwandter?«

»Der Vater. Ich habe bereits versucht, ihn telefonisch zu erreichen, aber er befindet sich auf einer medizinischen Fachtagung in den Vereinigten Staaten.«

»Er ist Arzt«, stellte Tom fest.

»Sogar ein recht bekannter«, erwiderte Adam.

»Weißt du, wann er wieder in Deutschland sein wird?«

»Erst in sechs Wochen.« Adam sah ihn über den Rand seiner Brille hinweg an. Tom kannte niemanden, der einen so mit intelligenten Blicken festnageln konnte wie sein Anwaltsfreund. »Bis er zurückkommt«, fuhr Adam fort, »werde ich mich etwas näher mit der Beziehung von Vater und Sohn beschäftigen.«

»Tu das.« Tom dachte nach. »Ich kann mir schon vorstellen, was Mosny umtreibt. Der Herr Papa erwartet einen guten Abschluss, den der Filius nicht leisten kann. Irgendwann muss ihm Katharina aufgefallen sein, die ihr Studium scheinbar mühelos bewältigt. Sogar eine der Besten ist. Und das als Frau.«

»Ein frustrierender Zustand«, bestätigte Adam. »Und völlig außerhalb seines Weltbildes. Die Burschenschaft Regenia ist sehr reaktionär und lehnt das Frauenstudium rigoros ab – wie so viele der schlagenden Verbindungen.«

Tom zog die Brauen zusammen. »Zu Mosnys Persönlichkeit gehört noch eine Schmetterlingssammlung.«

Adam schmunzelte. »Interessant.«

»Er ist bizarr, und das macht mir Sorgen. Über die Anzeige hinaus. Er hat Katharina durchaus auch in sexueller Absicht angegriffen.«

Adam nickte. »Macht und Unterwerfung.«

»Wir werden ihn im Auge behalten müssen.«

»Oder ihm ein für alle Mal seine Grenzen aufzeigen. Wenn es sein muss, auf die harte Tour.« Adam deutete auf die Anzeige, die er noch immer in den Händen hielt. »Die beiden anderen Zeugen sind Freunde von Mosny. Vermutlich hat er sie bestochen, damit sie gegen Katharina aussagen. Der eine studiert Chemie, der andere Jura.«

»Dann haben sie keine Ahnung von gynäkologischen Vorgängen«, konstatierte Tom.

Adam nickte. »Außerdem bezweifle ich, dass die beiden dabei gewesen sind, als er sich in besagter Nacht auf den Fluren der Universitätsfrauenklinik herumgetrieben hat.«

Tom beschlich eine Ahnung. »Gib mir bitte noch einmal die Anzeige.«

Adam reichte sie ihm.

Toms Augen flogen über die maschinengeschriebenen

Zeilen, dann fuhr er sich durchs Haar. »Ich denke, dass ich die beiden kenne. Alfons und Hinrich.«

»So?«

»Ja. Sie sind mir vor dem Corpshaus begegnet. Fonsi und Hinny nennen sie einander.«

»Ihre Burschenschafts-Spitznamen.« Adam nahm die Anzeige wieder an sich. »Dann würde ich an deiner Stelle zwei weitere Umschläge vorbereiten.«

»Mit Geld? Damit sie sich nicht mehr als Zeugen hergeben?« Tom rieb sich zweifelnd das Kinn. »Das könnte mir als Erpressung um die Ohren fliegen.«

»Wird es nicht.« Adam grinste. »In den Umschlägen wäre kein Geld.«

»Sondern?«

»Zwei jeweils identische Schreiben, die Fonsi und Hinny vor Augen führen, welche Strafe bei Falschaussage droht.«

Jetzt war es an Tom zu grinsen. »Adam, du ist ein Genie.«

39. KAPITEL

Das Polizeipräsidium in der Ettstraße am nächsten Morgen,
9. März 1928

»Kennen Sie denn überhaupt den Unterschied zwischen einer Totgeburt und einer Abtreibung, Fräulein Lindner?« Der Kriminalkommissar stieß den Rauch seiner Zigarette aus. »Haben Sie nicht alles dafür getan, dass das Kind sich nicht mehr im Leib der Mutter halten konnte?«

Dieselbe Frage, zum wiederholten Mal gestellt.

Katharina gab zum wiederholten Mal dieselbe Antwort: »Ihr eigener Vater hat ihr in den Bauch getreten. Dadurch kam es zu einem Riss in der Fruchtblase, möglicherweise auch zu einer teilweisen Ablösung der Plazenta. Ein solcher Zustand führt in den meisten Fällen zu ernsten Folgen. Auch dem Tod des Kindes.«

»Man hätte sie zunähen müssen.«

»Das war in diesem Fall keine Option, Herr Kommissar. Die Verschlechterung des Zustandes trat binnen kürzester Zeit ein, ihr Leben war in Gefahr.«

Der Kommissar schüttelte den Kopf. »So kommen wir nicht weiter.«

»Es kommt darauf an, wo Sie hinwollen«, erwiderte Katharina und war von ihrem eigenen Mut überrascht. »Wenn Sie die Wahrheit suchen, wäre Ihre Frage damit beantwortet.« Sie faltete die Hände in ihrem Schoß und vermied jede Regung, die auf ihre große Anspannung hindeuten konnte.

»Aber«, schaltete sich der zweite am Verhör beteiligte Beamte ein. Seinen Dienstgrad kannte Katharina nicht. »Man hätte die junge Frau schon wesentlich früher in ein Krankenhaus bringen und damit den tödlichen Ausgang verhindern können.«

»Wäre das Kind durch ein künstliches Verschließen der Gebärmutter im Körper der Mutter verblieben, hätte es diesen von innen vergiftet. Eine solche Sepsis ist ein sicheres Todesurteil.«

»Seit die Weiber Kinder bekommen, leben sie mit diesem Risiko.« Der Kommissar klang ungehalten. »Dafür halten wir Männer im Krieg die Köpfe hin.«

»Eine tote Frau wird keine neuen Soldaten für den nächsten Krieg produzieren können«, hielt Katharina dagegen.

»Was sagt man zu einer solchen Renitenz?«, wandte der Kommissar sich an seinen Kollegen.

»Vielleicht erinnert sie sich unter schärferen Haftbedingungen etwas besser daran, was sie gemacht hat«, gab dieser zurück. »Oder gemeinsam mit ihrer Kollegin, der Engelmacherin.« Durch den wabernden Zigarettendunst war die Luft im Zimmer mittlerweile zum Schneiden dick.

Katharina versuchte, aufmerksam zu bleiben und sich durch die perfide Drohung nicht aus dem Konzept bringen zu lassen. Zugleich spürte sie, wie zermürbend es sein musste, diesen Verhören über Tage oder gar Wochen ausgesetzt zu sein. Für sie war es erst das zweite Mal, und bereits jetzt fühlte sie eine enorme innere Erschöpfung. Irgendwann war die Kraft zu Ende, gab man vielleicht Dinge zu, die man gar nicht getan hatte. Weil man schlichtweg nicht mehr konnte.

Noch hielt sie dem lauernden Blick der beiden stand.

»Und?«, sagte der Kommissar zu Katharina. »Was halten Sie von einer solchen …«

Es klopfte an der Verbindungstür.

»Jetzt nicht!«, brüllte der Kommissar.

Die Tür öffnete sich dennoch.

»Herr Kommissar!« Der Mitarbeiter im Türrahmen hielt ein Schriftstück in den Händen. »Das hier soll ich Ihnen sofort geben. Es eilt!«

Der Kommissar winkte ihn unwirsch an seinen Schreibtisch. »Was soll das sein?«

Begleitet von einem leichten Bückling legte der Mann die Nachricht auf den Tisch und zog sich sofort wieder zurück.

Der Kommissar drückte seine Zigarette aus, nahm das Blatt und begann zu lesen. Sein Kollege näherte sich neugierig.

Die Stirn des Kommissars legte sich in tiefe Runzeln, dann zog er die Brauen zusammen. »Sie werden vorläufig auf freien Fuß gesetzt, Fräulein Lindner«, raunzte er schließlich. »Ich betone: vorläufig.« Mit einer ruppigen Bewegung legte er die Notiz in Katharinas Akte und schlug sie mit lautem Klatschen zu.

Katharina zuckte zusammen.

»Eine höchst ärgerliche Verzögerung«, fügte er hinzu und schob die Akte an die Tischkante.

Katharina beobachtete ihn. »Ich bin also frei?«, fragte sie nach.

Er beugte sich vor. »Wiegen Sie sich nicht in Sicherheit, Fräulein Lindner. Hier geht es nicht um eine Lappalie, sondern um die Zukunft der deutschen Frau und damit des deutschen Volkes. Es muss prosperieren, und genau dies garantiert der Paragraf 218. Deshalb wird alles, was auch nur in die Nähe einer Zuwiderhandlung rückt, ohne Gnade geahndet.«

Einige Augenblick lang hatte Katharina das Gefühl, als schwanke der Boden.

»Haben Sie das verstanden?«, hakte der Kommissar nach.

Sie hatte verstanden und war gleichzeitig verwirrt. »Heißt das … ich kann gehen?«, vergewisserte sie sich. »Jetzt sofort?«

»Bedauerlicherweise.« Er zündete sich eine neue Zigarette an. »Unter folgenden Auflagen: Ihnen ist verboten, München zu verlassen. Ihnen ist des Weiteren verboten, Ihr Studium wieder aufzunehmen.«

»Aber ich habe im Herbst die Ärztliche Staatsprüfung …«

»Es ist unwahrscheinlich, dass Sie zugelassen werden.« Er

aschte in eine kleine Porzellanschale. »Wenn Sie mich fragen, sollte man die Universitäten generell von Weibern befreien. Ihr habt andere Aufgaben in dieser Gesellschaft.«

Katharina verzichtete auf eine Antwort.

Er entließ ein paar rauchige Kringel in die Luft. »Und seien Sie gewiss, dass wir weiterhin die Puzzleteilchen zusammentragen werden, die wir für eine Anklage gegen Sie benötigen. Genießen Sie Ihre Tage da draußen. Wir sehen uns wieder.«

Mit dem grünen, kastenartigen Gefängnisauto brachte man sie zurück nach Neudeck, wo sie ihre persönlichen Gegenstände zurückerhielt. Anschließend zog sie Hut und Mantel an, unterschrieb die Entlassungspapiere, schulterte ihren Rucksack und ließ sich von einem Aufseher bis ans Gefängnistor bringen. Ohne einen Blick zurückzuwerfen, übertrat sie die steinerne Schwelle.

Die ersten Schritte in Freiheit fühlten sich eigenartig an – das diffuse Licht eine Spur zu hell, die Farben ungewohnt leuchtend, die Geräusche überdeutlich. Doch dann füllte sich Katharinas Herz mit Freude und Erleichterung. Sie breitete die Arme aus, spürte den Münchner Nieselregen auf ihrem Gesicht und drehte sich im Kreis, bis ihr schwindelig war. Leise lachend hielt sie inne, doch noch bevor die Welt wieder zum Stillstand gekommen war, fand sie an einer vertrauten Brust Halt. »Papa!«, rief sie ungläubig.

Gustav Lindner hielt sie fest. »Was bin ich froh, dich zu sehen, Katharina!«

»Du bist da, Papa.«

»Wir haben uns große Sorgen um dich gemacht.«

»Ich weiß.« Katharina sah zu ihm auf. »Es tut mir unendlich leid.«

»Du kannst nichts dafür.« Sein Blick war gütig. »Das ganze Lügengebilde wird in sich zusammenfallen, wenn Doktor Burgert diesen Herrn Mosny überführt hat. Jetzt aber schau! Ich bin nicht allein gekommen.«

Er öffnete die Umarmung und deutete auf den gegenüberliegenden Gehsteig.

Katharina schlug die Hände vor den Mund. Mit einem leisen Juchzen lief sie über die Straße direkt in Toms Arme. Sie lachte und sie weinte, während er ihr Gesicht ungeniert mit Küssen bedeckte. Regen tropfte vom Rand seines Hutes.

»Da wird man ja noch neidisch!«

»Lola!« Katharina löste sich von ihm und schlang glücklich die Arme um ihre Freundin. »Ach, ich freue mich!«

Lola hielt ihren Regenschirm über sie beide. »Ich würde vorschlagen, dass wir uns schleunigst ein trockeneres Plätzchen für unser Wiedersehen suchen.«

»Ich möchte nach Hause«, sagte Katharina sofort.

»Darf ich Einspruch erheben?« Gustav Lindner hatte ebenfalls die Straße überquert und sich zu ihnen gesellt. »Ich möchte euch alle zu einem Weißwurstfrühstück in den Augustiner einladen.«

Die Aussicht auf eine fein gewürzte Weißwurst und eine krachend frische Breze war dann doch verlockender als Katharinas eigentlicher Wunsch, sich in ihr Bett zu verkriechen und eine Woche durchzuschlafen. »Du weißt ja, dass ich dir nichts abschlagen kann, Papa.«

»Da bin ich aber froh.« Gustav Lindner schmunzelte.

»Ich hole das Auto«, sagte Tom.

Eine knappe halbe Stunde später saßen sie trocken in der Behaglichkeit des Augustiner Bierpalasts. Lola und Gustav bestellten ein Helles, Tom und Katharina Minzlimonade. Unter der flach gewölbten weißen Stuckdecke stießen sie auf die Freiheit an.

»Ich werde heute noch nach Stuttgart weiterfahren«, kündigte Gustav an.

»Schon?« Katharina war enttäuscht.

»Lilly hat einen wichtigen Termin mit Arno, ihrem ehemaligen Mann. Es geht wieder einmal um das Umgangsrecht für Hans. Da wäre ich gern an ihrer Seite.«

»Deine erwachsenen Töchter halten dich ganz schön auf Trab«, stellte Katharina selbstironisch fest.

»Jetzt gibt's die Weißwürscht!« Zwei Kellnerinnen im Dirndl servierten die Münchner Spezialität in kleinen, dampfenden Terrinen und stellten einen Korb mit knusprig gebackenen Brezen dazu.

»Ich musste deinem Vater übrigens versprechen, mich rund um die Uhr um dich zu kümmern.« Tom schnitt eine Weißwurst auf.

Gustav schmunzelte. »Rund um die Uhr dürfte Katharina zu viel werden. Aber es ist beruhigend, wenn ich weiß, dass jemand die Hand über sie hält.«

»Wir Freundinnen sind ja auch noch da!«, meinte Lola. Sie hatte bereits eine Öffnung in ihre Wurst gestochen und hob sie nun an den Mund, um das Brät herauszuzuzeln.

»Im Übrigen bin ich kein Kleinkind mehr«, sagte Katharina mit Nachdruck. »Reist ihr denn bald nach Finnland?«, wechselte sie das Thema.

Gustav nickte. »Im April. Aber nur, wenn die Umstände es erlauben. Sonst fliegen Maxim und Felix allein.«

Katharina spürte Unbehagen. »Sage die Reise bitte nicht wegen mir ab.«

Ihr Vater sah sie liebevoll an. »Diese Entscheidung wirst du wohl oder übel mir überlassen müssen.«

»Unglaublich, welche Orte man inzwischen mit dem Flugzeug erreichen kann«, warf Lola ein, legte die Wurstpelle auf ihren Teller und tupfte sich die Lippen ab. »Bis vor ein paar Jahren war das Fliegen etwas höchst Extravagantes.«

»Und das Streckennetz wird jedes Jahr größer«, ergänzte Tom. »Eine spannende Entwicklung, finde ich. Künftig nutzen wir das Flugzeug so selbstverständlich wie heute die Eisenbahn.«

»Irgendwann werden wir gemeinsam nach Venedig fliegen.« Lola deutete mit ihrer Gabel auf Katharina. »Du, ich, Eva und Zara.«

»Vorerst darf ich München nicht verlassen.« Katharina

nahm sich eine Breze, brach einen der gesalzenen Arme ab und bestrich ihn dick mit Butter.

»Wer sagt das?«, hakte Lola nach. »Die Polizei?«

Katharina nickte.

»So eine Schikane!«, schimpfte Lola.

»Adam wird sich darum kümmern«, versicherte Tom.

»Im Augenblick genügt es mir, nicht mehr in einer Zelle zu sitzen.« Katharina legte das Messer ab. »Wo sind eigentlich Eva und Zara?«

»Zara arbeitet heute im Kinderasyl. Und Eva hat Besuch von ihrer Mutter.«

»Arme Eva«, entschlüpfte es Katharina.

»Wir werden sehen, was sie heute Abend erzählt. Ich habe den Eindruck, dass Evas Mutter versucht, das Verhältnis zwischen ihnen zu verbessern«, erwiderte Lola und nahm sich noch eine Weißwurst. »Abgesehen davon waren wir uns einig, dass es ein bisschen viel ist, wenn wir alle vor dem Gefängnis auf dich warten.«

»Unsere geballte Frauenkraft vor dem Gefängnis hätte die richtige Botschaft gesandt«, erwiderte Katharina.

»Apropos«, Lola tauchte die Wurst in den süßen Senf, »was ist eigentlich mit Walli Stenzl?«

»Ich habe sie nicht mehr gesehen, seit man sie wegen Fiebers in den Krankentrakt gebracht hat«, antwortete Katharina. »Davor war sie in großer Sorge um ihre Kinder.«

»Adam hat bereits den Pfarrer von Mariahilf informiert, damit man sich um ihre Familie kümmert«, sagte Tom. »Wir dagegen sollten Abstand halten, um nichts zu provozieren.

Ehrlich gesagt bin ich froh, ihr keine Stelle in der Armenpraxis angeboten zu haben. Somit gibt es keine nachvollziehbaren Verbindungen zwischen ihr und uns.«

»Für den Augenblick mag das stimmen«, erwiderte Katharina. »Auf lange Sicht aber muss man ihr eine Zukunft bieten. Mit drei kleinen Kindern und einem kranken Mann braucht sie ein sicheres Einkommen. Sie wird ihrem Gewerbe weiter nachgehen, wenn sie keine andere Perspektive bekommt.«

»Gewiss.« Tom sah sie liebevoll an. »Sobald für dich keine Gefahr mehr besteht.«

Katharina verursachten seine Worte Unbehagen. Sie verstand, dass er sie schützen wollte. Zugleich aber war Walli Stenzl im Sog von Mosnys Rachefeldzug inhaftiert worden, und damit fühlte Katharina sich in gewisser Weise für sie verantwortlich. Mehr noch. Sie selbst wurde professionell unterstützt – Walli Stenzl stand dagegen völlig allein da.

Dennoch wollte sie Tom nicht grollen. Immerhin hatte er offenbar alle Hebel in Bewegung gesetzt, um auch die Dinge in der Krämerstraße zu regeln.

Sie betrachtete die markanten Züge seines Gesichts und bemerkte den dunklen Bartschatten auf seinen sonst glatt rasierten Wangen, die Müdigkeit in seinen Augen und den besorgten Zug um seinen Mund.

Auch ihm hatten die letzten Tage sichtlich zugesetzt.

»Wir machen uns immer noch große Sorgen um Nannerl«, sagte Lola in die entstandene Stille hinein. »Sie ist noch nicht über den Berg.«

Katharina spürte, wie die vorsichtige Euphorie der Entlassung einer desillusionierenden Nüchternheit Platz machte.

Dies war nur eine Atempause.

Der Weg zur wirklichen, endgültigen Freiheit war steinig und ungewiss.

40. KAPITEL

Das Verbindungshaus des Corps Regenia, fünf Tage später, 14. März 1928

Breitbeinig, den waffenlosen Arm auf dem Rücken, stand Edmund zwischen zwei mit Kreide gezogenen Linien und parierte den Hieb, den Alfons gegen ihn führte. Mit metallischem Klirren kreuzten sich ihre Klingen. Kaum hatten sie die Bewegung zu Ende geführt, schnitten die Fechtsäbel erneut durch die Luft. Diesmal landete Alfons einen Treffer an Edmunds rechter Schläfe. Edmund mahnte sich zu mehr Konzentration, fixierte Alfons' Gesicht und teilte es in Gedanken auf einer Zielscheibe ein. Mit dem nächsten Hieb visierte er den Scheitel an. Und traf. Zufrieden bereitete er sich auf den nächsten Schlagabtausch vor.

Dabei versuchte er, sich nicht durch die Zuschauer aus dem Konzept bringen zu lassen, welche die *Paukstunde* auf dem Fechtboden im Dachgeschoss seines Verbindungshauses verfolgten. Denn Edmund stand unter enormem Druck. Bei der letzten *Mensur* hatte er versagt, war einem gegnerischen Hieb instinktiv ausgewichen und hatte damit seine Niederlage besiegelt. Beim nächsten Mal musste er sich seiner Burschenschaft würdig erweisen. Kein Zurückweichen mehr. Verwundungen mit Tapferkeit ertragen. Und siegen. Das gebot die Ehre.

Schon seit zwei Wochen übte er deshalb verbissen, und das nicht nur mit dem Fechtmeister. Wann immer er Zeit fand, zog es ihn auf den Fechtboden. Die Tatsache, dass er Katharina Lindner hinter Gitter gebracht hatte, gab ihm dabei zusätzlichen Auftrieb. Ihm war, als wäre seine Kraft seither größer, sein Geist konzentrierter und seine Brust breiter.

Sie setzten ihre Übung fort. Zu spät merkte Edmund, dass Alfons einen Lufthieb als Finte gesetzt hatte. Zu spät schützte er seine durch die Fehlreaktion entstandene Blöße. Alfons machte den Punkt.

Der Kampf endete unentschieden.

Edmund senkte den Säbel und kniff die Lippen zusammen. Er hatte fest mit einem Sieg gerechnet. Unzufrieden legte er die Übungswaffe ab. Im Gegensatz zu den in einer Mensur verwendeten Fechtschlägern verhinderten stumpfe Klingen und abgerundete Spitzen Schnitt- und Stichverletzungen.

Während die nächsten Fechter ihre Plätze einnahmen, trat Alfons zu ihm und schlug ihm kräftig auf die Schulter. »Nicht schlecht, Edmondo! Das wird schon.«

Der herablassende Unterton ließ das Lob ironisch wirken. Edmund schüttelte Alfons' Hand ab, drehte sich wortlos um und ging in den angrenzenden *Paukraum*. Dort, wo die Fechtausrüstung gelagert wurde, nahm er seinen vergitterten Schutzhelm ab, zog Stulpe und Handschuh aus und wischte sich mit einem Handtuch den Schweiß von Stirn und Nacken.

Er hängte gerade seinen Schurz an den Haken, als Alfons nachkam und sich ebenfalls seines Fechtschutzes entledigte. »Noch ein Bier, Edmondo? Unten, in der Ochsenbraterei?«

»Mhm.« Edmund hatte eigentlich keine Lust auf ein Trinkgelage. Viel lieber würde er mit Einbruch der Dunkelheit in Richtung Au wandern und sich in der Umgebung des Frauengefängnisses an der Vorstellung ergötzen, wie die Lindner darin schmorte. Und da er die Kurpfuscherin Stenzl gleich noch mit ans Messer geliefert hatte, war ihre Verurteilung so gut wie sicher. Manchmal träumte er sogar davon, die hellblonde Widerspenstige in ihrer Zelle zu besuchen und ihr in Aussicht zu stellen, seine Aussage zurückzuziehen – wenn sie sich ihm entsprechend erkenntlich zeigen sollte …

Der dumpfe Schmerz von Alfons' Ellenbogen zwischen seinen Rippen unterbrach diesen anregenden Gedanken.

»Ziehst du die Gesellschaft deiner Schmetterlingsleichen etwa einem Trunk unter Brüdern vor, Edmondo?«

Angesicht der von Alfons mit hochgezogener Braue vorgetragenen Aufforderung gab sich Edmund einen Ruck. »Natürlich komme ich mit in die Ochsenbraterei.«

Sie hatten kaum die Krüge erhoben, als Hinrich den rustikalen Gastraum der Ochsenbraterei betrat. Alfons reckte sein Bier noch ein bisschen höher, um dem Freund zu bedeuten, wo sie sich platziert hatten.

Hinrich steuerte auf sie zu und ließ sich auf den Platz neben Alfons fallen. »Freunde, ihr glaubt nicht, was ich gerade erfahren habe!«

»Nimm erst einmal einen Schluck!«, entgegnete Alfons und winkte dem Kellner. »Mit geölter Stimme erzählt es sich besser.«

»Hast recht.« Hinrich warf Edmund einen eigenartigen Blick zu. Fast so, als würde er ihn bemitleiden.

Edmund war irritiert. Hatte Hinny etwa schon gehört, dass er sich gegen Alfons heute schwergetan hatte?

Hinrich bekam seinen Krug hingestellt. »Auf die nächste Mensur!«

Schwungvoll stießen sie an.

Anschließend wischte sich Hinrich mit dem Handrücken den Bierschaum vom Mund. »Ich fürchte, dass dein größter Schmetterling schon wieder davongeflattert ist, Edmondo.«

»Hä?« Edmund hatte keine Ahnung, was er damit meinte.

Alfons zupfte an seinem Schnurrbart.

Hinrich rülpste. »Na, den Schmetterling, den du statt an deine Wand in die Frauenhaftanstalt eingenagelt hast.« Er setzte seinen Krug wieder an.

»Du …«, Edmund brach der Schweiß aus, »du willst doch nicht sagen, dass die Lindner …«

»Ich denke schon, dass er das will«, antwortete Alfons an Hinrichs statt.

Edmund klammerte sich an den Henkel seines Bierkruges. »Bist du sicher, Hinny?«

»Todsicher.« Hinrich nahm seine weiße Mütze ab. »Die Spatzen pfeifen es von den Dächern.«

In Edmund braute sich ein Sturm der Verzweiflung zusammen. Wieso hatte man sie entlassen? Wo die Tatsachen doch gegen sie sprachen. Vor allem ihre Bekanntschaft mit der Stenzl – das stank förmlich zum Himmel! Edmund leerte seinen Krug in einem Zug und knallte ihn zurück auf den Tisch. Er war sich seiner Sache absolut sicher, hatte alle Mosaiksteinchen zusammengetragen, seine Schlussfolgerungen gezogen. Das Abtreibungsgeschäft lief zweifellos über die Armenpraxis dieses von Bogen. Am liebsten hätte er auch ihn angeschwärzt, aber das war nicht so einfach. Der Chirurg war in München hoch angesehen.

»Was wirst du jetzt machen?«, wollte Alfons wissen.

»Lass mich kurz nachdenken«, erwiderte Edmund. Dann fiel ihm sein Vater ein. Sofort wanderte ein angstvoller Schauer über seinen Nacken.

Wie sollte er Theodor Mosny beibringen, dass die ganze Sache am Ende schiefgegangen war? Nachdem dieser höchst angetan gewesen war von Edmunds Mut, sogar das Wörtchen *stolz* verwendet und sich nach den überzeugenden Argumenten seines Sohnes bereit erklärt hatte, Edmunds Glaubwürdigkeit in einem möglichen Prozess zu bestätigen? »Der Zweck heiligt in diesem Fall die Mittel,

Edmund«, hatte er am Telefon gesagt. »Wenn es anderen Weibern eine Mahnung ist, die Finger von der Studiererei zu lassen, stelle ich mich zur Verfügung. Und dem gesunden Wachstum des Volkskörpers dient es auch.« Edmund hatte ihn daraufhin als Zeugen eintragen lassen, das gab der ganzen Anzeige gleich viel mehr Gewicht – und sich bereits auf die Verhandlung gefreut. Er, Alfons, Hinrich und vielleicht sogar sein Vater im Zeugenstand. Die Verurteilung der Lindner. Ihre Tränen. Sein Triumph. »Wir müssen gleich morgen zum Polizeipräsidium gehen«, gab er sich kämpferisch. »Alle drei. Um unsere Aussagen zu bekräftigen.«

»Ich bekräftige gar nichts«, entgegnete Alfons sofort.

»Ich auch nicht«, echote Hinrich.

Edmund stutzte. »Was ist denn in euch gefahren? Wir waren uns doch einig, dass ihr aussagt. Ich habe euch gut dafür bezahlt!«

»Mir wird die Sache zu heiß.« Alfons zupfte wieder an seinem Schnauzbart. »Vielleicht war es wirklich keine Abtreibung, sondern ein natürlicher Vorgang. Oder sonst was, ich kenne mich da zu wenig aus. Und am Ende wegen einer Falschaussage ins Kittchen zu wandern – darauf habe ich wirklich keine Lust.«

»Ich auch nicht«, meinte Hinrich.

Edmund richtete sich auf. »Ich werde nicht ruhen, bis diese Sache zu Ende gebracht ist«, sagte er mit heiserer Stimme. »Katharina Lindner mag nicht mehr im Gefängnis sein, aber unschuldig ist sie deshalb noch lange nicht.« Er nahm seine Freunde ins Visier. »Jeder von euch bekommt noch einmal hundert Mark, wenn ihr dabeibleibt. Also?«

Alfons und Hinrich sahen sich an.

Edmund hieb mit der Faust auf den Tisch. »Zweihundert.«

»Wir denken darüber nach«, sagte Alfons.

41. KAPITEL

Die Mansardenwohnung von Katharina und Lola,
Sonntag, 18. März 1928

Die Sonnenstrahlen, welche durch die Gaubenfenster in die Mansarde fielen, neckten Katharina in der Nase. Sie nieste und blinzelte in das helle Licht, bevor sie sich zur Seite drehte und den Kopf in ihrem Kissen vergrub. Sie wollte weiterschlafen. Nichts fühlen. Zur Ruhe kommen. Vergessen.

Doch bevor der nächste Traum sie umfangen konnte, schmeichelte der Duft frisch gebrühten Kaffees ihren Sinnen.

»So, du Langschläferin!«, hörte sie Lola sagen. »Ich muss jetzt gleich los. Und bevor ich gehe, stehst du auf!«

Die Matratze senkte sich, als Lola sich zu ihr setzte und sanft an ihrer Schulter rüttelte, gleichzeitig verstärkte sich das Kaffeearoma.

»Noch zehn Minuten«, nuschelte Katharina.

»Es ist bereits halb elf.« Lola klang streng. »So lange im Bett zu liegen ist doch sonst nicht deine Art.«

»Ich weiß«, murmelte Katharina.

Sie kannte sich selbst nicht mehr. Jeden Morgen erwachte sie mit diesem dumpfen Angstgefühl. Und anstatt sich mit Elan in einen neuen Tag zu stürzen, fehlte ihr die Lust, auch nur aufzustehen. Konnte sich ein Mensch innerhalb weniger Tage so verändern?

Mühsam richtete sie sich auf.

Sofort bekam sie die Kaffeetasse in die Hand gedrückt. »Der wird dich wach machen. Er ist extrastark.«

Gehorsam nippte Katharina an dem dunkelbraunen Gebräu, während Lola zum Tisch ging und ihre zu schiefen Stapeln aufgetürmten Unterlagen durchsuchte. Schließlich zog sie einen vollgekritzelten Papierbogen heraus. »Diese Skizze habe ich gesucht.« Sie rollte das Blatt zusammen, steckte es ein und nahm ihren Mantel. »Eva und ich besuchen jetzt Nannerl. Anschließend fahren wir zur Akademie, um unsere Bilder und Skulpturen abzuholen. Frau Gruber stellt uns einen Raum zur Verfügung, um sie einzulagern. Und ab April sind wir Gott sei Dank an der Kunstgewerbeschule.«

Der Gedanke an Nannerl ließ Katharinas Angst noch größer werden. »Wie geht es ihr?«, fragte sie leise.

»Leider nicht besser.« Lola zog ihren Hut auf. »Aber auch nicht schlechter.«

»Ich würde sie gern besuchen. Aber ich darf das Klinikum ja nicht betreten.«

»Sie wird gut betreut, Katharina. Und wir kümmern uns auch.«

»Wenigstens das.« Katharina trank von ihrem Kaffee. »Ihr seid wunderbar! Danke.«

»Versprichst du mir, dass du aufstehst?« Lola sah sie noch einmal ernst an. »Um zwei Uhr kommt Tom. Er wird mit dir spazieren gehen. Und diesmal sagst du ihm nicht mit irgendeiner dummen Ausrede ab.«

»Mhm.«

»Katharina! Jeder hat Verständnis für deine Gefühlslage. Aber so ist es doch kein Zustand! Du musst das Leben wieder hereinlassen.« Lola drückte die Klinke. »Und vor allem: Gib Edmund Mosny nicht so viel Macht über dich. Sonst hat er sein Ziel erreicht, selbst wenn du nicht mehr in einer Gefängniszelle sitzt.« Sie zog die Tür hinter sich zu.

Katharina seufzte.

Lola war rücksichtslos ehrlich. Und gewiss hatte sie recht. Aber der Mangel an Lebensfreude war nichts, was Katharina sich ausgesucht hatte. Die dunklen Wolken über ihrem Leben hatten sich vielleicht ein wenig gelichtet, waren aber nach wie vor da. Sie durfte nicht weiterstudieren. Sie durfte nicht arbeiten. Sie musste vielleicht sogar wieder ins Gefängnis. Wozu also morgens überhaupt aufstehen?

Vielleicht sollte sie sich an die Studentenseelsorge wenden. Aber Hilfe zu suchen und anzunehmen war Katharina schon immer schwergefallen. Sie regelte die Dinge lieber selbst.

Trotz des drückenden Gefühls in ihrer Brust schob Katharina ihre Beine über den Bettrand. Herumliegen machte die Melancholie nur schlimmer, das wusste sie. Und Edmund

Mosny die Genugtuung zu lassen, sie gebrochen zu haben – undenkbar. Da lag Lola richtig.

Sie musste ihre düstere Höhle verlassen. Und wenn sie ehrlich zu sich selbst war, dann freute sich eine ferne Ecke ihres Herzens sehr darauf, Tom wiederzusehen.

Am selben Nachmittag im Englischen Garten

Bienen und Hummeln tanzten über die Wildblütenwiesen des Englischen Gartens und erfüllten die milde Luft mit ihrem Summen. Schmetterlinge sorgten für bunte Tupfen im frischen Grün, Vögel sangen ihr Lied zwischen den aufbrechenden Knospen der Bäume. Das Blau des Himmels, das Erwachen von Feld und Flur, das Farbenspiel – die Natur machte unmissverständlich klar, dass der Frühling nicht mehr aufzuhalten war.

Das sonnige Wetter belebte nicht nur Pflanzen und Tiere, sondern lockte auch Scharen von Ausflüglern nach draußen. Sie flanierten über die verschlungenen Wege, freuten sich am leisen Rauschen der Bäche, drängten sich auf dem von Bäumen eingehegten Hügel des Monopteros, bevölkerten Café und Restaurant im Chinesischen Turm.

Tom saß mit Katharina im Wirtsgarten des Seehauses am Kleinhesseloher See. Nachdem sie sich tagelang in ihrer Wohnung verkrochen hatte, war er froh, sie heute endlich nach draußen gelockt zu haben. Doch die Folgen des Erlebten standen ihr ins Gesicht geschrieben: Ihre Haut war blass, der Blick gehetzt. Unter ihren Augen lagen dunkle Ringe. Die Lebensfreude, die sie sonst ausstrahlte, war einer schwermütigen Niedergeschlagenheit gewichen.

Er betrachtete sie von der Seite. Sie hatte ihr Gesicht der Sonne zugewandt und die Augen geschlossen. Der bittere Zug um ihren Mund hatte sich im Laufe der letzten Stunde gemildert, verschwunden aber war er nicht.

»Möchtest du deinen Topfenstrudel nicht zu Ende essen?«, fragte er vorsichtig.

Sie schüttelte den Kopf. »Nein, danke.«

»Noch eine Tasse Kaffee? Oder eine heiße Schokolade?«

Sie öffnete die Augen und schien zu überlegen. »Eine heiße Schokolade wäre fein«, meinte sie schließlich.

Nachdem das warme Kakaogetränk zusammen mit einer zweiten Tasse Kaffee für ihn serviert worden war, nahm sie ihren Teelöffel und tauchte ihn tief in die rahmige Flüssigkeit. »Was meinst du, Tom. Bin ich jetzt noch Studentin?«

»Natürlich. Warum denn nicht?« Er stach sich einen Bissen von ihrem Topfenstrudel ab.

»Das Semester ist zu Ende. Und die ganze Sache ist ja noch nicht ausgestanden.« Sie nippte an ihrem Teelöffel. »Außerdem möchte Döderlein auf keinen Fall den Ruf seines Hauses ruiniert sehen.«

»So einfach kann man dich nicht exmatrikulieren. Aber wenn es dir lieber ist, werde ich noch einmal mit Adam darüber sprechen.«

»Ja, bitte.« Sie schluckte. »Ich fühle mich wie amputiert ohne eine Aufgabe. So nutzlos.«

»Sonne und Bewegung werden dir helfen, Katharina. Du hast eine Verstimmung, das ist verständlich nach dem Schock.«

»Es ist schrecklich.« Sie starrte in ihre Tasse.

»Ich kenne den Zustand, den du gerade durchmachst. Das wird vorübergehen, glaub mir.«

Sie nickte langsam. »Ich … glaube, ich weiß das. Auch wenn ich mir selbst gerade so fremd bin.«

»Zum Glück haben wir März und nicht November. Ab heute verbringen wir jeden Tag eine Stunde gemeinsam an der frischen Luft.«

Ein vages Lächeln stahl sich auf ihr Gesicht. »Hast du denn überhaupt so viel Zeit?«

»Ich nehme sie mir.« Tom trank von seinem Kaffee. »Außerdem habe ich eine Aufgabe für dich – das heißt, wenn du Lust hast, sie zu übernehmen.«

»Worum geht es?«

»In zwei Monaten muss ich die Armenpraxis verlassen haben und bin deshalb auf der Suche nach neuen Räumen. Es würde mir helfen, wenn du die Zeitungen nach Annoncen durchforsten und dich ein wenig umhören könntest.«

»Haben die Nonnen dir wirklich gekündigt?« Sie richtete sich auf.

Er nickte. »Es war abzusehen.«

»Ich helfe dir gerne, wenn es dir nicht schadet, mit mir in Verbindung gebracht …«

»Tut es nicht«, unterbrach er sie. Das Gefühl, dass sie sich wie eine Aussätzige sah, war ihm unerträglich. Dahingehend hatte Mosny ganze Arbeit geleistet. »Ich freue mich, wenn du zusagst«, fügte er an.

Katharina erfüllte die Aussicht auf eine sinnvolle Tätigkeit mit sichtlichem Tatendrang. »Dann helfe ich gerne.«

»Ich hätte sogar eine weitere Aufgabe.« Er räusperte sich. »Man müsste die Patientenaufzeichnungen in der Armenpraxis aktualisieren. Eigentlich widerstrebt es mir, dich um solche Hilfstätigkeiten zu bitten. Du solltest am Patienten arbeiten.«

»Ich fühle mich nicht degradiert, wenn du das meinst. Auch aus der Arbeit mit deinen Patientenakten kann ich einiges lernen.« Sie legte den Löffel zur Seite. »Tom … ich weiß, dass ich in den letzten Tagen abweisend und verletzend gewesen bin. Bitte verzeih mir.«

Er griff nach ihrer Hand. »Da gibt es nichts zu verzeihen.« Ihre Finger waren kalt.

»Ich fühle mich so ohnmächtig, verstehst du? Sie sagten, ich sei schuldig. Obwohl ich nichts getan habe außer ein Leben zu retten. Es ist nur so … wenn dir immer wieder dasselbe gesagt wird, dann fängst du irgendwann an, an dir selbst zu zweifeln.«

Er strich mit dem Finger über die raue Haut ihres Handrückens. »Das ist Taktik. Sie wollen den Willen brechen und dadurch ein Geständnis erzwingen.«

Ohne zu antworten, sah sie wieder auf den See hinaus.

»Du wirst dir dein Leben zurückerobern«, versicherte Tom nach einer Weile.

Langsam kehrte ihr Blick zu ihm zurück. Und zum ersten Mal an diesem Tag sah er eine Spur des vertrauten Leuchtens darin. Das machte ihm Mut.

»Lass uns auf den See hinausrudern, Katharina.«

Es waren nur wenige Schritte bis zum Bootsverleih. Sie hatten Glück, dass gerade einer der hölzernen Kähne zurückkam, denn auch auf dem Kleinhesseloher See herrschte an diesem Sonntagnachmittag reger Betrieb. Tom half ihr beim Einsteigen, doch anstatt sich ins Heck zu setzen, nahm Katharina an den Riemen Platz.

»Bewegung ist wichtig«, erklärte sie angesichts seiner verdutzten Miene. »Das hast du eben selbst gesagt.«

»In der Tat.« Grinsend rückte er seinen Hut zurecht und ließ sich auf der zweiten Sitzbank nieder. »In diesem Fall lasse ich mich gerne von dir über den See rudern.«

Katharina senkte die Paddel ins Wasser, wendete das Boot, sodass sie auf das Seehaus mit seinem Walmdach sah, und ruderte mit kräftigen Zügen los.

»Man merkt, dass du ein Kind des Bodensees bist«, sagte Tom anerkennend.

Die Erwähnung ihrer Heimat veränderte etwas in Katharina. Ein Lächeln kam auf und erhellte ihr Inneres. Und mit jedem Eintauchen der Paddel, mit jedem Zug ihrer Arme wurde es sonniger.

Sie passierten die Königsinsel in der Seemitte, anschließend hielt Katharina auf die Kurfürsteninsel im Nordwesten zu. Ein Entenpärchen schwamm vorbei. Tom hatte den

Hut abgenommen und wirkte entspannt, zwinkerte ihr hin und wieder zu und schien die Wärme auf seinem Gesicht zu genießen. Als sie sich der Insel näherten, zeigte er auf eine schattige Stelle in Ufernähe. »Würde es dir etwas ausmachen, dort eine Pause einzulegen?«

»Ich bin aber noch gar nicht müde.«

Er lachte. »Die Pause soll auch nicht der Erholung dienen.«

Sie runzelte irritiert die Stirn. »Wozu sonst?«

»Warte ab.«

Katharina lenkte das Boot an die zweitgrößte der Inseln heran, landete aber nicht an. »Du weißt, dass es dort vor allem Enten und Gänse gibt? Und viel Gestrüpp?«

»Wir bleiben ohnehin im Boot.« Er beugte sich vor. »Es ist nicht leicht, den richtigen Ort und die richtige Zeit zu finden für das, was ich dir sagen möchte.«

Katharina legte die Paddel ins Boot und sah ihn verwundert an.

»Lass mich ein wenig ausholen.« Die Geste, mit der er über sein Kinn strich, wirkte nachdenklich. »Zwischen uns herrscht ein Gleichklang, der sich selbstverständlich anfühlt – jedenfalls für mich. Zugleich ist er so außergewöhnlich. Zumindest ich habe so etwas bisher noch nie erlebt, und ich bin ja nun doch schon vierzig Jahre auf der Welt. Schon während der letzten Wochen habe ich mich gefragt, wie sich das alles wohl weiterentwickelt, und in Garmisch dachte ich dann, ich hätte eine Antwort gefunden.«

Er sprach ruhig. Doch am Zucken seiner Mundwinkel erkannte Katharina, wie angespannt er war.

»Anstatt erst einmal Zeit zu haben, um das, was uns verbindet, zu benennen und weiter wachsen zu lassen«, fuhr er fort, »wurden wir in einen Strudel von Ereignissen hineingezogen. Um jetzt keine lange Rede zu halten: Ich weiß, wie unabhängig du bist und denkst.« In einer fahrigen Bewegung fasste er sich in den Nacken. »Dennoch möchte ich dir heute etwas anbieten, von dem ich glaube, dass es deine Freiheit festigen und zugleich deine Möglichkeiten erweitern wird: den Schutz meines Namens.« Sein Blick umfing sie aufmerksam. »Möchtest du mich heiraten, Katharina?«

Katharina durchlief es erst heiß, dann kalt. Für einen Moment fehlten ihr die Worte.

Die Stille dehnte sich unangenehm, während das Boot sanft hin und her schaukelte. »Ich weiß es zu schätzen, dass du mich schützen möchtest, Tom«, antwortete sie schließlich. »Aber abgesehen davon, dass ich eigentlich auf meinen eigenen Namen vertrauen möchte – ist das nicht ein bisschen wenig Grund, um zu heiraten?«

Sein Lächeln geriet schief. »Siehst du. Da wollte ich dir schlaue Argumente anbieten, damit es dir leichterfällt, dich auf mich einzulassen – und habe alles falsch gemacht.«

»So war das nicht gemeint …«

»Am besten fange ich noch einmal ganz von vorne an.« Er streckte seine Hand nach ihr aus. Instinktiv legte sie ihre Finger hinein und verflocht sie mit seinen. »Das, was ich für dich fühle, ist mehr, als ich in Worte fassen kann, Katharina.

Die letzten Tage waren die Hölle. Ich habe mit dir gelitten, als stünde ich selbst unter Anklage. Und als du dich von allen und zuletzt auch von mir zurückgezogen hast, habe ich dich so vermisst, dass es wehgetan hat. Ich bin niemand, der unüberlegt in eine Sache hineinstolpert, das weißt du. Wenn ich dich heute frage, ob wir dieses Leben künftig Seite an Seite gehen, dann ist es, weil ich dich … liebe.«

Katharinas Magen zog sich zusammen. Sie konnte nicht genau sagen, ob vor Freude, vor Panik, vor Überraschung – vor Liebe? Irgendwie war von allem etwas dabei. »Ich empfinde dasselbe wie du, Tom. Du bist ein wichtiger Teil meines Lebens geworden. Und das nicht nur, weil wir beide Mediziner sind.« Sie löste ihre Hand aus der seinen, glitt von der Holzbank auf den Boden des Kahns, legte ihre Hände auf seine Schenkel und sah ihn an. »Eigentlich ist es der Mann, der auf die Knie geht«, merkte Tom schmunzelnd an.

»Ich mache alles anders, das weißt du doch«, gab sie zurück. »Deshalb muss ich ehrlich sein. Eine Ehe habe ich nie angestrebt. Im Gegenteil. Für die Liebe brauche ich sie nicht. Und rechtlich möchte ich nicht in Abhängigkeit geraten.« Ihr Mund war wie ausgetrocknet. »Im Moment bin ich außerdem noch völlig durcheinander. Deshalb bitte ich – auf Knien – um ein bisschen Bedenkzeit.«

Nur kurz blitzte Enttäuschung in seinen Augen auf, dann hatte er sich wieder unter Kontrolle. »Wenn ich nicht ein Leben lang auf deine Antwort warten muss«, scherzte er.

Sie schüttelte den Kopf, nahm seine Hand und presste ihre Lippen darauf. Er beugte sich über sie, umfasste ihr Gesicht mit beiden Händen und hob es an. Sein Kuss war sacht und löste doch eine Kaskade an Gefühlen aus. Wieder und wieder nahm er ihre Lippen zwischen seine, ersetzte Zärtlichkeit durch Verlangen, ließ Katharina spüren, was er für sie empfand. Erst als das Boot bedenklich zu schwanken begann, löste er sich von ihr. »Soll ich das Ruder übernehmen?«

Katharina nickte. Ihr zitterten die Knie.

Vorsichtig wechselten sie die Plätze, wobei Katharina beinahe in den See fiel. In letzter Sekunde hielt Tom sie fest. »Du hast es hoffentlich nicht eilig, von mir wegzukommen.« Er grinste.

Sie gab ihm einen Klaps auf den Oberarm. »Eigentlich wollte ich zurückschwimmen«, feixte sie zurück. »Wegen der Bewegung …«

Katharina tauchte eine Hand in das dunkelgrüne Wasser, während Tom das Boot ohne Eile in Richtung Seehaus lenkte.

Der Tag hatte ihr einen Teil des furchtbaren Drucks genommen, der noch heute Morgen auf ihr gelastet hatte. Zugleich fand sie sich in einem Zwiespalt wieder, der sie auf ganz andere Weise aus dem Gleichgewicht brachte. Was sollte sie ihm antworten?

42. KAPITEL

Vor dem Kaufhaus Uhlfelder im Rosental,
Donnerstag, 22. März 1928

Beladen mit einer erklecklichen Anzahl an braun eingehüllten Päckchen verließen Katharina, Lola, Eva und Zara das Kaufhaus Uhlfelder im Rosental. Eine gute Stunde lang hatten sie sich dort in der Wäscheabteilung getummelt, die neuesten Modelle an Büstenhaltern, Hemdchen, Schlüpfern und Strumpfhaltern begutachtet, das eine oder andere anprobiert, sich gegenseitig aufgezogen und bewundert, und bis auf Eva alle mehr mitgenommen, als sie eigentlich vorgehabt hatten.

»Ich muss wohl ein paar zusätzliche Bilder verkaufen«, stellte Lola mit Blick auf den Stapel in ihrem Arm fest. »Sonst wird es in den nächsten Tagen eng mit dem Geld.«

»Frau Gruber wird uns durchfüttern«, versicherte Zara. »Verhungern musst du also nicht.«

»Und wenn ich verhungere, dann als tragische Schönheit in Unterwäsche aus Seide«, gab Lola launig zurück. »Und

Eva wird das Drama auf einem opulenten Gemälde festhalten.«

Eva lachte. »Meinetwegen.« Ihr Einkauf passte in ihre Handtasche.

»Gibt mir deine Pakete, Lola«, bot Katharina an. »Ich bringe sie noch in meinem Rucksack unter.«

»Der ist wirklich sehr praktisch.« Lola reichte ihr die Einkäufe. »Wenn er nur nicht so unelegant wäre …«

»Ich wüsste nicht, wie ich ohne ihn mein tägliches Leben organisieren sollte«, erwiderte Katharina und setzte ihren ledernen Begleiter auf dem Gehsteig ab.

»Katharina ist es einerlei, ob sie elegant wirkt oder nicht«, merkte Zara an und gab Katharina ihre Errungenschaften dazu.

Katharina verstaute alles sorgfältig.

Lola sah auf ihre Armbanduhr. »Wir werden es gerade pünktlich zum Mittagessen mit Selma und Hedda schaffen.«

»Dann los.« Katharina schulterte ihren Rucksack. »Wo müssen wir hin?«

»Hedda hat am Wittelsbacherplatz etwas reserviert«, entgegnete Lola.

Sie machten sich auf den Weg.

Die vertrauten Straßen und das geschäftige Treiben Münchens strahlten eine gewohnte Alltäglichkeit aus, die Katharina guttat. Ohnehin ging es ihr von Tag zu Tag besser. Lediglich am Morgen fühlte sie sich noch lustlos und schwach. Deshalb hatte sie es sich angewöhnt, in flottem Schritt einige Häuserblöcke zu umrunden, bevor sie sich mit einer Tasse Kaffee an ihre Medizinbücher setzte – Tom und Adam Burgert hatten ihr dringend geraten, sich weiterhin auf die Ärztliche Staatsprüfung vorzubereiten, auch wenn ihr der Zutritt zur Universität nach wie vor verboten war.

Zudem gab es ständig irgendwelche Aktivitäten – Katharina argwöhnte, dass Tom und ihre Freundinnen ganz bewusst ein Beschäftigungskonzept zusammengestellt hatten und dieses nun unnachgiebig durchfochten. Tagsüber sorgte Lola für Programm, am späten Nachmittag holte Tom sie wie versprochen zu einem langen Spaziergang ab, der stets vor Rosina Grubers Haustür endete. Während er selbst zu seinen abendlichen Hausbesuchen aufbrach, zauberte diese eine Köstlichkeit nach der anderen auf den Tisch. Die Abende klangen mit Brettspielen aus, danach schleppte Lola sie todmüde nach Hause in die Jahnstraße.

Katharina schob ihre Hände unter die Träger ihres Rucksacks und rückte ihn noch einmal zurecht.

Fatalerweise hatte sie Lola von Toms Antrag erzählt, und von dort hatte die Neuigkeit ihren Weg in die Gruber-Villa gefunden. Nun wurde diese Frage beinahe täglich kontrovers diskutiert: Eva, Zara und die Gruberin rieten ihr zu, Lola ab.

Sie selbst fühlte sich zwischen ihrem unbedingten Wunsch, unabhängig zu bleiben einerseits und einer deutlich spürbaren Sehnsucht nach Sicherheit andererseits hin- und hergerissen. Tom selbst hatte das Thema Heirat nicht mehr angeschnitten. Er vermittelte ihr auch nicht das Gefühl, ihrer Antwort entgegenzufiebern, und Katharina war ihm dankbar dafür.

»Das Allerneueste weißt du noch gar nicht, Katharina«, riss Lola sie aus ihren Gedanken. Sie befanden sich mittlerweile auf Höhe des Marienplatzes. »Wir haben den Vogt in seine Schranken gewiesen.«

»Tatsächlich?« Katharina ging langsamer. »Hat seine Frau ihn in die Wüste geschickt?«

»Nein«, antwortete Zara.

»Sie weiß noch immer nichts von seinen Umtrieben?«

Lola schüttelte den Kopf. »Es ist besser so. Wegen der Kinder. Außerdem haben wir dann weiterhin ein Druckmittel.«

Katharina wurde neugierig. »Wie ist es denn nun zugegangen?«

»Das zu berichten, überlasse ich Eva«, sagte Lola bedeutungsvoll. »Sie war es, die ihn sozusagen in freier Wildbahn erlegt hat, nachdem sie uns bei der Observation endlich zur Seite gesprungen ist.«

»Nun ja«, erwiderte Eva gewohnt bescheiden. »Das Schicksal hat ihn mir zufällig vor den Lauf getrieben.«

»Genauer gesagt vor die Linse«, scherzte Zara.

Sie lachten.

»Wir haben ihn ja regelmäßig beobachtet«, begann Eva. »An jenem Tag gab es in der Akademie eine Abendveranstaltung, von der ich wusste, dass er sie besuchen wird. Anschließend bin ich ihm eine Weile gefolgt. Et voilà: Sein Weg hat ihn nicht nach Hause geführt.«

»Er hat vermutlich seine zweite Wohnung aufgesucht«, mutmaßte Katharina.

»Nein. Er ging in Richtung Hauptbahnhof und lief dort im Schlenderschritt die Straßen auf und ab. Nach einer halben Stunde des Herumtreibens war ich schon drauf und dran, ihn ziehen zu lassen, als er mit einem ziemlich aufgetakelten Weibsbild anbandelte.«

»Einer Prostituierten?«

»Volltreffer!« Zara ahmte eine übertrieben verführerische Geste nach. »Eine Dirne!«

»Donnerwetter!«, entfuhr es Katharina. »Hat sie ihn mit ins Hotel genommen?« Sie wusste, dass einige Häuser ihre Zimmer auch stundenweise vermieteten.

»Nein«, antwortete Eva. »Es kam viel schockierender. Er hat mit ihr … ihr wisst schon … in einem Hauseingang …«

»Nein!« Katharina schlug die Hand vor den Mund.

»Ich wäre so gerne dabei gewesen!«, meinte Lola bedauernd.

»Und du hast ihn tatsächlich fotografiert, Eva?« Katharina konnte es kaum fassen. »Also … mitten im Geschehen?«

»Die Bilder sind zwar nicht gestochen scharf, aber man erkennt das, was man erkennen muss«, erklärte Lola.

»Weil die beiden sich zum Glück ein Plätzchen in der Nähe einer Straßenlaterne ausgesucht hatten«, fügte Eva an.

»Katharina, pass auf!«, rief Lola unvermittelt, zugleich läutete schrill eine Fahrradglocke.

Katharina blieb erschrocken stehen, spürte, wie sie leicht touchiert wurde, hörte einen Fluch und roch den Qualm einer Zigarette.

»Kreiseln Sie doch nicht wie ein vollkommener Idiot

durch die Gegend!«, rief Lola dem Fahrradfahrer hinterher, der zusah, dass er fortkam.

»Das war knapp«, stellte Zara fest.

»Mir ist nichts passiert«, beruhigte Katharina ihre Freundinnen und trat die glimmende Zigarette aus, die auf dem Straßenpflaster liegen geblieben war. »Erzählt weiter!«

»Deine Nerven möchte ich haben«, murmelte Lola. »Im ersten Moment dachte ich, dass Edmund Mosny auf dem Fahrrad sitzt.«

»Ich auch«, gestand Katharina. »Aber da er es nicht war, möchte ich keinen weiteren Gedanken an ihn verschwenden und lieber wissen, wie es mit dem Vogt weiterging.«

»Also der Vogt«, nahm Eva den Faden wieder auf, »hatte eine recht ungemütliche Unterredung mit Lola.« Sie legte eine Hand auf Lolas Schulter. »Aber mach lieber du weiter.«

Lola hakte sich seufzend bei Katharina unter. »Ich habe ihn in der Akademie abgepasst. Als er allein in einem der Malräume war. Zunächst hat er alles abgestritten. Dann wollte er mir die Fotos abnehmen. Ich habe ihm erklärt, dass wir jederzeit weitere Abzüge machen lassen können.« Ein zufriedenes Grinsen breitete sich auf ihrem Gesicht aus. »Dann hat er überraschend schnell gefragt, was der Preis dafür sei, wenn ich ihm die Fotos samt der Negative überlasse.«

»Und was hast du ihm geantwortet?«

»Am liebsten hätte ich ihm ja gesagt, dass er sie bekommt, wenn er fortan als Eunuch durchs Leben geht, aber das schien mir dann doch zu drastisch. Stattdessen habe ich ihm vorgeschlagen, der Sexualberatungsstelle eine großzügige Summe zu spenden. Zweitausend Mark.«

»Darauf ist er eingegangen?«, fragte Katharina.

Lola nickte zufrieden. »Und das ist noch nicht alles. Er muss die nächsten fünf Jahre jeweils fünfhundert Reichsmark für ein Projekt spenden, das wir ihm benennen. Zu guter Letzt habe ich ihm erläutert, dass wir keine Kosten und Mühen scheuen, unseren Privatdetektiv wieder loszuschicken, falls er seinen Zahlungsverpflichtungen nicht nachkommt oder weiterhin Studentinnen belästigt.«

»Du hast ihm nicht gesagt, dass ihr die Bilder selbst gemacht habt?«

»Um Himmels willen, nein!«

Sie hatten die Feldherrenhalle passiert und bogen nach links in die Brienner Straße ein.

»Wie geht es dir jetzt, Eva?«, fragte Katharina.

»Gut.« Eva klang erleichtert. »Ich kann endlich damit abschließen.«

Selma und Hedda waren bereits anwesend, als die vier Freundinnen das Vegetarische Speisehaus am Wittelsbacherplatz betraten. Lola hatte Katharina schon kurz nach der Entlassung aus dem Gefängnis gestanden, dass sie die beiden Mitarbeiterinnen der Sexualberatungsstelle umfassend über alles informiert hatte, was geschehen war. »Ich möchte nicht, dass wir uns nur auf den Anwalt verlassen«, hatte sie entschuldigend hinzugefügt. »Und da ich von dir wusste, dass sich

Hedda und Selma für Frauen in Not einsetzen, schien es mir naheliegend, die zwei um Rat zu fragen.«

Katharina konnte Lolas Sorge zwar verstehen, ihr vorauseilendes Engagement dagegen nicht. Dennoch hatte sie sich zu einem gemeinsamen Treffen bereit erklärt, auch, um zu wissen, was die Frauenrechtlerinnen vorhatten. Anschließend würde sie Tom und Adam Burgert davon berichten.

Um den schlicht gedeckten Sechsertisch, an dem sie nach einer herzlichen Begrüßung Platz genommen hatten, entspann sich rasch eine rege Unterhaltung. Nebenbei bestellten sie verschiedene Limonaden – Zitrone, Himbeere, Minze – und studierten die Speisekarte. Katharina entschied sich für mit Ziegenkäse und Spinat gefüllte Teigtaschen.

»Ich bin froh, dass Lola zu uns gekommen ist«, stellte Hedda klar, nachdem serviert worden war. »Denn das, was du erlebt hast, Katharina, zeigt wieder einmal deutlich, dass wir von der Gleichberechtigung der Geschlechter weiter entfernt sind als die Erde vom Mars. Du hast nun am eigenen Leib erfahren, dass du als Frau ein Mensch zweiter Klasse bist. Und sie sich alles erlauben können.«

Katharina hatte Selma und Hedda eigentlich bitten wollen, nicht zu viel Staub aufzuwirbeln. Sie befürchtete, dass eine öffentliche Unterstützung durch die umstrittene Beratungsstelle ihr eher schadete als nützte. Doch Heddas Worte trafen wie eine Pfeilspitze in ihre Wunden. »Ich wurde völlig ungerechtfertigt verhaftet.« Katharina umklammerte das Messer, das auf der Stoffserviette neben ihrem Platz lag. »Ich habe keine Abtreibung vorgenommen. Und ich habe auch nichts mit den Abtreibungen von Walli Stenzl zu tun. Zunächst ging es um die persönliche Rache eines Kommilitonen. Dann jedoch schien die Obrigkeit ein Exempel statuieren zu wollen.«

»Und warum machen sie das?« Eva blickte in die Runde. »Weil sie es nicht ertragen, dass Frauen mehr sein wollen als nur die persönliche Dienstbotin eines Ehemannes. Die ihm ein schönes Heim bereitet, seine Kinder auf die Welt bringt und erzieht.«

»Und ansonsten ein hübsches Anhängsel ist, mit dem man sich bestenfalls hin und wieder schmückt«, ergänzte Zara.

»Es geht um Macht.« Selma spielte mit ihrem Limonadenglas. »Deshalb wollen sie die Kontrolle über unsere Körper.«

»Die wollen doch nur wissen, dass die Nachkommen, die sie durchfüttern, auch tatsächlich von ihnen sind«, konstatierte Lola, einen Löffel in ihrem Kartoffel-Rote-Bete-Püree. »Und das sichert man am besten, indem die Frau keine Möglichkeit hat, sich in fremden Betten zu tummeln.«

»Ich denke, es ist noch viel mehr.« Hedda strubbelte ihre kurzen Haare. »Es geht um eine Gesellschaftshierarchie, in der Frauen immer auf den unteren Rängen stehen und einen weitaus niedrigeren Wert haben als die Männer. In den privilegierten Schichten äußert sich das über Sittsamkeit und Ehrbarkeit und der Tatsache, dass die Frau erst dem Vater und dann dem Mann gehört. Das Ganze gipfelt in einem manischen Jungfrauenkult.«

»Und sehen wir auf die armen Schichten, die Arbeiter und Tagelöhner, auch Teile der Handwerkerschaft, dann wird es noch schlimmer«, übernahm Selma. »Diese Frauen müssen nicht nur Haushalt und Familie versorgen, sondern zusätzlich Geld verdienen – sonst verhungern die Kinder. Viele Männer tragen ihren Lohn – sofern sie Arbeit haben – ins Wirtshaus. Diese Frauen sind also einer extremen Belastung ausgesetzt. Viele schleppen sich von Tag zu Tag. Ihnen bleibt nur zu hoffen, dass der Mann, wenn er nach Hause kommt, zu betrunken ist, um den ehelichen Beischlaf einzufordern.«

»Und dann erdreisten sich die hohen Herren, in das Thema Verhütung hineinzupfuschen und eine Abtreibung unter Strafe zu stellen«, ereiferte sich Hedda. »Ist das am Ende des Tages nicht eine zutiefst persönliche Entscheidung der Frau? Mehr noch. Wie oft sind Frauen gezwungen, eine Verantwortung allein zu schultern, die die Männer eigentlich mittragen müssten?«

Eine Weile war es still am Tisch.

»Und damit sind wir wieder bei dir, Katharina«, stellte Selma fest. »Du siehst, dass es um Grundsätzliches geht, nicht um die Frage, ob du eine Abtreibung durchgeführt hast oder nicht.«

»Das sehe ich wie ihr«, sagte Katharina nachdenklich. »Dennoch geht es für mich als Person in erster Linie darum, nicht ins Gefängnis zu müssen und mein Studium weiterführen zu können. Das wiederum hängt konkret an dem Nachweis, dass ich in einer Notsituation gehandelt und nichts getan habe, um die Schwangerschaft vorsätzlich zu beenden.«

Selma sah Hedda an. »Wir haben mit Else Kienle über deinen Fall gesprochen.«

»Wer ist Else Kienle?« Katharina befürchtete bereits die Vorbereitung einer öffentlichen Protestaktion.

»Eine Stuttgarter Ärztin, mit der wir zusammenarbeiten«, antwortete Hedda. »Eigentlich führt sie eine Praxis für Haut- und Harnleiden und Kosmetik, führt aber auch Aborte auf Basis einer dringenden sozialen Indikation durch. Wir schicken unsere höheren Töchter zu ihr nach Stuttgart. Wenn sie einige Tage später zurückkommen, ist ihre Notlage diskret beseitigt. Die Mädchen haben wieder eine Zukunft.«

»Else Kienle könnte dir möglicherweise bei der Beweisführung helfen«, fügte Selma an. »Sie wäre bereit, nach München zu kommen, um dich zu treffen. Wir dachten zudem daran, sie ins Klinikum zu schicken, damit sie sich Nannerl ansieht und ihren Zustand beurteilt. Unter Umständen kann sie die Vorwürfe entkräften.«

»Das wird Döderlein nicht zulassen«, war Katharina sich sicher.

»Das Ganze würde sehr diskret ablaufen«, versicherte Hedda.

»Nannerl geht es schlecht«, sagte Katharina leise. »Sie ist entsetzlich schwach.«

»Wir wissen nicht, ob sie es schafft«, fügte Zara an.

»Umso wichtiger ist eine Ärztin mit umfassender Erfahrung, die an deiner Seite steht, Katharina!« Hedda sah sie ernst an.

Katharina atmete tief durch. Eine Ärztin aus Stuttgart

war in München vermutlich nicht bekannt, ein Treffen unverfänglich, eine zusätzliche Expertise mit Sicherheit von Vorteil.

»Dann wäre ich euch dankbar, wenn ihr eine Begegnung arrangiert.«

»Sehr gut!« Lola klatschte in die Hände.

»Ich gebe ihr Bescheid und lasse dich wissen, wann sie es einrichten kann.« Selma schien erleichtert.

»Und wenn du deinen Kopf endgültig aus der Schlinge gezogen hast, unterstützt du unseren Kampf, Katharina.« Hedda klang fordernd. »Auch um sicherzustellen, dass anderen nicht dasselbe passiert wie dir.«

43. KAPITEL

Die Mansarde von Katharina und Lola in der Jahnstraße,
10. April 1928

Katharina zog die Wohnungstür zu und schloss hastig ab, bevor sie sich eilig nach unten begab. Sie hatte Tom zugesagt, spätestens um fünf in der Armenpraxis zu sein, und sie war spät dran. In Gedanken bereits auf ihrem Fahrrad, wäre sie auf halber Treppe um ein Haar in Lola hineingelaufen.

»Hui, Katharina. Wohin so eilig?«

Katharina blieb stehen. »Entschuldige!« Sie drückte ihre Freundin kurz. »Ich muss in die Praxis. Und du? Ich dachte, du bist mit Eva bei Maria Luiko?«

»Ich hatte ein paar wichtige Skizzen vergessen, die wir vielleicht für die Ausstellung brauchen. Deshalb bin ich noch einmal zurückgekommen.«

»Ich kann noch gar nicht glauben, dass ihr dieses Jahr im Glaspalast dabei seid, du und Eva«, sagte Katharina.

»Eva auch nicht«, erwiderte Lola verschmitzt. »Ich schon,

auch wenn wir keine große Fläche bekommen haben. Umso wichtiger ist die richtige Auswahl.«

»Ihr werdet eure Chance nutzen«, prophezeite Katharina. »Ich muss leider weiter. Tom wartet.«

»Warte kurz!« Lola nestelte in ihrer Manteltasche und übergab Katharina zwei Briefe. »Der eine ist von Selma und Hedda. Sie haben ihn mir schon gestern gegeben, und ich sollte ihn dir eigentlich schnell weiterleiten. Es geht um diese Stuttgarter Ärztin. Der andere lag unten in unserem Briefkasten.«

Katharina steckte die beiden Umschläge ein und drückte der Freundin einen raschen Kuss auf die Wange. »Danke, Lola!«

Durch einen ungewöhnlich warmen Apriltag radelte Katharina zur Armenpraxis. Inzwischen fiel es ihr leicht, morgens aufzustehen und den Tag sinnbringend zu füllen. Doch das Damoklesschwert einer möglichen Anklage schwebte nach wie vor über ihr und dämpfte ihre Lebensfreude. Über ihren siebenundzwanzigsten Geburtstag am vierten April war sie deshalb einfach hinweggegangen – ihren größten Wunsch hätte ihr ohnehin niemand erfüllen können.

Immerhin hatte Adam Burgert erreicht, dass Katharina ein Bewegungsradius von fünfzig Kilometern rund um Münchens Stadtgrenzen zugestanden wurde. Für eine Reise nach Meersburg aber reichte dieser nicht aus, und somit hatte Katharina das vergangene Osterwochenende nicht bei ihrer Familie, sondern in München verbracht.

Am Gründonnerstag war ihr Vater angereist, um wenigstens zwei Tage mit seiner Münchner Tochter verbringen zu können. Beim Abendessen im Hofbräuhaus hatte er ihr berichtet, dass Felix die geplante Reise nach Finnland allein antreten würde, ohne ihn und ohne Maxim. Denn von der Frau, die Olga Pawlowa sein sollte, hatte es in den vergangenen drei Wochen kein Lebenszeichen mehr gegeben. Über seine nachrichtendienstlichen Kontakte würde Felix erst einmal versuchen, mehr über ihren Hintergrund herauszufinden. Katharina hoffte, dass sich das Mysterium bald auflöste. Die unsichere Situation blieb eine große Belastung, für alle zu Hause am See.

Beim Karfreitagsforellenessen, welches die Gruberin ausgerichtet hatte, waren neben ihr und Gustav Lindner auch Lola, Tom und Zara eingeladen gewesen. Nach dem zarten Fisch mit Salzkartöffelchen und einem ausgedehnten Verdauungsspaziergang hatten sie sich zu einer munteren Kartenspielrunde zusammengefunden. Eva war über die Feiertage zu ihren Eltern gefahren. Den Samstag hatte Katharina mit ihrem Vater im Deutschen Museum verbracht, das mit viel Pomp vor drei Jahren eröffnet worden war. Die Ausstellung zu Wissenschaft und Technik hatte Gustav Lindner so begeistert, dass er um ein Haar seinen Zug zurück nach Meersburg verpasst hätte. Schließlich aber war er aus dem Hauptbahnhof hinausgerollt. Katharina hatte gewunken, bis sich auch die letzte zurückgebliebene Rauchwolke verflüchtigt hatte.

Die Zeit war Katharina allerdings auch nach seiner

Abreise nicht lang geworden, denn statt wie geplant den Sonntagmorgen am Schreibtisch zu verbringen, war sie von Tom zu einem überraschenden Ausflug zum Kloster Andechs abgeholt worden. Während der Zugfahrt nach Herrsching hatte er ihr ein bezauberndes Osternest mit roten und gelben Zuckerhäschen geschenkt. Hand in Hand und mit zahlreichen zärtlichen Pausen waren sie anschließend über verwunschene Waldwege hoch zum Kloster gewandert. Den gestrigen Ostermontag hatte Katharina dann tatsächlich ihren Büchern gewidmet, während Tom einige schwer erkrankte Patienten versorgen musste.

Katharina trat kräftig in die Pedale und erreichte die Isar, deren Wasser munter dahinrauschte. Die Bäume trieben nun kräftig aus, die Büsche waren voller Blüten, und der Fluss hatte sein winterliches Braun gegen ein fröhliches Grünblau eingetauscht. Hinter der Ludwigsbrücke passierte sie den Gasteig, bog in die Preysingstraße ein und erreichte ein wenig außer Atem das Kloster *Zum guten Hirten.* Sie schob ihr Fahrrad zum Hintereingang.

Kaum hatte sie die Armenpraxis betreten, zog Tom sie in seine Arme. »Ich habe mir schon Sorgen gemacht.«

Katharina lachte leise. »Aber weshalb denn?« Sie schlüpfte aus ihrer kurzen Felljacke.

Er nahm sie ihr ab. »Du bist sonst nie zu spät.«

»Das stimmt.« Katharina ging zum Spind und stellte ihren Rucksack hinein. »Lola hat mich aufgehalten.«

Tom war gerade im Begriff, ihre Jacke aufzuhängen, als

Katharina die Briefe einfielen. Rasch griff sie in eine der Jackentaschen.

»Wichtige Post?« Tom schloss den Spind.

»Das werde ich gleich sehen.« Katharina setzte sich an den Schreibtisch. Auf den Arztkittel verzichtete sie derzeit, um keinen falschen Eindruck zu erwecken – auch wenn sie hin und wieder eine Untersuchung durchführte.

Tom trat hinter sie und küsste sie auf den Scheitel. »Das Nannerl scheint die Krise überwunden zu haben.«

Katharina fuhr herum. »Woher weißt du das?« Sie spürte, wie ihre Hände zu beben begannen.

»Frau Gruber kam aus dem Haus gestürzt, als ich mich gerade auf den Weg hierhergemacht habe.« Er sah sie an. »Sie ist nach wie vor noch sehr schwach. Aber endlich fieberfrei … nicht weinen, Katharina!«

»Ich kann nicht anders.« Katharina griff dankbar nach dem Taschentuch, das er ihr anbot.

Er streichelte ihren Kopf, während sie sich langsam beruhigte. »Hat sie gesprochen?«, fragte sie schließlich.

»Angeblich hat sie um ein Glas Milch gebeten. Mehr weiß ich nicht. Ich werde morgen vorbeigehen und versuchen, mir selbst ein Bild von ihrer Verfassung zu machen. Wenn sie Besuch zulassen.«

Während Tom den ersten Patienten behandelte, öffnete Katharina den Umschlag von Selma und Hedda. Else Kienle schlug ein Treffen für den kommenden Samstag vor. Katharina ließ das Schreiben sinken und dachte nach. Am nächsten

Samstag wollten Tom und sie eigentlich der Neuen Pinakothek einen Besuch abstatten, doch das ließe sich problemlos verschieben. Auf das Treffen mit der Stuttgarter Ärztin setzte sie mittlerweile einige Hoffnung, auch im Hinblick auf die Fortsetzung ihres Studiums. Sie nahm einen Stift und ein frisches Blatt Papier und bestätigte den Termin.

Anschließend betrachtete sie die in breiten Druckbuchstaben geschriebene Adresse auf dem zweiten Umschlag. Die Schrift war ihr unbekannt. Sie wendete den Brief, doch ein Absender fehlte.

»Katharina?«, rief Tom in diesem Augenblick. »Wärst du so lieb, ein Fläschchen mit Jodlösung für Herrn Meyer abzufüllen?«

»Natürlich.« Während Tom sich bereits um den nächsten Patienten kümmerte, stand Katharina auf und füllte das Verlangte ab. Dann trat sie zu dem wartenden Mann, der gerade den Ärmel seines Hemdes über den frischen Verband an seinem Unterarm zog.

»Tragen Sie die Tinktur zweimal täglich auf, Herr Meyer. Und halten Sie die Wundfläche absolut sauber.«

»Ja, Frau Doktor.« Er nahm das Fläschchen an sich. »Danke, Frau Doktor.«

Nachdem der Mann das Zimmer verlassen hatte, setzte sich Katharina zurück an den Schreibtisch und nahm noch einmal den absenderlosen Brief auf. Nach kurzem Überlegen legte sie ihn ungeöffnet wieder zur Seite und vertiefte sich stattdessen in die Patientenkarten.

Irgendwann trat Tom neben sie. »Machen Sie heute Überstunden, Fräulein Lindner?«

Katharina sah auf. »Ist es denn schon so spät?«

Tom, der sich bereits seines Arztkittels entledigt hatte, nickte. »Ich würde ein Abendessen im Parkhotel vorschlagen.«

»Gern.« Katharina sammelte ihre Briefe ein und stand auf. »Ich kann am Samstag übrigens nicht in die Neue Pinakothek.«

»Nein?«

»Ich habe dir doch von der Stuttgarter Ärztin erzählt, die mit Hedda und Selma zusammenarbeitet.«

»Und Schwangerschaftsabbrüche durchführt.« Es klang abfällig.

»Else Kienle kommt am Samstag nach München, um sich mit mir zu treffen.«

Er schüttelte den Kopf und setzte seinen Hut auf. »Ich habe dir doch schon gesagt, dass ich nicht wüsste, wozu das gut sein sollte. Auch Adam sieht in einem solchen Treffen mehr Risiko als Nutzen. Weshalb willst du das unbedingt auf dich nehmen?« Er reichte ihr ihre Felljacke.

»Darüber haben wir bereits gesprochen, Tom. Ich denke eben schon, dass ich mehr zu gewinnen als zu verlieren habe.« Sie zog die Jacke an. »Außerdem ist es meine Entscheidung. Du solltest sie nicht infrage stellen.«

»Aber warnen muss ich dich. Dazu bist du mir zu wichtig.«

»Ich weiß, dass du Hedda und Selma nicht schätzt, Tom. Dabei leisten sie eine so wichtige Arbeit.«

»Ich hoffe, du weißt, wo du die Grenze ziehen musst.« Er klang so bestimmt, dass Katharina ärgerlich wurde. »Sei mir nicht böse, Tom. Aber du bist ein Mann. Einer, der zudem sehr gut situiert ist. Wie willst du nachvollziehen können, was eine ungewollte Schwangerschaft für manche Frauen bedeutet?«

»Ich weiß durchaus, dass es belastende Situationen gibt. Auch wenn ich ein Mann bin. Aber in dieser Sexualberatungsstelle wird meiner Ansicht nach viel zu einseitig informiert. Das entnehme ich allein schon den Broschüren, die sie verteilen.«

Katharina zog ihre Jacke an. »Erstens weißt du nicht genug über die Sexualberatungsstelle und ihre Ziele, und zweitens gibt es in vielen dieser Fälle keine echten Alternativen.«

»So ein Abbruch ist endgültig«, argumentierte Tom. »Was, wenn die Mutter es irgendwann bereut? Oder nach dem Eingriff unfruchtbar ist?«

»Was würdest du ihnen denn vorschlagen?«

»Das Kind auszutragen. Kann sie es nicht versorgen, wird es weitervermittelt.«

Katharina entfuhr ein Lachen. »So wie Döderleins bedürftige *Hausschwangere*, die er in der Frauenklinik wohnen lässt, damit sie ihre Kinder dort in Sicherheit austragen und auf die Welt bringen können? Das ist gut gemeint, aber nur ein Tropfen auf den heißen Stein. Befremdlich finde ich zudem, dass diese Frauen den Studenten als lebende Anschauungsobjekte zu dienen haben. Das nimmt ihnen jede Würde.«

»Bei allem Verständnis für schwierige Umstände«, Tom

schlüpfte in sein Jackett, »kann ich mich nicht für Abtreibung aussprechen, es sei denn, das Leben der Mutter ist in Gefahr. Kein anderes Argument rechtfertigt einen solchen Schritt.« Er war nicht laut geworden, aber seine Stimme klang hart.

»Es geht darum, Lösungen zu finden«, konterte Katharina. »Nicht darum, Prinzipien zu verteidigen.«

»Meine Tochter ist in meinen Armen gestorben, Katharina.« Tom zog ruckartig sein Jackett über die Schultern. »Ich werde immer für das Leben kämpfen.«

Es klopfte.

Katharina sah ihn fragend an. »Erwartest du noch jemanden?«

Er schüttelte den Kopf.

44. KAPITEL

Walli Stenzl beschlich das Gefühl, bei irgendetwas gestört zu haben, kaum dass sich die Tür zur Armenpraxis geöffnet hatte. Das feine Fräulein hielt ein paar Briefe in der Hand und starrte sie durch den Türrahmen hindurch ziemlich entgeistert an, und auch der Doktor, der noch die Türklinke in der Hand hatte, wirkte wenig erfreut.

»Entschuldigens bitte, dass ich einfach so herkomm«, beeilte Walli sich zu sagen. »Aber ich hab was Wichtiges.«

»Um was geht es denn, Frau Stenzl?« Der Arzt sah prüfend den Gang entlang und schloss schnell die Tür, sobald Walli im Zimmer war.

»Ich hab gewartet, bis alle gegangen waren«, versicherte Walli sofort. »Mir ist auch keiner gefolgt.«

»Trotzdem ist es unklug, herzukommen.« Der Doktor war sichtlich verärgert.

Walli hob die Schultern. »Ich weiß net, wo ich sonst hingehen soll.«

»Sie sind freigekommen, Frau Stenzl?«, fragte jetzt das Fräulein Lindner.

Walli nickte. »Gestern. Die konnten nix beweisen.«

»Gott sei Dank!«, entfuhr es dem Fräulein.

»Als die Schutzmänner zu mir nach Haus gekommen sind, um mich zu verhaften«, setzte Walli hinzu, »da hab ich meine Kinder mit meinem Rucksack weggeschickt, wo die ganzen Sachen drin sind, Sie wissen schon. Also haben die bei mir nix finden können.« Walli musste husten. Die schwere Erkältung, die sie sich im Gefängnis zugezogen hatte, war noch immer nicht ganz ausgeheilt, obwohl sie zwei Wochen im dortigen Krankentrakt verbracht hatte.

Doktor von Bogen ging zum Schrank mit der Medizin und entnahm ihm eine Flasche mit einer dunkelbraunen Flüssigkeit. »Das ist ein starker Hustensirup. Nehmen Sie dreimal täglich einen großen Löffel davon ein.«

»Ich würde Sie gern abhorchen«, sagte das Fräulein. Es hörte sich besorgt an.

Walli winkte ab. »Des wird schon.«

»Fräulein Lindner hat recht.« Der Arzt deutete auf eine der Liegen.

Walli zögerte kurz, setzte sich dann aber und öffnete ihr einfaches Kleid.

Der runde Kopf des Abhörgerätes fühlte sich kalt auf Brust und Rücken an. Gehorsam atmete Walli ein und aus und war froh, als sie sich wieder anziehen konnte.

»Keine Tuberkulose.« Das Fräulein schien erleichtert zu sein. »Aber eine verschleppte Bronchitis. Sie müssen sich schonen, Frau Stenzl. Und mehrmals am Tag mit warmem Salzwasser inhalieren. Sonst kann daraus eine Lungenentzündung werden.«

Der gut gemeinte Ratschlag machte Walli ärgerlich. »Wie stellens sich denn des vor mit dem Schonen? Daheim ist der Teufel los. Die Kinder streiten sich die ganze Zeit, der Mann ist halb tot. Und Geld ist auch keins mehr im Haus.«

»Es nützt weder Ihren Kindern noch Ihrem Mann, wenn Sie unter der Erde liegen«, mahnte der Doktor ungerührt.

»Aber gerade deswegen bin ich da.« Walli knöpfte ihr Mieder zu. »Ich wollt wegen der Anstellung nachfragen.«

Der Arzt und das Fräulein wechselten einen Blick.

»Die Armenpraxis wird aufgelöst, Frau Stenzl«, antwortete von Bogen dann. »Daher kann ich Ihnen keine Arbeit geben.«

»Ich weiß, dass sie zum Mai hin aufgelöst wird. Das hat sich schon rumgesprochen in der Au und in Haidhausen. Aber bis dahin ist ja noch ein bisserl Zeit.« Walli legte ihr Schultertuch um. »Ich wüsst vielleicht sogar, wo Sie hingehen können. Am Paulanerplatz wird nämlich eine Herberge frei. Der Besitzer ist gestorben und hat sie der Mariahilfkirche vermacht. Vielleicht könnens die mieten?«

Der Arzt sah sie überrascht an. »Das hört sich interessant an. Danke, Frau Stenzl. Ich werde mich gleich morgen mit dem Pfarrer in Verbindung setzen.«

»Ja, aber dann könnt ich doch helfen! Putzen oder Ihnen zur Hand gehen, Herr Doktor. Und dann gibt es bestimmt Arbeit beim Umzug … ich koste auch net viel.«

Doktor von Bogen schüttelte den Kopf. »»Es tut mir leid, Frau Stenzl. Sie wissen, dass es für Fräulein Lindner noch zu gefährlich ist, mit Ihnen in Verbindung gebracht zu werden.«

»Aber ich brauch doch eine Arbeit, Herr Doktor. Abtreibungen zu machen ist jetzt zu gefährlich. Die von der Polizei haben gesagt, sie beobachten mich.«

»Vielleicht möchten Sie mich noch einmal fragen, wenn die ganze Sache ausgestanden ist, Frau Stenzl.«

Die klare Absage machte Wallis letzte Hoffnung zunichte. Sie schlug die Augen nieder, wollte nicht greinen, auch wenn sie ihre Verzweiflung am liebsten laut hinausgeschrien hätte. Als sie den Blick wieder hob, bemerkte sie das schlechte Gewissen im Gesicht von Katharina Lindner.

Der Doktor zog seine Brieftasche aus dem Jackett und holte einige Scheine heraus. Wallis Augen wurden groß, als er sie ihr in die Hand drückte.

»Das sind fünfzig Mark«, sagte er. »Damit sollten Sie zunächst über die Runden kommen.«

»Ja, also … vergelt's Gott, Herr Doktor.« Walli wandte sich zur Tür. Dann fiel ihr noch etwas Wichtiges ein. »Ich hab geleugnet, Fräulein Lindner, dass wir uns vor dem Gefängnis schon mal begegnet sind. Kein Wort ist über meine Lippen gekommen, dass Sie's nur wissen. Dann hat der Kommissar gesagt, dass ich gehen darf, wenn ich einfach unterschreib, dass Sie jemanden gesucht haben für Frauen, die ihr Kind loswerden wollen. Ich würde auch keine Schwierigkeiten kriegen, wenn das net stimmt.«

Fräulein Lindner zuckte zusammen. »Solcher Methoden bedient sich unsere Polizei?«

Walli nickte. »Aber ich hab denen gesagt, dass Sie mich nie nix gefragt haben, weil wir uns noch gar net gekannt haben.«

»Ich bin Ihnen … sehr dankbar.« Das Lächeln von Katharina Lindner machte Walli froh. »Ich werde Ihnen helfen, Frau Stenzl. Auf die eine oder andere Weise. Sie sollen keine Abtreibungen mehr vornehmen müssen.«

Eine Stunde später im Restaurant des Parkhotels

»Die sehen großartig aus!« Katharina betrachtete die beiden Wiener Schnitzel, die ihnen soeben serviert worden waren.

Tom legte sich zufrieden die Serviette aufs Knie. »Goldgelb gebraten, die Panade wirft Blasen und das Ganze duftet unwiderstehlich nach Butter.«

Katharina nahm ihr Besteck. »Also dann – guten Appetit!«

»Lass es dir schmecken.« Tom drückte das beiliegende Zitronenstück über dem Schnitzel aus und stach mit der Gabel in die knusprige Umhüllung.

Seit ihrem kleinen Disput, der durch Walli Stenzl unterbrochen worden war, hatte sie sich innerlich ein Stück weit zurückgezogen. Das kannte er bereits an ihr, deshalb würde er das Thema vorerst nicht wieder aufgreifen. Allerdings betrachtete er ihre Nähe zu den beiden Sexualberaterinnen tatsächlich mit Sorge, zumal auch Lola seit Kurzem radikale, frauenrechtlerische Reden schwang. Und mit seiner Einstellung zum Thema Schwangerschaftsabbruch würde er nicht hinter dem Berg halten – auch wenn er und Katharina unterschiedliche Positionen vertraten.

Tom kostete den Kartoffelsalat – und musste sofort an Elfi Eder denken. Dieser hier war nicht schlecht, aber ihm fehlte etwas. Essig, Salz, Pfeffer, Senf? Mit dem Rezept seiner Haushälterin konnte er keinesfalls mithalten.

»Herr Burgert hat mir hinsichtlich meiner Einschreibung für das nächste Semester Bescheid gegeben«, sagte Katharina und schnitt den nächsten Bissen von ihrem Schnitzel.

»Und?«, fragte Tom.

»Ich darf wieder Kurse belegen und bleibe immatrikuliert. Allerdings unter Vorbehalt. Außerdem ist es mir noch nicht wieder erlaubt, das Universitätsgelände zu betreten.«

»Das ist zumindest ein Teilerfolg.«

»Das sehe ich anders.« Katharina legte das Messer auf den Teller und griff nach ihrem Limonadenglas. »Im Augenblick bin ich noch nicht einmal angeklagt. Es ist nicht rechtens, mich vom Universitätsbetrieb auszuschließen. Ich bin mir sicher, dass ein männlicher Student die Vorlesungen weiterhin hätte besuchen dürfen.«

»Und was sagt Adam dazu?«

»Er sieht es ähnlich und möchte unter diesem Aspekt noch einmal intervenieren.«

»Er wird tun, was immer er kann. Darauf kannst du vertrauen.« Tom schob noch einmal etwas Kartoffelsalat auf seine Gabel. »Ich habe ihm übrigens wegen Nannerl Bescheid gegeben. Sobald sie vernehmungsfähig ist, sollte sie ihre Aussage machen.«

»Das wird sicherlich noch eine Weile dauern.«

»Ihr Körper ist jung. Jetzt, da die Schlacht gegen die Infektion gewonnen ist, wird sie sich voraussichtlich recht schnell erholen.«

»Ich bete, dass du recht hast.«

Eine Weile aßen sie schweigend.

Dann seufzte sie leise. »Tom?«

»Ja?«

»Es tut mir leid wegen vorhin. Ich wollte nicht an deinem Schmerz rühren.«

»Es ist schon gut. Wir können und müssen nicht in allem einer Meinung sein.«

»Es ist elementar für dich.«

»Es ist vor allem emotional für mich. Das ist es für uns beide. Belassen wir es dabei.«

Sie sah ihn skeptisch an, sagte aber nichts mehr dazu. Tom war froh darüber. Nicht nur, weil ihm der Gedanke an seine verstorbene Tochter wehtat, sondern auch, weil er spürte, dass sie sich immer mehr in das Thema verrannte.

Sie beendeten ihre Mahlzeit und bestellten Kaffee. »Übrigens habe ich einen eigenartigen Brief bekommen«, sagte sie nachdenklich, während sie Zucker hineingab. »Die Schrift wirkt künstlich, als habe sich jemand absichtlich verstellt. Außerdem gibt es keinen Absender.«

»Steht auch im Schreiben selbst kein Name?«

»Ich habe es noch nicht geöffnet.« Sie verzog das Gesicht. »Irgendetwas hält mich zurück.«

»Wäre es dir lieber, wenn wir das gemeinsam tun?«

Sie nickte und machte Anstalten, aufzustehen. »Es steckt in meiner Jackentasche.«

Er bedeutete ihr, sitzen zu bleiben. »Wenn du erlaubst, hole ich den Brief für dich.«

»Danke, Tom.«

Er ging zur Garderobe, fand den Umschlag wie beschrieben und übergab ihn Katharina. Sie riss ihn hastig auf. Noch während sie die Zeilen überflog, wich alle Farbe aus ihrem Gesicht.

»Hört es denn nie auf?« Ihre Stimme klang erstickt. »Ich kann einfach nicht mehr.«

45. KAPITEL

Vor der Sexualberatungsstelle in der Landwehrstraße,
Samstag, 14. April 1928

Mit einem satten Brummen kam ein dunkler Buick die Landwehrstraße entlang. Hedda, die neben Katharina auf dem Gehsteig vor der Sexualberatungsstelle stand, hob die Hand und machte auf sich aufmerksam. Die Fahrerin schien sie gesehen zu haben, schlug das Lenkrad ein und brachte das Fahrzeug neben ihnen zum Stehen. Der Motor erstarb.

»Ihr werdet euch sicherlich gut verstehen.« Hedda sah zu Katharina. »Frau Kienle ist eine sehr fähige Ärztin. Und eine streitbare.«

Die Frau, welche dem Automobil entstieg, war eine moderne Erscheinung in weiten, hellen Hosen, passender Seidenbluse und braun-weiß meliertem Fellmantel. Ihr braunes Haar lag in eleganten Wellen, ihren hellen Glockenhut zierte eine bordeauxfarbene Kunstblume. Dasselbe Rot fand sich in ihren Lederhandschuhen und ihren Pumps. Sie reichte Hedda die Hand. »Schön, Sie zu sehen, Fräulein Hedda!«

»Es freut mich, dass Sie den Weg nach München auf sich genommen haben«, erwiderte Hedda. »Hatten Sie eine gute Fahrt?«

»Kein kaputter Reifen, kein stotternder Motor.« Else Kienle überprüfte den Sitz ihres Hutes. »Bei einer langen Autofahrt weiß man nie, welche Überraschungen einem dräuen. Deshalb bin ich schon gestern aus Stuttgart angereist. Sicher ist sicher.« Lächelnd wandte sie sich an Katharina. »Fräulein Lindner, nehme ich an?«

»Guten Tag, Frau Kienle«, erwiderte Katharina mit einer Spur Nervosität in der Stimme. »Ich danke Ihnen, dass Sie eigens nach München gekommen sind.«

»Es ließ sich gut einrichten. Mein Verlobter hat heute auch einen Termin, so passte es für uns beide.« Else Kienles Augen blickten aufmerksam und klug. »Bei so herrlichem Wetter wie heute sollte man nicht in der Stadt bleiben. Was halten Sie von einem Ausflug an den Starnberger See, Fräulein Lindner?«

Katharina sah zu Hedda.

Diese nickte. »Natürlich, warum nicht? Da habt ihr auch mehr Ruhe.«

Katharina verstand. Je weniger neugierige Augen sie und Else Kienle sahen, desto besser war es. »Am Starnberger See war ich bisher noch nicht«, bekannte sie an Else Kienle gewandt. »Nur einige Male am Ammersee.«

»Dann wird es höchste Zeit!« Else Kienle öffnete die Beifahrertür und ließ Katharina einsteigen. »Wir sehen uns morgen, Fräulein Hedda.« Sie zwinkerte Hedda zu.

»So ist es! Ich und Selma erwarten Sie dann morgen gegen zehn Uhr.« Hedda trat einen Schritt zurück. »Wir würden Ihnen dann auch gerne unsere neuen Faltbroschüren zeigen. Ein aktueller Leitfaden für Mädchen in Not.«

»Wunderbar!«, erwiderte Else Kienle. »So etwas plane ich auch für Stuttgart, da finde ich gewiss einige gute Anregungen. Bis morgen!«

Die Fahrt führte in einen wunderschönen Sonnentag. Da die Geräusche des Automobils eine Unterhaltung erschwerten, beließ es Else Kienle zunächst dabei, hin und wieder auf die vorbeiziehende Landschaft zu deuten, wo sich Waldgebiete und Felder abwechselten.

Katharina allerdings fiel es schwer, sich auf die Schönheit der Umgebung zu konzentrieren. Zu aufgewühlt war sie noch wegen des Briefs, den mutmaßlich Edmund an sie geschrieben hatte. Auch wenn nicht nur der Absender, sondern auch eine Unterschrift gefehlt hatte, war seine Urheberschaft unschwer zu erkennen gewesen. Diese hatte sich schließlich anhand eines Wasserzeichens im Papier bestätigt: Den Initialen von Edmunds Vater Theodor Mosny.

An die Engelmacherin, die eine Ärztin sein möchte. So hatte die Nachricht begonnen und sich mit einer wahllosen Aneinanderreihung von Beleidigungen fortgesetzt. Katharina war als Mörderin bezichtigt worden, als Zecke an der Flanke der Alma Mater, als gewissenlose Schlange der Frauenbewegung, die nicht nur die Männer, sondern auch Mädchen und Frauen auf den falschen Weg zerrte. Ihr wurden sexuelle Verhältnisse mit Professoren unterstellt, die ihr dafür gute

Noten gaben. Geendet hatte der Verfasser mit einer Drohung:

Bekenne deine Schuld. Nimm deine Strafe an. Entsage der Medizin und überlasse sie denen, die dafür geeignet sind: den Männern. Und vergiss nicht: Ich werde dich immer im Auge behalten.

Inzwischen hatte Katharina den Brief Adam Burgert übergeben, der ihn geprüft und ihr über Tom hatte ausrichten lassen, dass sich Edmund Mosny damit selbst in eine schlechtere Position manövriert hatte. Er würde das Schreiben zu den Akten nehmen und damit die Unglaubwürdigkeit Mosnys untermauern.

»So nachdenklich?«, hörte Katharina Else Kienle sagen.

Katharina sah zu ihr hin. »Die ganze Sache erstickt mich.«

Die Stuttgarter Ärztin nickte verständnisvoll, ohne den Blick von der Straße abzuwenden. »Ab jetzt haben Sie eine Mitstreiterin.«

»Ich bin für jede Hilfe dankbar. Wirklich für jede.«

»Das ist verständlich. Es kostet ungeheure Kraft, sich gegen die sogenannte Volksgemeinschaft zu stellen.«

Katharina rieb sich die Schläfe. »Und gegen einen persönlichen Feind, der einen wie besessen jagt. Was treibt die Menschen zu so etwas?«

Das Auto bremste und wich geschickt einem Fuhrwerk aus, das zu weit in der Straßenmitte fuhr. »Weibliche Eifersucht, männliche Rachegelüste oder einfach die menschliche Gier nach Klatsch und Tratsch.« Else Kienle betätigte den Schalthebel und gab wieder Gas. »Es braucht gar nicht viel, um eine Frau in ernsthafte Schwierigkeiten zu bringen.«

Katharina seufzte. »Es scheint so.«

Die Ärztin bedachte sie mit einem Seitenblick. »Um das zu ändern, bin ich hier. Unter anderem.«

Else Kiele fuhr flott, aber sicher. Sie erreichten Starnberg zwanzig Minuten später und stellten das Auto in der Nähe des Bahnhofs ab.

»Jetzt essen wir erst einmal zu Mittag«, sagte die Ärztin, während sie über die belebte Seepromenade gingen, welche von den Eisenbahnschienen flankiert wurde.

»Gerne«, antwortete Katharina, obwohl sie keinen großen Hunger verspürte. Ihre Worte gingen im Pfeifen und Stampfen einer Dampflok unter, die mit acht Waggons im Schlepptau zu ihrer Rechten vorbeirauschte.

»Hoffentlich fahren bald alle Züge elektrisch«, kommentierte Else Kienle, als es wieder ruhig war. »Es ist so angenehm. Leiser und ohne Gestank.«

Das Restaurant, welches sie kurz darauf betraten, besaß eine große, in den See hinein geschwungene Terrasse. Unzählige Tische mit weißen Decken standen unter rot-weiß gestreiften Sonnenschirmen, der Blick schweifte ungehindert über See und Uferlinien bis hin zu den Alpen.

»Ist das nicht herrlich?«, fragte Else Kienle, nachdem sie sich an einem runden Tisch niedergelassen hatten. »Wie im

Bilderbuch. Kein Wunder, dass man entlang des Seeufers unzählige Schlösser und Landsitze findet.«

Katharina blinzelte in die Sonne, die der türkisblauen Oberfläche des Sees glitzernde Krönchen aufsetzte. »Als wäre man an einer fernen Küste. In einer anderen Welt.«

»Deshalb kommen die Künstler so gerne her«, ergänzte Else Kienle. »Es gibt so vieles, was sie inspiriert.«

»Ist hier nicht einer der bayerischen Könige auf dubiose Weise ums Leben gekommen?«, erinnerte sich Katharina.

»Ludwig II.«, bestätigte Else Kienle. »Ein ausgesprochen mysteriöser Tod. Wir werden wohl nie erfahren, ob er selbst es war, der sich und seinen Arzt getötet hat, oder ob die beiden umgebracht wurden.«

»Wo genau ist das denn passiert?«

»Bei Berg. Das liegt ein Stück südlich auf der östlichen Uferseite.« Else Kienle zog ihre Sonnengläser auf. »Aber jetzt lassen wir die Vergangenheit ruhen und genießen das Hier und Jetzt.«

Sie bestellten jede ein Fischgericht, Else Kienle einen Weißwein, Katharina einen Krug mit Wasser.

Die Ärztin prostete Katharina zu. »Auf die Gerechtigkeit.«

Katharina nickte und trank von dem kühlen, frischen Quellwasser.

»Dort drüben liegt das Undosa-Bad«, erklärte Else Kienle und deutete auf ein neben der Restaurantterrasse liegendes Areal aus Holzbauten. »Es hat einen künstlich aufgeschütteten Strand. Der dafür benötigte Sand stammt vom Main.«

»Für ein Gefühl, als wäre man am Meer?«

»Ganz genau. Früher gab es sogar eine Wellenmaschine. Damit sollte die Illusion noch eindrücklicher werden. Ich habe es leider nicht mehr selbst erlebt. Als ich vor einigen Jahren das erste Mal hierherkam, war die Wellenmaschine bereits abgebaut. Aber die Leute reden bis heute davon.«

»Ich liebe Wellen. Zu Hause am Bodensee entstehen die schönsten, wenn einer der Dampfer seine Bugwellen ans Ufer schickt.«

Else Kienle nahm einen weiteren Schluck von ihrem Wein. »Fräulein Hedda hat mir erzählt, dass Sie aus Meersburg stammen. Und dass Sie im Augenblick nicht einmal nach Hause fahren dürfen. Es ist unglaublich, was man sich in diesem Land mit den Frauen erlaubt. Der Staat behandelt Sie wie einen Schwerverbrecher.«

Auf einmal standen Katharina die beengenden, hellgelb getünchten und mit zahllosen Inschriften übersäten Wände ihrer Zelle vor Augen – gekritzelte Spuren von Not und Verzweiflung. Eine Zeile war ihr besonders im Gedächtnis geblieben: *Kennst du das Land, wo die Zitronen blüh'n?* Vielleicht, weil darin so etwas wie Hoffnung gelegen hatte.

Mühsam fing sie ihre Gedanken ein. »Die Zeit in Gefangenschaft war die schlimmste meines Lebens, Frau Kienle. Dabei war ich nur drei Tage eingesperrt. Wie muss es sein, dort Monate oder sogar Jahre zu verbringen …« Sie räusperte sich.

Else Kienle nickte verständnisvoll. »Jetzt haben Sie große

Angst davor, unschuldig zu einer lang andauernden Gefängnisstrafe verurteilt zu werden.«

Katharina rang die Hände. »Ich habe nichts Verbotenes getan.«

»Ich war gestern noch in der Universitätsfrauenklinik«, berichtete die Ärztin, »und habe mich als Fürsorgeberaterin ausgegeben. Dadurch konnte ich sogar mit einer der Krankenschwestern sprechen.«

Katharinas Herz schlug schneller. »Welchen Eindruck haben Sie von Nannerl?«

»Es wurde eine Ausschabung vorgenommen. Durch den starken Blutverlust und die Infektion war die Patientin sehr geschwächt, hat sich aber durch die intensive Betreuung im Klinikum stabilisiert und ist nun auf dem Weg der Besserung.«

»Haben Sie Nannerl selbst gesehen?«

Else Kienle nickte. »Sie hat einen verhältnismäßig guten Eindruck gemacht. Da sie dachte, dass ich von der Fürsorgestelle komme, hat sie mich gebeten, nach einer Stellung für sie zu suchen. Sie möchte offenkundig nicht mehr nach Hause, sondern als Dienstmädchen arbeiten, wo sie Kost und Logis bekommt.«

»Verständlich. Ihr Vater hat sie in den Bauch getreten, damit sie das Kind verliert.«

Else Kienle nickte. »Hedda und Selma werden sich ihrer annehmen, sobald sie das Klinikum verlassen kann.«

»Wird sie bald aussagen können?«

»Davon gehe ich aus. Aber das sollte mit großer Vorsicht

angegangen werden. Die Schwester hat mir erzählt, dass die Polizei das Mädchen bereits am Krankenbett verhört hat. Es hat wohl kein Wort herausgebracht, dennoch versuchte der Kriminalkommissar ihr einzureden, dass Sie bei ihr eine Abtreibung vorgenommen hätten.«

»Es ist unfassbar.« Katharina seufzte. »Die Polizei versucht tatsächlich, meinen Fall entgegen den Tatsachen so zu konstruieren, dass ich schuldig erscheine.«

»Sie sind nicht die Erste, und sie werden leider nicht die Letzte sein, der so etwas widerfährt.« Else Kienle sah sie mitfühlend an. »Wissen Sie, Fräulein Lindner, meine eigene Praxis betreibe ich erst seit letztem Herbst, zusammen mit einer Beratungsstelle für Geburtenregelung und Sexualhygiene. So kam übrigens auch der Kontakt nach München zustande.« Sie spielte mit dem Stiel ihres Weinglases. »Davor habe ich als Assistenzärztin auf der Polizeistation des Stuttgarter Katharinenhospitals gearbeitet. Das ist eine geschlossene Abteilung für Geschlechtskrankheiten.«

»Haben Sie dort Prostituierte behandelt?«, fragte Katharina.

Else Kienle nickte. »Und ganz normale Frauen, die man für Huren hielt, weil sie zur falschen Zeit allein auf der Straße angetroffen wurden.«

»Das kommt auch in München vor«, sagte Katharina.

»Eine Hexenjagd.« Else Kienle verscheuchte eine Hummel, die sich auf dem Tisch niederlassen wollte. »Ich erinnere mich an einen Landgendarm, der sich immer wieder ein Mädel geschnappt und einfach so lange eingesperrt hat, bis es mürbe war und schließlich Dinge gestand, die es nie getan hatte. In einem anderen Fall sagte ein Polizeikommissar, nachdem sich ein beschuldigtes Mädchen bei der Untersuchung als Jungfrau herausgestellt hatte, wortwörtlich: *Wir brauchen keine Entlastungszeugen, wir brauchen Belastungszeugen.* Und so könnte ich unzählige weitere Beispiele anführen.«

»Das ist … unglaublich.« Katharinas Magen zog sich zusammen. Else Kienles Erfahrungen deckten sich mit dem, was Katharina am eigenen Leib erfuhr: Willkür, Abwertung, Böswilligkeit

»Nun bin ich Ärztin und keine Juristin«, fuhr Else Kienle fort. »Aber ich nutze meine Expertise. Ich berate und ich kläre auf, auch im Hinblick auf Verhütungsmöglichkeiten. Ich behandle Geschlechtskrankheiten, die sich so manche Frau übrigens durch ihren allzu umtriebigen Ehemann einfängt. Und ich nehme Abtreibungen vor, nachdem ich mit den Patientinnen das Für und Wider gut abgewogen habe.«

»Wie finden die betroffenen Frauen denn zu Ihnen?«

»Über meine Beratungsstelle, über andere Frauen, über Hebammen. So etwas spricht sich herum. Meine Patientinnen kommen aus allen Gesellschaftsschichten. Ich lasse keine von ihnen allein, ob nun Fabrikarbeiterin oder Industriellengattin.«

Einen Augenblick herrschte gesammelte Stille am Tisch.

»Sie gehen ein hohes Risiko ein, Frau Kienle«, sagte Katharina schließlich.

»Es wird sich nichts ändern, wenn wir Frauen uns nicht

selbst für unsere Rechte einsetzen. Und damit wären wir bei Ihrem Fall, Fräulein Lindner.«

Sie wurden durch den Kellner unterbrochen, der den Fisch servierte.

Else Kienle entfaltete ihre Serviette. »Ich habe mir die Angaben, die Sie mir über die Beratungsstelle haben zukommen lassen, genau angesehen und komme, wie Sie auch, zu dem Schluss, dass an Ihnen ein Exempel statuiert werden soll. Eines, das sogar weit über die üblichen Fälle hinaus Strahlkraft entfalten soll.«

Katharina verstand sofort. »Es geht darum, das Frauenstudium als Fehlentwicklung hinzustellen.«

Else Kienle nickte. »Eine Studentin, die der Abtreibung überführt ist, ist ein willkommenes Argument, um die moralische Verderbtheit des weiblichen Geschlechts zu untermauern. Deshalb ist es wichtig, Ihre Unschuld zweifelsfrei zu beweisen.«

»Werden Sie mir dabei … helfen können?«, fragte Katharina vorsichtig.

Else Kienle zögerte einen Augenblick. »Ich möchte ehrlich sein, Fräulein Lindner.« Ihr Blick war nachdenklich. »Selbstverständlich stehe ich Ihnen beratend zur Seite. Vor allem im Hinblick auf das behandelte Mädchen versuche ich mich einzubringen, soweit es irgendwie möglich ist. Ich kann Ihnen Hinweise geben, wie andere Ärztinnen mit diesem Thema umgehen und wie ich Ihren Fall einschätze. Allerdings, und das habe ich auch Hedda und Selma deutlich gemacht, bin ich Medizinerin und keine Rechtsanwältin. Dazu praktiziere ich in Württemberg und nicht in Bayern. Meine Expertise ist also nicht ausreichend. Deshalb ist es wichtig, dass Sie von einem kompetenten Anwalt vertreten werden.«

»Ah …« Katharina spürte, wie ein Moment der Enttäuschung die Hoffnung ins Wanken brachte, welche sie in Else Kienle gesetzt hatte. »Ich habe einen guten Rechtsanwalt«, gab sie dann zurück. »Doktor Adam Burgert aus München.«

»Der Name sagt mir nichts. Aber wenn Sie sicher sind, dass er für Sie kämpft, haben Sie großes Glück«, erwiderte Else Kienle. »Den Juristen fällt es nämlich genauso schwer, Frauen in ihren Reihen zu dulden, wie den Medizinern.«

»Zu diesen Anwälten gehört Doktor Burgert sicherlich nicht.«

»Dann ist er Ihr wichtigster Partner in dieser Sache. Ein guter Anwalt zieht alle Register. Und er weiß zudem, wie Ihre Ankläger denken.« Else Kienle zerteilte ihren Fisch. »Wir sollten essen, sonst wird es kalt.«

Katharina nickte und aß ein paar Bissen des feinen weißen Fleisches, ohne es wirklich zu genießen.

»Noch einmal zurück zu meiner Einschätzung, Fräulein Lindner«, fuhr Else Kienle schließlich fort. »Ihr Fall soll wohl zum Politikum werden.«

Katharina nickte unglücklich.

Else Kienle sah sie an. »Um Sie zu verurteilen, muss Ihnen allerdings gewerbsmäßige Abtreibung nachgewiesen werden, deshalb die Verknüpfung mit der Engelmacherin. Aus meiner Sicht handelt es sich hierbei um den Dreh- und Angelpunkt Ihres Falles.«

»Einerseits sicherlich«, antwortete Katharina und überlegte, ob Sie Frau Kienle Adams Doppelstrategie darlegen sollte. Sie entschied sich dagegen. Auch wenn Else Kienle gewiss vertrauenswürdig war, so schien sie, wie Selma und Hedda, sehr ihrem eigenen Kampf verpflichtet.

»Auch Frau Stenzl, die Engelmacherin, ist freigelassen worden«, antwortete sie daher. »Mein … ähm … ein Freund hat mir geraten, im Augenblick Abstand zu halten.«

»Das ist sicherlich klug.« Else Kienle lächelte. »Sie liegen diesem Freund offensichtlich am Herzen.«

Katharina nickte, schlug die Augen nieder und legte ihre Gabel beiseite. Sie dachte an Tom und hatte mit einem Mal das Gefühl, als könnte sie die innere Bastion der Stärke, die sie durch die letzten Wochen getragen hatte, nicht länger halten. Obwohl sie versuchte, sich zu beherrschen, begannen ihre Lippen zu zittern.

»Sie weinen ja.« Else Kienle klang mitfühlend.

»Es ist gleich vorbei …«

»Dieser Mann bewegt Sie sehr.«

Katharina nickte.

»Möchten Sie darüber sprechen?«

Katharina schloss einen Moment die Augen. Dann hob sie den Kopf und erzählte, formulierte ihre Gefühle, ihre Zweifel. Seine Geduld.

Nachdem sie geendet hatte, reichte Else Kienle ihr ein Taschentuch. »Die Liebe ist etwas Schönes, Fräulein Lindner. Und nur, weil die männlich dominierte Gesellschaft uns einen Stein nach dem anderen in den Weg legt, heißt das nicht, dass alle Männer schlecht sind. Ich bin Herrn Jacobowitz erst vor wenigen Monaten begegnet. Dennoch habe ich seinen Antrag angenommen, und ich bin sehr glücklich mit dieser Entscheidung. Er führt die Württembergische Privatbank, ist großzügig und charmant. Das Leben ist leicht an seiner Seite. Vor allem aber betrachtet er mich als ebenbürtig.« Das Lächeln, das sich auf ihrem Gesicht ausbreitete, sprach von Zuneigung und Angekommensein. »Alle Männer, die ich vor ihm gekannt hatte, sind meinem beruflichen Ehrgeiz mit Verachtung oder Spott begegnet. Stefans Bereitschaft, mich beruflich gelten zu lassen, erfüllt mich mit überwältigender Dankbarkeit. Im nächsten Jahr werden wir heiraten.«

»Obwohl Sie ihn noch nicht so lange kennen?«, fragte Katharina, erstaunt über die Offenheit Else Kienles.

»Ich spüre, dass es richtig ist. Tief im Herzen.«

Katharina seufzte. »Ich habe Doktor von Bogen noch keine Antwort gegeben.«

»Meiner Einschätzung nach weiß Herr von Bogen genau, was er will. Sein Antrag kam, so wie Sie es erzählt haben, nicht überstürzt. Um ehrlich zu sein: Eine Heirat könnte Ihre Situation tatsächlich bedeutend verbessern, sowohl die Anzeige als auch eine mögliche Klage betreffend.«

Katharina nickte.

»Ob es Ihre persönliche Lebenssituation verbessert, können nur Sie selbst entscheiden«, fuhr Else Kienle fort. »Aber ich wage zu behaupten, dass Sie ihm sehr zugetan sind.«

Katharina wischte sich die Tränen ab. »Ich mag ihn sehr.

Das ist zugleich etwas, was mir Angst macht. Ich weiß nicht, ob ich alles objektiv genug abwägen kann, wenn ich zu viel fühle.«

»Nichts im Leben ist ohne Risiko, Fräulein Lindner.«

Katharina blinzelte in die Sonne, die sich unter die schützenden Schirme stahl, und wusste, dass Else Kienle recht hatte.

Vom See her wehte eine streichelnde, warme Brise.

46. KAPITEL

Toms Villa in der Maria-Theresia-Straße, gegen halb zehn Uhr abends am selben Tag

Tom war von seinem letzten Hausbesuch zurückgekehrt und füllte gerade die zugehörige Patientenkarte aus, als die Türglocke ging. Kurz darauf hörte er Elfi Eder jemanden nach dem Begehr fragen. Die antwortende Stimme war hell und vertraut. Er ließ den Stift fallen und stürzte aus seinen Praxisräumen an die Tür. »Katharina! Um Himmels willen! Ist etwas passiert?«

»Nein … das heißt, ja!« Der Ausdruck auf ihrem Gesicht war angespannt und erwartungsvoll zugleich. »Darf ich hereinkommen?«

»Aber natürlich!« Tom legte ihr eine Hand auf den Rücken und führte sie zur Treppe. »Ich brauche Sie heute nicht mehr, Frau Eder.«

»Wenns des meinen …«, erwiderte Frau Eder irritiert.

»Genießen Sie den Abend, liebe Frau Eder«, warf Tom ihr über die Schulter zu.

Kaum hatten sie seine privaten Räume erreicht, gab er Katharina einen zarten Kuss und nahm ihr die Jacke ab. »Jetzt habe ich Frau Eder vielleicht vorschnell weggeschickt«, stellte er fest. »Hast du Hunger?«

»Ich habe keinen Hunger.« Über ihr Gesicht ging ein Strahlen, das sein Herz erwärmte und ihn zugleich verunsicherte. Weshalb war sie gekommen?

»Möchtest du denn etwas trinken? Limonade?« Er führte sie in sein Speisezimmer.

»Ja, gern.«

»Nimm ruhig Platz«, sagte Tom, während er zur Anrichte ging und aus Holundersirup und Sprudelwasser eine Limonade mischte. Aus den Augenwinkeln sah er, wie sie sich setzte, ihre Beine übereinanderschlug und ihren Blick durch den Raum schweifen ließ.

»Mir gefällt es bei dir«, sagte sie, als er zwei volle Gläser auf dem langen, rechteckigen Glastisch abstellte. »Es ist modern.«

»Ich bin kein Freund schwerer gedrechselter Holzmöbel. Das Haus ist schon verschnörkelt genug, da brauche ich in der Einrichtung klare Linien.« Er nahm ihr gegenüber Platz.

Sie wippte auf ihrem Stuhl. »Wie nennt man diese Art Sitzmöbel?«

Er schmunzelte. »Freischwinger. Sie sind aus Stahlrohr und Leder.«

»Auch der Vitrinenschrank passt dazu.«

»Ich habe ihn passend anfertigen lassen.«

»Abgestimmt, bequem und nicht überladen.« Sie nickte. »So würde ich mich auch einrichten.«

»Man nennt es Bauhaus.«

»Davon habe ich schon gehört.« Sie sah ihn an.

Die Haut in seinem Nacken begann zu prickeln. »Bist du gekommen, um meine Einrichtung zu bewundern?«, fragte er leise.

»Nein.« Sie stand auf, ging langsam um den Tisch herum und blieb neben seinem Stuhl stehen. Er rückte von der Tischkante weg.

Sie sah sportlich aus in ihrem weißen Plisseerock, der um ihre Beine spielte, und einem ebenso weißen, grob gestrickten Pullover mit Zopfmuster. Ihr Haar hatte sie im Nacken zusammengesteckt, es glänzte im Licht der Lampen. Ihre Wangen waren leicht gerötet.

Tom hielt den Atem an, als sie sich auf seinen Schoß setzte, die Arme um seinen Nacken schlang und den Kopf an seine Schulter legte. Er drückte sie fest an sich, spürte, wie ihr Oberkörper sich im Metrum ihres Atems bewegte, nahm ihren feinen Duft auf.

Schließlich hob sie den Kopf und sah ihn an. »Du hattest mir eine Frage gestellt.«

»Ich weiß.« Die Anspannung in seinem Inneren wuchs.

»Ich möchte dir gerne meine Antwort mitteilen.«

Sie lächelte. Dann legte sie zwei Finger an seinen Hals. »Ihr Puls geht deutlich zu schnell, Herr Doktor. Man sieht es sogar pochen.«

»Wundert dich das?«

Sie schüttelte den Kopf, schob ihre Hand in sein Haar und näherte ihr Gesicht dem seinen. Wie der Flügelschlag eines Schmetterlings streiften ihre Wimpern seine Schläfe, ihre Lippen zogen eine Spur federleichter Küsse hin zu seinem Ohr. »Ich werde deine Frau, Tom. Wenn du es noch willst.«

»Oh mein Gott, Katharina.« Seine Stimme klang erstickt. »Ich habe schon nicht mehr daran geglaubt.« Er presste sie fest an sich.

»Wenn du eine lebende Ehefrau haben möchtest, solltest du mir ein bisschen Luft lassen«, warnte Katharina lachend.

»Oh, entschuldige! Ich war so …« Er streichelte über ihren Rücken. »Du ahnst nicht, wie glücklich du mich mit deiner Entscheidung machst.«

»Dir ist hoffentlich klar, dass das Leben mit mir eine Herausforderung wird?« Katharina war bewusst, dass in ihrer scherzhaften Frage ein ganzes Stück Ernsthaftigkeit mitschwang.

»Der ich mich mit Freuden stelle«, erwiderte Tom. »Ich weiß, dass du ein Kind der Freiheit bist.« Vorsichtig schob er sie von seinem Schoß.

Sie verzog das Gesicht. »Willst du mich schon loswerden?«

»Oh nein!« Er küsste ihren Scheitel und ging zu der Doppeltür, die ins nebenliegende Wohnzimmer führte. Dort öffnete er einen hüfthohen, schmalen Schrank aus dunklem Holz. »Was möchtest du hören?«

Katharina folgte ihm neugierig. »Ist das ein Schrankgrammofon?«

»Ja. Die Musikqualität ist viel besser als bei einem herkömmlichen Grammofon.« Er öffnete eines der Türchen und deutete auf eine Sammlung an Schellackplatten. »Such dir etwas aus.«

Katharina ging in die Hocke und besah sich die farbigen Papierhüllen. »Ehrlich gesagt, kenne ich kaum eine dieser Aufnahmen. Hast du Beethoven?«

»Auch. Aber für heute Abend fände ich etwas anderes passender.« Er schmunzelte, wählte eine orangefarbene Hülle und ließ die Schellackplatte herausgleiten. Anschließend hob er den Deckel des Schrankgrammofons und legte die schwarze Platte auf. »Peerless Quartet.«

»Das sagt mir nichts.«

»Es ist wundervoll. Horch …«

Die tänzerische Melodie, die durch die Räume zog, war sehnsuchtsvoll und leicht zugleich.

Tom bot ihr die Hand. »Darf ich bitten?«

Er legte die Arme um sie, und Katharina stand sofort der Abend des Rosenmontags vor Augen, als sie in der Schwabinger Brauerei zum ersten Mal miteinander getanzt hatten. Wie damals hielt er sie sanft und sicher, und Katharina genoss es, ihm die Führung zu überlassen. Auch als die Musik längst verstummt war, schienen sie sich nicht voneinander lösen zu wollen. Schließlich hob Katharina den Kopf. Sein Blick streichelte über ihr Gesicht, während er mit dem Daumen die Linie ihrer Wange nachzeichnete. In seinen Augen stand eine unausgesprochene Frage. Katharina legte eine Hand an seinen Hinterkopf und zog ihn behutsam zu sich herunter.

Sein Atem streifte ihre Schläfe auf der Suche nach ihrem Mund. Er fand ihre Lippen und verschloss sie mit sanfter Herausforderung, während seine Hände verlangend über ihren Rücken wanderten. Katharina schmiegte sich eng an ihn.

»Bist du sicher?«, fragte er leise.

Sie nickte.

Er küsste sie noch einmal. Dann ließ er sie los, nahm ihre Hand und führte sie über einen langen Flur und eine weitere Treppe in seine Schlafräume im Obergeschoss. Dort knipste er zwei Nachttischlampen aus kugelförmigem, weißem Opalglas an. Im milden Licht, das sie verbreiteten, ging er vor ihr auf die Knie, um die Schuhe von ihren Füßen zu streifen. Mit den Fingern zog er anschließend eine prickelnde Spur von ihren Knöcheln bis hinauf zu ihren Schenkeln, löste geschickt ihre Strümpfe und zog sie aus. Unter ihren nackten Füßen spürte Katharina den flauschigen Teppich vor seinem Bett, während er sich erhob und erneut ihren Mund in Besitz nahm. Er küsste sie lange und hitzig, ließ Kaskaden nie gekannter Gefühle über ihren Körper perlen.

Kleidungsstück um Kleidungsstück fiel, bis er sie nackt in die weißen, frisch bezogenen Kissen drängte. Ihn so an sich zu spüren, Haut an Haut, seine Kraft, seine Männlichkeit, war überwältigend. Noch einmal hielt er inne und sah sie an, so, als wolle er ihr ein letztes Mal die Möglichkeit geben, ihn aufzuhalten. Katharina verstrickte ihn in einen heftigen Kuss, und die letzte Zurückhaltung wich dem Begehren. Voll Vertrauen folgte sie seinen langsamen Bewegungen in ein endlos weites Meer aus Liebe und Lust.

Niemals hätte sie sich vorstellen können, dass es so sein würde. So tief, so allumfassend, so erschütternd. Und doch so unbefangen und natürlich. Nachdem sich Zeit und Wirklichkeit wieder zusammengesetzt hatten, stützte er sich auf einem Arm ab und sah sie an. »Es war das erste Mal für dich.«

»Ja.« Sie lächelte.

»Wenn ich das gewusst hätte …«

»Hättest du hoffentlich nichts anders gemacht.« Sie drehte ihren Kopf und küsste seine nackte Schulter.

Er strich mit sanften Bewegungen durch ihr Haar, das sich völlig aufgelöst hatte. »Wir haben keine Vorkehrungen getroffen.«

»Hättest du denn Präservative greifbar gehabt?«

Er schüttelte den Kopf und lachte leise. »Ich habe nichts dergleichen im Haus. Mein letztes Mal liegt schon sehr lange zurück.«

Seine Antwort war berührend. Zeigte sie doch, dass auch für ihn ein solch inniger Moment nicht wahllos teilbar war.

»Ich bin in einer ungefährlichen Zeit im Monat.« Katharina strich über ihren flachen Bauch. »Wenn ich nicht völlig danebenliege, dürfte keine Schwangerschaft folgen.«

»Und wenn es so wäre – ich hätte nichts dagegen.«

»Ich schon.« Katharina streichelte seinen Oberarm. »Deshalb sollten wir uns um Kondome kümmern.«

»Wird gemacht«, sagte er. »Es ist dein Bauch, der ein Kind austragen muss. Deshalb ist es deine Entscheidung, wann du dafür bereit bist.«

Katharina wagte nicht, ihm zu sagen, dass sie mit dem Thema Mutterschaft generell haderte. Sie wollte die verzauberte Atmosphäre nicht zerstören. Sicherlich würde es vor einer Hochzeit noch Gelegenheit geben, darüber zu sprechen.

»Wärst du mit einer großen Verlobungsanzeige einverstanden?« Seine Frage unterbrach ihren Gedankengang. »Wie bitte?«

Er grinste. »Nächste Woche. In allen Zeitungen.«

»Mir ist es nicht wichtig. Aber wenn es das für dich ist, dann habe ich nichts dagegen.« Sie hielt inne. »Nur lass mich davor bitte noch meiner Familie Bescheid geben.«

»Natürlich.« Seine Hand wanderte zu ihrer Brust. »Weißt du – ich möchte mein Glück mit der ganzen Welt teilen. Gäbe es eine Zeitung, die auf dem Mond erscheint, ich würde auch dort annoncieren.«

Katharina musste lachen. Sein unbeschwerter Humor war Teil dessen, was sie so sehr an ihm mochte.

»Und dann«, er malte Kreise um ihre Brustwarze, »macht es einigen Personen in und um München klar, dass du nun vergeben bist – und Teil der Familie von Bogen wirst.«

Katharina holte Luft, um etwas zu sagen, er aber verschloss ihre Lippen rasch mit dem Mund. »Sag nichts, Liebes«, sagte er, nachdem er sie wieder freigegeben hatte. »Ich weiß, was dir wichtig ist und was nicht. Aber ich möchte meine Verlobte in Sicherheit wissen. Es würde mir schwerfallen, über Monate oder gar Jahre ohne dich zu leben. Und auch ein Herr Kriminalkommissar kann sich der Bedeutung des Namens meiner Familie nicht entziehen. Deshalb erlaube mir, ihn in den Ring zu werfen.«

Katharina kuschelte sich eng an ihn. »Trage unsere Verlobung in die Welt. Aber zuvor zeigst du mir noch einmal, wie das geht mit der Liebe. Mir fehlt schließlich einiges an Erfahrung …«

Mit einem raschen Schwung drehte er sie auf den Rücken und schob ihre Schenkel auseinander. »Tausendmal, Katharina.«

47. KAPITEL

Die Universitätsfrauenklinik, drei Tage später,
Mittwoch, 18. April 1928

Edmund hatte einen weißen Kittel angezogen und ein Stethoskop in die Tasche gesteckt. Nun ging er bedächtig die Liegehallen im Hofraum der Frauenklinik entlang. Er war auf der Suche nach einer ganz bestimmten Patientin.

Er fand sie im ersten Stock. Mit geschlossenen Augen lag sie unter dicken Decken und schien zu dösen. Edmund wartete, bis die Aufsicht führende Schwester außer Hörweite war. Dann reckte er sich und trat an ihre Liege. »Wie geht es Ihnen?«

Als sie nicht reagierte, hüstelte er vernehmlich, fasste an ihre Schulter und rüttelte.

Ihre Augen flatterten. »Was?«

»Wie es Ihnen geht, habe ich gefragt.«

Endlich drehte sie ihren Kopf zu ihm hin. »Mir geht es gut.«

»Das ist erfreulich.«

»Sind Sie denn ein neuer Arzt?«, fragte sie irritiert.

»Ich …ja. Ich beginne gerade mein Praktisches Jahr.«

Er hüstelte noch einmal und sah sich nervös um. Es war nur eine Frage der Zeit, bis die nächste Schwester vorbeikommen würde. »Sie wissen, dass Ihr Kind abgetrieben wurde«, kam er direkt zur Sache.

Ihre Augen wurden groß. »Nein. Mein Kind wurde nicht abgetrieben. Es ist gestorben, weil mein Vater mir in den Bauch …«

»Schscht!« Edmund legte bedeutungsvoll einen Zeigefinger an die Lippen. »Das glauben Sie. Ich aber habe Ihre Patientenkarte studiert. Das Kind hätte überlebt.« Er spekulierte auf ihre Einfältigkeit. Mädchen ihres Schlages konnte man im Grunde doch alles weismachen.

Ihr Gesicht verzerrte sich. »Das kann nicht sein! Sie hat mir doch das Leben gerettet!«

»Das möchte man Sie glauben machen, Fräulein Nannerl.« Edmund bemühte sich um einen überzeugenden Ton. »Die Wahrheit ist leider eine andere.«

Das Mädchen begann zu heulen. »Mein Kind …«

»Es ist wichtig, dass Sie der Kriminalpolizei die Wahrheit sagen.« Er sah sie streng an. »Sonst werden Sie bestraft, und das wäre doch ungerecht, nicht wahr?«

Die Tränen strömten über ihre Wangen.

»Wenn Sie klug sind«, fuhr er sanfter fort, »muss diejenige die Schuld auf sich nehmen, die Ihnen das Kind genommen hat. Sollte Fräulein Lindner nicht ihre gerechte Strafe bekommen?«

»Aber … aber …« Das junge Ding war völlig durcheinander. »Ich verstehe nicht.«

»Es ist genau so, wie ich Ihnen gesagt habe.«

»Das darf nicht sein«, klagte sie.

»Deshalb müssen Sie bei der Wahrheit bleiben, wenn Sie dazu befragt werden.« Edmund beugte sich so tief über sie, dass sie ihm direkt in die Augen sehen musste. »Aber sagen Sie niemandem, dass ich Sie hier besucht habe.«

»Wa-warum?« Nun wirkte sie völlig verwirrt.

»Es ist besser, wenn Sie keine überflüssigen Fragen stellen.« Er zog drohend die Brauen zusammen. »Sonst kommen *Sie* ins Gefängnis statt dem Fräulein Lindner. Und das möchten Sie doch nicht?«

Nannerl schüttelte schwach den Kopf.

Er richtete sich wieder auf. »Ich verlasse mich auf Sie.«

»J-ja.« Wie ein Häufchen Elend lag sie auf ihrer Liege.

Bevor er ging, warf Edmund ihr einen letzten, durchdringenden Blick zu. »Wir sind uns nie begegnet«, wiederholte er beschwörend.

Sie nickte.

Dann drehte sie sich weg.

»Du hast was?« Alfons schien fassungslos, als Edmund ihm abends in der Ochsenbraterei von seinem Besuch bei Nannerl erzählte.

»Die dumme Gans wird das Richtige sagen. Und der Kriminalkommissar will nichts lieber, als Katharina Lindner wieder hinter Gitter bringen«, wiederholte Edmund zufrieden und trank von seinem Bier.

»Das mag ja sein. Aber was, wenn deine ganze Manipulation auffliegt?« Alfons schüttelte den Kopf. »Edmondo, Edmondo. Bleib lieber bei deinen Schmetterlingen.«

»Du hast doch keine Ahnung!« Edmund wurde laut. »Was ich hier tue, nützt allen! Dem ganzen deutschen Volk!«

»Jetzt rede doch leiser«, fuhr ihn Alfons an. »Muss ja nicht jeder mitbekommen, was du hier von dir gibst.«

»Ihr seid zu einfältig, um die ganze Bedeutung dessen zu erfassen, was ich hier für uns Männer leiste!«

»Ich fordere dich nachher zum *Bierjungen*, Edmondo. Und sei dir gewiss, dass du danach halb tot unter dem Tisch liegen wirst. Einfältig! Das war eine Beleidigung, für die ich dir eigentlich die Freundschaft kündigen müsste.«

Edmund versuchte, die Spannung in seinem Inneren wieder unter Kontrolle zu bekommen. »Es fehlt nicht viel. Die Polizei will dasselbe wie wir. Weshalb nicht nachhelfen?«

»Ganz ehrlich, Edmondo. Ich habe keine Lust, meinen Kopf für dich in irgendeine Schlinge zu legen.« Irritiert bemerkte Edmund, wie Alfons' Blick zu einem Punkt hinter seinem Rücken wanderte.

Zugleich fiel mit lautem Klatschen die tagesaktuelle Ausgabe der *Münchner Neuesten Nachrichten* auf den Tisch. Edmund fuhr herum. »Hinny!«

Hinrich setzte sich zu ihnen.

»Er weiß es noch nicht«, sagte Alfons bedeutungsvoll.

Hinrich kniff die Augen zusammen, nahm die Zeitung, schlug zielsicher eine Seite auf und schob sie Edmund hin. »Lies!«

Ihre Verlobung geben bekannt. Ungläubig wischte Edmund sich über seine Augen. »K-Katharina Lindner, Meersburg«, stotterte er, »und Thomas von Bogen, München Bogenh…« Seine Stimme versagte.

Hinrich nickte. »Deine übergroße Schmetterlingsfrau wird in eine bedeutende Familie einheiraten. Es würde mich wundern, wenn es dem von Bogen nicht gelänge, sie aus ihrer misslichen Lage zu befreien. In die du sie gebracht hast, mit deinen kleingeistigen Rachegelüsten.«

»Ihr wart einverstanden!«

»Wir hätten ihr gerne einen Denkzettel verpasst, weil Frauenstudium Blödsinn ist. Aber mit dem von Bogen wird mir die Nummer zu groß.« Alfons leerte seinen Krug.

»Er hat im Ersten Weltkrieg einige Orden eingeheimst«, wusste Hinrich. »Mit ihm möchte ich mich nicht anlegen.«

»Kennt ihr ihn denn?«, fragte Edmund misstrauisch.

»Wir haben genügend von ihm gehört, um zu wissen, dass mit ihm nicht zu spaßen ist«, wich Alfons aus.

»So ist es.« Hinrich zog seine Geldbörse aus der Jackentasche.

Auch Alfons suchte nach seinem Portemonnaie.

»Was habt ihr vor?«, fragte Edmund entsetzt.

Beide legten abgezählt die Geldbeträge auf den Tisch, die

Edmund ihnen für ihre falschen Zeugenaussagen gegeben hatte.

»Lass es jetzt gut sein, Edmondo«, sagte Alfons. »Für uns ist das Spiel hier zu Ende.«

48. KAPITEL

An der Isar, eine gute Woche später, 23. April 1928,
gegen sieben Uhr am Morgen

Walli spürte, wie die Isar an ihr riss und zerrte. Der Fluss brodelte, ließ, angefüllt vom Regen des vorangegangenen Sonntags, seine Kräfte spielen. Die Wassertemperatur betrug nicht über zehn Grad, das spürte Walli. Ihre Zehen waren bereits taub, auch die Finger fühlte sie nicht mehr. Es würde schnell gehen.

Noch stemmte sie sich dem Sog entgegen, aber die Versuchung war groß. Denn was würde sie hinterlassen auf dieser Erde?

Einen kranken Mann. Drei Kinder, für die sie nicht mehr sorgen konnte, weil sie keine Arbeit hatte. Eine Herberge, an der ihr Herz hing, die aber ständig repariert werden musste, um bewohnbar zu bleiben. Menschen, die plötzlich mit dem Finger auf sie zeigten, weil sie nun wussten, dass Walli eine Engelmacherin war, die mitten unter den gottesfürchtigen Menschen der Au ihr schändliches Werk getan hatte. Woanders zu leben, konnte Walli sich nicht vorstellen. Die Au war ihr Zuhause. Der Tratsch am Ziehbrunnen, der Flickschuster, der jeden aus seinem Fenster grüßte, die alten Weiber, die vor ihren Häuschen in der Sonne saßen und strickten. Die Gärten, in denen Gemüse gezogen wurde, die Krämerei zum *Herrgottskramer* mit dem großen Kruzifix an der Hauswand …

Nun war für sie hier kein Platz mehr.

Und für einen Neubeginn fehlte ihr die Kraft.

Die Kinder würden im Asyl aufgenommen werden und dort zu guten Menschen erzogen. Besser, als Walli es könnte, mit ihrer schuldbesudelten Seele. Dort würden sie auch keine Angst mehr vor ihrem Erzeuger haben müssen, der sie durch die Gegend scheuchte und schlug, sobald ihm eines von ihnen zu nahe kam.

Und dieser schmächtige rothaarige Kerl, der immer wieder um ihre Herberge herumschlich und Walli Fragen stellte, die sie nicht beantworten wollte – er würde ihr nicht mehr drohen, sie ins Gefängnis zu bringen, sollte sie das feine Fräulein nicht ans Messer liefern. Das feine Fräulein, das Walli als Einzige so etwas wie Verständnis und Wärme entgegengebracht hatte.

Walli spürte, wie die Kälte durch ihre Adern kroch. Nicht belebend wie bei einem Eisbad. Sondern verlockend tödlich. Sie machte ein paar Schritte, bis das Wasser ihr fast an die Schultern reichte, und schloss die Augen. Möge der Herrgott ihr diese Sünde verzeihen und sie in seinen Frieden aufnehmen. Der Welt würde sie nicht fehlen.

Ein lautes Brüllen drang durch das Rauschen der Fluten.
Die Strömung zog. Ihre Knie gaben nach.
Dann schlugen die Wasser der Isar über ihr zusammen.

Am Paulanerplatz, eine Viertelstunde später

»Ich finde es recht passend«, stellte Katharina fest und sah sich noch einmal um. »Es gibt zwei Räume und eine Küchennische. Und du wirst inmitten der Menschen praktizieren, die dich brauchen.«

»Wir«, korrigierte Tom.

»Wer weiß, was die Zukunft bringt.«

»Sehr viel Gutes, Liebes. Glaube mir.« Er lächelte sie zuversichtlich an. »Und jetzt lass uns an die Planungen gehen. Je eher wir alles hergerichtet haben, desto schneller können wir umziehen.«

»Dann geben wir dem Pfarrer jetzt gleich Bescheid, dass wir sein Angebot annehmen?«

»So machen wir es.«

»Übrigens kommen meine Schwestern und mein Vater nächstes Wochenende, um mit uns Verlobung zu feiern. Sie haben ein Telegramm geschickt.«

»Hoffentlich mit den Kindern.«

Katharina schüttelte lachend den Kopf. »Dieses Durcheinander möchtest du nicht erleben. Die Kleinen werden bei

Edith bleiben, dem Kindermädchen. Aber Pater Fidelis wird dabei sein.«

»Dieses Durcheinander würde ich zwar sehr gerne erleben, aber wenigstens ist der Pater dabei. Auf ihn bin ich schon sehr gespannt.«

»Du wirst ihn mögen.«

»Was ist mit deinen beiden Schwägern?«

»Die können leider nicht kommen. Felix ist unterwegs, und Maxim muss im Lindenhof die Stellung halten. Mit Lola, Eva und Zara sind wir neun Personen.«

»Ich werde Adam und Frieder dazu einladen. Es sind meine engsten Freunde.«

»Also elf.«

»Du kannst mit Frau Eder bereits das Menü planen, wenn du möchtest.«

»Lieber würde ich es mit dir zusammen planen!« Katharina drückte seinen Arm.

Tom zwinkerte ihr zu und öffnete die Haustür der Herberge.

Katharina trat gerade in den trüben Morgen hinaus, als aus Richtung der Mariahilfkirche ein Mann auf sie zugestürzt kam. »Der Pfarrer hat recht gehabt, Sie sind noch da. Dem Himmel sei Dank!« Er keuchte. »Wir brauchen Hilfe! Schnell! Man hat gerade eben ein Weibsbild aus der Isar gezogen.«

Katharina merkte, wie Tom sich anspannte. »Wo?«

»An der Wittelsbacherbrücke.«

Katharinas Puls setzte aus, als sie die Frau erkannte, die, umgeben von einer Menschentraube, im Gras am Isarufer lag. Man hatte Walli Stenzl in dicke Decken gepackt, zwei Männer waren dabei, sie zu massieren. Dass sie immer wieder hustete, zeigte Katharina, dass sie noch am Leben war. Sie kniete sich neben die Verunglückte ins Gras.

»Hatte sie das Bewusstsein verloren?« Tom trat zu ihr.

»Ich glaub net. Oder wenigstens net lang«, sagte eine Frau, die in der Nähe stand. »Sie röchelt und hustet halt.«

»Wie lange war sie im Wasser?«, wollte Katharina wissen.

»Gott sei Dank net lang«, sagte ein kräftiger junger Mann, der zu Wallis Füßen hockte und versuchte, sie warm zu rubbeln. Seine Kleidung triefte.

»Haben Sie sie herausgezogen?«

»Ja. Sobald ich gemerkt hab, was sie vorhat, bin ich schon rein in die Isar. Ich hab gerufen, aber sie hat sich einfach fallen lassen. Ihr Kleid hat sich an einem Stein verfangen, deshalb hab ich sie gleich erwischt.«

Walli Stenzl schlug die Augen auf. Als sie Katharina erkannte, ging ein schwaches Leuchten über ihr Gesicht. »Ich hab ja gewusst, dass Sie ein Engel sind, feines Fräulein«, flüsterte sie. »Aber was machen Sie denn schon im Himmel?«

49. KAPITEL

Toms Villa in der Maria-Theresia-Straße, am darauffolgenden Samstag, 28. April 1928, gegen neun Uhr am Abend

Die Schiebetüren zwischen Speise- und Wohnzimmer waren geöffnet, und mitreißende Rhythmen lagen über dem so entstandenen kleinen Saal. Toms Freund Frieder, den Katharina aus der Schwabinger Brauerei kannte, spielte eine Schellackplatte nach der anderen ab, während Lola, Zara und Eva schon den dritten Charleston aufs Parkett legten. Man sah schwingende Hüften und Schenkel, Beine, die sich in irrsinnigem Tempo nach innen und außen drehten, schlenkernde Arme und ein übermütiges Strahlen in allen drei Gesichtern.

Katharinas Vater und Pater Fidelis standen vor der hohen Schrankwand an der Stirnseite des Wohnzimmers und unterhielten sich angeregt mit Tom und Adam. Nur Rosina Gruber saß noch am Esstisch, an dem Elfi Eder und zwei eigens für diesen Anlass gemietete Hausmädchen das Menü serviert hatten. Auf die Suppe mit Parmesan-Croûtons war zarter roter Hummer gefolgt. Für das Hauptgericht hatte

Katharina sich von ihrem Besuch im Vegetarischen Restaurant inspirieren lassen. Die Teigtaschen, wahlweise gefüllt mit Kalbfleisch oder Ziegenkäse und Spinat, waren in einer fruchtigen Tomatensoße gereicht worden. Den Abschluss hatte ein Nachtisch aus gestürzter Schokoladencreme gemacht, die von Orangenfilets und knusprigen Mandelschnitten begleitet worden war.

»Ich muss schon den ganzen Abend an unser Silvesterorakel denken.« Lilly zog Katharina auf die Tanzfläche und begann, sich ebenso hektisch zu bewegen wie deren Freundinnen. »Du weißt doch noch, was du gegossen hast?«, rief sie Katharina zu.

»Ach, der Ring.« Katharina erinnerte sich sehr gut und winkte gleichzeitig ab. »Alles nur Zufall.«

Lilly zwinkerte ihr verschwörerisch zu und gab sich ihrem Tanz hin. Katharina hielt ihre Schritte deutlich ruhiger und überlegte nebenbei, ob sie sich nicht lieber um Frau Gruber kümmern sollte. Aber diese fachsimpelte inzwischen mit Elfi Eder, die neben ihr stand und eifrig gestikulierte.

Plötzlich knuffte Lilly sie in die Seite. »Jedenfalls hast du dir einen hübschen Bräutigam ausgesucht.« Sie hatte ihre Tanzgesten ein wenig zurückgenommen. »Schade, dass Helena bei Lidia bleiben musste und ihn nicht kennenlernen kann.«

»Ein Kind mit hohem Fieber geht vor«, entgegnete Katharina. »Wir werden irgendwann eine Gelegenheit finden, sie einander vorzustellen.«

Das Musikstück ging zu Ende. Während Frieder am

Schrankgrammofon hantierte, zog Lilly Katharina an den Rand der kleinen Tanzfläche. »Felix ist übrigens aus Finnland zurück. Katharina merkte auf. »Hat er etwas erreicht?«

Lilly schüttelte den Kopf. »Diese Frau scheint vom Erdboden verschluckt.«

Katharina sah zu ihrem Vater hin. »Hat es Papa sehr getroffen?«

Lilly zuckte mit den Schultern. »Sicher. Er hat sich aber kaum etwas anmerken lassen. Für Helena scheint es schwieriger zu sein. Sie hadert sehr damit.«

»Wie geht es weiter?«

»Felix wird im Sommer wieder nach Finnland fliegen, gemeinsam mit seiner Kollegin Florence. Da werden sie sich etwas mehr Zeit nehmen und intensiver nachforschen.«

Katharina schmerzte die schlechte Nachricht – für ihren Vater wie für ihre Schwester. Allmählich sah es so aus, als würde auch diese Spur zu Olga Pawlowa im Sande verlaufen.

Frieder läutete die nächste Tanzrunde ein und begab sich selbst auf die Tanzfläche. Überrascht sah Katharina, dass er den Charleston perfekt beherrschte. Derweil bewegte sich Lola auf Lilly und Katharina zu und forderte sie mit einer einladenden Handbewegung auf, ihre Tanzrunde zu erweitern. Während Lilly ihr folgte, winkte Katharina ab und wechselte zu den vier Männern vor der Schrankwand.

Tom legte den Arm um sie und gab ihr einen Kuss auf die Stirn.

Katharina bemerkte ein zufriedenes Schmunzeln auf dem Gesicht ihres Vaters. »Ich weiß nicht, wie du es geschafft hast, meine dritte Tochter einzufangen, Tom«, sagte er. Bereits am Esstisch war man zum allgemeinen *Du* übergegangen.

»Es war nicht einfach«, Tom sah Katharina liebevoll an. »Umso mehr weiß ich zu schätzen, dass sie mich genommen hat.«

»Und ich freu mich schon auf die Hochzeit.« Pater Fidelis strich über sein schwarz-weißes Gewand. »Denn heiraten müsst ihr am Bodensee, des is ja klar.«

»Wann soll denn der große Tag sein?«, wollte Adam Burgert wissen.

»Ehrlich gesagt, haben wir uns darauf noch gar nicht festgelegt«, antwortete Katharina.

»So schnell wie möglich«, erläuterte Tom mit einem Seitenblick auf Katharina.

»Dann im Sommer«, schlug Pater Fidelis vor.

Katharinas Kehle wurde eng. »Wenn ich bis dahin … so weit reisen darf.«

»Ich glaube, das ist das Stichwort für mein Verlobungsgeschenk.« Adam schwenkte den Weinbrand in seinem Glas. »Ich habe nämlich erfahren, dass die Einschränkungen deines Bewegungsradius zur Gänze aufgehoben werden. Durch die Verlobung gehen die Behörden davon aus, dass keine Fluchtgefahr mehr besteht. Ab sofort kannst du dich frei bewegen, Katharina.«

Katharina schlug beide Hände vor den Mund und schüttelte den Kopf. War das möglich? Ein erster Lichtblick nach so vielen Wochen der Unsicherheit.

Tom drückte sie fest. »Ich sagte ja, dass alles einen guten Weg nehmen wird.«

Ihr Vater strahlte. »Dann bereiten wir euch ein Hochzeitsfest, wie Meersburg noch keines gesehen hat!«

»Ich mach für mein Leben gern den Pater d'amour.« Pater Fidelis rieb sich die Hände. »Und am liebsten verheirat' ich die Lindner-Maderln.«

Katharina hatte sich wieder gefasst. »Hoffentlich ist bis dahin alles überstanden. Ich möchte eine unbeschwerte Hochzeit feiern.«

»Wir dürfen uns berechtigte Hoffnungen machen«, antwortete Adam. »Ich bin bereits dabei, eine Anzeige gegen Edmund Mosny vorzubereiten. Seine Verbindungskumpane haben ihre Zeugenaussagen übrigens zurückgezogen, auch das habe ich ganz frisch mitgeteilt bekommen.«

»Tatsächlich?« Katharina suchte Toms Hand und drückte sie glücklich. Dann wurde sie nachdenklich. »Etwas liegt mir aber immer noch schwer im Magen.«

»Walli Stenzl«, sagte Tom sofort.

Katharina nickte.

»Vor allem *ich* stehe tief in ihrer Schuld.« Toms Stimme klang belegt. »Hatte sie nicht deutlich zu verstehen gegeben, dass sie nicht mehr weiterweiß? Anstatt ihre Verzweiflung ernst zu nehmen, habe ich sie weggeschickt.«

»Keiner von uns macht immer alles richtig«, wandte Pater Fidelis ein. »Und seids froh: Der Herrgott hat sie euch zurückgegeben, damit ihr es wiedergutmachen könnt.«

Katharina sah ihn dankbar an. Er fand immer die richtigen Worte.

»Und weil ich mein Scherflein dazu beitragen möcht«, fuhr der Pater fort, »hab ich mich ein bisserl umgehört. Kurz gesagt: Ich hab die Erlaubnis, die Frau Stenzl mit ihren Kindern in das Crescentiakloster nach Kaufbeuren zu bringen. Die Schwestern dort sind bereit, die Frau Stenzl bei ihrer Buße zu begleiten, und sorgen dazu noch für eine gescheite Ausbildung, damit sie sich ein anderes Auskommen suchen kann. Ihre Kinder werden in die Schule gschickt. Wenn dann a bisserl Gras über die ganze Sache gewachsen ist, kann die Frau Stenzl zurück nach München. Einer geläuterten Frau, die von allerhöchster Stelle Absolution bekommen hat, legt keiner Steine in den Weg.« Er strich zufrieden über seinen Bauch. »Der Pfarrer von Mariahilf is ein alter Spezl von mir. Er wird ein Auge drauf haben, dass man sie gut aufnimmt, wenn sie zurückkommt.«

Katharina löste sich von Tom und fiel ihm um den Hals. »Habt Dank, Pater! Ihr wisst nicht, welche Last Ihr dadurch von unseren Schultern nehmt.«

Pater Fidelis lachte, tief und dröhnend, ein Lachen, das froh machte, so schlecht man sich auch fühlen mochte. »Ich wollt ja auch was zur Verlobung schenken.«

Tom schlug dem Ordensmann auf die Schulter. »Ich stehe fortan in Eurer Schuld, Pater.«

Pater Fidelis winkte grinsend ab. »Wenn ich euch verheiraten darf, is des Dank genug.«

»Wie wird es dann weitergehen?«, wollte Katharina wissen. »Im Augenblick ist Frau Stenzl ja noch bei Frau Gruber, und ihre Kinder sind bei einer Nachbarin.«

»Ihr habts ja gesagt, dass sie wieder ganz gut auf den Beinen ist«, stellte der Pater fest.

»Ja. Sie war nur ein bisschen unterkühlt«, antwortete Katharina.

»Dann«, erklärte Pater Fidelis, »würd ich mit ihr und den Kindern am Montag nach Kaufbeuren abreisen und sie bei den Franziskanerinnen abgeben. Und selbst glei weiter nach Bregenz fahren.«

»Dass Ihr das in dieser kurzen Zeit geschafft habt, ist ein Wunder.« Tom schüttelte den Kopf.

»Für Wunder ist der dort droben zuständig.« Pater Fidelis deutete zur Decke. »Dankts' dem.«

Katharina fiel etwas ein. »Walli Stenzl hat einen kranken Mann. Und eine Herberge in der Au. Das Häuschen könnten wir ihr bewahren, bis sie zurückkommt. Aber was geschieht mit dem Mann?«

»Wie krank ist er denn?« Pater Fidelis kratzte sich nachdenklich an der Stirn.

»Er hatte Kinderlähmung und ist als Folge seit Jahren bettlägerig«, erläuterte Katharina. »Ohne Hilfe kommt er nicht zurecht.«

»Ich sag des meinem Spezl. Ganz bestimmt findet sich was für ihn.« Er machte eine ausladende Handbewegung. »Übrigens – morgen lässt er mich in Mariahilf predigen.«

»Eine Predigt von Pater Fidelis ist ein Erlebnis!«, versicherte Katharina.

»Wir werden dort sein!«, versprach Tom.

»Und jetzt feiern wir weiter!«, sagte Gustav Lindner.

Es war kurz vor Mitternacht, als die Musik verstummte und die Lichter gelöscht wurden, sodass nur noch ein paar vereinzelte Kerzen durch den Raum flackerten. Gustav legte den Arm um seine Tochter und lotste sie auf die Tanzfläche, wo die anderen Gäste einen Halbkreis um sie bildeten – mit Ausnahme von Pater Fidelis, der es sich in einem der modernen Sessel gemütlich gemacht hatte. Noch während Katharina sich nach Tom umschaute, den sie in der letzten Viertelstunde aus den Augen verloren hatte, vernahm sie die ersten Töne. Weich und warm zogen sie durch die Zimmer. Eine Gänsehaut lief über ihren Rücken.

Tom kam durch die Wohnzimmertür und ging langsam auf sie zu, entlockte seinem Saxophon eine bewegende Melodie, poetisch und voller Liebe. Es war sein Lied für sie.

Nachdem der letzte Ton verklungen war, nahm Frieder ihm das Saxofon ab und reichte ihm ein kleines, mit grünem Samt überzogenes Kästchen.

Tom wandte sich an Katharinas Vater. »Katharinas Ja habe ich schon, Gustav. Nun möchte ich auch dich in aller Form um die Hand deiner Tochter bitten.«

Katharina sah erstaunt zu ihrem Vater auf.

»Wenn Katharina ihr Wort gegeben hat, dann bleibt mir nichts hinzuzufügen.« Gustav Lindner schmunzelte gelassen. »Außer dass ich mich sehr für euch freue.«

»Machts scho weiter«, forderte Pater Fidelis und sorgte damit für einen leisen Lacher unter den Anwesenden.

Tom entnahm dem Kästchen einen Ring und gab es Frieder zurück. Dann trat er vor Katharina, hob ihre linke Hand an und streifte den dezenten Brillantring über ihren Ringfinger.

Sie sah das Funkeln des Ringes und das Funkeln seiner Augen. Und unter dem Applaus der Anwesenden küsste er sie zärtlich und lange.

»Ich bin an deiner Seite, Katharina«, flüsterte er in ihr Ohr. »Solange du mich dort haben willst.«

Die Mariahilfkirche in der Au anderntags, Sonntag, 29. April 1928

Das Gloria war verklungen. Der Pfarrer hatte sich nach Lesung und Evangelium auf seinen Platz bei den Messdienern zurückgezogen. Nun erhob sich Pater Fidelis und erklomm mit einiger Mühe die Treppe zur Kanzel. Sonnenlicht fiel durch die hohen, spitz zulaufenden Glasfenster und ließ im Zusammenspiel mit Staub und Weihrauch nebelartige Strahlen entstehen, die dem durch zahlreiche Säulen getragenen Kirchenschiff eine mystische Anmutung gaben.

»Liebe Schwestern und Brüder«, hob der Pater an, und Katharina richtete den Blick auf den Ordensmann unter dem reich verzierten, steinernen Baldachin. »Ich red net lang drumrum. Meine Predigt heut hat einen erschreckenden Anlass.« Er umfasste den Rand der Kanzel. »Es hat Unruhe gegeben. Gerüchte springen von Straße zu Straße und werden immer grauslicher. Ihr wissts, dass sich ein Mitglied dieser Kirche, eine Bewohnerin der Au, eure Nachbarin, sich das Leben hat nehmen wollen. Ihr alle wissts, was der Grund dafür war. Ihr wissts aber auch, dass sie gerettet worden is. Ich möchte deshalb zu euch über Gottes Barmherzigkeit sprechen.«

Nach einem tiefen Atemzug hielt Pater Fidelis einen leidenschaftlichen Vortrag über die bedingungslose Liebe Gottes zu den Menschen, den er mit einer Menge schwer Verdaulichem anreicherte: Er erinnerte an die Verantwortung des Einzelnen und die Aufgabe, sich umeinander zu kümmern, auch um die, welche Schuld auf sich geladen hatten. Er sprach von Hochmut, ereiferte sich über Bigotterie und Scheinheiligkeit. Er geißelte die Schadenfreude und das hemmungslose, ja lustvolle Lästern über die Gefallenen, durch das manchem die eigene Weste ein wenig weißer zu sein schien. Immer wieder sah er eindringlich in die Gesichter der Gemeindemitglieder, untermalte seine Argumente mit Gesten, machte bedeutungsvolle Pausen.

In der Kirche war kein Sterbenslaut zu hören, nicht einmal das sonst übliche Räuspern und Husten.

Wie so oft nutzte der Pater seine Persönlichkeit und seine Autorität als Kirchenmann dafür, den Menschen seine ureigene Sicht auf die Dinge nahezubringen – ob sie nun der katholischen Lehre entsprach oder nicht. Zugleich machte er das so geschickt, dass jeder meinte, er zitiere unmittelbar aus der Bibel.

»Gott sieht unsere Sünden«, schloss er schließlich. »Und breitet trotzdem die Arme aus für alle, die nicht mehr weiterwissen. Wenn er verzeihen kann, dann müssen auch wir verzeihen können.«

Eine Zeit lang standen seine Worte mahnend im hohen Kirchenschiff des monumentalen Backsteinbaus.

Dann holte er noch einmal Luft. »Und was die armen Maderln betrifft, die sich nimmer zu helfen wissen, liebe Schwester und Brüder. Wer von euch ohne Sünde ist, der werfe den ersten Stein. Amen.«

50. KAPITEL

Die Auer Maidult auf dem Mariahilfplatz, Anfang Mai 1928

Die zwölf Gondeln des *Russenrades* schaukelten bunt und fröhlich in den Himmel über der Au, untermalt von den heiteren Tönen der beweglichen Konzertorgel und dem Spiel eines Leierkastenmannes. Unweit davon wirbelte ein Kettenkarussell Erwachsene und Kinder durch die Luft. In großen Trauben drängten sich die Menschen vor den Fahrgeschäften und um die Standl, wo es von Geschirr über Holzfiguren und Gemälde allerlei Tand zu kaufen und so manche Leckerei zu probieren gab.

Katharina zog schon seit zwei Stunden über den Mariahilfplatz, um günstige Einrichtungsgegenstände für die neue Armenpraxis einzukaufen. Ihre Ausbeute – weiße Schüsseln, Leinentücher, mehrere Wasserkrüge, Körbchen und Petroleumlampen – hatte sie in einem von Frau Gruber entliehenen Leiterwagen verstaut. Als Letztes suchte sie einen kleinen Teppich für den Eingangsbereich aus, handelte die Verkäuferin um einige Mark herunter und legte ihn zusammengerollt zu ihren Neuwerbungen. Gewissenhaft überprüfte sie, dass alles fest verzurrt war und nichts herunterfallen konnte. Mit einem letzten Blick auf das unbekümmerte Dult-Treiben nahm sie die Deichsel auf und machte sich auf den Weg zum Herbergsanwesen am Paulanerplatz.

Tom und sie hatten noch hin- und herüberlegt, ob es wirklich sinnvoll war, die Armenpraxis dorthin zu verlegen, denn es fehlte der Anschluss an die Münchner Wasserversorgung. Das bedeutete Wasserschleppen, und dafür fehlte ihnen schlicht die Zeit. Dennoch hatten sie sich dafür entschieden, sich am Paulanerplatz einzurichten. Dass ihnen die Räume unentgeltlich zur Verfügung gestellt wurden, wog die Nachteile ein Stück weit auf. Wasserholen, Putzen, Waschen, Bügeln und Flicken würden sie Frauen aus der Au übertragen, die für ein angemessenes Zubrot sicherlich dankbar wären.

Tom montierte gerade ein Regal, als Katharina die neuen Räume betrat.

»Ich fürchte, ich muss dir ein frisches Hemd bringen.« Sie trat hinter ihn und fuhr mit der Hand leicht über seinen schweißgetränkten Rücken.

»Das lohnt nicht.« Tom drehte sich zu ihr um. »In einer halben Stunde wäre es ohnehin wieder völlig durchnässt. Was hast du denn gekauft?«

»Der Leiterwagen steht vor dem Haus.«

Er wischte seine Hände ab und folgte ihr hinaus, wo Katharina ihm ihre Neuerwerbungen präsentierte.

»Da haben wir schon fast alles zusammen, was wir brauchen«, freute er sich.

»Man muss es natürlich noch einmal reinigen«, antwortete Katharina und sah auf die Uhr. »Ich muss ohnehin zu dir nach Hause. Um vier Uhr wollte sich Adam mit mir treffen. Den Leiterwagen nehme ich gleich mit.«

»Frau Eder soll sich um die Reinigung der Sachen kümmern.« Tom wischte sich mit dem Handrücken über die Stirn. »Für dich und Adam ist die Bibliothek vorbereitet. Frieder bringt gleich mit die nächste Fuhre Möbel vom Kloster. Sobald wir alles abgeladen haben, komme ich nach.«

»Gut.« Sie gab ihm einen raschen Kuss auf den Mund. »Mehr davon gibt es später, wenn du wieder sauber bist.«

Eine halbe Stunde später in Toms Bibliothek

Mit ernstem Gesichtsausdruck saß Adam an Toms kleinem Schreibtisch in der Bibliothek und sortierte einige Unterlagen. Katharina hatte sich auf einen Stuhl daneben gesetzt, hörte das leise Rascheln und knetete nervös ihre Hände. Irgendetwas schien nicht zu stimmen.

»Nun.« Adam räusperte sich. »Es gibt ein paar Neuigkeiten, die ich dir nicht ersparen kann.«

Katharina wurde flau im Magen. »Muss ich wieder …«

»So weit ist es noch nicht«, sagte Adam sofort und sah sie an. »Wir werden alles tun, um das zu verhindern, das verspreche ich dir. Aber der Weg dahin wird steiniger, als ich erwartet hätte.«

»Wie meinst du das?«, fragte Katharina tonlos.

»Unsere junge Patientin verweigert die Aussage.«

»Warst du beim Nannerl?«

Adam nickte. »Ich hatte dir ja mitgeteilt, dass ich mich um einen Termin bemühe.« Er nahm ein Blatt zur Hand. »Kein Wort kam über ihre Lippen. Sie wirkte regelrecht verstört. Und das macht mich stutzig.«

Katharina zog sofort eine Schlussfolgerung. »Meinst du, dass Edmund Mosny auch sie unter Druck setzt? Wie Walli Stenzl?«

»Der Verdacht liegt nahe.« Adam betrachtete seine Aufzeichnungen. »Wenn ich den Krankenschwestern Glauben schenken kann, spricht sie seit gut zwei Wochen nur das Nötigste. Das wiederum ist ein Vorteil, denn sie schweigt auch dem Kommissar gegenüber, der sie immer wieder verhört.«

»Kann Professor Döderlein diese Befragungen nicht verhindern? Immerhin hat er das Hausrecht.«

»Döderlein denkt in alten Mustern und sieht nur, dass die Patientin aus medizinischer Sicht vernehmungsfähig ist.«

Katharinas dachte nach. »Wir müssen sie herausholen.«

»Aus der Klinik? Dafür müsste Döderlein sie entlassen. Soweit ich es heraushören konnte, plant er, sie der Fürsorge zu übergeben.«

»Das sollten wir verhindern.« Katharina rieb sich die Schläfe. »Dort wird die Polizei sie nicht in Ruhe lassen. Aber … Frau Gruber! Das wäre eine Möglichkeit! Frau

Gruber könnte sie doch zu sich nehmen. Und zudem glaubhaft machen, sie als Hausmädchen anstellen zu wollen.«

In Adams Blick trat Anerkennung. »Schade, dass ich diese Idee nicht selbst gehabt habe. Sie ist so einfach wie genial.« Er machte einige Notizen. »Was meinst du, können wir im Anschluss an unser Gespräch zu Frau Gruber hinübergehen?«

»Sie ist eigentlich immer zu Hause«, erwiderte Katharina.

»Wir versuchen es.«

»Der nächste Punkt betrifft Walli Stenzl. Sie hat tatsächlich keine Aussage gemacht. Die Behauptung, sie würde gewerbsmäßig Abtreibungen vornehmen, stützt sich also allein auf Edmund Mosnys Angabe, mit ihr erfolgreich eine Abtreibung verhandelt zu haben.«

»Was nie geschehen ist.«

Adam nickte. »Einen Bezug zu dir konnten sie erst recht nicht herstellen. Dass Walli Stenzl als Patientin in der Armenpraxis behandelt wurde, begründet keinerlei Verdacht.«

»Wird Walli Stenzl noch einmal vorgeladen werden?«

»Schwer zu sagen. Da sie sich in Obhut eines Ordens befindet, halte ich es für unwahrscheinlich. Mit den Kirchenleuten legen sich selbst Polizisten nicht gerne an.«

»Und wie wird es jetzt mit mir weitergehen?«

»Zunächst bestehen sie auf einer Erhöhung der Kautionssumme, weil deine Bewegungsfreiheit wiederhergestellt ist. Aber das bespreche ich mit Tom.«

»Warum mit Tom?« Rasch zählte Katharina eins und eins zusammen. »Hat er für mich etwa eine Kaution hinterlegt?«

»Hat er das nicht gesagt?«, fragte Adam überrascht. »Ich dachte, da ihr nun verlobt seid, hätte er dich informiert.«

Katharina schüttelte den Kopf. »Wie hoch?«

Er hob entschuldigend die Hände. »Wenn er es dir selbst nicht gesagt hat, dann möchte ich ihm nicht vorgreifen.«

Katharina nestelte an ihrem Haarknoten. Gewiss ehrte es Tom, dass er ohne viel Aufhebens eine Kautionssumme bereitgestellt hatte, die vermutlich mehrere Tausend Mark betrug. Andererseits verstand sie nicht, warum er nichts davon gesagt hatte. Nicht nur, weil es sie persönlich betraf, sondern weil sie Wert auf Ehrlichkeit und Offenheit legte. Vor allem jetzt, da eine gemeinsame Zukunft im Raum stand.

»Ich kann nachvollziehen, dass es dir unangenehm ist.« Adam musterte sie. »Dennoch ist es vorteilhaft, wenn jemand wie Tom sich mit Beträgen in dieser Höhe engagiert. Es zeigt, dass ein bedeutender Mann voll und ganz hinter dir steht und von deiner Unschuld überzeugt ist.«

»Es sollte eigentlich nichts zur Sache tun, ob ein Mann dahintersteht oder nicht«, entgegnete Katharina. »Die Justiz sollte so gerecht arbeiten, dass eine Frau auch ohne männliche Hilfe ihre Unschuld beweisen kann.«

»Es gibt Dinge, die wir nicht ändern können.« Adam legte den Stift ab und fuhr sich über sein glatt rasiertes Kinn.

Katharina gefiel die Geste nicht. »Da ist noch etwas, nicht wahr?«

Er legte die Fingerspitzen zusammen und sah sie darüber hinweg an. »Gestern ist ein Schreiben der Staatsanwaltschaft eingegangen. Gegen dich wird Anklage erhoben.«

TEIL 4
EIN NEUER MORGEN

Juni bis August 1928

51. KAPITEL

Der Glaspalast auf dem Gelände des
Alten Botanischen Gartens in München, 1. Juni 1928

Eingebettet in die kunstvoll gestalteten Grünanlagen des Alten Botanischen Gartens, lag der Münchner Glaspalast im späten Morgenlicht. Unzählige Fenster reflektierten die Strahlen der Sonne und verliehen dem lang gestreckten Gebäude einen spektakulären Glanz. Katharina erinnerte es entfernt an Helenas Gewächshaus in monumentaler Ausführung, doch seine sorgfältig gestaltete Symmetrie, der stufenartige Aufbau der Stockwerke und eine moderne Anmutung wiesen darauf hin, dass es sich um ein außergewöhnliches Stück städtischer Architektur handelte – ein filigraner Gigant aus Gusseisen und Glas, gebaut vor über siebzig Jahren für die erste Münchner Industrieausstellung, gedacht für die Zukunft. Inzwischen beherbergte er die Jahresschauen der Münchner Kunstverbände. Mehr als dreitausend Exponate, so hatten Eva und Lola berichtet, würde es diesmal zu sehen geben.

Katharina wusste, dass sie zu spät dran war. Die Reden würden gehalten, die Ausstellung eröffnet sein. Doch sie hatte Tom bei der frühen Sprechstunde in der Armenpraxis unterstützt und sich anschließend um die Bestückung des Medikamentenschranks gekümmert, sodass sie erst jetzt, kurz vor Mittag, am Alten Botanischen Garten angekommen war.

Sie ließ sich mit dem Strom des kunstinteressierten Publikums ins Innere des Glaspalastes treiben, wo sich das ungewöhnliche Erscheinungsbild der Fassade in einer offenen Konstruktion fortsetzte. Ein Kunstwerk für sich.

Katharina sah auf ihre Armbanduhr. Um zwölf Uhr wollte sie ihre Freundinnen an einem der Brunnen treffen. Diesen Fixpunkt hatten sie bereits im Vorfeld fest ausgemacht, um sich im Ausstellungstrubel immer wieder zusammenzufinden. Ihr blieben gute fünf Minuten, dorthin zu gelangen.

Katharina drängte sich durch das weitläufige Vestibül und die großzügigen, lichtdurchfluteten Ausstellungshallen, ohne die Kunstwerke näher in Augenschein zu nehmen, und erreichte den Treffpunkt mit leichter Verspätung. Zara wartete bereits. In einem schlichten hellblauen Kleid lehnte sie an der unteren Brunnenschale, sah dem Spiel der Wasserkaskaden zu und war offenbar so in ihre Beobachtung vertieft, dass sie erschrocken herumfuhr, als Katharina ihr leicht auf die Schulter tippte. »Katharina!« Ihre Überraschung wich sofort einem breiten Lächeln. »Wir haben dich schon vermisst! Hat die Armenpraxis dich aufgehalten?«

Katharina nickte. »Es ist immer viel zu tun, aber heute Morgen wurden wir richtiggehend überrannt.«

»Dann wird der neue Ort also gut angenommen?«

»Mehr als das.« Katharina sah sich um. »Wo bleiben Eva und Lola?«

»Vorhin waren sie mit Maria Luiko und einigen Künstlern der *Juryfreien* unterwegs. Sie werden die Zeit vergessen haben.« Zara deutete auf einige dunkelgrün gestrichene Klappstühle, die ein paar Schritte abseits des Brunnens standen. »Sollen wir uns setzen, während wir auf sie warten?«

Katharina nickte und folgte ihr zu den Sitzgelegenheiten. »Bist du schon ein wenig herumgekommen in der Ausstellung?«

»Ich habe mir einiges angesehen.« Zara zupfte an ihren Locken und nahm Platz. »Es gibt eine Menge ausgezeichneter Bilder und Exponate. Am liebsten aber bin ich bei Lola und Eva. Ihre Werke fallen wirklich auf.«

»Ich bin gespannt.« Auch Katharina setzte sich. »Zumal ich im Gegensatz zu dir bisher so gut wie nichts zu Gesicht bekommen habe.«

Zara legte eine Hand auf Katharinas Arm. »Ich bin froh, dass du hier bist, Katharina. In den letzten Wochen haben wir dich ganz schön vermisst!«

Katharina senkte den Kopf. Sie wusste, dass sie ihre Freundinnen vernachlässigt hatte. »Mir geht es einfach nicht so gut.«

»Die Anklage«, stellte Zara fest. »Das ist verständlich.«

»Ich fühle mich ausgelaugt.« Katharina spielte mit den

Falten ihres schwarz-weiß gemusterten Kleides. »Manchmal meine ich, dass es gar nicht mein Leben ist, das ich im Augenblick lebe.«

Zara drückte aufmunternd ihre Hand. »Aber in der Liebe hast du Glück.«

»Tom ist ein wunderbarer Mann. Aber er ist ein Mann. Manches kann er nur schwer verstehen. Mit anderem möchte ich ihn nicht belasten.«

»Verständlich«, erwiderte Zara. »Du erlebst eine anstrengende Zeit. Es wird bestimmt besser und ruhiger, wenn ihr nach der Hochzeit zusammenleben könnt.«

»Hoffentlich.« Katharina zog die Schultern zusammen. »Auch wenn es mir, ehrlich gesagt, nicht unrecht ist, dass es bis dahin noch ein bisschen dauert. Es wird eine große Umstellung für mich werden, so eng mit jemandem zusammenzuwohnen.«

Zara sah sie von der Seite an. »Aber glücklich bist du schon?«

Katharina zuckte mit den Achseln. »Im Augenblick kann ich nicht richtig glücklich sein, auch wenn wir schöne Momente haben. Es gibt zu vieles, was sich wie ein Berg vor mir auftürmt.«

Zara nickte. »Hast du von dieser Ärztin aus Stuttgart noch einmal etwas gehört?«

»Else Kienle?« Katharina fasste sich in den Nacken. »Ich habe sie angerufen, nachdem ich wusste, dass Anklage erhoben wird. Sie meinte, dass ich den Prozess durchstehen solle – im Sinne aller Frauen. Aber ich möchte mich nicht als eine Art Märtyrerin durch etwas kämpfen, was mich in diesem Fall gar nicht betrifft. Ich muss nicht das Recht auf Abtreibung verteidigen, sondern die Tatsache, dass ich keine Abtreibung vorgenommen habe. Das ist ein Unterschied.«

»Und da Nannerl sich von ihr nicht untersuchen lassen möchte, kann sie dir bei der Beurteilung deines Falles nicht weiterhelfen.« Zara schlug die Beine übereinander. »Bist du enttäuscht? Du hattest doch einige Hoffnung in sie gesetzt.«

»Nein. Else Kienle hat mir in anderer Hinsicht weitergeholfen«, entgegnete Katharina. »Und was Nannerl betrifft, so ist sie glücklicherweise zurück bei Frau Gruber und wird dort auch bleiben. Der Kommissar muss sie ins Präsidium einladen, wenn er sie verhören will, und kann nicht mehr einfach in ihr Krankenzimmer spazieren.« Sie hielt inne. »Weißt du, dass ich sehr froh bin, dass du nicht in das Ganze hineingezogen worden bist?«

»Ich hätte für dich ausgesagt, Katharina.«

»Du weißt, dass es eher dir zur Gefahr, als mir zum Nutzen gewesen wäre.«

»Das stimmt vermutlich. Leider.« Zara ließ ihren Blick zum Brunnen schweifen, an dem sich ein junges Paar gegenseitig fotografierte. »Auch deshalb habe ich in den letzten Wochen noch einmal über meine Zukunft nachgedacht.«

»In welcher Hinsicht?«

»Lange wollte ich ja auch Kunst studieren, wie Lola und Eva. Etwas aus der eigenen Fantasie heraus erschaffen. Aber durch das Erlebnis mit Nannerl hat sich das geändert.« Zara richtete ihre Augen wieder auf Katharina. »Ich denke daran, die Hebammenschule zu besuchen.«

Dieser Wunsch kam unerwartet, erschien Katharina aber nicht unpassend für ihre Freundin. »Ein schöner Beruf. Am Universitätsklinikum?«

»Wenn sie mich dort nehmen. Wenn nicht, weil ihnen meine Hautfarbe nicht passt, gehe ich ins Ausland.«

Katharina legte spontan den Arm um sie. »Ich komme mit!«

Zara lächelte wehmütig. »Bis dahin wirst du verheiratet sein. Ich glaube nicht, dass dein Verlobter Ambitionen hat, München zu verlassen.«

»Mhm.« Katharinas Arm rutschte von Zaras Schultern.

Eine Weile beobachteten sie schweigend die Besucher der Ausstellung, die über den Holzdielenboden an ihnen vorbeiflanierten. Manche waren in den Ausstellungskatalog vertieft, andere unterhielten sich leise. Trotz der vielen Menschen war die Stimmung im Inneren des Glaspalastes ruhig, beinahe andächtig.

»Nannerl spricht jetzt mit mir«, sagte Zara nach einer Weile. »Zwar nicht über das, was passiert ist, aber über ihre Freude, bei Frau Gruber Hausmädchen zu werden.«

»Es ist gut, dass Nannerl bei ihr eine Zukunft bekommt.«

Zara nickte. »Und Frau Gruber hat jemanden, um den sie sich kümmern kann.«

Katharina richtete ihren Blick an die gläserne Decke, durch die man den blauen Himmel sehen konnte. »Nächste Woche fahren Tom und ich ein paar Tage an den Bodensee.

Helena möchte ihn endlich kennenlernen«, wechselte sie das Thema.

»Lola hat schon davon erzählt …« Unvermittelt unterbrach Zara sich und stand auf. »Ah schau! Das Warten hat ein Ende, Katharina. Da kommen Eva und Lola!«

»Ihr glaubt nicht, was geschehen ist!«, platzte es aus Lola heraus, kaum dass sie sich am Brunnen zusammengefunden hatten. »Eva wird mit ihren Plastiken einen ganzen Garten bestücken!«

»Lola übertreibt ein bisschen. Möglicherweise einen Teil davon – wenn alles gut geht.« Eva strahlte über das ganze Gesicht. »Zuerst muss ich allerdings noch ein paar Muster zur Begutachtung entwerfen.«

»Du wirst sie überzeugen.« Zara wirkte zuversichtlich.

»Das ist großartig!« Katharina umarmte Eva. »Ich kann kaum erwarten, endlich eure Werke zu sehen.«

»Dann los!« Lola stieß sich vom Brunnen ab.

Sie schlängelten sich von Saal zu Saal, bis sie einen großzügigen, rechteckigen Raum erreichten, in dessen Mitte Plastiken ausgestellt waren.

Katharina erkannte Evas Werke sofort und trat zu den drei nackten Skulpturen, die einander zugewandt präsentiert wurden. »Sie sind ausdrucksstark. Und mutig.«

Eva war ihr gefolgt. »Auch wenn ich mein ganzes Können hineingelegt habe, hätte ich nicht gedacht, dass sie schon am ersten Tag derart viel Aufsehen erregen.«

»Zwei Herren kamen vorbei und sind sofort stehen geblieben«, erzählte Lola. »Weil sie sich im Flüsterton unterhalten haben, befürchtete Eva schon, dass es sich um Kunstkritiker handelte, die ihre Werke in Grund und Boden schimpfen.«

»Stattdessen haben sie sich als Landschaftsarchitekten vorgestellt«, in Evas Gesicht trat eine Spur von Stolz, »die auf der Suche nach etwas Außergewöhnlichem für die Gestaltung eines Parks sind.«

»Das nenne ich Glück!«, freute sich Zara.

Katharina nahm Evas Werke näher in Augenschein. »Ich nenne es Können«, befand sie schließlich. »Vor allem die Sitzende gefällt mir gut. Sie ähnelt der Figur auf der Reichenbachbrücke.«

Eva nickte. »Du hast die Quelle meiner Inspiration erkannt.«

»Mich inspiriert die Tänzerin aus Bronze am meisten.« Zara deutete eine geschmeidige Kreisbewegung an. »Man möchte unwillkürlich mit ihr mittanzen.«

»Und die Stehende mit ihren geöffneten Armen verbindet alles miteinander.« Lola hatte eine Faust in die Seite gestemmt. »Die Komposition ist wirklich stimmig.«

Katharinas Augen verließen die Figurengruppe und wanderten über die Kunstwerke an den Wänden. An einem vertraut temperamentvoll gemalten Porträt blieben sie hängen. Es zeigte eine schwarzhaarige Frau mit Bubikopf und Zigarettenspitze. »Das ist von dir Lola.«

»Und es ist bereits reserviert!« Lola nahm Katharina am Arm und zog sie mit sich zu ihrem Gemälde. »Ich habe es *Dame mit rotem Schal* genannt.«

»Wird es wieder in einer Bank aufgehängt?«

»Nein.« Lola grinste. »Sollte der Interessent es tatsächlich erwerben, wird es Teil einer privaten Kunstsammlung.«

Katharina schlenderte ein paar Schritte weiter und blieb vor einem dunklen Holzrahmen stehen. »Dieses gefällt mir noch besser, Lola. Hier zeigst du all dein Können!«

Hinreißend hatte Lola nicht nur Zaras Schönheit eingefangen, sondern auch ihre offene Art. In einem hellroten Kleid mit abstraktem lilafarbenem Muster stand sie an einen Baum gelehnt. Im Hintergrund umarmte ein helles Gelb ein tiefes Orange.

»*Frau im Abendlicht*«, erläuterte Lola. »Oder auch *Kind der Savanne*.«

Zara räusperte sich.

»Du magst es nicht?«, fragte Katharina.

»Doch, eigentlich mag ich es sehr«, antwortete Zara. »Aber nach meinem Dafürhalten wäre ein Hintergrund in Blau und Orange viel ausdrucksstärker gewesen.«

»Darüber haben wir doch schon ausführlich diskutiert.« Lola verdrehte die Augen.

»Schau, Katharina!« Eva lenkte Katharinas Aufmerksamkeit auf ein wild verzerrtes Männergesicht mit einer Kopfbedeckung, die an eine Polizeiuniform erinnerte. »Wegen dieses Bildes wurde Lola von der Ausstellungsleitung kritisiert.«

»Das ist von dir?« Katharina sah Lola an. Eigentlich war die Kunst der Freundin expressiv, aber fröhlich. Dann wurde ihr klar, was Lola dazu motiviert haben musste. »Es ist … wegen mir.«

Lola tippte mit dem Zeigefinger an ihr Kinn. »Irgendwie musste ich es verarbeiten.«

Katharina schlang die Arme um sich.

»Es heißt *Wut*«, sagte Eva. »Lola hat es gemalt, weil man uns nicht erlaubt hat, dich im Gefängnis zu besuchen.«

»Wir waren jeden Tag dort und haben nachgefragt.« Lola schüttelte den Kopf. »Jeden Tag haben sie uns wieder weggeschickt. Gegen diese Ohnmacht wollte ich anmalen.«

52. KAPITEL

Die Sexualberatungsstelle in der Landwehrstraße,
eine Woche später, 8. Juni 1928

»Wir werden vom Karlsplatz zum Polizeipräsidium marschieren.« Hedda legte den Finger auf den Stadtplan, den sie auf Selmas Schreibtisch ausgebreitet hatte. »Dort gibt es eine Schweigeminute für alle weiblichen Opfer von Polizeiwillkür. Anschließend folgt die Kundgebung auf dem Platz vor der Frauenkirche.«

»Habt ihr denn schon die Erlaubnis des Pfarrers?«, wollte Lola wissen.

»Noch nicht«, antwortete Selma. »Sollte er sie verweigern, weichen wir in die Augustinerstraße aus. Wichtig ist vor allem, dass wir in der Nähe des Polizeipräsidiums bleiben.«

»Wir müssen noch die Aufgaben verteilen«, fuhr Hedda fort. »Selma und ich haben bereits sämtliche Frauenorganisationen angeschrieben, von denen wir glauben, dass sie unsere Ziele unterstützen. Es geht um Masse. Unser

Demonstrationszug muss so mächtig sein, dass die Obrigkeit ihn nicht unauffällig auflösen kann.«

»Absolut«, bestätigte Selma. »Wenn sie anfangen, friedlich protestierende Frauen mit Schlagstöcken anzugreifen, wirft das ein schlechtes Bild auf die Münchner Polizei. Um größtmögliche Sicherheit für alle Teilnehmerinnen zu gewährleisten, haben wir außerdem einige Fotografinnen engagiert. Sie begleiten uns mit ihren Kameras. Sollte es zu Zwischenfällen kommen, werden diese ausführlich dokumentiert.«

»Wann wird die Demonstration denn stattfinden?«, fragte Katharina.

»Ende September«, antwortete Selma. »Und bis dahin gibt es noch sehr viel zu tun.«

»Das ist tatsächlich nicht mehr allzu lange.« Katharina konnte sich dem fiebrigen Enthusiasmus, der die Räume der Sexualberatungsstelle erfüllte, nicht entziehen. Eigentlich stand sie Demonstrationen kritisch gegenüber. Lautstark auf sich aufmerksam zu machen, war nicht ihre Sache. Doch inzwischen drängte es sie, an Veränderungen mitzuwirken. Hatten nicht die Suffragetten so lange gekämpft, bis Frauen endlich wählen durften? Ohne Engagement, das war ihr klar geworden, würde sich nichts bessern.

»Wir haben überlegt, dass du uns bei der Planung unterstützen könntest, Katharina.« Hedda schob den Stadtplan ein Stück zur Seite und setzte sich halb auf die Tischplatte – ihre Lieblingshaltung.

»Wer möchte Kaffee?«, fragte Selma dazwischen.

Alle hoben die Hand.

»Also dann vier Tassen.« Selma stand auf und ging in die Küche.

»Wir brauchen Flugblätter und Plakate«, fuhr Hedda fort. »Dafür haben wir bereits eine Druckerei gefunden, die kostenlos für uns arbeitet. Lola, du bist die Künstlerin. Könntest du dich um die Gestaltung kümmern?«

»Natürlich!« Lola schob ihr rotes Haar aus dem Gesicht. »Ich werde Eva fragen, ob sie mir dabei hilft.«

»Sehr gut. Eva gefällt mir. Schade, dass sie sich nicht voll und ganz auf uns einlassen möchte«, bedauerte Hedda. »Ich sehe schon überdimensionale Frauenskulpturen vor mir, schreiend, leidend, verzweifelt …«

»Eva hat Sorge, durch ein solches Engagement ihrer künstlerischen Laufbahn zu schaden, die gerade erst begonnen hat«, stoppte Lola Heddas Visionen.

»Ich verstehe das«, sagte Katharina. »Nicht jeder möchte öffentlichkeitswirksam in Erscheinung treten. Aber wie ich Eva kenne, wird sie im Stillen die eine oder andere Sache beitragen.«

»Das müssen wir akzeptieren«, stellte Hedda fest. »Aber dich, Katharina, stellen wir an die Spitze unserer Bewegung, sobald du freigesprochen bist!« Sie reckte eine Faust in die Luft. »Du kannst aus eigener Erfahrung berichten.«

Katharina schüttelte den Kopf. »Erstens denke ich nicht, dass die Anklage so schnell aus dem Weg geräumt ist. Und zweitens möchte ich nicht noch einmal die Aufmerksamkeit der Polizei erregen.«

Hedda wirkte enttäuscht. »Aber wir brauchen Zugpferde, hinter denen sich die Frauen versammeln können. Eine Rede von dir, vor den Toren der Frauenkirche, das hätte Macht!«

»An die Spitze bekommt ihr mich nicht«, erwiderte Katharina. »Im Zug mitgehen, das könnte ich mir eventuell vorstellen. Ansonsten sehe ich mich eher in der Rolle einer Else Kienle. Medizinische Hilfe kann ich immer leisten – selbst dann, wenn ich nicht approbiert werden sollte.«

»Das klingt resigniert.« Hedda machte eine unwirsche Handbewegung. »Aber Resignation ist der falsche Weg. Erhebe deine Stimme, Katharina! Für deinen Freispruch, für deine Rehabilitierung. Setze dich durch! Schließlich willst du eines Tages als Ärztin arbeiten und eine eigene Praxis führen. Solche Pläne brauchen Mut!«

»Das wohl«, erwiderte Katharina. »Aber ich mache es auf meine Weise.«

»Indem du heiratest?« Hedda klang gereizt. »Damit setzt du eine künftige Selbstständigkeit übrigens auch aufs Spiel. Denn wenn der Ehegatte eine Praxis führt, wird seiner Frau in der Regel keine Kassenzulassung erteilt. Ich wollte es nur erwähnt haben.«

Katharina sah sie konsterniert an. »Was sagst du da?«

»Hast du das denn nicht gewusst?«

Katharina schüttelte den Kopf.

»Das bringen sie euch im Studium wohl nicht bei.«

Katharina ärgerte der leise Spott, der in Heddas Worten mitschwang. »In meinem Fall ist es anders«, konterte sie dann. »Tom führt eine Privatpraxis.« In diesem Moment erinnerte sie sich daran, dass Tom für die Armenpraxis eine Kassenzulassung hatte beantragen wollen.

»Wie dem auch sei – du wirst als Frau Doktor Thomas von Bogen enden und ihm eine brave Gattin sein. So ist es immer.« Hedda rieb sich die Nasenspitze. »Selma und ich verstehen nicht, weshalb du diesen Schritt gehst. Du müsstest es eigentlich besser wissen.«

»Er nutzt deine Situation vielleicht aus«, gab Selma zu bedenken, die in diesem Augenblick ein Tablett mit vier Kaffeetassen hereinbalancierte. »Das solltest du zumindest im Hinterkopf haben.«

»Und den Kampf, den wir Frauen führen müssen, führt man besser ohne einen Ehemann im Hintergrund. Du wirst nicht mehr frei sein, deine eigenen Entscheidungen zu treffen. Sobald der Ring an deinem Finger steckt«, Heddas Blick wanderte zu Katharinas Verlobungsring, »gehört ihm alles. Dein Vermögen, dein Verdienst, dein Körper. Er darf entscheiden, ob und was und wo du arbeitest. Und wenn ihr Kinder bekommt, gehören die ihm auch.«

»Ich weiß«, sagte Katharina leise. »Aber Tom ist nicht so …«

»Das habe ich auch einmal gedacht.« Selma hatte das Tablett abgestellt und verteilte die Tassen. »Bis mein Gatte seine Maske fallen ließ. Die Scheidung war eine einzige Demütigung. Meine Tochter musste bei ihm bleiben. Meine Mitgift hat er behalten. Meinen Ruf dagegen ruiniert.«

Die Heftigkeit ihrer Worte traf Katharina. War es möglich,

dass es ihr einmal genauso ergehen würde? Dass alles nur Schein war, was sie und Tom teilten?

Lola schien ihre Verunsicherung zu spüren und legte ihr eine Hand auf den Arm. »In diesem Fall glaube ich wirklich nicht, dass es so ist wie bei dir, Selma. Anfangs war ich auch skeptisch, aber Tom ist für Katharina immer wieder ein hohes Risiko eingegangen. Ich kann mir nicht vorstellen, dass das Kalkül war.«

»Wir wollen diesen Mann nicht schlechtreden«, stellte Hedda klar. »Es geht nicht um ihn persönlich, sondern um das männliche Selbstverständnis im Hinblick auf ihre Ehefrauen. Davon wird auch er sich nicht frei machen können.« Sie sah Katharina an. »Nun, es ist deine Entscheidung. Hoffen wir, dass du sie nie bereuen musst.«

Am frühen Abend in der Armenpraxis am Paulanerplatz

Sorgsam räumte Katharina mehrere Stapel frisch gewaschener Tücher in den Holzschrank, der im kleineren Raum der Armenpraxis stand. Vor dem offenen Fenster rauschte der Auer Mühlbach vorbei, die Rufe spielender Kinder und das Rumpeln eines Fuhrwerks mischten sich darunter – eine fast idyllische Geräuschkulisse. Unwillkürlich musste Katharina an Walli Stenzl denken.

Pater Fidelis hatte vor ein paar Tagen angerufen und berichtet, dass sie und ihre Kinder sich im Kloster so weit eingelebt hatten, Frau Stenzl aber unter schlimmem Heimweh leiden würde – und Katharina konnte sie gut verstehen. Je öfter sie in der Au war, desto bewusster wurde ihr die Geborgenheit, die das Viertel ausstrahlte, aller Enge, Armut und Einfachheit zum Trotz. Die spürbare Gemeinschaft der Bewohner ließ Katharina für Walli Stenzl hoffen. Sie konnte sich gut vorstellen, dass sie mit ihren Kindern eines Tages hierher zurückkehren und neu beginnen könnte. Bis es so weit war, wurde ihre Herberge in der Krämerstraße von Nachbarn betreut, denen Tom dafür einen Obulus gab. Walli Stenzls Mann hatte man der städtischen Fürsorge überantwortet.

Katharina ordnete das letzte Stück Leinen ein, schloss die Schranktüren und erlaubte sich einen Moment des Durchatmens.

Die neue Armenpraxis war gut durchdacht und der zweite Raum ein Segen. Er machte die Abläufe hygienischer und einfacher. Neben Wäscheschrank und Spind hatten sie hier einen gusseisernen Herd, Regale für Verbandszeug und die Kommode untergebracht, auf der die Schimmelbuschtrommel stand. Die Instrumente lagen sorgfältig verpackt in den Schubladen. Direkt hinter der Tür hatte ein neuer, abschließbarer Medikamentenschrank seinen Platz gefunden, auf einem Tischchen daneben befand sich der Kasten mit den frisch sortierten Patientenkarten.

Katharina klemmte den leeren Korb unter ihren Arm und wechselte durch eine schmale Tür in das deutlich größere

Behandlungszimmer. Sie hatten es mittels des Stoffparavents in zwei Zonen mit jeweils einer Liege geteilt. Davor befand sich ein einfacher Schreibtisch mit zwei Stühlen, an dem sie sowohl die Patientengespräche als auch alle anfallenden Büroarbeiten erledigen konnten. Dadurch war es problemlos möglich, zu zweit zu arbeiten, ohne sich gegenseitig im Weg zu sein. Doch so gern Katharina hier organisierte und Hand anlegte, so gern sie Tom unterstützte, so weh tat es, selbst nicht behandeln zu dürfen.

Sie wischte noch einmal über die Liegen und deckte sie mit Leintüchern ab. Als sie den Paravent zurechtrückte, begann der Raum sich unvermittelt zu drehen. Gleichzeitig hörte sie vor der Tür das Rumoren der ersten Patienten.

Katharina atmete tief durch und ging zum Schreibtisch. Gerade als sie die Anmeldeliste, in welche sie die Anwesenden eintragen sollte, an sich nahm, wurde sie erneut von einem Schwindelgefühl erfasst. Hatte sie zu wenig gegessen? Erschöpft setzte sie sich auf einen der Stühle, um zu warten, bis der Schwindel nachließ.

Tom hatte einige aufwendige Fälle in seiner Privatpraxis behandelt und kam entgegen seiner Gewohnheit erst kurz vor Sprechstundenbeginn in der Armenpraxis an. Der lang gezogene Dielenraum, den sie als Wartebereich eingerichtet hatten, platzte bereits aus allen Nähten.

War Katharina nicht da?

Er bat die Patienten um etwas Geduld, öffnete besorgt die Tür zum Behandlungszimmer und fand Katharina zusammengesunken auf dem Stuhl vor dem Schreibtisch. Besorgt ging er neben ihr in die Hocke und legte den Arm um sie. »Was fehlt dir, Liebes?«

Sie schüttelte den Kopf. Als er mit der Hand vorsichtig ihr Gesicht zu sich drehte, spürte er die Nässe auf ihrer Wange. »Du weinst?«

»Nein …«

Er wischte ihre Tränen ab. »So schlimm heute?«

»Ich weiß nicht, wie lange ich das noch aushalte.«

»Verständlich.« Er barg ihren Kopf an seiner Halsbeuge. »Übrigens hat Adam vorhin angerufen. Er konnte Kontakt zu Theodor Mosny herstellen, Edmunds Vater. Vielleicht kommt jetzt etwas mehr Bewegung in die Sache.«

Nachdem sie eine ganze Weile nicht antwortete, strich er ihr ruhig über das Haar. »Ich kann die Patienten selbst erfassen. Am besten gehst du nach Hause und ruhst dich erst einmal aus.«

»Es ist viel zu tun heute«, nuschelte sie in sein Hemd.

»Früher habe ich es auch allein geschafft.«

»Dann würde ich dein Angebot ausnahmsweise annehmen.« Sie hob den Kopf und sah ihn an. »Ich war übrigens vorhin mit Lola in der Sexualberatungsstelle. Sie planen eine Demonstration.«

»Hoffentlich ohne dich.«

In ihre Augen trat vage Abweisung. »Ich werde sie unterstützen. Und wenn es nur durch das Verteilen von Plakaten und Flugblättern ist.«

»Du weißt, dass es dir alles andere als nützt, wenn man dich in der Sexualberatungsstelle weiß. Edmund Mosny wird dir nach wie vor auf den Fersen sein.«

Sie löste sich aus seiner Umarmung. »Ich kann und will mich nicht immer nach einem Edmund Mosny richten und wie eine Marionette an seinen Fäden tanzen. Ich muss etwas tun, verstehst du?« Sie rückte ein wenig von ihm ab.

Ihre plötzliche Heftigkeit machte Tom betroffen. Während er äußerlich versuchte, sich nichts anmerken zu lassen, arbeiteten seine Gedanken an einem Weg, ihr noch einmal klarzumachen, dass sie auf der Hut sein musste – ohne dass sie sich bevormundet fühlte. »Diese Frauen kämpfen für eine gute Sache.« Er suchte nach den richtigen Worten. »Aber sie vereinnahmen dich, Katharina. Lass dich nicht vor ihren Karren spannen.«

»Willst du damit sagen, dass ich nicht fähig bin, selbst zu entscheiden, was angeraten ist?«

»Ganz im Gegenteil. Bisher schien mir, als ob du sehr deutlich weißt, was du riskieren kannst.«

»Und jetzt ist es nicht mehr so?« Es klang anklagend spitz. Und nicht nach Katharina.

Es klopfte. »Wann fangens denn endlich an?«, wollte eine männliche Stimme wissen. »Hier wird's immer voller!«

»Wir reden aneinander vorbei, Katharina.« Tom richtete sich auf. Diese ungehaltene Seite an ihr irritierte ihn. »Lassen wir das Thema erst einmal ruhen.«

Ihr Blick verhärtete sich. »Ich gehe heute Abend übrigens mit Lola und den anderen ins Kino.«

»Kommst du dann später zu mir?«

»Ich werde diese Nacht bei mir zu Hause schlafen.« Sie holte ihren Rucksack. »Wir sehen uns morgen.«

Bedrückt sah er sie die Tür öffnen und hinausgehen. Am liebsten wäre er ihr nachgeeilt, aber die ersten Patienten drängten sich bereits im Türrahmen.

Etwas schien ihr Vertrauen in ihn erschüttert zu haben. Er wollte nicht, dass sie es verlor, zugleich hatte er das Gefühl, sie vor sich selbst beschützen zu müssen.

In ein paar Tagen würden sie an den Bodensee fahren. Vielleicht ergab sich dort die Gelegenheit, seine Bedenken zu formulieren, ohne dass sie überreagierte.

Er knöpfte seinen Arztkittel zu und bat den ersten Patienten herein.

53. KAPITEL

Das Grandhotel Lindenhof, am Morgen des 20. Juni 1928

Der Frühstückstisch im Nebenraum der Lindenhofküche war reich gedeckt. Brötchen und Brezeln, verschiedene Sorten Brot, Butter, Marmelade, Honig, Wurst und Käse, Fruchtsäfte, Kaffee, Tee und heiße Schokolade – sogar ein mit Obst angereicherter Getreidemilchbrei, den Helena Birchermüsli nannte, luden ein, sich für den Tag zu stärken – ihren letzten am Bodensee.

Der Gedanke an die bevorstehende Heimreise nach München erfüllte Katharina mit Wehmut. In der vertrauten Atmosphäre des Lindenhofs hatte sie Atem geschöpft, Tom die Pfade ihrer Kindheit gezeigt, die unbeschwerte Nähe ihrer Schwestern genossen. Zum ersten Mal seit Langem hatte sich ihr Leben wieder leicht angefühlt – wenigstens für ein paar Tage.

Über die Auseinandersetzung der vorangegangenen Woche hatten weder sie noch Tom ein Wort verloren, und Katharina war froh darüber. Sie hatte das Gefühl, dass er schlicht nicht verstand, worum es ihr ging. Zugleich wollte sie ihre Entscheidungen ihm gegenüber nicht rechtfertigen müssen. Die Verantwortung für ihr Leben trug sie ganz allein. Dessen musste er sich bewusst sein.

Geschirr klapperte, und jemand zupfte Katharina am Ärmel. »Magst du auch am liebsten Brezeln?«, fragte Magdalena, Helenas älteste Tochter, die zusammen mit Katharina und Tom eine der Ersten gewesen war, die sich zum Frühstück eingefunden hatte.

»Ich mag Brezeln sehr gern«, antwortete Katharina. »Am liebsten mit Butter!«

»Ich auch!« Magdalenas Augen blitzten munter. Sehnsuchtsvoll schielte sie zum Brotkorb hinüber.

Katharina war ihrem Blick gefolgt. »Die anderen kommen gleich. Dann können wir anfangen.«

Tatsächlich trudelten nach und nach die noch fehlenden Familienmitglieder ein. Lilly begrüßte Tom und Katharina mit einer herzlichen Umarmung, Maxim kam mit Lidia im Arm, Felix mit Hendrik an der Hand. Hans belegte den Stuhl auf Magdalenas anderer Seite. Als Gustav eintraf, wurde er umgehend von seinen Enkelkindern in Beschlag genommen.

Schließlich setzte sich auch Helena an den Tisch. »Wo ist denn Pater Fidelis?«

»Hier!«, legte sich prompt die vertraute Stimme des Gottesmannes über die Gesprächskulisse. Auch er fand seinen Platz an der Tafel.

Neben Katharina schlenkerte Magdalena ungeduldig mit den Beinen.

Als habe er ein geheimes Kommando erhalten, griff sich Pater Fidelis ein Glas und schlug mit einem Löffel so oft dagegen, bis auch das letzte Familienmitglied ihn aufmerksam ansah. Dann machte er eine ausladende Geste in Richtung des Durchgangs zur Küche. »Schauts einmal!«

Alle Augen folgten dem Wink seiner Hand.

Käthe kam herein, eine Glasplatte in den Händen. Als sie an Pater Fidelis' Stuhl vorbei durch den Raum ging, nickte sie ihm so huldvoll wie bemüht unauffällig zu. Die Wangen des Gottesmannes verfärbten sich rötlich. »Unsre Frau Köchin hat wieder mal gezaubert!« Er lächelte sie strahlend an.

Käthe setzte ihr Werk auf einem der Beistelltische ab. »Eigens für das Fräulein Katharina«, verkündete sie, »gibt es einen Erdbeerkuchen mit frisch gepflückten Früchten!«

Alle applaudierten.

»Ich liebe Erdbeerkuchen!«, kiekste Magdalena.

»Ich auch.« Katharina legte den Arm um ihre Nichte. »Danke, Frau Käthe!«

»Ich weiß doch, was meine Mädchen mögen.« Die Köchin sah zufrieden auf ihr Werk.

Appetitlich rot türmten sich die leuchtenden Sommerfrüchte auf einem mit reichlich Vanillepudding bestrichenen hellen Biskuitboden. Keine der aufwendigen Torten, die in Helenas *Café im Park* angeboten wurden, konnten Katharinas Lieblingskuchen das Wasser reichen. Er kam ohne Schnickschnack aus, so wie Katharina auch. Mit den sonnenverwöhnten Erdbeeren aus Helenas Garten war er ihr ureigener Gipfel des Genusses.

Mit großer Geste schnitt Käthe den Kuchen an und reichte Katharina das erste Stück.

Katharina stach einen Bissen ab und probierte. Süß und saftig fügte sich der Geschmack der Erdbeeren zu Pudding und Biskuit. Fruchtig, rahmig, vanillig.

Ein Sommertraum.

»Die Köchin muss uns unbedingt das Rezept mitgeben«, raunte Tom Katharina zu. »Damit Frau Eder *unseren* Lieblingskuchen backen kann.«

»Ich weiß, wie es geht«, erwiderte Katharina ebenso leise. »Ich habe nur nicht die Küchenausstattung, die es dafür braucht.«

»Dann wird Frau Eder ihre Küche künftig mit dir teilen müssen.« Er schmunzelte.

Katharina lächelte ihm zu. Obwohl er einen solchen Umtrieb nicht kannte, hatte er sich mühelos in den Lindenhof-Familienrummel eingefügt.

Nachdem alle ihren Hunger gestillt hatten, erhob sich Gustav Lindner. »Meine Lieben«, sagte er. »Für mich ist heute ein glücklicher und zugleich auch ein trauriger Tag. Wir alle sind voller Freude, dass unsere Katharina endlich wieder zu Hause sein konnte nach diesen schlimmen Wochen. Da fällt es mir natürlich schwer, sie morgen wieder ziehen zu lassen. Du weißt, liebe Katharina, dass wir nur ein Telegramm oder einen Anruf weit entfernt sind.«

Alle klatschten, und Katharina wurde die Brust eng vor Liebe.

»Ganz besonders hat mich gefreut, dass du nicht allein

gekommen bist, Katharina, sondern wir mit Tom ein neues Familienmitglied aufnehmen dürfen. Du hast übrigens alle Prüfungen bestanden, Tom.« Er wurde durch leises Lachen unterbrochen. »Vor allem die der Kinder.«

Katharina dachte an die Hingabe, mit der Tom sich um Hans und Magdalena gekümmert, sich an den unausweichlichen Suchen nach Hendrik beteiligt und einen Fisch für Lidia geschnitzt hatte. Er ging mit ihren Nichten und Neffen völlig natürlich um, was Katharina zwar gefreut, ihr zugleich aber ein schlechtes Gewissen bereitet hatte. Noch immer hatte sie ihm nicht gestanden, dass eigene Kinder nicht zu ihrer Lebensplanung gehörten.

»Aber es gibt noch etwas«, fuhr ihr Vater bedeutungsvoll fort und nahm einen Brief zur Hand, den er an seinem Platz deponiert hatte. »Helena und Maxim wissen es schon seit ein paar Tagen. Wir drei haben eine Weile gebraucht, um die Neuigkeiten zu verarbeiten. Heute aber wollen wir sie mit euch teilen.« Er schüttelte mehrere Fotografien aus dem bereits geöffneten Umschlag. »Mich hat diese Post aus Finnland erreicht. Auf welchen Wegen, wird noch zu klären sein. Der Umschlag enthielt mehrere Fotografien und einen mehrseitigen Brief. Diese Fotos und all die Details, die in den Zeilen stehen, lassen nur einen Schluss zu: Die Frau, die dort lebt, ist mit großer Sicherheit Olga Pawlowa.«

Am Tisch herrschte auf einmal völlige Stille. Selbst die Kinder schwiegen und sahen mit neugierigen Augen auf ihren Großvater. »Die Fotos zeigen zweifellos Olga.« Gustav Lindner begann, ein Foto nach dem anderen in die Höhe zu halten. »Als junge Frau, so wie ich sie gekannt habe. Hier als Mutter. Und schließlich … als die Frau, die sie heute ist.« Er hielt inne. »Sie hat den Wunsch geäußert, hierherkommen zu dürfen. Deshalb bitte ich dich, Felix, sie bei deiner nächsten Finnlandreise mit nach Meersburg zu bringen.«

»Diesen Auftrag werde ich mit besonders großer Freude erfüllen«, erwiderte Felix.

Gustav Lindner nickte seinem Schwiegersohn zu. »Damit besteht also große Hoffnung, dass wir in einigen Wochen gemeinsam an diesem Tisch sitzen werden und Helena endlich ihre Mutter in die Arme schließen darf.«

Leises, freudiges Gemurmel erhob sich. Katharina sah, wie Helena ihrem Mann die Hand drückte. Gespanntes Glück sprach aus ihren großen blauen Augen.

»Doch zurück ins Hier und Jetzt«, fuhr Gustav Lindner fort, und alle wandten sich ihm noch einmal zu. »Lasst uns einen Badeausflug an den See unternehmen. Eddi und ein Fischersfreund werden uns zu einer ruhigen Bucht bringen, Käthe und die Küchenhilfen haben ein köstliches Picknick vorbereitet, und die Sonne hat ihr schönstes Lächeln aufgesetzt.« Er nahm Hendrik hoch, der sich an sein Bein gehängt hatte. »Wir treffen uns in einer Stunde auf dem Kiesplatz vor dem Lindenhof.« Sein letzter Satz ging im Jubelgeschrei der Kinder unter.

Hans hatte sich neben Eddi gesetzt und half dem Fischer, seine Gondel auf den See hinaus und in einem schneidigen Bogen in Richtung Hagnau zu lenken. Helena, Maxim und ihre beiden Töchter, Katharina und Tom hatten sich auf die Bänke in der Mitte und im Heck verteilt. Das zweite Boot mit Lilly, Felix, Hendrik, Gustav und Pater Fidelis folgte mit etwas Abstand. Die beiden Kleinsten trugen Korkwesten, falls eines von ihnen trotz aller Vorsicht über Bord gehen sollte.

»Was für eine sensationelle Nachricht«, sagte Katharina. »Wie geht es dir damit, Helena?«

»Ich bin noch völlig durcheinander.« Helena wischte sich eine Mücke aus dem Auge. »Weil sie für uns alle, mich, Maxim, Papa und die Kinder, das fehlende Verbindungsstück ist. Durch sie würde ich mich zum ersten Mal in meinem Leben vollständig fühlen.«

Katharina nickte. »Lilly hatte dir doch vorgeschlagen, einen Roman zu schreiben nach alldem, was du erlebt hast. Jetzt kannst du bald das glückliche Ende anfügen.«

»Ich werde es erst glauben, wenn sie wirklich vor mir steht.« Helena zog Magdalena, die sich zu weit hinauslehnte, ein Stück vom Bootsrand weg. »Lass das bitte, Magdalena«, tadelte sie leise. »Wir sind gleich da. Dann kannst du ins Wasser und baden.«

»Für mich scheint alles stimmig.« Maxim hielt die schlafende Lidia an seine Brust gedrückt. »Ich bin guten Mutes, dass wir sie im Sommer bei uns haben werden. Die Frage ist eher, ob die Wirklichkeit den Erwartungen gerecht wird. Es ist durchaus möglich, dass man sich fremd bleibt.«

»Daran möchte ich gar nicht denken«, erwiderte Helena.

Katharina sah nachdenklich auf den See hinaus. »Meine Mutter ist mir auch fremd, obwohl ich mit ihr aufgewachsen bin.«

»Elisabeth war keine Mutter«, erwiderte Helena. »Sie hat euch geboren, das ist alles.«

Eine Weile war es still.

»Habt ihr eigentlich etwas von ihr gehört?«, fragte Katharina und richtete ihren Blick wieder auf Helena. »Sie müsste doch inzwischen aus dem Gefängnis entlassen worden sein.«

Helena nickte. »Vor ein paar Wochen stand sie plötzlich bei Käthe in der Küche und wünschte dringend, mit Vater zu sprechen.«

»Und? Hat er mit ihr geredet?«

»Nur kurz. Sie wollte zu ihm zurückkehren, stell dir das einmal vor.« Helena schüttelte den Kopf. »Nach allem, was sie ihm und uns angetan hat.«

»Vermutlich wusste sie nicht, wohin«, brummte Maxim verächtlich.

»Und wo ist sie jetzt?«, hakte Katharina nach. »Hat sie sich wieder an den Ochsenwirt herangemacht?«

Helena winkte ab. »Der hat doch ein blutjunges Mädchen geheiratet und drei kleine Kinder.«

»Aber der Ochsenwirt ist doch ein alter Mann!«

»Offensichtlich nicht zu alt, um Kinder zu zeugen.« Maxim grinste abfällig.

»Wer ist denn der Ochsenwirt?«, wollte Tom wissen.

»Ein Meersburger Gastwirt, der Papa vor Jahren mit betrügerischen Methoden den Lindenhof abjagen wollte«, antwortete Katharina.

»Offensichtlich ohne Erfolg.« Tom legte eine Hand auf ihren Oberschenkel.

»Er hatte keine Chance«, erklärte Maxim selbstzufrieden. »Die Geschichte erzähle ich dir irgendwann in aller Ruhe, Tom. Mit dem Ochsenwirt sollte man sich nicht einen schönen Tag verderben.«

»Ich kann warten.« Tom gab Katharina einen Kuss auf die Schläfe. Dabei verlor er beinahe seinen Strohhut.

Eddi hatte inzwischen Kurs auf das Ufer genommen. An einem breiten Kiesstrand mit dichtem Baumbestand landete er an und half ihnen aus dem Boot. Neben ihnen schob sich der zweite Holzkahn ans Ufer.

Nachdem alles ausgeladen war, hob Eddi grüßend seine Mütze. »Wir holen euch um sechs Uhr wieder ab!«

Maxim machte eine bestätigende Geste.

»Ich mag Eddi«, sagte Tom, während sie zusahen, wie die Fischer wendeten und mit tuckernden Motoren in Richtung Meersburg davonschipperten.

»Er ist ein großartiger Kerl und mit allen Wassern gewaschen.« Katharina schob ihre Hand in Toms. »Über ihn gibt es Geschichten, die wirst du nicht glauben!«

Eine halbe Stunde später planschten die Kinder unter der Aufsicht von Maxim und Felix im Wasser. Hans war bereits ein Stück hinausgeschwommen. Tom hatte, wie Katharina, zur Badekleidung gewechselt, während Helena und Lilly den Tag lieber an Land verbringen wollten und sich gar nicht erst umzogen.

Für Pater Fidelis wurde ein klappbarer Liegestuhl aufgestellt. Mit einem wohligen Ächzen nahm der Gottesmann darin Platz, schloss die Augen und wartete geduldig darauf, dass es etwas zu essen gab.

Auf einem großen, rot und weiß karierten Tischtuch breiteten Helena, Lilly und Katharina derweil den Inhalt des Picknickkorbes aus: Räucherfelchen, Meerrettich, kalte Fleischbällchen, Kartoffelsalat, Kräuterquark, belegte Brote, Erdbeeren, Gurken, Rettich und Kohlrabi, einige Flaschen Rotwein und frische Limonade. Tom ging ihnen bereitwillig zur Hand und gab sich Mühe, den von drei Seiten einprasselnden Anweisungen Folge zu leisten. Mehrmals ertappte er Pater Fidelis dabei, wie dieser sehnsüchtig auf die bereitstehenden Speisen linste.

Schließlich schien alles zur Zufriedenheit der drei Schwestern hergerichtet. Helena zupfte die Decke zurecht, Lilly schob eine Haarsträhne aus dem Gesicht. »Ach schau!« Katharina holte die letzte Schüssel aus dem Korb. »Kandierte Veilchen! Die hat Käthe für dich gemacht, Lilly!«

Lilly nahm sich eine der zuckerumhüllten lilafarbenen Blüten. »So schmeckt für mich zu Hause.«

»Ich gehe vor dem Essen noch eine Runde schwimmen«, verkündete Katharina und erhob sich. »Danach ist mein Bauch zu voll.«

»Mach das ruhig. Dich kann man eh nicht vom Wasser fernhalten!« Lilly zwinkerte ihrer Schwester zu.

Die Aussicht, einen Moment mit Katharina allein im Wasser zu sein, ließ Tom aufspringen. »Ich komme mit!«

Hand in Hand liefen sie ins Wasser, spritzten sich gegenseitig nass und tauchten gleichzeitig unter. Nach einigen Schwimmzügen unter Wasser holte Tom Luft und sah, wie Katharina bereits mit kräftigen Zügen auf den See hinauskraulte. Seine Kämpferin.

Er hatte sie rasch eingeholt und zog an ihr vorbei, hörte schmunzelnd ihr leises Schimpfen. Sie verlor nicht gern.

Schließlich drehte er sich um, wartete auf sie und ließ sie direkt in seine Arme schwimmen. »Es gibt ja nur wenige Disziplinen, in denen ich dich schlagen kann.« In ihrem Haar glitzerten die Wassertropfen. »Aber Schwimmen ist offensichtlich eine davon.«

Sie rutschte ein bisschen hin und her. Er genoss das Gefühl ihrer nassen Körper, die sich aneinanderschmiegten. »Passen Sie auf, Fräulein Linder«, lachte er leise an ihrem Ohr, »sonst vergesse ich mich. Hier, mitten im Bodensee.«

Mit einem wohligen Laut löste sie sich von ihm und begann, sich auf dem Rücken treiben zu lassen. Er tat es ihr gleich.

»Wenn ich so in die Wolken schaue, versuche ich immer, irgendwelche Formen zu erkennen«, sagte sie. »Direkt über uns ist ein liegender Mann mit riesengroßer Nase. Siehst du ihn?«

»Ich erkenne eher einen Drachen«, erwiderte Tom. »Er wird von einem U-Boot verfolgt.«

»Stimmt! Ein Drache wie auf der Fassade am Atelier Elvira.« Katharina kicherte. »Jetzt wird er zu einem Gespenst…«

»Du hast eine blühende Fantasie.«

Sie tauschten noch ein paar Einfälle zu den sich ständig verändernden Wolkengebilden aus, dann wandte Tom sich dem Ufer zu, wo sich bereits alle um das Picknick versammelten. »Ich habe das Gefühl, dass Pater Fidelis' Appetit zu groß geworden ist. Lass uns zurückschwimmen.«

Mit ein paar Wasserspritzern forderte sie ihn heraus. »Wer als Erstes am Ufer ist!«

Er ließ ihr den Vortritt.

Zwei Stunden später saßen Katharina, Tom und Helena allein auf der Picknickdecke. Von den sorgsam zubereiteten Speisen waren lediglich ein paar klägliche Reste übrig geblieben. Felix suchte mit den älteren Kindern nach glatt gewaschenen Steinen, die sie zu Hause bemalen konnten. Maxim hatte sich eine Decke genommen und döste mit Lidia etwas abseits. Lilly und Pater Fidelis suchten auf einem nahe gelegenen Wiesenstück nach Heilkräutern.

Helena sammelte die benutzten Teller ein. »Wer hätte gedacht, dass du eines Tages in den Lindenhof zurückkehrst«, sagte sie beiläufig. »Das Schicksal hat es wohl so gewollt.«

Katharina sah, wie ein Schatten über Toms Gesicht zog.

»Ihr kennt euch?«, fragte sie verwirrt. »Woher denn das?«

Helena durchsuchte die Tasche ihres Kleides und schien den Stimmungsumschwung nicht zu bemerken. »Ich hatte es doch eingesteckt … wartet …«

Tom drückte mit Daumen und Mittelfinger seine Nasenwurzel und schüttelte kaum merklich den Kopf.

»Hier!« Unvermittelt wedelte Helena mit einer Visitenkarte. »Schon als ihr angekommen seid, hatte ich das Gefühl, dir schon einmal begegnet zu sein«, sagte sie an Tom gerichtet. »Nicht wegen deines Aussehens, sondern wegen deiner Stimme. Dann kam der Brief von meiner … Olga dazwischen, und ich habe es vergessen.« Sie legte das Kärtchen auf die Decke.

Katharina griff nach dem weiß strukturierten Billet. »Doktor Thomas von Bogen. Chirurg.«, las sie leise. Dann gab sie das Kärtchen an Tom weiter. »Hast du dafür eine Erklärung?«

»Ich …«, setzte er an, doch Helena unterbrach ihn. »Aber Katharina, weißt du es denn nicht?« Sie wirkte konsterniert. »Tom war bei uns Patient! Als wir noch das Lazarett im Lindenhof hatten. Er wurde vom Meersburger Spital zu uns verlegt, aber du hast dich von ihm ferngehalten, weil er dich …«

Helenas Worte gingen im Rauschen unter, das mit einem Mal Katharinas Ohren erfüllte. Plötzlich stand sie wieder im Schlafsaal des Spitals. Die schummrige Nachtbeleuchtung. Die schmerzhafte Umklammerung. Die Atemnot und die

Hilflosigkeit. Die entsetzten Rufe der anderen Patienten. Die Todesangst …

War Tom der Mann, der sie damals so brutal überfallen hatte?

Sie hob den Kopf und sah ihn an. »Hast du es gewusst?«, fragte sie tonlos.

»Ja.« Er sah unglücklich auf die Karte. »Damals war meine Praxis noch in der Montgelasstraße, weil ich mein Elternhaus über die Kriegsjahre vermietet hatte.«

»Er hatte hohes Fieber und war nicht bei Sinnen«, warf Helena ein. »Er wollte dir nichts antun.«

Katharina ignorierte ihren Einwand und hielt die Augen auf Tom gerichtet. »Warum hast du mir nichts gesagt?«

»Ich habe mich dafür geschämt, Katharina.« Sein Gesicht wirkte grau. »Ich wollte einen günstigen Augenblick abwarten, um mit dir darüber zu reden, aber es hat sich nicht ergeben. Ehrlich gesagt, hatte ich Sorge, dass du dich von mir abwenden könntest.«

»Seit wann weißt du, dass ich diejenige bin, die du angegriffen hattest?«

»Seit …«, seine Antwort kam zögerlich, »seit etwa vier Monaten.«

Katharina entfuhr ein ungläubiger Laut.

»Das tut doch nichts mehr zur Sache, Katharina«, warf Helena ein. »Er war krank. Und es ist so lange her!«

Katharina sah zu ihrer Schwester. Sie konnte nicht erklären, weshalb sie so betroffen war. Dass es um Vertrauen ging. Dass sie Geheimnisse in ihrer Beziehung nicht ertrug, wie lange sie auch her und wie unbedeutend sie auch sein mochten. Helena hätte die vielen Zweifel, die Katharina plagten, nicht verstanden.

Sie stand auf.

Als Tom sich ebenfalls erheben wollte, schüttelte sie den Kopf. »Ich muss jetzt allein sein.«

Dann ging sie ins Wasser und überließ sich den Wellen.

Nichts denken, nichts fühlen.

Nur sie und der See.

54. Kapitel

Die Armenpraxis am Paulanerplatz,
Freitag, 22. Juni 1928, Spätnachmittag

Ein Maler hatte seine Staffelei am Auer Mühlbach aufgestellt, als Katharina an diesem Morgen ihr Fahrrad im Verschlag neben der Armenpraxis abstellte. Unter einem Sonnenschirm fing er mit bedächtigen Pinselstrichen eine Straßenszene ein. Katharina sah grüßend zu ihm hin, dann wandte sie sich der Praxis-Herberge zu und drückte die Holztür auf.

Ihr Herz pochte. Wie würde Tom auf sie reagieren? Wie sie auf ihn? Wie würden sie miteinander umgehen? Nach einer überwiegend schweigsamen Rückreise hatte er sie auf ihre Bitte hin direkt nach Hause in die Jahnstraße gebracht. Seither hatten sie sich nicht mehr gesehen.

Zwei alte Frauen saßen strickend und schwatzend im Wartebereich. Beide trugen Brillen mit kleinen runden Gläsern, ihre wettergegerbten, mit Furchen durchzogenen Gesichter erzählten von den mühseligen Jahren ihrer Leben. Dennoch strahlten sie eine bescheidene Zufriedenheit aus.

Als Katharina an ihnen vorbeiging, grüßten sie freundlich und ließen ihre Stricknadeln klappern. Die Handarbeit vertrieb ihnen die Wartezeit.

Katharina legte die Hand auf die Türklinke zum Behandlungszimmer und atmete tief durch. Sie fühlte sich wie gerädert. Zwei Nächte hatte sie kaum geschlafen, zwei Nächte hatte sie über den letzten Nachmittag am Bodensee nachgedacht und tagsüber mit Lola darüber diskutiert. Zwischendurch hatte sie versucht, zu lernen und sich damit abzulenken. Aber die Gedankenquälereien wollten kein Ende nehmen. Vielleicht hatte Lola recht, und es war am besten, das Leben wiederaufzunehmen und abzuwarten, wie sich die Dinge entwickelten.

Katharina öffnete die Tür und sah Tom am Schreibtisch sitzen.

Er stand sofort auf. »Ich habe dich vermisst«, sagte er leise. Es klang erleichtert.

Sie schloss die Tür und ließ zu, dass er sie küsste. Dann ging sie in den Nebenraum und schloss ihren Rucksack in den Spind.

»Katharina.« Er folgte ihr, blieb aber im Türrahmen stehen. »Wir müssen reden.«

Sie lehnte sich mit einem Arm gegen den Spind. »Gib mir noch ein bisschen Zeit.«

Einige Sekunden lang stand eine unsichere Stille im Raum. Dann räusperte er sich. »Hast du Adam gesehen?«

»Noch nicht.« Sie warf ihm über die Schulter einen distanzierten Blick zu. »Wir treffen uns heute zum Abendessen bei Frau Gruber, sie hat uns eingeladen. Nannerl lehnt immer noch ab, mit ihm zu sprechen. Frau Gruber meinte, dass eine vertraute Umgebung ihr möglicherweise mehr Sicherheit gibt, um sich zu öffnen.«

»Du möchtest vermutlich nicht, dass ich dabei bin.«

Sie schüttelte den Kopf.

»Dann … lass uns anfangen.« Die Enttäuschung in seinen Augen verursachte Katharina einen Kloß im Hals. Doch sie konnte sich nicht dazu durchringen, ihn in den Arm zu nehmen und damit die Wand zu durchbrechen, die sie zwischen ihm und sich errichtet hatte. Wortlos drehte sie sich um, nahm die Kartothek und trug sie an ihm vorbei zum Schreibtisch.

Mit Resignation in der Stimme rief er die erste Patientin auf.

Die gemeinsame Arbeit lief überraschend reibungslos. Nach einem ruhigen Beginn gaben sich die Patienten bis zum frühen Abend die Klinke in die Hand. Als sie bereits am Zusammenräumen waren, stand unerwartet eine Frau mittleren Alters vor ihnen. Sie hatte weder geklopft noch sonst auf sich aufmerksam gemacht.

»Sie wünschen?«, fragte Tom.

»Ich brauch Hilfe.« Sie deutete auf ihre Füße.

Katharina sah die dick geschwollenen Knöchel, dann fiel ihr Blick auf die ebenfalls verdickten Hände. »Nehmen Sie bitte Platz«, sagte sie und deutete auf eine der Liegen.

»Ich schätze, dass sie ein massives Nierenproblem hat«,

flüsterte sie Tom zu, während sich die Frau schwerfällig setzte.

Er nickte. »Danach sieht es aus. Bleib bitte bei der Untersuchung dabei.«

Tom betastete die Schwellungen, fragte sie nach Problemen beim Wasserlassen und klopfte die Nierengegend ab. Die Patientin reagierte mit einem unterdrückten Schmerzlaut.

Tom beendete die Untersuchung. »Sie leiden an einer Nierenschwäche.« Er ging an den Schreibtisch. »Möglicherweise als Folge einer Zuckerkrankheit. Dafür muss man Sie eingehender untersuchen, als wir es hier können.«

Derweil bemerkte Katharina den leicht gewölbten Leib der Frau. Sofort legte diese eine Hand darauf und sah an Katharina vorbei.

»Sind Sie schwanger?«, fragte Katharina leise.

Das Gesicht der Frau verhärtete sich.

»Wie weit sind Sie?«, hakte Katharina nach.

»Der dritte Monat wird scho zu Ende sein.« Sie sprach ruppig. »Ich kanns net genau sagen.«

»Eine Schwangerschaft belastet die Nieren noch zusätzlich«, sagte Katharina zu Tom, der sich zu ihnen umgedreht hatte. »Ich sehe ein großes Risiko für Mutter und Kind.«

Tom nickte und wandte sich an die Patientin. »Am besten stellen Sie sich in einer Klinik vor. Dort erhalten Sie die bestmögliche Betreuung.«

»Wissens was?«, brach es plötzlich aus der Frau heraus. »Ich will des alles net. Ich hab schon drei kleine Kinder zu

Haus, daneben unsere Bäckerei. Mein Mann bestellt noch ein paar Morgen Land, weil's sonst net reicht. Wie soll ich des machen?«

»Mit entsprechender Pflege und Schonung werden Sie das Kind unbesorgt austragen können«, entgegnete Tom ruhig.

Katharina hörte ihm mit wachsendem Ärger zu.

»Ich will des Kind nicht!«, rief die Frau. »Es ist mir gleich, ob mein Körper des kann. *Ich* pack es net! Des Kind muss weg.«

»Es tut mir leid, aber da kann ich Ihnen nicht weiterhelfen.« Tom klang unerträglich sachlich. »Eine Schwangerschaft auf Verdacht hin zu unterbrechen, ist nicht erlaubt.«

Katharinas Reaktion kam intuitiv. »Warten Sie«, sagte sie zu der Frau, die sich von der Liege geschoben hatte und gerade ihre Kleidung ordnete. Sie notierte die Adresse der Sexualberatungsstelle auf ein Stück Papier und drückte es ihr in die Hand. »Suchen Sie diese Anschrift auf. Dort werden Sie beraten, auch im Hinblick auf das, was Sie wünschen.«

Die Patientin starrte skeptisch auf den Zettel. »Is des wahr?«

Katharina drückte ihren Arm. »Vertrauen Sie mir.«

Die Frau drehte das Papier noch ein paarmal zwischen ihren Fingern hin und her, dann sah sie Katharina zum ersten Mal offen an. »Vergelt's Gott!«

»Warten Sie nicht«, fügte Katharina an. »Ihr Zustand muss begutachtet werden.«

»Stellen Sie sich lieber im Frauenklinikum vor.« Tom trat neben sie.

»Die machen mein Problem ja net weg«, brummte die Frau.

»Ich rate Ihnen dringend dazu«, bekräftigte Tom. »Trinken Sie viel und ruhen Sie sich aus. Sollten Sie sich gegen das Krankenhaus entscheiden, kommen Sie bitte wieder, vor allem wenn es Ihnen schlechter gehen sollte.«

Die Frau warf Tom einen feindseligen Blick zu, dann schlurfte sie aus dem Behandlungszimmer und schlug die Tür hinter sich zu.

Tom sah Katharina ernst an. »Wir können es uns nicht erlauben, in dieser Praxis auch nur im Entferntesten mit einem möglichen Schwangerschaftsabbruch in Verbindung gebracht zu werden. Du bringst dich in des Teufels Küche.«

»Hast du denn nicht gesehen, wie schlecht es ihr geht?« Katharina konnte kaum mehr an sich halten.

»Ihr muss geholfen werden, das ist doch keine Frage. Aber nicht auf die Weise.«

»Wie dann?«

»Man muss die Zuckerkrankheit und die Nierenproblematik unter Kontrolle bekommen und ihr Mut machen, das Kind zu bekommen. Eine Abtreibung sollte die allerletzte Lösung sein.« Er verschränkte die Arme vor der Brust. »Du hältst mich für rückständig und herzlos. Für jemanden, der die Unterdrückung der Frau hinnimmt, aber das stimmt nicht.«

»Wie sollte ich es denn anders verstehen? Selbst wenn ihre Nieren funktionieren würden – sie hat drei kleine Kinder und treibt eine Bäckerei um!« Katharina bemühte sich um einen ruhigen Ton. »Ihr Zustand ist einer dauerhaften Überanstrengung geschuldet. Dieses Kind auszutragen, ist lebensgefährlich. Es großzuziehen verschlimmert die Belastungssituation.«

»Sie lebt in einer Ehe und ist einigermaßen abgesichert. Warum sollte sie das Kind nicht bekommen?«

»Das hat sie uns deutlich gesagt. Ich habe es dir soeben noch einmal erläutert.« Katharina rang die Hände. »Du willst es einfach nicht verstehen!«

»Auch wenn du es mir vielleicht nicht glaubst – ich habe viel über dieses Thema nachgedacht, Katharina. Dass wir diesbezüglich unterschiedlicher Auffassung sind, wissen wir schließlich nicht erst seit heute.«

»Und zu welchem Schluss bist du gekommen?«

»Eine Lösung wäre der Aufbau eines Agenturwesens. Das bedeutet eine systematische Erfassung von Schwangeren, die ihre Kinder nicht aufziehen können, und eine Kartei mit Paaren, die eines aufnehmen möchten. Es gibt viele, die ungewollt kinderlos sind und auf diese Weise ihren Wunsch erfüllen könnten.«

»Damit sind wir wieder beim Thema Adoption.«

»Ja.«

»Aber es geht doch nicht nur um die Kinder und eine … *systematische* Umverteilung von ungewünschtem Nachwuchs«, hielt Katharina dagegen. »Es geht vor allem um die Mutter. Fühlt sie sich überhaupt in der Lage, das Kind auszutragen? Was sagen die Nachbarn, wenn sie mit einem dicken Bauch herumläuft und nachher kein Säugling da ist? Wie reagiert der Ehemann?«

Tom ging auf ihre Argumente nicht ein. »Ich habe mir schon konkrete Gedanken zu einer Adoptionsagentur gemacht. Dort würden nicht nur die Frauen betreut und die Kinder vermittelt werden, sondern auch die Dinge angeboten, die dir am Herzen liegen: Aufklärung und Verhütung.«

Katharina entfuhr ein verächtlicher Laut.

Er legte seine Stirn in Falten. »Deine zunehmende Radikalität macht mir Sorgen. Das passt nicht zu dir. Das passt auch nicht zu uns.«

Katharina konnte nicht mehr an sich halten. »Was erwartest du von mir? Man sperrt uns ein, ich habe es am eigenen Leib erfahren. Man verbietet uns den Mund, ich erlebe es täglich. Und warum? Weil es die Gleichstellung der Geschlechter nur auf dem Papier gibt. Wir dürfen wählen. Immerhin. Aber sonst? Uns gehört nichts. Nicht unser Vermögen, nicht unsere Kinder, nicht unser Körper, nicht unsere Zukunft. Alles wird von Männern beherrscht.«

»Das haben dir die Frauenrechtlerinnen vorgesagt. Sie nutzen deine Angst aus.«

»Du sprichst mir schon wieder das selbstständige Denken ab, Tom. Aber wenn wir schon dabei sind: Ja, ich habe Angst. Dass ich verurteilt werde. Dass ich mein Studium nicht beenden kann.« Sie holte tief Luft. »Ich habe Angst, keine eigene Praxis führen zu dürfen und mich den Entscheidungen eines Mannes fügen zu müssen.«

»Als meine Ehefrau?« Er rieb sich den Nacken. Seine

Geste wirkte verzweifelt. »Du vertraust mir nicht. Weil ich die Kaution bezahlt und dir nichts davon gesagt habe. Weil ich dir verschwiegen habe, woher ich dich kannte.« Er schüttelte den Kopf. »Ich kann nicht glauben, dass du so gering von mir denkst. Dass du nach all den Monaten, die wir uns so nahe waren, nicht den Mann in mir siehst, der ich wirklich bin.«

»Ich bin mir nicht sicher, ob ich überhaupt für die Ehe geschaffen bin. Ich möchte keinem Rollenbild entsprechen. Und«, sie schluckte, weil ihr Mund plötzlich staubtrocken war, »ich möchte keine Kinder.«

Sie merkte, wie er sich versteifte. Dann nickte er langsam. »Ich verstehe.« Eine Weile betrachtete er sie schweigend. »Ich kann mir alles mit dir vorstellen, Katharina. Mit und ohne Kinder, auch wenn ich mir sicherlich eines wünschen würde. Ich weiß, dass wir gemeinsam viel bewegen könnten, beruflich, aber auch gesellschaftlich.« Seine Augen wanderten über ihr Gesicht. »Aber all das hat nur Sinn, wenn du es dir auch vorstellen kannst. Ich möchte dir nicht im Weg stehen oder ein Bremsklotz deiner Ambitionen sein. Ich würde mir nie verzeihen, dich zu irgendetwas gedrängt zu haben.« Er machte eine Pause, schien auf eine Reaktion zu warten.

Katharinas Magen zog sich zusammen. Dennoch brachte sie keine Erwiderung über die Lippen.

»So geht es jedenfalls nicht weiter«, fuhr er schließlich mit gepresster Stimme fort. »Wir müssen uns darüber klar werden, ob und wie wir zusammenleben möchten. Denke bitte noch einmal genau darüber nach, ob du eine Zukunft an meiner Seite wirklich möchtest. Solltest du zu dem Schluss kommen, dass das nicht der Fall ist, biete ich dir an, die Verlobung zu lösen.«

Seine Worte erschütterten sie bis ins Mark.

Die Antworten lagen ihr auf der Zunge. Sie wollte ihm sagen, wie sehr sie ihn liebte und wie sehr sie darunter litt, dass sie sich in einem Strudel widersprüchlicher Gefühle gefangen fühlte. Dass sie selbst nicht wusste, wer sie war und was sie wollte.

Sie konnte es nicht.

Der Ausdruck in seinen Augen wurde härter. »Ich werde das Wochenende auf meinem Landgut am Chiemsee verbringen. Lass mich bis nächste Woche wissen, wie es mit uns weitergehen soll.«

Als stünde er unter Beruhigungsmitteln hatte Tom Katharina mit einem flüchtigen Kuss auf die Wange verabschiedet, die Praxis aufgeräumt und sich auf den Heimweg gemacht. Dort hatte er das von Elfi Eder zubereitete Abendessen stehen gelassen und sich mit seinem Saxofon auf den Weg zur Kirche gemacht.

Hier, unter den stummen Blicken der Heiligen, brachen sich Bedauern und Wut, Trauer und Wehmut in einer heftigen Elegie Bahn. Seine Pein aber linderte sich nicht.

Ton um Ton klagte er an, Ton um Ton verhallte ungehört in der Weite des Kirchenschiffes. Wieder und wieder versuchte er, seiner Gefühle Herr zu werden und den notwendigen Abstand zu schaffen. Vergebens. Er verfluchte seine Verletzlichkeit, doch je mehr er sich dem Schmerz zu entziehen versuchte, desto heftiger grub sich dieser in Bauch und Herz.

Mit einem keuchenden Laut setzte er schließlich das Instrument ab. Es war zwecklos. Er entkam weder ihr noch seinen Gedanken.

Er musste schnellstens weg.

Raus aus München.

Bis zu seinem Landgut am Chiemsee waren es etwa eineinhalb Stunden Fahrt mit dem Auto. Tom hatte nur das Notwendigste zusammengepackt, den Tank gefüllt und sich auf den Weg gemacht. Das Abendrot, in welches er nun hineinfuhr, war von solch intensiver Schönheit, dass es den Aufruhr in seinem Inneren zu verhöhnen schien.

Katharina gehörte an seine Seite und er an ihre. Sollte sie sich wirklich gegen ihn entscheiden, würde dies den vielen Narben, die das Leben in seiner Seele hinterlassen hatte, eine weitere hinzufügen. Mehr noch. Es würde ihn zerreißen.

Mit dem finsteren Gefühl, in einem Albtraum gefangen zu sein, legte Tom Kilometer um Kilometer zurück. Ramersdorf, Ottobrunn, Höhenkirchen. Der Wald rückte näher an die Straße. Er gab Gas.

Sie fehlte ihm. Unsäglich.

Ein Schatten auf der Fahrbahn, ein Paar Augen, die im Licht seiner Scheinwerfer aufleuchteten.

Er riss das Steuer herum.
Ein dumpfer Schlag, der Wagen schleuderte.
Ein weiterer Schlag.
Ein brüllender Schmerz.
Dann wurde es still.

55. KAPITEL

Nachdem sie Tom verlassen hatte, war Katharina zunächst in Richtung Jahnstraße geradelt, dann aber zur Maistraße abgebogen. In der Nähe des Universitätsklinikums hatte sie ihr Fahrrad abgestellt und sich vorsichtig dem Vier-Flügel-Komplex genähert.

Langsam war sie an den vertrauten Mauern entlanggegangen. Immer wieder hatten ihre Finger die raue Fassade berührt, voll Wehmut, vielleicht für immer ausgeschlossen zu bleiben. In Gedanken war sie die Räume im Inneren abgelaufen, die gynäkologische Abteilung, das Ambulatorium, die Verwaltung. Die Strahlenabteilung im dritten Stock. Lange war sie vor dem Direktor-Wohnhaus stehen geblieben, welches in das Klinikum integriert war, und hatte dessen auffälliges Figuren-Fries betrachtet. Schließlich hatte sie sich gegen das kühle Mauerwerk gelehnt. Vor ihrem inneren Auge waren der große Hörsaal und die Laboratorien aufgestiegen, die Kursäle, der große Operationssaal mit seinem Glasausbau, der großzügig das Tageslicht hereinließ. Sie meinte, die konzentrierte Atmosphäre der Vorlesungen zu spüren, die Freude, am Wissen teilhaben zu können und jeden Tag ihrem Beruf ein Stückchen näherzukommen.

Beklommen hatte sie sich schließlich wieder auf den Weg gemacht. Während sie nach Hause geradelt war, hatte sie unvermittelt Toms Bildnis vor Augen gehabt – verbunden mit einem verstörenden Verlustgefühl. Noch jetzt, über eine Stunde später, drückte es auf ihren Magen.

Der heftige Streit hatte offensichtlich Spuren hinterlassen, aber sie bereute nicht, alles ausgesprochen zu haben. Sie wollte nicht die Frau von irgendjemandem sein, sie wollte sie selbst sein. Und die völlige Abhängigkeit einer Ehe widersprach diesem Wunsch. Konnten sie denn nicht auch so zusammenleben? Ohne eine Fessel mit solcher Tragweite?

Katharina machte sich zu Fuß auf den Weg zu Rosina Gruber. Der milde Frühsommerabend hätte ihre Sinne eigentlich beruhigen müssen, aber das Unbehagen blieb und ließ sich auch nicht vertreiben, als sie eine gute halbe Stunde später die Klingel der Gruber-Villa drückte. Erst als Frau Gruber sie gewohnt strahlend begrüßte, verblasste es ein wenig.

»Ihr Essen war ausgezeichnet, werte Frau Gruber!« Adam Burgert hob das Glas, in dem ein frischer Weißwein leuchtete. »Auf unsere Gastgeberin!«

Rosina Gruber legte die Gabel ab und griff mit verlegenem Lächeln nach ihrem Weinkelch. »Es freut mich, wenn es Ihnen geschmeckt hat!«

Auch Zara hob ihr Glas.

Sie stießen an, Katharina mit Wasser, Nannerl mit Limonade.

»Es gibt noch einen besonderen Nachtisch!«, versprach Frau Gruber.

»Sie wollen mich mästen«, scherzte Adam.

»Vertragen können Sie es, Herr Burgert«, versicherte die Gruberin.

»Wenn das so ist«, erwiderte Adam vergnügt, »werde ich mich natürlich Ihrem Urteil beugen.«

Rosina Gruber hatte sich große Mühe mit Spargel, Schinken, Kartoffeln und Pfannkuchen gegeben, aber Katharina hatte kaum einen Bissen heruntergebracht. Auch Nannerl saß mit gesenktem Kopf vor einem halb gefüllten Teller. Zara und Adam hingegen hatten sich sogar einen Nachschlag geben lassen.

»Schaffen wir Platz für das Dessert!« Die Gruberin zwinkerte in die Runde.

Während sie, unterstützt von Nannerl und Zara, den Tisch abräumte, wandte Adam sich an Katharina. »Wir sind auf einem guten Weg.«

Katharinas Herz machte einen Stolperer. »Wie meinst du das? Wird die Anklage abgewiesen?«

»Das nicht.« Adam schob seine Brille ein Stück nach oben. »Noch nicht. Aber die Zeichen stehen gut. Es wurde kurzfristig ein Termin für eine Anhörung vor dem Untersuchungsrichter anberaumt. Du wirst nächsten Donnerstag aussagen.«

»Ich soll noch einmal angehört werden?« Katharina erfasste ein Grauen davor, wieder einer Befragung ausgesetzt zu sein. »Ist das unumgänglich?«

»Ich kann es dir nicht ersparen. Aber anders als bei den Vernehmungen durch den Kommissar wirst du diesmal akribisch vorbereitet sein.« Adams Zuversicht war beruhigend. »Zudem habe ich mit dem zuständigen Richter telefoniert und ihm angedeutet, dass dieser Fall möglicherweise seinen Ruf ankratzen könnte. Sämtliche Indizien und Beweise sprechen für deine Unschuld. Wenn er der Anklage stattgibt, dann müsste er sich den Vorwurf der Befangenheit gefallen lassen, denn ich würde natürlich nicht müde werden, die Sache in Münchens höheren Kreisen zu streuen. Ich bin sicher, dass er darauf wenig Lust hat.«

»Hier kommt der Nachtisch!« Zara balancierte ein Tablett mit Glasschüsseln herein und stellte es auf den Tisch, Nannerl brachte ein zweites.

»Es gibt selbst gemachtes Vanilleeis und Erdbeeren!« Rosina Gruber hielt eine Schale voll frischer Früchte in der Hand. »Passend zur Jahreszeit.«

Kurz darauf stand vor jedem eine der Schüsseln mit hellgelbem cremigem Eis. Rosina Gruber ging von Platz zu Platz und gab die Erdbeeren dazu.

»Da haben Sie sich aber enorm viel Arbeit gemacht, liebe Frau Gruber.« Voll Bewunderung sah Adam auf den Nachtisch.

»Ich hab eine Maschine für Gefrorenes«, gab die Gruberin voll bescheidenem Stolz zurück.

Die milde Süße des Eises beruhigte Katharinas Nerven. Auch Nannerls Miene wurde mit jedem Löffel weicher. Hin und wieder sah sie nun neugierig in die Runde. Katharina tauschte einen hoffnungsvollen Blick mit Zara und Frau Gruber.

Auch Adam schien die Veränderung der Stimmung am Tisch zu bemerken. »Es gibt einige Paragrafen in der universitären Prüfungsordnung, welche den Zentralbehörden gestatten, Studenten in jeder Phase des Studiums bei sittlichen oder strafrechtlichen Verfehlungen die Prüfungszulassung oder Approbation zu versagen«, begann er. »Dieses schlimme Los sollte Katharina drohen. Nun wird es mit großer Sicherheit auf Herrn Edmund Mosny zurückfallen.« Er zog ein Bild aus der Tasche und legte es so auf den Tisch, dass Nannerl es sehen musste. »Hier haben wir Edmund Mosny im Vollwichs, der Festkleidung von Verbindungsstudenten. Einer seiner Burschenkameraden hat es mir überlassen.«

Mit hartem Klirren fiel Nannerls Löffel in die Dessertschale.

»Er ist es, nicht wahr?«, fragte Zara geradeheraus. »Der Mann, der dich angesprochen hat.«

Nannerl hielt beide Hände vor die Augen, dann begann sie zu schluchzen.

Zara legte einen Arm um sie. »Er hat dir gedroht, falls du für Katharina aussagst.«

Endlich nickte sie mit dem Kopf.

»Er wird Ihnen nichts tun können, Fräulein Nannerl«, sagte Adam mit zuversichtlicher Gewissheit. »Ich arbeite an einer Anzeige wegen Erpressung, Falschaussage und Versuch der Anstiftung zur Falschaussage. Bei Letzterem darf ich auf einen Zeugen zurückgreifen, den kein Gericht einfach zur Seite schieben kann: Doktor Theodor Mosny.«

»Edmund Mosnys Vater?« Katharina konnte es kaum glauben.

Adam nickte. »Es hat mich Zeit und Geduld gekostet, bis er endlich zu einem Gespräch bereit war. Mit Edmunds Lügen konfrontiert, versuchte er zunächst, alles abzuwiegeln, aber als ich ihm deutlich gemacht habe, dass ich nicht ruhen werde, bis nicht nur sein Sohn, sondern auch er selbst wegen Meineids vor Gericht steht, hat er mir endlich zugehört.«

»Und jetzt möchte er zu meinen Gunsten aussagen?« Katharina war verwirrt.

»Das kann er nicht«, erwiderte Adam. »Aber er wird bezeugen, dass sein Sohn versucht hat, ihn unter Vorspiegelung falscher Tatsachen zu einer Falschaussage zu bewegen.«

»Jetzt bekommt er endlich seine Strafe, der Mosny, der elendige«, sagte Rosina Gruber.

»Er … er is bei mir gewesen«, stotterte Nannerl. »I-in der Liegehalle. Er hat gsagt, er wär ein Arzt und dass das Fräulein Katharina mir mein Kind … weggemacht hat. Und dass ich des der Polizei sagen soll.«

»Donnerlittchen!« Adam Burgert zog seine Brille ab. »Er ist ja noch viel weiter gegangen, als wir gedacht haben!«

»Ich hab gar nix gsagt. Zu niemand.« Nannerl begann zu schluchzen. »Ich hab gedacht, wenn ich meinen Mund halt, dann passiert am wenigsten. Ich hab ihm net geglaubt, dass Sie mir das Kind weggemacht haben, Fräulein Katharina.«

»Aber Sie konnten der Polizei auch nicht die Wahrheit sagen«, stellte Adam fest.

Nannerl schüttelte den Kopf.

»*Jetzt* kannst du die Wahrheit sagen, Nannerl! Endlich!« Rosina Gruber lächelte glücklich. »Jetzt wird alles gut.«

»Aber … ich war noch nie bei einem Richter.« Nannerl schniefte. Zara gab ihr ein Taschentuch.

»Ihnen kann nichts passieren.« Adam sah Nannerl an. »Im Gegenteil. Mit Ihrer Aussage sorgen Sie dafür, dass Edmund Mosny auch Sie nie wieder belästigen wird.«

»Du musst nicht mehr sagen, als du uns soeben erzählt hast«, versicherte Zara. »Und wir werden das Sprechen vor Gericht mit dir üben.«

»Aber, wenn ich da kein Wort rausbring …«

»Ich geb dir meinen Rosenkranz mit«, versprach Rosina Gruber. »Der hat mich schon so oft beschützt, also beschützt er auch dich.«

Nannerl wiegte den Kopf hin und her, nahm ihren Löffel und kratzte die flüssigen Reste ihres Eises zusammen. Dann sah sie Adam an. »Also … wenn es so wichtig is. Dann mach ich's.«

»Du ahnst nicht, wie froh ich darüber bin.« Katharina lächelte Nannerl zu. »Danke, Nannerl.«

Nannerl erwiderte ihr Lächeln erschöpft. Dann stand sie auf und begann, den Tisch abzuräumen.

»Du darfst heut alles stehen lassen, Nannerl«, sagte Rosina Gruber mitfühlend. »Ich seh ja, wie müde du bist.«

»Des geht schon …«

»Ich mag ja net streng sein, aber ich besteh drauf, dass du schlafen gehst«, widersprach die Gruberin. »Du wirst deine Kraft noch brauchen. Soll das Fräulein Zara dich hinaufbegleiten?«

»Des braucht's net.« Nannerl strich mit den Händen über ihre Schürze. »Also, dann wünsch ich gute Nacht.«

»Wer möchte denn einen Kaffee«, fragte die Gruberin, nachdem Nannerl das Speisezimmer verlassen hatte.

Adam Burgert sah auf die Uhr. »Einen schnellen, gern. Aber dann sollten wir aufbrechen, Katharina. Es ist schon spät.« Er hatte bereits im Vorfeld angeboten, Katharina nach Hause zu bringen.

»Also dann setze ich Kaffee für alle auf«, beschloss die Gruberin.

Sie hatte sich gerade erhoben, als plötzlich die Türglocke ging. »Wer ist denn das?«, wunderte sie sich. »Um diese Zeit?«

»Lola und Eva können es nicht sein, die sind über das Wochenende zu Evas Eltern gefahren.« Katharina griff nach der Wasserkaraffe, um sich nachzuschenken.

»Vielleicht haben sie es sich anders überlegt?« Zara spielte mit ihrer Serviette.

Die Gruberin schüttelte den Kopf und machte sich auf den Weg zur Haustür. Zurück kam sie in Begleitung von Elfi Eder.

Toms Haushälterin zitterte am ganzen Körper. »Die Polizei war gerade da«, sagte sie heiser. »Der Herr Doktor hat … es hat einen Unfall gegeben.«

»Tom?« Adam sprang auf.

Katharina überlief es kalt. Sie presste den gläsernen Krug an sich.

Adam nahm Elfi Eder beim Arm und führte sie zu einem Stuhl. »Wie geht es ihm?«

Elfi Eder schüttelte den Kopf. Adam reichte ihr ein Glas Wein.

»Sagen Sie uns ganz in Ruhe, was mit Doktor von Bogen ist, Frau Eder.«

»Da muss ein Reh gewesen sein, mitten auf der Straße«, begann Elfi Eder mühsam. »Er hat nicht ausweichen können. Dann ist sein Auto gegen einen Baum geschleudert.«

»Wie geht es ihm?«, fragte Adam noch einmal.

Elfi Eder rieb sich die Stirn. »Sie haben ihn ins Krankenhaus rechts der Isar gebracht.«

»Ist er am Leben?«

Die Haushälterin nickte. »Aber es schaut net gut aus, haben die Gendarmen gesagt.«

Katharina wurde schwarz vor Augen. Mit einem dumpfen Poltern fiel die Wasserkaraffe zu Boden.

56. KAPITEL

Die Gruber-Villa in der Maria-Theresia-Straße,
am frühen Abend des nächsten Tages, 23. Juni 1928

Die Ungewissheit war kaum zu ertragen. Dazu kam der Schmerz, der sie nicht mehr aus seinen Fängen lassen wollte. Katharina konnte nicht essen, nicht schlafen. Am liebsten hätte sie an Toms Bett gewacht, aber das hatten die Ärzte nicht zugelassen. Immerhin hatten sie ihnen eine kurze Auskunft gegeben, vergangene Nacht noch, als sie und Adam ins Krankenhaus geeilt waren, um herauszufinden, wie es wirklich um Tom stand. Man hatte ihn stabilisiert, die Schwere seiner Verletzungen aber war noch nicht abzusehen. Adam hatte die Telefonnummern von sich und von Frau Gruber hinterlassen mit der Bitte, bei jeder Änderung seines Zustandes sofort Bescheid zu geben.

Es war für Katharina unvorstellbar gewesen, diese Nacht allein in ihrer Mansarde zu verbringen. Deshalb hatte sie Adam gebeten, sie vom Krankenhaus zu Rosina Gruber zurückzubringen. Gemeinsam mit Zara und Frau Gruber hatten sie bis zum Sonnenaufgang gewacht, anschließend war Adam nach Hause gefahren. Später hatte er angerufen und berichtet, für ein paar Minuten an Toms Krankenbett gewesen zu sein. Besuch sei nicht gern gesehen, aber er, Adam, würde darauf drängen, dass Katharina als seine Verlobte so bald wie möglich zu ihm gelassen werde, auch wenn Tom noch nicht wieder bei Bewusstsein war.

Am Nachmittag hatte Katharina sich bedrückt mit einem Buch in den Garten der Gruber-Villa zurückgezogen. Seither saß sie dort und hing ihren Gedanken nach. Niemals hätten sie im Streit auseinandergehen dürfen. Warum hatte sie jeden seiner Versuche, ihre Differenzen zu entschärfen, so beharrlich abgelehnt?

Irgendwann ging sie zum Gartentor, drückte die Klinke und trat hinaus auf die Straße.

Bis zu der Villa der von Bogens waren es nur wenige Schritte. Katharina legte ihre Hände an die weiß lackierten Gitterstäbe des Zauns und sah durch den baumbestandenen und mit niedrigen Buchsbaumhecken gegliederten Vorgarten auf das zurückgesetzte Haus. Hier, im Angesicht des zweistöckigen Gebäudes mit den beiden Rund-Erkern und den tiefen, weißen Sprossenfenstern wurde auf einmal der Wunsch übermächtig, hineinzugehen. Sie ließ die Stäbe los und näherte sich dem Tor, das normalerweise nur während der Nachtstunden abgeschlossen wurde. Geräuschlos gab es den Weg frei. Da sie Elfi Eder nicht auf sich aufmerksam machen wollte, schlich Katharina am Haus vorbei in den parkähnlichen Garten und blieb unter einem blühenden Maulbeerbaum stehen. Aufgewühlt hob sie die Hände an die weiche, faserige Rinde und malte sich aus, wie Tom hier aufgewachsen war – sah ihn als kleinen dunkelhaarigen Jungen durch den Garten toben, Käfer sammeln und Maulbeeren naschen, als Student im Gras liegen und medizinische Bücher wälzen. Sie stellte sich seinen Vater vor, wie er auf einer Gartenbank hinter dem Haus seine Zigarre paffte, die Mutter, wie sie mit dem Gärtner das Pflanzenarrangement besprach, während aus einem der Fenster die weichen, warmen Töne eines Saxofons herüberwehten …

Unvermittelt nahm sie die Hände vom Baumstamm und fuhr sich hastig über die Stirn.

Hatte er nicht erwähnt, dass seine Eltern auf dem Friedhof von Sankt Georg begraben lagen? Etwas in ihr drängte plötzlich an ihre Ruhestätte.

Es waren nur wenige Minuten zu Fuß bis zur Bogenhausener Kirche. Durch eine kleine Pforte in der efeuumrankten Mauer betrat Katharina den Friedhof. Entlang schmaler Wege, die eiserne Kreuze und säulenbestandene Grabmäler flankierten, fand sie zu einer hellen Marmorstele mit den gesuchten Namen. Respektvoll trat sie näher, versuchte ein stilles Gedenken, bat um Schutz für ihren verletzten Sohn. Ein Rotkehlchen ließ sich auf dem Stein nieder, sah sich um und flog wieder davon, der Abendwind fuhr durch die Zweige der Bäume und Sträucher, welche die Gräber umstanden. *Bleibe bei mir, Tom.*

Katharina wusste nicht, wie lange sie sich verweilt hatte,

als aus dem Inneren der Kirche Orgelmusik nach draußen drang.

Frieder?

Leise, um ihn in seinem Spiel nicht zu stören, betrat sie die Kirche und setzte sich in eine der hölzernen Bankreihen. Die Orgel flutete das Kirchenschiff mit einem Choral.

Wer nur den lieben Gott lässt walten …

Katharina war keine Kirchgängerin – außer wenn Pater Fidelis den Gottesdienst hielt. Heute aber fühlte sie sich in den barocken Mauern mit ihren jahrhundertealten Freskenmalereien sicher und aufgehoben, die weiche, getragene Melodie des Kirchenliedes löste nach und nach die unerträgliche Anspannung in ihrem Inneren. Und mit den Tränen kam die Erkenntnis.

Sie vermisste ihn. Mehr als sie sich jemals hätte vorstellen können. Sie sah, wie konsequent er sein Leben den Menschen gewidmet hatte. Nicht in völliger Selbstaufgabe, sondern in einem pragmatischen Wissen, wo sein Platz war. Er trat für seine Werte ein, auch wenn er deshalb aneckte. Er versuchte sie zu beschützen und ihr gleichzeitig die Freiheit zu lassen, die sie brauchte. Wo sie ihm Engstirnigkeit unterstellt hatte, war er tolerant und großzügig. Wo sie skeptisch war, hatte er vertraut – auf sie und auf das, was sie beide verband.

Er hatte ihr die Liebe gezeigt. Mit seinem Körper. Und mit seinem weiten Geist.

Erst als das Knarren der Kirchenbank ihr andeutete, dass sich jemand neben sie setzte, wurde ihr bewusst, dass die Orgel verstummt war. Sie hob den Kopf.

Frieder hielt den Blick auf den Altar gerichtet. »Er ist mein bester Freund. Wir sind viele Wege gemeinsam gegangen. Schöne. Aber auch schwere.« Er sah sie an. »Ich weiß, wie sehr er dich liebt. Ich weiß auch, wie groß seine Sorge ist, dass du ihm niemals glauben wirst, und wie wichtig ihm eure Ebenbürtigkeit ist. Er hat seine Fehler, so wie wir alle. Aber Tom nimmt sie nicht als gegeben hin. Er möchte mit dir wachsen.«

»Er hat mir so viel gegeben«, antwortete Katharina unglücklich. »Ich habe solche Angst, dass ich ihm nie mehr sagen kann, wie viel er mir bedeutet.«

»Tom ist zäh. So leicht wird er es dem Sensenmann nicht machen.« Frieder verschränkte seine Hände. »Und was euch betrifft: Es ist nie zu spät, noch einmal neu zu beginnen, Katharina. Geh zu ihm. Sag ihm, was du empfindest, auch wenn er scheinbar tief schläft. Ich bin mir sicher, er wird dich hören.«

57. KAPITEL

Das Krankenhaus rechts der Isar in der Ismaninger Straße, am nächsten Tag, 24. Juni 1928, gegen zwölf Uhr

Katharina hatte sich die Mittagsstunde ausgesucht, um an Toms Krankenbett zu gelangen. Zwischen den Buffetwagen mit Essen, die durch die Gänge geschoben wurden, lief sie die langen Korridore des Krankenhauses entlang. Schwestern und Pflegerinnen eilten von Raum zu Raum, in der Luft lag der Geruch von Reinigungsmitteln, Suppe und Kartoffeln. Hin und wieder begegnete sie einem fragenden Blick, aber aufgehalten wurde sie nicht. Schließlich erreichte sie Toms Zimmer. Adam hatte genau beschrieben, wo es lag, und angemerkt, dass ständig eine Pflegerin anwesend sei.

Katharina ließ den Blick über die weiß gestrichene Tür gleiten. Dann hob sie die Hand und klopfte.

Eine ältere Krankenschwester öffnete. »Sie wünschen?«

»Ich möchte zu Herrn Doktor von Bogen.«

»Herrn von Bogen ist derzeit kein Besuch gestattet.«

»Das weiß ich. Enge Angehörige aber sind von diesem

Verbot ausgenommen. Das hat mir Doktor Adam Burgert versichert, unser Rechtsbeistand.«

»Sie sind seine Frau?«

»Ja.«

Die Schwester schien zu überlegen. Mit einem aufmerksamen Blick über den Flur schob sie schließlich die Tür ein Stück weiter auf und ließ Katharina herein. »Zehn Minuten.«

»Danke.« Mit einem bleiernen Gefühl auf der Brust ging Katharina zum Bett. Ganz ruhig lag er da, den Kopf verbunden, die Haut von Schürfwunden, Hämatomen und Schnitten übersät. Seine Mimik aber war ebenmäßig, und sein Atem ging ruhig. Vorsichtig legte sie eine Hand auf das metallene Fußteil des Krankenbettes. »Haben seine Kopfverletzungen zu Einblutungen geführt?«

Die Schwester hatte wieder ihren Platz an Toms Seite eingenommen. »Zunächst sind wir davon ausgegangen. Bisher hat sich dergleichen zum Glück nicht bestätigt. Eine sichere Diagnose kann allerdings erst in ein paar Tagen gestellt werden.«

»Wie beurteilen Sie seinen Allgemeinzustand?«

»Unerwartet gut. Er ist gestern Nachmittag erstmals zu sich gekommen und hat sogar etwas Wasser getrunken.«

»Wirklich?«, fragte Katharina erstaunt. Das Krankenhaus hatte weder Adam noch Frau Gruber darüber informiert.

»Es hat uns selbst überrascht.«

Katharina trat näher zu ihm hin. »Ist er sediert?«

»Ja. Er bekommt starke Beruhigungsmittel.«

Das waren unerwartet gute Nachrichten. Behutsam nahm

Katharina seine Hand und ertastete den Puls. Er ließ sich gut fühlen und ging regelmäßig.

»Ihre Fragen sind sehr fachlich«, stellte die Schwester fest. »Sind Sie Ärztin?«

»Ich stehe kurz vor der Staatsprüfung.«

»Interessant.« Die Schwester nahm ein Buch zur Hand. »Denken Sie bitte an die Zeit, Frau von Bogen.«

Katharina nickte ihr zu. Dann beugte sie sich über ihn. »Ich bin da, Tom.«

Er reagierte nicht.

»Du weißt, dass du schnell wieder gesund werden musst«, sagte sie leise. »Für dich. Und für unsere Zukunft. Für unsere … Kinder.« Seine Mimik blieb unbewegt, aber sein Herzschlag unter ihren Fingern beschleunigte sich.

»Durch dich bin ich der Liebe begegnet, Tom.« Sie begann, sanft über seinen Handrücken zu streicheln. »Und ich bleibe bei dir. Wir gehen diesen Weg zusammen.« Mehr wagte sie nicht zu sagen. Auch wenn die Schwester in ihr Buch vertieft schien, war Katharina sich sicher, dass sie zuhörte.

Sein Puls beruhigte sich.

Still konzentrierte sich Katharina auf die Berührung ihrer Hände, strich über seine Finger und die Handinnenfläche, betrachtete die feinen Linien, die sie durchzogen. Schließlich legte sie ihre Hand um seine und drückte sie ganz leicht. Ein paar Sekunden später erwiderte er ihren Händedruck. Katharina schloss die Augen, spürte dem leichten Kribbeln nach, das bis in ihre Unterarme zog.

»Ihre Zeit ist um.« Mit leisem Rascheln legte die Schwester ihr Buch zur Seite.

Katharina richtete sich auf. »Ich danke Ihnen, dass Sie mich zu ihm gelassen hab…«

Die Tür schlug auf. »Wie geht es unserem Doktor, Schwester Gertrud?«

Erschrocken trat Katharina vom Bett zurück, die Schwester wandte den Kopf. »Herr Professor!« Mit raumgreifenden Schritten kam ein Arzt auf Toms Bett zumarschiert. Als er Katharina wahrnahm, hob er fragend die Brauen.

»Ich habe ihr nur zehn Minuten erlaubt«, erklärte die Schwester unaufgeregt. »Sie ist seine Frau.«

Der Arzt, Katharina schätzte ihn auf weit über sechzig Jahre, runzelte die Stirn. »Doktor von Bogen ist verheiratet?«

»Ich bin seine Verlobte«, beeilte sich Katharina, ihre Angaben richtigzustellen. »Wir werden in Kürze heiraten.« Dem fragenden Blick der Schwester wich sie aus.

»Ach, richtig!« Der Arzt strich über seinen weißen Kinnbart. »Ich erinnere mich. Eine große Anzeige in der Zeitung!« Seine Miene glättete sich. »Ich konnte ihm noch gar nicht gratulieren!«

Katharina merkte auf. »Sie kennen ihn persönlich?«

»Er hat bei mir studiert.« Der Arzt trat ans Bett und nahm Toms Puls. »Und er macht gute Fortschritte. Ich wage die Prognose, dass er recht bald wieder auf dem Damm ist.«

Katharina betrachtete Toms Brustkorb, der sich unter der Decke hob und senkte. »Er hat auf meinen Händedruck reagiert.«

»Ausgezeichnet. Das passt zu dem, was wir in den letzten Stunden beobachtet haben.« Er nahm eine Lampe, hob Toms Lider an und überprüfte die Reaktion der Pupillen. »Er hatte mehr als einen Schutzengel.«

»Dann ist er nicht mehr in Lebensgefahr?«

»Zumindest nicht mehr akut – nach jetzigem Stand.«

Katharina schlang die Arme um sich. »Es hieß, dass es … nicht gut aussehen würde. Bis jetzt … also, ich bin davon ausgegangen, dass er möglicherweise nicht überlebt.«

Der Arzt begutachtete die Blessuren in Toms Gesicht. »Zu Beginn war die Schwere seiner Verletzungen in der Tat kaum einzuschätzen. Sie sehen selbst, dass es viele kleinere Schnittverletzungen gab, zudem Prellungen unterschiedlicher Schweregrade an Kopf und Rumpf. Vorläufig halten wir ihn mit Beruhigungsmitteln in einem Zustand, der einer Bewusstlosigkeit ähnelt, allerdings verringern wir bereits die Dosis. Morgen sollte er über längere Zeit hinweg wach sein, damit wir mit der Überprüfung der neurologischen Reaktionen beginnen können.« Er steckte die Hände in die Taschen seines Arztkittels und sah Katharina nachdenklich an.

»Auch wenn Ruhe für ihn enorm wichtig ist, dürfen wir doch die heilende Kraft der Liebe nicht unterschätzen«, sagte er schließlich. »Kommen Sie morgen um dreizehn Uhr noch einmal her.«

»Ich darf wiederkommen?«

Er lächelte. »Ich erwarte es sogar.«

Katharinas Gefühle schlugen Purzelbäume, als sie das Krankenhaus verließ und die Ismaninger Straße querte. Innerhalb einer halben Stunde war aus Angst und Hoffnungslosigkeit neuer Mut geworden. Auch wenn ihr bewusst war, dass Komplikationen nach wie vor nicht völlig ausgeschlossen werden konnten, stand die Zuversicht des Arztes wie ein breiter Silberstreif am Horizont.

Als sie in die Maria-Theresia-Straße einbog, beschleunigte sie ihren Schritt. Der Tag schien auf einmal heller, das Grün der Bäume kräftiger, die Menschen, die ihr begegneten, freundlicher.

Mit Schwung drückte sie das Gartentor zur Gruber-Villa auf, hetzte die breite Eingangstreppe hinauf und klingelte.

Sie war noch dabei, Atem zu schöpfen, als die Tür aufging. Auf der Schwelle stand ihr Vater.

»Papa!« Ungläubig fuhr sie sich über die Augen.

Gustav Lindner nahm sie fest in den Arm. »Ich hatte dir ja gesagt, dass ich nur einen Anruf weit entfernt bin.«

»Ich … habe doch gar nicht angerufen.«

»Aber Frau Gruber, dem Himmel sei Dank. Du glaubst doch nicht, dass wir dich in dieser Situation allein lassen.«

»Wieso wir – sind Helena und Lilly etwa mitgekommen?« An ihrem Vater vorbei betrat Katharina die Eingangshalle.

»Des net«, tönte eine vertraute Stimme. »Aber wir!«

Katharina sah auf.

Auf dem kleinen Treppenabsatz zum Hochparterre stand nicht nur Pater Fidelis. »Wir dachten, dass du in dieser Situation eine breit aufgestellte Unterstützung brauchen kannst«, sagte Maxim. »Deshalb haben wir uns heute Morgen in den Zug gesetzt«, ergänzte Felix. »Und jetzt sind wir da«, schloss Pater Fidelis.

Katharina schüttelte den Kopf, zugleich bemerkte sie, wie ein erleichtertes Lächeln über ihr Gesicht glitt.

»Erst einmal gibt's Kaffee und ein ganzes Blech mit frischem Butterkuchen!«, rief die Gruberin aus dem Hintergrund. »Kommts nur rein. Herr Burgert ist auch schon unterwegs.«

Angeführt von Pater Fidelis, folgten alle Rosina Grubers Aufforderung. Katharina hakte ihren Vater unter. »Warum sind denn Lilly und Helena nicht dabei?«, fragte sie leise.

»Die müssen zu Hause die Stellung halten«, erwiderte er. »Mit den Kindern und all den Gästen, du weißt ja.«

»Aber Maxim könnte das doch auch.«

»In diesem Fall nicht.«

Als Katharina ihn zweifelnd ansah, tätschelte er beruhigend ihren Arm. Dennoch keimte in ihr der Verdacht, dass dies nur ein Teil der Wahrheit war.

58. KAPITEL

In der Mansardenwohnung von Katharina und Lola, anderntags, 25. Juni 1928, gegen Mittag

Katharina stand über eine Schüssel gebeugt, wusch die Seife aus ihrem Haar und spülte mit klarem Wasser nach. Dann rubbelte sie ihre Haare mit einem Handtuch trocken, kämmte Strähne für Strähne durch und setzte einen Kaffee auf. Zwischendurch sah sie nervös auf die Uhr, wie schon den ganzen Vormittag über. Sie konnte es kaum erwarten, endlich zum Klinikum aufzubrechen.

Während der Kaffee mit einem plätschernden Geräusch in die Kanne rann, zog sich Katharina an. Das hellgelbe Sommerkleid passte zu ihrer Stimmung und dem Sonnenschein draußen, die noch leicht feuchten Haare fasste sie zu einem Knoten zusammen.

Der erste Schluck Kaffee tat gut. Mit dem Becher in der Hand setzte sie sich an den Tisch und schlug wahllos eines ihrer Medizinbücher auf. Noch während sie sich ziellos durch die Seiten blätterte, hörte sie die Tür gehen. »Lola?«

Mit lautem Rumpeln stellte die Freundin ihr Gepäck ab, kam wortlos zu Katharina und nahm sie fest in den Arm. »Ich habe gehört, was passiert ist«, sagte sie. »Und ich weiß auch, dass er unwahrscheinliches Glück gehabt hat. Was ich nicht weiß, ist, warum er an diesem Abend ohne dich einen Ausflug machen wollte.«

»Wir hatten uns gestritten.«

»Aha. Ich kann mir denken, worüber.« Lola ließ sie los. »Und ich werde mit Hedda und Selma noch ein Hühnchen rupfen. Sie haben sich viel zu sehr in deine Angelegenheiten eingemischt.«

»Das mag sein«, antwortete Katharina. »Dennoch war ich es selbst, die sich bei unserem … Disput nicht zurückhalten konnte.«

»Wie geht es jetzt weiter?«

»Ich besuche ihn heute Nachmittag.«

»Ich meinte, wie es mit *euch* weitergeht?« Lola begann, ihre Tasche auszupacken.

Katharina legte den Kopf schief. »Ich werde mutig sein.«

»Und ihn heiraten?«

»Ja.«

»Ich denke, dass du damit keinen Fehler machst«, erwiderte Lola grinsend.

Trotz der Sorge, die noch auf ihr lastete, musste Katharina lachen. »Deine Zuversicht ist beruhigend.« Noch immer schmunzelnd sah sie zu, wie Lola ein Kleidungsstück nach dem anderen in den Schrank räumte. »Wie war denn euer Wochenende?«

»Wir haben viel gemalt«, antwortete Lola. »Wer hätte gedacht, dass Evas Eltern am Ende doch noch so etwas wie Begeisterung für die Kunst ihrer Tochter aufbringen würden.«

»Sie können sich ihrem Erfolg nicht verschließen.«

»Wenn man bedenkt, wie viele Steine sie ihr in den Weg gelegt haben, ist dieser Stolz meiner Meinung nach etwas oberflächlich. Aber Eva freut sich darüber. Und nur das zählt.«

»Werden sie sich die Ausstellung ansehen?«

»Ja, heute. Sie haben uns hergebracht, so mussten wir nicht den Zug nehmen. Im Augenblick sind sie bei Frau Gruber und essen dort zu Mittag.« Lola schüttelte eine grün und gelb gestreifte Bluse aus und griff nach einem Kleiderbügel. »Ich mag Seide, aber sie knittert immer so schnell. Ich hänge dieses gute Stück über Nacht ans Fenster. Wenn ich Glück habe, ist sie morgen wieder schön glatt.«

»Wann geht ihr zum Glaspalast?«, fragte Katharina.

»Sie holen mich nach dem Essen ab.« Lola hielt inne. »Und du? Gehst du zu Tom?«

Katharina nickte und sah auf ihre Armbanduhr. »Ich muss los.«

Als Katharina wenige Minuten vor ein Uhr Toms Krankenzimmer betrat, traf sie auf dieselbe Schwester wie am Vortag. Kaum hatte diese Katharina bemerkt, rückte sie ihren Stuhl zurück. »Kann ich Sie beide allein lassen? Ich habe noch nicht zu Mittag gegessen.«

»Selbstverständlich!« Tom hob zustimmend die Hand. »Lassen Sie es sich schmecken, Schwester.« Er zwinkerte Katharina zu.

Die Frau stand auf. »Der Professor kommt gleich«, versicherte sie und verließ den Raum.

Tom drehte den Kopf zu Katharina hin. Auf seinen Lippen lag ein feines Grinsen.

»Du bist aufgewacht«, flüsterte Katharina glücklich.

»Sie haben endlich diese Mittel abgesetzt. Die ganze Zeit wusste ich nicht, ob ich wache oder träume.« Er tippte mit der flachen Hand auf seine Matratze. »Komm her zu mir. Bitte.«

Katharina setzte sich an die Bettkante und legte vorsichtig eine Hand auf seinen Arm.

»Warst du schon einmal hier?«, wollte er wissen.

Sie nickte. »Gestern.«

»Dann habe ich es nicht geträumt.« Er wirkte zufrieden. »Gott sei Dank.«

»Ich habe solche Angst ausgestanden. Und mir solche Vorwürfe gemacht!« Katharina sah in seine warmen Augen.

»Nicht.« Er schüttelte den Kopf. »Niemand kann etwas dafür.«

»Ich hatte dich verletzt.«

»Trotzdem hatte ich nicht vor, meinem Leben ein Ende zu setzen.«

»Du wärst nicht gefahren, wenn ich nicht so vieles infrage gestellt hätte.«

»Ich wäre vielleicht nicht allein gefahren«, stellte Tom richtig. »Das Reh hätte trotzdem dort gestanden.«

Trotz ihres Schuldbewusstseins musste sie lächeln. »Es hat mir jedenfalls die Augen geöffnet, Tom.«

»Ja?« Ein Leuchten zog über sein Gesicht. »Dann haben all die Beulen einen Sinn?«

»Tom …« Katharina rieb sich die Schläfe.

»Ich meine, du gehst nicht weg von mir?«

»Wie könnte ich.« Sie schüttelte unglücklich den Kopf. »Ich war so verbohrt.«

»Nein«, widersprach er, »du warst so ehrlich.«

»Dennoch habe ich dir unrecht getan, Tom. Wenn du diesen Unfall nicht überlebt hättest, ich wüsste nicht …«

»Du wärst deinen Weg weitergegangen. Du bist stark, Katharina.« Er bewegte sich und verzog schmerzvoll das Gesicht.

»Ich werde mich um deine Verletzungen kümmern«, versicherte Katharina. »Und mir Mühe geben, dir keine weiteren mehr zuzufügen.« Sie nahm seine Hand.

»Wenn zwei unabhängige Menschen zusammenkommen, wird die ein oder andere Schramme nicht zu vermeiden sein.« Er umschloss ihre Finger. »Ich möchte nicht, dass du dich verbiegst, Katharina. Eine Beziehung muss unterschiedliche Meinungen aushalten.«

»Dann bestehe ich jetzt schon auf eines.« Katharina legte vorsichtig die Hand an seine geschundene Wange.

Er drehte den Kopf und küsste ihre Handfläche. »Und das wäre?«

»Dass wir niemals mehr im Streit auseinandergehen.«

59. KAPITEL

Das Verbindungshaus des Corps Regenia in der Münzstraße,
Dienstag, 26. Juni 1928, am späten Abend

Missmutig trat Edmund in die laue Juninacht hinaus, zog heftig an seiner Zigarette und stieß den Rauch aus. Alfons und Hinrich hatten sich heute nicht nur ständig auf seine Kosten amüsiert, sondern deutlich gemacht, dass sie auf seine Freundschaft keinen Wert mehr legten. Sein Verhalten wäre ehrverletzend und würde ihre eigene Zukunft beschädigen. Alfons hatte ihm noch zugeraunt, dass es innerhalb der Burschenschaft Stimmen gäbe, die seinen Ausschluss forderten. Dabei wetterten sie alle gegen Frauen an den Universitäten! Welche Heuchelei!

Edmund hatte es nicht mehr ertragen. Sollten sie sich ohne ihn ins Nirgendwo trinken.

Er schnippte den Zigarettenstummel weg und machte sich auf den Weg nach Hause. Seine Schmetterlinge würden ihn trösten und ihm helfen, sich eine neue Strategie auszudenken. Eine, für die er niemanden brauchte, die aber

Katharina Lindners Ende bedeutete. Da würde ihr auch ihr wichtiger Arzt-Ehemann nichts nützen. Er selbst hatte ohnehin nichts mehr zu verlieren.

Ihr Anwalt hatte sich eingemischt. Hatte seinem Vater so lange gedroht, bis dieser nicht mehr gewusst hatte, was richtig und was falsch war. Nun packte Theodor Mosny seinen Koffer, um nach München zu kommen und gegen ihn, seinen eigenen Sohn, auszusagen – weil er von ihm angeblich zu einer Falschaussage angestiftet worden sei. So ein Unsinn. Er hatte seinen Vater gebeten, ihn bei seinem Kampf gegen weibliche Umtriebe an den Universitäten zu helfen. Das war ein entscheidender Unterschied. Zudem würde ihm der monatliche Wechsel gestrichen. Wollte er weiterstudieren, müsste er sich eine Arbeit suchen, um Studium und Leben zu finanzieren.

Edmund rückte seine neue weiße Mütze zurecht und ging in Richtung Maximilianstraße, um die Tram zu nehmen. Der Mond stand als perfektes Halbrund am Himmel, seine Absätze klapperten auf dem Straßenpflaster, vereinzelte Nachtgestalten huschten vorbei.

An der Ecke, wo die Sparkassenstraße in die Pfisterstraße mündete, blieb er stehen, und steckte sich eine neue Zigarette in den Mund. Doch noch bevor er das Streichholz über die Reibefläche ziehen konnte, legte sich ein stählerner Arm um seinen Hals.

Edmund ließ die Zündhölzer fallen und spuckte keuchend die Zigarette aus.

Aus dem Nichts tauchte ein kolossaler Schatten auf, sein

bodenlanges Gewand schimmerte im Zwielicht schwarz und weiß, ein Paar Sonnengläser saß auf einem rundlichen Kopf.

Der Griff um Edmunds Kehle lockerte sich, mit einem groben Rempler wurde er gegen einen ausladenden Bauch gestoßen. Der mächtige Mann packte ihn bei den Schultern und hob ihn ein Stück an. »Dass du mir des Fräulein Lindner in Ruhe lässt!«

»Was geht Sie das an?«, giftete Edmund.

»Sei net so frech!« Die Stimme des Dicken klang bedrohlich. »So a Packerl Watschen is glei aufgmacht.«

Edmund wand sich. »Ich habe nichts mit einem Fräulein Lindner zu tun!«

»Der lügt, ohne mit der Wimper zu zucken.« Ein weiterer Mann baute sich vor ihm auf, hochgewachsen und muskelbepackt.

»Lügen scheint seine Spezialität zu sein!«, kam es aus der Dunkelheit. Das musste der Kerl sein, der ihm den Arm um den Hals gelegt hatte.

Edmunds Wut wuchs ins Unermessliche. Mit einer raschen Drehung entwand er sich dem Griff des Monstrums und glitt zurück auf die Straße. Doch bevor er flüchten konnte, wurde er an seinen Rockaufschlägen gepackt und gegen eine Hauswand gedrückt.

Ein Vierter trat hinzu. Er war älter und zog ein Bein nach.

»Du wirst sie nie wieder belästigen.« Der Klang seiner Stimme hatte etwas ähnlich Arrogantes wie die der Lindner.

»Sie verwechseln mich!« Edmund spuckte dem muskulösen, dunkelhaarigen Hünen ins Gesicht, der ihn festhielt.

»Wir wissen genau, mit wem wir es zu tun haben!« Der Mann sprach mit russischem Akzent. »Und haben keine Skrupel.« Er presste ihn fester gegen die Mauer. Eine Unebenheit bohrte sich in Edmunds Hinterkopf, der Druck auf seiner Brust nahm ihm beinahe den Atem.

»Gib auf Edmund Mosny«, sagte der, welcher ihn zuerst angegriffen hatte, und stellte sich mit dem Giganten und dem Humpelnden im Halbkreis um ihn auf.

»Ihr könnt mir gar nichts …«

Der brutale Schmerz kam unerwartet. Edmund schrie auf, aus seiner Nase rann eine warme Flüssigkeit, lief über Mund und Kinn. Er schmeckte Blut.

»Wir haben eine Erklärung aufgesetzt«, der Ältere hielt auf einmal Papier und Stift in der Hand, »in der du versicherst, dich von Fräulein Lindner fernzuhalten und nichts mehr zu unternehmen, was ihr schadet.«

»Ich unterschreibe gar nichts!«

Diesmal traf der Schlag Edmunds linken Unterkiefer. Mit lautem Knirschen stießen seine Zähne aufeinander. Sein Kopf dröhnte, Punkte tanzten vor seinen Augen, ihm schwindelte.

Sie meinten es vollkommen ernst. Die Lindner musste eine Truppe von Verbrechern beauftragt haben, um ihn zu erledigen. Kein Wunder, mit dem Geld ihres Verlobten konnte sie sich jetzt alles leisten.

»Also?« Der Russe verstärkte noch einmal den Druck auf Edmunds Brust.

»L-loslassen«, röchelte Edmund. »Ich unterschreibe.«

60. KAPITEL

Die Gruber-Villa in der Maria-Theresia-Straße,
Donnerstag, 28. Juni 1928, gegen sieben Uhr morgens

Alle hatten sich zum Frühstück bei Rosina Gruber eingefunden. Lola, Eva, Zara, Nannerl. Gustav Lindner, Felix, Maxim und Pater Fidelis. Adam Burgert. Tom war noch im Krankenhaus, hatte aber versprochen, fest an sie zu denken.

Katharinas Nerven flatterten. Zweimal hatte sie den Kaffee verschüttet. Einmal war ihr die Marmeladesemmel auf den Teppich im Esszimmer gefallen – mit der klebrigen Seite nach unten. Ständig musste sie zur Toilette, so wie Nannerl, die blass und übernächtigt in ihrem Omelett stocherte. Zara achtete darauf, dass das Mädchen genügend aß, Frau Grubers Rosenkranz lag neben Nannerls Teller.

Adam hatte sich zu Katharina gesetzt und war mit ihr noch einmal die wichtigsten Punkte der heutigen Anhörung durchgegangen. Er würde sowohl sie als auch Nannerl vor den Untersuchungsrichter begleiten. Katharina war froh, ihn an ihrer Seite zu wissen.

Auffällig zufrieden ließen sich dagegen Pater Fidelis, Maxim, Felix und ihr Vater das Frühstück schmecken. Die vier waren in den vergangenen Tagen viel unterwegs gewesen. Felix hatte sich mit Kollegen aus dem Nachrichtendienst getroffen, Pater Fidelis alte Jugendfreunde wiedergesehen. Maxim und Katharinas Vater hatten neben der Kunstausstellung im Glaspalast das Deutsche Museum besucht, und gestern schließlich das Müller'sche Volksbad in Augenschein genommen, um Lilly vom dortigen römisch-irischen Schwitzbad mit Freilufthof zu berichten. Katharina vermutete, dass es nicht lange dauern würde, bis der Lindenhof etwas Ähnliches vorzuweisen hatte.

Katharina selbst war rund um die Uhr bei Tom gewesen. Mit Erlaubnis des Professors durfte sie kommen und gehen, wie sie wollte, und Tom ging es täglich besser. Inzwischen stand bereits seine Entlassung im Raum.

Die Abende hatten sie gemeinsam bei Frau Gruber verbracht, Neuigkeiten ausgetauscht und das eine oder andere Kartenspiel gespielt. Elfi Eder war dabei fast immer mit von der Partie gewesen. Sie fühlte sich in Toms Haus recht allein und hatte sich darüber hinaus mit Rosina Gruber angefreundet. Regelmäßig hatte zudem Adam Burgert vorbeigesehen, um Nannerl auf ihre Zeugenbefragung und Katharina auf ihre Aussage vorzubereiten, die heute anstanden. Katharina hoffte, dass danach endlich alles vorbei war.

Sie nahm sich gerade eine Semmel, als das schrille Klingeln des Telefons sie zusammenzucken ließ. War etwas mit Tom?

Doch als Frau Gruber wiederkam, lag ein fröhliches Lachen auf ihrem Gesicht. »Ihre Schwestern sind dran, Fräulein Katharina! Ich glaub, die wollen Ihnen Glück wünschen!«

Katharina legte die Semmel auf ihren Teller und ging ans Telefon.

»Katharina!«, hörte sie Helenas Stimme, untermalt vom üblichen Knistern der Fernverbindung. »In Gedanken sind wir alle bei dir heute! Jetzt ist es bald geschafft!«

»Das hoffe ich!«

»Vater klang sehr zuversichtlich. Wir haben gestern mit ihm gesprochen. Er tauscht sich viel mit deinem Anwalt aus.«

Das hatte Katharina bereits vermutet. »Schade, dass ihr nicht hier seid«, merkte sie an.

»Im Hotel ist jedes Zimmer und jede Suite belegt. Wir konnten einfach nicht weg ...« In der Leitung raschelte es. »Katharina?« Das war Lilly. Offensichtlich hatte sie Helena den Hörer abgenommen. »Wie schön, dich zu hören! Wir hoffen, dass unsere Männer uns würdig vertreten!«

Aller Anspannung zum Trotz musste Katharina lachen. »Keine Sorge, das tun sie. Außerdem scheinen sie ihren Ausflug hierher zu genießen.«

»Das hab ich mir schon gedacht.« Lilly kicherte, dann räusperte sie sich. »Lass uns heute Abend bitte wissen, wie es ausgegangen ist! Wir sind schrecklich aufgeregt!«

»Ich werde euch informieren, sobald ich etwas zu berichten habe.«

»Ach, Katharina, ich würde dich so gerne umarmen«, bekannte Lilly.

»Ich auch«, rief Helena von der Seite in den Hörer.

Katharina drängte das Beben zurück, das sich in ihre Stimme schleichen wollte. »Wir stellen uns die Umarmung einfach vor.«

»Einverstanden«, hörte sie Lilly sagen. »Aber eine richtig feste!«

Schließlich brachen sie auf: Adam Burgert, Katharina, Nannerl und Gustav Lindner. Die Fahrt in Adams Auto zum Amtsgericht verlief schweigend. Da Nannerl vor Aufregung stark zitterte, legte Katharina beruhigend den Arm um sie.

Auf dem Korridor vor dem Zimmer des Untersuchungsrichters trat Katharina von einem Bein auf das andere. Diese letzten Augenblicke waren die schlimmsten. Katharina fühlte den Arm ihres Vaters auf ihrem Rücken. Seine Berührung gab ihr Kraft.

Nannerl wurde als Erste aufgerufen. Zusammen mit Adam Burgert verschwand sie hinter einer hohen, grau gestrichenen Tür.

Mit jeder Minute, die verging, pochte Katharinas Herz härter gegen ihre Brust. Würde das Mädchen die Befragung durchstehen? Und was würde sie selbst erwarten?

Unmittelbar nebenan lag das Frauengefängnis. Katharina versuchte, die aufkommenden Erinnerungen beiseitezuschieben und sich auf ihre Anhörung zu konzentrieren. Es gelang leidlich.

Die Zeit dehnte sich zu einer Viertelstunde. Zu einer halben. Kurz bevor die Stunde voll war, öffnete sich endlich die Tür.

Als Nannerl über die Schwelle trat, waren ihre Augen gerötet, aber sie zitterte nicht mehr. Adam wirkte zufrieden. »Sie hat es gut gemacht«, sagte er leise.

Nannerl ließ sich von Katharina kurz umarmen, stellte sich dann aber an eines der großen Fenster des Korridors und sah hinaus. Erschöpfung sprach aus Körperhaltung und Mimik.

Es dauert noch einmal zehn Minuten, bis der Gerichtsbedienstete Katharina hereinbat.

»Bald ist es vorbei«, gab ihr Vater ihr leise mit auf den Weg. »In Gedanken bin ich bei dir dadrin.«

Katharina küsste ihn flüchtig auf die Wange.

Dann stand sie vor dem Untersuchungsrichter, einem ernsten Mann mit goldgeränderter Brille. Adam stellte sich an einen seitlich angeordneten Tisch. Die Stille, welche über dem Raum lag, wurde nur durch ein gelegentliches Rascheln unterbrochen.

Zunächst schien der Richter keine Notiz von ihnen zu nehmen. Konzentriert blätterte er in einem Stapel Papiere, der vor ihm lag. Endlich sah er auf. »Fräulein Katharina Lindner, geboren am vierten April neunzehnhunderteins?«

»Das bin ich, Herr Richter.«

Der Richter warf noch einmal einen Blick in seine Unterlagen. »Sie wurden von einem gewissen Edmund Mosny der gewerbsmäßigen Abtreibung beschuldigt. Diesen Vorwurf haben Sie zurückgewiesen. Die Staatsanwaltschaft hat den Fall nun an das Gericht weitergegeben.«

Katharina presste ihre Hände ineinander. Die Anspannung war kaum mehr auszuhalten. Sie suchte Adams Blick. Der Anwalt nickte ihr vertrauensvoll zu.

Schließlich krauste der Richter die Stirn: »Ich habe Ihren Fall überprüft, Fräulein Lindner, und komme zu dem Schluss, dass die Beweislage für eine Anklageerhebung nicht ausreicht. Die von Herrn Mosny angeführten Zeugen haben ihre Aussagen zurückgezogen. Dazu kommt eine von Herrn Mosny unterzeichnete Erklärung, in welcher er einräumt, dass er die Vorwürfe gegen Sie frei erfunden hat. Zusammen mit der soeben aufgenommenen Aussage der betroffenen Patientin ist für das Gericht hinreichend belegt, dass Sie keine Abtreibungen vorgenommen haben.«

Katharina atmete aus.

»Die Anklageerhebung gegen Herrn Edmund Mosny wegen Falschaussage, Anstiftung zur Falschaussage und Erpressung wird gesondert geprüft. In diesem Fall würden Sie als Zeugin aufgerufen.« Er sah sie ausdruckslos an. »Damit ist Ihr Fall abgeschlossen. Alles Gute, Fräulein Lindner.«

Katharina brachte kein Wort heraus. Adam nahm seine Aktentasche und trat neben sie. »Wir danken Ihnen, Herr Richter.«

Der Albtraum war zu Ende.

Zwei Stunden später im Krankenhaus rechts der Isar

»Sie haben Edmund Mosny verprügelt?« Über Toms Gesicht zog ein breites Grinsen. »Schade, dass ich nicht dabei gewesen bin!«

»Ich habe es selbst erst heute erfahren«, sagte Katharina. »Der Untersuchungsrichter sprach von einer Erklärung, die Edmund Mosny angeblich unterschrieben hat. Die vier haben ihm wohl so lange zugesetzt, bis er bereit war, alles schriftlich zuzugeben – die Erpressung, das Kaufen der Zeugen. Mir gegenüber aber haben sie kein Wort darüber verloren. Erst als ich Vater nach der Anhörung gefragt habe, hat er alles erzählt.«

»Wann hat denn das denkwürdige Ereignis stattgefunden?«

»Vorgestern Abend.«

»Und Adam hat Mosnys blutbesudelte Erklärung sofort an das Gericht weitergeleitet.«

Katharina hob ihren Zeigefinger. »Vater hat ihm zuvor die Finger gesäubert. Er hat nicht einmal gewusst, was er unterschreibt.«

Tom lachte. »Deine Familie ist so bemerkenswert wie konsequent.«

Seite an Seite saßen Katharina und Tom auf seinem Krankenbett. Sie waren allein. Eine dauerhafte Krankenwache im Zimmer gab es nicht mehr.

»Weißt du«, fuhr Katharina fort. »Ich habe mich schon gewundert, warum Vater mit seinen Schwiegersöhnen anstatt mit meinen Schwestern nach München gekommen ist.«

»Sie hatten es geplant. Gut so. Einen Edmund Mosny musste man stoppen. Er hätte dich nicht in Ruhe gelassen.«

Katharina zuckte mit den Achseln. »Ich weiß nicht.«

»Garantiert.« Tom zog sie in seine Arme. »Zumal du ihm in seinem Prozess enorm schaden kannst. Ich glaube, dass ihm noch gar nicht bewusst geworden ist, was nun auf ihn zukommt.«

»Daran denke ich noch gar nicht«, entgegnete Katharina. »Im Augenblick steht mir der Sinn nicht danach, noch einmal vor Gericht zu erscheinen.«

»Mach dir einfach bewusst, dass der Menschheit dadurch ein Arzt Edmund Mosny erspart bleibt.«

»Wenn du es so sagst …«

Er begann, ihre Schläfe mit Küssen zu bedecken. »Deinen wichtigsten Kampf hast du ohne mich geschlagen, Katharina. Damit ist bewiesen, dass du niemals von mir abhängig sein wirst. Wir können also beruhigt heiraten.«

Jetzt war es an ihr zu lachen. »Ein schwer zu widerlegendes Argument.«

»Ich weiß.« Er griff unter ihr Kinn und hob es an. »Hast du eigentlich am Montag schon etwas vor? Das wäre der zweite Juli.«

»Nein«, erwiderte sie überrascht. »Warum?«

»Dann würde ich mich freuen, wenn du mich an diesem Tag nach Hause holst.«

61. KAPITEL

Toms Villa in der Maria-Theresia-Straße,
zwei Wochen später, Mitte Juli 1928

Die erste große Sommerhitze des Jahres hatte sich über München gelegt. Tagsüber zeigte das Thermometer mehr als dreißig Grad und ließ die Menschen den Schatten ihrer Häuser suchen. Erst jetzt, in den Abendstunden, waren die Temperaturen angenehm und lockten nach draußen.

Katharina und Tom hatten sich auf eine Holzbank in Toms Garten zurückgezogen. Der Teich, an dem sie stand, war mit Seerosen, Sumpf-Schwertlilien, Zwergbinsen und anderen Wasserpflanzen bewachsen. Prächtige Bäume und in allen Farben blühende Büsche rahmten das kleine Paradies ein, welches Katharina in seiner gepflegten Natürlichkeit an Helenas Garten erinnerte.

Katharina streichelte über Toms Kopf, den er in ihren Schoß gebettet hatte. Die Blutkrusten in seinem Gesicht hatten sich gelöst, die kleineren Hämatome hatten sich zurückgebildet und waren nur noch als leicht gelbliche Flecken zu erkennen. Die schlimmeren Prellungen am Körper waren zwar noch schmerzhaft, aber auch sie heilten. Er hatte zweifellos eine ganze Armada an Schutzengeln an seiner Seite gehabt.

Umso bewusster lebten sie nun ihre gemeinsame Zeit. Katharina war mit einem kleinen Koffer bei ihm eingezogen, um ihn wie versprochen zu pflegen, was er mit reichlich Humor über sich ergehen ließ. Elfi Eder dagegen schien mit ihrer Anwesenheit zu hadern. Der Haushälterin fiel es noch schwer, eine zweite Frau im Haus zu akzeptieren.

Katharina verscheuchte eine Fliege, die sich auf Toms geschlossenen Lidern niederlassen wollte. Als diese mit leisem Brummen davonflog, hörte Katharina ein Rascheln. Sie wandte den Kopf.

»Das nenne ich traute Zweisamkeit!« Adam Burgert kam den geschwungenen Weg zum Teich entlanggeschlendert, seine Aktenmappe unter dem Arm.

»Adam!«, erwiderte Katharina nahezu zeitgleich mit Tom, der die Augen aufgeschlagen hatte und sich nun aufrichtete.

»Elfi Eder hat mir gesagt, dass ich euch hier finde«, erklärte Adam.

»Du hast zu unserem Glück gefehlt, alter Freund!« Tom rückte ein Stück von Katharina ab. »Setz dich her!«

»Wenn ich es wagen darf, zwischen euch Platz zu nehmen.« Adam ließ sich nieder und sah sich um. »Ein hübsches Fleckchen hast du hier. Ich wusste gar nicht, dass dein Garten so idyllisch ist.«

»Ich auch nicht«, gab Tom zu. »In den letzten Jahren habe

ich ihn so gut wie nicht benutzt. Er hat vor allem den Gärtner erfreut.«

»Das hat sich offenkundig geändert«, stellte Adam fest und öffnete seine Aktentasche. »Vielleicht könnt ihr hier sogar einen Schreibplatz unterbringen.« Er griff in die lederne Mappe und hielt kurz darauf einen Umschlag in der Hand. »Ich habe ausgezeichnete Neuigkeiten für dich, Katharina!«

»Wirklich?« Elektrisiert straffte Katharina die Schultern. Konnte es sein, dass … sie wagte nicht, den Gedanken zu Ende zu führen.

Adam entnahm dem Umschlag ein offiziell aussehendes Schreiben. »Hier ist die schriftliche Bestätigung, dass du ab sofort wieder Studentin der Ludwig-Maximilians-Universität bist.«

Mit einem Aufschrei fiel Katharina Adam um den Hals. Der lachte.

»Ich sollte öfter mit guten Nachrichten bei euch vorbeikommen.«

»Es sei dir gegönnt.« Tom grinste.

Adam überreichte Katharina das Schreiben und den Umschlag dazu. »Es gibt keinerlei Einschränkungen mehr. Du kannst dein Studium wieder aufnehmen und unbelastet in die Zukunft gehen.«

Katharina drückte das Schreiben an ihre Brust. »Danke, Adam. Ich wüsste nicht, was ich ohne dich machen würde.« Sie konnte ihr Glück kaum fassen.

»Jederzeit zu Ihren Diensten.« Adam schloss seine Ledermappe.

»Deine nächste Aufgabe wartet schon«, warnte Tom.
»Und die wäre?«, fragte Adam.
»Ich bitte dich, mein Trauzeuge zu sein.«

Die Sonne war gesunken. In der warmen Milde der Nacht saßen Katharina und Tom noch immer auf ihrer Bank, hielten sich im Arm und lauschten dem Zirpen der Grillen.

»Ich werde die Staatsprüfung verschieben«, sagte Katharina schließlich. »Bis Oktober alles aufzuholen, was ich versäumt habe, ist nicht zu schaffen.«

»Du hast meine volle Unterstützung.« Toms Hand begann über Katharinas Schenkel zu wandern.

»Übrigens habe ich noch einmal über deine Adoptionsagentur nachgedacht.« Sie rückte näher zu ihm hin. »Eine solche würde wirklich einiges verbessern. Man könnte die Umstände von Schwangerschaft und Geburt würdiger und diskreter gestalten, als beispielsweise Döderlein das bei seinen Hausschwangeren tut, und die Säuglinge zudem in gute Hände geben.«

»Meine Rede.« Sein Ton war liebevoll.

»Besonderen Wert würde ich dabei auf die dauerhafte Erfassung aller Angaben der Eltern legen. Damit die vermittelten Kinder später ihre leiblichen Eltern wiederfinden können.«

»Wenn sie das überhaupt möchten.«

»Es wird sogar sehr wichtig für sie sein. Die eigenen Wurzeln zu kennen, ist doch ein grundlegendes Bedürfnis eines jeden Menschen.«

»Hm. Daran habe ich in der Tat noch gar nicht gedacht.« Toms Hand wanderte höher. »Und bei unserer Arbeit werden wir die Bedürfnisse der Frauen stärker berücksichtigen. Dass wir für Aufklärung sorgen und Verhütungsmittel ausgeben, hatten wir ja schon besprochen. Aber wir werden auch diejenigen Schwangeren nicht alleinlassen, die den Weg einer Adoption nicht gehen können. Ihnen vermitteln wir entsprechende Hilfe.«

Katharina verstand und legte den Kopf an seine Schulter. »Der Abbruch einer Schwangerschaft sollte immer das letzte Mittel sein. Davor gilt es, den Frauen möglichst passende Angebote zu machen, damit sie das Kind auf die Welt bringen und sogar behalten können.« Sie seufzte. »Die letzte Entscheidung aber muss die Schwangere treffen. Und sie sollte sie treffen dürfen, ohne eine Strafe dafür erwarten zu müssen.«

Katharina spürte seine Finger über die empfindlichen Innenseiten ihrer Oberschenkel streichen. »Was hast du vor?«, fragte sie leise.

»Ich will dich endlich wieder richtig lieben.«

»Geht das … ich meine, dürfen wir das? Du bist doch noch verletzt?«

Sein Mund strich über ihre Wange. »Ich kann es kaum erwarten, dass du erschöpft und verstrubbelt unter mir liegst.«

62. KAPITEL

Am Meersburger Hafen, Ende August 1928

Eddi und seine Fischersfreunde hatten ihre Gondeln mit Blumen, Bändern und Laternen geschmückt. Sachte schaukelten sie im silbrigen Licht des Mondes, der voll und rund am nächtlichen Himmel stand.

»Jetzt bin ich auf die Überraschung gespannt, die sich deine Schwestern ausgedacht haben«, raunte Tom in Katharinas Ohr, als sie mit ihrer gut gelaunten Hochzeitsgesellschaft die Stege am Meersburger Hafen betraten.

»Ich habe einen leisen Verdacht«, wisperte Katharina zurück.

»Verrätst du mir etwas?« Er nahm ihre Hand.

»Natürlich nicht«, erwiderte sie lachend.

Eddi kam ihnen entgegen. »Jetzt hat auch die letzte Lindner-Tochter den Ehehafen erreicht. Meine Glückwünsche!«

»Es war nicht leicht, sie einzufangen«, beteuerte Tom launig. »Immer wieder ist sie mir aus dem Netz geschwommen.«

Eddi lachte und schlug Tom auf die Schulter. »Steigt ein!«

Er half ihnen in seinen Kahn, wo sie unter einem eigens für sie gestalteten Rundbogen aus Efeuranken und gekränztem Buchsbaum Platz nahmen.

Während sich die Gäste auf die anderen Boote verteilten, gesellte Pater Fidelis sich zu ihnen. »Ja, mei«, ächzte der Gottesmann, als er sich umständlich auf die Bank ihnen gegenübersetzte, »des is ja mal eine ganz besondere Hochzeit. Mit Nachtbootsfahrt.«

»Als Dank für Eure wunderbare Predigt.« Tom glich das Schwanken des Bootes aus.

Pater Fidelis lachte froh. »Das Hohelied der Liebe hat Gott sei Dank genügend Zeilen. Da find ich immer was.«

Eddi startete den Motor, versicherte sich, dass alle abfahrbereit waren, und setzte sich an die Spitze des schwimmenden Hochzeitszuges.

Katharina hatte sich eine kleine Feier gewünscht. Außer ihrer Familie und Pater Fidelis hatten sich Lola, Eva und Zara eingefunden, Frau Gruber war mit Elfi Eder und Nannerl angereist. Adam hatte neben zwei weiteren von Toms Musikerfreunden auch Frieder mitgebracht, der wiederum in der Kirche für ein grandioses Orgelspiel gesorgt hatte.

Ein ganz besonderer Gast aber war Olga Pawlowa, eine schöne Frau mit vollem weißem Haar und lebhaften blauen Augen. Sie war unübersehbar Helenas Mutter, und ebenso unübersehbar war, dass sich das Band zwischen ihr und ihrer verlorenen Tochter innerhalb kürzester Zeit fest gestrafft hatte. Hin und wieder erzählte sie von dem schwierigen Leben, das hinter ihr lag – der Flucht aus dem Kloster, ihrem Leben im Untergrund und später als Kommunistin. Maxim übersetzte. Sie hatte einen Parteigenossen geheiratet, der im Bürgerkrieg zu Tode gekommen war. Daraufhin hatte sie sich mit ihrem kleinen Sohn nach Finnland abgesetzt und dort ein unauffälliges Leben als Magd auf einem Bauernhof geführt. Später war sie nach Helsinki gezogen, um ihrem Kind eine gute Ausbildung zu ermöglichen. Helena hoffte nun, bald ihren Halbbruder kennenzulernen, der in Helsinki als Ingenieur arbeitete und mit einer Finnin verheiratet war.

Besonders rührte Katharina aber das vorsichtige Werben ihres Vaters, das von Olga mit zurückhaltender Zuneigung erwidert wurde. Vielleicht gab es ja bald eine weitere Hochzeit im Lindenhof.

Katharina spürte Toms Hand an ihrem Rücken und zupfte ihr knöchellanges, spitzenbesetztes weißes Kleid zurecht. Sie hatte keine große Robe und auch keinen Schleier gewollt und sich noch in München etwas Passendes gekauft. Lilly hatte ihr Haar heute Morgen zu einem kunstvollen Nackenknoten geschlungen und frische Blüten hineingesteckt – Tom hätte ihr das Kleid am liebsten gleich wieder ausgezogen.

Das Fest in Helenas Garten war genauso gewesen, wie Katharina es sich vorgestellt hatte. Leicht und lebensfroh. An einer großen Tafel hatten Käthe und ihre Küchenmannschaft sommerliche Gerichte aufgetragen, von denen sie einige ihrem Lindauer Kochbuch entnommen hatte – frischen

Bodenseefisch, mit Gemüse gefüllte Maultaschen, Linsensalat, Brokkoli-Soufflé. Auf Katharinas Wunsch hin gab es selbst gemachte Nudeln mit frischer Tomatensoße und Basilikum sowie Blanquette de Veau, ein französisches Kalbsragout. Der Weinhändler hatte eigens darauf abgestimmte Weine geliefert, auch die Limonaden hatten mit den einzelnen Gängen korrespondiert: Limette zum Fisch, Himbeere zu gefüllten Maultaschen, Linsensalat und Soufflé, eine Kräutermischung zu den Nudeln und Holunder zum Blanquette. Gekrönt worden war das Bankett von einer Auswahl an Lieblingskuchen: Helenas Meersburger Schlosstorte, Lillys Nussschaumtorte, Käthes Lindenhof-Apfelkuchen mit Mandeln und Katharinas Erdbeerkuchen.

Im Anschluss hatte Tom mit seinen Freunden zum Tanz unter freiem Himmel aufgespielt, dabei aber nicht vergessen, seine strahlende Ehefrau immer wieder selbst auf den hölzernen Tanzboden zu führen, den Helena vor ein paar Jahren unter einer Linde hatte aufbauen lassen. Dann hatten sie sich mit Fackeln auf den Weg zum Meersburger Hafen gemacht, um diesen Tag auf einzigartige Art und Weise zu beschließen.

Das Boot wurde langsamer. Zusammen mit den vier anderen Gondeln formierte es eine schwach gebogene Linie, die sich nach Meersburg hin ausrichtete. Eddi sah auf seine Uhr. »Noch sechs Minuten bis Mitternacht«, sagte er. »So lange müssen wir uns noch gedulden.« Er stimmte ein Abendlied an. *Der Mond ist aufgegangen.*

Nach und nach fielen die Hochzeitsgäste ein, und aus

Eddis vollem Bass wurde ein mehrstimmiger Gesang, der in die Nacht hinauszog.

Dann war es wieder still. Nur das vertraute Schlagen der Wellen an den Bootsrumpf war zu vernehmen.

Als die Uhren vom Ufer her Mitternacht schlugen, erleuchtete mit einem Mal ein Feuerwerk den Himmel über Meersburg. Unter dem begeisterten Applaus der Hochzeitsgäste ergoss es sich über die Burg und das Schloss, ließ die alten Mauern glühen und schimmern. Eine knallende, knisternde und pfeifende Geräuschkulisse umrahmte das bunte Funkenspiel.

Katharina sah Tom von der Seite an. Das wechselnde Licht spiegelte sich als warmes Flackern auf seinem Gesicht. Als er ihren Blick bemerkte, beugte er sich an ihr Ohr: »Damit sind auch die letzten bösen Geister vertrieben. Ich liebe dich, Katharina von Bogen.«

Anderntags bei Sonnenaufgang

Katharina und Tom waren früh aufgestanden und hatten sich aus dem seinen Festrausch ausschlafenden Lindenhof an den See geschlichen. Nun standen sie im Uferkies, sahen über das frische Hellblau des Wassers und sogen die Ruhe in sich auf.

»Das Morgenlicht mag ich am liebsten«, bekannte Katharina. »Es lässt alles neu und unberührt wirken. Ein ewiger Neubeginn.«

»Es passt zu dir, das Morgenlicht.« Tom legte den Arm um sie und strich über ihre Schultern.

Eine Schwanenfamilie zog auf den See hinaus und hinterließ eine glitzernde Wasserschleppe. »Als ich klein war, habe ich einmal ein Schwanenküken mit nach Hause genommen«, erinnerte sich Katharina. »Es war verletzt. Papa musste mir helfen, sein Bein zu schienen. Anschließend ist es den ganzen Sommer bei mir geblieben.«

Tom schmunzelte. »Da hat sich bereits die Ärztin in dir bemerkbar gemacht.«

»Wahrscheinlich.«

Im Dunst der gegenüberliegenden Uferlinie zogen einige Boote dahin. Katharina wandte den Kopf und sah Tom an. »Ich denke, dass es unserem Kind hier gefallen wird.«

»Unserem Kind?«, fragte er verdutzt.

Sie nickte.

Er neigte den Kopf. »Hast du denn deine Meinung geändert?«

Katharina lächelte. »Mir steht sogar schon ein konkretes Geburtsdatum vor Augen.«

»Wie bitte? Wann soll unser Kind denn deiner Meinung nach auf die Welt kommen? Nächstes Jahr im Sommer?« Er legte die Stirn in Falten. »Dann haben wir noch etwa drei bis vier Monate Zeit, um es zeugen.«

»Ich habe an Mitte April gedacht.« Katharina lächelte in sich hinein.

»Planst du eine Frühgeburt?« Er schüttelte irritiert den Kopf. Dann schien er zu erstarren. »Sag bloß … nein, das kann nicht sein.«

»Was kann nicht sein?«

»Dass du schon schwanger bist. Wir haben immer verhütet.«

»Nicht immer.« Katharina zwinkerte ihm zu. »Erinnerst du dich an den Tag, als wir das erste Mal wieder zusammen waren – nach deinem Unfall?«

»Natürlich.« Sein Grinsen geriet schief.

Katharina sah ihn zärtlich an. »Damals haben wir nicht verhütet.«

Er stutzte. »Wir haben kein Kondom benutzt, weil du sagtest, dass es nicht nötig sei.«

»Deshalb bin ich schwanger.«

Ihm entfuhr ein ungläubiger Laut. »Du hast es einfach zugelassen?«

Katharina wandte sich ihm ganz zu und legte die Arme um ihn. »Ich habe dieses Kind bewusst und in Liebe empfangen, Tom. Dein Unfall hat mir klargemacht, dass nicht nur meine Befindlichkeiten zählen.«

»Das ist wieder einmal typisch Katharina.« Die Hand, mit der er ihr über das Haar strich, zitterte leicht. »Du planst, ohne zu fragen, und triffst auch noch ins Schwarze.«

»Ins Schwarze getroffen hast *du!*«, widersprach sie liebevoll.

Etwas knackte.

»Ach, hier seid ihr!« Lilly zwängte sich durch den schmalen Durchlass im Ufergebüsch, das Katharina und Tom vom Uferweg trennte.

Helena folgte ihr auf dem Fuß. »Wir haben euch schon gesucht!«

Katharina und Tom sahen sich in stillem Einvernehmen an.

»Wir haben uns nämlich etwas überlegt«, deutete Lilly an.

»Jetzt bin ich aber gespannt«, sagte Katharina.

»Wir werden das Hotel noch einmal erweitern.« Helena machte eine Handbewegung in Richtung Lindenhof. »Nicht in diesem und auch nicht im nächsten Jahr, aber doch in absehbarer Zeit.«

»Und weil man die Dinge rechtzeitig planen muss, wollten wir euch heute schon den Vorschlag unterbreiten, in diesem Erweiterungsbau eine Praxis einzurichten. Oder auch zwei«, führte Lilly aus.

Zwei blaue Augenpaare richteten sich erwartungsvoll auf Katharina und Tom.

Diese Idee kam für Katharina nicht überraschend. Schon vor Jahren hatten sie und ihre Schwestern sich ausgemalt, zusammen mit ihren Familien am Bodensee zu leben und zu arbeiten.

Sie sah zu Tom. Dann trat sie einen Schritt vor und nahm ihre beiden Schwestern am Arm. »So gut wir uns das vorstellen können«, sie wählte ihre Worte sorgsam, weil sie die beiden nicht verletzen wollte, »aber im Augenblick sehen wir unsere Zukunft in München. Zum einen ist Tom bereits etabliert, zum anderen werden wir dort eine Stiftung gründen, um die medizinische Versorgung derjenigen zu verbessern, die sich einen Arzt nicht leisten können. Ich selbst möchte irgendwann eine Praxis für Frauenheilkunde eröffnen – auch hierfür bietet München sich an.«

»Ich habe es gleich gesagt.« Lilly zwinkerte Helena zu. »Unsere jüngste Schwester hat ihre eigenen Pläne.«

»Befürchtet hatte ich es auch.« Helena seufzte. »Aber die Vorstellung ist einfach wunderschön.«

»Wer weiß, was das Leben noch bringt«, warf Tom ein. »Vielleicht spült es uns eines Tages doch noch an den Bodenseestrand.«

Über den Weinbergen Meersburgs stieg die Sonne höher.

»Es ist nicht wichtig, wo wir leben«, sagte Katharina. »Denn wir haben uns im Herzen.«

EPILOG

Schon bald nachdem die weltweite Wirtschaftskrise die Weimarer Republik und ihre junge Demokratie bis in die Grundfeste erschüttert hatte, drängte Tom dazu, Europa zu verlassen. Die Erlebnisse des Ersten Weltkriegs standen ihm so präsent vor Augen, dass er seinen Fluchtimpuls nicht unterdrücken konnte. Schließlich gab Katharina nach. Nach einem Jahr Vorbereitungszeit schifften sie sich mit ihrer kleinen Tochter Charlotte nach Südwestafrika ein und begannen mit dem Aufbau einer neuen Existenz.

Auch der Lindenhof geriet durch die Weltwirtschaftskrise in Turbulenzen. Helena und Maxim verloren viel Geld, die Gäste wurden weniger. Mit der Machtergreifung 1933 änderte sich das Leben schließlich grundlegend. Selbst am Bodensee spürte man die Gleichschaltung. Die neuen Zeiten stärkten den Ochsenwirt, der schon bald überzeugtes Parteimitglied wurde und seine wachsende Macht nutzte, gegen den heftigen Widerstand der Lindners im Lindenhof ein Tagungszentrum der Nationalsozialisten einzurichten. In diesen Tagen starb Elisabeth vereinsamt in einem Schweizer Gasthof, wo sie zuletzt als Küchenhilfe Arbeit gefunden hatte.

Edmund Mosny, der wegen Falschaussage verurteilt worden war und die Universität hatte verlassen müssen, starb Adams Angaben zufolge bei einem missglückten Fechtduell. Von seinen Kumpanen hörte man nie wieder. Adam Burgert, der eine jüdische Großmutter hatte, verließ das nationalsozialistische Deutschland noch vor dem Ausbruch des Zweiten Weltkriegs in Richtung Südamerika.

Frau Gruber und Nannerl überstanden die dunklen Jahre in München. Unauffällig und fleißig bestickten sie Halstücher mit den allgegenwärtigen Emblemen der Nationalsozialisten, während sie im Keller der Gruber-Villa verfolgten Menschen Unterschlupf gewährten.

Walli Stenzl verdiente sich nach ihrer Rückkehr aus dem Kloster ihren Lebensunterhalt mit Näharbeiten. Gemeinsam mit ihren Kindern lebte sie ein ruhiges, unauffälliges Leben in der Au.

Lola war zunächst nach London und von dort weiter in die Vereinigten Staaten gezogen und hatte in vielen Briefen schließlich Eva davon überzeugt, ihr zu folgen. Gemeinsam betrieben sie eine kleine Galerie in New York.

Im Jahr 1936 machten sich Helena und Maxim, Lilly und die Kinder, Gustav und Olga auf den Weg zu Katharina und Tom. Sie brachten Zara mit, die im faszinierenden Licht Afrikas einen ersten Zugang zu ihren großväterlichen Wurzeln fand. Zugleich vermisste sie schmerzlich ihre Heimat. Sobald die Umstände es erlaubten, das machte sie deutlich, würde sie nach München zurückkehren, um dort als Hebamme zu arbeiten.

Felix war nach wie vor in die Spionagetätigkeiten der Alliierten eingebunden und blieb in Europa. Eine Zerreißprobe.

Auch wenn Helena und Gustav mit dem Klima schlecht zurechtkamen und Lilly unter der Trennung von ihrem Mann litt, waren sie dankbar, dem Grauen in Deutschland entkommen zu sein. Mit vereinten Kräften führten sie die Praxis und eine kleine Pension und hielten sich so über Wasser. Pater Fidelis blieb in der Mehrerau und half vielen Bedrängten bei der Flucht in die neutrale Schweiz.

Als die Zeiten endlich besser wurden, kehrten sie geschlossen an den Bodensee zurück und füllten den Lindenhof mit neuem Leben … aber das ist eine andere Geschichte.

ENDE

ANHANG

PERSONENVERZEICHNIS

Fiktive Personen

Die Schwestern

Helena Baranow (geborene Lindner): geb. 17. Juli 1896
Lilly Benthin (geborene Lindner, geschiedene Reichle): geb. 16. Januar 1900
Katharina Lindner: geb. 4. April 1901

Die Eltern

Elisabeth Lindner (geb. Mai 1870): Stiefmutter von Helena, leibliche Mutter von Lilly und Katharina
Gustav Lindner (geb. Februar 1865)

Katharinas enges Umfeld in München

Dr. med. Thomas von Bogen: Chirurg mit angesehener Privatpraxis in Bogenhausen
Eva: Studentin an der Akademie der Bildenden Künste München. Kommt aus bestem Hause. Lebt bei Rosina Gruber in Bogenhausen.
Lola Stein: Pastorentochter aus Berlin, die gegen den Willen der Eltern an der Akademie der Bildenden Künste München

studiert. Katharinas Freundin und Mitbewohnerin in der Münchner Jahnstraße.
Zara: Münchnerin mit afrikanischem Großvater, arbeitet als Hilfskraft im Kinderasyl und als Modell an der Akademie der Bildenden Künste

Die Familien von Katharinas Schwestern
Maxim Baron Baranow: Ehemann von Lillys Schwester Helena
Magdalena Irina Olga Baranow: Tochter von Helena und Maxim
Lidia Maria Baranow: Tochter von Helena und Maxim
Olga Pawlowa: Verschollene leibliche Mutter von Helena
Felix Benthin: Lillys zweiter Ehemann (geb. April 1890)
Hans (Johannes Arno) Reichle: Lillys Sohn (geb. 9. November 1918) mit Arno Reichle
Hendrik Benthin: Sohn von Lilly und Felix
Arno Reichle: Lillys erster Ehemann (Scheidung 1922)

Sonstige Personen München
Doktor Adam Burgert: Toms Rechtsanwalt und Freund
Elfi Eder: Haushälterin bei Thomas von Bogen
Frieder: Toms langjähriger Freund
Rosina Gruber: Vermögende Witwe, Zimmerwirtin von Eva und Zara in Bogenhausen
Edmund Mosny (Edmondo): Kommilitone von Katharina
Alfons (Fonsi) und Hinrich (Hinny): Burschenschaftskumpane von Edmund Mosny. *Anmerkung: Bei den Festen von*

Studentenverbindungen durften sich die Teilnehmer nur mit Spitznamen ansprechen.
(Das) Nannerl: Junge Frau in schwieriger Situation
Selma und Hedda: Mitarbeiterinnen/Aktivistinnen der Sexualberatungsstelle
Seppei: Junge aus dem Kinderasyl
Walburga Stenzl (»Walli«): *Engelmacherin* in der Au
Resi, Irmi, Rudi Stenzl: Wallis Kinder
Fred Stenzl: Wallis Ehemann
Professor Vogt: Lehrperson an der Akademie der Bildenden Künste

Sonstige Personen Bodensee
Edith: Kindermädchen im Lindenhof
Eddi: Fischer am Bodensee
Pater Fidelis: Fröhlicher Ordenspriester aus dem Kloster Mehrerau bei Bregenz. Hat Münchner Wurzeln. Kennt sich mit Heilkräutern und Medizin aus.
Käthe: Küchenchefin im Lindenhof
Otto, Ochsenwirt: Wirt des Meersburger Gasthofs Ochsen

Reale Personen (in alphabetischer Reihenfolge)

Karl Caspar (1879–1956): Deutscher Maler. Mitbegründer der Gruppe Neue Münchener Secession im Jahr 1913 (der u. a. Paul Klee angehörte). Professor an der Akademie der Bildenden Künste in München von 1922 bis 1937. Im Nationalsozialismus wurden seine Werke als entartet gebrandmarkt. Von seiner Lehrtätigkeit musste er zurücktreten. Wiederberufung an die Akademie der Bildenden Künste im Jahr 1946.

Schwester Caritas: Nonne der *Barmherzigen Schwestern* an der Universitätsfrauenklinik München, Maistraße. Führte das Büro des Klinikdirektors Albert Döderlein.

Geheimrat Professor Dr. med. et Dr. artis obs. h. c. Albert Sigmund Gustav Döderlein (1860–1941): Einer der bedeutendsten deutschen Gynäkologen. Als Sohn eines Regimentsarztes promovierte er 1884 selbst im Fach Medizin. 1907 wurde er als Chef an die Münchner Frauenklinik berufen und behielt diese Position bis 1933. Nach ihm wurden die im Scheidensekret vorkommenden Döderlein-Bakterien benannt. Als Koryphäe auf dem Gebiet der *gynäkologischen Infektiologie* führte er Gummihandschuhe bei der Geburtshilfe und gynäkologischen Behandlungen ein. Zu Katharinas Zeit war er bereits 67 Jahre alt. Die Anekdote mit der Drehscheibe ist übrigens überliefert. Döderlein konnte trotz vieler gefahrener Autokilometer nicht rückwärts ausparken und ließ sich einen solchen Mechanismus installieren. Ferner war er tatsächlich Burschenschaftler (bzw. *Alter Herr*) der Germania Erlangen. Sein *Leitfaden für den geburtshilflichen Operationskurs* erschien erstmals 1893, gefolgt von unzähligen, aktualisierten und überarbeiteten Auflagen in den folgenden Jahrzehnten.

Seine Persönlichkeit lässt sich aufgrund der Quellenlage gut nachvollziehen. Für Abtreibungen ließ er ausschließlich die medizinische Indikation gelten. Eine soziale Indikation lehnte er strikt ab. Stattdessen bot er Schwangeren in Not die Möglichkeit, sich als *Hausschwangere*, wie im Roman dargestellt, gegen die Übernahme leichter Tätigkeiten – und wohl auch als Studienobjekt – in geschütztem Rahmen auf die Entbindung vorzubereiten. Lehnten die Mütter das Kind nach der Geburt noch immer ab, wurde es in ein Kinderheim oder an Adoptiveltern vermittelt. Als Privatmensch wird Döderlein familienbezogen, sehr musikalisch und kulturell interessiert beschrieben.

Die teilweise detaillierten Schilderungen seiner Vorlesungen sind neben den historischen Unterlagen der Universitätsfrauenklinik und einer Vielzahl von Onlinequellen dem Buch *In Memoriam Albert Döderlein* entnommen (Hrsg. W. Englisch, Springer Verlag, Berlin/Heidelberg 1993). Der Vorgang mit der Zangengeburt, inklusive der deutlichen Zurechtweisung des beteiligten Studenten ist dort dokumentiert.

Else Kienle (1900–1970): Deutsche Ärztin, Schriftstellerin und Sexualreformerin. Sie setzte sich für Frauenrechte, Aufklärung, den offenen Zugang zu Verhütungsmitteln und einer Abschaffung des § 218 ein. Die Gründung ihrer Stuttgarter Praxis erfolgte im Jahr 1928, aus dramaturgischen Gründen habe ich diese ein paar Monate vorgezogen. Ebenso lernte sie ihren Verlobten und späteren Ehemann

Stefan Jacobowitz (Inhaber der *Württembergischen Privatbank*) erst im April 1928 kennen – auch dieses Ereignis habe ich ein bisschen vorgezogen. Ein Automobil schenkte Jacobowitz seiner autobegeisterten Frau erst zur Hochzeit 1929.

Else Kienle gründete in dieser Zeit die Beratungsstelle für Geburtenregelung und Sexualhygiene (RV) in Stuttgart – hier korrespondiert ihr Wirken mit meiner fiktiven Sexualberatungsstelle in München. Alles, was die Ärztin Katharina in ihrem Gespräch am Starnberger See berichtet, ist wirklich so passiert. Die von ihr vorgenommenen Abtreibungen erfolgten nicht willkürlich. Sie wog sorgfältig ab. Kam sie zu dem Schluss, dass eine Schwangerschaft ausgetragen werden konnte, verweigerte sie den Eingriff. In ihre Entscheidung bezog sie aber die sozialen Umstände der Patientinnen weit mehr ein, als es damals üblich war, woraus sich eine gemischte Indikation (medizinische und soziale Gründe für einen Abbruch) ergab, die auch die psychische Gesundheit der Frauen miteinbezog. Damit bewegte sie sich in einem gefährlichen Graubereich. 1931 wurde Else Kienle aufgrund einer Denunziation wegen gewerbsmäßiger Abtreibung verhaftet. Nach ihrer Entlassung aus der Untersuchungshaft floh sie nach Frankreich, um einer erneuten Verhaftung zu entgehen.

(Quellen u. a.: Verena Steinecke: *Ich musste zuerst Rebellin werden. Trotz Bedrohung und Gefahr – das gute und wunderbare Leben der Ärztin Else Kienle.* Schmetterling Verlag, Stuttgart. 1991)

Schwester Leodegar (geb. 1901): Nonne der *Barmherzigen Schwestern.* 85 (!) Semester lang bediente sie den Projektor im Hörsaal der Universitätsfrauenklinik und schob die Kranken herein. Hier habe ich mir eine kleine Abweichung erlaubt: Sr. Leodegar tat diesen Dienst als Hörsaalschwester erst ab 1932, zuvor war sie OP-Schwester. Aber weil sie so sehr mit dem Hörsaal der Universitätsfrauenklinik verbunden ist, habe ich ihr einen eigenen Auftritt zugestanden. Ein Sterbedatum habe ich keines gefunden, es ist jedoch vermerkt, dass sie 80 Jahre alt wurde.

Maria Luiko (1904–1941): Münchner Künstlerin. Sie studierte an der Akademie der Bildenden Künste und zugleich an der Münchner Kunstgewerbeschule. Erstmals stellte sie 1924 im Münchner Glaspalast aus. Mit ihren Zeichnungen, Aquarellen, Ölbildern, Scheren- und Holzschnitten u. a. war sie immer wieder auf lokalen Ausstellungen vertreten. Aufgrund ihrer jüdischen Herkunft wurde sie 1941 deportiert und im selben Jahr in Kaunas ermordet.

Emma Uibeleisen: Letzte Inhaberin des Ateliers Elvira in München-Schwabing. Mit ihrem Tod 1928 endete die Nutzung als Fotoatelier.

Karl Valentin (Valentin Ludwig Fey, 1882–1948): Bekannter Münchner Kabarettist, Komiker, Filmproduzent. Zusammen mit seiner Bühnenpartnerin und Geliebten Liesl Karlstadt trat er ab etwa (unterschiedliche Quellenangaben)

1913 auf – zwischen 1927 und 1929 u. a. im Apollo-Theater. Das Stück *Die Orchesterprobe* spielte er mit Liesl Karlstadt als Kapellmeister wochenlang vor ausverkauftem Haus im Apollo-Theater. 1933 wurde *Die Orchesterprobe* verfilmt. Die Beschreibung im Roman folgt dieser Verfilmung.

Elisabeth Wellano (1892–1960): Geliebte und Mitarbeiterin von Karl Valentin, als Liesl Karlstadt auch seine künstlerische Partnerin.

HISTORISCHE ROMANHINTERGRÜNDE

Weibliche Studenten

Als die Frauenbewegung Mitte des 19. Jahrhunderts die Öffnung sämtlicher Bildungsmöglichkeiten für das weibliche Geschlecht fordert und in Öffentlichkeit und Politik zunehmend Gehör damit findet, beginnt ein harter Kampf um den Zugang zum Universitätsstudium. Der Widerstand seitens der Professoren (insbesondere von Juristen und Medizinern) ist groß und artet in polemische Diskussionen aus. Um Frauen den Zugang zu verwehren, werden die absurdesten Argumente vorgetragen. So schreibt Theodor von Bischoff im Jahr 1872: *Die Beschäftigung mit dem Studium und der Ausübung der Medicin … verletzt die … edelsten Seiten der weiblichen Natur, die Sittsamkeit, Schamhaftigkeit, Mitgefühl und Barmherzigkeit … Ihre Teilnahme an dem … Unterricht stört und hindert denselben in unerträglicher Weise.*

Während in Zürich Frauen ab 1867 als reguläre Studentinnen zugelassen werden (die meisten europäischen Länder öffnen ihre Universitäten für Frauen zwischen 1865 und 1897), bleibt es in Bayern bei einzelnen Zulassungen (Staatswirtschaftliche, Philosophische Fakultäten). Viele deutsche

Frauen studieren daher im Ausland. Die *Neue Bayerische Landeszeitung* bezeichnet das Frauenstudium im Januar 1900 als *gemeingefährlichen Unfug*. Die Aggressivität dieses Artikels ist beängstigend: *»Derjenige Staat, in dem die … Weiber in die politischen und wissenschaftlichen Berufe hineinpfuschen, ist dem Untergang geweiht, dafür liefert die Geschichte Beweise«* (die der Autor schuldig bleibt). Die eigentliche Motivation hinter dieser radikalen Haltung folgt auf dem Fuß: *»Die Männer haben unter sich schon genug … Konkurrenz, also können sie die weibliche Konkurrenz nicht mehr brauchen.«*

Gegen viele Widerstände ist München um die Jahrhundertwende neben Berlin und Hamburg ein Zentrum der Frauenbewegung. Verschiedene Frauenvereine treten mit Verve für das Frauenstudium ein. Nach Baden (1900) öffnet Bayern 1903 den Frauen endlich die Pforten seiner Universitäten (Württemberg folgt 1904), allerdings mit Vorbehalten und Hindernissen. Erst die Weimarer Republik bringt den Frauen die volle Studienberechtigung. Ihr Anteil steigt und wird prompt mit dem Argument der Überfüllung der Universitäten durch Frauen beklagt.

An der Ludwig-Maximilians-Universität (LMU) München habilitiert 1919 die Medizinerin Dr. Adele Hartmann als erste Frau in Deutschland regulär. Die zunehmend – und nicht von der Hand zu weisende – Problematik, dass Frauen ernste Krankheiten aus Scham und Angst, sich vor einem Mann entblößen zu müssen, verschleppen, bereitet schließlich den Weg für die Frauen, sich als approbierte Ärztinnen niederlassen zu können.

(Quelle: *Stieftöchter der Alma mater. 90 Jahre Frauenstudium in Bayern am Beispiel der Universität München*, Katalog zur Ausstellung 1993/94, Verlag Antje Kunstmann, München)

Frauenheilkunde

In der Weimarer Zeit stieg die Zahl der Ärztinnen in Deutschland kontinuierlich an. Anfang der Dreißigerjahre gab es mehr als 3000 weibliche Ärzte, davon ein Viertel Fachärztinnen, von denen sich wiederum 15 Prozent auf das Gebiet der Gynäkologie und Geburtshilfe spezialisiert hatten.

Die mitunter erschütternden alltäglichen Praxiserfahrungen bewegten viele dieser Ärztinnen zu einem Engagement in den Beratungs- und Fürsorgeeinrichtungen (Schwangeren- und Säuglingsfürsorge, Versorgung unehelicher Mütter u. a.). Als Schulärztinnen waren sie für die Aufklärung über hygienische, sexuelle und andere gesundheitliche Themen zuständig. Zudem wurden sie, wie Else Kienle vor der Eröffnung ihrer Praxis, als Polizeiärztinnen zur Erstuntersuchung von vermeintlichen und tatsächlichen Prostituierten eingesetzt. 1924 wurde der *Bund deutscher Ärztinnen* (BdÄ) gegründet – mit Schwerpunkten in der Sozialhygiene. Hier spielte die Sexualberatung eine grundlegende Rolle, auch im Hinblick auf Verhütungsfragen und -mittel. Vor diesem Hintergrund fand zudem eine heftige Abtreibungsdebatte statt, die auch innerhalb der weiblichen Ärzteschaft kontrovers diskutiert wurde.

Schwangerschaftsabbrüche

Künstliche Schwangerschaftsabbrüche sind bereits in den ältesten Hochkulturen belegt. Seit jeher rankt sich darum eine Diskussion um Rechtmäßigkeit, Folgen und Bestrafung.

Im Preußischen Reichsparagrafengesetzbuch von 1871 legten die Paragrafen 218 und 219 die Strafen für vorsätzliche Abtreibungen fest. Die Diskussion um diese Paragrafen flammte um die Jahrhundertwende auf und erreichte einen ersten Höhepunkt in der Weimarer Zeit. Ende der Zwanzigerjahre, so die Schätzungen, wurde jede zweite bis dritte Schwangerschaft unterbrochen. Die meisten Eingriffe wurden von den Frauen selbst oder Kurpfuschern (*Engelmacherinnen*, *weise Frauen*) durchgeführt. Ein Arzt oder eine Ärztin wurde erst dann konsultiert, wenn es zu Komplikationen kam (Perforationen, Blutungen, Infektionen). Vor allem verheiratete Frauen aus sozial prekären Verhältnissen (mit vielen Kindern, beengten Wohnverhältnissen, oftmals verbunden mit Arbeitslosigkeit und einem Leben unterhalb des Existenzminimums) sowie unverheiratete Frauen, deren Leben mit dem Stigma eines unehelichen Kindes fast immer in Ächtung und Elend führte, sahen oft keinen anderen Ausweg mehr als den, eine ungeplante und ungewollte Schwangerschaft abzubrechen. 1926 wurde der bis dahin rechtlich als *Verbrechen* geahndete Abbruch zu einem *Vergehen* abgemildert und die für die Frauen bis dahin geltende Zuchthausstrafe durch eine Gefängnisstrafe ersetzt. Konnte einem Arzt oder einer Ärztin jedoch *gewerbsmäßige Abtreibung* vorgeworfen werden, so drohte ihnen nach wie vor eine Zuchthausstrafe – so erging es Else Kienle in Stuttgart.

Basis der Kontroversen waren die unterschiedlichen Indikationen. Während eine medizinische und eine eugenische vielfach Unterstützung fanden, wurde die soziale Indikation nur von einer Minderheit befürwortet. Dabei wurde die Tatsache, dass sich die meisten dieser Frauen in schwierigsten Lebensverhältnissen befanden, oftmals völlig ausgeblendet. Die Folge: Trotz aller Strafandrohungen stiegen die Abtreibungen kontinuierlich an.

Die Verhaftung von Else Kienle und ihrem Kollegen Friedrich Wolf 1931 wegen gewerbsmäßiger Abtreibung löste eine enorme Protestwelle gegen den § 218 aus, die ihren Höhepunkt in einer Kundgebung vor 15 000 Menschen im Berliner Sportpalast fand, danach aber wieder abebbte. Abgesehen von diesem extremen Fall wurde bis 1933 in der gerichtlichen Praxis meist ein geringes Strafmaß angelegt.

(Quelle u. a.: *Frauenärztinnen in der ersten Hälfte des 20. Jahrhunderts,* www.bggf.de)

Anmerkung zur Eugenik

Tatsächlich, und das hat mich während meiner Recherchen mehr als erstaunt, gab es zu Beginn des 20. Jahrhunderts einen Geburtenrückgang, der als signifikant, ja bedrohlich angesehen wurde. Im Vergleich zu heute war die Bevölkerungsentwicklung damals hervorragend, denn es gab noch immer einen Geburtenüberschuss. Der Rückgang der Geburten wurde dennoch als Entwicklung betrachtet, die langfristig zur Katastrophe führen musste.

Bei der Ankurbelung der Reproduktionsrate wurde großen Wert auf sogenannten *erbgesunden* Nachwuchs gelegt (Eugenik, Rassenhygiene). Es gab sogar Überlegungen, Verlobte beziehungsweise Ehewillige vor der Eheschließung zu untersuchen, um die Zeugung erbgesunden Nachwuchses sicherzustellen. In diesem Kontext waren Verhütung und Abtreibung nicht nur erlaubt, sondern erwünscht. Aus heutiger Sicht ist dies der Gipfel einer schwer erträglichen Doppelmoral, die den Diskurs damals prägte. Ausgetragen wurde er auf dem Rücken der Frauen.

Studentenverbindungen

Vorausschicken möchte ich, dass die Verbindung Regenia samt Couleur meiner Fantasie entsprungen ist. Die beschriebenen Rituale aber sind recherchiert. Die studentischen Veranstaltungen waren und sind bis heute stark ritualisiert und folgen einem strengen Regelwerk. Darunter befindet sich auch der im Roman erwähnte Paragraf 11: Es wird weitergesoffen.

Kneipe: Studentisches Fest mit ritualisiertem Ablauf

Kneiptafel: Mitglieder der Kneipe (Präsidium, Burschen, Füchse)

Kneippräses: Besitzt uneingeschränkte Gewalt auf der Kneipe, sorgt dafür, dass die Abläufe eingehalten werden

Rundgesang: Ritualisiertes Singen
Bierehre: Man darf auf der Kneipe Bier trinken, ist vollgültiges Mitglied der Kneipe
Übers Kreuz trinken: Trinkritual
Tempeln: Bierspiel
Biergalopp: Bierspiel im Sinne einer Stafette
Bieruhr: Bierspiel
Bierjunge: Ritualisiertes Trinkspiel im Zusammenhang mit einer (vermeintlichen) Beleidigung. Das Wort *Bierjunge* gilt als ein Wort, das die *Bierehre* verletzt. Mit der Antwort *Hängt* wird die Herausforderung angenommen. Darauf folgt das Wetttrinken unter Aufsicht eines Unparteiischen
Bierorgel: Klavier
(Bier)-Comment: Sammlung von Gesetzen und Zeremonien beim *Kneipen*
Bier-Verschiss: Aberkennung der Bierehre, Strafe für falsches Kneipverhalten
Papst: Kotzkübel
Fuchs: Neues Mitglied einer Studentenverbindung (quasi in der Probezeit)
Bursche: Vollwertiges, aktives Mitglied einer Studentenverbindung
Alter Herr: Mitglied einer Studentenverbindung nach Beendigung der Aktivenzeit
Paukstunde: Übungsstunde im (studentischen) Fechten
Mensur: Ritualisierte Form des Zweikampfes unter Burschenschaftlern mit scharfen Fechtwaffen
Viele der detaillierten Informationen sind dem Reclam-Heft

4070 *Allgemeiner deutscher Bier-Comment* entnommen (abgerufen bei www.gutenberg.org), geschrieben von Dr. A. Gerlach, 1899. Weitere Informationen finden sich auf den Seiten der diversen Verbindungen im Netz.

GLOSSAR

Alma Mater: Universität

AND KAUT: Einstiges Fachgeschäft für Bürobedarf, Papier und Schreibwaren mit Filialen in der Kaufinger- und der Residenzstraße in München

Apollo-Theater im Münchner Hof: Theater im Hotel Münchner Hof in der Dachauer Straße 19/21. Karl Valentin und Liesl Karlstadt spielten dort *Die Orchesterprobe* wochenlang vor ausverkauftem Haus.

Auer Dult: Traditioneller Markt rund um die Mariahilfkirche im Münchner Stadtteil Au, den es bis heute gibt. Die Auer Dulten finden dreimal im Jahr für neun Tage statt: Die Maidult, die Jakobidult (ab 25. Juli) und die Kirchweihdult (dritter Oktobersonntag).

Autodroschke: Taxi. Autodroschken gab es in München an festen Standplätzen oder konnten telefonisch bestellt werden. Sie fuhren auch in der Nacht.

Automobilmarken: Man mag sich fragen, weshalb Tom als Münchner in diesem Roman einen Mercedes-Benz und keinen BMW fährt. Dies hängt damit zusammen, dass das erste Serienauto von BMW erst 1929 auf den Markt kam. Else Kienle fuhr zunächst ein Oldsmobile, später einen Buick.

Banja: Russisches Dampfbad mit langer Tradition (vgl. finnische Sauna, Steinschwitzbad). Üblicherweise besteht eine russische Banja aus drei Räumen: einem Waschraum (Umkleiden, Abspülen mit kaltem oder warmem Wasser, Beschickung des Ofens), dem eigentlichen Schwitzraum mit Steinofen und terrassierten Bänken (manchmal auch einem zweiten Stockwerk) und einem Ruheraum (Pausen zwischen den Saunagängen, Erholung, Einnehmen kleiner Mahlzeiten, Tee, Bier, in Russland auch Wodka).

Orden der Barmherzige Schwestern vom hl. Vinzenz von Paul/Mutterhaus in München: Mit Unterstützung durch König Ludwig I. kamen 1832 die ersten beiden Schwestern nach München, um das Allgemeine Krankenhaus zu leiten. Sie taten das so erfolgreich, dass sie rasch weitere Krankenhäuser übernahmen. Hundert Jahre später zählte der Orden in Bayern mehr als 2600 Mitglieder in 154 Filialen. Die *Barmherzigen Schwestern* arbeiteten in nahezu allen Krankenhäusern Bayerns in der Pflege, aber auch in der Verwaltung. Wie im Roman dargestellt, übernahmen die Schwestern sowohl die Krankenpflege als auch den Wirtschaftsbetrieb des Universitätsfrauenklinikums in der Maistraße. Während des Nationalsozialismus in seinem Wirken massiv eingeschränkt, setzte der Orden seine Arbeit nach dem Krieg fort und engagiert sich bis heute. Interessant: Die Münchner Schwestern sind Alleingesellschafter der Adelholzener Alpenquellen.

Basilika Birnau am Bodensee: Die 1750 eingeweihte Basilika ist ein spektakulär gelegener Wallfahrtsort und eines der bekanntesten Bauwerke des schwäbischen Barock. Vor allem während der Sommermonate zieht sie heute Touristen aus aller Welt an.

Bonbonnière: Kleinkunsttheater in München

Burschenschaft: vgl. Studentenverbindungen

Claviculafraktur: Schlüsselbeinbruch

Corps: vgl. Studentenverbindungen

Café Hag, München: 1924 kaufte der Bremer Kaufmann Ludwig Roselius das Palais des verstorbenen Konditormeisters Griebel in der Residenzstraße. Um sein koffeinfreies Kaffeegetränk zu vermarkten, richtete er es im selben Stil ein wie zahlreiche weitere Café-Hag-Stuben in deutschen Städten. Alles, was mit seinem Produkt zusammenhing, vom Geschäftspapier bis hin zu Werbemitteln, Kännchen und Blechschildern, wurde einheitlich gestaltet. Das Logo, einen in einen schwarzen Rhombus eingesetzten Rettungsring in

Rot und Schwarz symbolisierte die Rettung vor gesundheitlichen Schäden – und propagierte damit die gesundheitsfördernde Wirkung entkoffeinierten Kaffees. Damit schuf Roselius als einer der Ersten ein durchgängiges *Corporate Design*.

Demonstration der Hundebesitzer: Tatsächlich haben sich die Hundebesitzer in den Zwanzigerjahren lautstark gegen das Hundeverbot in den Münchner Straßenbahnen gewehrt.

Eugenik: Lehre von der Verbesserung des biologischen Erbguts des Menschen. Erste Opfer forderte die Eugenik bereits Ende des 19. Jahrhunderts in Connecticut (USA), wo es Menschen mit vermeintlich minderwertigen Erbanlagen verboten war, zu heiraten. In Deutschland bekam das eugenische Denken nach dem Ersten Weltkrieg Aufschwung und wurde zunehmend verwissenschaftlicht. Es gab sogar eigene Eugenik-Lehrstühle. Die Forscher fokussierten sich zunehmend auf die Frage nach der Verhinderung von Nachkommen, die vermeintlich unerwünschte Erbanlagen haben könnten – dies gipfelte in entsprechenden Zwangsmaßnahmen (Sterilisation, Heiratsverbote, Gesundheitsprüfungen etc.), die damals von Politik, Kirche und Gesellschaft kaum infrage gestellt wurden.

(Finnische) Sauna/Steinschwitzbad (vgl. Russische Banja): Die ältesten Saunafunde sind mehrere Tausend Jahre alt. Die einfache Vorform der heutigen Sauna breitete sich von Asien

nach Amerika und über das Uralgebirge bis nach Europa aus. Auch in den mittelalterlichen Badstuben im deutschsprachigen Raum wusste man Schwitzbäder zu schätzen. Durch das Verbot der Badstuben geriet auch das Schwitzbad weitgehend in Vergessenheit, bis es 1924 mit seinem finnischen Namen (Schwitzstube heißt auf Finnisch *sauna*) zurückkehrte und insbesondere nach dem Zweiten Weltkrieg einen Boom erfuhr, der bis heute anhält.

Fotoatelier Elvira: 1887 in München von Sophia Goudstikker und ihrer Lebensgefährtin Anita Augspurg gegründet, feierte das Fotoatelier bald eindrückliche Erfolge. Die beiden begabten wie extravaganten Fotografinnen lichteten nicht nur Künstlerinnen und Künstler, sondern auch die gehobene Gesellschaft ab. Schon bald waren sie stadtbekannt, brachten sich zudem aktiv in die moderne Frauenbewegung ein. 1898 entstand ein viel diskutierter Atelier-Neubau in der Von-der-Tann-Straße. Als *Fanal der neuen Kunst* beschrieben, schieden sich an dem markanten, 13 x 7 Meter großen Stuckornament auf der Außenwand die Geister der Münchner. Die beiden Gründerinnen trennten sich übrigens schon bald nach der Fertigstellung. 1908 übernahm Emma Uibeleisen das Atelier. Mit ihrem Tod 1928 endete die Geschichte des Elvira, weil sich kein Nachfolger fand. 1937 wurde das Stuckornament abgeschlagen. 1944 zerstörte ein Bombenangriff das Fotoatelier vollkommen. Heute befindet sich an seiner Stelle die amerikanische Botschaft. Die zeitgenössische Beschreibung der Räumlichkeiten im Roman entspricht den Quellen.

Fromms: Kondome, die schon in den Zwanzigerjahren vertrieben wurden. 1916 stellte Julius Fromm das erste Markenkondom her, 1926 produzierte seine Firma bereits 24 Millionen Präservative. Anzeigen warben für die *nahtlosen, transparenten Spezialmarken Fromms Act*, als *nicht illusionsstörend.* Bald gab es auch gemusterte Modelle in unterschiedlichen Farben.

Geburtsbesteck: Geburtszange, Chloroform-Maske, Dammschnitt-Scheren, Glasspritzen und Ampullen mit Morphin.

Gefängnis Neudeck: Einstiges Schloss am Auer Mühlbach im heutigen Münchner Stadtteil Au. Später nutzte man es als Strafarbeitshaus/Zuchthaus für Männer. 1902–1904 wurde das heute noch stehende lang gestreckte, neoklassizistische Gebäude als Frauen- und Jugendarrestanstalt neu erbaut und erst 2011 an einen privaten Investor verkauft. Der Ablauf von Katharinas Verhaftung und die Beschreibung der Haftbedingungen in Neudeck orientieren sich an den Beschreibungen von Emmy Ball-Hennings autobiografischem Roman *Gefängnis* aus dem Jahr 1919.

Glaspalast: 1854 anlässlich der Industrieausstellung auf dem Gelände des Alten Botanischen Gartens eröffnet. Der lang gestreckte rechteckige Bau aus Glas und Gusseisen beherbergte jahrzehntelang Kunstausstellungen, bis er 1931 abbrannte.

Jumper: Im Deutschen veraltet für Pullover

Juryfreie/Die Juryfreien: Künstlergruppe

Herbergen, Herbergshäuser, Herbergsviertel: Historische, durch Handwerker und Tagelöhner errichtete Kleinhäuser, überwiegend im Münchner Osten entlang der Isar (Au, Haidhausen). Diese Häuser waren stockwerks- oder zimmerweise in sogenannte Herbergen aufgeteilt, wobei jede einen eigenen Zugang (Treppe, Galerie) hatte. Durch Weiter- und Ausbau entstand die typische Gestalt der Herbergshäuser. Da Keller weitgehend fehlten, bauten die Bewohner in der Umgebung Schuppen, Verschläge und Lagerräume. Manche Zimmer oder Wohnungen wurden noch einmal untervermietet (an sogenannte *Kostgänger*). Das Leben war sehr beengt, die Bewohner arm, die Bausubstanz extrem schlecht (Feuchtigkeit, fehlende Sanitärausstattung, geringe Raumhöhe etc.), die Wasserversorgung erfolgte lange Zeit durch öffentliche Brunnen. Das Bruchteilseigentum wurde oftmals über Generationen weitergegeben und wiederum geteilt, sodass die Zersplitterung immer größer wurde. Obschon als Armeleuteviertel betitelt, lebten die Bewohner der Herbergsviertel durchaus gern dort – so klein ihre Zimmerchen auch sein mochten, so gehörten sie doch ihnen. Deshalb entspricht die bescheidene Idylle, die im Roman zum Vorschein kommt, durchaus der damaligen Realität.

Kinder-Asyl München: Städtisches Kinderasyl in der Hochstraße 8, heute Münchner-Kindl-Heim. 1892 als *Asyl für hilfs-, pflege- und erziehungsbedürftige Kinder* eröffnet. Bereits damals war es überkonfessionell und verzichtete auf die übliche, strenge Geschlechtertrennung. Es war der Zeit entsprechend modern ausgestattet mit Klosettspülung und Brausebad, die Schlafsäle waren elektrisch beleuchtet. Öfen sorgten für ausreichend Wärme. Das pädagogische Konzept war bereits damals liberal und fortschrittlich. Der Kontakt zu den Familien der Kinder wurde gepflegt, die Verbindung zu den Zöglingen, die das Haus verlassen hatten, aufrechterhalten. Mädchen wurden insbesondere in häuslichen Arbeiten unterrichtet, die Buben in handwerklichen Dingen.

Kloster zum Guten Hirten: Ehemaliges Preysingschloss, Haidhausen. 1840 vom Orden der Frauen vom Guten Hirten erworben. Die Ordensfrauen kümmerten sich um die Erziehung und Bildung junger Mädchen und Frauen. 1908 eröffneten die Ordensfrauen ein Fürsorgeheim, das seit 1967 Schulgebäude des Edith-Stein-Gymnasiums ist. Der Orden selbst siedelte 1965 in den Münchner Süden um. Eine Armenpraxis gab es dort nicht, hier habe ich die Fantasie spielen lassen. Es ist fraglich, ob die Klosterfrauen eine solche in ihrer recht abgeschotteten Klosteranlage überhaupt geduldet hätten. Berichte ehemaliger Schülerinnen zeichnen zudem ein Bild von rigoroser Strenge, unter der dort erzogen wurde. Heutzutage würde man von Kindesmisshandlung sprechen, einschließlich öffentlicher Demütigung, körperlichen Züchtigungen sowie Karzerstrafen bei geringsten Regelverletzungen.

Krämerei zum Herrgottskramer: Früherer Krämerladen im Stadtteil Au

Kreuzeckbahn: Erste Großkabinenschwebebahn Bayerns, fertiggestellt 1926, die Bauzeit betrug nur ein Jahr. Damals verkörperte die Bahn technische Superlative.

Kreuzeckhaus: 1906 eröffnet, liegt auf dem Kreuzeck in 1650 Metern Höhe

Müller'sches Volksbad: Eingeweiht Anfang Mai 1901 galt das Jugendstilgebäude in unmittelbarer Nähe der Museumsinsel und der Isar – gestiftet von Karl Müller, architektonisch umgesetzt von Carl Hocheder – damals nicht nur als das *größte Hallenbad mit ganzjährigem Badebetrieb,* sondern auch als *das schönste Bad der Welt.* Der Stifter widmete sein Gebäude dem *unbemittelten Volk*, da es in den Wohnungen Münchens kaum Badewannen oder Duschen gab und die hygienischen Verhältnisse die Gesundheit der Menschen ernsthaft gefährdeten. Im Turm befindet sich das Reservewasser. Zu Katharinas Zeit waren die beiden Becken (Herren 31 x 12 m; Damen 18 x 11 m) nach Geschlechtern getrennt. Schon seit seinen Anfängen verfügte das Bad über ein römisch-irisches Dampfbad. Im Untergeschoss lagen die Brause- und Wannenbäder für die Armen sowie das Hundebad. Noch heute ist das Müller'sche Volksbad ein Wahrzeichen Münchens, eines der besterhaltenen Jugendstilgebäude weltweit und lädt nach aufwendigen Sanierungen nach wie vor zum Schwimmen ein.

Münchner Française: Schreittanz, der traditionell auf den Faschingsbällen in München getanzt wurde.

Münzfernsprecher: Öffentliche Münzfernsprecher gab es zum Zeitpunkt des Romans in allen Münchner Stadtteilen.

Münchner Neueste Nachrichten: Tageszeitung, erschienen 1848–1945

Myom: Gutartige Wucherung innerhalb der Muskelschicht der Gebärmutter

Novalgin: Analgetikum. Schmerzstillend, krampflösend. Das Medikament kam 1922 auf den Markt und war in Apotheken frei verkäuflich. Seit 1987 besteht in Deutschland Rezeptpflicht.

Praxis-Kasse/Privat: Wie im Roman dargestellt, gab es auch damals Ärzte, die eine Kassenzulassung hatten, und Privatärzte. Manche behandelten sowohl Kassenpatienten als auch Privatpatienten. Das Universitätsklinikum Maistraße hatte eine Abteilung für Privatpatientinnen und eine für Kassenpatientinnen.

Pregl'sche Jodlösung: Bereits seit den Zwanzigerjahren des 20. Jahrhunderts breit eingesetzte Jodlösung.

Rivanol: Antiseptisches Wundbehandlungsmittel, stark gelb färbend

Russenrad: Traditionelles/nostalgisches Fahrgeschäft der Auer Dult. Erstmals installiert im Jahr 1925.

Saint-Louis-Kristall: Kristallwaren aus der Kristallmanufaktur Saint-Louis-lès-Bitche (Münztal), einem der bedeutendsten Kristallhersteller Frankreichs

Schimmelbuschtrommel: Metallgefäß zur Sterilisation und Lagerung chirurgischer Instrumente, Verbandstoffe und OP-Wäsche. Entwickelt wurde der Behälter gegen Ende des 19. Jahrhunderts von dem deutschen Chirurgen Curt Theodor Schimmelbusch.

Schlingenverband (Gilchrist-Verband): Bandage bei Verletzungen von Schulter oder Oberarm/Schlüsselbeinfraktur am äußeren Bereich

Schwabinger Brauerei: Ab 1889 eines der Faschingszentren der Schwabinger Boheme. Die *Schwabinger Bauernkirta* wurde nach dem Ersten Weltkrieg von den *Schwabylon-Festen* abgelöst. Die Schwabinger Brauerei, Ort vieler legendärer Künstlerfeste, gibt es nicht mehr.

Sexualberatungsstelle: Zur Zeit Katharinas gab es in Deutschland rund 400 Sexualberatungsstellen. Aus dramaturgischen Gründen habe ich eine solche in München nach meiner Vorstellung ausgestaltet, sie ist fiktiv, hätte aber so existieren können.

Stamperl: Im bayerisch-österreichischen Sprachraum die Bezeichnung für ein kleines Schnapsglas (2 cl)

Tröpferlbad: In Bayern und Österreich Bezeichnung für eine öffentliche Badeanstalt mit Dusch- und/oder Wannenbädern

Tuberkulose/Tuberkulin: Im Laufe des 19. Jahrhunderts hatte sich die Tuberkulose zu einer Volkskrankheit entwickelt. Sie war unheilbar und forderte unzählige Todesopfer (*Weiße Pest*). 1882 entdeckte Robert Koch den Tuberkulose-Erreger und bekam dafür 1905 den Nobelpreis für Medizin. Koch entwickelte das *Tuberkulin.* Als Heilmittel gedacht, erwies es sich als unwirksam. Für die Diagnostik allerdings wird es bis heute angewandt.

Undosa Badeanstalt: 1905 neben dem Starnberger Seebad erbautes Wellenbad. Die Wellenmaschine wurde 1921 stillgelegt und abgebrochen, das Seerestaurant im Undosa dagegen 1925 erweitert. 1978 wurde das Bad geschlossen und später abgerissen, das Seerestaurant aber bestand weiter und beherbergt heute ein italienisches Restaurant (Stand 2023).

Universitätsfrauenklinik München Maistraße: 1916 nach drei Jahren Bauzeit eröffnet, galt das Klinikum als die schönste Frauenklinik weltweit.

Vegetarische Speisehäuser: Gab es in München zur Zeit Katharinas sieben. Eins davon am Wittelsbacherplatz.

Wetter: Dank tagesgenauer historischer Wetteraufzeichnungen entspricht das Wetter im Roman den tatsächlichen Wetteraufzeichnungen der Jahre 1927/1928. Eine Bemerkung zum Schlussbild: Am 31.8.1928 war tatsächlich Vollmond.

Lateinischer Lieblingsspruch des Pater Fidelis

In puris naturalibus – In reinem Naturzustand (nackt)

MEIN DANK

Mit dem Ende von Katharinas Geschichte schließt sich der Kreis um die drei Lindner-Schwestern und den Lindenhof, ihren familiären Mittelpunkt am Bodensee. Sie, liebe Leserinnen und Leser, haben sie begleitet in guten und in schwierigen Zeiten, ihre Hoffnungen und ihr Glück geteilt und zugleich einen unterhaltsamen Einblick in die Zwischenkriegszeit in Süddeutschland gewonnen.

Wenn ich meine Protagonistinnen auf ihre Reisen schicke, dann weiß ich manchmal selbst noch nicht, welche Herausforderungen auf sie warten. Doch ich weiß, dass sie an ihren Irrwegen reifen, keine Opfer umsonst bringen und schließlich in die Verantwortung für sich selbst und andere hineinwachsen – so wie wir alle.

Die unzähligen Stunden am Schreibtisch sind für meine Familie und meine Freunde immer auch eine Zeit, in der sie meine Aufmerksamkeit mit den Protagonisten des Buches teilen müssen. Ich danke euch von Herzen dafür! Ihr gebt mir den Raum, den ich dafür brauche, und seid trotzdem immer an meiner Seite. Vor allem meine beiden Kinder, meine Eltern und Geschwister drücke ich an dieser

Stelle ganz lang und ganz fest. Ihr seid die Quelle meines Glücks.

Meine Arbeit wird von einem starken Team begleitet. Dr. Britta Claus, die Programmleiterin des Penguin Verlags, ist von der ersten Idee bis zur letzten Zeile erfahren und hochprofessionell an meiner Seite und gibt jeder Geschichte ihre wertvollen Impulse. Ich danke dir, liebe Britta! Eva Schubert als Verlagsleiterin stellt nicht nur ihre unersetzliche Expertise zur Verfügung, sondern gibt mir das Gefühl, Teil des Teams zu sein. Wie wunderbar.

Als meine immer ansprechbare Lektorin ist Magdalena Heer ein ebenso genialer wie feinfühliger Sparringspartner. Inzwischen sind wir dazu übergegangen, meine Manuskripte in fantasievollen Kaffeestunden zu besprechen. Der Spaß, den wir dabei haben, sprüht aus jeder Buchzeile. Seinen exzellenten Feinschliff erhielt auch dieses Buch von meiner Redakteurin Sarvin Zakikhani. Du bist unersetzlich, liebe Sarvin!

Katharina, Stef, Christopher und all ihr Lieben bei Penguin – danke für eure Begeisterung und Unterstützung! Herzlichst danke ich auch dem Vertrieb der Verlagsgruppe Penguin Random House, der unermüdlich dafür sorgt, dass die fertigen Bücher in den Buchhandlungen & Shops auf Sie, liebe Leserinnen und Leser, warten.

Das Fundament für all das liegt bei meiner wunderbaren Agentur Agence Hoffman in München. Deshalb an dieser Stelle ein dickes Dankeschön an meinen Agenten Dr. Uwe Neumahr, die Inhaberin Andrea Wildgruber und das ganze Team.

Das historische München zu erarbeiten, war eine Freude. Neben Stapeln an Büchern, die ich bearbeitet habe, spannenden Museumsbesuchen, dem eigenen Erkunden und Erfühlen der Lokalitäten hat sich Petra Richterich, Stadtführerin in München, meiner Fragen engagiert angenommen. Liebe Petra, du hast mir sehr geholfen, die geschichtliche Basis für dieses Buch zu legen. Gerne denke ich an unsere Videocalls zurück, in denen wir mit meinem historischen Stadtplan aus dem Jahr 1929 die Wege dieser wunderbaren Stadt abgegangen sind. Für die medizinischen Hintergründe des Romans durfte ich meinen langjährigen Hausarzt und väterlichen Freund Dr. med. Hans-Peter Schöllig konsultieren. Hab Dank, lieber Hans-Peter, für alles!

Nicht zuletzt geht mein Dank auch an die Betreuerinnen der Social-Media-Gruppen, Susanne Edelmann und Simone Gerken, an meine Freundinnen Petra Luipold und Mirjam Nowak für die treue Hilfe bei organisatorischen Dingen und an Claudia für mein familiäres *Münchner Zuhause*, in dem ich mich immer so wunderbar aufgehoben und willkommen fühle.

Bücher und Geschichten finden uns an dem Platz im Leben, an dem wir stehen – mit unseren Sorgen und Nöten, unseren Wünschen und Träumen, der Freude, die wir teilen und dem Glück, das wir empfinden. In diesem Sinne: Danke, dass Sie auf den Flügeln meiner Fantasie mitgeflogen sind.

Von Herzen
Maria Nikolai

Blumen sind ihre Leidenschaft. Liebe ist ihr Schicksal.

[illegible]